Best Time

白马时光

你引起了我的注意

You Got My Attention

上

叶斐然 著

百花洲文艺出版社
BAIHUAZHOU LITERATURE AND ART PRESS

图书在版编目（CIP）数据

你引起了我的注意 / 叶斐然著 . — 南昌 : 百花洲文艺出版社 , 2020.7（2022.7 重印）
ISBN 978-7-5500-3744-1

Ⅰ . ①你⋯ Ⅱ . ①叶⋯ Ⅲ . ①言情小说—中国—当代 Ⅳ . ① I247.5

中国版本图书馆 CIP 数据核字（2020）第 096609 号

你引起了我的注意

NI YINQI LE WO DE ZHUYI

叶斐然　著

出 品 人	李国靖
特约监制	何亚娟　夏　童
责任编辑	李　瑶　黄文尹
特约策划	柚小皮
特约编辑	柚小皮
封面设计	小茜设计 Miniqian Designstudio/QQ:310094811
版式设计	赵梦菲
封面绘图	早文吕
赠品绘图	Strooll
出版发行	百花洲文艺出版社
社　　址	南昌市红谷滩区世贸路 898 号博能中心Ⅰ期 A 座 20 楼
邮　　编	330038
经　　销	全国新华书店
印　　刷	三河市兴博印务有限公司
开　　本	880mm × 1230mm　　1/32
印　　张	17.75
字　　数	458 千字
版　　次	2020 年 7 月第 1 版
印　　次	2022 年 7 月第 2 次印刷
书　　号	ISBN 978-7-5500-3744-1
定　　价	69.80 元（全二册）

赣版权登字：05-2020-66

发行电话　0791-86895108　　　　网　址　http://www.bhzwy.com
图书若有印装错误，影响阅读，可向承印厂联系调换。

目录

Contents

目录

Contents

第一章

一遇到你呀

早上十点，谭音还有些半睡半醒，结果看了一眼闹钟，彻底醒了，一个鲤鱼打挺儿，急匆匆起身洗漱完毕，随手抓了件大衣，打着哈欠，拿上自己的漫画手稿和蒋一璐的保温杯，睡眼惺忪就下了楼。

到了宿舍楼下才发现外面正淅淅沥沥下着小雨，谭音忘了带伞，但一看时间，也顾不上再上楼拿了。她的左腿上还打着石膏，一瘸一拐就地往知行楼走。

知行楼是 A 大建筑系毕业的校友捐赠建造的，因此被用作建筑系的教学楼，因为教室很多，同时也供法学院和文学院一起使用。

谭音从宿舍楼到知行楼有十五分钟的步行距离，途经一条两边都是梧桐树的路。原本这条路上除了这两排树也算是平淡无奇，只是如今这沿途的树上，绵延几十米，两侧都接连挂着一条条横幅，那喜庆的大红色十分显眼，而那横幅上一行行相同的内容，就简直如精神污染一般了——

热烈庆祝 2017 级建筑系谭音同学荣获期末考试全系 53 名好成绩！

…………

20 条横幅，都写着这样一句话。

谭音作为横幅上的主角，顶着小雨走在这红艳艳的横幅中间，表情却十分刚正。倒是路上走着的几个学生不淡定了。

“看那边。”

“嗯？”

“谭音啊。”

“横幅上那个谭音？就是死追楚杭的那个？追得楚杭不堪其扰直接申请出国交换躲着的谭音？”

“嗯，就是她。”

…………

谭音无视这些窃窃私语，一脸正气地走到了知行楼下，知行楼的入口处也挂着这么一条横幅，只是字体和规格都比刚才梧桐树上挂着的更大了些。不同的是，还加了她的照片……

谭音抬头看了看这条巨大的横幅，镇定的表象终于维持不下去。她望着外面的细雨，千言万语，此刻内心悲壮得只剩下一句话——

我活得好悲伤，我在雨中拉肖邦。

“啊哈哈哈哈哈哈哈哈哈！”

结果自己这么唯美的感伤气氛，一下子被蒋一璐魔鬼般的笑声给破坏了。

蒋一璐在知行楼大厅里朝谭音挥了挥手，一边笑，一边幸灾乐祸，指着外面的横幅：“不瞒你说，虽然这玩意儿挂了一个月了，看着真是不好看，但是配上你的照片，每次看到都让人有种说不出的完美霸气感觉！谭音，谁能想到，你这样的人才竟然是我的朋友！”

谭音把保温杯塞给了蒋一璐，没好气道：“拿去吧，你这个需要中老年人同款保温杯的女人，我这样的‘铁汉’没你这个朋友。”

“这玩意儿到底还要挂多久？”

谭音翻了个白眼：“我爸不让我摘，说要再挂一个月，让我时时刻刻体会火辣辣的羞愧感。”

“你摘了会怎么样？”

“再断我半年的生活费。”

蒋一璐毫不同情：“我都劝你当初别骗你爸了。”

“我怎么骗他了？”谭音哀怨道，“我说的也都是事实，我确实考了建筑系第53名啊，我怎么知道他一激动直接给我来了个庆祝横幅展啊。”

“因为你没告诉他，我们2017级建筑系一共才54个人啊！”蒋一璐喝了口保温杯里的枸杞红枣茶，“而且上学期期末考试，楚杭因为出国交流不在，参加考试的一共也就53个人！”

“……”

事实胜于雄辩，谭音无言以对。她不喜欢建筑，进了大学成绩就没好过。这次她为了从她爸手里多骗点钱去买新出的某品牌数位屏，只能谎称自己取得了全系第53名的“好成绩”，她哪里知道她爸一激动直接给她定制了“横幅一条龙”啊。结果自己不仅在建筑系乃至全校“声名鹊起”，还被建筑系系主任认定考了最后一名还如此嚣张，成了重点关注对象。东窗事发后，她爸更是直接报复性地停掉了她半年的生活费，并扬言这横幅要惩戒性地再挂一个月……

蒋一璐看了眼谭音手里的东西：“你真要卖手稿？你舍得？”

谭音垂头丧气道：“不舍得又怎么办，之前我爸给的生活费我用来买周边和手办了，又被停了半年的钱，现在弹尽粮绝，不卖手稿是活不下去了。”

“你这手稿准备卖多少钱？”

“我不是在我们学校论坛交易版面搞了个竞拍吗？”谭音双眼放光

道，“我本来以为能卖个一两千就不错了，结果昨天突然有个人加入竞拍，一副志在必得的样子，愣是把价格炒到了五千！”她得意道，“没想到我这本《万人之下：校草的诱惑》竟然这么受欢迎，有这么多忠实的粉丝啊。我本来想连载完这本就算了，现在看来应该开第二部啊，不不，搞个三部曲吧……”

谭音还想继续嘚瑟，却被蒋一璐给打断了：“你最近可低调点吧。”她压低声音，看了眼四周，“最新消息啊，楚杭好像回来了，你最近小心点。毕竟你连载的那东西……”

谭音愣了愣，随即嘿嘿一笑：“你放心，以后他往东我往西，何况网络连载，谁知道这 ID 背后躲着的人是我啊？”谭音看了眼手表，“不和你说了，我和这个拍下手稿的粉丝约了在知行楼外边的那个咖啡厅当面交易，快到时间了。”

“你刷校园论坛了吗？我刚才看到有人说见到楚杭了，他已经回学校了？”

“是回来了，我刚才还在咖啡厅门口瞥到他了，不过也不知道谭音这次会不会放过他，当初他不就是被谭音逼得没办法才逃出国的吗？”

“是啊，据说谭音为了追他特别不择手段，每天尾随他，搞得楚杭都神经衰弱了……”

咖啡厅为了迎合学生需求设置了单独包厢，但隔板简陋，隔壁包间的几个女生声音又实在太中气十足，楚杭和徐聿把隔壁的谈话听了个一清二楚。

徐聿一脸幸灾乐祸：“原来你是被逼得逃窜海外的？”

“假的。”

楚杭抿了口咖啡，表情冷漠，语气也很淡，然而这种淡漠反而衬得他那过分好看的容貌更加清冷，加剧了他周身的距离感。他的祖父有四分之一法国血统，因此他的肤色白得偏向欧美人，眼珠的色泽也很浅，在阳光下有种近乎琉璃般的透亮，漂亮是漂亮，但有点冷。

“那个谭音没追过你？这是谣传？”

“追过。”楚杭几乎有着上位者般惜字如金的特质，顿了很久，他才又多吐出了几个字，“给我写了半年的表白信，我没理她，她看追不上也就走了，没纠缠。”

“等等……”徐聿想了想，“谭音？是刚才横幅上那个吗？就喜提建筑系第 53 名的？”

“是，但参加考试的也就 53 个人。”

徐聿忍不住笑了：“太优秀了吧。”

“……”

还没等楚杭说什么，隔壁包厢里那两个女生叽叽喳喳的声音便又传了过来。

“对了，《万人之下：校草的诱惑》的作者说要出第二部了。”

“真的？！”

“真的！第二部暂定名是《禁忌的玩弄：校草的秘密》，对了，昨晚的更新你看了吗？”

“看了看了，昨晚的情节太甜了吧！”

“是啊，超甜，我好爱！”

“是啊，尤其代入这部漫画的原型是楚杭和建筑系系主任，我竟然觉得还挺有感觉的。”

“没错啊，楚杭不是建筑系系主任的得意门生吗，竟然感觉很配，我可能中毒了！”

“其实台词和情节没有任何直白的表白，看起来也完全是正常的校园漫画，但不知道为什么，这个画面的观感，就觉得好暧昧啊！完完全全粉色泡泡！”

“这个画手完全是个宝藏，虽然什么都没明说，但各种 CP 组合起来竟然都很赏心悦目！”

…………

徐聿同情地看了被谈论的当事人一眼：“想开点……”

楚杭没说话，表情阴沉，雪白的手指狠狠捏紧了手里打印出来的漫画帖子，那一页页上，正是隔壁包厢女生嘴里形容的画面。他死死盯着画面里正和建筑系系主任眉来眼去的男主人公，恨不得用目光将这个人物姓名栏里的“林亢”两个字当场烧成灰。

这个《万人之下：校草的诱惑》是一部在 A 大校园论坛里连载的漫画，男主角就叫林亢，四舍五入正好是楚杭名字里的两个字各取了一半。如果说相似的名字还能是个意外，那么同样的建筑系学生设定，甚至爱穿黑色外衣、喜欢意式浓缩咖啡、祖父有四分之一外国血统，还有左边锁骨上有一颗痣，这些就不能用意外来解释了。

徐聿倒是很有娱乐精神：“对了，那漫画帖子我看完了，其实画功挺不错的，你在里面也算是魅力无限，各种各样的爱慕者应有尽有，都拜倒在你的西装裤下。我来盘点下，除了最新话里，对你显然青睐有加、与众不同的建筑系系主任，还有校篮球队队长、文学系的男教授、学生会会长，既有学长，也有学弟，甚至还直接导致了辩论队两大男辩手为你大打出手头破血流……硬要说的话，情节也没什么不对，但总觉得怪怪的。总之，真的很‘兄弟情’了。”

徐聿一边说，一边翻了翻那堆打印出来的纸：“还别说，这画手画得还挺细腻的。你看看这些细节，这柔弱的表情，这做作的台词，一看就是经过了调研，有理有据才画的，倒是个考据派啊……”

楚杭自然不会因画手的考究而欣慰，他一张好看的脸，只变得越来越黑。

“简直不堪入目。”

他又看了一眼漫画，良好的教养让他即便在这种情况下也忍住了粗话，最终只咬牙切齿地蹦出了这么几个字。

谭音按照买家的信息，一瘸一拐地进了咖啡厅，然后找到了108包厢的门。

她推开门，包厢内的男生便回头看向她。虽然是咖啡厅，但这包厢的设计十分中式，在餐桌后面，竟然还有唐代仕女图的屏风。

这男生站在屏风前，长得其实挺不错，眼神清明，身材颀长，除了长相外，最重要的是气质挺独特，儒雅温和里又带着丝活泼狡黠，硬要形容的话，大约就是既有绅士气息，又有点慵懒和戏谑。

他一见谭音，也有些意外，上下打量了她一眼，不确定道："你是……'狂野泰迪'？"

谭音点了点头："是我，你是'长腿柯基'？"

两个人犹如接头一般对了各自的网络ID，确认了买家和卖家的身份。

对方又看了谭音一眼："你画的是挺狂野。"

谭音也客套道："你的腿也确实很长。"

…………

只是谭音千算万算，没算到买家竟然是个男人。她看了对方一眼，眼神颇为意味深长："你一个男生看这种漫画……"她一边说一边想到了什么，"不过我看你怎么这么面熟，总觉得在哪儿见过似的……"

徐聿盯着谭音，也颇有同感："我也觉得好像见过你……"他一边说一边朝谭音伸出了手，"漫画手稿带来了吗？确定是你画的吗？"

"当然是我画的。"谭音骄傲道，"要不是我缺钱，我才不卖呢！"

她掏出手稿，正准备给对方，也是这个时候，谭音脑子里电光石火的一下，终于想起了这个人是谁。

"我想起来了，你是不是叫徐……徐什么的？"她恍然大悟道，"你不就是楚杭的那个朋友吗？徐聿是不是？法学院的那个？”

这么一想起来，谭音看向对方的目光都不同了，她意味深长地说：“没想到啊没想到，楚杭把你当朋友，你竟然想……难怪楚杭一出国交流，你紧跟着也出国交流了，原来你对他竟然有这种非分之想……”

徐聿愣了愣，随即便是解释：“我不是，我没有，你别瞎说……”

谭音却根本听不进他的否认三连，只一脸“我懂你”地拍了拍徐聿的肩膀：“没事的，年轻人，我懂的，看在你这么喜欢这部漫画的分儿上，还花五千买我的手稿，我给你个福利吧，之后第二部，以你为原型给你个形象？让你也和林亢来一段‘兄弟情’？”

“……”

而谭音没想到的是，自己这手稿刚掏出来，对方就一把抓住了她的手，正当谭音想说一句“一手交钱一手交货”的时候，对方眯着眼睛笑了笑。

一瞬间，谭音有一种不好的预感。

对方紧紧钳制着谭音的手，就着这姿势，回头朝着屏风后道：“行了，楚杭，人赃并获，你可以出来了。”

“……”

这一刻，谭音的脑海里只有一句话：好嗨呀，我感觉已经达到了人生的巅峰！

几乎是徐聿的话音刚落，谭音就飞速松开了手。

那本《万人之下：校草的诱惑》刚啪的一声掉到了地上，楚杭便走出了屏风。

谭音整了整表情，露出个再自然不过的笑容：“楚杭，你回来啦？”

楚杭的表情十分难看，他捡起了地上的漫画手稿，异常平静地看向谭音：“你还有什么想说的？”

在如此气场前，谭音一点也没怯场，她一脸无辜地道：“说什么？”

“这本漫画，你解释一下。”

谭音表情茫然地道：“你手里拿的是什么东西？漫画？什么漫画？我要去 107 包厢，是不是走错了？要不你们先聊，我先走了！”

徐聿实在看不下去了：“这不就是你画的吗？刚才都人赃并获了，你还想抵赖？”

“怎么人赃并获了，这漫画刚才在地上，根本不是我画的，我只是个不小心走错包厢的路人，我……”

“当然是我画的！要不是我缺钱，我才不卖呢！”

谭音还没狡辩完，就听到了楚杭的手机里自己的声音，他此刻双目沉沉地盯着谭音，面无表情地道：“我录音了，谭音，我劝你老实点。”

“……”

铁证面前，谭音彻底噤声了。

楚杭把这本漫画扔到了她的面前，结果好巧不巧，页面正停在一页令人遐想的画面上，男主人公林亢正在和篮球队队长一起分食一杯冰激凌，表情颇为甜蜜，而他微微敞开的衣领下，左边锁骨上有一颗小痣……

楚杭皱着眉，似乎拼了老命才压制住了想要发怒的冲动，死死看向谭音：“你一个女生，竟然画这种不堪入目的东西！”

谭音解释道：“也没有不堪入目啊，不就是一起吃冰激凌吗？我这画的内容挺正常啊，你要觉得不堪入目，是不是自己反而想太多了？”谭音看了楚杭一眼，“你听过一个词吗，淫者见淫？”

楚杭盯着谭音，只觉得自己的良好教养恐怕将要到此为止了。

“你画成什么样我没有兴趣，只是你给我解释下为什么男主角和我的名字这么像？”

“你这个名字也不特别啊，你查查全国重名系统，叫楚杭的我们 A 市就有 28 个，我这个男主角更和你的名字不一样，叫林亢，林亢我们

A 市有 56 个呢！而且你看，我在漫画第一话就写过声明了：‘本故事纯属虚构，如有雷同，纯属巧合。’还特意标红了‘无原型，切勿对号入座’……”谭音干笑道，“所以相关人士不要自己代入啊哈哈哈。”

楚杭怒极反笑，索性也不恼了，甚至淡淡地笑了下：“既然没原型，那我拿去给我们建筑系系主任一起欣赏一下吧。”

“不……”一提系主任，谭音彻底蔫了，“别这样，大家同学一场，我今年系主任的那门建筑力学不能挂……”

“你也知道同学一场？同学一场，你画这种东西？”

“我……我就……就去年我那么追你，结果被你无情拒绝后，内心遭到了重创，伤心过度之下情绪失控，鬼迷心窍就……要不你理解成我突然精神分裂了？”

楚杭连冷笑都冷笑不出来，他盯着谭音，一字一顿道：“所以说到底，你画这种东西，追根溯源还是我的错？”

谭音察言观色地斟酌道：“也可以这么说？”

楚杭本还想说些什么，然而目光刚扫过那本手稿，就像是被烫到一样移了开来，一张脸上表情也更冷峻难看了。

他伸出手，最终咬牙切齿地把那本手稿合了起来，像是捡了什么脏东西一样飞快地丢给了徐聿。

“谭音，我不希望再看到校园论坛上还连载这些东西。”楚杭的声音冷冷的，充满了警告，“如果你不想挂建筑力学的话。”

谭音简直欲哭无泪，试图协商道：“你看我把主角换个名字连载行吗，不叫林亢了，比如取个和你完全不相关的名字，叫王大力。你看行吗？”

“没门，”楚杭看了眼谭音的表情，冷声道，“不仅换名字连载不行，你现在想的所有，都不行。”

“其他我在想什么我都没说，你怎么知道就一定不行？”

“你不就在想这时候抢走手稿直接逃窜之后死不认账吗？”

“……”

在楚杭的目光下，谭音有些尴尬和无处遁形，自己的意图有这么明显？

楚杭扫了一眼谭音还打着石膏的左腿：“你可以试试，看是你跑得快还是我跑得快。”

谭音彻底蔫了。

倒是徐聿被谭音打着石膏的腿吸引了注意力：“你这腿是怎么了？断了？”

谭音刚想回答，就听到隔壁包厢里传来了十分抢戏的八卦声——

“对了，你听说没，谭音之前跳楼把腿摔断了。”

这边包厢内，徐聿立刻惊疑不定地看了眼谭音：“跳楼？”

谭音刚想解释，就听到隔壁包厢的人继续道——

“知道啊，她不就是为了楚杭跳楼的吗？”

面对楚杭立刻扫过来的那一言难尽的目光，谭音立刻澄清道：“没这回事，我没为了你跳楼，千真万确，这是谣传！”

隔壁包厢里的谈话也十分同步，另一个女声道：“不可能吧，没追上就要跳楼啊？我不相信，八成是谣传。”

“虽然学校里谣传很多，但这个是板上钉钉的。你知道蒋一璐吧，就谭音那个好朋友，我和她认识，上次亲耳听她说过，谭音是为了个男人跳楼的，她不就在追楚杭吗？想想也能理解吧，楚杭实在太优秀了，谭音又那么喜欢他，可能没追上就心态失衡了，为情所困钻牛角尖了……”

楚杭没说话，只冷冷地看向谭音。

这尴尬的场景，谭音只想冲回去掐死蒋一璐。

“我这个当事人在线给你辟谣，真的不是。楚杭，我已经放下过去的心魔了……”谭音磕磕巴巴地道，“你相信我，我对你已经没有非分之想了。我这个人很佛系的，也就随便追追，没追上就算了，人生不如意之事十有八九嘛，我理解的……”

谭音翻来覆去解释了一通，然而楚杭看向她的眼神，除了敬而远之害怕被黏上外，就是一些微妙的同情了。

他看了一眼谭音，最终抿了抿漂亮的嘴唇：“我最讨厌别人用死要挟、用跳楼进行道德绑架了，不要觉得哗众取宠的跳楼方式就可以引起我的注意。”

“也不要以为画那种漫画可以引起我的注意。”楚杭冷冷地看了谭音一眼，“谭音，我劝你死心。”

他说完，像躲病毒似的，连一秒钟都不愿和谭音多待，径自走出了包厢。

徐聿拿着手稿，跟在他身后，也一起走了出去。只是离开前，他同情地看了眼谭音，语重心长地规劝道：“想开点，换个人喜欢吧。”

谭音目瞪口呆地看着这两个人离开，内心简直想要咆哮，而雪上加霜的是，这时包厢隔壁再次传来了八卦的声音——

“我还听说了个谭音的事，说她因为老纠缠楚杭，遭天谴下雨天被雷劈了。”

“你这个就肯定是谣传了，这么假的事怎么可能是真的啊？何况谭音现在还活蹦乱跳的，哪里看起来像是被雷劈过？虽然确实有人倒霉会雨天被雷劈，但这个概率多小啊。”

“说得也是，这些八卦确实太假了……”

谭音一边听一边泪流满面，此刻她只想说，隔壁的姐妹，你们的真假鉴别能力真的是太差劲了。我为了楚杭跳楼是假的，我倒霉下雨天被雷劈那倒是真的啊，现在更是悲惨到被楚杭当场抓获！

等等，想起被楚杭人赃并获，谭音突然一个激灵，顾不上自怨自艾就一瘸一拐地追出了包厢："楚杭！你拿了我的手稿，那说好的五千块要给我的啊！说好的一手交钱一手交货啊！"

谭音刚走到包厢门口，就听到屋外传来了阵阵雷声。她望向窗外，刚才还淅淅沥沥的小雨，此刻已经变成了一场阵雨，天色彻底暗了下来，闪电伴随着雷鸣。

"完了，没带伞！"

"看来要么淋雨要么只能被困在这里等着了。"

"烦死了，我的电影快要上了，等不了了，看来得冒雨冲了……"

包厢外的走廊上充满了没带伞的人的抱怨，谭音却一点也不在意。她推开门走出了包厢，大摇大摆地走在走廊里，想着过几天去把石膏拆了，带着这石膏，走起路来就利索不了。

其实这石膏两天前就能拆了，但因为出了横幅的事，谭音很害怕拆掉石膏后再次被她爸打断腿，因此想回家后入戏地装完悲情残障人士，再准备回归健步如飞的生活。

谭音走到咖啡厅门口，才发现这场雷雨下得是挺大，而门口此刻站着好几个带了伞的人，正撑伞准备离开。

"这伞太小。

"这撑伞的人个子太矮了。

"这伞绿油油的，远看像顶了顶绿帽子，不吉利。

"这伞看起来不结实，待会儿风一大没准儿就被吹翻了。"

…………

谭音一边点评着，一边在一堆伞里巡睃，找了半天，终于找到了一把合适的。这伞有纯黑的伞面，材质看起来高档，绝对结实，伞面很大，这伞下面再钻进一个自己完全不成问题。撑伞的人还挺高，此刻从谭音的角度刚好能看到对方握住伞柄的一只手，白皙、修长、骨节分明。

虽然撑伞的人早就已经走到了雨中，但大概刚离开，距离咖啡馆还不远。

谭音想，就是他了！

她用手遮住脑袋，冒着雨，一个飞奔就朝对方跑了过去，然后动作利索地钻进了对方伞下。

“还好还好，没怎么淋湿。”谭音一边摸了摸头上的雨水，一边下意识地抬头，“这位大兄弟，我一起借用下你的……”

她的话还没说完，就噎在了口里，这撑着伞的，不是楚杭又是谁？

楚杭身姿笔挺，一只手插着兜，一只手举着伞，眼神平视前方，大概是还延续着刚才的情绪，脸还有些臭，对于突然钻进自己伞下的谭音完全视若无睹，此刻冷淡地看着外面的雨。

当然，这样的反应不怪楚杭，因为他确实看不见。

楚杭出国交流没多久，谭音就被雷劈了，遭没遭天谴她不知道，劈完以后很长时间谭音都没觉得有任何异样，身上连个雷击纹都没留下。她甚至觉得自己作为被雷劈了还屹立不倒的天选之子，心理作用之下胃口更好，吃得更多，还胖了三斤。

直到被劈几个月后的一个雷雨天，谭音才发现了不对劲。

一旦雨天或者快要下雨时，只要再遇上打雷，她就变隐形了，不仅别人看不到她，连带着她说话别人也听不到。而只要雷雨停了，谭音就又能恢复正常。

被雷这么一劈，竟然把她劈出了超能力。

而一旦接受了这种设定，谭音觉得还挺带感！比如此刻，自己悄悄猫身在楚杭的伞下，竟然有一丝隐秘的刺激感。

这么想着，她便小心翼翼地往楚杭身边凑了凑，既不让自己碰到对方，又避免自己被雨淋到。楚杭身高腿长，谭音必须小跑起来才能跟上他的速度，好一直让自己能躲在他的伞下。

徐聿也撑着伞，走到了楚杭的身边，他揶揄道："说句实话，谭音长得挺漂亮的，对你又这么一往情深，我看你要不从了算了。"

"谭音"两个字，就成功地让楚杭的表情难看起来，他嫌恶地皱了皱眉："长得好看有什么用？年年成绩在建筑系里吊车尾，考了最后一名还恬不知耻地拉横幅高调庆祝，和她在一起是想拉低自己的平均智商还是嫌生活不够刺激？"

"你没听过一句话？女人有多漂亮就能有多作，按照谭音的长相，她这么作，照样会有男生愿意买单……"

结果徐聿的话还没说完，就被楚杭冷冷打断了："我们能换个话题吗，还是你准备去买单谭音？"

徐聿戏谑道："她爱你爱得不能自拔，眼里哪里容得下我？"

不过这么一打岔，两个人也自然转换了话题，聊起别的来。

然而楚杭大概永远想不到，此刻被他诟病的当事人正站在他身边，直勾勾地瞪着他。

谭音决定理直气壮地把自己的报复心甩锅给星座，毕竟谁叫她是大天蝎。

她抿着嘴唇，抬起手踮起脚，然后拉过了楚杭的伞面……

此时雨点更密集了，伴随着阵阵雷声，楚杭突然发现自己的伞完全朝一侧倾斜了过去。虽然此刻风不小，但也不至于有如此大的威力，然而伞就是毫无理由地朝一侧偏，并且偏出了一个夸张的弧度，以至于自己右侧肩膀完全处于伞的边沿，被伞面上滚落的雨滴淋了个湿透。

徐聿看见这一幕，忍不住落井下石地笑起来："楚杭，你没吃饭吗？

这才多大点风，你连个伞都撑不住了？年纪轻轻身体就这么虚？”

楚杭抿了抿唇，正了正伞，却发现自己左侧仿佛有一股力量在与自己对抗，他不得不用了十足的力，才终于把伞重新打正。

谭音自然不肯放手，就这么继续拽着楚杭的伞，决定和楚杭力争到底。只是没想到即便如此，楚杭仍旧不肯把插在口袋里的另一只手抽出来一起作战，还装作十分轻松淡然的模样单手撑着伞，明明拼命抵抗着谭音的力量，面上却还一派镇定自若。

都说“莫装，装会被雷劈”，谭音想，这老天爷怎么没开开眼，把楚杭给劈了啊?

徐聿不明所以，谭音却和楚杭在伞上角力，各不相让。明明风不大，这伞却一会儿微微往左偏，一会儿微微往右偏，最终大概是两个人用力不均，这伞竟然直接被拽坏了，质地良好的伞面被谭音彻底拉离了伞骨……

徐聿目瞪口呆地看着楚杭撑着的空伞骨，又看了眼已经随风而去的伞面，愣了半晌，才怒道：“这伞质量也太差了！不还是个高级的牌子吗？风这么小连伞面和伞骨都分离了？”

好在没两步就到知行楼了，谭音顾不上楚杭，健步如飞地冲进了阶梯教室。这节是系主任的建筑力学课，根据历届学子们血的教训，想在建筑力学这门课难度变态的期末考试里得分简直难于上青天，因此想要及格，就只能仰仗着多积攒点平时分了。系主任大名朱抗美，是个四十来岁的中年男人，秉承“聪明绝顶”的定律，头顶早已寸草不生。

“谭音，谭音，谭音到了吗？”

谭音赶到的时候，系主任正叫到她的名字，谭音气喘吁吁地喊了声“到”，结果喊完才想起来，如今雷雨没停，系主任压根儿看不见自己，也听不见自己的声音。

这超能力大部分时候看着挺好，但也有这种不好的时刻……

朱抗美果然皱了皱眉，在考勤表上谭音的名字后面打了一个大大的红叉："又没到？都考全系倒数第一名了，还不来上课，按照她的平时分，除非期末考试能考到九十分才能救她……"

蒋一璐举了手，十分讲义气地想要解释："朱老师，谭音有点不舒服，她……"

朱抗美冷酷地看了蒋一璐一眼："逃课的共犯，同等对待，扣平时分。"

"……"

"好了，点完名了，有漏了谁吗？"

也是此刻，楚杭才姗姗来迟，站在教室门口，一张脸英俊而平静："朱老师，你忘记点我了。"

朱抗美推了推眼镜，一看是楚杭，不仅没追究楚杭迟到的事，板着的脸上还一扫刚才的冷酷，换上了如花般的笑颜："楚杭，你回国了？快找个座位坐下。"

如果朱抗美是皇帝，那毫无疑问楚杭就是他独宠的后宫妃子，他对楚杭几乎是不加掩饰地喜爱。别人迟到是"斩立决"的死罪，楚杭迟到，那就是"陌上花开缓缓归"的柔情蜜意……

果不其然，得意门生楚杭一来，朱抗美就陶醉上了："你们都应该多向楚杭学习，以人家的成绩和水平，就算不来听课都没问题，可他还是坚持来，这是什么样的精神？是对知识的渴望，是对老师的尊重！再看看谭音，简直是自甘堕落！"

一开启这个话题，朱抗美果然打不住了，又忍不住开始嘲讽了："说实话，我也不是不能理解谭音，作为女生，嫌弃建筑枯燥，这很正常。我们这届建筑系一共 54 个人，男女生比例各占一半，但每次考试，前百分之二十全是男生，为什么呢？是女生不努力吗？不是，只是有时候女生天生不适合学理工科，因为女生的思维偏向感性。你们看看，国内外的建筑大师，有几个女的？”

教室里其余女生表情都不太愉快，只是碍于朱抗美系主任的身份，大家敢怒不敢言。哪里是女生不如男生呀，不过是朱抗美习惯性地给女生的实验报告打低分罢了。

谭音气呼呼地往蒋一璐身边一坐，那动静让课桌微微一震。

蒋一璐看了眼身边的空座位，压低声音道：“谭音？”

谭音轻而有节奏地敲了两下桌面。

蒋一璐露出了然的神色，拿出笔，在纸上写道：“据说朱抗美出好下节课的随堂测试题了，你快去搞一份出来。”

朱抗美除了点名外，会定期安排随堂测试，这也是平时分的构成部分。

谭音能隐身这件事，蒋一璐是唯一的知情人。两个人摩拳擦掌想偷看随堂测试考卷已经很久了，只可惜天公不作美，直到今天才终于下了两个月以来的第一场雷雨……

建筑力学课在学生们的昏昏欲睡中终于结束了，朱抗美又拖了会儿课喷了点儿唾沫星子，才转头对楚杭笑道：“楚杭，你跟我去一下办公室，系里有个新课题，你看看有没有兴趣，可以跟着我的几个研究生一起做做。”

楚杭点了点头，便跟着朱抗美走出了教室。他们前脚走，谭音后脚就跟了上去。

系主任办公室设在知行楼的顶楼六楼，朱抗美带着楚杭进了电梯，谭音自然闪身跟了进去。

电梯里没有别人，朱抗美便拉着楚杭聊了聊他出国交流的情况，而随着楚杭的回答，朱抗美的脸上是毫不掩饰的赞赏。

“楚杭，毕业后我建议你可以直接去美国再进修下，然后留在国外工作两年。”朱抗美语重心长地道，“你是男生，读个博士也没事，男人年龄越大越吃香，不像女生，读完博士连工作都找不到。我就不怎么收女博士生，到时候找不到工作影响我的口碑，而且女生就是不适合做建筑……”

谭音缩在电梯的角落里，对朱抗美的言论简直嗤之以鼻。虽然她自己不喜欢建筑，志愿完全是她爸强行逼她填报的，对建筑无爱所以成绩确实不好，可系里其余女生厉害的有很多，前几年以第一名成绩荣誉毕业的学姐也在建筑业内声名鹊起。这么大张旗鼓地歧视女性，视而不见那些优秀的女性从业者，甚至作为系主任常常带着偏见打压女生，将很多比赛和项目的机会给男生，谭音觉得，朱抗美这种人，是时候遭受自己这种女超人的毒打了。

他们从一楼上行，到二楼时进来了好几个文学院的学生，朱抗美和楚杭便被人群隔开了，朱抗美站在电梯的尾端，楚杭则站在电梯门口。电梯行至三楼，文学院的人都出去了，电梯里重新恢复成了朱抗美和楚杭两个人。

当然，还有谭音。

朱抗美此刻正靠在电梯壁上看手机，楚杭则站在他的左前方，两人维持着一前一后的姿势。

这简直是完美的犯罪土壤！

谭音蹑手蹑脚地走到了楚杭的身后，然后迅雷不及掩耳地出手——

她摸了一把楚杭的屁股。

楚杭显然毫无防备，身体绷了绷，皱着眉回头。在他身后，朱抗美仍旁若无人地在看着手机，而整个电梯里，除了楚杭，就只有朱抗美了……

楚杭表情复杂地看了一眼朱抗美，朱抗美却仍旧沉浸在手机世界里。

或许是搞错了，楚杭一边做着心理建设，一边转回了头。

结果他刚转回去没多久，屁股上又被人轻佻地摸了摸，摸完甚至还嫌不够似的捏了一把。

这就有些不能忍了。

楚杭努力克制着自己正在翻滚的内心情绪，斟酌了片刻，沉声对朱抗美道："朱老师，你，是不是不喜欢女生？"

朱抗美抬起头，有些莫名其妙，但很快，他毫无心理负担地点了点头："是啊，我是不喜欢女生，还是男生好。"

在性别歧视大狂魔朱抗美的世界里，这话没毛病，只是在如今的楚杭听来，却是一番别样意味。

虽然知道对方看不见自己，但谭音还是下意识地捂住嘴，生怕自己笑出声。

楚杭的表情难看极了，他一下子站到了电梯里离朱抗美最远的角落，一字一顿道："朱老师，我不知道你是不是看了一些乱七八糟的漫画，但是我希望你知道，我喜欢女生。"

朱抗美疑惑。

"我突然想起来临时还有些事，项目的事我们下次再聊吧。"楚杭说完，几乎是迫不及待地走出了电梯，在朱抗美的目瞪口呆下径自离开了。他的步子跨得很大，表情有些微妙，活像是撞了鬼。

"哎！楚杭！这项目不复杂，几句话就能说完，你回来啊！"

可惜他越喊，楚杭跑得越快，朱抗美话音还没落下，楚杭的身影就消失在了楼梯处。

可惜谭音到底没偷看上随堂测试考卷，她刚跟着朱抗美走出电梯，窗外的雷声就渐渐小了，她往外一看，雨也明显小了，显然是即将停下的节奏。

这场雷雨，就要结束了。

谭音惋惜不已，不得不提前结束这次失败的任务，垂头丧气地走了。

等回到宿舍的时候，她果然已经恢复正常，蒋一璐已经能看到她了。

蒋一璐迎了上来，压低声音道：“怎么样？得手了吗？”

“没有，不过教训了下朱抗美。”谭音往床上一倒，把刚才的事给蒋一璐说了一遍，“不管怎样，我想楚杭应该不会再把我的漫画手稿拿给系主任看了，以他现在对系主任的认知，这完全就是引火烧身哈哈哈哈。”

蒋一璐差点笑得打滚：“朱抗美活该！不过楚杭真无辜啊，还被你平白占了便宜、摸了屁股！”

谭音翻了个白眼：“他强抢了我的漫画手稿，分文不付，我摸他两下屁股怎么了？”她想了想，又回忆起了刚才电梯里那种触感，“还真别说，楚杭的屁股还挺有料的，我觉得我在漫画里对他的设定有点偏差，把他画得太柔弱纤细了，他脱了衣服身上的肌肉可能还不错！”

“不过，”谭音看了眼蒋一璐，想起了点什么，“你知道现在外边传我为了楚杭跳楼了吗？”

蒋一璐也愣了愣：“传得这么夸张？简直是道德沦丧啊！”

“还不是你到处说我为了个男人跳楼了！”

蒋一璐挺无辜：“我也没说错啊，你不是在实验楼二楼栏杆那儿看到一张钱，想去捡，结果没想到那儿有水，木栏杆又年久失修早不牢靠了，一下子滑倒摔了下去。你说说，你不就为了钱吗？这可不是为了个男人吗？”

“……”

蒋一璐一说起来，还把谭音教训上了：“你说说你，你家里又不差钱，怎么还这么见钱眼开，一百块都不放过？”

谭音的爸是包工头出身，在工地上摸爬滚打了多年，接的工程也越来越大，比起蒋一璐这种家里是正儿八经高端家装公司的，算不上有钱，但比上不足比下有余，谭音勉强也算个小暴发户二代，只是因为谭音的爸信奉“孩子有钱就变坏”，立志培养谭音独立简朴的习惯，每个月只给谭音一笔刚刚够花的生活费，谭音又常常把钱花在自己热爱的漫画和周边上，因此日子总是过得紧巴巴的，想要买个大件，都得打上几份零工，相当贫穷。

“你懂什么？”谭音摇了摇头，“像你这种含着金汤勺出生的是不会懂我们这些苦出身的孩子的。你知道为什么我们家能从一贫如洗变成现在这样吗？那还不都靠抠！都靠我这份不放过任何一张‘毛爷爷’的精打细算！”

蒋一璐撇了撇嘴：“那你的漫画手稿，就这么给楚杭了？”

“当然不行！那可是我的心血，是纪念！我以后出名了，这些都是要放进展览馆或者名人故居里摆着的重要手稿，没钱的时候拿出来拍卖还能换不少钱，怎么能便宜楚杭？何况这玩意儿在他手里捏着，我总觉得是个定时炸弹，他要是拿着这玩意儿和上次的录音去校园论坛上公开，我怕是活不久了！”

蒋一璐丝毫不同情她：“我当初就劝你人物设定别这么基于现实，除了楚杭和系主任，还有篮球队那个老是劈腿的队长、文学院那个抄袭论文的学生会主席……这些几乎都能对号入座，你要被公开了身份，你看看人家来不来找你麻烦。”

谭音痛定思痛：“什么时候再来场雷雨吧，我得潜伏进楚杭的宿舍里把我的漫画手稿给偷出来！”

蒋一璐不无羡慕地道：“怎么老天不也来个雷把我给劈了啊？我要是有了隐身的能力，我第一件事就是进男浴室转转，再不济也去银行策划个世纪抢劫案，再把我那个劈腿的前任暴打一顿……”

谭音想，这个朋友思想这么危险，真是不想要了。

第二章

引起你注意

虽然期待着再次遇上雷雨天，但谭音也没想过自己的梦想成真得这么及时，当天晚上，竟然又下起了雷雨。

“真是天助我也！”谭音生怕雷雨很快结束，一分钟没耽搁，立刻就朝男生宿舍楼跑了去。

靠着隐身，她毫无压力地混进了宿舍楼里。楚杭住在304，也是她运气好，几乎刚到楚杭的宿舍门口，门正好开了，楚杭的舍友陈自强从里面走出来。

“宝贝，我真的是在忙着整理桌面，因为我是个有点洁癖的人，对桌面的整洁有强迫症，绝对不是因为在打游戏才故意不回你的信息。你说什么？信号不太好，你等等……”

陈自强一边向女友解释，一边就在宿舍外的走廊里找了个信号好的位置，因为他就站在门口没走远，宿舍门也就那么毫无防备地大开着。

谭音趁着这个开门的间歇就闪身进了宿舍，结果一进去才发现宿舍里一个人没有。

这简直就像参加奥数考试结果遇到了送分题啊！

宿舍没有人，方便谭音翻找自己的漫画手稿，而门没关上，更方便她神不知鬼不觉地进出。

A 大的宿舍四人一间，和楚杭一起住的都是建筑系的同学。四张床下是四张书桌，谭音低着头，努力想辨认哪一张是属于楚杭的。

第一张桌子简直可以用脏乱差来形容，书杂乱地堆着，还有拆了一半的零食、吃剩下的鸭脖……谭音翻了翻，这是刚才号称有洁癖的陈自强的桌子。

第二张桌子整洁多了，但上面竟然摆着 SK-II 全套产品，神仙水只剩下半瓶了，显然它的主人真的在使用。谭音一看，是皮肤一直被女生羡慕却号称自己从来不保养天生丽质难自弃的张晨的……

第三张书桌则已经不用看了，因为只看了一眼第四张桌子，谭音就几乎能确定，那是楚杭的桌子。桌面上几乎什么也没有，只放着一盆仙人掌、一台苹果笔记本电脑。书架上是一排英文原版的建筑学书籍，毫无生活气息。这桌面简直和楚杭本人有着一种如出一辙的性冷淡感。比起陈自强和张晨，楚杭确实是个表里如一的人。

“和样板房似的，还摆了这么多原文书，也太假了……”

谭音一边嘀咕一边从书架上取了本原文书，结果令她意外的是，这书虽然外面看着十足新像是当摆设的，书里却密密麻麻地写满了笔记，那字迹刚劲有力，即便是随手写下看起来有些潦草，但仍能看出每个笔锋里的气韵。

虽然谭音不想承认，但楚杭真是写一手好字，和他的长相一样足够惹眼。

当然现在不是欣赏楚杭的字的时候，谭音找起自己的漫画手稿来，只是丧气的是，楚杭的所有柜子竟然都上锁了！

就在谭音寻思着要不要翻翻衣柜的时候，伴随着阵阵脚步声，出现在宿舍门口的，赫然就是楚杭。

楚杭刚打完篮球，白皙的脸上带着运动过后的潮红，让他整张脸在平日的高冷之外多了点妖冶，配上他常年冷淡的表情，简直像一个心狠手辣的男狐狸精。

而此刻，这位“男狐狸精”径自走进宿舍，打开自己的衣柜，拿了条毛巾。

谭音差点躲避不及，她心跳如擂鼓地靠在旁边的衣柜门上，刚才那一瞬间，楚杭的鼻尖几乎快要触碰到她的，那样近的距离，谭音甚至能清晰地闻到楚杭身上的味道。

不是剧烈运动过后的汗味，而像是衣服晒干后阳光的味道，伴随着淡淡的沐浴露气息，运动让这种味道变得强烈，而楚杭本人的气质又在这味道里注入了一丝冷感，使其既像燃烧的火焰，又像是雪后凛冽的空气。如此矛盾的气息，谭音很难想象，会有人能平衡得如此恰到好处，干净、凌厉，又充满迷人的了男性荷尔蒙，楚杭被评为 A 大女生最想睡的男神，某种程度上也不是没有道理的。

好在楚杭拿了毛巾就离开了衣柜，往浴室走去。A 大的学生宿舍条件尚可，每个宿舍内部配有一个独立的淋浴间。

谭音的心情刚开始冷静，她一抬头，眼前的场景就让她又一次头重脚轻地晕了起来。

大概是以为只有自己一个人，楚杭一边朝淋浴间走，一边脱起了上身球衣。他有些心不在焉地撩起了球衣的下摆，动作带了点漫不经心，慢吞吞的，而在他的动作间，他紧实的腹部肌肉线条便若隐若现……然后，像是电影慢镜头一样，谭音眼睁睁地看着楚杭的腹肌一点一点露出来，继而还有腰线、人鱼线以及所有一切她不该看的线……

说好的白斩鸡呢?

谭音顿时觉得自己被骗了，她从没料到楚杭会有这样的身材。

在谭音的潜意识里，楚杭这个名字，扑面而来的就是一股弱柳扶风的气息，活像旧社会里那种家道中落、成天躺在贵妃榻上抽大烟的病态贵公子，还是活不过三十岁的那种。配上楚杭那张白得过分还表情寡淡的脸，谭音几乎武断地觉得，楚杭是那种身材纤细的男生，脸蛋长得不错，没准儿一脱衣服娘里娘气的，就是个肾虚的白斩鸡……结果，结果在谭音心中楚杭的人设就这么崩了！

楚杭不疑有他，彻底脱掉了球衣，露出背部的肌肉线条……

男性人物的背部，这是谭音的死穴，无论如何画和修改，她总不能画出性感又荷尔蒙爆棚的男性裸背，此刻看到楚杭这近乎完美的样板……

“一切都是为了艺术！”

谭音自我安慰着，咬了咬牙继续看着……

要是楚杭还脱裤子，那……那自己就不看了吧……

好在她内心挣扎之际，楚杭终结了她的纠结，他走进淋浴间，关上了门，不多会儿，里面便传来了水流的声音。这裤子算是不脱了。

谭音松了口气，终于冷静下来，今天看来漫画手稿是拿不到了。可惜她刚准备撤，正遇上陈自强打完电话回来，他走进宿舍，下意识地便一脚踹上了门。

“……”

谭音简直想咆哮：陈自强，怎么摔断的是我的腿不是你的腿啊？

谭音有些咬牙切齿，她总不能当着陈自强的面把门打开大摇大摆地走出去吧？这不成灵异事件了：门把手自己转了，门自己开了，像话吗？还不把人吓进精神病院？

好在宿舍里还有两人没回来，谭音倒也不急，只要趁着另外两人回来时溜出去就行了，只是这段时间自己只能待在楚杭的宿舍消磨时光了。

陈自强虽然脚挺多余，但是回来后直接上了自己的床，因此这一排书桌下面，便没人了。

谭音等得百无聊赖，看了看楚杭桌上还开着的电脑，随手碰了下，竟然没有开机密码。

“那就上会儿网吧。”谭音想了想，径自开了自己之前没来得及看完的帖子——

“极品男性，血脉偾张……”

谭音看这帖子倒不是为了满足私欲，单纯是抱着把人体尤其男性人体画得更好的角度、带着学习的目的去研究的。这帖子里大部分是欧美半裸男，身体线条非常健美，别看帖子名字起得不三不四，其实不过是为了吸引眼球的噱头而已，帖子里确确实实并非色情照片，而是正儿八经国外的艺术家摄影师作品，可都是得了奖的那种，展现人体的力与美，非常纯粹。

“各位兄弟，我回来了！”

伴随着一道男声，是张晨回来了，可惜他也很快随手关了门，谭音只来得及起身离开楚杭的书桌，根本来不及逃窜出去。

只是她不知道自己给楚杭留下了一个什么样的烂摊子……

张晨几乎是一走到书桌前，就被楚杭电脑屏幕上的壮硕裸男图吸引了注意力，他疑惑地想：楚杭作为一个男人，看这玩意儿是怎么了？好奇心驱使下他凑近楚杭的电脑又看了看，然后看到了如下一行大字——

“极品男性，血脉偾张……”

张晨震惊了，张晨凌乱了，张晨感觉整个人都不好了……

这，这难道，楚杭喜欢的是男人？！

张晨一开始是不能接受的，然而仔细一想，如果是这种设定，那么一切都可以解释了。像楚杭这样好的条件，倒追他的女生又多，为什么他却一心专注学业，压根儿没谈恋爱的意图？

这不是他不想谈，而是性别不同，他没法谈恋爱啊！

张晨也是这时才突然想起，平时抹 SK-II 的时候，楚杭总要无法理解地看自己两眼，如今想来，这并不是他真的无法理解，而是……而是或许他一直用这种方式在掩饰着对自己无法抑制的关注。当然，楚杭对自己的这种关注也不难理解，毕竟谁叫他是继楚杭之外宿舍里颜值最高的男人？而除了颜值之外，自己的人格魅力，更是让人无法阻挡的。

楚杭的电脑屏幕已经进入了待机熄屏模式，张晨的内心的震动却久久无法熄灭。

楚杭洗完澡走出淋浴间，不知是不是自己的错觉，总感觉宿舍里气氛怪怪的。张晨站在自己的书桌前，看着自己，一脸欲言又止的微妙表情。

楚杭没理睬他，径自擦干头发，而直到他开始整理衣柜，张晨终于鼓足勇气般开了口。

“楚杭，我喜欢女人。”

楚杭几乎有些莫名其妙。

张晨像是迈出了第一步后有了底气，咳了咳，努力装作不经意地解释道：“虽然我用 SK-II 护肤，但是这不代表我就女性化，更不代表我喜欢男人，我只是觉得，毕竟男人啊，也是要对自己好点的，脸面很重要。一个成功的男人，都是注重保养的，皮肤好毛孔细，才能成就零瑕疵的自己……”

楚杭一边拿着水杯准备喝水，一边像看鬼似的看了张晨几秒：“你发烧了吗？”

“……”

楚杭不明所以，但不代表缩在一边的谭音不懂。她几乎快要笑疯了。

而因为情绪太过激动，一时之间没掌握好距离，谭音不小心撞了一下楚杭。这撞击来得莫名其妙简直凭空而来，因此楚杭毫无防备，水杯一下没拿稳，就这么泼了出来。好死不死，水就这么径自泼向了张晨，因为楚杭和张晨的身高差，这水还非常微妙地泼在了张晨的裤裆处……

楚杭皱了皱眉，回头看了眼身后，有些茫然："抱歉，不是故意的，刚才像是被人撞了一下，可能我没站稳。"

然而这场景在张晨看来完全不是这么一回事了。楚杭明明好好地拿着水杯，结果突然间戏精上身一般假装被撞了一下把水精准地泼在了自己的裤裆处。可惜他演技再好，也挡不住他身后只有空气啊！张晨看着自己裤裆处的水迹，心下了然。

这不就是言情小说里的桥段吗？为了引起喜欢的人的注意，假装把东西泼在对方身上。这个行为甚至还充满了小心机，楚杭泼了自己的下身，不就是想看自己当着他的面换裤子一饱眼福吗？！

果不其然，张晨听到楚杭镇定自若道："你的裤子湿了好多，换一条吧。"

张晨内心既对自己的魅力有一种飘飘然的自得，又有一种警铃大作的愤慨。楚杭这小子，可真是干大事的人，都这时候了，声音还这么镇定平稳！装得和什么似的！张晨想，我不能让他得逞！

"不！不用换！"张晨倔强道，"我觉得湿的裤子，穿起来比较有感觉！"

楚杭皱了皱眉，一脸难以置信："这能有什么感觉？"

"就……一种回到青葱岁月尿裤子的感觉……吧！"

一时之间，气氛有些诡异。楚杭用看白痴的表情看着张晨，而张晨则用看色狼的表情打量着楚杭……

谭音简直听不下去了，怕再笑下去自己的下巴要脱臼了。

好在这时，窝在上铺的陈自强爬下床开了门："空气有点闷，把门开着吧。"

谭音不敢再逗留，趁着张晨和陈自强都回了床上而楚杭背过身整理衣柜的间歇，赶紧把自己刚才浏览的那帖子给关了，顺带清理了浏览痕迹，然后赶紧溜了。

频繁又连续的两次雷雨大概耗尽了谭音的运气，此后整整一个礼拜，天气预报都显示晴。眼见着没下雨的指望，谭音索性去拆了石膏。被亲爹限制了财政来源，她开始留意各种勤工俭学的机会，虽说蒋一璐大手一挥，豪情万丈地表示“包养”谭音没问题，但谭音始终觉得，自己有手有脚，不能总依赖朋友。

好在打工的机会还是有很多的，谭音在A市市中心一家高档中餐厅里找了个外卖员的活儿，只需要周末忙的时候待命接单就行。A大附近其实也有这样的活，只是大学城附近，廉价劳动力实在太富余，兼职的工资都不高，反倒是市中心的工作多钱不少。

蒋一璐进宿舍时，谭音正用计算器吧嗒吧嗒地算着钱。

“别算了，下节建筑风景写生课的写生场地定下了，是西郊的兰若村！”

谭音丢开了计算器，有些激动：“真的吗？可是兰若村有点远，一天来回来不及呀。”

“所以林老师和系主任争取了，这次写生一天，住一天，第二天上午再回学校。”

谭音这下是无心算钱了，她想去兰若村写生很久了。A市是座拥有悠久历史的古城，曾经是多个朝代的古都，兰若村则是保存最好的古代村落建筑群，很多建筑物是明清时代所建，非常独特。

蒋一璐还在播报着她的最新情报：“另外这次写生的分组名单也出来了，上次不是说分成四个大组，每组一个组长带队这样吗？我从班委那儿拿到名单了，我和你不在一组。”她朝谭音挤了挤眼睛，“但是，你和楚杭在一组，他是你的组长。”

谭音完全沉浸在可以去兰若村写生的兴奋里，哪里在意别的细节？

她喜欢画画，更是热爱写生、一切和绘画相关的课程，其实她的成绩都很不错。建筑系大一时学的中外美术史、素描、素描写生、建筑钢笔画，大二上学期的水粉、建筑速写，她的成绩甚至可以说是拔尖。

只可惜建筑并非只需要艺术类、文科类的能力就能万事大吉，理工科能力对建筑而言同等重要，力学、水电暖设备技术操作、功能性思维、逻辑推演分析缺一不可。大二上学期，在建筑构造、数字化建筑基础、建筑力学 A 几门课的夹击下，谭音依靠自己的努力，最终成功获得了全系第一，倒数的。这光荣战绩如今还挂在知行楼的横幅上……

“这学期偏手绘类的课不多，CAD 制图、建筑设计还有建筑力学 B 这些课比重大，你要拯救你的期末成绩绩点，这次写生就要拼命了！”

不用蒋一璐提醒，谭音自己光想到这点就忍不住唉声叹气：“你说我一个不羁的灵魂怎么就偏偏被困在这要命的条条框框里？我本来要报的是 A 大的美术系啊！结果我爸死活不让我艺考，逼着我学建筑。他知不知道这是扼杀了一个未来的艺术家！”

谭音越说越愤慨：“他偏要以他做包工头的经验断定建筑设计师赚钱多，学美术只能去外面给人刷广告牌，可他怎么不看看，那些大师，随便提笔画两根线，都能拍到几百万啊！我们建筑狗要是画两根线交给甲方，你不被甲方当场打死？”

蒋一璐想了想道：“但谭音，学画画的大部分没成为大师……”

谭音豪情壮志地道：“换了是我，我肯定是谭大师。你看我就是随手画的漫画，都在校园论坛上引起了轰动……”她说着说着，突然想起了什么，“对了，你刚才说楚杭什么？”

“这次写生楚杭和你在一个小组，还是你的组长。需要我提醒你吗？因为上一届有两个学长在写生时为了个学姐争风吃醋打了起来，直接把当时写生的古建筑都撞坏了，还有一个学长写生时犯烟瘾溜去抽烟结果烟蒂着火差点把一整片果园都烧了……所以从我们这届开始，写生课时引入了组长评分制，组长会对组员的配合程度和团队贡献度打分，老师在最终对作业评分时会参考组长评分。”

蒋一璐一脸同情：“你给楚杭画那种漫画，把他画得那么娘里娘气的，他肯定不会原谅你了。”

“我想到了！之前的漫画，我可以改！”谭音拍了记大腿，恍然大悟道，“如果楚杭愿意，我可以继续连载，扭转他的形象，我可以设定让他痛定思痛、锻炼肌肉，半年后王者归来，成为一个男人中的男人。当然，他已经看不上他们了。因为他发现，和女性谈恋爱的自己，才是真正的他。之后我会画风一转，把这个故事变成一个后宫向的，为了彰显他的男人味，我可以给他安排二十几个女朋友，你看这成吗？这样经过一段时间的连载，就能抹去之前漫画里楚杭的形象定位了！”

谭音想了想补充道：“虽然这样工作量是有点大，要扭转画风不被读者骂也要想好自然而然的转折点，做好处理，但努力一下，我觉得我可以……”

“那楚杭是不是还要谢谢你？”

蒋一璐一说，谭音也蔫掉了，都这样了，自己确实不用异想天开了。楚杭能原谅自己？他怕不是傻了吧！

谭音觉得，自己的建筑风景写生课，可能是不会及格了。

怀着期待又忐忑的情绪，谭音终于迎来了建筑风景实地写生。建筑系一行五十几个人，由两辆大巴搭载着往兰若村行进。为了方便清点人员，在上车前林老师就让大家根据分组情况坐，谭音所在的这一组一共有十一个人，五女六男。楚杭作为组长，在清点完组员后才上车。谭音故意拖慢步子，蹭在他身边，这种时候，车上其余人恐怕已经拉帮结伙坐得差不多了，谭音打着小算盘，准备楚杭坐哪里，她就厚着脸皮坐在他身边。

可惜梦想很美好，现实很骨感，楚杭一上车，便在张晨身边找到了一个空位，他冷冷回头瞥了一眼谭音，就往张晨身边走去。然而他刚想坐下，本来靠窗坐着看着外面风景的张晨一回头，猛地差点从座位上跳起来："楚杭，你不能坐这里！"

楚杭皱起了眉："你这里空着我为什么不能坐？"

张晨摸了摸鼻子，看到楚杭身后的谭音，福至心灵道："因为我想跟谭音坐！"

张晨硬着头皮道："男女搭配干活儿不累，楚杭，你找别人吧！"

楚杭抿着嘴唇，没说话。他显然根本不在乎张晨的无理取闹，只是抬起眼皮看了眼谭音："你想和他坐吗？"

谭音摇头表忠心道："不想！我想和你坐！"

楚杭回头看了眼张晨，英俊的脸上表情冷静而镇定："听见没有，她不想和你坐，我不想和她坐，所以你和我坐。"

这理直气壮的强盗逻辑，一时之间把谭音和张晨都震晕了，而楚杭落座后就闭目养神起来，可张晨还是坐立不安，他一边佯装看风景，但一边又忍不住偷瞟楚杭，目光警惕，生怕自己被揩油了似的。

楚杭自然不清楚张晨今天怎么突然神经兮兮的，但谭音清楚得很。车开了没多久，她就站起身走到张晨面前："那个，我有点晕车，要不和你换个位置？我想坐前排靠窗的……"

话还没说完，张晨就站了起来："你坐你坐！"

谭音还没反应过来，他就飞也似的跑了。

谭音几乎是刚坐下，楚杭就睁开了眼睛，他皱着眉冷冷地瞥了一眼谭音："你是女生，能不能矜持一点？"而话音刚落，楚杭就准备起身换座位。

谭音此刻只想和楚杭修复关系以便在组长评分里得个高分，她这次是来议和投诚的，见楚杭要走，几乎没多想，一把就拽住了对方。因为楚杭已经站起来了，谭音坐着抬起手臂正巧够上他的裤子……

此刻她就这么死死拽着楚杭的裤子，大有“对方要走就把裤子给拽下来”的气势。

楚杭的脸彻底黑了：“你放手。”

谭音生怕一放手他就跑了，维持着拽裤子的姿势，诚恳道：“楚杭，我今天其实是想来向你道歉的，请你给我个机会……”谭音转了转眼珠，“而且别的座位现在也不空。”一边说着，谭音一边狗腿地掸了掸楚杭座位上不存在的灰尘，“领导请坐，请坐！”

谭音说得也没错，本来大巴上就没空几个位置，此刻早就被大家的行李、写生工具之类的东西占满了。

可惜楚杭一看到谭音下意识地就太阳穴直跳，总觉得要有不好的事发生，他拍开了谭音的手：“我不坐，我站着。你不要和我说话。”

“我奶奶说，开车过程中站在车里是很危险的！”

楚杭冷冷地道：“我和你坐在一起更危险。”

“站着的话一颠簸小心被散落的行李砸到……”

“怎么可……”

楚杭最后一个“能”字还没说完，大巴就突然来了个拐弯的急刹车，楚杭头顶行李小货架上不知是谁的书包一下子滑脱出来，稳稳地砸在了楚杭的鼻梁上。很快，楚杭的挺翘的鼻子下流下了一行血……

谭音赶紧把楚杭拉坐下，掏出纸巾给他捂住，语重心长地道：“我都劝你了，行车的时候不要站着，这可都是老一辈流传下来的传统智慧！幸好你这鼻子不是垫的，否则假体都要脱落了！”

楚杭已经气得一句话都说不出来了。谭音这是什么样的扫把星？他总觉得，自己只要遇到她，就没舒坦过，她存在的意义就是为了克自己吗？

谭音犹不自知，热情地从自己的包里掏出了一盒东西：“这是我特意给你准备的红枣花生桂圆枸杞粥，你看怎么这么巧，正好给你补血！”说完，她毕恭毕敬地把这碗粥呈给了楚杭，黑亮的眼睛盯着楚杭，一副“大王您请”的姿态。

楚杭却完全气到快升天了：“你故意的吧？”

“啊？”

“谭音，我这个人不挑食，但平生唯独四样东西不吃。”楚杭一字一顿道，“红枣、花生、桂圆、枸杞。”

这就有些尴尬了……

谭音讪讪地收回了粥：“对不起啊。”事到如今，谭音也不拐弯抹角了，直接道，“但是我就是想告诉你，我已经认识到了自己的错误，我之前给你画那种漫画是不对的，这不仅影响了你的清誉，更是无中生有，我会无限期停止连载！之前的帖子也会申请删除！”

“迟了。”楚杭的鼻血已经止住了，他拿开纤长的手指，冷冷看向谭音，“不管你怎么做，都没有办法改变已经连载过的漫画对我形象的负面影响。”

楚杭说话时咬牙切齿，表情更是万分难看，谭音抬头看了一眼，终于蔫了。

自己和楚杭这个过节儿，恐怕是不可能冰释前嫌了……

好在随着大巴到达本次写生的兰若村，谭音便把这一切都抛到了脑后。

兰若村实在是太美了，在旁人眼里，这或许只是一个陈旧破败的村落，远离城市，毫无现代化气息，然而在谭音看来，这些明清时代流传至今的古建筑里，仿佛还流淌着昔日农耕生活的气息以及那种质朴的传统韵味。

兰若村远离市区，作为人文历史遗产保护点，只在古村落外还有极少数当地村民居住，而村落周围，还有片森林。

其余同学都对这陌生的农村环境展现了好奇和探究，大多聚集在村落入口处的建筑前叽叽喳喳地聊着天还没进入状态，谭音却迫不及待地拿出写生本，找了个位置偏僻但足够安静的地方，开始对着眼前的古建筑画起来。

一旦画画，谭音就是全情投入到忘我的，因此她压根儿没注意到楚杭就在自己不远处的草垛边写生。

难得出来放飞，不少同学都有些兴奋，画着画着就要聊两句。楚杭嫌弃人群扎堆的地方太吵，因此也找到了这个足够偏和安静的地方。两人之间隔着草垛，都在彼此的视线死角，倒是相安无事地各自画着。

这一画，就画了几个小时，直到谭音饥肠辘辘，她一看手表，都已经下午两点了！

谭音收好写生本往外走时，才意外发现了楚杭。

他垂着头，还沉浸在写生里，从谭音的角度，只能看到他纤长优美的脖颈，还有他好看的侧脸。虽然皮肤很白，五官精致，但楚杭并不会给人女性化的感觉，相反，他有一种俊朗的贵气，并不刻意，然而举手投足都彰显着优渥的家境和良好的教养。

不论第几次看他的长相，谭音都会忍不住感慨，这可真是一张祸水级别的脸。而大概她的目光太热烈，楚杭终于意识到了什么，抬起了头。

因为专注着写生，他的目光一开始是无害而有些天真的，还带着刚才全神贯注的热烈，直到看清了是谭音，这目光才冷了下来。

谭音搓了搓手，还想着和自己的组长搞好关系："那个，要不要一起去吃饭？都两点了。"

楚杭紧抿着嘴唇没说话，收拾好了写生的工具，没理睬谭音，径自往居民村里走去。

谭音走在楚杭后面，走了五分钟，才听到前面传来对方冷淡的声音：“谭音，你这样跟着我也是没用的。”

谭音疑惑。

“不要以为跟着我在同一个地方写生，我就会注意到你。”

谭音更加疑惑了。

这位兄弟，先不说去吃饭就这一条路，选那个地址写生先到的可是我啊！

结果还不等谭音解释，楚杭就加快脚步，一个转弯，把谭音给甩了开来。

可惜两个人到底殊途同归，因为兰若村实在太偏，不在外卖配送范围内，因此这次写生，是安排在附近村民家里吃饭的。

只是等两个人前后脚到提供午饭的村民家时，才得知午饭早就供应完了。

为了方便大家各自调整写生和用餐时间，午饭时间比较灵活，是从中午十一点半到下午一点半，大家根据自己的时间安排去吃，因此林老师便没有统计是不是每个人都吃了。

她相当自责：“怪我不好，我应该再提醒你们一下，一画起来，确实容易忘记时间。这边的村民烧完饭就出去种地了，我现在也不知道上哪儿把人找回来再给你们做点吃的。”

楚杭家是搞房地产的，按照他的家境，算是正儿八经的贵公子了，然而贵公子本人对于没午饭吃倒是挺镇定：“林老师，不是你的问题，是我自己没注意好时间。我也不是很饿。”

他的语气平静淡然，丝毫没有抱怨和不快，礼貌而自若，和林老师又聊了两句，他便回去继续写生了。

怎么可能不饿呢？谭音想，自己一个女的，现在都饿得前胸贴后背了，他一米八几的身高，需要的能量可比自己多多了，装得倒和真的似的。

谭音跟上去，叫住了他：“楚杭，你要不要和我一起吃？”她掏出了自己的红枣花生桂圆枸杞粥，“我带得还挺多的，够两个人吃了。”

楚杭看了谭音一眼，沉声道：“我不饿。”

可惜嘴上说着不要，身体却很诚实，几乎是同时，楚杭的胃发出了抗议的声音。

“你的肚子都叫了。”

“没有。”

“我刚才听到了。”

“你听错了。”

“你真的饿了。”

“我不饿。”

“你肯定肚子叫了。”

楚杭终于忍无可忍：“谭音，你闭嘴。”

谭音眨了眨眼，奉上了粥：“吃吧，我们选的写生地点偏离大部队，就我和你，你待会儿要是在这里写生饿晕了，我还得给你做人工呼吸。”

“我又不是溺水，做什么人工呼吸！”

“我只是打个比方，你都晕了，我想做什么就做什么啊！为所欲为你懂吗？你醒来后就算发现少了个肾被泡在冰水里，旁边放着张字条写着‘打电话叫救护车，否则你会死’，也只能接受现实啊！”

楚杭忍了忍，最终没克制住，纠正道：“这段子是假的，偷肾没那么简单，你能不能别成天看这种虚假新闻？有点科学精神。”

“你不要在意这些细节，总之，我建议你还是吃吧。”

楚杭皱着眉瞪着眼前的粥，犹自挣扎道：“我不吃红枣、花生、桂圆、枸杞……”

自己这台阶都给楚杭找成这样了，楚杭却还端着架子，谭音也没耐心再劝说下去了，她径自把粥往楚杭手里一塞：“你这矫情病可真应该好好治治，等饿上几天，为了活命，人连屎尿都会吃，哪来那么多讲究，还不吃这不吃那的。”

谭音打开保温盒：“真的好吃！吃了不上当！”

楚杭梗着脖子道：“我不想欠你人情。”

“你这怎么会欠我人情呢？我画了那种漫画，怎么给你道歉都不为过，你喝了我内心才会安慰。这不是欠我人情，这是好心宽容的你给我机会赎罪啊！”

楚杭确实饿了，谭音的红枣粥的香味也飘溢了出来，他扫了谭音一眼：“我和你讲清楚，就算喝了，我也不欠你人情。你不要妄图用一碗粥就对我提要求，我不会因为这碗粥就答应和你交往的。”

谭音忙不迭地点头。

楚杭终于放下防备，喝起了粥。谭音的厨艺很不错，楚杭皱着眉慢悠悠地喝了第一口，随后就喝得越来越快了。

红枣、花生、桂圆、枸杞，每一样楚杭都讨厌，然而加在一起熬成粥，味道竟然还不错？只是为了保持表里如一，楚杭一边喝，一边绷着脸，显得自己是在勉为其难地喝粥。

“你喝完吧，还有很多。”

楚杭不疑有他，很快喝完了一整盒粥，然后抬头看了眼谭音，很快又状若不经意地转开了视线，语气随意道：“还有吗？”

谭音这才笑眯眯地摊了摊手：“没有了，不仅没有了，而且你把我的那份也吃完了，我就带了这么一盒，这是我唯一的口粮。”她朝楚杭眨了眨眼，“刚才你没欠我人情，但现在你欠了。”

楚杭皱着眉瞪着她。

谭音盯着楚杭：“你看，你喝了我的粥，我就没饭吃，撑到晚饭估计还有四个小时，我肯定会饿到胃痛，还可能会低血糖晕倒，更何况挨饿的话，会增加我得胃溃疡和胃病的概率，未来可能还会早死几天……”

楚杭抿了抿唇：“你到底想干吗？”

“那个小组评分……”

“我不会徇私的。”

“……”

“粥，我会还给你。”

谭音炸了：“你在濒临饿死时的一碗粥和平时的一碗粥意义能一样吗？你就还我一碗粥？楚杭！楚杭你别走啊！你这个陈世美！喝了我的粥，过河拆我的桥！”

楚杭又回到草垛后面去继续写生了，谭音也认命地放下了书包。她哀愁地叹了口气，然后从包里掏出了一包牛肉干，对着古建筑啃了起来。

吃着吃着，谭音忍不住感慨道：“到底还是肉香啊！”

谭音美滋滋地想，以刚才自己的演技，就算不能和楚杭冰释前嫌，至少刷了一波好感吧？她舍己为人把唯一的粥让给楚杭，就算有私心，这个行为至少也让楚杭记忆深刻吧！

“谭音，这个给你……”

结果就在谭音啃着牛肉干轻飘飘之际，楚杭的声音响了起来，谭音抬头，就这样满脸呆滞地被抓了个现行。

楚杭的手里拿着一块巧克力，而谭音嘴里叼着牛肉干……

场面一度十分尴尬，简直大型翻车现场。

楚杭瞪着谭音：“你不是说你什么吃的都没有弹尽粮绝了？把唯一的粥留给了我？那你现在吃的是什么？”

“那个……”谭音硬着头皮道，“你知不知道红军二万五千里长征的时候，实在没饭吃了，就把皮带拿出来切成条煮了当肉干吃，把胃填满抵消饥饿感？我这个其实是刚才从地里捡到的皮带。”

楚杭冷冷地看着谭音。

谭音败下阵来：“楚杭，你也不能怪我，有一句话说得好，女人，要对自己好点……”

楚杭抿了抿唇：“你简直不可理喻。”

“楚杭，你听我解释……”

“不用了。”楚杭冷冷地说完，丢下了巧克力，“我随手找到的，给你了。我不吃这种甜食。”

“巧克力还是你自己吃吧，我的牛肉干你要不要吃一点？”

楚杭瞥了谭音一眼，面无表情道：“不用，你就好好吃独食吧。君子不夺人之美。”

“……”

谭音几乎在懊丧中度过了下午，只能化痛苦为动力，努力在写生本上画着。

“谭音！可找着你了！”

傍晚快收工的时候，蒋一璐终于找了过来。因为不在同一个小组，每个小组又分了一片区域，因此写生时蒋一璐和谭音并不在一起。

她看了一眼谭音的写生本：“你今天战斗力怎么这么强？画得这么猛？明天还有一早上呢，你这么赶干什么？”

谭音沉重地叹了口气。

蒋一璐不明所以：“楚杭为难你了吗？对了，他下午的时候突然跑到我们每个人面前，问我们谁随身带了吃的，最后好像是孟悠然给了他一块巧克力，也不知道怎么了。”

谭音听到这里，心情更沉重了：“我问你啊，如果有个人欺骗了你，背着你吃独食，你在发现这个人的真面目之前还曾经想着把搜罗的好东西给她。得知真相以后，你……你会是什么样的感受？”

蒋一璐想也没想地道："你说的这是三角恋吧？我爱着你，你却爱着一个傻子，还用我的钱养傻子是吧？这种事吧，我觉得自尊心一定很受挫啊……"

谭音噎了噎，决定还是不和蒋一璐讨论这个话题了。

蒋一璐却一发不可收拾，絮絮叨叨地分析了许久，才突然摸了摸自己的脸，然后抬起头愕然道："谭音，好像下雨了。"

谭音还沉浸在悲伤里："哎？下雨了啊，这漫天的雨，简直就是我的泪、我的罪。"

"你快清醒点，这雨看起来要下大，你看乌云那么多，我总觉得可能会打雷！"

谭音终于从瞎想里抽离，看了眼天，也忍不住皱起了眉。天气预报明明说今天晴，结果眼下这阵势，显然是在酝酿一场雷雨啊。

"反正撑过晚饭就行了，晚饭以后你就回自己房里吧。"

谭音点了点头，其实说自己房里也不准确，这里太过偏僻，不仅没有饭店，也没有宾馆，唯一有的只是村民自己搭建的楼，每一层里用隔板搭成了一间间屋子，一人一个隔间，专门供来写生的学生住，里面只有一张单人床和简陋的书桌椅，厕所、浴室则共用楼层里的，男女分开。虽说条件艰苦是必然的，但谭音还是相当满意，毕竟有了自己的小空间，遇上雷雨天，也不必担心会穿帮。

毕竟是外宿，生怕学生出什么意外，林老师怕自己一个人管理不过来，于是为了方便清点人数和安全考量，把每组学生安排在了同一层，每层由各自的组长负责，确保晚上十一点每个人必须回到各自房间睡觉。

晚饭过后，雨就渐渐大了，这地方荒凉得很，没人会这个点出去，大家不是三三两两地坐在大厅里聊着天，就是各自窝着玩手机，因此雷鸣电闪的时候，也没有人在意谭音的消失不见。

谭音是在厕所里隐身的，好在周围没人，也不突兀。她庆幸地想，幸好刚才出房间没关门，因此待会儿闪进门里也不会引人注意。

然而她没想到，等她走回去，刚才还无人问津的房门口，此刻正站着楚杭。

楚杭皱着眉在门口站了会儿，才转身敲隔壁的房门："陆思琪，你看到谭音了吗？"

陆思琪摇了摇头："没有啊，她不在吗？"

"嗯。房门开着，人不在。"

"我确定她不在厕所，也不会在浴室，因为我刚从里边出来呢。"

楚杭又依次问了几个同学，得到的回复都是没见到谭音。谭音一路跟着他，也不知道楚杭这么执着地想知道自己上哪儿了到底是为什么。

楚杭问了一圈，终于找到了蒋一璐。

蒋一璐听着窗外的滚滚雷声，自然知道怎么回事。她看了楚杭两眼，四两拨千斤道："这都晚上了，你找谭音什么事啊？孤男寡女的，不太好吧？"

楚杭像是气笑了："你以为我想找他？我是她的组长，要清点人数确保我们组每个人都安全回房了而已。所以谭音到底去哪里了？"

蒋一璐转了转眼珠："哦，这样啊，谭音……谭音刚才出去了！"她信口雌黄道，"她刚才和我说，觉得房里有点闷，出去走走透透气！"

楚杭皱着眉望着屋外的狂风暴雨雷鸣电闪，顿时沉默了。

谭音简直欲哭无泪，蒋一璐啊蒋一璐，你撒谎能不能也打个草稿啊？这个天正常人谁出去散步啊！

蒋一璐大概也想到了这一点，补充道："其实她主要是有点心事。你也知道的，她……她上学期期末考成那样，还被自己的亲爸挂了那么个讽刺意味的横幅惩戒，她的自尊心遭到了毁灭性的打击！"

楚杭愣了愣道："那横幅是她爸挂的？"

"这个说来话长，总之不是她的本意，她其实对没考好相当羞愧自责，甚至几度想要寻死……”

虽然我很欣赏你临危不乱信口雌黄的能力，但这剧情编得太夸张了吧朋友。

果然楚杭也质疑起来：“可我看她没有哪里有羞愧自责的表现。”

“那是你对谭音不了解，她是那种表面嘻嘻哈哈其实内心早已千疮百孔的人。她不愿意用负能量影响别人，所以把这些心事和痛苦都留给了自己，她也是想要好好学习的，但没想到她的理工科基础实在太差，其实她每晚在宿舍学到半夜一点，但是……唉！但还是学不会啊！”

天天学到半夜一点还学不会，可不是说我笨嘛！

蒋一璐，你背后这么黑我！我可都听到了啊！

楚杭果然沉默了。

蒋一璐趁机道：“总之你放心，谭音没什么大事，就是有点苦闷，出去走走很快就会回来的。你回去吧，不用管她了，我会负责保证她安全回房睡觉的。”

楚杭没说话，但至少转身离开了。谭音算是松了口气，虽然蒋一璐胡扯了一通，但是至少把这事糊弄过去了。

谭音亦步亦趋地跟着楚杭，看着他走回自己的房里，关上门，她才终于安心下来，准备离开。只是她刚迈开步，就听到楚杭的房门又一次打开来。他拿了把伞，看了眼窗外的雷雨，抿了抿嘴唇，然后下楼撑开伞走进了暴雨里。

谭音就这样看着楚杭身姿挺拔义无反顾地冲进了这场夜雨里，一瞬间，她的心里糅杂着说不出道不明的情绪和震撼。

楚杭是去外面找她吗？

几乎是条件反射般，谭音忍着内心的悸动，跟上楚杭的步伐，一起走进了雨里。

包围着村民楼的便是一片郁郁葱葱的树林，远离城市的喧嚣让这里特别安静，只有雨声还有间或夹杂其间的虫鸣。楚杭撑着伞，开了手机的电筒功能，表情严肃而认真地走在泥泞的路上。

很快，他的鞋子和裤腿就都脏了，而这场雷雨太大了，周遭又都是溅满了雨点的树叶，雨不停地滴落下来，楚杭虽然打着伞，但是走在其间，还是被风裹挟着的雨点打湿了。

这次楚杭的伞并不大，路面又泥泞湿滑，谭音没敢躲在他的伞下面，只能冒着雨跟在他身后，没多会儿，就淋了个透心凉。

她其实可以回去的，没必要跟着，楚杭未必是来找自己，就算是找，找不到应该也很快会回去。然而谭音不知道为什么，内心情绪有些复杂，她总觉得，自己对楚杭的外出负有责任。

而很快，楚杭也验证了这一点。

“谭音！

“谭音，你人在哪里？”

可惜虽然楚杭喊着谭音的名字，但是因为夹杂在雨声和雷声下，这声音很快就消失在树林里了。

“回来吧，楚杭，快回来，别再走下去了。”

谭音跟在楚杭身后不停地喊着，但是楚杭听不到。而随着时间的推移，他不仅没有很快就回去，脸上的表情反而越发凝重，人也往树林更深处走去。

也不知道是不是老天终于开眼，就在谭音都快要绝望之际，雷声终于开始停了，雨点也开始变小了。

谭音几乎是马上闪身到了楚杭身后的一棵树下，打雷一停，她就会恢复正常。

“楚杭！我在这里！”

果然，楚杭已经能听到她这次的喊声了，他回头，循着声音，终于看到了树下的谭音。因为一路淋雨，谭音此刻完全像个落汤鸡，双手环胸，瑟瑟发抖地站起来，用手拨开湿了以后盖在脸上的长发。

楚杭冷着脸，越过一个泥坑，快步走到了谭音面前，把伞塞到了谭音手里："你撑着。"

谭音踮起脚，听话地把伞举过两人的头顶。

楚杭没有说话，只是直接脱下了外套，然后甩给了谭音："你穿上。"

"你也淋湿了，你穿着吧，我反正都湿透了。"

楚杭看了谭音一眼，气势迫人："穿上。"

谭音这次没反抗，披着楚杭的外套，虽然像个偷穿大人衣服的小孩，但这件外套确实为她抵挡了不少寒风。

楚杭脸色有些难看，嘴唇其实冻得也有些发白："你大半夜的一个人跑树林里淋雨到底是怎么想的？就蹲在这棵树下面，淋成这样也不跑回来？"

"我……我刚出来的时候雨还没怎么下大，我本来只打算转一圈就回去，但不小心被什么绊了一跤，摔伤了，扭伤脚了。"谭音说着，还配合着单脚跳了跳，"正好我另一只脚刚拆石膏，还没恢复好，所以一下子没法走路了，就被困在这里了。"

谭音看了眼楚杭："那个，谢谢你出来找我。"

"谁出来找你？"楚杭转开了脸，"别自我感觉良好了，这种雨天，我脑子坏掉了才特意出来找你？"

楚杭的语气平静镇定，要不是谭音之前一路跟着他，都要被他此刻一脸的正气凛然给骗过去。

谭音噎了噎："那你这大雨天的来小树林是干吗呢？"

"你问这些干吗？"楚杭有些不耐烦道，"你是我的谁？我做什么事都要向你汇报？"

"上来。"

“嗯？”

楚杭微微蹲下身，没好气地朝背后看了谭音一眼：“叫你上来。”

“啊？”

“你不是残疾了不能走路了吗？”

谭音下意识地拒绝：“不用了不用了，我身残志坚，我可以的。”谭音解释道，“而且我太重了，我怕把你的腰压坏了……”

楚杭盯着谭音看了两眼：“这又是你的什么新伎俩，以退为进试图引起我的注意吗？”

楚杭冷哼了声：“让我看到你坚强独立的一面？你死心吧谭音，你就算两条腿都扭伤了只能从这里爬回去，我也不会改变对你的看法。你也不要觉得我对你有什么特殊的地方，今天不论是谁被困在这里，我都会背他回去的。我要背你回去，单纯因为我的教养不允许我把一个女生单独留在这种地方。”

谭音觉得，楚杭的自我感觉才是真的好，她还有些凌乱，就听到楚杭又低低地加了一句：“还有，我的腰好得很。”

大哥，都这时候了，你怎么审题的？你关注的都是什么细节？

楚杭背过身，催促道：“行了，上来吧。这里冷死了。”见谭音还不上来，他的耐心几乎消失殆尽，“你怎么还不……”

“你太高了。”谭音看着他，诚实地道，“和你比，我是个矮子，你不再蹲矮点，我趴不上去。”

楚杭抿着嘴唇，没说话，然而他最终还是弯下了他尊贵的膝盖，在谭音面前整个人都蹲了下来。

“现在可以了，矮子。”

第三章

为我不值得

渐渐地，雨彻底停了，只是周遭仍旧很黑，楚杭背着谭音，深一脚浅一脚地走在泥地里。谭音披着他的外套，趴在他的背上，汲取着他的体温。

冷，是真的冷，谭音连牙齿都打战起来。只是她的心里犹如沸腾的岩浆般翻滚着。

这一路，她和楚杭都没有说话，楚杭大概是不想理她，谭音则是不知道讲什么好。生平第一次，她有些紧张无措。

楚杭的腰确实不错，他走得很稳，仍旧是一贯的走路速度。眼见着就快到住的地方，谭音终于没憋住。

她清了清嗓子，没话找话道："那个，楚杭，你有没有发现，下过雨以后空气果然特别清新啊。"

"谭音，有话直说。"

谭音委顿了，憋了会儿，才瓮声瓮气地道："对不起。"

楚杭的脚步顿了顿。

"就是画那个漫画，真的对不起。"

楚杭沉默了片刻，才冷冷地道："你画那种东西，到底是怎么想的？就因为我拒绝了你，你就要报复？谭音，你是小学生吗？这么幼稚？得不到的就要毁掉？就要抹黑别人的名誉？"

谭音挺委屈："我当初给你写了半年的信，每天一封，我这辈子连高考都没这么坚持、这么努力过，结果你看都没看，也从不回信。"

"每天我至少要收到两三封情书和表白信，你以为我是什么？市长信箱？还每封必回？我很忙，没空看这些东西，我对你们的一视同仁就是所有的信我都不看。就因为这，你就要给我画那种漫画？"

"我不是因为这才给你画漫画的。"谭音沉默了片刻，才继续道，"而是因为你看不起我，纵容别人嘲笑我，完全不尊重我，物化女性，我觉得你很垃圾。"

楚杭的声音彻底抬高了："什么？我垃圾？"

"就是有一次，你和几个校学生会的男的在咖啡厅里开会，我就在隔壁，那里隔音不好，听到你们说什么了。"

说起这件事，谭音仍旧不太高兴，咬住了嘴唇，没再说话。

当初的场景她还历历在目，隔壁男生吵闹得很，然后谭音听到了对话内容：

"楚杭，你们学院那个谭音是不是在追你？"

"你艳福不浅啊，我看她长得挺好看，胸也很大。"

"以我阅女无数的经验来说，她这样的表面看来好像很单纯，其实特别放得开，什么都愿意试的。"

"我说楚杭，你怎么不和她试试？就算不喜欢，睡睡也行啊，反正到时候想甩掉就说觉得她成绩不好太笨了趁机分手就行了，借口随便找，找个冠冕堂皇的，分手别弄太难看，以后没准儿回头还能打几个分手炮。"

"哈哈哈哈，我说哥们儿，那你上手以后，要是想甩了，记得把她介绍给我，我不介意你用过她，我来当接盘侠。”

“哎？楚杭，你别低头画图了，说句话啊！”

“你懂什么？人家楚杭这是默认了，你行了吧你，还要人家说什么啊？楚杭这样的人，不说话就是默许了，你别打扰他画图了。”

…………

后面的话，越说越难听，也越说越露骨，那几个男生互相打趣着、起哄着、调侃着，仿佛一个女生，因为主动追求男生，就被打上了随便的标签，好像就只配被这么讨论。

然而楚杭一句话也没有说，就这么纵容着对方毫不尊重地讨论谭音，像是一种默许。

谭音不知道讨论自己的另外几个人是谁，只知道楚杭。几乎是一回宿舍，她就在冲动和气愤难堪的驱使下，开始创作那本漫画。

谭音以为自己只需要点到为止，楚杭就能明白事情的原委，然而楚杭皱着眉沉吟了很久，才终于问道：“是我出国前是吗？”

“嗯。”

楚杭安静了片刻，才再次开了口：“对不起。”楚杭抿了抿唇，“但那次我确实不知道他们说了什么。”

“我戴了隐形耳机。”楚杭的声音带了些歉意，“我开了重金属摇滚，没听到他们在说什么。如果不是你和我说，或许我永远也不知道这些，对不起。”

谭音咬住了嘴唇，盯着楚杭的后脑勺，一时之间有些无措。

“但虽然我没听到，现在也可以大致猜到他们会说什么。”楚杭的语气有些冷，“我在大一入学时参加了学生会，分在这几个人所在的部门，但我从进去的第一天就开始讨厌他们了。因为他们的话题从来都非常低俗。

“我很快退出了学生会，不想和他们有牵扯，但因为工作交接，还是不得不见了那次面，交接完工作后他们闲聊的时候，我就戴了隐形耳机画图。

“很抱歉，如果我知道他们对你说了过分的话，我会制止的。”

谭音只觉得这一晚的信息量实在是太大了……

“但你在画那种漫画之前，至少应该和我确认下。”

谭音直起了身，事到如今，她索性也豁出去了：“你说得轻巧，我怎么确认？跑过去和你说，楚杭，你当初是不是放任那谁，那谁谁谁说我放得开，以后你没兴趣了还可以把我分享给他们？”

楚杭果然一句话也没有了，沉默了片刻，才又道了一句对不起。

“既然这样，咱俩这事要不就这么扯平了？”谭音话锋一转，趁热打铁道，“我也改过自新不画你了，再给你出个道歉公告，你把我那本漫画手稿还我吧？”

结果楚杭冷哼了一声：“做梦。”他回头瞟了眼谭音，“没了你的把柄，你继续去网上连载，我不就被动了？”

“楚杭，人与人之间的信任呢？你这个人，怎么把我想得那么坏？”

“你不也把我想得很坏？还骂我垃圾。”

“我也没全是骂你，我当初至少还说你是长得不错的垃圾，客观肯定了你的优点！你呢？你除了骂我，你都没夸我画功不错！你看我把你画得多迷人！”

楚杭只觉得有些头疼，朝背后警告道：“谭音，你再这么多话，最后这段路，你下来自己走吧。”

“你背都背了，就好人做到底吧，更何况我只是一个扭伤了脚、柔弱无助的小女生……”谭音正演着，一抬头猛地看到了一条挂在树枝间吐着芯子的蛇。

“蛇啊！”谭音一边惨叫着，一边下意识地蹦着跳下了楚杭的背，继而身姿矫健地夺路狂奔起来。

谭音一口气跑到了村口楼下，才反应过来有些不对。她下意识地回头，果然见楚杭正一步步朝自己走来，脸上带着玩味和嘲讽。

“柔弱？无助？”楚杭挑高了眉毛，“谭音，就你刚才的速度，百米冲刺都能夺冠了，还和我谈人与人之间的信任？

“为了骗我背你，你可真是用心良苦了。”

“没……不是这样……”

大兄弟，我要不骗你说自己扭了脚不能走，怎么解释自己大半夜有手有脚却还在雷雨下的树林里转悠啊？难道说因为雷雨时负离子电子与空气中的氧气分子碰撞产生大量负离子，而森林里更是拥有众多负离子的天然氧吧，所以自己雷雨天的夜晚在树林里呼吸最新鲜的空气？

楚杭不知道谭音的脑子里想的这些，只是冷冷地看向谭音：“我真是大意了，你做的一切，果然都是为了引起我的注意。”

谭音看着楚杭再次冷峻的脸，心里欲哭无泪。自己刚刚才在楚杭面前扳回来的正面形象，竟然连半天都没维持，就极速地龟裂崩塌了。和解的小船，这样说翻就翻？

楚杭根本没给谭音解释的时间，他警告性地看了她一眼，转身走了。

好在浑身湿漉漉的感觉没让谭音悲秋伤春多久，她很快洗了个热水澡，换上了干净的衣服，倒是楚杭的外套，如今一并被谭音带了回来。

给他洗干净了下次找个好时机再还吧，谭音昏昏沉沉地想着就坠入了梦中。

第二天上午，大家完成了写生的扫尾工作，便再次坐着大巴回了学校。

回去的车上，谭音再次试图和楚杭套近乎，她临时抱佛脚，背着手机上刚查的内容：“楚杭啊，你要知道这世界上，人与人相遇的概率是五千分之一；相知的概率是两亿分之一；能白头偕老的概……不，那个，能成为同学并且分在同一个小组的概率，是五十亿分之一，所以你看我这个小组评分……”谭音眯着眼睛笑道，“能不能通融下？”

楚杭皮笑肉不笑地冷哼了一声：“我这样的垃圾不知道通融。”

小组评分这事看来楚杭是刀枪不入了。

只是让谭音没想到的是，就在自己已经在心里预期会得到一个低分的时候，她登录网上成绩查询系统，竟然发现自己的写生作业得到了一个她想都没想过的高分，而要能有这样的分数，小组评分绝对不可能低。

而伴随着成绩单一同来的，还有每天早上准时送达的外卖。

是粥。

红枣花生桂圆枸杞粥。

楚杭真是君子一言驷马难追，说了还粥就还粥，说了不止还一碗，还真的不止还一碗。同样的红枣、花生、桂圆、枸杞粥，楚杭整整送了一个月！

吃到后来，谭音几乎闻到红枣花生桂圆枸杞的味道，就想跑路。楚杭终于成功地让她也开始对这四样食材过敏了。

其实写生之后谭音又见过楚杭几次，对方无外乎又是冷着个脸，像是不认识一般从自己身边走过。要说楚杭对自己做的那些事释怀了这显然不是，谭音思来想去，觉得楚杭最后给自己打了个高分，可能是因为自己骂他是英俊的垃圾，虽然是垃圾，但很英俊。英俊这两个字或许极大地取悦了楚杭？

总之谭音就这样又无惊无险地在学校里度过了一个月平凡无奇但无比养生的生活后，蒋一璐突然带回来了一个劲爆消息。

“学院说要搞一个帮扶结对子的活动，让成绩好的人一对一负责一个成绩差的同学，定期组成学习小组共同进步！”

谭音兴趣缺缺：“哦。”

“你别哦了，这个活动是强制性的，今年是第一届，一共要组八对，分别是年级前八带年级倒数前八。”蒋一璐语气同情地道，“需要我提醒你吗？你上学期期末考试……倒数第一啊！陈自强是第一，所以你要和他组队……”

这一听，谭音就炸了：“政治没学好吗？我国还处于并将长期处于社会主义初级阶段，现在还没到共产主义互帮互助的阶段行不？连学习都要强制扶贫是怎么回事？一群黄金莫名其妙地被拽去带一堆青铜，带得起来吗？黄金们不乐意，青铜们心里也苦啊！”

只是谭音没想到，自己还没抱怨多久，就接到了辅导员的电话。

“谭音，过来阶梯教室开个会，关于院里新成立的学习小组互帮机制……”

谭音挂了辅导员的电话，一分钟没浪费，赶紧给陈自强打了个电话。

“老陈啊，听说学习小组是你和我搭档……”

谭音早就计划好了，先和陈自强唠唠嗑，适当引出自己对他平时除了学习还要陪女朋友更要打游戏其实时间很紧张的理解，再暗示自己也对这个学习小组不感兴趣，最后提出双赢方案：表面上结个对子，学院那边交代得过去，但平时的学习小组大家就走个过场，我绝对不会去打扰你，你嘛，也不用管我，大家各管各的……如此顺水推舟，两人达成战略联盟，你好我好大家好。

然而谭音没想到的是，自己的一番慷慨陈词还没开始，陈自强就打断了她：“谭音，不是我负责带你。”他有些不好意思，“不是我不想带你，而是因为我昨天打球左腿摔骨折了，挺严重的，做了手术现在还不能下地……”

真没想到，自己的话这么灵验，陈自强这腿，还真是说断就断了……

“不过你不用紧张。”陈自强热情地安慰道，“接替我来带你的是楚杭，他一定讲解得比我更好。我上学期期末能考第一，也是因为他出国交流了，否则这第一绝对是他的，我相信你跟着他，学习成绩能得到更多提升！”

谭音激动了：“真的？楚杭和我组学习小组！”

“真的！”陈自强大概也被她的情绪感染，他放心地道，“我就知道这个安排你肯定会开心，谭音，你这个对知识渴求的态度，跟着楚杭好好学，今年成绩一定能逆袭的！”

能不高兴吗？谭音想，如果是楚杭带自己的话，他八成是迫于学院的压力才接的这个烫手山芋，因为根据两人的过节儿，他内心是绝对不想多看自己一眼的。自己恐怕都不需要和他商量，两人自然而然开过这次会以后就一别两宽各自安好了。

谭音心里盘算得美滋滋的，她几乎是满脸含笑地到了阶梯教室。果不其然，楚杭已经到了，远远地坐在前排座位上，谭音进来的时候甚至没分一点目光给他。

这简直不能再完美了！

辅导员一路说着关于学习小组制度的规则和配对，谭音一路在写生本上随意涂鸦着。

“行了，那这之后，各位就按照分组安排一起努力学习吧。今天的会就开到这里，你们可以根据分组私下沟通。”

辅导员的话音刚落，谭音就收起涂鸦本决定走人。结果她还没走出教室，就被人堵住了。

“楚杭……”

“谭音……”

谭音和楚杭的声音几乎是同时响起。

谭音看着冷冷挡在自己面前的楚杭，胸有成竹地笑笑：“你先说吧。”

他能说什么呢，还不是通知自己别做梦，私下一起学习不存在的，死也不会有的。撑死有学习问题邮件交流大概已经是楚杭最后的仁慈。

谭音料到楚杭的答案离不开这个大宗旨，因此根本不打算主动出击，准备把选择的决定权丢给楚杭，这样万一以后学院发现他俩根本没好好按照学习小组制度结对子，自己还能一个锅扣楚杭身上去：是楚杭嫌弃我，不肯带我学习带我飞！

楚杭也没客气，抿了抿唇："你待会儿有事吗？"

"没有啊。"

"好，那我们直接开始吧。"

"好啊。"快挑明吧，挑明了咱俩井水不犯河水，各回各家各找各妈。

"所以建筑力学和建筑设计基础，你想从哪个开始？"

谭音疑惑。

楚杭抿了抿唇："既然你之后没事，正好难得我今天也有空，第一次学习小组，就趁现在吧。"

"等……等等……"谭音只觉得事情的发展有些超出预期，她再三看了楚杭两眼，"楚杭，你确定你有空？"

"嗯。"楚杭从包里拿出了建筑力学的课本，冷淡地瞟了谭音一眼，"算了，我帮你选吧，你建筑力学 A 上学期成绩倒数第一，今年还有建筑力学 B，就从建筑力学开始吧。"

"楚杭，你再想想，你肯定还有事要忙！上次朱抗美布置的建筑力学作业你做了吗？'马哲毛邓三'的论文写了吗？工程力学的报告呢？上次你那个选修课古典音乐鉴赏课里的曲目，你都鉴赏了吗？还有你自己生活上的琐事都忙完了？衣服洗了吗？鞋子、袜子呢？被子晒了吗？"谭音义正词严道，"我不能因为自己成绩差，就拖累你，害得你的生活被打乱……"

楚杭放下课本，扫了谭音一眼，然后很快移开了视线："你不用有负担，我有能力平衡好自己的事。我的任务是辅导你，你的任务就是把成绩搞上去，别丢我的脸。"

谭音默默地看了眼楚杭，她想，这位兄台，你有所不知，我把成绩搞上去的难度，和我搞上你的难度可能是一样的啊！

楚杭皱了皱眉，打开了手里的书：“别发呆了，开始吧。”

谭音打量着他，觉得这一定是楚杭的计谋。不主动拒绝这学习小组的活动，而是逼自己提退出，这之后自己成绩差辅导员问起来，楚杭的责任就撇得一干二净了，毕竟他愿意教，是自己不愿意学。

楚杭果然是楚杭！这道行！千年老妖！

秉持着以退为进的方针，谭音没说话，警惕地看着楚杭翻开了建筑力学的课本。她想，来啊！来互相伤害啊！谁怕谁啊！

“你看下，这题的图里，去掉一个支座链杆A，相当于去掉一个约束，再从钢结点处截开，相当于去掉三个约束，就可以得到一个静定的悬臂结构。所以有四个多余的约束，是四次超静定结构……”

…………

“这道题，首先分析右边部分，可以看出右下角支反力是零，那么右半部分没有负荷作用，也没有反作用力，可以直接去掉不要。左半部分横梁上没有剪力，只有左半部分竖杆上有剪力……”

…………

谭音绝望地看着眼前的题目，此刻楚杭说的话，每一个字分开她都听得懂，但合在一起，她只觉得一片茫然。

这学习小组根本不是互相伤害，这是楚杭单方面的伤害。

“谭音？听懂了？”

谭音非常诚实地摇了摇头。

出乎她的意料，楚杭并没有露出嫌弃或者鄙夷的表情，一如既往地冷淡：“你哪里没听懂？”

“就……就都没怎么听懂……”

“我再给你讲一遍，你听好。”

楚杭的态度还是不热情，像是完成任务似的，眉心微微皱起，一脸不耐烦，然而与他的表情相反，他的讲解却是十分细致和耐心的。谭音一旦脸上露出一丝困惑的神色，他便会把相应讲到的地方重新用更简单的方式复述一遍。

谭音因为对建筑这个专业的抵触，外加物理先天不足的薄弱，因此学起建筑力学来不仅没有兴趣和动力，即便期末前真想认真复习，也无从下手，完全不得要领。然而如今楚杭一讲，那些原本谭音觉得天书一样的题目，竟然还真的有了一丝眉目……

只是有眉目归有眉目，对于谭音这种基础差的后进生来说，想要迎头赶上实在并不容易，这些枯燥又令人挫败的题目让她下意识地就想要逃避。

“楚杭，要不今天就到这里吧？”

楚杭皱了皱眉：“才讲了一个小时。你这种基础，一天最起码学两个小时才有效果。再学一个小时才能走。”

“都一个小时了？”谭音大惊失色，看了眼手表，“是这样的楚杭，我还有点事，要不今天的另一个小时，我们晚点再约？”

楚杭抿了抿唇没说话，谭音赶紧趁机整理了东西就跑。

逃离了可怕的建筑力学题海后，谭音就快步走到了校外的小吃店。

她说还有点事倒确实不是借口，谭音在这儿约了人。

果不其然，周铭已经等在那里了，见了谭音，他便推了推眼镜，朝她挥起手来。

周铭是谭音正儿八经的青梅竹马，两个人的妈妈在同一所初中当老师，最开始两家也是邻居，两个人又是同年生的，平时总玩在一块儿，算是一起长大的。

周铭要比谭音小半岁，正经来说还应该叫谭音一声姐姐，而他和谭音的性格完全背道而驰，周铭性子软，为人相当温顺，性格腼腆容易害羞，只对熟人才会健谈些，要是面对陌生人，都算得上沉默寡言了，长得又秀气文静，戴个眼镜充满书卷气。小时候常年跟在谭音身后，而谭音也一直把他当弟弟罩着。两个人就这样从同一所幼儿园、小学、初中、高中，直到现在又进了同一所大学，只不过周铭不学建筑，是法学院的，成绩非常好。

“我接了个市中心兼职的活儿，准备去送外卖，你那个小电驴周末的时候借我用用。”

周铭点了点头，随即又有些疑惑：“送外卖？你不是之前接了什么漫画工作室的上色外包工作吗？我记得你说一格能赚 30，一周上色个 60 格，轻轻松松就能赚 1800，干什么要去送外卖？”

不说这个还好，一说起这事，谭音就十分恼火：“垃圾工作室，我勤勤恳恳上色了一个月，等着结算呢，结果人家卷铺盖跑了，就是个骗稿的，我白白干了活儿，一分钱没拿到，气了整整一个礼拜！我再也不想和这些漫画工作室合作了！毕竟画别人的东西，是没有灵魂的！”

周铭看了眼谭音，小心翼翼地提醒道：“送外卖也没有灵魂……”

谭音瞪了周铭一眼：“送外卖能强身健体，更快实现中国梦！让我跑步进入社会主义！”

周铭一言难尽地摇了摇头，然后认真劝解道：“但送外卖太辛苦了，你最近缺钱的话我的生活费还有很多，你要多少？”

谭音摆了摆手：“别了。”她朝周铭挤了挤眼睛，“你不是上次和我说最近谈恋爱了？你还是留着钱给你女朋友花吧。”

一说起这事，周铭就有些害羞，移开了目光：“虽然她家里条件好，但她不是那种物质的女生，平时从来不花我的钱，我就是要请她吃饭，她都拒绝了。”

“那你俩平时怎么约会？难道一起去吃食堂？”

“我们平时见得其实不多，有时候会一起去图书馆自习，不过她参加了很多社团，事情多，常常中途就被叫走了。”周铭讲起女友，脸上露出幸福又害羞的表情，“而且她大一，我大二，我们的课程本来时间冲突就多，所以平时我们微信比较多。”

周铭的女朋友是他们法学院的大一学妹，在学校迎新的时候认识了周铭，据周铭形容，自然而然就走到了一起。

“都在一个学校里，你们怎么搞得和异地恋似的？”谭音用力吸了吸手里的珍珠奶茶，“什么时候带来一起吃个饭认识认识？今天怎么不一起来啊？”

“她今天有事，他们社团开会。”周铭有些脸红，“下次吧，等我们再稳定点，我就带给你认识。”

“行吧。”谭音也笑了，“那你可快点稳定住啊，做事这么谨慎的也就你了，带女朋友见个朋友，搞得和见家长似的，还稳定点才见呢。”

和周铭又聊了些别的，抱怨了下最近生活的无聊，又吃了不少小吃甜食，谭音才告别周铭回了宿舍。

结果她刚进宿舍，蒋一璐就给她塞了个八卦打消了谭音的无聊。

“最新情报啊，我的眼线刚看到楚杭在校外的一个西餐厅里请一个很漂亮的女生吃饭。你知道的啊，楚杭平时压根儿就像笑神经坏死似的，结果说和那个女生吃饭时有说有笑的，那女生对他态度还很亲密。”蒋一璐一边说着，一边掏出了手机，“你看，这是前方线人发来的现场照片！”

蒋一璐是学校论坛八卦版的版主，为了能把八卦版的流量搞上去，自掏腰包全校征集八卦，提供线索来源的按照情报的劲爆程度可以收到一百到两百不等的信息费，因此她每天都能收到各种八卦投稿，线人满天下，算是行走在校园八卦前沿的女人。

谭音凑过头去一看，发现因为是偷拍，这照片角度并不怎么好，但确实能清楚地看到楚杭和他对面的女生。那女生长鬈发披散着，正有些娇俏地挥动着手里的甜品叉，而楚杭低头切着牛排，嘴角带了点笑意。

蒋一璐叹了口气："现在校园论坛上哀号一片，大家都觉得楚杭这是要脱单了，哎，今晚对楚杭来说，是一个热辣的约会之夜，但对千万少女来说，是一个梦碎之夜啊！"

谭音盯着校园论坛的帖子看了几遍，突然越翻越觉得没意思。现在《万人之下：校草的诱惑》也不画了，她一下多出了不少时间，索性拿出了楚杭下午给自己讲的题目集，咬着笔杆开始摸索起来。

只是这时候谭音才发现，有人讲和没人讲这差别简直太大了，楚杭讲解的时候，深入浅出，谭音最终都能理解，可没了楚杭，这题目就难得像天书了。她看了半小时，就有些泄气了。

谭音不是不知道自己偏科严重，一切与美术类相关的课程，她的成绩都是数一数二的，可所有偏向理工科的课程，她简直一塌糊涂。但即便知道这样下去不行，可人就是有一种惰性，越是自己熟练和有兴趣的事，就越愿意花时间去精进钻研，于是越容易出成绩和有成就感；而自己既没有爱还相当不在行的事，做起来既艰难又落得一身打击，就更不愿意做。于是循环往复，一边变成了良性循环，一边则进入了恶性循环，越发积贫积弱。

正这么想着，谭音的手机突然响了，她低头看了眼来电显示的姓名，想按接听键的手却有些僵住了。

楚杭？

楚杭找自己干吗？他这时候不应该在享受他的恋爱热辣之夜？

还是说……

谭音瞬间一个激灵，赶紧接起了电话，几乎不等楚杭说话，她就抢白保证道："那个漫画！我已经停止更新了！我知道你女朋友看了肯定接受不了，我之后就去申请删帖！道歉公告也已经发了！但是求你给我点时间让我做个备份，连载了大半年，里面不少互动留言都很有趣，也算是我的心血，我不舍得就这么全没了。我保证就自己备份，绝对不流传出去！”

结果自己噼里啪啦说了这么一堆，楚杭只是顿了顿，显然没有进入状态：“什么女朋友？”他声音冷硬地道，“我没有女朋友。”说到这里，他警告性地压低了声音，特意加了一句，“当然，更没有男朋友。”

“现在，下楼，到图书馆二楼的开放区来，带上建筑力学的书。我现在正好有空，给你补讲今天另外那一小时的课。”

谭音挣扎道：“楚杭，你有空但我不一定有空哎，你看你都没问问我有没有事……”

“哦，那你有事吗？”

“有！”

“那给你十分钟，然后把时间空出来。”楚杭冷冷地道，“我在这里等你，十分钟没到的话，今晚你的学习时间再延长半小时。

“学习小组制度规定每周要上交互助情况表，我会如实陈述你的配合和积极程度。”

你这么闲看来是真的没有女朋友……

然而面对楚杭的威胁，谭音还是彻底败了：“给我五分钟！五分钟我就到！”

楚杭啊楚杭，你可给我等着！

等谭音风尘仆仆地赶到图书馆开放区，楚杭果然正端坐在一张桌子前。

图书馆里虽然自习室多，但不允许说话，为了满足学习时需要讨论交流的需求，学校把二楼几个不规则的角落面积利用起来做成了开放讨论区，一张张小桌子摆着，在这里大家不仅可以说话，还能喝些饮料。

“楚杭，今晚月色这么好你不出去走走？”

谭音的近乎还没套完，楚杭就声音冷冷地打断了她：“多跨连续梁的那道题会了吗？对称桁架的受力分析做完了吗？零杆判别法懂了吗？”

这真是一个没有感情的杀手。

楚杭显然除了做题以外根本不想理睬谭音，用眼神威吓谭音坐下后，就径自讲起了题。

而一到讲题，谭音平时的自信便被打击得支离破碎。

“这个不会？”

“嗯……”

“这个呢？”

“也……也不太懂……”

“那这道题呢？”

连续十道题，不是完全没有头绪，就是云里雾里，饶是楚杭并没有流露出什么特别的情绪，谭音自己面子上也完全挂不住了。

她下意识地就想逃跑：“我今晚状态不太好，我平时得一边喝奶茶才能一边做题。”

楚杭没说话，拿出手机，过了片刻，才抬了头：“我叫了奶茶外卖，继续做题。”

又熬了两道题，谭音又努力求生道：“其实图书馆这个气氛对我来说太过庄重，让我觉得有点压抑，这个环境里我比较容易紧张，会造成我思维卡壳，学习不能达到最佳状态……”

楚杭抿了抿唇：“那你在哪里才能达成最佳状态？”

“图书馆后面的……小花园里？”

十五分钟后，拿着一杯奶茶坐在图书馆后面的小花园里不停打着蚊子的谭音欲哭无泪。

这片小花园原来是情侣约会圣地，因为路灯昏黄暧昧，花园静谧美丽，曲径通幽的小路两边是散落在树丛里的长凳。原本如此好的夏夜，这长凳上该是窝着三三两两小情侣的，只是如今——

“这个图里，左侧竖杆支反力是垂直力，沿轴线方向……”

楚杭说一不二，谭音说了小花园就去小花园，他端坐在长凳一端，勒令谭音用手机里的电筒功能提供照明，继续专注地讲着题。

谭音提出这个提议的初衷，不过是想要顺水推舟表示今晚太晚了，咱们就算了吧，下次什么时候白天组学习小组再去小花园好了。当然，至于以后，她总是有很多办法可以一拖再拖直到没有以后的。

只是没想到楚杭完全不按常理出牌……

“楚杭，要不我们回图书馆吧？”

楚杭抬了抬眼，语气欠打般平静：“不了，既然你想来这里学习，那就在这里吧。”

“可这里蚊子好多啊！简直像是来义务献血的！”谭音崩溃道，“你难道不痒吗？”

楚杭毫无感情地笑笑：“我不招蚊子，你痒的话就忍忍吧，毕竟你在这里学习状态更好。”他意味深长地看了谭音一眼，“你听过一句话吗？自己选的路，跪着也要走完。”

楚杭瞪了眼谭音：“怎么了？满足了你喝奶茶和在小花园学习的要求，你还学不进去？”

“其实……要让我在小花园里真正进入状态，还有另一个最为重要的要求没满足。”谭音眨了眨眼，叹了口气，“要是这个要求满足不了，我觉得不如还是回图书馆吧，毕竟我思前想后，图书馆里学习气氛浓厚，我也更有动力一些！”

楚杭冷笑了一声：“行，你还有什么要求，说出来，我都满足你。”

他显然是准备和谭音死磕上了，为了收拾谭音让她自食恶果，说什么都要让她在小花园里一边喂蚊子一边学习了。

然而谭音毫不畏惧，清了清嗓子，含羞带怯般作势就要往楚杭身上靠。

楚杭吓了一跳，直接站起了身，压低声音瞪向谭音："你干什么？"

"你不是说什么都满足我吗？"谭音镇定地笑道，"我的最后一个要求，就是靠着你的肩膀啊，这样学习，我一定事半功倍呢！"

"不是你说咱们得坚持在小花园里学习吗？"

楚杭咬牙切齿地看了谭音两眼，最终败下阵来，侧开了头："回图书馆！"

哼，厚脸皮者得天下！

于是如此来来回回折腾了一趟，最终谭音还是坐在了图书馆里听楚杭讲建筑力学，没了蚊子的攻击，如今的她倒是真的老老实实地坐着听讲了。

楚杭这个人，表面看着冷冷淡淡，讲解的时候却非常认真负责。

而大概是这么折腾了一回反而放下了心理负担和抵触，谭音这一次再听讲，状态真的好了起来。她渐渐跟上了楚杭的思路，有些题目只要楚杭稍微提点几个解题思路，她就能自己举一反三了！

这次的一个小时，后半段总觉得过得飞快，等楚杭收拾课本，谭音竟然生出点依依不舍的感觉："要不再做一题？"

楚杭看了谭音一眼："这个晚上，我已经和你独处一个小时了。"他揉了揉眉心，"谭音，做人要适可而止，你用再做一道题的借口能拉住我一时，也拉不住我一整晚。"

这位兄弟，我是真的想要认真学习的……

可惜楚杭显然不这样想，只警告性地又看了谭音两眼，便转身准备离开，只是走之前，他又回了头："建筑力学也没有那么难，别成天做不出题就寻死觅活的。"

谭音愣了愣，继而才后知后觉地反应过来，大概楚杭是把蒋一璐那番话当了真，只是她还没来得及解释这是个乌龙，就听楚杭继续道："一会儿为了成绩差要自杀，一会儿又为了追不上我去跳楼，谭音，不是每次你跳楼运气都那么好只摔断腿的。"

"成绩这件事你不用担心，以后定期学习小组见面，有我教你，再配合你在宿舍每晚学到半夜一两点的精神，成绩不会差。以后没必要钻牛角尖，觉得自尊心受挫就寻死觅活，也没必要那种雷雨天还要出去散心发泄。"楚杭看了谭音一眼，冷冷地道，"那种雷雨天出门，你是真的想被雷劈吗？"

谭音绝望地想，这位朋友你有所不知，我已经被雷劈过了……

"当然，让我喜欢你这件事，是没有办法的，你再努力，结果也不会改变，你也是成年人了，心态还是要放平。"

楚杭说完，移开了目光，这才彻底转身离去。

谭音目瞪口呆地站在原地，直到对方的身影彻底看不见了，她才想起来大声喊道："等等！楚杭！我真的并没有为了你去跳楼啊！你回来！你听我解释！"

"超劲爆！你知道吗谭音，楚杭和那个女的刚吃了晚餐，结果转身就不见了，一整个晚上，我们学校外那片商区里，就没人再见到楚杭的影子了，直到刚才楚杭才回宿舍，而且据说表情还有些憔悴，一回宿舍就洗澡睡觉了，看起来像是被蹂躏过了一样！我们分析很大概率楚杭可能已经把持不住和那个女的去开房了！"

谭音学到虚脱，好不容易告别楚杭，一回宿舍就被蒋一璐拉着劈头盖脸地科普了楚杭的最新八卦。

只是……

“楚杭开房？”谭音几乎下意识地就否认道，“不可能的，他……”

蒋一璐朝谭音挤眉弄眼打断她道：“那你怎么解释楚杭今晚消失以后再出现就这么一脸生无可恋的疲劳？你要知道，楚杭体力好是出了名的，之前和外校的人连打了两场篮球赛都不带下场休息的，是什么事让他能露出这种表情？你再联想一下，不是都说那种事很耗费体力？！疯狂输出啊！”

谭音噎了噎，觉得有必要替楚杭澄清下：“其实今晚他就是在辅导功课……”

虽然同样是疯狂输出，但确确实实楚杭今晚疯狂输出的是知识……

“哈哈哈。”结果蒋一璐想也没想就狂笑着打断了谭音，“我就问问你那他是在辅导谁？是谁有这么大能耐让楚杭这样的人辅导起功课来竟然会露出这种身心俱疲的表情啊？是猪吗？这得有多笨？”

谭音艰难地暗示道：“蒋一璐，现在根据学院的安排，给我扶贫结对子的是楚杭……”

“那你岂不是轻松了？楚杭肯定不会愿意教你的，到时候你乐得清闲。”

“为什么楚杭不会愿意教我？”

蒋一璐撇了撇嘴：“你自己设身处地地想想，楚杭要给你画了那么一漫画，你还能以德报怨带他进步带他飞？他就算真和你组学习小组了，那肯定也是准备修理你！给你挖了个大坑准备埋你呢！

“哎对了，你今晚出去干吗了？”

“学习！”

“谭音，你这个冷笑话一点也不好笑！”

第四章

住进你心上

只是楚杭会真的给谭音辅导这件事，虽然蒋一璐并不信，但楚杭这位最强王者竟然真的雷打不动地带起了谭音这个青铜。

虽然楚杭每次态度都很冷淡，讲题就只有讲题，几乎不和谭音多说一句废话，但习惯了他的步调，谭音对建筑力学真的慢慢找到了门路，一时之间，学习热情高涨。

然而谭音不知道，自己问心无愧的学习在别人眼里却完全是另外一回事。

这天中午她刚在食堂打完饭，好不容易找到个座位坐下，就被人找上了门。

来人气势汹汹，直接一屁股坐到了谭音对面，这动静，震得谭音都抖了抖，她不得不小心翼翼地挪动了下坐姿，以保持岌岌可危的平衡。

她此刻坐的椅子，在如此人潮涌动的食堂都还能空着，并不是为了虚位以待她的到来，而是这把椅子先天不足，本来应当固定在地面上的螺丝早就松动了，这里的椅子设计又是一端连接着对面另一端的，因此一旦一端用力不当，很容易造成另一端人仰马翻。

“你是谭音？”

和对方气势汹汹的动作相匹配的，是对方咄咄逼人的声音。

谭音咽下嘴里的丸子，抬头，一下子认出了来人，长鬈发，鹅蛋脸，皮肤白皙红润，衣着讲究，只需要几眼就能瞟到显眼的大牌商标，挺漂亮，虽然一双圆眼睛里充满敌意，但仔细看，仍有些娇俏。

这不就是那天晚上楚杭热辣约会之夜的女主角！

还没等谭音有所反应，对方就继续开了口，轻蔑地冷笑了一声：“看你这反应，是谭音没错了。”

“你是？”

“我是谁不重要，重要的是希望你脑子清醒点，认清自己的位置，不要以为成天假借学习小组的名号就可以黏在楚杭哥哥身边。他给你补习只是因为这是学院的任务外加他心地善良，但这不能成为你处心积虑勾引他的机会……”

谭音没给对方大放厥词的机会，她义正词严地打断道：“你简直是血口喷人啊，谁处心积虑勾引呢？我现在沉迷学习无心恋爱，早不爱你的楚杭哥哥了，我爱的是学习，学习使我快乐！你再造谣，信不信我把这次建筑力学随堂测验前二十名的考卷直接拍你脸上！”

对方没想到谭音如此彪悍，一下子愣了愣，继而脸色又沉了下去：“我听说过你，你之前苦追楚杭哥哥，还为他跳了楼，一看就是死缠烂打的类型，我不相信你会这么轻易就罢手，但我告诉你，你这样的人，我见得多了。我好心劝你一句话，你和楚杭哥哥不是一个世界的人，你根本配不上他。”

听到这个，谭音就不乐意了，她浑身的战斗因子都被激活了：“我怎么配不上你的楚杭哥哥了？”

“楚杭哥哥血统高贵……”

“你又不是给猫配种，还讲血统不血统啊？而且他血统怎么高贵了？不就是祖上有点法国血统吗？法国血统就高贵了？我只知道法国人是全世界秃得最快的，楚杭现在头发看着挺茂盛，但很难说啊，没准儿一到三十他尊贵的法国血统就让他难逃宿命直接‘地中海’了呢？”

“你！”

谭音翻了个白眼：“你什么你，你懂虚功原理吗？你知道极惯性矩是什么吗？你懂梁内力图规律吗？

“你看，你什么都不懂，还好意思和我说我和楚杭不是一个世界的人？我们至少有这么多共同语言呢！

“何况你懂不懂行？你来找我要我别再纠缠楚杭，好歹应该掏出一张支票吧？没有支票，也至少走个支付宝转账吧？再不济掏出一沓现金也行啊！”

对方简直目瞪口呆：“你怎么这么厚颜无耻！”

“我不是都为楚杭跳楼了嘛，那我还有什么豁不出去啊！”

“你简直不要脸到极点！”

谭音放下了筷子：“你是今年的大一新生吧？”

对面的女生警惕起来：“大一新生怎么了？难道你还要和我讲论资排辈？呵，我和楚杭哥哥是一起长大的，那时候你还不知道在哪个犄角旮旯里发霉呢！”

“尊老爱幼是中华民族的传统美德，你一个大一的，应该好好和我这个学姐讲话，有礼貌讲文明知道吗？”

“就凭你？”

谭音平静地擦了擦嘴：“我警告你，你再这样，我就要走了啊。”

“快滚吧你！难道以为我想看到你？！真是恬不……”

对方话还没说完，谭音便猛地站了起来，几乎是同时，对面刚才还嚣张跋扈的女生在错愕中随着椅子平衡力的缺失，根本来不及应对，就哐的一声摔了个四脚朝天。动静之大、姿势之狼狈，引得熙熙攘攘的食堂里各色目光都聚焦了过来。

谭音看着姿势不雅地摔在地上的对方，摇了摇头："果然是新生哎，都不知道这张椅子的奥妙之处，还不肯尊老爱幼，年轻人，所以这就是生活教你的一课啊。"

谭音说完，笑了笑，不顾对方想要冲上来掐死自己的表情，正要来一个事了拂衣去不留功与名，转身就看到楚杭一脸复杂地站在不远处，也不知道已经来了多久。

他抿着嘴唇走了过来，看了谭音一眼，然后很快就移开了视线，接着才越过谭音，伸手拉起了坐在地上的女生。

"楚杭哥哥！"对方见了来人，果然撒娇抹泪委屈一条龙服务全上了，指了指谭音，"她故意害我摔倒。"

楚杭扶起对方，就松开了手，皱了皱眉，低声呵斥道："菲菲，别胡闹了。"

他说完，才转头看向谭音。楚杭只看了谭音一眼，便垂下了视线，声音低沉："为我豁出去跳楼不值得。"

谭音无语凝噎。

"至于我三十岁秃不秃，也不劳你费心了。

"现在你的成绩已经提高不少了，没有必要再按照之前的频率组学习小组了，以后我们尽量邮件沟通就行了。"

谭音哭丧着脸道："这一下变成远程教育了？从面授直接变成函授？不太好吧……"

楚杭凉凉地瞥了她一眼："给你讲课也很损耗精力，不是你好心提醒的吗？我可是有法国秃头血统的，我怕这么讲下去，我大学没毕业就要秃了。

"行了，让让，你挡着我的路了。"

谭音赶紧让开了路，然后目送着楚杭背脊挺拔地淡然离去。他的后脑勺上，此时头发乌黑浓密，谭音却突然不合时宜地好奇起来，楚杭未来到底会是哪种秃法？是“地中海”型秃，还是M字秃？

虽然以后没有楚杭的现场指点让人有点郁闷，但谭音很快就把这个插曲忘在了脑后。明天是周末，也是谭音兼职第一天上岗的日子，她不像楚杭和蒋一璐一样是A市本地人，因此赶紧回宿舍，准备再熟悉熟悉A市市内的路线图。

只是当谭音刚打开电脑，蒋一璐突然就从门外冲了进来，她两眼放光语气激动：“谭音，太劲爆了！我听说刚才在食堂，有两个女的为了楚杭打了起来！有一个把楚杭直接抓秃了一块！太要命了！对了，其中一个女的，就是之前和楚杭约会吃晚饭的那个，我打听过了，叫段影菲，法学院今年的新生，楚杭的青梅竹马！至于另一个求而不得就把楚杭抓秃的猛士，我还没打听到名字。”

蒋一璐没在意谭音的沉默，眼露钦佩道：“我感觉她有望超越你，成功引起楚杭的注意！抓秃哎！这是对楚杭形象上直接的打击！比你画那个漫画还严重！”说到这里，她拍了拍谭音的肩，“所以姐妹，我早叫你不用担心，强中自有强中手！只不过这位猛士对上段影菲，恐怕也不太妙。这个段影菲我打听过了，家里特有钱，但为人特小心眼，报复心很重，在男生面前特别会装，反正她肯定是要找人麻烦的……”

谭音面目表情地听完：“你这消息哪儿来的？”

“我的线人啊！”

“你这线人新传院的吧。”

蒋一璐愣了愣：“你怎么知道？”

“因为我就是那个猛士！”谭音愤怒道，“这根本就是假八卦！我根本没和段影菲对打，我也根本没抓秃楚杭！这是赤裸裸的诬蔑！”

蒋一璐听完谭音的解释，瞬间义愤填膺地拿出了手机：“气死我了，我现在就把这线人骂一顿！这简直是假新闻啊！还骗了我一百块信息费！”

“算了，骂什么啊！”谭音制止道，“这么会抓大放小、无中生有、添油加醋，把广大无聊大学生的兴奋点踩得这么准，又是新传院专业出身，这以后绝对是个新闻人才啊！你还不好好结交？”

好在在蒋一璐的强势辟谣下，最终谭音总算在校园论坛上洗刷了抓秃楚杭的恶名，不过她对此类校园误传的谣言倒也不太在意，如今的谭音，看着自己的银行卡余额，正一门心思想着赚钱。

谭音这次兼职的中餐厅名字叫“得之味”，与其余餐厅和美团、饿了么这些外卖公司合作的模式不同，得之味的外卖送餐人员完全是自己雇用的，除去一批长期合同工外，偶尔生意好的时候，也招募谭音这样的大学生兼职送餐。

得之味给谭音的兼职条件，一个月底薪两千，每送一单有五块钱提成。对于只周末兼职的学生来说，这算是非常高的底薪了，而究其原因，除了是忙季外，更重要的是因为未来三个月，都是A市的梅雨季，随时可能出现阵雨，外出送餐条件比较艰苦。

“我理解你们学生可能偶尔周末会有事，一旦有事，提前请假就行，但相应地会按照你请假的比例扣底薪。也就是说，想要拿到两千的底薪，必须一个月内的所有周末双休都全天候送餐。”

餐厅的负责人是个胖胖的中年男人，声音平和，但态度挺认真，对于他的话，谭音十分接受。她倒不怕雨天送餐辛苦，周末下雨也无所谓，只要别打雷就行，一旦打雷，为了不在新闻头条上整出“市区一小电驴无人却自动行驶”之类的灵异焦点，她就只能请假不送餐了。

“这是我们餐厅的送餐制服。”

谭音又听餐厅负责人说了些工作须知，才去卫生间换了制服，拿上今天的第一份外卖单，戴上头盔就出门了。

真正干起来，谭音才发现，外卖员们月入过万的这个钱，可真不是容易赚的。今天虽然没下雨，但天气闷热，从临近中午到现在，作为第一次上岗的新手，谭音一共送了九单，已经热得额边的头发都湿答答地贴到了脸上。

当她又一次回到餐厅，准备取餐离开，忽然听到其余几个相熟的外卖员一边等餐一边在聊天。

“你送多少单了？”

“十六单了，不过待会儿估计就不能送这么快了。”

“为什么啊？”

“你看这天，这么闷，又阴沉，才中午天都黑了，待会儿准要下暴雨，怎么可能还能像之前送得那么快，唉！我就说我最讨厌这梅雨季，因为雨天路滑不能开太快，每天白白少接好多单……”

谭音取了餐，下意识地也看了一眼门外的天，明明天气预报说没雨，但如今这个架势，确实怎么看怎么像在酝酿着一场大雨。

送完这一单吧！

谭音想，送完这单，自己就不再送了。一来免得下雨了不好收场，二来这个点了，点餐的人也不多了。

不过这一单，地址倒是有些远，清江花苑，A 市有名的园林式别墅区，虽然也算是市中心区划内，但为了闹中取静的效果，其实离主城区有一定距离。

谭音跨上小电驴，一边抹汗一边往清江花苑挺进。

如所有高档小区一样，清江花苑不允许外卖车辆进入，谭音在小区门口停好了小电驴，便提着外卖盒下车往小区里走。

“10 栋……10 栋……”

这园林式小区果然名不虚传，即便是公共区域，也全是亭台楼阁水榭，一步一景，谭音弯弯绕绕转了好几圈，才终于找到了送餐地址。

大概是整个小区位置最好的独栋，远远隔着栅栏眺望，也能看出这是最大、最美的花园，只是站在古朴的门外，谭音已经能听到院子里潺潺的水声。

她点开餐厅内部的送餐 App 后台，打了客户的电话。

因为号码保护和匿名功能，谭音并不能看到对方的姓名和真实号码，甚至不知道对方的性别，只能礼貌地道："您的外卖到了。"

"好，我马上下去开门。"是个男的，还很年轻，对方的声音有些冷，但很好听，大概是好听的声音都很相似，这声音总给谭音一种挺熟悉的感觉，而对方大概身边有人，和谭音说完，还没来得及挂，他就有些无奈而宠溺地轻声道，"可可，别闹了，让我先下去一趟。"虽说和谭音说话挺疏离，这一句却很温柔。

谭音便站在门口，听着屋内传来一阵渐近的脚步声，然后对方大约到了门口，正开始扭动门把手……

然而几乎是同时，一道雷鸣，伴随着闪电劈开了天空。很快，阵雨便也倾泻而下。

上天这是在和自己开玩笑？！

谭音愤怒了，自己这下怎么回去？这别墅区连个行人都没有，连把伞也蹭不到！又不能大张旗鼓地隐着身开小电驴，这鸟不拉屎的地方连个能混上车的公交都没有……

"可可，乖，别堵在门口，先让我开门。"

就在谭音腹诽之际，门开了，而谭音也终于知道了这声音为何如此熟悉，因为门口出现的，赫然是楚杭的脸。

谭音知道楚杭作为 A 市本地人，平日里周末常常会回家住，但她并不知道这竟然是楚杭的家！

楚杭穿着棉质的睡衣，平时一丝不苟服帖的头发此刻微微翘起，带了点毛茸茸的蓬松感，脸上还有些从被窝钻出来的慵懒余韵，英俊里带了点毫不设防的天真。

他打开门后，显然对门外空无一人的场景有些呆愣。他微皱着眉头找了一圈，最终在门口地上发现了自己的外卖盒。

只是还没来得及提外卖盒，从他的身后就钻出了一个真正毛茸茸的脑袋，然后这个脑袋的主人撒开腿，以迅雷不及掩耳之势夺门而出，在谭音还没反应过来时，就飞奔进了雨中。

是一只相当活泼的金毛。

“可可！”

楚杭喊了一声，然而金毛完全不为所动继续朝着雨中跑去。他走得急，连门也没关，就匆匆追进了雨里。

谭音好奇地朝屋里探了探头，这一看，就看得她想在违法的边缘大鹏展翅了。

楚杭家客厅里那质地高档的餐桌上混在一堆建筑杂志里摆着的，不正是自己的漫画手稿吗？！真是踏破铁鞋无觅处，得来全不费工夫！

上天并没有和自己开玩笑！谭音感动地想，“鸡汤文”诚不我欺，果真是过去的都会过去，该来的都在路上，一切都是最好的安排！天意！一切都是天意！

楚杭的家，门没关，楚杭不在，狗也不在，而自己的漫画手稿就摆在几步之遥的餐桌上！

这种时候不犯个罪，都对不起自己曾经辛辛苦苦被雷劈得来的超能力啊！

谭音二话没说，当即就轻手轻脚地进了楚杭家的门。她的计划十分完美，自己就这么神不知鬼不觉地顺走漫画手稿，毕竟这本来就是自己的东西，这叫物归原主，不叫偷。

只是理想很美好，现实很骨感，谭音前脚刚走进屋里，门口就传来了楚杭和狗的动静……

楚杭一只手提着狗，一只手拎着外卖盒，皱着眉重新进了门，在谭音还没来得及反应之前，他就利索地用脚踹上了门。

因为在雨中追狗，狗脏了，楚杭也没能幸免于难，他的白色睡衣上溅到了泥点，头发也湿漉漉地滴着水。

只是本来在他手里安分的狗子，突然朝着谭音的方向狂叫起来，大有从楚杭手里挣脱出来扑向谭音的意图。

好在楚杭拥有和他这张过分精致的脸完全不一致的可怕武力值，即便是这样一条扭动着的强壮成年金毛，最终也没能挣脱出他的手掌心，只被楚杭提着，抬手在头上警示性地轻轻拍了几下。

“消停点可可，别乱叫了，否则待会儿断你狗粮。”

狗子挺委屈，又颇为不甘心地朝着谭音的方向叫了几声，便在楚杭的瞪视里呜咽着安静了下来。

楚杭的淫威果然让狗都害怕！

趁着楚杭提着狗去浴室清洗之际，谭音揣上自己的漫画手稿，就扑向了大门，只是这门不知是什么高级货，大约是为了防止狗自己开门后逃出屋子，关上后竟然自动反锁了。谭音扭了半天门把手，也没有能开的迹象。

这就很尴尬了……

而仿佛嫌一切还不够似的，不仅被关在了楚杭家里，谭音此刻还抓心挠肺地饿了起来，从中午开始送餐到现在，她自己还没来得及吃饭……

楚杭给狗洗好了澡，自己也淋了个浴，神清气爽地走到餐桌前，开始吃外卖。

唉……谭音坐在楚杭对面，垂涎欲滴地看着，闻着他这个外卖的香味，谭音只觉得自己更饿了……

楚杭这家伙，只是吃个外卖而已，还优雅到像是在高档餐厅用餐，即便只有自己一个人，用餐礼仪也得体到完美，这么一顿饭慢悠悠地吃完，谭音只觉得自己像受到了凌迟般的残酷对待。

“好了，可可，该你吃了。”等楚杭吃完，他起身从厨房抽屉里拿出了一袋东西，然后放到了狗盆里。

楚杭放完狗粮，就上楼了。

楚杭一走，谭音便马上在他家里转了一圈妄图觅食，只是冰箱里是空的，零食小吃更是什么也没有！

谭音饿得头晕眼花，扶着墙，只感觉自己要饿到升天，而这个时候变本加厉般，金毛大口咀嚼狗粮的声音显得尤其清晰……

等等，狗粮……

谭音把目光瞄向了金毛食盆里的狗饼干……听说狗饼干其实还挺好吃的？

不行！谭音！你是个人！你怎么能吃狗粮！

哎？不过据说狗饼干还真的挺好吃的，没有盐没有调味料，有一点点奶香……好像很好吃……

最终，饥饿战胜了谭音的理智，她抱着一大袋狗饼干，一边吃，一边赞叹，真香！狗饼干，真的好好吃！

谭音吃得津津有味，只有金毛对她仍抱有敌意，吃完了自己那份狗粮，就朝着谭音所在的位置低吠着。

谭音朝金毛伸出了手，手心里有一把狗饼干：“喏，吃吗？”

没想到楚杭的金毛和楚杭一样有节气，这狗竟然无视了谭音的示好，一扭头拒绝了，继而朝着谭音愤怒地叫起来。

楚杭再次下楼，金毛便噌地起身，朝楚杭叫着告状，然而……

然而楚杭只看到了散落在狗盆旁边被打开的狗粮，明明刚才还剩下大半袋的狗饼干，此刻已经空了……

“可可！”楚杭的声音都气到扭曲了，“说了不准偷吃！”

于是忠心护主守卫家园抵御外敌，并且克制住了自己的欲望没有被敌人轻易用狗饼干收买的狗子，遭到了主人结结实实的一顿收拾……

“接下来一周，没有狗饼干零食了！”

狗子彻底萎靡了……它可怜巴巴地趴在地上，从眼神来看，大概是不会再爱了。

谭音成功以一己之力离间了楚杭和狗子的感情，吃饱了狗饼干，便蹑手蹑脚地上了楼。

楚杭正在书房里上网，好看的眉微微皱着，表情凝重严肃。

在看什么建筑的专业资料吗？

谭音有些好奇，凑上去看了眼屏幕。

屏幕上赫然一行大字：

科普：法国人秃头的秘密。

楚杭看了会儿，关掉了这个页面，又开了一个新的：

世界秃顶排行榜：法国人强势挺进前三甲。

很快，楚杭又沉重地点开了另一个：

为什么法国人年纪轻轻就秃了？

随着一个个页面的打开，楚杭的表情越发凝重了，当他看到最后一个页面时，终于看不下去了，起身离开了电脑前，像是实在没法接受现实，需要一个人静静。

谭音盯着他留下的电脑屏幕。

这次是一个问答页面。

“男朋友才 25 岁，发际线后移得厉害，请问如何防止他继续这样严重脱发？”

下面的答案五花八门。

“试试无硅洗发水。”

“平时多吃黑芝麻，还要勤梳头，提高毛孔活力！”

…………

提问者显然十分感动，并补充了相关信息：

“忘了说，我男朋友有法国血统！”

这一次，下面的回答就统一多了……

“法国血统啊，那秃头无解了。”

“别试了，没救了，放弃治疗吧。”

“爹秃秃一锅，楼主做好准备啊，以后生的孩子大概率也都是秃的，秃头基因可是很坚强的哟！”

…………

谭音看向站在窗边的楚杭的背影，不知道怎么的，就在这挺拔的背脊里看出了不为人知的忧伤和坚强……

虽然表面上毫不在意，但对于自己的这一番话，楚杭原来还是介意的……

谭音有些同情地想，等自己回学校，买点生发护发的东西送他吧，前几天刚听蒋一璐说了一个生发头盔，好像特别有效！

唉，就是她什么时候能回学校哎？得等楚杭晚饭再叫外卖开门的时候吧？都怪这破雷阵雨！

谭音下意识地望向窗外，结果这一看，就发现大事不妙了！

这雨不知道从什么时候开始，已经渐渐小了，如今雷声也快要消失了，眼见着就要停了！

这下完了！她得赶紧藏起来！

谭音几乎没时间多想，此刻身处的书房没任何地方可以藏人，她立刻跑了出去，见边上有个房间门开着，谭音想也不想就冲了进去，二话没说，就往床底下一钻。

她几乎刚刚行云流水地完成这一切，雷雨停了。

可惜谭音的一口气还没松下，就又提了起来。

伴随着一阵脚步声，楚杭走进了房里，走到床边，脱了鞋，然后谭音就觉得自己头顶的床板一沉，是楚杭上了床。

自己好死不死，躲进了他的卧室……

更可怕的是，伴随着熟悉的叫声，狗也进来了！

而最为恐怖的是，这只记仇的狗，此刻大概是嗅到了谭音的气味，二话不说，嗷嗷叫了两声，便猛地钻进了床底下，叼住了谭音的裤腿，拼命往外拽……

大概因为狗粮之耻，狗子的战斗力爆棚，谭音就差在床底下和狗扭打起来了，这动静太大，一下子把床上的楚杭给震了下来。

谭音不敌金毛的战斗力，忍不住求饶地叫出了声："你别咬了！我认输！我认输！"

可惜不管谭音怎么求饶，狗都绝不松口，谭音好不容易才最终在床底狭小的空间里杀出了一条血路，半个身子探了出来。

都这个时候了，她也顾不上被楚杭发现了，几乎是下意识地，谭音用两手抓住了眼前楚杭的脚踝，抬起头，努力对惊愕到石化的楚杭挤出了个笑："哎，楚杭，能不能帮帮忙？"谭音指了指自己身体的后半截，尽量淡定自然地道，"能不能让你的狗先松个嘴？然后再麻烦你拽我一把，你这床太低了，我被卡住了……"

可惜最后楚杭都没有对谭音伸出援手，他像是见了鬼般看着谭音自己挣扎着甩脱了狗，然后艰难地从床底下爬了出来……

这简直是史诗级灾难现场了，然而事到临头，谭音反而镇定下来，拍了拍身上的灰，硬着头皮顶着楚杭的瞪视，站了起来。

研究表明，人在遭遇极度震惊不合常理之事时，只要周围人态度镇定自若毫无异常，那么很有可能造成一种群体性的心理暗示：这事儿完全正常！放轻松！别少见多怪了！

谭音撩了下头发，努力保持优雅和从容："楚杭，你家这个床底下，灰有点多啊，我估计你不知道，床底下其实是打扫很容易忽视的死角，我刚才进去看了下，建议你买个戴森吸尘器，靠人工的话弄得不太干净，灰尘多了容易过敏，尘螨你知道吗……"

谭音的声音自然语气流畅，形体动作无一不体现出她的镇定自若，如果不是她的身上还印着几个狗爪印，头发有些乱外，完全看不出这人刚从床底下钻出来。

"谭音。"

"戴森我用过，真的不错，V10，买一个吧，你值得拥有……"

"谭、音。"楚杭的语气很冷，眼睛一眨不眨地看着谭音，一字一顿道，"你先给我解释一下，你为什么在我的家里，在我的床底下？"

楚杭的眼光微冷："你怎么知道我家在哪里？怎么进来的？钻在我床底下准备干什么？"

饶是谭音平时嘴皮子挺溜，这下也有些语塞，她小心翼翼地看了楚杭两眼："我就突然想给你表演大变活人？"

楚杭抿着唇，表情严肃。

"其实是那个……我中午在学校里午睡，然后我有个毛病就是梦游，我也不知道我怎么就到了这里，我刚醒来就发现在床底下了？"

"学校离我家车程就要半小时，走路要两小时。要不你现在给我表演一个梦游回学校？"

"行了，和你没什么好说的，我报警了。"楚杭一边说，一边就掏出手机准备按键。

报警？这怎么行！这种事一定会上学校论坛首页的！没准儿还要吃个学校处分！以后自己还怎么混？

谭音伸手就想去抢楚杭的手机："楚杭，求求你别报警！我是有苦衷的！"

楚杭显然不信，看着谭音，有些咬牙切齿："那你最好给我一个不报警的理由。"

"都是因为我太爱你了！"

这样一句振聋发聩的真情告白，果然把楚杭给镇住了。

人类有一种本能，对自己的追求者，一般不会太差，甚至因为对方对自己的求而不得，内心还容易生出点怜悯之情。如今为了不让楚杭报警，谭音只能想到这招破釜沉舟了！既能合理解释自己为什么突然出现在楚杭的床底下，没准儿还能以情动人说服楚杭不要报警！

"楚杭！对不起！我骗了你！"谭音一脸痛苦道，"我之前说对你没有别的想法了，那是假的，我……我对你还是旧情难忘，一想到你不愿意和我在一起，我……我还是特别痛苦，觉得揪心，难以呼吸一样。"

她深吸了一口气，顶着楚杭复杂的目光，一脸强忍痛苦般继续道，“但是我知道，我这样的爱，对你已经造成了困扰，我也知道，真正爱一个人，是遵从他的意愿给他自由让他幸福，我……我其实最近经过激烈的内心斗争，已经说服自己放下这段感情。”

对于谭音这样的“老实交代”，楚杭的情绪果然缓和了些，然而他的态度还是很警觉：“那你还偷偷跑到我家里是什么意思？”

“是这样的，我其实最近在打工送外卖，我不是有意跟踪你的，只是正好送到了你家，结果一时鬼迷心窍，犯下了不可饶恕的大罪……我知道这样对不起人民，对不起群众，对不起辛辛苦苦培养我的老师，更对不起自己的良心。但是！楚杭！你听我说！我这次虽然鬼迷心窍躲进了你家里，其实也就是想圆自己的一个夙愿，我……我就想近距离感受下你生活的空间，和你呼吸同一片空气，更重要的是，我不忍心你这样吃外卖，外卖都不健康，我想着躲到你家里，给你做一顿色香味俱全的晚饭，替你打扫床底卫生，然后再偷偷地离开。能做你的田螺姑娘，这就是我的梦想……”

谭音一边说一边伸出了三根手指：“但是，我发誓，我在鬼迷心窍之前，就已经做出了决断，这次对我来说，是一次对你的告别之旅！我决定这次铤而走险以后就此罢手！放下心中对你的执念，金盆洗手、告老还乡，好好学习、天天向上……”

为了让自己的话更具有说服力，谭音赶紧扯了扯自己的外卖制服：“你看！我真没骗你，我不是特意跟踪你那种蓄意的罪犯，我……我就一激情犯，我法学院的朋友和我说了，这种激情犯罪的主观恶性和社会危害性都没蓄意犯罪的高……我还有改造和挽救的空间，请社会不要放弃我……”

楚杭眼神仍旧戒备，他盯着谭音的制服看了眼，虽然脸色还是很难看，但谭音这番声泪俱下的表白，大概让他有些动摇，他迟疑了片刻，终于放下了手机。

只是楚杭看向谭音的眼神，却越来越晦涩和复杂了。他往后站了站，警告道：“你离我远点。”话音刚落，楚杭又补充了一句，“和我保持十米距离。”

谭音看了看房间：“你这房间没有十米那么大……”

“谭音！”

“哎好的好的！那我站到对角线上离你最远的地方吧。”

可惜不管谭音站得有多远，楚杭此刻看她的眼神，都活像是看变态似的……

行吧，谭音想，被当成是变态也比报警或者被当成灵异事件强。

她偷偷用力拧了一把自己的大腿，眼角瞬间疼出了泪花，她泪眼婆娑地看向楚杭：“对不起，是我逾越了，我以后再也不做这种事了。”

大约她这泫然欲泣的模样实在是很可怜巴巴，楚杭一时之间也有些僵硬，过了半晌，他才不甚熟练地递了包纸巾给谭音，只是东西递上了，人却不愿意看谭音似的别开了头，语气也有些不耐烦：“行了行了，你还真的一哭二闹三上吊？我不报警了，你快擦干净。”

谭音见目的达成，赶紧接了纸巾，假模假样地擦了擦眼泪。

狗乖巧地趴在一边看着这场闹剧落幕，两人之间安静的气氛一时有些尴尬。

楚杭反而成了不自在的那个人，看了眼谭音，很快又移开了视线：“你……你为什么会这么喜欢我？”他顿了顿，语气困惑而不自然道，“我没什么好的，你别光因为我这一张脸就喜欢我了。”

这……既然做戏，就只能做全套了……

谭音硬着头皮开始苦思冥想：“你这个人，最初吸引我的是你的皮囊，不得不说，你真的很帅，但在最初的表象之后，越是了解你，我就越发发觉到了你的人格魅力。你就像个小太阳，身上充满了闪光点，比如你成绩好、脑子灵活、体育还强，简直就是全能，更重要的是，你这个人内心特别善良，这次学习互助小组，更是让我感受到了你的优秀，你不仅没有嫌弃我笨，也没有因为之前我给你画漫画就对我进行打击报复，反而真诚地指点我，团结友爱、舍己为人……”

谭音一开始还有点心理包袱，一旦说顺口了，这吹捧张口就来。她洋洋洒洒说了一堆，绞尽脑汁把自己肚子里那些名人传记里的溢美之词全部糅杂在一起安到了楚杭的头上，拿出去都能直接做入党介绍人的推荐信范本。

只是说着说着，谭音也不得不承认，自己此刻赞美的话，也不全是凭空捏造的，这么一盘点，楚杭这人，优点竟然还真的挺多的，讲到后来，谭音也有点真心实意起来了。

“你虽然表面看起来有点不近人情，但其实人挺好的。那次小组写生我没回楼里，那么大的雨你特意去找我，还背我回来……”

然而她如此发自内心的夸赞，倒让楚杭一脸不自然起来，他几乎是下意识地反驳道：“都说多少遍了，我不是特意为了去找你才出去的！”

行吧，你说什么就是什么……

“总之，最终让我无法放手的，不是你的容貌！而是你的灵魂！”不管三七二十一，谭音赶紧综上所述地升华起来，“尤其你真的非常善良，即便我这样鬼迷心窍地做出这种事，你也愿意听我的忏悔，给我一次机会不报警……”

楚杭盯着谭音看了会儿，沉吟了片刻，才道：“我觉得我还是报警吧。”

“我报了警，可以让你知道，我没你想的这么善良大度，不是什么好人，好让你更快对我死心。”楚杭顿了顿，“虽然短期来说对你影响不好，但长久来看，还是值得的，能帮你赶紧走出来。”

“别……别……”谭音赶忙一把拉住了楚杭想去摸手机的手，“我想给我们这段感情画一个圆满的句号，留下最美丽的回忆！”

楚杭冷冷地看了眼谭音：“我们本来就没什么感情可言。”

“楚杭，报警什么的就算了吧！一报警我对你由爱生恨，我更难走出来啊！”

“你看，刚才那么大的雨，你就当好心地收留我在你家里躲了下雨吧！现在雨停了，该审问的你也审问了，那我也差不多该走了！晚上还有外卖要送呢！”

楚杭皱了皱眉：“你怎么在送外卖？”

谭音佯装害羞又含情脉脉地看了楚杭一眼：“我就是想给自己找点事做，让自己忙起来，越忙越好，这样转移我的注意力，我就不会再想你了。”

这么热辣直白的话语，果然让楚杭有些承受不住，他下意识地便往后退了几步，站得离谭音更远了点，赶紧朝谭音摆了摆手：“你走，你赶紧走。”

谭音见状，见好就收道：“那我先走了！我还是得和你保持距离，否则我怕我控制不住自己！”

楚杭脸色复杂表情微妙，他顿了很久，才像是憋出来般沉重道——

“谭音，为了个男人就这样，不值得。”楚杭的语气带了点不自然的认真劝解，“就算是我，也不值得你这样。”

谭音很想说，不，不是为了个男人这样不值得，是人间就不值得。

最终，谭音完全不敢再逗留，她在楚杭复杂的目光里、狗子警惕的注视下，夹紧尾巴灰溜溜地跑了。

只可惜功亏一篑，花了这么大代价想要偷回来的漫画手稿，大概是在床底下和狗拉扯的时候从衣服兜里掉了出来，谭音找遍了全身，也没找到漫画手稿的影子。

这次操作真是亏大发了！

谭音简直懊恼到想自杀，刚才在楚杭面前还能勉强绷着情绪佯装镇定，此刻一离开，谭音一边开着小电驴一边泪洒沿途。

楚杭最后看向自己那种戒备混杂着怜悯的复杂眼神，让谭音觉得，自己未来无论如何解释早就不再迷恋楚杭，也是无济于事了。自己爱他爱到癫狂这一点，恐怕已经根深蒂固地根植在楚杭的脑海里了。

第五章

一点小心意

送完了晚上的外卖，谭音就这么一路痛心疾首地回了学校，结果把这乌龙给蒋一璐一讲，果然不仅没有引来她的同情，还遭到了对方无情的嘲笑。

“你当初要追楚杭的时候我就劝过你，你听了吗？你看看我们学校有多少女生追楚杭？播音主持系的系花，够漂亮吧？成天为了见到楚杭来我们学院旁听，自己学院的课都不上了，楚杭有多看她一眼吗？结果最后在播音主持系上课出勤率太低，还被留了一级。你自己再想想，历来哪个女的和楚杭扯上关系有好结果的？楚杭简直是终结者级别的好吗？”

“我当初也就随便追追啊，我也从来没想着能追上啊，我不过就是有点从众心理，看大家都在追楚杭，感觉自己不追那么一下，太落伍了。当时追楚杭和全民活动似的，不追他都觉得自己不够潮流，不够政治正确，我就一时没抵挡住诱惑，想着重在参与，所以就追了……”

谭音挠了挠头发：“这就像知道自己中不了彩票，但还是想着每天买一张试试是一样的心态，万一呢？”

蒋一璐一脸恨铁不成钢："得了吧，你当初追楚杭的动机就不纯洁，你这心不诚当然更不灵了。人家追他是正儿八经想和他谈恋爱，你呢？你就光想着他做了你男朋友以后就能尽情使用他做你的人体模特！"

谭音试图狡辩："这也是爱的一种，超脱了俗世，这是伟大的艺术！"

蒋一璐翻了个白眼："不过还真是无心插柳柳成荫，就你这德行，竟然独树一帜在楚杭那么多的追求者里杀出了一条血路，现在只要提起楚杭，谁不第一个想到你？别的再执着的追求者，楚杭多看过一眼吗？只有你，成功引起了他的注意，在他心里拥有了姓名啊！"

谭音想，这种姓名，我并不想要……

"算了，懒得说你了。"蒋一璐撩了撩头发，"我要去找代购买护发用品了，我最近过得实在太糙了，你看这发梢都开叉了……"

一说起头发，谭音突然想起了点什么："对了，你上次说的那款生发头盔叫什么名字？哪儿有卖？"

"这玩意儿是国外产的，国内目前没有卖的，你要买得找代购，我把我熟悉的那个代购微信上推给你啊。"蒋一璐一边说一边掏出了手机，"不过你买生发头盔干吗？你的头发不是挺多的吗？"

谭音干笑了两声："防患于未然啊，毕竟建筑学令人头秃。对了，这代购靠谱吗？"

蒋一璐拍了拍胸："我用我所有的桃花运发誓，绝对靠谱！"

蒋一璐发完誓就去看自己的护发产品了，而谭音也没闲着，她几乎是立刻加了代购的微信，望着那四位数的价格，虽然有些犹豫，但最终还是咬牙订了一个生发头盔。

既然这么贵，那一定是好东西！

这次建筑力学随堂测验成绩冲进前二十后，谭音迫不及待就向她爸汇报了，可惜横幅事件大概让老谭受伤太重，她爹表示，除非谭音期中考试成绩年级前十，否则还是继续断她的生活费……

钱的动力是无穷的。谭音铆足了劲准备再接再厉，然而这时她才发现，失去了楚杭的现场辅导，只是靠邮件来回，很多题根本讲不清，想要成绩再往上提高，没有楚杭怕是不行了……

一想到这里，谭音又有些懊悔，要是当初自己追上楚杭就好了，既能当人体模特，让他穿就穿，让他脱就脱，想怎么画怎么画，对他为所欲为，平时还能利用起来辅导功课，最重要的是，自己的大作《万人之下：校草的诱惑》也不用停更了！如今……唉！真是可惜了！

谭音看着摊开的建筑力学习题叹了口气，是时候给楚杭送个生发头盔意思一下了！

因为代购生发头盔花了一大笔钱，谭音送起外卖来也更带劲了。这几天的周末天气都很好，跑了一段时间外卖，谭音也对路线更熟悉起来，加上她勤快，一天能送上不少单。

自上次以后，楚杭大概对谭音避之不及，再也没有叫过这家的外卖，然而今天谭音收到了一个清江花苑的单。

“11 栋？这不就是楚杭隔壁那栋独栋吗？”谭音心里犯嘀咕，得之味这家餐厅的口味难道和清江花苑的住户特别契合吗？不仅楚杭喜欢，难道连楚杭的邻居也喜欢？

“您好！您的外卖到……”

谭音提着外卖盒，站在 11 栋的门口，结果她的话还没说完，门就开了。

门内的不是段影菲是谁？

相比谭音的意外，段影菲就淡定多了，她显然早就预料到了谭音的到来，一脸难以取悦地抬起手腕准备看手表。

“你不用看了，没有超时。”谭音一边说，一边就把外卖盒递了过去。

段影菲冷哼了一声，继而接过外卖盒拆了起来，很显然，她是准备找碴儿了。

“汤也没洒。”

段影菲抬起头，突然对谭音笑了下，然后径自打开了外卖盒，当着谭音的面把汤给洒了。

“现在洒了。”

段影菲眼神挑衅，一脸得意，她拿着只剩下半碗的汤，看了谭音一眼：“你把我的汤洒了大半碗，那我也只能投诉你了。”

得之味有规定，一旦外卖骑手收到一次投诉，这一单的提成就会被取消，而一旦一天里累积投诉超过五单，则会直接取消送外卖的兼职资格。

谭音气愤地瞪着段影菲：“你这是蓄意报复！”

段影菲不在乎地笑笑：“是啊，我当然是蓄意报复，我可是为了等你来给我送外卖，一个小时里连续点了得之味的八单外卖呢，这第八单才终于等来了你啊。”

看来蒋一璐那位新传院线人的信息倒也不全是编造的，段影菲确实心胸狭窄、报复心强。

上次食堂里落败显然让段影菲咬牙切齿地记恨上了，她瞪着谭音：“我早和你说过了，我和楚杭哥哥是从小一起长大的，我们两家一直是邻居，你别以为绕开学校靠送外卖来接近楚杭哥哥，我就不知道了，你那天从楚杭哥哥家里出来我可都看见了！真是不要脸！”

谭音不可思议道：“也就是说，你作为邻居，成天什么事儿不干就盯着隔壁楚杭的一举一动，连他点个外卖你都偷偷观察着，一点细节都没落下，你不觉得这挺病态的？”

段影菲恼羞成怒道：“不管怎样我也比你这种死皮赖脸的女人强，成天就想着怎么引起楚杭哥哥的注意，真是……你等等！你别走！我还没说完，我们走着瞧吧！看我让你吃不了兜着走！”

谭音无视了身后段影菲的跳脚和威胁，她还要赶着送下一单外卖呢，实在没空耗在这里，而她还没走出清江花苑，手机上就收到了被投诉的提醒。

意料之中。

谭音抿了抿唇，开着小电驴就往下一单的地址赶去。

她沧桑地想，钱难赚屎难吃，这话可真是一点不假啊。

只是谭音并不知道这一次的差评并不是结束，又送了几单，她就再次接到了清江花苑 11 栋的外卖单。

作为得之味雇用的骑手，对于餐厅根据外卖系统随机安排的单子是不能拒绝的，谭音没办法，只能硬着头皮又跑了一次清江花苑。

这一次的结局自然和上一次如出一辙，段影菲又故意找碴儿，扬扬得意地给了谭音一个差评。

这位富家小姐显然既小心眼还无聊得很，这一整天，即便因为外卖系统的随机分配，并非每次下单都会由谭音接单，但段影菲不惜浪费时间和金钱，不断在得之味下单，就为了博一个概率，只要其中几次能分配给谭音，她就在这么几次里，变着法儿折腾谭音，找尽借口给她打差评。

谭音来来回回奔波了一天，结果最后因为段影菲的四条投诉差点功亏一篑。

她虎着脸回了宿舍，思前想后，向蒋一璐宣告：“我以前不懂文章憎命达是什么意思，我现在懂了！只有痛苦才能锤炼出真正的艺术家！只有经受了生活的蹂躏才能迸发最纯粹的创作激情！愤怒！也是一种力量！”

谭音声音慷慨激昂：“虽然打了一天工对我的肉体造成了巨大的创伤，但我的内心现在充满了力量！”

谭音低头，就见蒋一璐正用一种“你怕不是送外卖送傻了”的表情看着自己，她顿了顿，冷静了下，然后公开了自己的决定："我要画一个《万人之下：校草的诱惑》的番外篇！"

蒋一璐瞪大了眼睛："女人，你这是在玩火啊！你不是好不容易申请了锁帖和隐藏才把楚杭给稳住了？你还不死心地要去招惹他？谭音，好好活着不好吗？"

"这个番外篇不涉及楚杭不就行了？"谭音两眼放光地道，"我就用《校草的诱惑》里除楚杭外的人物做主角，再引入番外篇特别的新人物主角，以番外的形式，从侧面给《校草的诱惑》一个结局和交代。我都想好剧情了，绝对能把整个焦点从楚杭身上移走，让大家以后一提起《校草的诱惑》，讨论的就不再是楚杭！名字我也想好了，就叫《当爱已成往事》！"

蒋一璐有些将信将疑："楚杭作为整个漫画的灵魂人物，你这是要多高能的剧情才能把关注点从他身上移走？"

"看我的！"

谭音说完，就迫不及待地拿出了数位屏开始埋头苦干起来。

段影菲，和我斗，你还嫩了点！我们建筑系的女人绝不认输！

谭音这一画，就埋头画了一个晚上，直到把这番外篇成功上传，她才放松了下来，这一放松，就看到了桌边前几天到货的生发头盔。

此刻是周日晚上九点多，这天每晚十点的时候会有查寝，因此平日里周末回家的本地同学也都会在今晚回校。根据谭音的情报，楚杭的习惯是周日晚九点半左右回寝室。

她又看了眼生发头盔，再看了看让自己抓耳挠腮的建筑力学，最终横下了心，提着生发头盔就出了门。

也算谭音运气好，她提着个盒子在男生宿舍楼下等了没多久，就看到了不紧不慢正准备回寝室的楚杭。

谭音开始大力朝对方摇起手来："楚杭！"

楚杭显然也大老远就看到了谭音，只是相比谭音的热情，他的态度就冷淡多了。他紧抿着嘴唇，微微皱着眉，要不是谭音就站在男生宿舍楼门口，他看起来大有绕路避开谭音的意图。

只是到底避不开，谭音早就候在一边，一等楚杭到跟前，她就迫不及待地递上了东西："那个，楚杭，这是我的一点心意，特意给你买的！"

楚杭皱着眉戒备地看了眼谭音手中的盒子："我不需要，你拿走吧。"

楚杭说完，便起身要走。

"哎哎哎！别！"谭音赶紧叫住了对方，"我送你这个没什么别的意思，我是真的想通了，我现在已经调整好自己的心态，不会再对你有非分之想了，送你这个完全是作为同学的感激，就……就特别感谢你之前辅导我学习。你可一定要收下，你今天收下了，就代表我们的关系翻篇了，大家以后就只有同学情谊了！"

楚杭并不伸手接，警惕地看着谭音："这是什么？"

谭音朝他挤了挤眼睛："让你用完就能继续辅导我功课的好东西，你放心，绝对是你内心最需要的。"她压低声音神秘地道，"相信我，这东西会使你快乐！"

说完，谭音也不顾楚杭的反应，径自把盒子往楚杭手里一塞，然后自顾自地跑了。临走前还再三关照楚杭，这是好东西！一定要用啊！

对于谭音的礼物，楚杭内心是拒绝的，他总有一种本能的预感，遇到谭音就必然要倒霉。

尤其这女的情绪简直像是狂风暴雨般难以捉摸，前几天还声称要做自己的田螺姑娘，爱自己爱到死去活来，结果今天又笑嘻嘻地站在自己面前说要做普通同学了，这前后巨大的矛盾让楚杭不禁充满了警惕和怀疑。都为自己寻死觅活了，她怎么可能如此简单就走出对自己的迷恋？

这根本不现实。

所以这盒子，恐怕又是她为了引起自己注意而想的手段。

谭音扔下了这个盒子就跑，楚杭不得不把它带回宿舍。他知道自己应该和无视谭音一样无视这个盒子，然而最终还是有点在意，在好奇心的驱使下，楚杭还是打开了盒子。

出乎他的意料，盒子里并不是什么求爱示好的礼物，而是——

而是一个头盔？

陈自强这两天已经出院了，他的一条腿打着石膏，一瘸一拐地凑过头来：“楚杭，这是你买的 VR 游戏头盔吗？”作为资深游戏迷，陈自强十分激动，几乎是立刻谄媚道，“楚杭，还记得上次下雨你忘带伞，是我借给你伞让你没淋到的吧？咱们这种关系，以后这肯定能借我玩玩吧？”

只是陈自强的激动没有持续多久，等楚杭把这头盔从快递盒里整个取出来，陈自强就发现不对了。

“这头盔怎么没有头戴式 VR 眼镜啊？眼镜才是 VR 头盔的精髓啊！”他疑惑道，“我听说国外已经发明出脑电波游戏了！难道这就是传说中的全息头盔？！”

不怪陈自强如此异想天开，楚杭家里有钱，他用的东西很多是国外技术前沿的产品，国内根本见也没见过的。

只是面对这头盔，楚杭也一头雾水，这盒子里除了一根 USB 充电线，竟然连个说明书也没有。

“肯定是全息游戏头盔了！”陈自强却认定了，热情道，“来来来，楚杭，你快坐下，我来给你调试一下。”

如此说着，陈自强就不容分说地把楚杭按在了椅子上，然后不容楚杭拒绝地给对方戴上了头盔，连上了 USB 线。

“快，你按下开关！”

在陈自强期待又殷切的眼神中，楚杭按下了开关，然后——

然后他被电了！

按下开关的那个瞬间，楚杭几乎是立刻感觉到了一股冲击到自己大脑的强电流，又麻又痛，让他觉得整个脑袋都要炸掉了。

等他终于挣扎着关掉开关摘掉了这头盔，楚杭还有些惊疑不定。

谭音说这东西能使自己快乐，楚杭觉得这玩意儿只能使自己丧命！

她是给自己找了个可以随身携带的电击治疗仪吗？准备把自己电到喜欢她为止？

楚杭突然被电，陈自强也吓了一跳，他拔掉了USB充电线，翻来覆去研究了半天这个头盔，才终于在头盔内侧发现了一行英文小字。

“Hair grow helmet……”陈自强震惊了，“这是个生发头盔？”他惊疑地看了楚杭一眼，“你好好的买这干吗？而且这玩意儿一看就是三无产品，不仅没有说明书，连个英文翻译都这么山寨……”

楚杭紧抿着嘴唇，一张脸整个黑了。

生发头盔？

谭音送这个给自己，真的不是在讽刺自己未来会秃？

她胆子倒是挺大，没追上自己，竟然直接送了个不知道从哪儿买来的山寨生发头盔泄愤，因为不喜欢她就要电死自己！

谭音送完了生发头盔，喜滋滋地回了宿舍。虽然楚杭不承认，但自己那次隐身时都看见了，他其实可在意他的头发了，自己这礼物，肯定是送到了他的心坎上。

虽然生发头盔是挺贵的，但谭音觉得，一切都是值得的，自己买给楚杭是为了和他搞好关系让他能继续辅导自己，四舍五入，这不就是对自己的教育投资嘛。名人们都说了，投资自己投资教育，你永远都不亏！

结果谭音刚美滋滋地躺到了床上，就被蒋一璐从被窝里揪了起来。

“上次我推荐给你的那个代购，生发头盔你买了吗？”

谭音愣了愣：“怎么啦？”

蒋一璐晃了晃手机：“你可千万别买啊！我刚才听别的代购说，她卖的生发头盔是假货！根本不是美国进口的，就是在东莞找了个工厂仿制的，用了不仅不会生发，还会漏电！”蒋一璐拍了拍谭音，“这生发头盔之前电了好几个人，人家报警了，这代购被抓了呢。”

谭音的一颗心拔凉拔凉的。她的内心欲哭无泪，只想咆哮：蒋一璐，你不是赌上了你所有的桃花运发誓这代购靠谱吗？按照这誓言，我看你下半辈子要孤老终身了！

只是现在谭音没空去想蒋一璐的下半辈子，刚才一番话让她的瞌睡彻底醒了，谭音鲤鱼打挺地从床上坐起来，赶紧给楚杭打电话。

电话响了很久，就在谭音快要放弃的时候，楚杭终于接了

谭音很焦急：“楚杭！我今晚送你的东西，你用了吗？”

不知道为什么，电话那端是一阵死一般的沉默，谭音只听见楚杭低沉的努力抑制的呼吸声，他听起来怎么感觉怪生气的？

谭音有些忐忑：“你……你用了吗？”

“没有！”楚杭一口否认，斩钉截地道，“我没用，我根本没有拆开，也不想知道你送了我什么，也不会用。”

也不晓得楚杭在干吗，谭音总觉得他的声音都带着微喘的粗气，像是在努力压制着什么情绪。

谭音虽然觉得楚杭有些奇怪，但听说楚杭没用那头盔，心下也是一松，不好直说买到了假货，只能掩饰道：“我这次给你买的那个东西功能还不够好，我现在找到了另一款产品，比这功效强多了，下次等我买了这一款你再用啊！”

只是没想到，这番话说完，对面的楚杭却炸了，他几乎有些咬牙切

齿地道："谭音，你也太过分了吧，功能还要更强？"楚杭像是在努力平复情绪般顿了顿，才冷冷地道，"你不用再给我送东西了，你送的东西都是一个待遇，你不拿回去我就扔了。"

楚杭说完，直接挂了电话。

谭音听着手机听筒里的嘟嘟声，简直有些莫名其妙。她望了望窗外，天气预报说明天要下雷雨，大概楚杭实在是很讨厌雨天吧。

相比谭音的一夜好梦，楚杭做了一晚上被电击治疗的噩梦，导致第二天起床整个人还在头疼，也不知道是睡少了还是被电击了的缘故。

没睡好觉的除了他，还有段影菲。

从昨晚开始，段影菲一回学校，就发现宿舍里其他人看她的眼神怪怪的。段影菲冷哼了一声没在意。她从小含着金汤勺出生，平日里相处的都是家境优渥的朋友，对自己这些家境普通的室友和同学十分看不上，就算是一个宿舍的，和她们的关系也不亲厚，对方那些奇怪的眼神，段影菲直接解读为嫉妒。

只是没想到这次的嫉妒持续得还挺久，竟然第二天一早，这种怪异的眼神也没有退散。不过段影菲对此并不在意。老三套，她们还不是嫉妒她长得好看、家里有钱、还有品位？

段影菲撩了撩头发，轻轻笑了笑，不知为何，突然想起周末被她修理得很惨的谭音，顿时心情大好，竟然有些想吃甜食。

于是她当即便下楼去了学校的小超市。只是到了超市里正在零食柜挑挑拣拣之际，对面货架那里却传来了几个女生叽叽喳喳的谈话声。

"段英非真的太贱了！"

"是的，好恶心，两面三刀，在男人面前装得各种贤良淑德、知书达理，结果背后这么阴险，活脱脱的小人啊！"

段影菲皱了皱眉，以为自己听错了。她屏住呼吸，把身体往货架凑近了些。

对方正有人完全疑惑地发着问："段英非是谁？"

另外几个女生啧了一声："娜娜，你也太落伍了吧，《校草的诱惑》你都没看过？"

"我看过啊！我是狂野泰迪的粉丝好不好？这漫画从在校园论坛上连载第一天起我就追了！但是段英非是谁我真的没概念啊，狂野泰迪不是弃坑了吗？"

"就今晚，她刚出了一个番外篇啊！说算是给《校草的诱惑》一个结局，我还满怀激动地点进去，结果现在看完想自插双目。莫名其妙出现了一个法学院的心机婊，就那个段英非，一下子把我们鬼畜建筑系主任朱援朝、霸道篮球队长陈建、病娇学生会主席李一林全部给勾搭走了！"

说话的女生语气仍旧很激动，显然至今无法接受这个结局："我虽然是博爱党，连载的时候朱援朝。陈建和李一林哪个都爱，如果作者想把林亢许配给其中任何一个，我也是 OK 的，但我唯独不能接受这个啊。什么鬼，这段英非是带资进组吗？竟然硬生生把和林亢暧昧的男人都抢走了！愣是没林亢什么事了！"

"你没看吗？这番外就叫《当爱已成往事》，仔细想想，这名字还挺契合的啊，以前有多爱林亢，这些善变的男人现在就有多爱段英非……"

"不过这次这个段英非，对应的是现实里的谁？"

"就那个法学院大一的啊，有个新生就和这个名字谐音，我找我在法学院的老乡打听过了，那女生和这漫画里的形象差不多，好像也特别会在男生面前装柔弱，平时在女生堆里可高傲了……"

这几个女生显然把对漫画结局的怨念都发泄到了莫名其妙的新人物身上了，一边去结账，还一边怒骂段英非，却丝毫不知道她们讨论的原型就黑着脸站在货架的背面。

段影菲听得气血上涌，差点当场爆炸。她掏出手机，进了校园论坛，而根本不用她找，《当爱已成往事》就作为热门帖映入了她的眼帘。

半个小时后，段影菲感觉已经不是一场爆炸就能发泄完自己的情绪了，尤其当她看到自己今天得意扬扬为难谭音的场景。全部变成了画面上传到了漫画里，她更是连眼睛都气红了。

这个所谓的神秘作者狂野泰迪，可不就是谭音吗？！

在《当爱已成往事》里，谭音塑造了一个超级讨人厌的形象，而更让段影菲崩溃的是那些自己和什么篮球队队长、学生会主席恶形恶状的情话。

“英非，我们不应该在一起……”

“陈学长，如果爱上你算是一种错，我相信这会是我生命中最美丽的错误！我只想和你一直一直错下去，就像我永远考不及格的高数一样！”

…………

“宝贝，你知道我的身体为什么一天比一天弱吗？原因很简单，因为我太爱你了，我的荷尔蒙分泌得超出我身体的范围了，肾也虚了，所以……才有今天的样子。”

“我的亲亲，你还这么年轻，以后可怎么办？”

“宝贝，没关系，肾虚算什么问题？你忘了，美国早就发明伟哥了，一颗蓝色小药片就能让我们男人重振雄风！”

…………

段影菲目眦欲裂地盯着手机，气到发抖。她周末时不断投诉谭音找对方麻烦，不过就是仗着对方为了打工不敢和自己硬来，结果没想到谭音这人真是绝了，竟然是这么一个狠角色。

段影菲把嘴唇都咬破了，她无论如何咽不下这口气。此时明明下着雷阵雨，风大雨大还伴随着滚滚雷声，压根儿不适合出门，但段影菲也顾不上那么多了，当即红着眼睛跑到了学校的文印店，三下五除二就把《当爱已成往事》里的所有漫画内容都打印了出来。

谭音不是疯狂迷恋楚杭吗？段影菲想，自己就让楚杭哥哥好好看清这个女人的真面目和无耻嘴脸，让她一辈子也休想得到楚杭哥哥的任何好感！

段影菲愤怒得在跳脚，始作俑者谭音却坐在食堂小餐厅里的靠窗座位上，双手托着下巴，百无聊赖地看着窗外的雷雨。

“天气预报可终于准了一次。”她叹了口气，闻着餐厅里食物的香味，只觉得饥饿难耐。

因为此前天气预报几乎没准过，因此在下雨前，谭音不信邪地跑到了食堂。她昨晚熬夜画了段影菲的漫画，今早起得晚，本想早、中饭索性一起吃，结果刚坐到小餐厅里，雷雨来了。

如今她只能悲惨地坐在窗边，期盼着雨早点停，雷雨来得太突然，她还没来得及点菜。

食堂的小餐厅是独立于平时打饭的食堂窗口的，这些小餐厅位于食堂的顶楼，算是承包给私人餐馆的，从各色西餐、铁板烧、拉面、川菜、湘菜、淮扬菜到甜品饮料店，也算应有尽有。虽然比起外面那些正经的餐厅来说，菜单的选择比较少，但比起楼下的食堂窗口来说档次高不少，平时大家懒得出校门，又想稍微提升一下生活品质的话，选择小餐厅就很合适了。

不过毕竟再平易近人，也并非食堂窗口，大部分学生平时吃饭还是会选择在楼下的食堂窗口排队，因此即便是饭点，此刻小餐厅里人也不多，谭音选择的又是这顶楼餐厅里最贵的一家日料店，此刻除了她就没别人了。

当然，在别人眼里，是一个人也没有。

服务员刚转身提上茶壶想帮唯一的这位客人倒茶，却发现桌上一个人也没了。她望着窗外突然而至的雷雨，遗憾地想，这唯一的顾客大概是改变了主意，已经转身离开了餐厅。

只是她的遗憾没有持续太久，因为很快，又有一男一女走进了店里，男生气质有些冷，然而身高腿长，面容比几个当红男明星更有分辨率，女生也相当漂亮，大概是一对十分养眼的情侣。

服务员熟练地鞠躬，并例行用日语对客人进行了欢迎。

“两位，座位可以随便坐。”

“楚杭哥哥，那就坐窗边的那个位置吧。”段影菲抿了抿唇，指向了谭音所在的桌子，“反正那边没人，这里有些闷，我想坐在那边开窗透透气。”

大雨天的你透什么气啊！难道是想打开窗找雷劈吗？

谭音就这么瞪着眼睛，看着楚杭和段影菲走进了这家日料店，然后看着段影菲百里挑一般选中了自己所在的餐桌……

直到楚杭拉开她身边的餐椅坐下来，谭音才终于有了点实感——自己就这么莫名其妙地和楚杭、段影菲共坐一桌了？

好在自从能隐身以来，谭音对各种神奇的状况早就见怪不怪了，只是此时此刻，楚杭就坐在她的一臂之遥处，谭音只要稍微倾身向前，就能碰到他放在餐桌上的手。只是因为这座位就在靠着窗户的墙边，因此楚杭坐在靠走道的座位上，谭音就被他锁在了这四人桌的里边，根本没办法离开。

“两位，这是菜单。”

服务员一拿出菜单，谭音就没忍住：“哎？这菜单更新了啊，看着不错啊！”她一眼就看到了重新排版设计过的菜单，好奇地凑着看向楚杭手里的页面，“哇，刺身类里终于有北极贝啦！”

楚杭一边翻，谭音一边跟着看，虽然别人看不见她也听不见她说话，但不妨碍她热情高涨地一页页点评这新菜单。

…………

楚杭觉得自从收到了谭音的生发头盔后，整个人就很倒霉，先是那玩意儿把自己给电了；接着就是段影菲哭哭啼啼地给自己打电话说谭音欺负她，约楚杭中午一起吃个饭求他帮自己讨回公道；接着楚杭刚准备出宿舍门，天就下起了超级大的雷雨；再之后快到小餐厅的路上，楚杭又被一辆疾驰而过的摩托车溅了一裤腿的泥点……

他以为这大概已经到了自己人生里倒霉的巅峰，然而就在刚才，他突然莫名其妙地听到了谭音的声音。

明明整个日料店里的客人只有他和段影菲，楚杭却非常确信地听到了谭音的声音，那么真实，那么鲜明，近在咫尺，仿佛，仿佛她就坐在自己身边……

“哎？这菜单更新了啊，看着不错啊！”

“哇，刺身类里终于有北极贝啦！”

“海胆！想吃海胆！楚杭，点份海胆吧！”

“烧鸟就算了，你不觉得这个名字有点怪怪的？”

…………

楚杭皱着眉用力揉了揉眉心，心想，自己一定是昨晚没睡好，又被谭音这扫把星纠缠久了，都产生幻听了，过会儿就好了。一边想，他一边下意识地把菜单翻得飞快。

结果他刚这么想完，谭音的声音就又出现了，她语气焦急地道：“你翻慢点啊！刚才那页我还没看完呢！”

…………

好在段影菲的声音打断了这可怕的幻听："服务员，麻烦点一份铁板牛舌、牛肉寿喜锅、鳗鱼手卷、刺身拼盘还有芝士生蚝，饮料的话来两听可乐吧……"她说完，看了看楚杭，"楚杭哥哥，你还有什么要点的吗？"

可惜楚杭还没来得及回答，就听到身边谭音的声音幸灾乐祸地笑起来："段影菲啊你可真有本事，竟然能把这家最不好吃的单品都点上，这家铁板牛舌太老、牛肉寿喜锅太甜、鳗鱼手卷只到及格分，他家最好吃的茶碗蒸、牛丼、蟹肉火锅、豆腐料理还有温泉蛋你竟然都不点！"

…………

"楚杭哥哥？你怎么了？还点菜吗？"

楚杭皱了皱眉，努力驱散自己的幻听，不去理会脑海里谭音那莫名其妙的话，抿着唇："就这些吧，两个人够了。"

日料店只有他们两个顾客，因此菜上得很快，不多会儿，他们点的东西就陆续上齐了。

"楚杭，你可别吃铁板牛舌啊，这个真的不好吃！"

楚杭不去理会这如同影视剧里画外音般的幻听，偏偏不信邪地第一口就夹了铁板牛舌。谭音的嘴，骗人的鬼，就算是幻听里她说的话，也不能信，也应该反其道而行之。

只是……只是这牛舌真的太老了！几乎是一入口，楚杭就觉察出不对来，可是良好的用餐礼仪让他只是微微皱着眉，即便嚼不动也面不改色地努力咽了下去。

但段影菲就没有那么好的忍耐力了，她几乎是马上吐掉了牛舌："怎么这么老？"

"哈哈哈！"

楚杭一点也没听清段影菲的抱怨，他的耳边都是炸裂开来般的谭音那豪迈的笑声……

要不是这声音完全出现在自己身边，楚杭真要怀疑谭音是不是像躲在自己床底下一样此刻正躲在餐桌的桌布下面……

“算了，牛舌别吃了，楚杭哥哥，吃点寿喜锅吧。”段影菲一边说一边给自己舀了一小碗汤，结果她刚喝了一口，就露出了难以下咽的表情，“汤底也太甜了吧？”

幻听里谭音的声音果然又出现了——

她幸灾乐祸地吐槽道：“你还是多喝点这甜的汤吧，这不正好你心里苦吗？”

楚杭忍了半天，终于发现这个幻听可能一时半会儿是不会好了。他嚼着过分老的牛舌，喝着过甜的寿喜锅牛肉汤，听着窗外的滚滚雷声，心里近乎有些绝望。自己一个大好青年，竟然该死地被谭音给电幻听了！

只是虽然内心如此惊涛骇浪，但楚杭一张脸上仍旧淡然自若地维持着冷静。他告诫自己，遇到这种事，首先不能自乱阵脚，要镇定，要保持理智。

楚杭，你可以的！

然而下一刻，他就听到了谭音近在耳畔的声音：“生蚝补肾，可乐杀精，这魔鬼组合你说你这段影菲妹妹对你真是爱恨交缠、情难自禁啊！”

谭音不知道楚杭所想，她百无聊赖地坐在楚杭身边，看着他姿态优雅地用餐，一张如诗如画的脸上仍旧是一贯的冷静自持。

不过虽然楚杭仍旧一如既往地冷静端庄，可是今天这顿饭，他的表情也是挺丰富的，时而狠狠皱眉，时而拼命揉太阳穴，时而微微甩头，甚至还趁着段影菲不注意轻轻捂了捂耳朵……

“楚杭，你今天的表情有点多啊。”谭音凑近楚杭，“不过这么近距离一看，连我也不得不承认，你长得确实有几分姿色。看看这皮肤，多细腻啊，这脸也快白得反光了，要不是看过你脱了衣服什么样，我还真的误会你了！”

谭音一只手撑着下巴，盯着楚杭的侧脸，语气有些歉疚：“对不起啊，我要是早点看到你脱了衣服的样子，肯定不会把你画成被推倒的一方，最起码也得让你征服其他人！”

也不知道怎么回事，谭音话音刚落，刚才还在优雅用餐的楚杭，突然像是被呛到般咳了起来。

谭音皱了皱眉，语重心长道：“楚杭，注意用餐礼仪啊，你的人设不要崩啊，你的人设可是无论何时都优雅高贵的冰王子啊。”

楚杭清了清嗓子，欲盖弥彰般道：“我有点感冒咳嗽。”

段影菲有些意外，但很快点了点头：“嗯！楚杭哥哥，最近气温变化是有点大，你要注意身体！”

谭音没忍住，撇了撇嘴：“段影菲啊段影菲，难道爱情让你如此眼瞎？你楚杭哥哥这明显不是咳嗽是被呛到了啊！”她朝天翻了个白眼，“我以后再也不吐槽影视剧里为什么总有女主角女扮男装，嘴上抹口红、脸上涂胭脂，那胸还老大，结果男主角却认不出了，看看，这现实里瞎眼的也一抓一大把啊。”

好在吃了点东西，段影菲终于准备进入正题了，她喝了口可乐，酝酿了一下感情，情绪瞬间低落了下来，刚才还明艳的脸上，此刻挂上了楚楚可怜的凄凉神色：“楚杭哥哥，今天找你出来，实在是我被谭音逼到绝境，无路可走了，你一定要帮我主持公道！”

谭音听到自己的名字，忍不住顿了顿。

段影菲却没给谭音反应的时机，径自从包里掏出一沓纸，放到了楚杭面前，泣血般控诉道：“楚杭哥哥，你看看，这不堪入目的漫画就是她画的，在这里面，她愣是把我画成了那种坏女人……”

谭音低头一看，这不正是她刚出炉的大作《当爱已成往事》吗？

段影菲面露憔悴："楚杭哥哥，这里面的奇葩女主角，用的就是我名字的谐音，而且也是法学院大一学生，虽然细节不太相同，但大家万一对号入座，这简直是对我的诽谤！你一定要帮帮我！教训教训这个谭音！"

谭音叹了口气，要不是自己隐身，她可真想语重心长地拍一拍段影菲的肩膀："这位朋友，你肯定没做好调查啊，《当爱已成往事》只是《万人之下：校草的诱惑》的番外特别版，你要是看了《校草的诱惑》，我相信你就不会找楚杭告状了，你应该看看我都把楚杭画成什么样了……"

段影菲大概为了煽情，说着说着，愣是挤出了几滴眼泪，柔柔弱弱地看向楚杭："何况她画的那些事都是假的，什么我为难别人、心机叵测、说一套做一套、小心眼喜欢为难人，这根本不是我。楚杭哥哥，你千万不要信了这漫画里说的，我根本就不是这种人！"

段影菲说到这里，又委屈上了，进一步控诉道："实际上，谭音才是那种心机深沉、为达目的不择手段、特别小心眼的人！我知道有些男生觉得她长得漂亮，但漂亮只是表象，她这个人学习又差劲，还没有上进心，为了追求楚杭哥哥可以这么死皮赖脸的，一看就不是什么正经人，可惜很多男生不懂，就只知道看脸和身材……"

这老三套的词，就不能换换？

"对对对，我文身、喝酒、抽烟、说脏话……但我知道我是好姑娘。真正的坏女孩喜欢装无辜、装清纯、喜欢害羞、喜欢穿粉色衣服。男人肤浅，都只看表面。所以，他们只能错过好姑娘，然后被婊子骗得痛不欲生。只有女人才能看出谁是真正的坏女孩。"

谭音听得连白眼都不想翻了："段影菲我真是有眼不识泰山，竟然没看出原来你也是国际知名人品鉴定师，唯一国际通用鉴女执照持有者艾薇儿的传人啊。"

谭音一边说一边又瞟了段影菲的胸口一眼："不过吧，一般攻击别人什么，就是自己没有什么。段影菲，我琢磨着你这胸，确实平得有些过分了啊。以后谁要找了你结婚，平时在床上都分不清你到底是正面朝天还是背面朝天啊。"

也不知道是不是自己的错觉，谭音刚说完这话，就发现身边的楚杭似乎忍无可忍般揉了揉太阳穴，像是想要驱散什么东西一样，他的表情相当一言难尽。

谭音关心上了："楚杭，你这都揉头好几次了，不是偏头痛吧？我听说偏头痛会引起失眠啊，失眠了又会引起脱发啊，脱发又会引起焦虑，焦虑又会引起失眠，失眠继续引发脱发，这可是个恶性循环，你可得当心啊！"

"咦？你的手为什么都握紧了拳头？用这么大力？指节的地方都发白了！"谭音盯着楚杭的手，"你难道真的被段影菲这番话煽动了？这么生气？我画你那漫画时你都没这么情绪激动呀？不应该啊，难道真的喊一声哥哥有这么强的效果？让男人突然肾上腺素疯狂分泌充满保护欲？"

谭音不信邪地凑在楚杭耳边："那我也喊你两声试试？楚杭哥哥，楚杭哥哥……"

楚杭只觉得自己浑身汗毛都竖了起来，这幻听来势汹汹，不管自己如何冷静，这症状竟然越来越严重，谭音的声音在自己的脑海里竟然还能随着场景的变换对答如流起来。段影菲一边在哭诉，谭音的声音便一边在吐槽，而最过分的是，那声音刚才竟然喊起了自己"楚杭哥哥"。

楚杭习惯了谭音平日里插科打诨，但平时和她尽量保持距离，从没有这样近距离地接触过她的声音，尤其是像现在这样。

她的声音故作娇嗔，带了点娇滴滴的尾音，一声一声回荡在楚杭的耳畔："楚杭哥哥……"

明明是同样四个字，然而谭音叫起来的感觉和段影菲完全不同，她的声音里有种艳丽的浓稠，让人实在难以形容……

"啊，楚杭哥哥，你的可乐怎么洒了？"段影菲的声音唤回了楚杭的理智，他听到她抱怨的声音，"楚杭哥哥你有什么心事吗？我怎么觉得你今天心不在焉啊。"

楚杭觉得自己不能再被这幻听牵住头脑了，他紧抿嘴唇，看向段影菲，决定无论如何都要忽视那可怕的幻听，结果刚准备开口，就听到耳畔传来了谭音的声音。

她先是叹了口气："说实话，楚杭哥哥这个称呼真是叫我出戏，每次听到都忍不住想唱歌，特别怀旧的那种，配上段影菲的愁眉苦脸，还别说，挺应景的！"

然后，在楚杭还没反应过来，耳畔就真的传来了谭音的歌声："你究竟有几个好妹妹，为何每个妹妹都那么憔悴。你究竟有几个好妹妹，啊，为何每个妹妹都嫁给眼泪……"

第六章

幻听又幻视

对于楚杭的心不在焉，段影菲显然非常不满意，为了加深自己控诉的效果，她当即伸出了三根手指，指天发誓道："我保证我说的都是真话，我和谭音完全没过节儿，她就是因为看到楚杭哥哥你和我关系亲密，自己又没追上你，妒忌我才这么败坏我的名声。"

她看了一眼微微开着的窗户，煽情地发誓道："我说的如果是假话，那就让这窗外的冷雨，都狠狠地打到我的脸上！"

行吧，姐妹，谭音想，这么简单的愿望，我能不满足你吗？她伸出手，把原本微微开着透气的窗户拉了开来。

段影菲就这么目瞪口呆地看着刚才还微开的窗户，突然吱吱呀呀像是被吹开了。接着，窗外的阵雨便如瓢泼似的狠狠打了进来，这风势正好吹向段影菲，一下把她的头发吹得全部糊到了脸上，大颗大颗的雨滴更是裹挟着寒意，如她所言般冷冷地拍在了她的脸上……

段影菲的脸上顿时有些挂不住。

她关上窗户，尴尬道："我……我去一下厕所。"

本来段影菲不说还好，她一说，谭音只觉得自己也想上厕所了，只是碍于如今的位置，楚杭牢牢把持着她通向过道的路，一夫当关万夫莫开，楚杭不走，她根本不能动。

谭音本想再憋憋，但越是憋，想上厕所的感觉反而越是难以忽略。

她苦着脸看了一眼身边正襟危坐的楚杭："楚杭，你就不想尿尿吗？"

大概是听了段影菲对她的泣血控诉，楚杭今天的表情一直不怎么好看，眉微微皱着，冷着脸，维持着难以取悦也难以接近的一贯风格。

谭音仗着他听不到自己的话，苦口婆心地劝说："大兄弟，真的，你可去上个厕所吧！可乐要少喝，水倒是要多喝，否则以后老了，前列腺疾病就在朝你招手。我上次看个新闻报道，说现在男科疾病正以每年百分之三的速率递增，成为严重危害男性健康的杀手啊。"

楚杭的侧脸仍旧英俊而沉静，他本来正伸出手想要拿起可乐喝一口，结果中途硬生生把手的走势转了个弯，变成拿起了纸巾，十分优雅地擦了擦嘴……

他的表情实在太沉静稳重，动作又实在太过自然，以至于谭音根本没发觉什么不对的地方，外加她又憋尿憋得不行，一门心思火急火燎希望楚杭能起身。

"楚杭，去尿尿吧。"

只可惜楚杭岿然不动。

"楚杭，男人该尿尿的时候就应该尿尿。"

谭音自知没什么用，但还是忍不住念叨，顺带靠着这念叨转移自己想上厕所的念头："别觉得去厕所多了就像尿频似的给人感觉肾不好，憋着尿是很危险的，憋尿会憋出膀胱炎的啊，反而会更有损男性健康！"

"男人尿吧尿吧不是罪……"

…………

段影菲离席去了厕所，楚杭原想趁机冷静一下，结果不仅没冷静成，这幻听还越发凶猛了。即便他继续一派稳重不理会，谭音的声音也越来越近越来越清晰，这次她竟然劝说起自己去厕所了，就在自己耳畔这么不停地说，犹如精神污染。

楚杭一点也不想去厕所，然而被“楚杭，去尿尿吧”烦到没边，他最终站了起来，决定去厕所洗个冷水脸冷静一下。

而几乎让他惊喜的是，他起身后，谭音那恼人的声音竟然奇迹般停了！直到楚杭在洗手间里洗了手走出来，那声音都没有再出现过。

可能确实是最近太累了，洗个冷水脸对于恢复理智也确实十分有效。

楚杭回到座位上的时候，段影菲也已经坐了回来，她笑着看向楚杭：“楚杭哥哥，寿喜锅不好吃，所以我刚才又点了个日式拉面。”

这日料店效率很快，段影菲的话音刚落没多久，服务员便为两人端来了面。

楚杭没了幻听的困扰，整个人心情大好，看到拉面也有些食欲大开，他拿了筷子便准备吃起来，这幻听仍旧没有再出现，楚杭紧绷的心绪终于有些放松下来，自己终于恢复正常了。

而就在他情绪稳定准备吃拉面之时，谭音的声音又来了。

这一次，那声音不在他的耳畔了，而在他身边不远处，像是站在过道里一般。

楚杭只听见她惊疑不定地喊道：“你们怎么点了拉面啊？我刚才去这日料店后厨看了，刚才那胖子厨师长挖完鼻屎，没洗手就开始下面了，我还当是给哪个新顾客吃的，怎么是你们点的啊？他挖鼻屎挖了得有十来分钟啊，挖完就随手那么一弹，你们这四舍五入，如果吃了这拉面，不就等于吃了他的鼻屎吗？”

段影菲本来正准备好好吃面，却见对面的楚杭一张好看的脸刹那间转色，原本拿筷子的动作彻底停了下来，他脸色奇差无比，像是遇到了什么毁灭性的打击，连人生观都摇摇欲坠了。如此讲究用餐礼仪的人，竟然不管不顾地扔下筷子，然后动作有些粗鲁地把她的筷子也给抽走了。

段影菲惊了：“楚杭哥哥，你怎么了？”

楚杭黑着脸：“不要吃拉面。”

“为什么啊？”

“因为我已经饱了。”

段影菲十分不解：“但是我还没饱啊，你不吃那我吃了。”

楚杭看了段影菲一眼：“你也不要再吃了，我感觉你最近是不是胖了？”

楚杭知道这幻听到的内容根本不作数，但他还是忍不住。他有点轻微洁癖，实在没有办法在听到这些话以后还淡然地吃拉面。

甚至这家店，他都再也不想来了。不仅是拉面的问题，这家店恐怕风水就有问题，他在这里竟然像是听了谭音一整场的单口相声表演。

楚杭最后几乎是一分钟也不想多待地付了钱，不容分说地离开了这家日料店。

段影菲不明所以，但仍然坚强地试图继续参谭音一本，一路上她再接再厉地告着状，丝毫不知道谭音正躲在楚杭的伞下与两人同行。

“楚杭哥哥，那谭音的事……”

可惜这次还没轮上谭音吐槽，楚杭就态度坚决地打断了段影菲：“你的事你自己解决。”他冷冷地加了一句，“以后不要在我面前提谭音。”

“哇！酷！帅！楚杭，这样的你，我要忍不住爱上了！对，怎么能允许段影菲在你面前诬蔑我呢？咱俩是什么情谊啊，同是建筑民工，未来都是要一起熬夜、一起研究防脱指南的朋友，就凭这份惺惺相惜的情谊，我谭音的大名是你段影菲可以随便提……”

谭音的话还没说完，楚杭冷冷的声音就传了过来：“因为光是听到她的名字我就脑袋发涨。”

这脸打得可真是既及时又狠准稳，谭音脸上讪讪的，心想，要不是确信自己隐身了楚杭看不见也听不到，她都要以为楚杭是故意回击自己。

不过谭音此刻也没了继续单方面应战的心思，雷声已经渐渐减弱，雨势也变小了，这场雷雨看来是要停了。

如今离知行楼只有几步的距离了，谭音便立刻跑出了楚杭的伞，先行跑进楼里，找了个女厕所隔间藏了起来，等待自己恢复正常。

她快饿死了，一门心思想着待会儿要去吃什么，根本没意识到楚杭回程路上的异常。

他比平时还要沉默。

楚杭自然要沉默，他不仅沉默，其实还很沉重。饶是谁，突然就产生了这样可怕的幻听，怕是也乐观不起来，能泰山崩于面前而不改色，行为举止没有流露出一丝异常，楚杭觉得自己已经用尽了毕生的镇定和冷静。

这种匪夷所思的事，恐怕他和盘托出，也完全不会有人相信自己，只觉得自己精神状况都出了问题，怕当即就要被送进医院，没准儿还要被学校勒令退学养病……

楚杭内心烦闷，和段影菲分别后，雨很快就停了，他一言不发地走向了学校的体育馆，果不其然找到了在室内篮球场里打球的徐聿。

对于楚杭的加入，徐聿自然是欢迎的，只是今天的楚杭不知道怎么了，打起球来特别猛。他原本身高就占优势，体力和弹跳力又足够优异，体格又好，如今带了股发泄般的狠劲，徐聿这队里，根本没人是他的对手，只能眼睁睁看着楚杭一个接一个三分球和灌篮，简直是单方面的凌虐。

一场球赛，愣是被楚杭打成了个人表演赛。

直到最后一个球进篮，楚杭的情绪才仿佛终于平静下来。

徐聿给对方扔了瓶矿泉水：“你怎么了？哪儿出问题了？”

楚杭喝完了水，抿了抿唇："没什么，我很好。"

徐聿深情地看了楚杭一眼："你听过一句话吗？当我说'我很好'的时候，希望有个人能看穿我的眼睛，紧紧给我一个拥抱，告诉我，我知道你并不好。"他说到这里，朝着楚杭张开了双臂，"来吧，我的怀里，永远有你的位置。"

楚杭嫌恶地朝后面挪了挪，和徐聿拉开了点距离："这么恶心的话，你都从哪里学的？"

徐聿放下了手臂，笑着耸了耸肩："段影菲的朋友圈，就今天发的。"

"你掏手机干吗？"徐聿把头凑到楚杭身边，"要去安慰她吗？我听说她不知道怎么得罪了谭音，被这位狂野泰迪画进了漫画里……"

楚杭瞥了他一眼，冷冷地道："屏蔽，不看她的朋友圈。

"还有，不许再提'谭音'两个字。烦。"

"哦……"

楚杭不想说，徐聿也没办法，两个人打完球，便往宿舍走去。

好在在路上走了片刻，楚杭终于开了口。

他像是斟酌了很久："你有没有遇到会幻听的情况？"

"啊？"徐聿愣了愣，"我没睡好的话，是会耳鸣、脑壳疼，但幻听，你指的是听到什么？那种耳鸣嗡嗡嗡的声音吗？"

楚杭抿了抿唇："就是听到别人在你耳边说话，明明这个人不在。"

徐聿皱了皱眉："没有，你这情况有些严重啊！"

"不是我。"

"那是谁啊？让你的情绪都受了影响，是你的谁？"

楚杭侧开了目光，镇定道："是我爸。"

徐聿的表情严肃了起来："你爸最近是不是生意压力太大，吃什么药了？很多药有致幻成分的，楚杭，你爸要真误入歧途了，你得大义灭亲送他去强制……”

楚杭打断了徐聿：“没，我爸肯定没吃那种玩意儿。”

徐聿转了转眼珠：“那你爸听到的都是谁的声音？是认识的人吗？”

“嗯，是认识的人，是个女的。”

“是你妈吗？”

“不是。”

“那你完了！”徐聿道，“你爸成天听到别的女人在耳朵边呓语，这不就是对这女的有想法吗？你这么说我想起来了，你还记得我高中时候喜欢过韩国女团的队长吗？当时我情窦初开，每天脑子里都是那点粉红泡泡，日有所思，夜有所梦，每天都觉得对方就在我身边似的，有时候还常常能脑补出她在我身边给我高考加油呢！”

徐聿这么一说，果然楚杭脸上露出了快窒息的表情，他无法接受般反驳起来，情绪相当激动：“不可能！”

徐聿翻了个白眼：“那一个男的，成天莫名其妙地想着一个女的，即便没看到她，还成天觉得她就在自己身边，还能每天听到她对自己说话，这不是相思病病入膏肓是什么？”

“也有可能是烦她呢？比如她老是纠缠我……我爸。”

徐聿一脸了然：“你爸这么给你解释的吧？这你也信？你自己摸着良心想一想，我们男人什么时候成天想着自己不想睡的女人？你讨厌一个人还能真的成天想着她？你恨不得见都不要见到她，还想她呢！”

虽然楚杭脸上的表情已经难看到无法形容了，但徐聿觉得自己作为楚杭的朋友，为了楚杭家庭的稳定幸福，这些话还是要和他说清楚，给他好好理理：“你再想想，你作为一个成年男人，平时会整天没事想着你妈吗？不会啊，所以亲情不会让我们成天惦记着一个女的，讨厌也不会。你想想以前咱们高中那个老想着体罚学生的女教导主任，你会成天想着她吗？”

回答徐聿的，是楚杭死一般的沉默。徐聿觉得自己这话下去，楚杭的情绪更阴沉了。

徐聿有些于心不忍，拍了拍楚杭的肩：“你也别太急了，你爸这些话能和你说，说明心里还是有底线的，只是在犯罪的边缘试探，还没跨出那一步，还是能再抢救一下的。你平时要多关心他，用亲情融化他的内心，让你爸妈多出去旅游过一下两人世界，我这边，我也会叫我爸盯着你爸的，你放心吧。”

和楚杭家一样，徐聿家里也是从事房地产行业的，两位爸爸又是大学同学，合作也多，平时里不少饭局能碰上。

徐聿和楚杭分开前又安慰道：“不过有时候这种对别的女人的新奇感来得快去得也快，没准儿你爸过几天就想不起她是谁了，别急，稳住了兄弟！”

可惜楚杭显然有些稳不住的感觉，徐聿发现，他回宿舍的步伐，今天竟然有一丝凌乱。

唉！徐聿同情地想，不管楚杭多么坚强，在家庭里到底也是会受伤的。最近自己可要多关心关心他了，段影菲所说果然不假，自己应该看穿楚杭逞强的外壳，好好拥抱他这颗脆弱的内心啊！

可惜徐聿不知道的是，楚杭的苦闷并没有维持太久。

因为楚杭很快发现，自那雷雨天后，不仅迎来了连续灿烂的艳阳天，自己也完全恢复了正常，再也没有出现过可怕的幻听症状。

这情况如此令人欣慰，他的世界终于安静下来。

虽然这周五要交设计课的大作业，这阴霾笼罩着整个建筑系，连楚杭也几乎在熬夜画图做模型，但没了那恼人的幻听，他称得上心情愉悦、精神饱满。

只是谭音就没这么好的心情了，她坐在专业教室里，眼圈下是浓重的黑影，面前是切割板。

专教是建筑系的自留地，因为人数多，谭音这一届分了三个专教，如同中学一样，每个人都有固定的座位，她在专教一，蒋一璐在专教二。平时设计课交作业前夕，几个专教便几乎是灯火通明，大家各自埋头在自己的座位上刷夜赶图做模型。

“你的模型都做到这个地步啦？”

“老哥，模型树有多的吗？”

“谁有 U 胶？重金求 U 胶啊！哦哦，U 胶有了，谁给我来根木条用用？”

“今晚你准备到几点？点外卖吗？”

…………

为了设计作业熬夜，这对建筑系的学生来说早就习以为常了。

谭音内心很抵触建筑，平时恨不得都不要碰这些专业的东西，每回都是等到要交作业的截止期限，无可奈何才开始拼命，反正只要熬几夜，图和模型总是能出来的。

谭音已经连续在专教熬了四天了，此刻困得不行，她蹲在地上切板，一抬头，恍惚中便见楚杭也走进了专教。他和自己一样被分配在专教一。

相比其余同学的面露难色，楚杭精神饱满，英俊的容貌没有被减损一分，他在专教的座位就在谭音后边。谭音看着楚杭气定神闲地走到了自己身后，拿起桌上的亚克力准备动工。谭音顺势一看，楚杭桌上的模型已经有了个雏形，显然今晚不需要怎么熬夜，就可以完成作业。

谭音的脑海里突然有了一个大胆的想法……

她当即丢下板子，起身和楚杭套近乎：“楚杭，这么巧啊，你也来专教？要红牛不？超市的红牛都卖完了，我这里还有一瓶，你需要的话，我让给你啊。”

楚杭显然不想理睬她，从进入专教的那一刹那，他就把谭音当空气般直接忽视了，此刻只冷冷地看了她一眼：“我不需要熬夜。”

“我知道我知道，但你看，我这个模型……还差得有点远，咱俩又是一个帮扶小组的，你做完了自己的模型，能不能先富带动后富一起共同致富，稍微帮帮忙啊？”

楚杭手上做模型的动作没停，他连头也没抬：“我们很熟？”

谭音凑近他，压低声音道：“我们是不熟，但你和段影菲很熟吧？”她顿了顿又道，“人生在世，大家讲的是互相帮助，你帮我个小忙，我也帮你个小忙。”她朝楚杭挤了挤眼睛，“我愿意向段影菲道歉……”

谭音的算盘打得挺好，从那天在日料店的所见来说，楚杭几次听着段影菲的话都禁不住捏住了拳头，像是在竭力忍耐，虽然嘴上一句也没安慰段影菲，但从他这肢体动作，谭音已经解读到了他的内心，这不就是口是心非吗？他明明在乎得要命，却还要为了面子装酷到底。

这个提案果然引起了楚杭的注意，他这一次终于抬起了头。

只可惜……

楚杭瞥了谭音一眼，冷冷地道：“你没听过一句话？道歉要有用，要警察干吗？”楚杭笑笑，“我看你还是自己喝点红牛续命熬夜吧。”

谭音不甘道：“楚杭，你这样是找不到对象的你知道吗？我听说段影菲找你求助了，她这时候正是最无助、最脆弱、最需要你保护的……”

楚杭呵了一声：“建筑系没有爱情，你不知道？”

谭音还想继续挣扎着劝慰：“你不要这么偏激啊，建筑系也可以有春天……”

“那我就问你一个问题，你的模型和你男朋友掉水里，你救哪个？”

那还用说当然救模型啊！男朋友没了可以再找，模型没了是想升天吗！

谭音认了，建筑系真的不配有爱情。

谭音套路楚杭失败，终于也认命了，叹了口气，重新切起板来。

喝了红牛，打起精神，又熬了半天，谭音本来就是应付了事，因此并不精益求精，做得飞快。她的模型虽然粗糙得很，但终于也有了点雏形，眼见着再草草收个尾，勉强也能对付着把模型交上去了。

她回头瞥了楚杭一眼，他正仔细地在建筑周围摆着模型树和人。

这次的设计课大作业是设计博物馆，谭音抱着应付的心理随随便便在网上查了点背景资料，第一轮交草图的时候为了多方案比较，也草草做了三个方案，可惜全线阵亡，全部被老师否掉了，结果连着第二轮、第三轮，自己修改调整的草图方案还是不甚理想。三个方案一样差，谭音甚至都不知道该选哪一个方案深化，本身对建筑的抵触加上拖延症，便一下子搁置了下来。直到明天要交正式图和模型了，谭音才不得不囫囵地折腾了一幅图，然后着手按照正式图开始做博物馆的正式模型，只是此刻对比楚杭的模型，都不需研究，就能知道他的设计更好。

谭音的模型七扭八歪，楚杭的则非常规整、细致，他的博物馆非常有设计感，每一个细节都恰到好处地精美，就连博物馆外空地上的树木摆设，他都很讲究地做了点留白处理。他的模型，艺术感和专业性几乎完美地融合在了一起。

有些人天生就是吃建筑设计这碗饭的。

看过楚杭的模型以后，谭音回头再看自己的，觉得和对方的比起来，自己的模型粗糙得根本不配做博物馆……

她有些心不在焉，又实在是很困，一边踩着凳子锯木条，一边就没留神，等谭音感觉到钻心的疼痛，血已经汩汩地沿着她的手往外冒了。这次割伤得有点狠，伤口显然很深，血都在往外喷射。

谭音几乎是想也没想，就动作灵敏地赶紧把自己受伤的手给背到了身后去。

她惊魂未定地看了眼自己的模型：“还好还好，没溅到血……”

开玩笑，手可断血可流，模型却不能废了！模型在人在！

只是她刚七手八脚地拿了纸巾摁住伤口，就听身后传来了楚杭咬牙切齿的声音。

“谭、音！”

谭音一回头，这才知道坏事了。她的血确实没喷到自己的模型上，却全喷到了楚杭的图上……他那张精致到完美的正式图……并且她刚才情急之下背过手的动作，碰倒了他图纸边的颜料……

虽然不少学校的建筑系可以出了手工图以后扫描了再 PS 打印，但 A 大建筑系不允许这种偷懒的做法，要求必须全手工出图。

这图如今一大半被溅到了血滴，一个角上又被打翻了的颜料弄脏，显而易见报废了。这意味着楚杭必须在明天交图前重新画一张全手工的正式图纸出来……

谭音毫不怀疑，图或者模型和女朋友一起掉水里，楚杭的答案也是毫不犹豫去救图纸和模型，而如今自己……和楚杭这仇，怕是要不共戴天了。

谭音也急了，赶紧抽了张纸巾，想擦掉那些血迹尽可能挽救楚杭的图纸，只是她的手还没碰到楚杭的图，就被楚杭一把拉住了。

楚杭的脸色很难看，显然已经气到快要升天了。

他的动作果然气到都有些粗鲁，几乎是不出意料地，他制住了谭音想要擦拭的动作。

谭音有点怕了：“对不起，楚杭，我真不是故意的，我看看还能不能挽救一下。”她小心翼翼地道，“或者要不你把我的图也废了吧……”

“废了你的图我的图就能恢复？”楚杭恶狠狠地瞪着谭音，“行了，出去。”

唉，幸好楚杭有涵养，这种情况还能把“滚”字说得这么含蓄。

谭音夹着尾巴，灰溜溜地走出了专教，只是没一会儿，楚杭竟然也走了出来。

他表情还是相当难看，恶声恶气地看了谭音一眼："走啊。"

谭音这下有些腿软了，难道楚杭的意思不是叫自己滚那么简单，而是叫自己出去以后找个地方约架，把自己打到入土为安？

她本来正靠墙站着，此刻便一个顺势就顺着墙软着腿滑了下去。

人生在世全靠演技，这种时候，只能诈病了！

楚杭果然有些意外，皱了皱眉："你怎么了？"

"我……我晕血……"谭音一脸虚弱道，"那么多血，我……我刚才忍得已经很辛苦了，现在实在控制不住自己了，太害怕了，走不动路了……"

这话下去，楚杭沉默了片刻，然而没过多久，他像是下定了决心般深吸了一口气，再次走到了谭音面前，就在谭音心跳如擂鼓纠结是不是彻底晕过去比较好的时候，楚杭蹲下了身，然后一把拦腰抱住了谭音。

谭音这下彻底吓傻了，呆若木鸡地一动不敢动，直到过了片刻，才意识到自己是被楚杭抱着。

楚杭虽然打横抱着谭音，却一分目光都没有分给她，他直视着前方，声音冷冷的："恭喜你，又得逞了。"

楚杭冷哼了一声："你不就是趁受伤说自己晕血了，好让我抱你去医务室？"

谭音也惊了："你刚才是叫我去医务室？"

"行了，别装了，谭音，你有没有听过一个词，叫'见好就收，过犹不及'？"

谭音心里苦，她想，我是真的不知道！

这个点医务室里有值班的医生，对谭音的伤口进行了简单的消毒和止血处理后，又给她打了破伤风，然后便做了简单的包扎。

这整个过程中，楚杭都很安静，表情仍旧不太好看，但尚且耐心地站着。谭音看着看着，都差点生出点错觉来，把他的图纸都弄报废了，竟然不仅没打死自己，还带自己来包扎，这是什么？！这是爱啊！

她咳了咳："楚杭，没想到你人这么……"

谭音的最后一个"好"字还没说出口，就听到楚杭面无表情道："既然你处理好伤口了，那现在可以做你该做的，补救你的错误了。"

"因为你，我的图得重新画，而我的模型还差一点才能收尾，所以今晚你留下，负责帮我做完模型，我一边画图一边监你的工。"楚杭扫了眼谭音，"我不走，你也不许走。"

谭音可怜巴巴地挣扎道："楚杭，我的手已经这样了，我是个弱小无助又受了伤的可怜女孩……"

"你上次承认自己鬼迷心窍溜进我家里，我录音了。

"不知道弱小无助又受了伤的你，现在好点了吗？"

"好多了！"谭音深吸了一口气，"我听说有一种放血疗法，我现在放了点血，觉得腰不酸了，腿不疼了，浑身更有劲了！走吧，我感觉自己还能再活五百年！"

谭音垂头丧气地跟着楚杭回了专教，她草草收尾结束了自己的模型，便开始着手做楚杭的。大概是迫于楚杭的淫威，也或者是面对楚杭已半成品的精致模型产生了点不忍玷污的敬畏感，谭音在楚杭的监工下，还真的拿出十二万分的认真做了起来。

楚杭在一边重新画着图，谭音就坐在他身边摆弄着模型。

等天有些亮时，谭音终于完成了楚杭的模型，一时之间，看着这设计感十足的成品，谭音内心也忍不住充斥着成就感。

她转头看了眼楚杭，才发现对方仍旧安静地画着图，眼神只盯着图纸，专注而投入，从谭音的角度，能清晰地看到楚杭长长的睫毛投射在眼角下的阴影，他轻轻地眨动了一下，谭音才发现，这不仅是睫毛的阴影。楚杭的眼角下也带了点熬夜的痕迹，然而他整个人丝毫没有一丝疲龛，全神贯注到忘记周遭的一切，甚至连谭音这样直接的目光也浑然没有注意到。

“我做完了！老子做完了！”

直到专教里另一位同学狂喜的呼喊传来，才终于打破了楚杭的专注，他下意识地抬起头，然而眼神里仍旧保持着看图纸时的神情——

那是一种干净到澄澈的目光，带了认真的坚持和全然的忘我、些微被打断的茫然以及残留着的全神贯注的专一。

谭音猝不及防，就撞进了楚杭这样的目光里。

谭音突然心脏剧烈地跳动了起来。她早就知道楚杭帅，但平时能高频率地看到这张脸，谭音总自诩是见过世面的人，对于他那种带了点奢华贵气的英俊并不会大惊小怪，只是如今这一眼，她却真的有点想要躲闪。

这个男人太好看了，而他那一刻的目光让人有种错觉，仿佛那种专一的注目，并不是对着建筑图纸，而是对着眼前的人。

这还真的有点要命。

谭音几乎是下意识地开始转移话题，想要挥散开这种微妙的气氛。她看了一眼楚杭的图纸，随口胡扯了个话题佯装镇定道：“你怎么画那么慢啊，我当初都比你画得快多了，你到底行不行啊楚杭？你的模型我都给你做完了好吗！”

楚杭只看了谭音一眼，抿了抿唇，没说话，然后他又低下头，继续专注地画图。

谭音见他懒得搭理自己，反而平静了下来，她闲得无聊，熬了一整晚，现在这个点反而精神了，困倒是不困，只是饿了。正好其他已经赶工完的同学张罗着一起去附近的 24 小时便利店吃东西，谭音便也跟了去。

等她在便利店呼哧呼哧吃了碗方便面然后回到专教，才发现楚杭已经不在画图了，此刻他正站在自己的桌子面前，手里拿着自己的图纸。

他在看谭音的方案。

谭音几乎是下意识地就想把自己的图纸抢回来："楚杭，你可别偷看我的图然后把我的设计据为己有啊！"

楚杭一脸难以置信，他冷声道："谭音你是不是睡得太少产生错觉了？我会偷你的设计？"

"虽然我做的方案理论上肯定比你的差，但万一呢？万一你是想从我的图纸里找灵感偷师呢？我虽然专业功底不行，但艺术理解力和创造性思维还是挺不错的吧。都说怀才和怀孕一样，时间久了都能被人看出来，这没准儿是你犀利地看出了我在建筑设计上的潜力，想着从我的作品里汲取精髓呢？"

"你的陈列区有六层，藏品库有八层，并且和陈列区之间都不连接在一起，不是隔着游客中心，就是隔着演讲厅。这就是你的博物馆设计方案？"

谭音瞪着楚杭。

"纽约大都会博物馆有300多万件展品，可以容纳游客500万人次，但也只有三层。陈列区藏品库不宜超过四层是博物馆设计的常识，因为二层和二层以上的藏品运输必须要考虑垂直运输设备和成本，很多大型的石雕建筑展品之类也更容易在这种垂直运输中加剧损坏的风险。"

"在设计布局时，藏品库应该尽可能接近陈列区，因为很多藏品未必适合露天运送，应该尽可能地在从藏品库运送到陈列区时避免温度湿度的变化。"楚杭说完，又指了指谭音的图纸，"陈列区藏品库还有修复工场应该尽量南北向布置，避免西晒。"

…………

"最后，你的流线设计也很有问题，博物馆的人流流线，应该尽可能避免交叉和重复。"

楚杭看着谭音的图纸，从头到脚，几乎在每一个设计上，把谭音点评了个一文不值。他的声音甚至有些冷酷，一贯的冷冽里带了一种认真的严肃。

他说完，看向谭音："你这样的设计，我竟然从头到尾找不到任何一个亮点，我能怎么偷你的设计？能把方案做成这样，谭音，你也挺有本事的。"

楚杭瞥了谭音一眼："我的图行不行有待老师判断，但你的肯定不行。你的图，离及格线都差得远。"

谭音脸上有些挂不住，她辩解道："我就是不喜欢建筑，我本来学建筑就是个错误，是被我爸逼的，我不是不行，就是没兴趣画罢了……"

"谭音，人至少要有能力做好一件事，才有资格说自己是因为没兴趣才选择不做。"楚杭的表情很冷，语气很重，"只是很多人总是用没兴趣来掩盖自己的无能。"

一时之间，饶是谭音脸皮厚，此刻也觉得脸上火辣辣的。

楚杭的字典里却压根儿没有点到为止这个词，他一点儿没给谭音任何面子："你恐怕连 A 市里的博物馆都没去现场调研过，完全为了应付作业随便异想天开画了图纸。基础差，还不认真，又完全没有主动学习的意图，你怎么可能学好建筑？建筑在你看来就是混日子的？我完全无法想象，你这样的人，一旦毕业后进入建筑相关行业，除了给同事增加负担，还能干什么？你设计的房子真的会在乎客户的内心需求吗？有任何一丁点儿人文关怀吗？"

楚杭平日里就不是个平易近人的人，而且这一刻，提及建筑，他的态度比任何时候都严肃而冷酷，他几乎是维护自己般维护着建筑行业。

"谭音，你没有对建筑的尊重和理解，是永远不可能学好建筑的。"

楚杭的声音冷而坚硬："我之前答应和你组帮扶小组，是以为你想好好学建筑但不得其法，总之还能抢救一下，现在看起来是我想多了。"

楚杭看了谭音一眼，“我看你还是吃顿好的自己上路吧。”

在谭音还没来得及回答之前，楚杭就下了通牒：“以后不要再找我了，帮扶小组我会和辅导员说换人，你也不要总是想这些歪门邪道来接近我了。”

谭音连续熬夜修仙了几天，又被楚杭劈头盖脸这么一顿教训，只觉得心里也憋着股不服。她承认自己因为抵触，对建筑确实不上心，被楚杭嘲讽也理所当然，但……

但说我学不好建筑是吗？那我就学好给你看！

谭音看了一眼自己一无是处的图纸，第一次认真地做了一个决定。

她要发愤图强！她要逆袭！要打脸楚杭！

只是这豪情壮志只持续了三天，谭音就枯萎了。

蒋一璐看着谭音神神道道、满脸红光地拿出专业书，又面色枯槁地放下专业书，一脸了然：“你得掌握学习方法，这才能事半功倍。想要逆袭打脸，你也要有武功秘籍啊！”

“那你还不赶紧给我传授一下？”

蒋一璐撩了撩头发，风情万种道：“姐们儿，你对我是不是有什么不切实际的幻想？我看着像有什么能传授给你的吗？”

“你应该师夷长技以制夷。”蒋一璐指点道，“而且孙子兵法说了，知己知彼百战不殆，你既然想打脸楚杭，那就应该去好好看看楚杭是怎么学习的，偷师一下他的学习方法。我听陈自强讲他在宿舍里几乎不学习，那你想想，他成绩还能这么好，肯定是平时在别的地方偷偷学呢，为了维持自己学霸的人设，背地里不知道有多拼。”

谭音惊了：“现代人都活得这么没有诚信了？如今连男人也这么虚伪？”

“呵，你没听过一句话吗？要多努力才能看起来毫不费力？你别看楚杭平时学习看起来毫不费力的，没准儿背地里过得比我们都惨，为了维持自己每次第一名的荣誉，心里压力大到失眠，饱受脱发困扰，整日以泪洗面……”

“不太像吧……”谭音分析道，“我看他从来没有黑眼圈不像熬夜失眠的人，头发发际线也没有后移，眼睛也不像以泪洗面过的……”

“黑眼圈用遮瑕笔，发际线有发际线粉，哭过以后眼睛肿用勺子冰敷就行了。”蒋一璐一脸同情，“谭音，你作为一个建筑系的人，这都不知道，以后可怎么混啊？黑眼圈、秃还有深夜痛哭可是我们建筑系的标配啊！”

虽然蒋一璐的发散思维实在令人不敢恭维，但她的话确实给了谭音启示。楚杭的专业这么过硬，肯定是狠下了功夫的，这两天又正好有雷雨，自己何不趁着隐身，去观察一下楚杭，探听一下虚实？他偷偷用什么好的教辅材料，自己也买一本不就行了？

自上次交完设计大作业后，楚杭已经有几天没见到谭音了，他只觉得自己的心情比这两天的阳光还灿烂。

即便今天天气不复晴朗，窗外此刻正是雷雨，然而楚杭坐在图书馆里，心情还延续着此前的阳光。

这小扫把星可终于远离自己的生活了。

自己也终于获得了宝贵的宁静时光，可以坐下来好好看一看书了。

他放下书，刚准备翻开，结果就听到了一声讶异的惊叹：“你在看《美的历程》？假的吧？这《美的历程》的封皮里，肯定藏了什么别的建筑专著吧？没想到这招你也用啊，我还以为只有我为了看小说把数学课本封面拆下来贴小说外面去呢。楚杭啊楚杭，你这个心机深沉的男人，我真是错看了你。”

图书馆里十分安静，楚杭的桌子前面一个人也没有，周遭其余的学生也都在伏案自习，没有人抬起头来。

谭音的声音却如影随形："你听过蝴蝶效应吗？很多微小的变化能带来长期巨大的连锁反应，你可能以为自己只是嘲讽了我，但是你不知道，你已经在无意中为自己的未来树下了劲敌，以后建筑史上，我谭音将成为浓墨重彩的一笔！"

"我现在已经有了两个方案，方案一，从今天开始，认真学习，争取一两年内赶英超美成功逆袭，把你的脸打得啪啪的；方案二，万一在专业上超不过你，那没事，我还会专注养生，强身健体，只要我活得够久，等你死了，等我们这批成绩比我好的同学都死了，我就是大师了。毕竟人生是一场持久战，你赢了短跑，但笑傲终点线的人是我。反正按正常来说，女的寿命都比男人强，唯一有一种情况，男的能活很久，那就是自宫，我听说古代那些太监之所以都活老长的，可能因为灭了人欲，不容易肾虚吧……"

楚杭只觉得脑袋发胀，谁能告诉他，这个小扫把星怎么又来了？

好好的自己怎么又幻听了？

楚杭面无表情地翻着《美的历程》，而谭音的声音还在自己耳边响着。

"咦？你还真的看的是《美的历程》啊？我要记下来，回去我也看……"

今天这书是看不下去了，楚杭啪地合上书，翻开了电脑屏幕，结果谭音的声音仍旧阴魂不散。

"哎？你桌面上这个名字叫'学术资料'的文件夹，让人有点浮想联翩啊，据说男生电脑里这种命名的文件夹，一般是……"

楚杭只觉得气血上涌，板着脸，点开了名为"学术资料"的文件夹……

"哦。"耳边谭音的声音充满了失望，"知名建筑物的建筑设计图啊，还真的是学术资料啊，楚杭你这个人有点无趣啊……”

楚杭尽量忽略这脑子里莫名其妙的幻听，看了眼电脑屏幕，快没电了，于是拿出电源线，图书馆的电源插口都在地面上，楚杭不得不上半身钻到桌底下，弯腰蹲下身准备插电源。

“哇，楚杭，你这个姿势，屁股很挺翘，很引人犯罪啊，朱抗美看了还想摸哈哈哈哈。”

楚杭这下的镇定终于没绷住，一个手抖，插向插座的手就没控制好，一时间，他只觉得手上传来了轻微的电击疼痛，几个电火花让他下意识地丢掉了电源线。

图书馆里插座设备老化，幸亏运气好，最终楚杭只是小小地被电了一下，并没有大碍。

楚杭绷着脸起身，面无表情地接好了电脑的电源，就在他内心纠结是否需要去看一下心理医生处理这幻听症状的时候，现实终于给了他致命一击。

“楚杭你插插座一定要专心啊，否则你手里捏的就不再是电源线，而是通往天堂的钥匙了！”

楚杭循着声音的方向看去，这次真是见鬼了，不仅幻听，还幻视了。

正双手撑着下巴坐在他眼前的，不是谭音是谁？这小扫把星此刻正肆无忌惮地盯着自己……

事情变得有点棘手，他可能真的被电坏脑子了。楚杭想，他是需要去看一下医生了。

第七章

遇到了爱情

谭音觉得今天的楚杭有点莫名其妙。

她看着他翻开书，又合上，打开电脑，又合上，此刻竟然还没坐热图书馆的椅子，就要走了？

谭音没法，只能也起身，一路跟着楚杭走出了图书馆。他成绩这么好，到底是怎么学习的？秘诀呢？自己总要再努力探探究竟。

屋外还下着雷雨，谭音便如以往一般，灵敏地钻进了楚杭的伞下，亦步亦趋地跟着他。

只是今天的楚杭确实有点不一般，他的表情相当凝重，虽然目不斜视，一如既往地高冷和难以接近，那握伞的手却是用力到骨节都有些发白了。他像是在试验什么一般，一路故意走走停停，害得谭音也不得不跟着一停一顿的。

谭音一开始还有些狐疑，难道楚杭发现了什么？

然而直到看到楚杭往校心理咨询室走去，她才终于有些恍然大悟地放下心来，那走走停停看来不是在试验什么，而是源自楚杭内心的挣扎啊！这位年轻的朋友，看起来是有了什么跨不过去的心坎啊！

楚杭望着眼前硕大的“心理咨询”四个大字，深吸了一口气，终于硬着头皮走了进去。

心理咨询室的布置相当温馨，今天当值的是一位中年女咨询师，样貌和善，平易近人。她微笑着为楚杭泡了茶，驱散了些两人之间初见的拘谨。

对方也并不像医生看诊一样单刀直入地问楚杭有什么心理问题想要咨询，反而像朋友一样准备和楚杭聊天。

可惜楚杭并不领情，抿了抿唇，显然没兴趣谈及别的，直截了当道：“我最近有点问题。”

心理咨询师愣了愣：“是什么样的问题呢？”

“我最近常常会莫名其妙地幻听，今天更严重了，不仅幻听还开始幻视了。我之前为了排查，也去做了体检，但身体各项指标都没有问题，所以这个幻听幻视，应该是心理问题。”楚杭抬头，神色有些凝重，“这种因为心理问题引起的幻视幻听，怎么才能好？”

“如果没有生理上的问题，仅仅是心理因素引起幻听幻视，那么一旦困扰你的心理因素解除，你的幻听和幻视就会自愈的。”心理咨询师循循善诱道，“但首先，我需要知道你是什么样的幻视幻听，有什么具体症状，让我们一起来看看，到底是什么原因引起了幻听幻视，然后我们一点点克服，慢慢地，一定会好的。”

楚杭抿了抿唇，有些面无表情：“我有个同学，她明明不在我身边，但我最近总是能听到她的声音在我耳边叽叽喳喳，今天不仅听到声音了，还能看到她的人了。明明只有我一个人，但刚才我还看见她一路躲在我伞下跟着我到了心理咨询室门口，我走她也走，我停她也停……不过一进咨询室，她就消失了。”

“这很好解释，她的出现就是心理原因，一旦你决定走向心理咨询室解决困扰，心理下意识地便觉得安心，因此这种幻听和幻视，也在你的自我心理暗示下短暂地消失了。心理问题不可怕，只要你愿意正视它面对它，就能克服它。”

好像听着还真是那么回事……

“这是女同学还是男同学？”

“女的。”

“好看吗？”

楚杭皱了皱眉：“这问题相关吗？”

心理咨询师郑重地点了点头，一派推心置腹：“同学，我需要了解全部的情况，有些你认为不重要的信息，往往在我们专业人士看来，对判定你的情况是至关重要的。所以这个女同学，她好看吗？”

“还行吧。”

“那如果从 1 ~ 10 分，分数越高越好看，你给这个女同学打几分？”

楚杭有些不情愿，然而对着这心理咨询师一张看起来令人信服的脸，他还是勉强道：“9 分吧。”

“那身材呢？”

楚杭继续不情愿道：“也勉强还行吧。”

心理咨询师了然地在笔记本上再次打了个 9 分。

…………

在经历了各种杂七杂八的问题后，最终，心理咨询师望着楚杭，下了一个振聋发聩的定论：“这位同学，你可以放心。你的情况没有大碍。”心理咨询师推了推眼镜，“你只是遇到了爱情。”

“不可能！”

楚杭气炸了，这是哪门子的心理咨询师啊？这个水平、这个结论，徐聿也可以持证上岗了！

“你先不要急着反驳我，我知道，你说自己很讨厌对方，不可能喜欢她。但是你觉得自己讨厌她，可能只是你内心深处无法正视自己早已被她吸引的事实，而对自己给出的心理暗示。”

楚杭近乎咬牙切齿了：“我根本不可能和她看对眼，她身上根本没什么优点。”

“虽然你觉得你们不相配，但爱情的发生，其实并不会考虑阶级、智商、优秀程度等的差距，爱情就是不理智的，这是一种本能的荷尔蒙吸引。”心理咨询师说得头头是道，“只有真正相处时，你说的这些因素才会产生影响。你不相信也没有用，生理不存在问题的情况下产生这样的幻听幻视，确实只有心理原因能解释了，而想要克服，第一是等你对她的爱情渐渐消散，但这时间不好说，万一你越来越迷恋，症状越来越严重了，也不是没可能；第二呢，我给你的建议就是，去试试和这个女生多接触，接触多了，有可能更了解了，发现不合适，理智自然就回来了。”

心理咨询师看向楚杭，一脸慈爱：“要是理智没回来，那就和她谈个恋爱吧，年轻人，因为可能这就是你无法抗拒的爱情和命运啊。”

被幻听和幻视折磨了许久，楚杭只觉得自己心里很乱，一时之间，虽然完全无法接受，但竟然觉得这心理咨询师说的，听起来逻辑上勉强解释得通。

只是和谭音谈恋爱？楚杭想，我还是死了算了。

谭音在心理咨询室外等了好久，才终于看见楚杭迈着沉重的步伐从里面走了出来。他的脸色十分难看，像是遭受到了人生观、世界观的打击。

“这心理咨询不应该是咨询完神清气爽、茅塞顿开的吗？你怎么越咨询越想不开的感觉啊？”外面还有雷雨，谭音敏捷地跟上楚杭，再次钻进了他的伞里，望着伞外的雨帘，“你看，楚杭，我这个人真的够意思了，明明可以跟着你进去的，但想想这是你的隐私，我就在外面等了。今天风大，可冷死我了。”

因为隐身，这自然是谭音的自说自话，楚杭仍旧冷着张脸撑着伞走在雨中，只是微微皱着眉让他看起来还是带了些微的挣扎。

“不过你刚才有句话声音抬高了，所以我虽然不想偷听，还是不小心听到了。”谭音看向楚杭，眨了眨眼，模仿着楚杭的语气恼羞成怒般道，“‘我不可能喜欢她’！

“所以你去咨询，是因为爱上了不该爱的人？理智告诉你不应该爱，连自己都不想承认爱上的那种？

“所以是已婚少妇？

“还是英俊直男？”

虽然楚杭握紧了伞柄的手越发用力，但谭音并没有在意这个细节，今天风大，楚杭用力握住伞也很正常。

“哎，楚杭，我突然有点想唱歌。

“算了，忍不住了，我要唱了。”

谭音清了清嗓子，用手在嘴边做了一个话筒的模样，望向楚杭道：“下面这首《梦醒时分》，献给为爱沉沦的你：你说你爱了不该爱的人，你的心中满是伤痕；你说你犯了不该犯的错，心中满是悔恨；你说你尝尽了生活的苦，找不到可以相信的人；你说你感到万分沮丧，甚至开始怀疑人生。早知道伤心总是难免的，你又何苦一往情深……

“哎哎哎！楚杭，你怎么握伞的！伞都被吹跑了！”

谭音正唱得入戏，结果楚杭像是突然手抖一样，那伞竟然就被风给吹跑了！顿时，冷冷的雨便拍打到了谭音的脸上……

谭音一边抹着脸上的雨，一边逃离了楚杭身边，她立刻找了不远处的屋檐躲起雨来。

而楚杭……

楚杭大概因为爱而不得受刺激太深，竟然连伞也没再去追，任凭风把它越刮越远，就这么面无表情、踽踽独行地走在冷雨里，一路越行越远。

谭音啧啧称奇，虽然遭受重创，但不得不说，楚杭这背影，还是相当坚毅啊。

因为伞没了，楚杭看起来又很需要一个人静静，谭音索性和楚杭就这么分道扬镳了，好在在屋檐下等了没多久，雷雨就停了。谭音便整了整衣服，气定神闲地回了宿舍。

结果她刚打开宿舍门，蒋一璐就给了她一个重磅消息。

“下周校庆放假两天，正好连着周末，系里学生会准备组织去C市采风，你去不？”蒋一璐朝谭音挤了挤眼睛，“准备住海边了。”

C市离A市不太远，是著名的海滨城市，这个时候正是气候宜人最适合旅游度假了。

蒋一璐进一步解释道：“下个设计课大作业是做一个海滩高档度假村，所以我们准备去C市海边采个风，而且学生会组织人说了，这次对外开放一些名额可以带家属或者朋友。”蒋一璐一边说，一边就对谭音抛去了个“你懂的”的眼神。

历来建筑系有做设计采风的传统，然而这类采风，虽然打着学习的幌子，但实际上也全是建筑系学生们半旅游半放松的度假了。每次采风回来，建筑物自然是看了不少，但几乎也都能内部解决促成几对小情侣，而这次公然可以带非建筑系的朋友一起参加，学生会组织人员的一片良苦用心可见一斑。

谭音刚打定了主意要死磕下一次设计课大作业，这种采风活动自然是要参与的。但带朋友？她想了想，倒是可以带上周铭，周铭平时太宅了，都没什么娱乐活动，这次不如叫他带上他女朋友一起去海边晒晒太阳。

结果她给周铭去了个电话，却被他拒绝了：“下周真的不行，我女朋友生病了，落下了不少法律论文和案例分析没写，我得帮她赶工，下周真去不了。”

“行吧，那下次再约。”

“快，谭音，来帮我看看，这条裙子怎么样？适合海滩拍照吗？”

刚挂了电话，谭音便被蒋一璐拉了过去，两个人对海滩散心都很憧憬，没多久就在网上订购了不少东西，跃跃欲试地期待起下周来。

虽然对于采风很期待，但谭音这次倒真是破釜沉舟了，这一周来，任何空余的时间都被她用来学习了。因为基础差，一开始只能一点一点啃艰涩的专业书，虽然仍旧很枯燥，但这一次谭音没半途而废，而一旦这么进入状态，便慢慢地有了点渐入佳境的感觉。直到上飞往 C 市的飞机，在候机厅里，谭音还捧着本专业书在看。

直到蒋一璐拽了拽谭音的衣角，她才从课本里抬起了头。

蒋一璐朝不远处努了努嘴，谭音顺着她的指点，看到了不远处推着行李箱走来的楚杭，而他的身后，正跟着花枝招展的段影菲，另一侧则是双手插在裤袋里一脸笑意的徐聿。

谭音叹为观止：“楚杭这拖家带口的够可以的啊，这架势是不仅带了女朋友，还带了男朋友啊？坐享齐人之福啊。”

她刚感慨完，那边段影菲就遥遥地瞪了她一眼。看来新仇旧恨，自己在她心中是留下挥不去的倩影了。徐聿倒是一脸灿烂、非常主动地朝谭音挥了挥手打招呼，而楚杭……

楚杭则像是神仙下凡了似的，看也没看谭音一眼，挑了个离谭音非常远的位置，冷着脸坐了下来。即便如此冷酷到不近人情，但他那张脸，竟然还是很能打，这么臭的表情摆在他的脸上，看起来还是如诗如画般优美。

楚杭这个人，真是生了一张少女漫画男主角的脸，配上他不输模特的身材，确实挺赏心悦目，就连他难以取悦的高冷，也被不少女生吹捧成独一无二的个性。

谭音又看了楚杭两眼，顿时也忍不住感慨，未来要是建筑行业全面被人工智能取代，楚杭大概也不会失业，他这样的皮相，去当个 T 台模特应该会走红。毕竟模特就要面无表情气质高冷甚至和他一样表情肌坏死，脸越臭的模特，没准儿越是走红呢。

好在谭音也没有更多的时间想这些有的没的，没过多久就登机了，一行人便在兴奋和期待中飞向了 C 市海滩。

一行人落地后，很快就到了此次采风的海滩。

“虽然这次是调研高档海滩度假村和酒店，但我们预算有限，就住在这片的民宿了，白天大家可以去附近的五星级酒店里转转，看看人家的设计和布局……”

系学生会会长作为组织人把大家带到了一排民宿前：“反正就几天，大家将就住住，先入住休整一下吧，今晚大家先休闲一下，晚上海滩这里有篝火晚会啊，一起来参加啊，一个也不能少！”

建筑系虽然一共有 54 个人，但并非每个人都报名参加了此次采风活动，稀稀拉拉算上建筑系来的人和拖家带口带来的亲友，一共 30 人不到。系学生会安排租住了三栋民宿小别墅，每栋别墅里有 5 个房间，正好两人一间，方便又节省开支。

因为优先自行组队的原则，谭音自然早和蒋一璐约定了住一间，两人把行李搬上了二楼属于她们的房间。这房间的设施虽然不新了，但打扫得挺干净，只不过因为来海边度假的大部分是情侣和夫妻，所有房间里的床都是双人大床。不过值得惊喜的是这竟然是个海景房。

蒋一璐拉开落地窗帘，顿时，新鲜的海风便吹了进来，远处传来海浪和海鸟的声音，惬意又让人浑身放松，她激动道：“这海可以啊，今晚看来必须海鲜啤酒走一个了！这才是我想象里潇洒的人生！”

谭音也跟着一起走到了阳台上，结果她还没来得及感慨人生，就见隔壁房间里走出了个熟悉的人影。人高腿长面若冰霜，不是楚杭是谁？

谭音眼睛一亮，当即决定好好抓住这机会修复一下和楚杭的关系，她对着相连的隔壁阳台热情道：“楚……”

结果“杭”字还没来得及说出口，楚杭竟然瞪了她一眼，抿紧嘴唇一言不发，然后板着脸径自转身走了……最夸张的是，他不仅走了，还直接关上了阳台的门，并且动作利落地扭上了锁……

这民宿隔音显然不太好，不一会儿，就传来了隔壁房间里两位住客对话的声音：“当心点隔壁。”

“嗯？”

“谭音住在隔壁。”

“啊？”

“阳台门一定要记得锁。”

“哦……”

楚杭的声音冷冷的，清清楚楚、明明白白地传进了谭音的房里……

这就有点尴尬了……

谭音咳了咳，向蒋一璐解释道：“你看，这个民宿的设计是有问题的，隔音真的太差了，虽然为了节省开支房与房之间没有用墙体，而是用了木板，但你明显应该再加点矿棉板和聚酯纤维吸音板啊，矿棉板的平均吸音率能到 0.5 以上，聚酯纤维吸音板就更合适了，不仅吸音，还防火防潮啊，很适合海边的木结构房子……”

蒋一璐双手环胸，乐不可支：“谭音，人家现在不要防火防潮，是要防你。”

“哎，行了行了。”谭音败下阵来，“楚杭呢，确实对我有一些误会，但是这一次的采风里，我一定会让他改变对我的印象！我会让他知道，我谭音，是最终会成为他的对手的女人！士别三日当刮目相看！以后让他光是听到我谭大师的名字就闻风丧胆！”

楚杭未来会不会闻风丧胆不得而知，如今的他避之不及倒是一目了然。谭音和蒋一璐放好行李走出房间，正遇上楚杭和徐聿也出门，楚杭几乎是一眼扫到谭音，便不自然地别开了头，然后他就这么丢下了还在锁门的徐聿，一个人径自先走了，也不知道是不是谭音的错觉，那步伐中还带着一丝凌乱和不稳，甚至有点落荒而逃的意味。

“唉，情不知所起一往而深。”谭音同情地看着楚杭的背影，“一看这就是一个在爱情里迷失了的年轻人啊。”

爱上了不该爱的人，短时间内楚杭还在继续为情所困也很自然，但是此刻他如此慌乱，恐怕只有一个答案——

他不应该爱的人，刚才就在他的身边！所以极大地扰乱了他的心绪！

谭音几乎是立刻环视了一圈走廊里的人。

季梦？她和楚杭压根儿就没说过几句话，不可能；陈自强？平时成天和楚杭勾肩搭背但每次都被楚杭躲开，绝对没戏；蒋一璐？她基本和楚杭没交集，楚杭见了她大概会联想到自己，表情也常年一脸一言难尽；自己？她好歹是有自知之明的，那，那真相就剩下一个了……

谭音目光炯炯地看向了徐聿。

没想到兜兜转转，原来楚杭不该爱的人是他啊！

如此一来，一切都解释得通了！

这禁忌的恋情，这无法言说的欲望，这进退维谷的爱意，这无法自控的距离……

徐聿却不知道谭音这热辣的视线，他在谭音意味深长的目光里，拿上了一只保温杯，追上了楚杭：“你老熬夜做设计，一弄起专业的东西来就顾不上吃饭，胃不太好，就别乱喝冰水了，我特意给你拿了中老年保温杯……

“对了，防晒霜和墨镜我也帮你带了，明天给你。”

谭音目送着楚杭和徐聿渐行渐远，心里思绪万千。对楚杭来说，有些爱情，近在咫尺又远在天涯，只是当局者迷旁观者清，谭音的心中有了一个模糊的猜测……

“让让，不走就别站中间挡道。”

谭音正在沉思之时，段影菲的声音从身后传了过来，她径自绕过谭音，交会之际给了谭音一个结结实实的白眼。

好在谭音的心情根本没有受到影响，此刻已近黄昏，海滩上正酝酿着一场落日，把天尽头的云渲染成了绚烂的色块，美丽的变幻中又带着只剩余温的温柔。一行人便在海滩上一边聊着天喝着新鲜椰子汁，一边看着这瑰丽的景致。

而黄昏一过去，便是夜的狂欢了。

随着夜幕降临，海滩上的餐厅都开张了，一盏盏漂亮的琉璃灯映照得整片沙滩都带了种朦胧的美。

很快，海滩中间燃起了篝火，不远处烧烤架也就位了，学生会的组织人员拎来了一个个装满啤酒和软饮料的冰桶，伴随着音乐和美食，篝火晚会就这么热热闹闹地开始了。

谭音被蒋一璐拽着围着篝火蹦跶着跳了一圈，才终于趁着蒋一璐去吃海鲜的当口心不在焉地退了下来。从刚才开始，她就一直忍不住去看楚杭和徐聿。也不怪谭音好奇，这对朋友的相处模式，实在是有点……有点难以形容。

整场篝火晚会里徐聿对楚杭简直是贴心到无微不至，一双眼睛竟然一直看着楚杭，在火光的映衬下，谭音只觉得充满了柔情蜜意。

而此刻，楚杭和徐聿坐在篝火不远处的沙滩上，徐聿正把一只烤好的鸡翅递给楚杭："吃点吧。"

几乎是电光石火间，谭音刚才那模糊的猜测终于成了型——这竟然并不是一段单相思！这是一段双向暗恋啊！

楚杭内心爱上了徐聿，却怕被拒绝后连朋友也没的做，因此爱在心口难开，觉得自己爱上了不该爱的人！而没想到徐聿也是一样的！他明明也对楚杭有着不可言说的心思，一个大男人，不仅关心对方的衣食住行，连饿不饿都在意得很，再看他那一刻不离楚杭的眼神，那恨不得喂他吃的宠溺……

什么是爱情？这就是爱情！

谭音蹲在不远处，看着楚杭和徐聿你来我往，两个人随意的一个动作，她都能嗑出糖来。

不能让这两个相爱的年轻人错过彼此！

就在这时，像是老天帮忙似的，楚杭起身离开了，谭音当机立断，便挪到了徐聿身边。

这两个人，不就当局者迷，缺一个帮他们捅破窗户纸的人吗？

面对徐聿疑惑的目光，谭音一脸郑重地压低声音道："你放心吧，我已经知道了。"她对徐聿使了个眼色，"你对楚杭的感情。"

徐聿愣了愣，他其实对海边无感，这次跟来，纯粹是担心楚杭因为爸爸疑似出轨而心态不稳定，可别来个跳海什么的。

他这么想也并非空穴来风，近来楚杭确实有些情绪莫测，大约的确是雨天容易伤感，每每雷雨天，楚杭就总是行色匆匆，像是试图摆脱什么，眉头永远皱着，和他讲话甚至都会心不在焉，几次下来，徐聿发现楚杭都有点魂不守舍。

只是他没想到，连当事人楚杭都没看出的这份深厚友情关爱，竟然被谭音看出来了，徐聿震惊道："你都看出来了？"

果不其然！

谭音了然道："你听过一句话没？有些感情，嘴上不说，眼睛也会流露出来。"她自信地一笑，"不用夸我，我只是比别人更具备一些洞察力而已。"

徐聿露出了佩服的神色。

谭音语重心长地拍了拍他的肩膀："其实你这个感情，不是单向的，楚杭对你也有这个意思，你们还是要好好沟通一下，把你们的感情引向一个质的飞跃。"

"质的飞跃？"徐聿有些疑惑，"我觉得现在我和楚杭这关系挺好的，还要怎么更进一步？"

"你呢，周末约他一起去看个爱情电影，然后找个适合两人世界的游乐场，或者有私密空间的饭店，然后摸个小手、亲个小嘴……"

徐聿越听越觉得不对："等等……为什么要摸小手亲小嘴？"

谭音翻了个白眼："坦诚点吧，你不就是喜欢楚杭，想和他睡觉吗？"

"我没有！"徐聿跳了起来，"你是不是那漫画画多了魔怔了？"

这下轮到谭音皱眉了："你不喜欢他，那你那么含情脉脉地看着他干什么？还各种对他好，给他鞍前马后地打理生活，又是防晒霜，又是墨镜，又是保温杯的？"

"我这是友情！你不要血口喷人！"

谭音惊呆了："哇，徐聿，真是错看你了，你竟然还是个心机'白莲花'啊，用这种手段撩楚杭，把人家撩上手了又不肯负责啊。

"我警告你啊，你既然对楚杭没那种意思，就离他远点吧，别把人家往那路上引！"

谭音是走了，徐聿的心却久久不能平静，直到楚杭吃完东西回到他身边，他还有些恍惚。

"我回去睡觉了，你走吗？"

楚杭的声音仍旧冷冷的，徐聿却觉得，那里面可能正压抑着巨大的热情，让他有些无所适从。

他磕磕巴巴地道：“不……不了，我……我还想再喝点酒，你待会儿给我留个门就成。我想吹吹海风，清醒一下。”

楚杭简直莫名其妙，又要喝酒又要清醒，徐聿这怕不是脑子坏了吧？

得知徐聿对楚杭没什么非分之想，谭音一时之间有些失落。楚杭这么优秀，还不是爱而不得？可见爱情的战场上，确实是人人平等，谭音既同情又有些唏嘘。

好在这情绪并没有持续多久，蒋一璐拽着她开始拼酒，谭音很快沉浸在了篝火晚会的热闹气氛里。

蒋一璐之前在学校里时号称减肥，每天都饿得和自然灾害幸存者似的，如今来了海滩，一下子把持不住报复性反弹，疯狂吃了十几个生蚝，又喝了不少啤酒，没多久，就开始闹肚子痛。

“哎哎，谭音，我有点撑不住了……我先回房里……”

蒋一璐说完，就捂着肚子跑了。又过了会儿，她给谭音发了条短信：“拉完肚子我先睡了，酒喝多了上头了，刚叫外卖给我送了点养胃粥，估计待会儿会放门口，你记得帮我拿进来，半夜我醒了要喝，门没锁，给你留着。”

蒋一璐走了，谭音也没再加入热闹的人群，在离篝火稍远的地方找了个位置坐下，闹中取静般享受这难得的时刻。海风轻轻吹着，海浪声音温柔，她一边喝着果酒，一边只觉得内心突然变得十分宁静。

只是不知不觉，这酒就喝得有些多了，果酒虽然甜甜的挺好喝，但没想到后劲很大，谭音没多会儿就觉得有些晕了。她没再逗留，赶紧回了民宿。

都是学生，为了节省开支，找的这间民宿也只能称得上经济型，走廊里的声控灯大概是年久失修，竟然一点不灵。谭音没法，带着酒劲只能在黑暗中摸索着栏杆前进。

她有些晕乎乎地找着自己和蒋一璐的那间房，好在很快就定位到了摆在房门口的外卖。谭音一转门把手，果然给自己留着门。她提着外卖走了进去，然后随手锁上了门。

屋内一片黑暗，蒋一璐大概是已经睡了，双人大床上，已经有了一个人形轮廓。只是大概被子很蓬松，娇小的蒋一璐这么盖着被子睡着，竟然也显得老大一只。

谭音也累了，又困又晕，懒得多想，就摸索着爬上了双人床，钻进被子里赶紧睡了。

这几乎是美美的一觉，谭音甚至做了个美梦，梦里，她回到了小时候，怀里抱着比自己还大的毛绒熊。第二天一大早，谭音便在海浪声里悠悠然醒转了。这一觉，她睡得十分好。民宿里的窗帘遮光效果一般，从窗外透进来的光线可以发现，今天并不是个好天气，甚至可以说有些阴沉。谭音睡眼惺忪地看向床铺的另一边，蒋一璐竟然还在睡，大概是嫌海浪声有点吵，她的整个脑袋都埋进了被窝里，只露出一小截白皙的颈项。

谭音前一阶段确实听蒋一璐嚷嚷着要美白，但一个不注意竟然已经美这么白了？怎么自己昨天明明还觉得她没多白啊？

等醒了她得赶紧问问蒋一璐用了什么面膜！

可能睡懒觉的日子实在太惬意，阴沉的天气又让人犯困，谭音迷迷糊糊就又睡了过去。直到手机闹钟的声音响起，她这个完美的回笼觉才终于被打断。

大概有些睡迷糊了，谭音仍是下意识地伸出手往床上摸索着想要关掉手机闹钟，直到她的手触碰到了微凉的肌肤，她才有些清醒过来。

这可不是在宿舍，自己身边睡着的是蒋一璐呢，谭音也是此刻才后知后觉地意识到，自己的手恐怕刚才正碰到了蒋一璐的胸口，只不过——

这也太平了吧！谭音简直惊呆了，她想了想平日里蒋一璐的胸，这得是垫了多少充气胸垫才有的效果啊？可真是难为她了……

但是她的肌肉竟然练得不错，还是说这是自己睡迷糊了的错觉？谭音没忍住，拍了拍身边的被窝，嘟嘟囔囔道："让我摸摸你的肚皮……"

她和蒋一璐关系好，两人平时常常互帮互助给彼此捶捶捏捏，又喜欢打打闹闹互相挠痒痒，摸一摸肚子的交情还是有的。

被窝里的蒋一璐没理睬她，谭音便径自伸进去摸了摸，这下可把谭音给气坏了。蒋一璐是什么骗子啊，还说自己肚皮上有肉，成天喊着要做平板支撑，这根本早就偷偷练就了好身材。

谭音难以置信地摸了又摸，这根本就是八块腹肌的配比吧？手感不错，还挺紧绷的，看起来挺有力量，肌肉线条也不错。这肌肉手感实在很好，谭音没忍住，准备再摸两把，结果这一次，她还没继续摸，手就被另一只手给用力制住了。

谭音这一瞬间一颗心拔凉拔凉的，她此刻脑海里只闪过一句话——

可达鸭眉头一皱，发现事情并不简单……

刚才躺在她身边的，根本就不是蒋一璐！因为这显然并不是一只属于女生的手啊！

"早上别乱摸。"这声音带了点微微粗重的喘息，像是在极力压抑着什么。

这男声性感低沉，谭音却听得毛骨悚然。

这是楚杭的声音啊！

谭音几乎是下意识地就大力从楚杭的桎梏里挣脱了出来，眼见着本还有些惺忪睡意的楚杭就要起身，谭音一颗心已经绝望。她的脑子根本来不及想通自己到底怎么就和楚杭躺在了一张床上，她只知道，如果楚杭看清是她，不知道会不会当场用枕头把她捂死……

这种时候，可能只有奇迹发生才能保住自己的狗命了……

而上天仿佛听到谭音的祈求般，就在楚杭掀开被子坐起来的那个刹那，窗外传来了一声雷声。

谢天谢地！这阴沉的天气终于绷不住要下雨了！

谭音差点喜极而泣，在这生死存亡的瞬间，她终于隐形了！

虽然睡到了这个点，但是楚杭还是觉得头疼。

因为饱受幻听幻视的困扰，楚杭最近都没怎么睡好，好不容易昨晚换了海边的环境，心情放松有了困意，结果也没能睡踏实，他竟然做了一整晚鬼压床的噩梦！

那梦境更是真实到可怕，楚杭总觉得睡梦中有一双手死死箍住了自己，把自己死死抱住动弹不得。他好不容易翻身挣脱了桎梏，结果对方很快又纠缠上来，手脚并用像个树袋熊一样挂在自己身上，或者更准确地说，是像近身格斗里的锁死动作。楚杭困得不行，甩又甩不脱对方，只能下意识地不断往床的另一端躲避，结果对方得寸进尺，很快就像个狗皮膏药似的又黏过来，楚杭一整晚睡得都很差。

而直到第二天，身边传来翻身的声音，楚杭才恍然想起来，昨晚自己并不是一个人睡的，这双人床上应该还躺着徐聿。这家伙睡相这么差，以后怕是找不到老婆。

只是徐聿不仅睡相奇差无比，大清早就开始动手动脚，一双手开始往自己身上不该摸的地方摸，楚杭迷迷糊糊地制住了对方，声音喑哑。

楚杭几乎有些尴尬，不知道是不是没睡醒，明知道是徐聿在摸，但自己制住的这只手，总觉得触碰起来的手感过分小巧和细腻了，一大早被这样一双手一通乱摸，楚杭只觉得有点燥热。

只是当他冷着脸掀开被子看向被窝另一侧准备兴师问罪时，出现在他面前的，不是徐聿，竟然是谭音的脸。

楚杭脸上虽然还维持着镇定，但一颗心瞬间如坠冰窖。自己的幻觉，已经严重到这种地步了吗？竟然在自己的床上都开始脑补出谭音了？徐聿不在，那么刚才那双摸自己的手，果然也是脑补里谭音的了？

自己的幻视里一切自然毫无逻辑，比如此刻谭音就那么躺在他的床上，神态自然，面色轻松，如入无人之境，仿佛楚杭根本不存在，她甚至还毫无形象地打了两个哈欠，然后伸了个懒腰。随着她动作的幅度，她胸口本就宽松的 T 恤也往下滑了滑，露出若隐若现的胸线，她看起来像是只穿了 T 恤，里面什么都没有……

她就那么躺在那里，肤色雪白，红唇潋滟，毫不避讳地径自看向楚杭。

楚杭几乎第一次有些慌乱地移开了目光。他死死盯着房间的窗帘，试图让自己在这种情形下冷静下来。

床上的谭音看起来太真实了，真实到楚杭都产生了恍惚感，要不要摸一下？会不会是真的？

只是很快，楚杭就甩脱了自己脑子里这种疯狂的念头，出现幻觉已经够惨了，如果自己还去循着这幻觉往虚空里摸一下，岂不是更丢人现眼？楚杭的家教不允许他做出这种行为，因为一个意志力足够坚定的人，是不会为这种幻觉所击垮的！

无视！

只要无视就好了！

只是除了一贯的无视大法，楚杭觉得自己需要洗一个冷水澡了。

有了雷雨的庇护，谭音非常安心地继续躺在了床上。她瞧着身边的楚杭掀开了被子，大概是觉得这一晚上怎么徐聿都没回来睡，他看向自己这侧床褥的表情相当变幻莫测，像是被徐聿夜不归宿这个认知给震惊到了，眼神看起来都有些难以置信和受打击过度，好在很快他终于振作起来。谭音看着他准备起身，一时间有些无法和任何人沟通的寂寞。

她望着天花板，开始自言自语："还别说啊楚杭，你刚睡醒不设防的样子，和我在漫画里画的一模一样啊，天真又性感，要是换了别人，恐怕当场把持不住啊。"

楚杭自然是没有反应的，只是大概没找到拖鞋，他起身的动作顿了顿。

谭音不疑有他，叹了口气，语气骄傲："但是我毕竟是个见过大世面的人，尤其你看，四舍五入我都算是睡过你的女人了。"

谭音说着，摸了摸胸口："但是我对你真的没有什么非分之想，你看现在我和你躺在一张床上，我的心跳都一点没加快，根本就没有那种小鹿乱撞的心情，只觉得不喜不悲、稳如老狗。"

谭音刚说完，就发现楚杭背对着她脱掉了睡衣的上衣，他的脸有一种奢华贵气的英俊精致，他的身材却比脸还有看点，那肌肉线条凹凸有致的腹肌下面，是半隐半露的人鱼线，再往下……

"我的心跳好像开始加快了，可惜还是没达到那种把持不住的地步。"谭音坐起身，认真思考道，"我不会是无性恋吧？对着楚杭都这么稳？不正常啊。"谭音想了想，随口提议道，"这样吧楚杭，要不你把裤子也脱了，我再看看试试？"

可惜楚杭没再脱裤子，他的动作顿了顿，然后竟然黑着脸重新穿上了睡衣上衣，接着抿着唇径自走进了淋浴间……

哦，可能是临时不想洗澡了吧。然而谭音刚这么想，浴室里就传来了水流的声音……

都说漂亮的女人心思深沉，英俊的男人或许也是同理，楚杭这又脱又穿的，真叫人捉摸不透。

趁着楚杭洗澡，谭音赶紧从床上爬了起来，在房里走了两圈，最终还是决定选择最稳妥的离开方式，等着楚杭出门或者徐聿回房。

就在她坐在沙发上耐心等待时，楚杭从卫生间里走了出来。

即便下着雷雨，海边的气候还是闷热潮湿，刚洗完冷水澡，但楚杭一跨进房里，脸上便被蒸出了潮热的红，挺翘的鼻尖上都沁出了细小的汗珠，头发也还没干，正顺着他线条优美的脖颈往下滴着水，然而他竟然身上衣物已经穿戴整齐。而且明明这么热的天，他还穿得非常严实，衬衫领口的纽扣甚至都扣了起来……

“你穿成这样乍一看我还以为你是要去参加人大代表会呢！”谭音绕着楚杭走了一圈，“而且你后背上都汗湿了一块，洗这澡有什么意思啊？还不如把衣服脱了呢，反正这里没别人，还是你就喜欢这种汗湿白衬衫以后的透视感？觉得这样比较诱惑？想来一个美人出浴给徐聿看？”

明明洗了个澡应该神清气爽，但不知怎么的，谭音觉得楚杭的脸色越发乌云压顶了，他像是竭力压抑着什么情绪，几乎是泄愤般用浴巾擦着自己的头发。

“轻点轻点，你这法国血统加上建筑系熬夜做设计的生活习惯，可容易秃了，对自己的头发一定要温柔。”

“对了，你听过《脱发》这首现代诗吗？我觉得你应该听一听。”谭音清了清嗓子，抑扬顿挫声情并茂地念了起来，“我就像一朵花儿，被神握在手心。每天，神都在说：她爱我、她不爱我、她爱我、她不爱我……快答应他啊！”

谭音念完，根本无视了楚杭的表情，沉浸在意犹未尽里：“说实话，这是我第一次体会到诗歌的意义，我第一次知道竟然有人能把脱发写出这么诗意的意境，真是好厉……”

谭音对这首诗其实攒了一堆评价，原本想和蒋一璐分享，可蒋一璐沉迷厕所文学，对如此高雅的艺术进行了无情的拒绝。

可惜谭音没来得及畅快抒发内心的读后感，因为从隔壁房间里传来的一声惨叫打断了她的话。

“啊啊啊！死变态！色狼啊！”

这是蒋一璐的声音。

而几乎紧随其后，是一个熟悉的男声：“你在瞎说什么？我这样的人需要对你下手？我可警告你啊，故意捏造并散布虚构的事实，足以贬损他人人格，破坏他人名誉，情节严重的行为，是诽谤罪啊。你再乱说，我去法院告你！”

这竟然是徐聿？

夜不归宿的徐聿怎么会跑到了蒋一璐和自己的房间里去？

谭音内心疑惑，楚杭也皱起了眉，表情显然也是困扰的。隔壁的争吵却越发升级，没一会儿，这两个人一浪高过一浪的声音便由远及近越发清晰地传了过来，他俩终于闹到了楚杭的房门口。

“楚杭！开门！”

楚杭抿着唇开了门，便见蒋一璐和徐聿正在门外怒目而视着彼此。

饶是楚杭性格沉稳，此刻看到徐聿脸上那五个指印，也有些震惊了：“你的脸怎么回事？”

“怎么回事？还能怎么回事？”徐聿捂着脸冷哼着走进了房间，瞪了一眼紧跟其后进来的蒋一璐，“还不是被母夜叉打的！”

蒋一璐果然炸了：“你说清楚，谁是母夜叉？你一男的，半夜不睡自己房里，结果偷偷摸摸鬼子进村一样摸到了我的床上，和我睡了一宿，你还有脸说？说出去我还要不要名誉？我都还没交男朋友呢！”

徐聿作为一个法律系的学生，此刻也完全不甘示弱，挑了挑眉道：“我看你刚才喊得挺大声的，大有让全世界的人都知道咱俩睡在一个屋里的架势呢，我还以为你是准备用舆论逼着我坐实这事，然后不得不和你谈恋爱呢！”

蒋一璐当即脱下拖鞋，就要追着徐聿打。

徐聿不能朝女生动手，只能拽着楚杭当挡箭牌躲闪，一来二去，倒是楚杭身上挨了蒋一璐几拖鞋，白色的衬衣上赫然印着几个灰扑扑的脚印，楚杭本就黑着的脸显得更黑了。

谭音虽然在场，但碍于隐身，只能作壁上观。

最后还是楚杭发威把两个人给镇住了：“行了，都停下。”楚杭皱着眉，声音冷酷，脸上则生动诠释了“脑壳疼”三个大字，他看向徐聿，“到底怎么回事？你为什么没回自己房间去了隔壁？”

不说还好，一说起这事，徐聿也十分委屈：“说来说去，这得怪你啊楚杭，昨晚不是你说了给我留门吗？结果我一来房门口，门早锁上了。我当时喝多了，脑袋本来就发昏，就想大概是自己走错了，然后往隔壁去，拧了下门就开了，我就理所当然地觉得这才是你给我留的门啊，也没多想，看床上确实有个人在被子里，就以为是你已经睡了，我也就上床睡了啊。哪想到今早一起来看到的是她的脸，可把我吓坏了。”

“什么吓坏了？我这张 360 度素颜无死角的脸，这么美，你哪里可能会被吓到？你醒来后盯着我的脸看了多久你自己心里有数！”

“我盯着你看是因为我以为自己还在做梦！以为自己出现幻觉了把楚杭看成了你！”

楚杭抿着唇，皱着眉听着蒋一璐和徐聿你一言我一语。他心中疑惑，明明记得很清楚，昨晚并没有锁门，是特意给徐聿留了门的，可刚才去开门，却发现门的确落了锁。

蒋一璐还在和徐聿针锋相对：“你说得好像责任在我这个受害人身上一样，因为我没锁门，所以你就可以喝醉酒了直接进来？”

“你这个人怎么胡搅蛮缠？”徐聿一脸无奈，“我从刚才一开始发现走错房间就给你道歉了，这事是我不对，我说那些的意思只是想告诉你，你可以放心，我真的就是走错了房间，对你绝对没有非分之想，这辈子都不会有。我徐聿只喜欢温柔的女生，真的不喜欢凶的！

“另外，虽然你没锁门不代表别人就可以进去，但你是女生，这海边的民宿本来治安就不如酒店，女生旅行在外多点自我保护意识总是不错的……”

“我没锁门那是因为我要等谭音回来！你这是不是想延伸到受害者有罪论啊？你知不知道健全的法治社会就应该是我夜不闭户也没有人非法侵入住宅的……”

“那你现在什么意思？还要我怎么道歉？难道我要对你负责？可我们除了在一张床上睡了，什么都没发生！你这碰瓷讹诈得有点过分了吧？”

“我要碰瓷你？我还怕你赖上我要我负责收了你呢。徐聿我告诉你，这辈子地球上要是只剩下你一个男人，那我蒋一璐就选择自行灭绝！”

谭音站在一边，怜悯地看向不远处的楚杭。自蒋一璐和徐聿这两个人杠上后，他都异常沉默表情异常沉重，谭音叹了口气：“我说你们俩能不能别吵了，你们能不能注意下楚杭的心情？尤其是你啊徐聿，在楚杭面前说什么‘我只喜欢温柔的女生’，这种话不是在扎楚杭的心吗？爱上了不该爱的人已经够惨了！救救孩子吧！”

也不知怎么的，就在谭音说完后，一直沉默的楚杭终于开了口：“谭音去哪里了？”

“哎？”

“既然你是给谭音留的门，那谭音去哪里了？”

蒋一璐看了一眼窗外的雷雨，镇定自若道：“徐聿睡进来以后就把房门锁了，谭音打不开门，又没地方去，这种雨天，没准儿露宿街头了，唉！我可怜的姐妹！”

这动容的表情，这颤抖的音调，这真切的情绪，谭音忍不住给蒋一璐竖了个大拇指，不愧是好姐妹！

“所以，你们自昨晚到现在，都没有看到谭音，是吗？”

不知道是不是谭音的错觉，她总觉得楚杭的声音听起来十分艰难，这句话像是一个字一个字蹦出来的，配合着这语气，他的表情也十分难以形容，像是遭受了什么重大打击后终于开始认清现实直面淋漓的鲜血……坚强得让谭音都有些动容……

蒋一璐摇了摇头：“没见到她，我都担心她会不会在外面淋雨着凉了，可怜的谭音……”

徐聿自然也耸了耸肩：“我都喝多了，哪知道她上哪儿去了。”

谭音此刻就站在这两个人的中间，有些无奈地挠了挠头：“行吧，世界上最远的距离，不是生与死的距离，而是我站在你面前，你却不知道我在这儿。”

虽然都面露不甘，但经过楚杭的调停，两人又把事情解释清楚了，也终于让这件乌龙事告一段落。

蒋一璐嘟嘟囔囔地准备离开回自己房里，临走前倒是眼尖地瞥见了楚杭桌上的外卖盒：“哎！这不是我的外卖吗？难怪昨晚没收到，原来送你房里了啊！我拿走了啊。”

楚杭盯着外卖盒有些意外，眉头微皱：“我怎么对自己把这东西拎进来一点印象也没有？”

“可能你梦游啊。”蒋一璐随口道，“据说成年人在精神状态不稳定或者心理压力过大的时候容易出现梦游的情况哦，没准儿还会出现幻觉呢，楚杭你要注意养生啊！平时记得蹦迪戴护膝，啤酒加枸杞，熬夜敷面膜，才能活到下世纪啊。”

他们对这走错地方的外卖不明所以，但谭音可总算是想明白了，想必是昨天那送外卖的送错了门口，把该放在蒋一璐门口的外卖放到了楚杭门口，而自己昨晚晕乎乎的，光是看到门口有外卖，就认定这是蒋一璐的房间了，而楚杭给徐聿留的门，又直接被自己误认为是蒋一璐给自己留的了，于是把外卖拎了进来，随手锁了门。而正因为这样，才有了徐聿走错房间的故事……

以前谭音听人说过，一只小小的蝴蝶在亚马孙河附近扇动一下翅膀，就有可能引起整个地区的龙卷风，对此她还嗤之以鼻，如今才知道，蝴蝶效应是真的！

第八章

还不跟着走

趁着蒋一璐开门，谭音赶紧也趁机溜了出去，然后跟着蒋一璐进了房间，结果也是巧，她刚进门没多久，雷声就停了。

蒋一璐饶是有心理准备，也吓了一跳："谭音你要吓死我啊！怎么突然就冒出来？！"

谭音不准备坦白昨晚的乌龙事，只好解释道："我看门锁了，只好在外面民宿客厅的沙发上凑合了一晚。"

虽然因为此前的雨，海滩上是没法玩了，但调研海边的高级酒店和度假村建筑物倒是不受影响，谭音和蒋一璐换好了衣服，便出了门。

然而两人在门口又一次和楚杭、徐聿不期而遇，蒋一璐和徐聿刚吵了一架，互相翻了个白眼算是打过了招呼，而谭音则狗腿地朝楚杭挥了挥手："嘿，楚杭，早啊！"

楚杭冷冷地瞥了谭音一眼，就略微不自然地转开了视线。

谭音却存了和楚杭拉近距离的心思，搓了搓手："你这眼圈怎么这么黑啊？没睡好吗？是有什么心事吗？大家都是同学，有什么可以和我倾诉的呀？"她贼心未死地暗示道，"我知道大部分人一生里至少为情所困一次，比如爱上不该爱的人，这方面我很有经验，真的。你也别觉得倾诉感情问题占用我的时间，你要觉得不好意思，可以来个投桃报李给我补习功课啊。”

“我根本没有爱上什么人！”楚杭的声音称得上咬牙切齿，他的样子看起来快要气炸了，连一贯的高贵冷艳都摒弃了，声音都忍不住抬高了一个分贝，他这句话近乎是吼出来的，带了一种气急败坏被人戳中心事的跳脚。

他瞪了一眼谭音，转移了话题：“你也别妄图胡诌自己有什么经验了，你爱上过什么不该爱的人？”

谭音看向楚杭眨了眨眼，没说话，只是举起手用拇指和食指朝着他比了个心。

她试探道：“你？哎！楚杭，你别走啊！我都说了我最近已经改邪归正对你没有非分之想了啊！哎！你听我解释！我就是打个比方！我只想说明你有感情问题可以找我倾诉的！我这个人特别会开导人！”

然而楚杭留给谭音的，只是一个快步离开的背影，他的脚步甚至带了点凌乱，对她避之不及般。

天气原因，建筑系一行人便都往海滩的几个五星级度假酒店去调研了，有在酒店外练习手绘的，有用单反多角度拍摄取材的，有来来回回绕着酒店一圈圈观察外立面的，一旦涉及设计调研，每个人想法都不尽相同，因此调研的方向和路线也未必一致。比如蒋一璐更喜欢拍照，而谭音则喜欢速写，两个人也没拘泥于同进同出，索性各自分开。

原本这样的采风调研，谭音专注地画完速写以后一般就不会再做什么功课了，但自从下定决心要学好建筑，她确实完全改变了过去的懒惰。谭音可能没什么耀眼的优点，但唯独这点对认定目标的执着和勇往直前的精神，是她引以为豪的。

她走进了酒店大厅，便开始从内部观察这家五星级酒店的设计。想要真正做好设计，必须亲自感受建筑物的环境和氛围，更要了解建筑物的功能，因此更需要精准把握建筑物所能提供的服务流水线，从而对功能分区有更好的把握。

对于集合度假村功能的高档酒店来说，客人除了住宿的需求外，同时也对餐饮、娱乐活动、健身设施、户外花园、酒店内购物等有所要求，如何在酒店设计中把这些客人追求的功能划分出合适的比例，设计出科学的人流流线，又同时满足业主的需求，使酒店管理方也能顺畅地运营，这可是一门大学问。

谭音一边走一边记，这才发现之前自己向楚杭夸下海口时她对建筑的认识还是太过浅薄，此刻真正走近这门学科，才发现处处是知识点。

谭音从酒店大厅一路把酒店里几家不同风格口味的高档餐饮店、酒吧都参观了一遍，只是很巧合的是，几乎每到一个地方，她就能在不远处看到同样在此处的楚杭，他的脸上没有什么特殊的表情，甚至连眼皮都没抬一下，只是专注地拿着速写本写写画画，像是根本没看到自己。

只是等谭音走到酒店的花园时，一直冷傲地走在她前面的楚杭，终于忍无可忍般回了头。

他瞪着谭音："你能不能别跟着我了？"

"我没跟着你啊，我也在调研参观酒店的内部设计啊。"谭音眨了眨眼，摊开了自己的速写本，"你看……"

谭音的速写本上，密密麻麻画满了图，图的周围还写满了笔记。

"楚杭，我最近真的沉迷学习，无心恋爱。"谭音趁机准备洗刷一下楚杭对自己的误解，义正词严道，"自从上次鬼迷心窍以后，我每天抄《金刚经》，修生养性，已经改过自新了，现在就是你跪着求我和你谈恋爱，我也不会同意的！如今能让我快乐的，只有学习！楚杭！我警告你啊，你不要打扰我学习！"

谭音这句话下去，楚杭的表情果然更臭了，颇有一种快要气到升天的感觉。只是谭音的速写本已经证明了她的清白，楚杭最终只能恶狠狠地又瞪了谭音一眼，才转过了身继续参观。

谭音也没在意这个插曲，她很快就又投入到了对周遭功能区的分析学习里去。因为是海滩酒店，除了充满水文要素的水上花园外，整座酒店因地制宜地利用了 C 市的热带气候，将周遭的热带植物元素都搬入了酒店，谭音所过之处到处是郁郁葱葱的绿植和盛放的热带鲜花。此刻她身处的酒店花园其实和酒店的其余功能区并没有明显的界限，因为设计师将整座酒店仿佛搬入了植物园般，以植物和鲜花环绕着所有的功能分区，椰子树又把整座酒店众星拱月地包围在了中心，把热带海滩的特色发挥到了极致，宁静自然又充满设计感和时尚感。

几乎是每到一个功能区，谭音就立刻掏出速写本画图，也不停地琢磨着设计师的设计要点。真正投入起来，不自觉就有些忘记周遭的环境，不知不觉她已经和楚杭共处了一路，然而她的视线真的一分钟的闲暇都没有分给楚杭。

把面客区能看的都看完了，谭音有些不满足了，如果能到酒店后台区去调研就好了……酒店的厨房操作区、后勤管理办公室、机电设备机房运营区、库房、工作人员宿舍，这些都是设计师做酒店设计时应该纳入考虑的重要因素，因为好的后台区设计才能支撑面客区的功能，而这大部分人并不在意的后台区，实际能占到酒店总建筑面积的百分之二十左右。

只是像谭音这样的建筑系学生，根本没有机会深入酒店后台区，对此谭音有些惋惜，合上了速写本准备离开。也是这时她才终于注意到了不远处的楚杭，他正在和一个穿着酒店制服的中年男性工作人员说话。

“林叔叔，之前我爸爸和您讲过了，我想调研下酒店的后台区，麻烦您带我去参观一下。”

就在谭音交错走过楚杭身边时，敏锐地捕捉到了楚杭的话，谭音几乎是立刻停下脚步转过了身：“我能跟着一起去吗？”

虽然谭音心里想好了一堆马屁和吹捧的说辞，但也知道楚杭多半会拒绝。楚杭这样靠了自家人脉才得来的参观机会，未必愿意分享给别人，更别提自己和他又关系相当紧张了……

果不其然，楚杭冷冷地扫了她一眼，也没理睬她，就径自迈开腿走了。

谭音刚想吐槽楚杭，就见他又皱着眉回了头：“还愣着干吗？”他不耐烦地催促道，“还不跟着走？”

几乎是一反应过来，谭音便欢天喜地地跟了上去。她一时激动，没忍住又伸出手准备再次给楚杭比个感天动地的心。

结果这动作刚蓄势待发，楚杭就冷酷地警告道：“你敢再比一次心，就别来了。”

谭音噎了噎，试图说点别的活跃下气氛：“楚杭，你要多笑笑，少绷着脸。你看我，每天都笑哈哈的，心情自然放松，也从来不会失眠和睡不好。你听过一句话没，爱笑的女孩，运气通常不会太差……”

“谭音。”

“嗯？”

“你再不保持安静，我就会让你知道，爱笑的女孩，运气通常会很差。”

“那楚杭，我想请教你一个问……”

“还有，别问我问题。”

谭音只好闭了嘴，努力降低自己的存在感，亦步亦趋地跟着被叫作林叔叔的酒店工作人员和楚杭。

一进入调研，谭音就没再开过口，认真地记录着后台区的流线设计，观察着员工上下班流线、洗衣房流线和别的流线设计。酒店设计中，后台的流线设计至关重要，首先要考虑酒店运营的实际使用，再次也必须和面客区的功能有机衔接。好的流线设计，客人流线和服务流线是要避免交叉的。

林叔叔带着两人参观了行政办公区、人力资源部与员工区、客房部与洗衣房、工程部与机房机电区，便开始领着两人往回走："行了，现在我带你们出去。"

"那货物区还有厨房操作区呢？"

"林叔叔，卸货区、垃圾处理室和库房还有厨房不能看吗？"

谭音和楚杭几乎是同时发出了疑问。

林叔叔笑道："酒店规定，货物区和厨房操作区原则上不允许参观。"

楚杭虽然有些失望，但还是了然地点了点头："好的，谢谢林叔叔了，今天麻烦您了。"他说完，便跟着林叔叔往面客区走去。

谭音也没说话，低头翻开了速写本，提笔开始快速地画了起来。

就在从行政办公区快往酒店前台走去之时，谭音终于画完了，抬起头微笑着把刚才从速写本上撕下来的几页纸递给了林叔叔："叔叔，这是送给你的！我挺喜欢画漫画的，谢谢你带我们参观，这些就当是我送给你的答谢礼，一点小意思不成敬意！"

林叔叔接过了这几页漫画，捏在手里看了看，然后就笑着把这些漫画都放进了裤子口袋里，眯着眼看向谭音："谢谢你了小同学。这样吧，虽然原则上不给参观库房和厨房，但你们也难得来，机会难得，我就带你们简单参观下吧。"

楚杭有些意外，随即感激道："谢谢林叔叔！"

"不用谢不用谢。"林叔叔慈祥地看向谭音，笑眯眯地道，"这位小同学有心了。"

就这样，胖胖的中年人林叔叔带着楚杭和谭音又参观了货物区和厨房区，第一次能如此完整地参观酒店后台区的机会确实宝贵，不论是谭音还是楚杭，都觉得受益匪浅，两人最终在意犹未尽中告别了林叔叔。

重新回到酒店前台，谭音忍不住有些得意："瞧见没，还不是我最后搞定了林叔叔？你今天能看到库房货物区和厨房区，得谢谢我！还叫我别开口呢，我要不开口，你能参观到吗？你能这么好地对酒店的软硬件设施有个直观感受吗？"

谭音笑道："我提前做过功课了，后台区其实比面客区还重要，后台区才能体现一个酒店的服务标准和理念，任何细节，比如残疾人卫浴设备、设计里对儿童是否友好，而这些设计细节对酒店的口碑定位起了非常大的作用。五星级酒店之所以成为五星级，除了卫浴产品都用了高端品牌、硬件设施优秀以外，就是他们的差别化服务带给客人的不同感受，但是如果没有优秀的后台区设计，这些服务也达不成。"

楚杭冷哼了一声："谭音，林叔叔肯带我们去参观，你以为真是你那点儿漫画的功劳？"楚杭瞥了一眼谭音，"主要还是因为我，因为我爸认识林叔叔，提前打了招呼，你才能跟着我看到后台区。真以为他看了你两张漫画就感动得不行当场破例了？真是天真。"

"嗯，他当然不会因为我的几张漫画就改变主意。"谭音点了点头，定定地看向楚杭，"他是因为我夹在漫画里的五张'毛爷爷'。"

谭音无视楚杭皱眉愕然的表情，面无表情道："我在漫画里隐晦地告诉了他，我献上了五张'毛爷爷'，以此换取破个例。

"所以你没听见他感谢了我的有心？"

谭音笑嘻嘻地拍了拍楚杭的肩："所以说，你爸的人脉，看起来还不如我的五张'毛爷爷'来得管用啊？"谭音摇了摇头，一脸痛心疾首，"现在的小年轻，真是该死地天真！

"对了，说到这儿，二百五，你现金还是转账？"

楚杭瞪着谭音。

谭音瞥了他一眼，催促道："快点啊，五百块门票费，AA 啊，一人二百五，一次性全款付清啊，不分期。”

楚杭一脸不可理喻：“谭音，你这个人……简直是无法形容。”

“成功人士都是难以形容的。”谭音收了款，一脸美滋滋地道，“不是我说你啊楚杭，刚才林叔叔说货物区和厨房区不给看，你就真的直接屈服了，连争取都不争取，这符合我们建筑系学生的格调吗？你未来要是当了建筑设计师，还不被甲方给虐死？不能据理力争成天就只能熬夜改方案，我看你这头发，保不住啊。”

楚杭很想反驳，然而这个瞬间，他知道谭音说得对，做建筑师不仅需要专业，能够倾听甲方业主的需求，研究建筑物的用途和面向的使用群体，同样需要坚忍不拔的抗争精神，必要时甚至还得有谭音这种另辟蹊径的厚脸皮功力。

虽然楚杭不想承认，但谭音确实并不是一无是处，她身上有一股不达目的誓不罢休的执着，以及为了达成目的的灵活和变通，这竟然让她此刻看起来顺眼了那么一点，当然，真的只有一点点。

海边的天说变就变，谭音认认真真完成了调研采风，和楚杭分道扬镳后刚找蒋一璐一起吃了个午饭，便见窗外已经一扫早晨的阴霾，变得艳阳高照了。

“走吧，去海边！”

不只是谭音和蒋一璐，其余同学也都开始享受起了这来之不易的阳光沙滩，有去参加拖曳伞、摩托艇这类水上运动的，有堆沙雕的，有在附近海滩酒吧里喝饮料闲聊的，一时之间，气氛轻松又惬意。

谭音则四仰八叉地躺在遮阳伞下的沙滩躺椅上喝着新鲜椰汁，蒋一璐躺在她身旁望着不远处，嘴里振振有词：“砸！往他脸上砸！

“哎哎哎！怎么没有命中呢？要是把他的脸给砸肿了就好了！

“赶紧来一个传球失误啊！

“好！楚杭！加油！干死徐聿这个不要脸的！

“再来一击！楚杭！冲啊！把徐聿砸趴在沙滩上！摔他个狗啃屎！”

蒋一璐自坐下后，一双眼睛就没离开不远处的徐聿，对方正和楚杭、段影菲还有另一个女生打沙滩排球，楚杭和段影菲一组，徐聿则和另一个女生搭档。

沙滩排球是很有看点的运动，因为不论是男队员还是女队员都能很好地显现出身材。楚杭穿着典型的沙滩运动装，那恰到好处的肌肉线条若隐若现，很是养眼，两个女生则穿着比基尼，好身材一览无余。

这四人组合吸引走了沙滩上大部分人的目光，而蒋一璐也自这四人组队以来就目不转睛地盯着，只不过不同于其余女生仰慕的目光，蒋一璐的眼里射出了直白的杀气。她几乎是眼巴巴地诅咒着徐聿被砸，可惜天不遂人愿，徐聿打得相当不错，和楚杭势均力敌，只在后半场才因为女搭档的拖累而出现了频繁的失误。

谭音对体育运动毫无兴趣，躺在躺椅上望着天吹着海风，压根儿没去看这场养眼的沙滩排球，对周遭随着比赛进行此起彼伏的欢呼叫好声也无动于衷。

最终她躺得百无聊赖，便直起身来看海，谭音本来只是想远眺下海景，然而看着看着，就觉察出不对来。今天的风浪挺大，潮汐来势汹汹，并不适合下海，因此近海滩几乎没有人在玩闹，大部分人在沙滩上躺着，然而此刻她的视线里，不知是哪对心大的父母没有看好孩子，有个小男孩正在潮汐刚退去的湿漉漉的沙滩上捡贝壳。眼见着涌来的海浪正一点一点把这孩子带离岸边，而不远处的海面上，肉眼可见正酝酿着一个大浪，这样级别的大浪，只消一个，就足以把这孩子彻底卷进海里了。

“快救人！快救人！海滩那边有个小孩！”

时间紧迫，谭音一边喊着，一边想也没想就立刻丢开椰子朝着海边奔了过去。可惜她的声音被沙滩排球进球后的欢呼声给淹没了，而她离海边的距离又有些远，等她刚堪堪抱起那小男孩准备跑，浪就来了，谭音努力护着怀里的小孩，任由裹挟着冲击力的浪头打在了自己身上，这海浪的力道太大，浪头过后海水便朝着深海回溯。

幸好在蒋一璐的喊声里，终于有人朝海边跑来想一起营救，谭音几乎是咬牙拼了命地把怀里的孩子往前推了出去。她看着孩子被几个闻讯赶来的男人七手八脚地接住，心里终于松了一口气，只是这短短的几分钟里，谭音自己丧失了最好的自救机会，虽然她仍旧奋力往岸边游，然而根本没法抵挡海浪的力道，谭音不仅连续呛了几口海水，人也被海浪越带越远。

也有不少男人跳进了海里想要救援，只是都游得不够快，眼见着谭音离岸边越来越远，不少人也中途惜命地放弃了。

谭音一边奋力扑腾，一边也终于开始有些害怕了。她会不会真的就被冲走了？自己会死吗？自己就算被雷劈也毫发无伤的人，现在看来竟然要命丧大海吗？她心里胡乱地想着，心绪一乱，一个浪又打来，一下子把她打进了水里。谭音没掌握好呼吸，一下子呛了很多海水，步调一乱，整个人就乱了，谭音又被浪盖了过去，气管里呛着的海水咸腥冰冷，让她只觉得窒息，海水刺得她根本睁不开眼睛。从生到死的恐惧只是一瞬间的事，而就在谭音几近绝望之际，她感觉到了一只手。

有人拉住了她的手。

虽然想努力睁开眼睛，可浪实在太猛了，谭音只能像个瞎子一样被对方拽着往前。这种时刻，谭音也根本顾不上别的了，紧紧地拉住了对方，闭着眼，只能感受到不断打在自己脸上的海水。

“徐聿，快点用力拉啊！你吃中饭了吗？！你行不行啊？”

“加油！徐聿哥哥，再加把劲！他们快回来了！”

直到岸上的人声越来越清晰，谭音的一颗心才终于放松了下来。

得救了!

直到脚底再次触碰到沙滩，谭音才终于彻底安下心来，她这才有闲暇抹掉脸上的海水，睁开了眼睛。

然后她看到了楚杭，十分狼狈的楚杭。完全背离了他一贯的优雅冷傲，此刻的他，湿透的衣服紧贴在身上，脸上不知道被水中的什么划了条口子，血混着他脸上的海水，让他的英俊里带了点凶狠彪悍的意味。

连和楚杭躺在一张床上看着楚杭脱掉上衣都稳如老狗的谭音，这个瞬间，心突然间怦怦怦直跳起来。

此刻的楚杭一点也不优雅，他松开了为了让徐聿牵引自己回岸边而绑在身上的绳子，皱着眉脱掉了上衣，动作甚至称得上有些粗鲁。这之后他才完全不在意地抹了下脸上的血，那动作有些漫不经心，然而在谭音看来，却带了种别样的动人魅力。掀开精致贵公子的外衣，在楚杭平静的外表下，是血性和凶悍，还有一丝邪气。谭音很难想象，这样两种截然不同的气质，竟然会出现在一个人身上。

这种巨大的反差让楚杭那张轮廓深刻的脸更增添了一丝复杂的美感，谭音在那个瞬间几乎有些移不开眼，目不转睛地盯着楚杭。

也是此时，楚杭皱着眉回头，终于想起什么似的看了谭音一眼，只是这不耐烦的一眼几乎是刚扫到谭音身上，楚杭就刹车般转向了别处，声音也变成有些不自然的恶劣：“你还要抓我的手到什么时候？”

谭音这才发现自己的手还牢牢抓着楚杭的胳膊，等她赶紧松开，才发现楚杭白皙的胳膊上赫然已经有了个爪印，他的胳膊都被自己捏出了瘀青。

谭音有些讪讪的：“没想到我还挺怕死的，竟然把你抓成这样了，人濒危时候的潜力看来是挺无穷的……”

只可惜楚杭像是不想看她似的，仍旧别开了头，只留给谭音一个冷酷的侧脸。

谭音还想说点什么，却被扑过来的蒋一璐给抱住了："谭音，你可吓死我了！我以为你要'嗝屁'了！"

蒋一璐一边说，一边把刚从躺椅上拿来的浴巾往谭音身上一裹。她见谭音还有些迷迷糊糊的，赶紧把浴巾给谭音拉紧了点，压低声音道："裹紧啊，快走光了。"

段影菲一脸担忧，立刻带着哭腔走到了楚杭面前："楚杭哥哥，你可吓死我了！刚才太危险了！万一系在你腰上的绳子松了怎么办？你就会被海水冲走了。"

徐聿此时也丢开刚才牵引楚杭、谭音的绳索，冲了过来："楚杭，你没事吧？"

楚杭没开口，蒋一璐倒是冷嘲热讽地对着徐聿开了口："你要再力气小点，他们就都'嗝屁'了。刚才看你打沙滩排球时在一堆加油呐喊的女人面前各种发力啊神采奕奕的，怎么一到救楚杭的时候，你就心有余力不足了？"

徐聿平时都挺温和绅士的，然而自从民宿乌龙一晚以后，他算是和蒋一璐杠上了，只要一遇到蒋一璐，他平时的风度翩翩就完全没办法维持，此刻的徐聿像一只奓毛的狮子："我就是因为打沙滩排球耗尽了体力好吗？我肾虚？我徐聿会肾虚？"他怒道，"还有，你怎么知道我打沙滩排球时候神采奕奕了？这说明你肯定全程偷看我了，你这么背地里关注我，我看你对我是有邪念！"

"你这男人，肾不太好，自我感觉倒是挺好。"蒋一璐难以置信道，"我对你有邪念？我对谭音有邪念也不会对你有邪念！"

"太谢谢了！真的太谢谢你了！"

就在谭音满头问号还没来得及说什么之时，便见一对夫妇带着刚才被救的男孩一起走了过来，孩子的母亲拉着孩子的手："快，谢谢姐姐！要不是姐姐，你就被大浪给卷走了。"

孩子的爸爸配合着就给了孩子的脑袋一巴掌，恶狠狠地警告小孩道：“你下次还乱跑吗？！乱跑就淹死你这小兔崽子！生出来以后尽给我添乱，真是个讨债鬼！”

这男人说完，转头便对谭音露出了笑容，声音听起来相当感恩戴德：“同学，太谢谢你了，你们是哪个学校的？我给你们学校写个感谢信、送个锦旗吧，另外，这是我的名片。”男人说着，就递上了名片，“这是我们家的公司，是全国连锁的，同学你毕业了只要来找我，我们家公司适合的岗位你随便挑……孩子太皮了，要不是你，就真出事了！”

谭音接过名片，下意识地道了声谢。

“你谢什么谢。”

楚杭的声音冷冷地打断了这友好的感谢画面，他径自从谭音手里抢走了那张名片：“谭音，该道谢的不是你。”

楚杭面色冷硬地看向这对夫妻：“你们应该庆幸你们生在中国，这样对小孩的监护不力即便造成严重死伤后果，也不会被追究法律责任，甚至还能获得别人的同情，觉得孩子没了怪可怜的。”

那女人有些难堪：“我们……我们刚才正好有点事……”

“对，你们有点事，所以你们孩子的安危这个责任就只能丢给别人。”楚杭指了指谭音，语气肃然，“如果今天她为了救你们的孩子被海浪卷走了，你们还能这么心安理得吗？她冒着生命危险救了你们本该看好的小孩，你们觉得塞张名片，给出一个虚无缥缈的允诺就做得很体面了？”

楚杭从来都是内敛沉静的，他从不喜欢在公众面前高调，然而今天这一幕，他对这对夫妇的态度甚至称得上是充满敌意，激烈得有些咄咄逼人。

而明明是比楚杭年长很多的中年人，面对楚杭竟然显得有些唯唯诺诺：“这……我们……”

“你们不尽到做父母的责任，你们的孩子有可能会出事故；而你们的孩子没出事故，那些去拼命救你们的孩子的别人家的孩子，就可能出事故。”楚杭盯着这对夫妇，“你们不是该道谢，而是道歉。”

“对……对不起，对不起同学，我们错了……”

楚杭看了眼被爸爸打后眼泪汪汪的小男孩：“你们也该向你们的孩子道歉才对。”

楚杭这话下去，周遭围观的人们也忍不住了，有几个老阿姨当即也指责起了这对夫妇。

“只管生不管养啊。”

“自己打扮得人模狗样的，结果就是对便宜爸妈。”

…………

最终，那对夫妇虽然面色难堪尴尬，但顶不住周遭围观群众的舆论压力，向谭音道了歉，然后象征性地安抚了自己的儿子，这才带着孩子逃也似的走了。

事情终于告一段落，海滩上看热闹的人群也散了。从海里出来，被阳光一晒，身上早干了，只是海水那黏稠腥咸的感觉让人不舒服，谭音擦了擦头发，准备回民宿冲个澡，而显然有同样计划的楚杭就走在谭音的前面。

两个人就这么一前一后走在沙滩上，楚杭显然不想理谭音，连头也没有回，最后还是谭音清了清嗓子，快步追上楚杭，打破了沉默。

“楚杭，谢谢你啊。”

楚杭抿着嘴唇，目不斜视。

谭音有些讪讪的，甩了甩头发，自言自语般找话题道：“不过你也不用把名片扔了啊，没准儿人家要给我个大的回报，比如为了感激我，给我个大的红包之类的……”

“谭音，什么回报都没有你自己的命重要。”出乎谭音的意料，楚杭竟然开口打断了她的话，他的声音仍旧冷淡，那平静的语调下却流淌着愠怒之意。

谭音愣了愣：“我又不是真的求回报才去救人……”

“我知道你不是。”楚杭别开了眼神，看向远处的沙滩，“你可能是出于善良，但善良也要有个限度，善良也要有理智，而不是白白去浪费自己的生命。”他恶狠狠地道，“下次不许再做这么蠢的事。”

在海里呛水差点窒息的记忆确实可怕，但现在想来，谭音还是不后悔：“我冲过去救人的时候什么也没想，只是觉得人有时候还是应该有点热血吧？不都说了危难时刻才体现人性吗？可能是我人性的光辉点在起作用吧？救人怎么能算蠢呢？你不也救了我吗？”

“你想过没有？今天要是没有我，要是你运气不好，你很可能就真的死了。你以为你的善良有多值钱？你要真死了你以为他们会铭记你的善良？他们只会恨不得把你的存在都抹杀掉，好逃避别人的指责。”

“这不是有你吗？”谭音笑着打断了楚杭的话，低头踢了一脚沙，“你没听过啊，善良是一种选择。就算这个世界再冷漠，只要还有一个人善良，我觉得这个社会就有希望，而且你不觉得我就是个小太阳吗？”

楚杭皱了皱眉，显然不能理解谭音思维的跳跃性：“什么？”

“‘因为照亮别人的黑暗，是作为光明的本能。’”谭音的眼睛亮晶晶的，她盯着楚杭，“别人身处困境和危险的时候，去拉一把，可能是出自我这个光明使者的本能吧，虽然都说人成熟的标志是接受自己并不是人生故事的主角，而只是个平庸的路人，但我总觉得自己就是人生剧本里的金手指本人啊。你不觉得我特别幸运？摔下楼没摔死，被雷劈没劈死，掉海里没淹死，我简直是个 bug 般的存在哎，如果放在仙侠故事里，我应该是蟑螂精转世哎，没准儿还是个外来品种，美国大蠊？”

这一刻，楚杭却第一次没有为谭音那些不着边际的话而皱眉，他近乎有些愣愣地看着谭音，像是要透过她看到别的灵魂，他的表情有些恍惚，隔了很久，他才移开了目光，轻声道："你和她竟然说了一模一样的话。"

"啊？谁？"

"我姐姐。"

谭音有些惊讶："你还有姐姐？可我听说你是独生子女啊！"

"以前有，"楚杭的目光望向海边，声音在海风里显得有些破碎，"她死了。"

"对不起，"谭音一脸尴尬和歉意，"我不是有意提及的。"她试图转移话题，"对了，你喜欢吃海鲜吗？为了感谢你的救命之恩，要不晚上我请你吃海鲜？"

只是没想到，楚杭没有接话，而是继续刚才那个沉重的话题，淡淡地扫了一眼谭音："她比我大六岁，死的时候只有十八岁，是因为救了个溺水的小孩死的。"

谭音愣了愣。

"是个五岁的小女孩，爸妈就在一边和朋友吹牛聊天，女孩掉进河里，水流很急，眼见着要淹死了，是我姐跳下去救的人。"楚杭垂下了目光，声调低沉，"可惜孩子是救起来了，我姐却被水冲走了，那河连着水库，尸体在里面泡了三天才打捞到，已经面目全非。"

这样痛苦的回忆，如今楚杭的声音却非常平静，只是他的平静下，是努力压抑的恨意和愤怒："然而你知道那孩子的父母是怎么对我们的吗？他们出事的当天就搬了家给小孩转了学，消失得无影无踪，没有一句感谢，没有一句羞愧，没有一声道歉。"

楚杭深吸了一口气，冷笑道："几年后我终于找到他们，质问他们为什么这么做的时候，你知道他们怎么回答我吗？因为怕我们家讹上他们，怕背负一条人命的负担影响他们孩子的健康成长，怕街坊邻居对他们指指点点影响他们的正常生活。‘我们一直很感谢你姐，但是你姐自己要救人啊，又不是我们逼的，你不能赖我们。’多可笑啊，我姐的一条命、她的善良，就换来这个。”

这样沉重的过去，谭音根本不知道说什么好，在失去至亲至爱的悲恸面前，说什么话都是苍白的，有些痛苦，永远没有感同身受。

“时间过得真快，距离她去世竟然已经七年了。”楚杭看了眼谭音，“我救你，是不想有任何人因为见义勇为而再出事了。下次不要再做这种事了。”楚杭移开了视线，声音轻轻的，“因为我姐，我不想让你死。但不是每一次我都能在你身边的。”

“那要不我就一直跟着你吧，这样你不就一直在我身边了？我们还能顺带培养下感情？”

谭音见自己这话说完，果然一扫刚才沉重的气氛，楚杭的脸上重新生动活泼起来，她这才松了口气。刚才的楚杭，眼睛里的恨意和痛苦都太深了，整个人阴沉沉的，充满了致郁的色彩，而如今有些咬牙切齿瞪着自己的他，才回归了应有的模样。

不知道为什么，此时此刻，谭音就想让他快乐一点。

楚杭果然又恢复到不想理睬谭音的模样了，两个人又沉默地走了片刻，谭音才再次听到楚杭的声音，有些好奇又有些难以置信的迟疑：“你，真的被雷劈了？”

大兄弟，千真万确，我要不是被雷劈，哪儿来的超能力呢？

谭音摊了摊手，只能无奈解释道：“当然是真的被劈了，所以我都和你说过我运气好，是天选之子，是最粗的金手指了。你没事要不拜拜我，没准儿可以转运呢。”

楚杭显然想忍住，但是憋了憋，最终没憋住，看了一眼谭音，一言难尽道：“你确定你被雷劈是天选之子而不是遭天谴？”

楚杭啊楚杭，我看这雷应该劈你啊！谭音气愤地想，等我什么时候雷雨天隐身了，看我不给你装根避雷针！

虽然是虚惊一场，但在海里这么扑腾了一场，谭音体力消耗也有些大，她在房里洗了澡换了衣服，又沉沉地睡了一觉。她再醒来时天已经黑了，海滩上夜色已经降临，而这也是海边最适宜的时刻，没有白天太阳的灼晒，却并不冷，沙滩还带着白日的余温，晚风习习，空气湿润又清新。

虽然谭音盛情邀请，但显然楚杭并不领情，并且十分无情地拒绝了她。不过就算楚杭不赏脸，但这海鲜还是要吃的。

谭音跟着蒋一璐七拐八拐，走到了离海滩不远处的一家大排档面前。这大排档不比高档酒店那么环境优雅干净，一桌桌就摆在露天，非常普通甚至称得上简陋的大圆桌配上塑料椅子，然而竟然几乎是满座，翻台率也非常高。

“这家店我是在网上看当地人推荐的，价廉物美，不宰客，最主要的是海鲜足够新鲜，不缺斤少两，而且口味比那些大饭店的好不知道多少倍。”

蒋一璐眼尖，一下子占好了位就拉着谭音一起坐了下来。她刚想笑着说点什么，结果一回头，就一脸见了鬼似的奓毛了：“徐聿，我怎么到哪里都甩不开你啊！”

谭音循声回头，才发现自己背后那桌上，赫然坐着徐聿和段影菲，他们中间的座位空着，显然是留给楚杭的，而他大概此时正好走开了。

徐聿还没开口，段影菲就先回击上了：“拜托，这地方是我们先来的，要抱怨甩不开，也应该我们抱怨才是呀。”她意味深长地看了谭音一眼，“而且有些人真是应该适可而止，怎么都被拒绝那么多次了还是不死心呢？”

恰好这时，楚杭从外面走回了座位。

谭音不确定楚杭听到了没，但她觉得自己必须澄清下了："段影菲我警告你啊，你自己就是学法律的，别信口开河没有证据就诬蔑我啊。我现在对楚杭只有尊敬，这感情纯粹得就和尊敬自己的爸爸似的，我怎么会对在心中和自己爸爸一样的人产生非分之想？"

谭音义正词严道："何况我对我爸的尊敬里还有点私心，对楚杭的尊敬，可真的比对我爸还纯粹啊！你看，我不会想着怎么从楚杭手里骗钱……"

楚杭原本只抿紧嘴唇看着谭音，等她说到这里，他才终于忍无可忍般打断了她的话："没想着从我手里骗钱？"他冷笑道，"那你把我的二百五还回来。"

谭音当即急中生智道："钱是不可能还的，大家 AA，这很公平，你要气不过，我喊你声爸爸？"

就在谭音和段影菲你来我往、蒋一璐、徐聿互相死亡瞪视之时，服务员终于来上菜了，他往两桌上分别上了店里的招牌菜香辣蟹。

美食当前，谭音完全无法拒绝，懒得再理睬段影菲的鄙视视线，津津有味地吃起来。

虽然两桌人都有些不情不愿，但这大排档的生意实在太好，不用等位都属幸运，连空桌都没有，更别提调座位了。于是谭音和段影菲这两桌人就这么坐在相邻的桌边，除了楚杭一脸置身事外的冷淡，另外四人可谓剑拔弩张。

最终，蒋一璐瞪了徐聿半天，败下阵来，大概觉得用眼过度，包里翻找起眼药水来。

很快，继香辣蟹后，海鲜一道道就上了过来，两桌人总算在美食面前和解下来，各自一言不发地吃起来。

谭音刚吃了两个香辣蟹，手机就响了。她看了眼，是此前送外卖的得之味的电话。谭音立刻脱掉一次性塑料手套，拿起手机走出了大排档，绕到一个稍微安静些的角落，接起了电话。

不是什么大事，因为得之味下周末做了个限期促销的外卖活动，打折的诱惑下一般销量会很大，送单量自然也比较大，因此提前协调所有兼职送单员的时间，确认下周末是否能接单。谭音下周末没什么事，大方地答应了。

只是当她挂了电话想要往回走时，却被迎上来的几个人影给挡住了。

“小美女，一个人来玩的啊？”

“给哥留个电话呗，哥一看你就很有缘，等晚上哥带你去唱 K 喝酒。这条街上的酒吧，哥都很熟，你想去哪儿玩我就带你去哪儿。”

为首的是个看着颇为壮硕的男人，年纪也不是很大，整个人却已显得十分油腻十分社会。他穿着背心，虽然不至于左青龙右白虎那么夸张，然而从背心里也露出些乱糟糟的文身，脖子里挂着表明身份的大金链子……而他身后跟着的三个人，大约是他的小弟，都留着非主流的炫酷发型，一脸吊儿郎当，浑身带了酒气……

谭音飞快地观察了下四周，此刻离大排档有一点距离，而大排档那里虽然人声鼎沸，但大家都忙着低头吃饭和聊天喝酒，完全没有人注意到谭音这里的情况，而再远处，就是此刻已经没什么人的海滩，周边没有别的人经过……

这环境，不太乐观啊……

谭音这利弊分析下来，也知道自己此刻只能周旋，拢了拢头发，假装羞怯地笑了笑，声音娇滴滴地道：“不好意思我不会喝酒，也不去酒吧，那里太乱了，我觉得不适合我呢，谢谢哥哥了。”

也是很巧，谭音正说着，就瞧见段影菲从大排档那里走了出来，她像是在找厕所，绕了一圈，然后目光对上了谭音。

谭音几乎迫不及待地朝她眨眼使眼色努力发出求救信号。

另一边被喊了“哥哥”的混混头目一下子喜笑颜开：“不会喝酒啊，

哥哥教你。”他靠谭音近了点，“你可以叫我强哥，美女知道哥哪方面强吗？”

谭音干巴巴地道：“哥哥，我不知道呢。”

谭音说这句话的时候，段影菲终于走到了她的身边，然而当谭音松了口气觉得她会回头去帮自己通风报信的时候，段影菲却白了谭音一眼，又看了看那个混混头目，一脸鄙夷嘲讽：“真是饥不择食，没追到楚杭哥哥看来是破罐子破摔了，什么样的都下得去嘴。”

段影菲说完，竟然就这么趾高气扬地走了……走了……

谭音望着她的背影，只觉得一颗心拔凉拔凉的。这下完了，好不容易盼来个段影菲路过，结果她对自己偏见太重，还以为自己哥哥妹妹乐在其中，就这么鄙夷地走了！

这一刻，谭音只想仰天吐血，而刚才谭音的虚与委蛇在混混头目看来，显然是乖巧可欺了，眼下四下没人，谭音刚才的顺从便让那混混头目强哥大胆起来。他贴近了谭音，伸手就想揽她的腰：“美女，你来海边旅游，哥带你到处转转。”

谭音敏捷地避开了对方的咸猪手：“不用啦，这位大哥，我是和男朋友一起来的。”

混混头目和他的小弟们交换了个了然的眼色，一边把谭音往角落里逼，一边调笑道：“你要有男朋友，还能你出来这么久他都不来找你啊？”

强哥身边的跟班显然很有职业素养，马屁拍起来溜溜的，他贼眉鼠眼地看向强哥：“老大，人家确实是有男朋友的啊！”跟班狗腿地朝强哥挤了挤眼睛道，“刚才呢，她是没有，可现在这不是有老大你了吗？嫂子这话没说错啊，她确实不就是和男朋友一起来的吗？”

这番话果然深得强哥的心意，他豪迈地大笑道：“没错，走吧，带你们嫂子去认认咱们的场子，见见另外几个兄弟。”

他的话刚说完，几个小弟便把谭音团团围住，强哥朝谭音走来，眼见着是准备强行带走她了。

谭音简直欲哭无泪，四周无人，这下看来真是插翅难逃。她再也顾不上虚与委蛇了，只得佯装镇定道："这位大哥，我真有男朋友啊！他就在大排档里呢，待会儿见我不回去，就得出来找我了。他这个人占有欲特别强，强到病态，只要看到我和别的男人多说一句话就要吃醋，要是看到大哥你们这样，肯定要起冲突的啊。他还有暴力倾向，轻易不出手，出手必伤人啊……"

"哈哈哈哈。"

"那我们倒是要会会他啊，美女，你倒是叫他出来啊，看看是强哥的拳头厉害，还是他的拳头厉害。"

"嫂子，这么垃圾的男人，实在没必要留恋，我们强哥绝对不会把你管这么严……"

回应谭音的，是这几个混混的笑声。强哥一边笑，一边就把自己的咸猪手朝谭音的手伸去，显然刚才故作风雅的搭讪已经耗尽了他的耐心，此刻的他终于露出一贯的急色模样，试图动手动脚起来。谭音努力躲闪，然而被包围着，脸还是被强哥趁乱摸了两把。

这里离大排档太远，大排档里大家聊着天本身就挺吵，而海滩边的风声和海浪声也让一切别的声音显得那么渺小，即便此刻谭音放声大喊救命，恐怕也未必能引起别人的注意。跑？被这么几个混混盯着围着，跑肯定是也别想了。

死了死了，今天她怕是要天妒红颜以死明志了。

谭音的人生里从来没有遭遇过这样的坏人，从没有遇见过这种危险，她也根本不知道如何去应对。

谭音心里慌乱又害怕，虽然面上仍旧维持着镇定，然而手已经沁出了冷汗。此时的海边明明仍旧十分温暖，谭音的手却在发抖……

“你在这里干吗？还不回去？”

就在谭音几近绝望之际，有一只手动作略微粗鲁地拽过了她的手，那只手修长有力，骨节分明，虽然握住谭音的动作有些不自然，姿态却不容分说地强势。她下意识地紧紧回握住这只手，内心奇异地安定了下来，她不再发抖了。

是楚杭。

第九章

她的男朋友

楚杭的脸一如既往地英俊，也一如既往地臭，眉头皱着，满脸不耐烦："我都等你多久了？"他说着，就强势地把谭音从几个混混的包围里拽了出来，"走了。回去吃香辣蟹。"

这态度奇差无比，然而谭音不再害怕了，拉紧了楚杭的手，像在溺水和死亡的边缘时一样，楚杭又一次向她伸出了手，再次把她拽出了危险。

可惜几个混混没有那么容易放弃，强哥拦住了楚杭和谭音的路，脸上写满了不会善罢甘休和轻蔑："小子，我劝你哪儿凉快哪儿待着去，不想挨揍的话就滚远点。你以为你是谁？还想学人路见不平啊？"

看得出，强哥很想从气场上压倒楚杭，只可惜他魁梧的身材在楚杭面前毫无优势。虽然参照谭音，强哥算是人高马大了，然而人比人气死人，楚杭只是简简单单这么面无表情地往强哥面前一站，已然高下立现。楚杭比他整整高了半个头。

虽然强哥很努力地想做出个藐视的表情，然而因为身高，他不得不仰起头才能直视楚杭的眼睛，一个好好的高贵冷艳藐视人类的神态，硬生生被他演绎得像是对天翻白眼，如果嘴角配上点白沫，恐怕更像食物中毒了。

楚杭就这么冷冷地站在强哥面前，身高腿长，肌肉匀称，仅从衣服下的身体线条，就能看出楚杭绝佳的身材比例。他有一种介于少年和男人之间的气质，既有成熟精英男人的疏离冷淡，又带了点少年独有的倨傲和纯粹。

此刻，他漂亮的眼睛狭长上挑，完美诠释出了浑然天成的轻蔑。楚杭就这么漫不经心地瞥了一眼谭音，然后才分了点目光给眼前的混混："我是谁她不是已经说了？"

混混头目显然被楚杭的态度所激怒，狞笑着伸出手，就要把谭音一把揽进怀里，只可惜他的手还没碰到谭音，就在空中被另一只手截获了。

楚杭的动作轻巧，仿佛毫不费力，他就这么一边一只手架住了对方，一边冷淡地抬了抬眼皮："你听不懂人话吗？你没听她说，她男朋友醋劲大又很暴力？"

强哥手上一边用力，一边咬牙切齿道："这关你屁事啊！"

楚杭笑了笑，肆无忌惮道："因为我就是她那个垃圾男朋友啊。"

他的语气冷淡到漫不经心，却充满了毫不掩饰的挑衅，而明明是普普通通的一句话，此刻让楚杭说来，却多了点说不清道不明的意味，明知道是假的，可这一瞬间，谭音的脸还是忍不住有些潮红，心里也扑通扑通狂跳起来。

她忍不住看了眼楚杭的侧脸……

如果是长成这样的垃圾男朋友，谭音觉得，自己还是愿意回收一下的，毕竟现在不都讲究绿色经济吗？年轻人还是要响应国家号召啊……

强哥自然不服，因为用力，他的脸都涨得通红，然而还不得不努力营造出楚杭那般不费力的模样，只可惜用力过猛，说话都有些吃力了："既然……既然是垃圾男朋友，那还是换一个吧。"

“你想让她换可以啊，”楚杭却仍旧轻松地制住了对方的行动，笑了笑，“但你也得打得过我啊。”

楚杭的语气仍旧寡淡，然而每个字里仿佛都带着狂妄，可惜他确实又有嚣张的资本，即便是大块头的混混头目，在他手里也讨不着便宜，最终只能悻悻地被楚杭推了个趔趄。

只是作为一个混混头目，在小弟面前怎么能如此简单就退缩？强哥当即使了个眼色，准备围攻楚杭。

谭音看这架势，下意识地就抓牢了楚杭的胳膊：“楚杭，待会儿打架你放心，我一定不会丢下你就跑！”

“谁说要打架？”楚杭凉凉地瞥了谭音一眼，“现代社会，讲点文明，别什么事都打架打架，我吃饱了撑的为你打架啊？”

像是为了验证他这番话似的，楚杭的声音刚落，不远处伴随着警笛声就驶来了警用摩托和警车。

强哥和其余几个混混脸上果然有些慌张，强哥虽然不甘心，但还是做了个“撤”的姿势，其余混混便跟着准备转身离开。

谭音松了口气，看了一眼楚杭：“你报警了？”

楚杭理所当然道：“不报警你还指望我为了你一个打几个？”他冷冷地道，“我只会为了我女朋友打架。你是吗？”

危机解除，谭音的心情彻底放松了下来，她眨了眨眼睛：“那个，你刚才不是说是我的垃圾男朋友吗？”

“你就这么对你的恩人？”楚杭冷哼了一声，“我替你解围，你还准备讹上我了？”

“不敢不敢。”谭音识相地摇了摇头，“我随口说的，刚才谢谢了，不过你喜欢女的？”

楚杭一脸踩到狗屎的表情，声音都忍不住抬高了：“什么叫我喜欢女的？难道我应该喜欢男的吗？！”

“你……那个……徐聿？”

“谭音，你倒是挺敢想，满脑子都是什么想法？你那漫画原稿是不是想要在全校公布一下？”

谭音连连摆手：“不用了不用了，人怕出名猪怕壮，我只想做一个低调的人……搞错了搞错了，误伤！这是误伤！你和徐聿之间是纯洁的友情，我懂了！”

看来自己理解有误！楚杭这么大的反应，看起来求而不得的人，应该不是徐聿！而是另有其人，还是个女的！

面对楚杭的黑脸，谭音也不敢再废话，只转移话题道：“走吧，回去我请你吃个香辣……”

她本来已经和楚杭转身往大排档走了，只是刚想说香辣蟹，微微一侧头，看向楚杭的余光里便看到了表情狰狞着转身朝楚杭冲来的混混头目，还有他手上的刀刃……

大概是失了面子，又酒精上头，这混混头子火气上涌之下起了报复心，想趁着警察来之前，教训收拾一下楚杭。

这个转折太突然了，而他的动作又太快太猛了，这一刀简直带了杀心，眼见着是往楚杭的后腰要害部位去的。

电光石火之下，谭音根本来不及提醒楚杭，只能下意识地推开了楚杭。

只是楚杭被推开了，谭音却躲闪不及，下意识地用手去挡，很快手上便传来了被刀刃划开的疼痛以及鲜血涌出的热流感。

楚杭对这个发展也措手不及，被谭音推开后，再看向谭音，而当他看到谭音的伤口的瞬间，整张脸都冷了下去，目光带了些狠意和凶悍。而谭音还没反应过来，便看到楚杭抿着唇动作粗暴地一把把那混混头子给拽倒在了地上，连对方的刀都没来得及打掉，就毫不留情并且毫不迟疑地给了对方一记重拳。

虽然谭音手上受了伤还流着血，然而不知道为什么，她总觉得楚杭这一拳，恐怕比自己挨的这一刀还重。

那混混自然想要挣扎，只是楚杭像是发了狠，不发一言地牢牢压制住对方。他的出拳又狠又重，然而一张脸上表情森然冷漠，漂亮的唇轻抿，眉心微皱，看起来压根儿不像在打架，而像是……像是在演绎暴力美学。

好看的人，打起架来原来也这么好看。

只是现在不是欣赏这些的时候，警笛声越来越近，谭音回头，果不其然已经能看到警车里正走出几个警察朝自己这里跑来。楚杭报的警，看来是准备把他自己也一起给抓了。

楚杭显然也注意到了周遭动静，明明事态迫在眉睫，然而他一如既往地沉静优雅，又恶狠狠地给了身下的混混几拳，然后才慢悠悠地站起身，就在谭音以为他准备视死如归坦然面对警察时，楚杭走了过来，看了一眼谭音的伤口，确认划伤并不严重此刻已经止血后，才开了口。

“还有力气吗？”

谭音不明所以地点了点头，随机联想到了什么，小心翼翼地试探道：“你是要我和你一起拒捕还是袭警？”谭音咽了咽口水，“我觉得这样不太好，不如我们就一起英勇就义，有难同当有福同享警局一日游一起走一个？”

楚杭一脸看弱智的表情，他抿了抿唇，一副懒得理睬谭音的模样，没说话，只是看向谭音，朝她伸出了手。

强哥那些不靠谱的小弟早就闻风而逃溜得没影了，如今只剩下强哥还倒在地上痛苦呻吟，伴随着警察越来越近的声音。

楚杭瞪了一眼谭音，保持着手伸向她的姿势催促道：“快点，警察快来了。”

谭音看着楚杭这只骨节分明白皙修长的手，一时之间有些拿捏不准。情况危急，她愣了几秒钟，才突然茅塞顿开，在自己的裙子口袋里掏了半天，先是发卡，然后是口香糖、民宿的房门钥匙，最后才从口袋角落里掏出了一张皱巴巴的十块钱。

她赶紧把这张十块钱纸币展平，然后恭敬地放到了楚杭朝自己伸出的手里。

楚杭全程用一种见鬼的表情看着谭音，瞪着手里这张皱巴巴的十块钱，脸整个黑了："你给我这个？"

谭音连忙道歉："对不起啊，楚杭，我身边现在都不怎么带纸币，先给你十块，回头我再给你微信上发个红包？"

然而楚杭的表情不仅没有转好，连声音都有些咬牙切齿了："还给钱？你当我什么？"

"那你伸手是干什么啊？"

楚杭没有回答谭音的这个问题，也来不及回答，警察已经跑到他们身后了，随即而来的便是一声中气十足的大吼："那边刚才打架的全部给我带回派出所！"

楚杭在这声大吼里抿了抿嘴唇，径自拉起了谭音的手，没给谭音任何拒绝的机会，对于如何对待警察，他只给了谭音一个字："跑。"

随即传来的，便是耳畔的风声。

谭音几乎是下意识地便被楚杭牵着夺路狂奔起来，两个人就这么迎着海风，被后边警察你追我赶地跑着。只是明明该是十分狼狈的场景，此刻谭音却觉得心里自由得要飞起来了。不知道是夜色里的海太美、海风太惬意，还是这双握着自己的手太温暖，她只是奇异地一点也感觉不到害怕，只觉得紧张、兴奋，心里像有一头小鹿在雀跃地跳着……

原来逃跑的感觉这么刺激！

气喘吁吁地跑了很久，两人在海边的民居小路里绕了一圈，才终于成功甩脱了警察。

刚才跑的时候不觉得，此刻谭音才觉察出和楚杭紧握着的那只手上传来的对方的体温有些灼热，就在她逃跑般想抽回自己的手时，楚杭松开了她。

难得这一次楚杭也显得有些尴尬，他的胸膛因为快速奔跑还微微起伏着，脸有些红，只看了谭音一眼，便转开了视线："怎么样了？"

"啊？"

"你的手，怎么样了？"楚杭抿了抿唇，"我带你去医院。"

谭音连忙摆了摆手："没事，真的没事，只是皮外伤，比起上次锯木头飙血不是一个等级的，现在血都止了……"她踢了一脚脚下的沙，"虽然我不是你女朋友，但还是谢谢你刚才挺身而出……"

"谁为你挺身而出？"楚杭的语气有些不耐烦，"我只是突然想打人。"他抿了抿唇，"海鲜吃多了，有点上火。"

谭音正想再说什么，结果一抬头就看到了楚杭的嘴角，夜色暗沉，她刚才没注意，此刻才发现，楚杭的嘴角带了点青紫，破了皮，此刻正向外沁着血，配上他比一般人更为白皙的皮肤，简直触目惊人。好好一张精致的脸，带上了这个伤口，虽然反差巨大，然而并不违和，伴随着不远处的阵阵潮汐声，在这静谧的夜色里，竟然给人一种凶悍和温柔糅杂的错觉。

"你的嘴角……"

谭音的话还没说完，楚杭就打断了她，他瞥了谭音一眼："我还了十倍给他。"

谭音回想了下强哥脸上姹紫嫣红的惨状，顿时十分感慨："楚杭，我发现你这个人还挺记仇的，幸好那个混混调戏的是我，要是调戏了你女朋友，你是不是要直接把他杀了祭天？"

楚杭抬了抬眼皮，冷冷地道："要不是我正好经过，你就'幸好'不起来了。"他看了谭音一眼，"海边大排档附近本来就龙蛇混杂，你是白痴吗？一个人晚上在外边晃？"

谭音挺委屈："我就接个电话，大排档那里太吵了，我才走开多远啊，我哪里知道会遇到那种混混，哪知道他们会来找我麻烦？"

楚杭并没有看谭音，径自往前走着，没有理睬谭音，过了很久，当谭音以为楚杭不准备再回复自己的时候，她听到了楚杭的声音："如果不想再被这种人找麻烦，以后换一件衣服。"

"啊？"

"别穿成这样。"

谭音看了眼自己的连衣裙，没问题啊？这整个海滩上，这么穿的女生到处都是啊，她不服了："我这裙子一不是低胸二不是露背，还是长裙，能有什么问题啊？"

楚杭这次终于停下来，转过头，看了谭音的裙摆一眼，然后很快地移开了视线。

又过了片刻，谭音才再次听到了他的回答："你这裙子，高开衩，不好。"

谭音还没来得及回复，就听到楚杭又郑重地补充了一句："比短裙还不好。"

谭音穿的是条波西米亚风的纱质长裙，确实是有飘逸的高开衩，但这类沙滩裙，高开衩是十分普通的设计，毕竟海边这么热，谁真的穿认认真真裹得一丝不苟的长裙啊，尤其高开衩的裙子一旦海风一吹，腿就凉爽多了，裙摆翻飞还显得十分仙气，没风的时候看着又很有气质。怎么就比人家露到腿根的短裙还不好呢？

"我没觉得不好啊。这哪里不好了？凭什么说穿这种裙子容易吸引混混来骚扰啊？"

楚杭显然不想继续这个话题，抿了抿唇，完全懒得给谭音分析，直接下了结论："总之不好，不适合你，你别穿这种裙子，下次穿裤子。"

这是什么强盗逻辑啊？

"穿裤子就能安全？"谭音被激发了辩论欲，"你要遇到坏人，穿什么也没用啊？"

"穿什么不能成为评判人应该遭受什么事的标准，但从自我保护的角度出发，总比穿某些衣服更安全。"楚杭抬起头，盯着谭音的脸看了一眼，然后移开了视线，望着不远处夜色中的海岸线，"算了，你可能就算穿裤子也不一定有用。毕竟有些男人就这么肤浅。你爱穿什么穿什么吧。"

谭音还想再问，然而两个人走着走着，竟然不知不觉已经绕回了大排档附近。

"走吧，快点进去。"

谭音在楚杭的催促下下意识地往大排档的方向走，只是走了几步，她才发现楚杭还站在原地没动："你不进去？"

"我和你很熟吗？"

"嗯？"

楚杭冷酷地道："我不想进去还要和你汇报理由？"

行吧，谭音想，自己可真是多此一举，还以为一起逃亡过的交情，俩人至少能勉强发展点阶级友谊出来，看来自己是想多了……

于是她也没再顾楚杭，径自走回了大排档的座位。

蒋一璐一见谭音回来，立刻抬起头给予了热情的欢迎："你去哪儿了？香辣蟹都冷啦！哎？谭音，你这手臂怎么回事？怎么划伤了？"

谭音懒得解释这些复杂的事件，只打哈哈道："刚才接完电话去海岸线那边走了一圈，黑灯瞎火的，不小心摔了一跤，有点破皮，没什么大事。"

此刻大排档里客人已经没那么多了，谭音这桌离段影菲又近，这番话更是清清楚楚地传进了段影菲的耳朵里。

果不其然，她高贵冷艳地哼笑了声，有些指桑骂槐地道：“在海滩都能摔跤的人，不是小脑平衡有问题，就是智商有问题。”

谭音刚想反驳，就见楚杭冷着张脸，从大排档的门口走了进来。他一路无言，然后面无表情地坐回了徐聿身边。

“楚杭哥哥！你的脸！”

“楚杭，你脸上怎么回事？”

段影菲和徐聿同时被楚杭嘴角的伤口吸引了注意力惊呼起来。

被关注的当事人倒是波澜不惊，喝了口饮料，声音云淡风轻：“哦，刚才看外面空气好，在海滩边走了一圈，天有点黑，没注意摔了一跤。”

楚杭不疑有他，显然对突然沉默的气氛有些不解：“怎么了？”

段影菲瞪了笑嘻嘻的谭音一眼，咬了咬嘴唇：“没事，楚杭哥哥，以后走路要当心呢，你肯定是想别的事情太入神了才会不小心的。”

不管怎样，一顿饭，总算这么有惊无险地吃完了。谭音吃饱了海鲜，对强哥的事还心有余悸，再也不敢在外面多逗留，直接跟着蒋一璐一起回了民宿，只是回去的路上，谭音想来想去，还是没忍住。

“对了，蒋一璐，我这身裙子，有什么问题吗？”

“没问题啊。”蒋一璐一脸茫然，“能有什么问题？挺好的啊。”

“就是……有没有穿着看起来比较容易引人犯罪？”

蒋一璐刚开口说了个“没”，结果随着一阵海风拂过，她看了几眼谭音的腿，脸上突然就露出了了悟的表情：“我知道了！谭音，你穿这条裙子，确实有点问题啊！”

“什么？”

“刚才我没发现，但现在来看，你这虽然是长裙，但因为高开衩，只要风一吹，确实很引人犯罪啊。”蒋一璐摸了摸下巴，说得头头是道，“短裙虽然对直男的杀伤力很大，但这种杀伤力是非常直接的，腿漂亮，那男的自然多看两眼，觉得挺性感，但也就仅此而已了，就像女的要是穿了低胸衣服，男的看多了，也就审美疲劳了。但你现在这条裙子呢，平时走路看着挺端庄的，可这海风一吹，这高开衩的裙摆随着你走动，一下子就能露出大腿了。”

蒋一璐围着谭音转了一圈，啧啧称奇道：“谭音啊谭音，我怎么以前没发现啊，你这腿，确实连我看了都心动啊，又长又直又白，感觉可以玩上一年啊，而且你这种若隐若现的漂亮大腿，比那种直接暴露的更要命啊。你听过没？含而不露的性感是最高级的性感，你这么往海边一站，一阵风吹过，是个男人都要回头啊，你这腿，连我看了都想摸啊。”

蒋一璐，你这个思想很危险啊！

蒋一璐说了一通，倒是想起了正题：“不过是谁对你说了什么？你为什么突然问这个？”

“没……没什么。”

“不可能，是男的吧？哪个男的？刚才你出去在海滩边见到的吗？找你搭讪的？长得帅不帅？身高体重怎么样？有可能发展发展吗？都到注意你的腿这一步了，感觉应该能进展神速啊！”

谭音以进为退地巧妙转移了话题：“不说我了，搭讪的哪能靠谱啊？”她佯装镇定道，“倒是你和徐聿，我看挺有点什么啊，都是一起睡过的人了，现在一见面就拌嘴，我怎么就嗅出了点可疑的味道？”

蒋一璐果然被转移了注意力，嚷嚷着反驳：“你可行行好，我和他有什么？光是这么想想我就要消化不良了……”

谭音这边蒋一璐有所怀疑，另一边徐聿也没有轻易放过楚杭。

段影菲中途被自己的室友叫走了，一起走回民宿的路上便只剩下了楚杭和徐聿。

徐聿抬头看了眼楚杭的嘴角："你刚才打架了？"

楚杭抿了抿嘴唇："没有。"

徐聿笑了笑："你这个伤，骗骗段影菲也就算了，我又不傻。你刚才吃饭中途出去是遇到了麻烦？"他看向楚杭，"以你的性格，除非踩到了你的原则性底线，否则不可能用暴力解决问题啊，以你这个嘴角的伤口程度来看，对方应该被你打得挺惨吧？"

楚杭停下脚步："徐聿，我看你很闲？"

徐聿意味深长地盯向楚杭："我们法学院呢，最讲究逻辑思辨了，我给你理一理啊。首先，段影菲从厕所回来后告状，说看到谭音和不三不四的男人在大排档门口纠缠；然后没过多久，你就表示要去厕所离开了；再之后，过了好久，谭音回来了，手臂上有一道划伤，她号称是天黑摔伤的；紧跟着，你也回来了，嘴角多了一道明显打架留下的伤口，并且也号称是天黑摔的……

"那么问题来了。楚杭，你的伤口和谭音有没有因果联系？"

"徐聿，"楚杭冷冷地扫了徐聿一眼，"你想暗示什么？我喜欢谭音吗？我会替她解围？为她打架？谭音除了脸长得还行，哪里有什么优点？我脑子坏掉了吗？"

徐聿耸了耸肩："也不止脸吧，我看她的腿也不错啊。"

楚杭皱了皱眉："你都在看什么东西？"

"我没看啊。"徐聿一脸无辜地道，"这话不是我说的，是其他男生说的。白天我和你们建筑系其余男的一起躺在沙滩上，就听他们在评论女生，都觉得谭音长得漂亮身材还好，说她的身体曲线特别好，腿更是又白又长……"

"庸俗。"

徐聿还没转述完，就见楚杭黑着张脸，冷冷地蹦出两个字，然后就这么转身走了。

平时男生之间话题围绕女生尺度更大的时候都有，徐聿还亲耳听到楚杭那几个室友谈论日本爱情“动作片”的各位老师呢，也没见楚杭当时多大反应啊？怎么现在讲讲这个，就庸俗了？徐聿想不通了，最近的楚杭怎么变得这么冰清玉洁了？

这一晚对谭音而言，终于没有雷雨、没有乌龙、没有意外，她美美地睡了一觉。第二天的天气一如谭音醒来时的心情，晴空万里阳光灿烂。

院子里传来轻快的嬉闹声，谭音拉开窗帘一看，就发现阳台下民宿院子中央的那个泳池里，已经有几个同学在打着水仗玩闹着了。

蒋一璐刚换好泳衣，一边照镜子一边催促谭音：“你快点换泳衣啊，来海边不玩水不下泳池，简直都对不起自己啊。”

前几天该调研的也调研了，该采风的也采风了，照片拍了，速写也画了，今天算是没有任何行程安排，全天放松的一天。海滩大家也都去过了，海上活动该玩的也玩了，于是今天几乎大部分人不约而同地宅在了民宿里。

这民宿虽然房间设施比较简单，但在院子中央有一个十分棒的泳池，完全不输五星级酒店。这泳池非常大，周边还连接着几个小泳池，此刻已经被几拨人瓜分了势力范围，小小的水中吧台区附近比较浅，适合安安静静泡着玩个水喝点饮料，几个女生一边喝着鸡尾酒一边聊着天。大泳池则被男生们占领成了水球区，此刻正呼朋引伴地组着队。

看着楼下热热闹闹的一群人，谭音也挺心动，这次来海边，她还没下过水呢。这么一想，她赶紧掏出了行李里的泳衣，三下五除二就开始换。

“哇，这比基尼可以啊，你这个事业线突破天际啊谭音。”

谭音没理睬蒋一璐，她买的泳衣是三件套的，里边是比基尼，但外边还有件连衣裙泳衣呢，套上外边那连衣裙，比蒋一璐的连体泳衣更保守。

果不其然，等她一穿上外边的连衣裙，蒋一璐就失望上了：“你这也太暴殄天物了吧，好好的比基尼不穿，而且你看看你这外面的连衣裙，都什么风格啊，小碎花，我的妈，说好听了叫怀旧，说难听了那就是土啊！你这比基尼挺好看，这外套实在有点丑啊！”

“这连衣裙泳衣本来就不是比基尼的原配，这比基尼本来就只有这个三点式的，这件小碎花是我上网店四十包邮买的，也就随便搭配着试试。才花这点钱你能指望什么？”谭音不以为意，“能穿就行了。”

两个人换好了泳衣，便趿着人字拖跑到了楼下。民宿的泳池边有冷餐区，谭音吃了点东西，便忍不住先于蒋一璐下了水。

此刻还早，泳池里人并不多，池水被阳光一照射，不仅不冷，还挺暖和谭音一下水便在浮力下愉快地转了个圈，只可惜她刚游到水上吧台附近准备点一杯饮料，岸上就传来了蒋一璐的大呼小叫。

“谭音！你来‘大姨妈’了！快别下水了！这都血流成河了！”

谭音回头，这才哭笑不得地发现，自己身后确实不断有红色在水面上晕染开来，只是这当然不是什么血流成河，是自己那件四十包邮的小碎花遇水掉色了！

果然便宜没好货！

没办法，谭音只能赶紧从泳池里出去，跑回房里咬咬牙把这件掉色的连衣裙给脱了。她一开始穿这件连衣裙就是怕比基尼太过夸张，然而刚才下水一看，其余女生反而清一色的比基尼，她和蒋一璐反而保守得像是行走的老古董，现在连衣裙掉色严重，那索性不穿了，反正比基尼也并不突兀。

等她回到泳池边，才发现此刻都有点人满为患的意思，泳池里差不多被打水球的男生占领了，谭音只轻轻瞥了一眼，便看到了人群里的楚杭。此刻在泳池里，他比例匀称的上身一览无余，肌肉恰到好处，一举一动，简直都是力与美的完美诠释。

虽然是打水球，但并不是真的多严格的比赛，只是玩闹性质，因此男生没有戴头盔和面罩，楚杭的头发湿漉漉地垂着，让他整个人都变得有些柔和，在发球的间歇，他既漫不经心又随性地用手撩了下头发，眼睛却仍是全神贯注地盯着球，认真到让人移不开视线。

还真有点性感。

谭音盯着楚杭看了好几眼，才终于收回了目光。大泳池里是待不了了，谭音准备绕着大泳池走一圈，走到它背后那个浅浅的小泳池去，蒋一璐这时候正坐在小泳池的边沿和其他女生聊八卦呢。

坦白讲，昨晚楚杭并没有经历什么莫名其妙的幻听和幻视，只是他仍旧睡得不好，几乎做了一整晚的噩梦，梦里他变成了被豹子追着的一只兔子，这只捕猎的豹子毛色顺滑，漂亮矫健，不论楚杭怎么跑，对方都能堵住他的逃生路。而这个梦最乱七八糟的地方，在于楚杭每次被这豹子扑倒后，豹子就变成了谭音，她就维持着豹子的动作跨坐在楚杭身上，楚杭记不得别的细节，只记得谭音的腿又白又长……

都是徐聿的错！昨晚偏要说这种庸俗肤浅的话题。

楚杭心里带了点火气，手上的动作也不自觉地更用力了，一个球过去，果然对面传来了徐聿的哀号。

“楚杭！你这是在打球还是朝我泄愤啊？”徐聿抱怨道，“这球怎么回事？尽往我脸上招呼？”他认命地爬出了泳池，“算了，我先休息休息喝个饮料，你们先打。”

楚杭目送着徐聿离开，感觉自己的火气才平复了些。徐聿一走，其余几个建筑系的男同学便替了上来，楚杭终于心平气和地打了几个来回。结果很快，不知道怎么的，对面的男同学开始接连出现各种低级错误，明明很好接的球，竟然站在水里发愣，就这么错过了；而好好的发球，也不知道怎么发的，完全发越线了。

水球也好，别的也罢，只要是体育类竞技游戏，追求的不仅是输赢，更是那种势均力敌的酣畅淋漓，如今因为对面男生的频繁出错，这场水球比赛对楚杭而言简直变得索然无味。

楚杭正纳闷对面几个人到底怎么了，结果自己的搭档也突然发起了愣，此刻他显然有些心不在焉，一边盯着对面的球，一边眼神往岸上瞟。楚杭抿着唇，顺着他的眼神一看，终于发现了答案。

谭音穿着比基尼，正绕着泳池往另一端走去，一双腿又白又长又直，她的曲线也确实如其他男生所言，非常好。

这一刻，就是楚杭再嘴硬也不得不承认，谭音并非除了脸外就一无是处了。

只是就算这腿再好看，这些人至于连打个球都心猿意马吗？

楚杭看向泳池里其他打水球的男生，内心的鄙夷简直突破了天际。自己这些同学，也真是太肤浅、太庸俗、太不可理喻了，不过是一双腿而已……

更可恨的是，谭音这个导致水球比赛无法顺利进行的始作俑者，却一点没有自觉，还在一边玩着手机，一边在岸边慢悠悠地走着，而她所过之处，那一片的水球选手就无法正常动作了……

楚杭心里烦躁，对准一个又视线游离飘向谭音的男生便是一个球砸过去。

“哎哟！”

楚杭这球使了力，那男生心不在焉，眼神根本没看对面，哪里能接住，只来得及叫了一声就被楚杭一球砸跌进了水里。

面对其他同学的视线，楚杭脸不红心不跳波澜不惊地道：“哦，一个小失误。”

谭音大概是在回短信，站在泳池边沿走走停停，虽然她是无心之举，泳池里的其他男生却显然陆续不在打水球的状态了。

只是……

“啊呀，疼死了！”

“楚杭！你别砸我的脸啊！”

“妈呀救命啊！”

“楚杭，你故意的吧？”

不知怎么的，众人发现只要谁一旦走神，很快就会遭到楚杭的暴击。

而面对众人的讨伐质问，楚杭仍旧一脸淡然镇定：“失误。”

“这么多失误？你可连续失误五次了！我们四个都被砸了，刚子更是被砸了两次！难道这都是失误啊？”

“嗯。”楚杭十分平静，“都是失误。”他抬头瞟了其他人一眼，“但如果你们没有走神，我再失误砸过去的球你们都躲得掉。”

楚杭抿了抿唇：“行了，还打吗？”

“不打了不打了，你这杀气腾腾的，怎么感觉再和你打下去我都看不到明天的太阳了……”

最终，面对楚杭惊人的球技，众人都做鸟兽状散了，楚杭不得不也从泳池里爬了起来，走到徐聿身边，只是他回头的时候，正巧看到谭音就靠在水上吧台的旁边。她和蒋一璐一边聊着天，一边用玫瑰色的嘴唇轻轻咬着吸管喝着饮料，阳光照在她的脸上，她的皮肤看起来像是透着光，鼻梁带了点娇俏的弧度，眼睛妩媚，她的脸很白，和她的腿一样白……

楚杭觉得自己的想法有点走偏了，他几乎是有些突兀地移开了目光，强迫自己不去在意这些。他内心烦躁，这间歇性的幻听和幻视竟然已经把他折磨到了这样的地步！连正常的现实生活里都不由自主地不正常起来。

徐聿却不疑有他，看了一眼不远处的烧烤架，十分感兴趣：“楚杭，我准备去弄点烧烤吃吃，你先在这里等我一会儿。”

楚杭没说话，他只轻抿着嘴唇跟上了徐聿。

这下换徐聿惊讶了：“你也一起去？可你不是嫌烧烤烟大味道难闻而且不健康，从来不吃吗？”

“偶尔换一下口味也不是不可以。”

“哦……”

“我觉得徐聿这个人应该是有点肾虚，你看，楚杭刚出手没两下，他就被砸了，水平不怎么样。学文科的男生，到底比不过我们学建筑的理工科男生，太弱了！

“哇，徐聿可真是个不知检点的男人啊，你看到没谭音，这人从泳池出来，一上岸就靠在那边饮料区已经和五个女生聊过了……

“体力不行，食量倒是不小，吃这么多寿司。”

…………

谭音靠在水浅的泳池里，一边喝饮料一边听蒋一璐吐槽，她显然是和徐聿杠上了，见缝插针有事没事都要攻击一下对方，而且不间断地黑了半小时。徐聿和楚杭都一前一后走了，蒋一璐显然才倦了累了，她口干舌燥地喝完了一整杯橙汁，还觉得不能回血。

“我骂他都骂饿了。”蒋一璐恨恨道，“谭音，我准备去弄点烧烤吃，一起去吗？”

谭音还不饿：“我再在水里泡一会儿，你先去吧。”

蒋一璐走了，大泳池那些刚才打水球的同学也都去了烧烤架那边，一时之间，泳池变得有些安静。谭音从浅水泳池里出来，进了大泳池，尽兴地游了两圈，泳池才重新有了人气。民宿里的另一批客人也走过来陆续下了水，人不多，但有点吵闹，谭音正准备离开泳池去烧烤区找蒋一璐，结果刚准备起身，她背后就传来了什么东西断开以及仿佛皮筋弹到身上的痛感，几乎是同时，谭音觉得胸前的比基尼泳衣一松……

这比基尼文胸背后的带子竟然断了！

幸好谭音反应快，几乎是当机立断地捂住胸口又泡进了泳池里，然后小心翼翼地靠在泳池边的角落里，紧紧贴住泳池壁。虽然水里有浮力，但只要紧紧按住比基尼，然后把脖子以下都埋进水里，背靠泳池保持低调，倒并不引人注意。

幸运的是现在泳池里没几个人，而且集结在一块，完全没在意池边的谭音，但不幸的也同样是这一点，谭音举目四望，这泳池里就没一个自己认识的人，而岸上的同学，大部分跑去烧烤了，仅剩下的几个女生也离泳池很远，正斜躺在沙滩椅上晒阳光浴。谭音试着喊了两声，对方不是在聊天，就是耳朵里塞着耳机在闭目养神，竟然没一个人听见。

这就有些尴尬了。

谭音根本不敢轻举妄动，只能继续泡在泳池里，心里默默祈祷着蒋一璐赶紧想起自己这个朋友还没吃上烤肉，展现一下正能量的友情……

只可惜谭音等来等去，别说蒋一璐，连个人影都没见到，刚才还在远处聊天的几个同学都欢快地朝烤肉区跑去了。

就在谭音都快绝望之际，她终于看到有人影朝这里走了过来。可惜当对方走近，谭音才发现，好巧不巧的是，朝泳池走来的，竟然是楚杭。

要是走来个女生那该多好！

这不仅是个男的，还是楚杭……

谭音内心陷入了激烈的斗争，比基尼带子断了这么尴尬的事……

楚杭看样子是来泳池这边买矿泉水的，他买完也不逗留，立刻转身就准备离开。

他这一走，等下一个人来要猴年马月啊？何况这泳池里万一待会儿人多起来……

谭音咬了咬嘴唇，决定豁出去。

她可怜巴巴地抬头："楚杭，楚杭，能不能帮个忙？"

楚杭一开始大约没听见，谭音不得不抬高了声音，才终于引起他的注意。

果不其然，楚杭的脸一如既往地冷，他低头看了眼还在泳池里的谭音："你又有什么事了？"

楚杭就这么站在岸上居高临下地看向谭音，都没有俯下身来的意图，两人之间距离这么远，谭音一旦使用楚杭能听见的音量说话，那势必泳池里其他几个男人也会听见，这简直就是史诗级灾难现场了……

"我的腿好像被泳池下面的什么东西卡住了，你能帮我看看吗？"

楚杭虽然皱了皱眉，但是显然相信了谭音的说辞，一言不发地进了泳池，还没等谭音说什么，瞪了她一眼后，就憋气潜到了水下。很快，谭音就感觉有双手轻轻地触碰到了自己的脚踝，大约水流加剧了动作的柔和，楚杭查看她的脚踝的动作称得上温柔。

楚杭的动作点到为止，尽可能地减少了两人肌肤的接触，完全合乎礼仪，然而谭音还是在一瞬间觉得有些紧张，下意识地动了动腿。

楚杭很快冒出了水面，抹了抹脸，然而头发和睫毛都还湿漉漉地滴着水："谭音，你又在玩什么把戏？"他冷淡地道，"你的腿哪里被卡住了，不是都好得很？"

"不是腿。"

楚杭显然有些不耐烦了："不是腿，那是哪里？谭音，你这是故意骗我下水吧？"楚杭的声音有些忍无可忍，"我和你说过很多次了，用这种方法引起别人的注意真的很无聊……"

谭音移开了视线，看向水面，声音低如蚊蚋："我……我的比基尼带子断了。"

楚杭愣了愣。

谭音的手保持着环胸的状态，她一动不敢动，生怕有任何动作都会引起走光。然而饶是她心理素质再好，此刻也忍不住涨红了脸，再也口若悬河不起来。

谭音的声音讷讷的："就是断了，我现在没法动。"

在谭音提及比基尼的时候，楚杭几乎是下意识地扫了一眼她的胸口，然后他的视线像是被烫到了一样几乎立刻移了开来，甚至避嫌一般，直接侧开了脸。此刻从谭音的角度，只能看到他优美的侧脸轮廓。

谭音见他信了，才敢解释："叫你来水里，不是为了骗你下来，就是不想让其他人听见，太丢人了……"她可怜巴巴地紧紧抱着自己的胸口，都快哭了，"我真的不是故意的……"

楚杭没说话，紧紧抿着嘴唇，然后利索地爬出了泳池。

谭音这下真的要哭了，两只手不得不护住胸口，又不能去拉楚杭的胳膊，只能眼巴巴地看着他哀求道："楚杭，你别走啊，帮个忙啊，大恩不言谢，滴水之恩当涌泉相报，我给你做牛做马啊，哎，你别走啊……"

可惜楚杭像是被什么追着一样，连平时一贯的冷静步伐都没顾得上维持，头也不回地就这么径自快步离开了，只留给谭音一个冷酷的背影。

就在谭音彻底绝望之际，楚杭却再一次出现了，他的嘴唇仍旧紧抿着，神色仍旧冷淡疏离，手上却多了一条浴袍。

他下了水，动作有些粗鲁地用浴袍裹住了谭音，然后带着她上了岸。

全程他都没有看谭音一眼，也显然连一个字都不想和谭音说，就这么沉默着一路帮谭音拉紧浴袍。

"谢谢……"谭音就差感动地给楚杭跪下了，想来自己以小人之心度君子之腹，以为楚杭记仇故意走开让自己出糗，而感激之余，剩下的便是巨大的羞赧，谭音低着头道，"我、我可以自己回去了，谢谢你，楚杭。"

楚杭的视线看向了别处，声音仍是冷的，只是语音的末梢带了点稍纵即逝的不自然："我送你回房间。"

此后无言。

两个人都保持着沉默，就这样一路回了房间。

直到谭音打开房门，楚杭才终于开了口，垂下了视线看向地面："我走了。"

"嗯……谢谢……"

楚杭没接话，忍了忍，显然没憋住："下次别买这个牌子的泳衣了，质量太差了。"他有些不自然道，"我也没看出这泳衣设计和款式有什么特别的，不知道你怎么选的。"

"因为便宜……"谭音解释道，"我之前其实还有件泳衣连衣裙外套，但是因为掉色，所以我就脱了，本来想着连衣裙只要四十包邮，质量堪忧也正常，比基尼贵应该没事，我哪知道……"

"你的比基尼很贵？"

"六十巨款呢！"

富家公子楚杭显然被谭音的赤贫给震惊了，他看了谭音一眼，久久没憋出句话来，末了，才终于挤出了三个字："我走了。"

很多事情发生的时候，人处于应激状态，情绪都没有完全反应过来，反而会显得相当镇定，然而等事后一冷静一思考，疯狂的尴尬和羞愧才会开始反扑。

谭音进了房间，换好衣服，第一反应就是扑到床上把整个头埋进了被褥里。

这可真是灾难级的场景！

自己刚才都和楚杭说了什么啊？明明紧张尴尬得都快死了怎么竟然还能装得如此云淡风轻谈笑风生？

而似乎还嫌不够似的，就在此时，谭音的手机收到了一条转账提醒。

在微信上，楚杭转了二百五十块给她。附加一条留言：“上次看酒店后台，严格说来是我借了你的东风，所以费用全部由我来出。”

就在谭音瞪着这条信息发愣的时候，楚杭的新信息又来了。

这次，他竟然给谭音追加转了一千块。

转账的红包上赫然写着名目：“慈善捐款。”

第十章

意外的水彩

作为一个有骨气的赤贫人士，谭音硬气地拒绝了楚杭的捐款。只是有节气不代表就能免除尴尬，幸而老天挺帮忙，就在谭音觉得自己已经没脸见人的时候，屋外应景地下起了雷雨。她确实不用见人了，至少别人见不着她了。

谭音此刻已经换下了泳衣，换上了宽松的短袖和长裙，而在雷雨之前，她正往烧烤区走去准备吃点东西。因为没带伞，这场突如其来的雷雨让她不得不护着头开始东躲西藏找可以避雨的地方。

这民宿泳池后面是一个非常大的植物园，烧烤架就在植物园的后面。谭音在植物园里乱窜了半天，才终于眼前一亮在绿树掩映的背后发现了一个小石亭，她没多想就冲了进去。

大概因为这石亭比较偏僻，此刻除了谭音外，一个人也没有。谭音甩了甩身上的水，刚准备坐下享受这难得的安宁，结果就有位不速之客也闯进了石亭。

是个身穿白色蕾丝长裙的女生，一头乌黑长发，走起路来相当飘逸灵动。谭音依稀记得她叫陶婷，陶婷长着一张娃娃脸，但据说身材火辣，是外院的院花，她也是这次一起跟着建筑系来采风的。

此刻陶婷脸上的妆有点花了，见四下没人，便径自从包里掏出化妆镜开始补妆。谭音本来坐在一边百无聊赖，于是就盯着陶婷打量了一番，娃娃脸确实是娃娃脸，但身材火辣倒是没看出来，谭音往对方胸口一扫，还挺平的啊。

结果她还没来得及思考，陶婷下一个动作就让谭音目瞪口呆起来。

只见陶婷拉了拉她的 V 字领，用力挤了挤自己的胸，然后动作熟稔地拿起了化妆刷，在自己的胸口就唰唰唰一顿操作起来……

谭音瞪大了眼睛看着陶婷沿着自己胸口的弧度刷上了一层深色的修颜粉，辅以与自己肤色相近的粉底液打底，一下子便刷出沟壑来，而深浅交织的色差，使得视觉上非常波澜壮阔……

这炉火纯青的化妆术，让谭音差点跪倒在地上。

神！简直太神了！

没有事业线又怎样？拿起化妆刷画起来！从此身材不是梦，掌握技术就成功！

只是当谭音还想再近距离观摩一下之时，不远处传来了脚步声，有人来了。

陶婷很警觉，飞快地塞好了化妆包，拢了拢长发，做出了一个娴静看雨的姿势。

很快，来人就走进了石亭。

谭音有些埋怨对方打断自己学习新手艺，结果一抬头，差点没坐稳。自己是命犯太岁吗？怎么又遇到楚杭了？地球上两个人之间的相遇，这么高频真的不犯法？

幸而这场雷雨让楚杭看不见自己，谭音稳了稳胸口的心跳，也挑了个位置坐下来。

“楚杭？”

楚杭此时也已经换上了T恤，朝陶婷点了点头，算是打了个招呼。他倒是挺表里如一，对自己没什么好脸色，对别的女生看来也不甚热情。

但是楚杭不热情，陶婷却并不在意。她笑了笑，望向窗外的雨，没话找话般轻声叹息道：“这场雷阵雨来势挺猛的，感觉一时半会儿停不了呢。对了，我是外院的陶婷，之前我们外院和你们建筑系有篮球赛，我是外院的啦啦队队长，不过虽然我是外院的，也不得不承认你们建筑系打得真好，你的几个三分球都很精彩。”

“嗯。”

对于楚杭单音节的回复，谭音差点晕倒。她噌地站起身，跑到了楚杭身边，苦口婆心道：“喂，楚杭，人家那是没话找话在和你搭讪呢！你这样简直是说自己的话，让别人没话可说啊。你这样下去，就算长得再帅，也可能孤老终身的！”

对于楚杭的冷淡，陶婷果然有一些尴尬，然而她不仅没有退缩，反而带了点屡败屡战的志在必得，只抿嘴笑了笑：“对了，楚杭，能加个微信吗？我最近从导师那里接了个翻译的私活儿，要做一份建筑文献的翻译。”她顿了顿，一脸求助般看向楚杭，语气娇柔，“但是建筑的词汇太专业了，很多我不懂，之后如果你方便，我想请教一下你。”

陶婷的目光温柔乖巧，如水一般盯向了楚杭，这暗示，这潜台词，这套路……

果不其然，楚杭掏出了手机……

“高啊！真是高招！”谭音忍不住赞叹道，“先用冠冕堂皇的理由加上微信，反正这种理由直男根本看不出什么目的性，还以为真的是来请教的，然后呢，时不时以请教的名义聊几句，聊完还能非常自然地展现自己对男生的崇拜，各种夸赞男生，让男生沉浸其中，没准儿一来二去就成了。要到这一步还没成，也没事，反正还可以用感谢的名义把男的约出来，打扮得美美的，多吃几次饭，这感情也就吃出来了。总之一下子就多了很多能和楚杭产生后续联系和接触的机会，离捕获楚杭已然一步之遥！”

谭音摸了摸下巴：“这个套路不错，既自然又不那么直白，我要记下来，没准儿以后可以用来攻略别人……”

此刻，楚杭已经把手机凑到了陶婷面前，而就在谭音觉得两人要互加微信走上勾搭的第一步时，楚杭突然话锋一转：“建筑英汉词典，这类 App 现在很多，你自己下一个，微信就不用加了。

“还有这个号码你记一下，189××××5576。”

陶婷的眼神亮了亮：“你的手机号吗？”

“不是。”楚杭冷静自若道，“是我们系主任朱抗美的手机号，他在建筑英文翻译方面很有造诣，也很欢迎其他学院的学生和他探讨，你有问题可以直接找他。”

谭音无语凝噎。

这是什么骚操作？这种人竟然还有女生追？

陶婷显然没料到这种神转折，愣了愣，不过这姑娘也是干大事的人，遇到这种情况竟然还能镇定自若。

她咬了咬嘴唇，大概决定换一种方式曲线救国：“对了，我就想问问你，你有女朋友吗？或者说，你喜欢什么样的女生？”陶婷撩了撩头发，佯装自然地试探道，“有合适的女生我想介绍你们认识呢。”

作为当事人的楚杭很镇定，谭音却先激动上了：“以退为进！段数更高了！看起来像是要给你介绍对象，其实是准备监守自盗了！”

谭音激动完，瞟了眼陶婷的脸和胸，又有些担忧和矛盾。

“楚杭，她看起来是对你志在必得了，但我劝你还是别就这么从了。”虽然明知道楚杭听不见，但谭音还是忍不住语重心长道，“她这个事业线，是用化妆刷画出来的，其实胸不大，以我的经验来看，她这个能有 C 就不错了，比我还小……”

不知道怎么的，明明艳遇当前，楚杭的表情却是一点也高兴不起来的模样，不仅不高兴，而且他的脸都是黑的，眉头也越皱越紧，像是被什么东西困扰着不堪其扰似的。谭音还想继续吐槽，就听得他板着脸忍无可忍般地开口蹦出了两个字：“低俗。”

陶婷愣住了，磕磕巴巴地道：“楚杭，你……你喜欢低俗的女生？”

谭音也震惊了：“原来你喜欢低俗的？低俗的女生是哪种？”她想了想，有些顿悟道，“我听过一句话：‘最好的人生，是过上等人的生活，尽中等人的劳力，享下等人的情欲。’如果按照这个理解，其实你想要的不是低俗的女生，而是可以和你一起享受情欲的女生？楚杭你这个人倒是挺敢讲的啊……”

不知道是不是陶婷的问题有点直白，楚杭一边头痛般揉着太阳穴，一边反应激烈地反驳道：“我不喜欢低俗的女生！”

陶婷松了口气：“哦哦，你说的是你不喜欢低俗的对吧？”她转了转眼珠，露出个娇俏的表情，“那就是说你喜欢高雅一点的？”

楚杭没说话，表情有些恶狠狠的，像是谁得罪了他一样。

“你不回答就当你默认了哦。”陶婷笑笑，“高雅的话，我有个闺密很适合你呀，她是弹钢琴的，气质特别好，很高雅，我给你看照片。”

陶婷说着，也不顾楚杭的反应，径自拿出手机翻好照片递到了楚杭面前。

虽然楚杭提不起什么兴趣，谭音却很热情地把头凑了上去，结果只看了一眼，她就忍不住叫起来：“陶婷你这个人不厚道啊，还闺密呢，有你这么做闺密的吗？说介绍闺密给楚杭认识，结果找了张你们的双人照，照片里你这闺密还是素颜，你自己妆容精致，这一对比，不就让楚杭只看到照片里的你了吗？这心机有点过分啊！就冲这一点，我也不允许楚杭和你在一起！”

反正别人看不见，谭音无聊之下还真演上了，义正词严道：“我们建筑系的男人与其沦落到你手里，我看还不如就栽在我手里算了！而且我这个人心系艺术，情趣高雅，我看很符合楚杭的品位啊……”

就在此时，楚杭冷冷的声音响了起来，带了点努力压抑的忍无可忍意味：“哪里高雅了？”

陶婷顿了顿，收起了手机，露出些不好意思的模样：“这张可能是生活照，我闺密弹钢琴时确实很高雅呢，下次要不我们一起吃个饭我介绍你们认识认识？”

好不容易过了两天正常的日子，结果一下雨，楚杭发现自己再一次幻听幻视上了。

石亭里明明只有他和陶婷两个人，谭音却阴魂不散一样如影随形。她换了宽松的短袖长裙，如果不开口，样子还挺恬静，远远一看黑发红唇，还真有一点高雅的错觉，然而即便是在幻觉里，她一开口……

明明知道这是错觉，但楚杭最终忍无可忍地对幻视幻听里的谭音回了嘴，好在陶婷并没有发现什么异常，还热情地妄图给自己介绍女友。

“这个呢？这个闺密身材超好的呢。”

陶婷话音刚落，幻觉里的谭音又凑过去看向了手机，然后是她热情的点评：“哎，楚杭，这个真的不错，前凸后翘曲线完美，而且这个屁股，按照老一辈的观念来说，就是能生儿子的屁股啊！我看行！”

陶婷再接再厉道：“如果你不喜欢这个，那我还有个妹妹也不错呢，给你看照片。”

“这个不行，脸色惨绿惨绿的，像是没吃饱饭似的……”

“这个呢？”

“这个，这个不就是网上流传的旺夫相长相吗？我觉得这个可以有，不过楚杭已经很旺了，这会不会旺过头，旺旺得衰？”

…………

楚杭只觉得脑子里嗡嗡作响，头痛欲裂，他根本都听不进去陶婷在说什么了，耳边就围绕着谭音的各种点评吐槽，让他恍然有一种错觉，自己是个什么配种的公猪，而谭音就是自己的主人正在一头头给自己亲自物色最棒的母猪……

“我有点事，先走了。”

楚杭最终忍无可忍，不再理会陶婷脸上惊愕的表情，扔下这句话，毫不留情地走进了雨里。就这样，他身后还传来了谭音的声音：“楚杭！外面还在下雨呢！你小心点啊！我听说现在因为环境污染，这些雨全是酸性雨，头上淋多了秃得快啊！”

楚杭抿紧嘴唇，不自觉地加快了脚步，冷冷的雨点拍在他的脸上，然而他不仅不恼怒，还觉得有些解脱。离那石亭远了，他终于听不到谭音的声音，也看不到谭音了……

他不知道，石亭里，谭音还在同情地看着陶婷长吁短叹——

“太惨了，楚杭竟然宁可淋雨也不肯和你待在一起！我都忍不住同情你了！年轻人，想开点啊！”

这场雷雨出乎谭音的预料，竟然来势汹汹一点停的意思都没有，大团大团的乌云积压在天空中，竟有些黑云压城的感觉。这座城市的雨季真是天气多变到让人捉摸不透，刚才还阳光明媚的天空，此刻黑沉沉的，竟然有种即将入夜的错觉。

谭音刚见证完一场失败的勾搭现场，继续被雷雨困在小石亭里，却不知道另一边，蒋一璐也正被困在植物园的一朵蘑菇雕塑下面。

这是一片蘑菇群雕，一朵又一朵，雷阵雨来的时候，蒋一璐只来得及找了一朵就近的蘑菇躲到了那蘑菇伞下。这蘑菇造型可爱里带了点夸张，蘑菇的伞面非常大，还做出了低垂的模样，蒋一璐往下面一站，整个人完完全全被这蘑菇伞面给遮住了，从背面看根本不知道蘑菇下面还有人。

蒋一璐在蘑菇下待了没多久，便听见自己背后传来了脚步声，听着像是有人也跑进了这片蘑菇伞下。

“哎呀，头发都湿了，讨厌死了。”

是个声音轻快的女孩子。

蒋一璐刚想回头给这位同是天涯沦落人的女生打个招呼，就听到自己最不愿听到的声音随即响了起来：“你往里面站点，我来挡住风口。”

仇人相见分外眼红，这人竟然是徐聿！

蒋一璐恨恨地想，都这个时候了，还不忘记维持自己绅士一样的风度搔首弄姿，这女生的声音听着新鲜，也不知道他从哪儿撩来的新妹子，徐聿可真是个不检点的男人！

蒋一璐躲在背面的蘑菇伞下，听着身后另一朵蘑菇下面徐聿和那女生有一搭没一搭地聊着，虽然不想承认，但徐聿这家伙，知识面倒是挺广。他一会儿从天文地理，聊到了国家经济形势，一会儿又话题一转，从自己的国内旅游聊到了国外的几次背包客经历。

“在埃及你一定要当心，千万别觉得埃及人特别好客热情就随意接受人家的服务，就算你在厕所拿了埃及人给你递过来的一张纸巾，他都可能会问你要小费，所有的服务和热情可都是明码标价的……

“你可能想不到，在冰岛有一道很有特色的美味是腐烂的鲨鱼肉，要把鲨鱼埋进沙子里，腐烂上半年，再挖出来晒干，然后配上冰岛的酒，在当地深受欢迎。”

…………

别说和徐聿在同一蘑菇下的女生，就连蒋一璐也不得不承认听得还挺津津有味的。

这两个人又聊了点别的，结果不知怎么的，就从球员的私生活转到了两人各自的感情生活上。

得知徐聿没有女友，那女生的声音有些腼腆："徐聿，或许你已经感受到了，其实我对你……"她的声音顿了顿，"如果你没有女朋友的话，我能做你的女朋友吗？"

精彩了！竟然赶上了告白直播！虽然嗓子有些发毛，但蒋一璐努力忍住了咳嗽，竖起耳朵听起来。

对于女生突然的告白，徐聿显然有些措手不及："不好意思，我……"

这女生虽然声音腼腆，但既然豁出去告白了，姿态也十分勇敢："但你说了你没有女朋友，那为什么不能和我试试？我们从高中起就是同学了，我也是为了你才报考的法学院，这么多年我一直在等你，但现在我不想等了，你的女生缘总是那么好，我怕再等下去，我就没机会了……"

那女生的感情显然是压抑了许多年，一边说着，一边竟然哭了起来。

徐聿果然手忙脚乱了起来："你别哭，先别哭。"

"那你答应不答应我？"女生索性蛮横上了，"你自己刚才都说了，很多感情是可以培养的，为什么不能答应我？和我培养试试呢？"

面对这种有些偏执的爱意，直接回复"因为不喜欢所以不答应你"确实是太伤人了，连蒋一璐都有些替徐聿尴尬。

也不知道怎么的谎言竟然被徐聿急中生智想了出来："我不能和你在一起，我虽然没女朋友，但我有喜欢的人了！不出意外的话很快就要变成女朋友了！"

女生果然不依不饶："那是谁？你告诉我是谁！"

蒋一璐正幸灾乐祸徐聿下不了台，结果自己一激动之下放松了警惕，没忍住嗓子的痒意，竟然咳出了声。

"谁？"女生非常敏感，"谁在那里？"

蒋一璐见躲不下去了，只能从自己那朵蘑菇下钻出了头，朝对面两人打了个招呼，解释道："我不是有意偷听的，我比你们先在这里躲雨。刚才你们表白气氛那么好，我没好意思打扰……"蒋一璐保证道，"你们放心，我用我的人格担保，这件事天知地知你们知我知，我绝对不会透露出去！”

蒋一璐说完，没忍住揶揄又看好戏般看了徐聿一眼，她此刻幸灾乐祸极了。

徐聿看了蒋一璐一眼，突然笑了，这笑容怎么看怎么狡诈。正当蒋一璐直觉要坏事，准备先溜为上的时候，只见徐聿一把扯过她，径自道：“实不相瞒，其实她就是我喜欢的人。”

徐聿却不理会蒋一璐的僵硬，顺势揽过了蒋一璐的肩膀：“我们现在发展非常稳定，是奔着结婚去的。”

“我和你？什么？我没……”

蒋一璐没说完，徐聿就截住了她的话，抢过了话题温柔地道：“璐璐，别这样，我们的事，我不想隐瞒了，你也不用害羞所以否认……”

徐聿说完，回头看了眼对面的女生：“陈涵，对不起，我确实是心里有人了，我很感激你能喜欢我，但你这么好，一定会找到更适合的男生的。”

叫陈涵的女生瞪大了眼睛，显然无法接受这个发展，只是现实的冲击太过强烈，她连哭也忘了，咬着嘴唇，然后一言不发地冲进了雨里，一个人跑走了。

她一走，徐聿就放开了蒋一璐的肩膀。

蒋一璐简直气炸了：“徐聿，你拒绝就拒绝别人啊，凭什么找我当挡箭牌？”

徐聿瞟了蒋一璐一眼，毫无负罪感地道：“因为这样她才能彻底死心，而且不会再在我身上浪费时间，能开始新生活、喜欢新的人。我不知道她原来等了我那么多年了，我不希望她再抱着希望等下去。”

“那我的名声呢！这要传出去，我不要名誉的啊？”

徐聿挑了挑眉，哼笑了声：“不是你指责我是色狼流氓，占你便宜，是和你睡过一张床的人吗？这么个交情，炒个 CP 怎么了？”

蒋一璐气得发抖，她还穿着泳衣，泳衣外披着的罩衫早被雨淋湿了，此刻雨裹挟着冷风一吹，她不仅咳嗽起来，还打起了喷嚏。

“穿上吧。”徐聿脱下衣服丢给了她，“本来想给陈涵的，现在便宜你了。”

“我不穿！”

徐聿也不听蒋一璐的话，径自强势地把自己的衣服给蒋一璐披了起来：“行了，刚才是我不对，但情急之下我实在有点大脑短路，只想出了这么个烂借口。以后要是传出什么对你不利的绯闻，我都给你澄清，要是给你造成任何损失，我都给你承担无限赔偿责任，行了吧？”

“那你给我写个协议！”

徐聿瞪了瞪眼睛：“哎我说你这个人怎么这么死板？我都说到这份儿上了，咱们交个朋友和解了也就完了，你还真的要我写协议啊？何况和我扯上绯闻哪里不好了？我在法学院也是很受欢迎的好吗？还有人给我起外号叫法学院吴彦祖呢！”

“呵，你还法学院吴彦祖，那我就是建筑系邱淑贞了！”

这场雷雨有些旷日持久，谭音在石亭里躲了半天，最终没忍住，自己冒雨冲回了民宿的房里，为此她几乎淋成了个落汤鸡，结果跑进房间浴室想洗个热水澡的时候竟然发现民宿里停水了！

“老板，停水要停到什么时候啊？还能不能洗热水澡了？！”

“就是啊，一身湿漉漉黏糊糊的，难受死了。”

门外果然传来了好几个女生的抱怨声。

民宿老板也在不停地安抚着众人：“停水真的是没办法，是因为隔壁改造挖断了一根水管，已经找人在抢修了，不过我们一楼有两间淋浴室用的水管和被挖断的不是一根，还有热水供应，可以洗澡，你们可以去的……”

谭音这才想起来，这间民宿在一楼确实有两间公共浴室，不分男女，本来是为了方便从泳池或者沙滩回来的住客清洗而设置的，因而比较简单，每间淋浴房里就一个莲蓬头，没有隔间也没有帘子，就是个光溜溜的莲蓬头。虽然淋浴间不算小，但一次只能供一个人洗。

谭音跑下楼一看，一间浴室里面显然已经有人在洗了，门外还守着不少女生，已经陆陆续续排起了队。另一间浴室位置偏一些，在另一处房屋的拐角处，然而也不至于让人找不到，因此谭音走到这间浴室门口发现空无一人时，非常讶异。

同样讶异的还有也正来到这间浴室门口的段影菲，她拿着衣物进了浴室，结果没多久就退了出来。

“难怪没人抢这间，门锁都坏了！谁敢在里面洗啊！”段影菲嘟嘟囔囔，黑着脸走出了浴室，“这什么破民宿，竟然只有一间公共淋浴室，还只能一个一个洗。”她用力摔上了这间浴室的门，这才看到了门外贴着的“此门已坏，暂停使用”的字条，段影菲瞪了一眼字条，又看了眼另一间浴室门口的排队长龙，哀叹道，“这要排到猴年马月啊？”

段影菲说完，不忿地踢了一脚脚边的石子，虽然不情不愿，但也不得不走到另一间浴室外的队伍长龙里去。

虽然段影菲放弃了这间门锁坏了的浴室，谭音却上了心，上前检查了下，发现浴室内热水供应都正常，只是门关不上，而浴室内摆着张供人放衣物的椅子。

那只要用椅子堵住门口，不就能洗澡了吗？

虽然这椅子也不怎么顶用，风一大，就很容易吹开浴室门，但此刻室外仍旧雨势很大，雷鸣阵阵，看这样子一时半会儿也不会停。那既然不停，自己就能保持隐身，就算门意外被人推开或是反被风吹开，反正别人也看不到自己。更何况其实只要等门一关，这白纸黑字的“此门已坏，暂停使用”挂着呢，正常人大概也不会再来查看了。谭音对自己洗澡的速度也十分有自信，只要十分钟，趁着这十分钟就都可以搞定，她直觉十分有把握，总之赶紧捡个漏，洗个热水澡，把身上这被淋湿的黏腻感给摆脱了就行。

这么愉快地决定了以后，谭音就进了浴室，用椅子堵了门，开始脱衣服准备洗起来……

只是事实证明，人有时候真的不能有侥幸心理，一旦铤而走险觉得侥幸一下也没事，就会出事……

谭音的短袖刚脱到一半，浴室的门外竟然传来了敲门声，随即而来的是徐聿的声音——

“有人吗？”

他敲了一阵，发现没人回应，便自言自语道：“看来没人，进去看看，这门门锁坏了，但热水还有吧？还有热水就能洗啊，浑身黏糊糊的难受死了。”他一边说着，一边打开了门，“果然里面没人啊，不过没人怎么还抵了张椅子，这都怎么做到的？密室杀人案既时感啊……”

随即出现在谭音面前的，除了徐聿，还有跟在徐聿身后的楚杭。

几乎在这千钧一发的刹那，谭音已经赶紧穿回了短袖。虽然知道他们看不见，但对谭音来说，要是真脱了衣服，恐怕自己也接受不了这尴尬和羞耻感。她只能往角落里挤了挤，内心期待着徐聿和楚杭能赶紧离开。

楚杭和徐聿是在房门口相遇的，两个人都被雨淋湿了，又发现房内停水，不得已也下了楼，然后被另一间浴室门口的长龙成功劝退，一路顺藤摸瓜找到了这间门坏了的浴室。

只是相比徐聿的惊喜，楚杭的脸上颇有种见了鬼般的一言难尽。

这可怕的幻听幻视又来了！

在徐聿眼里空无一人的浴室，在楚杭眼里却完全不同，目光所及，楚杭能清楚地看到在浴室的角落里，谭音正衣衫不整地缩在那儿。她身上看起来也被刚才的阵雨淋湿了，白色的短袖下依稀能看到身体的轮廓，而这短袖看起来像是胡乱套上去的，领口那还松垮垮的，露出一边白皙圆润的肩膀和下面的锁骨。

明知道这只是自己的幻觉，但楚杭终究没忍住，朝那肩膀瞟了几眼。

楚杭脑海里胡乱地想，总有人形容锁骨性感，以前的他嗤之以鼻，但现在竟然觉得，可能这种形容也没有错。

就在他胡思乱想之际，徐聿开了莲蓬头试了试，相当惊喜："楚杭，水是热的，可以洗！"

他见楚杭站在门口脸色阴晴莫辨，以为对方在想什么事，便自然而然地拍了拍楚杭的肩膀："别想了，你先洗，我帮你抵住门。"

刚才明明因为淋雨身上不爽利而皱着眉的楚杭，却在这一刻想也没想地拒绝了徐聿的提议，他抿了抿唇："不了，我现在不想洗。"

徐聿虽然疑惑，但也没多想："那我洗，你帮我抵住门。"他笑嘻嘻地道，"女生就是不愿意一个洗一个看，觉得尴尬，侵犯彼此隐私，所以不能好好利用这间门锁坏了的浴室，但咱俩谁跟谁啊，我们男生才不在意互相看裸体，这有什么？"

他说完，就准备脱起裤子来。

结果徐聿的手刚碰到了裤子拉链，刚才还冷冷站着的楚杭突然飞快地走上来一把按住了他的手。

徐聿一惊。

楚杭板着脸道："徐聿，男人要自重。把裤子穿上。"

"啊？"

就算知道谭音的出现是自己的幻觉，但楚杭还是下意识地想要阻止徐聿洗澡，这场景简直太……太荒谬了，即便不是真的，他也无法控制地就是想阻止这种魔幻场景的发生。

楚杭心里有些乱，他不想去想自己到底是不希望徐聿的身体被谭音看到，还是不希望谭音看到徐聿的身体……

反正不管怎样，只要阻止了徐聿，结果就没错。

徐聿果然非常茫然："我要洗澡，自重什么？不脱裤子怎么洗？难道你也像那些女生一样，觉得看到同性的身体都不好意思吗？"他深深地看了眼楚杭，然后突然露出了些意味深长的了悟表情，"我知道了，难道是你自卑？"

楚杭皱了皱眉："什么？"

徐聿意有所指地看了眼楚杭的裤裆处："就那里啊……就那个大小，你是不是怕和我一比，自卑啊？"

这话不说倒好，一说，楚杭幻视里刚才还蜷在角落里的谭音捂上了耳朵，哀叹道："上天啊，我做错了什么要听这种限制级的对话？"

楚杭揉了揉眉心，简直被气得太阳穴直跳："徐聿！"

徐聿却还是吊儿郎当地笑，他仅准备自己脱裤子，还上手准备给楚杭宽衣解带起来："别害羞啊，就算比我小，我也不嘲笑你，来来，我们脱光了比一比……"

楚杭一边反抗一边听到不远处谭音的声音，她的声音带了点炸裂三观般的生无可恋："原来上厕所时候男人互相偷瞟比大小这种事，竟然是真的！男人，怎么能这么庸俗！"

好死不死，楚杭制止徐聿脱裤子以后，谭音不仅开始津津有味地观战，声音还犹如解说旁白一般又一次响了起来："不过两个男人共处一间浴室，按理说本来就很暧昧了，竟然还上下其手互相乱摸，按照小说来讲，接下来的故事发展应该摸着摸着两个人气息不稳擦枪走火，然后突然相视深深一望，抱着激吻起来，接下来的画面就是少儿不宜了……我感觉自己再看下去就要长针眼了，两位真的不考虑先停一停让我走吗？”

楚杭努力甩了甩脑袋，试图去屏蔽这些逼真的幻觉。

他好不容易终于挣脱了徐聿，便立刻为了避嫌般站得离徐聿远远的。

楚杭抿了抿唇，看向徐聿：“你先别动手动脚，也别洗了，陪我去雨里再走走，我有点事想和你聊聊。”

徐聿挺无辜地道：“去雨里走走可以撑伞啊，为什么不先洗完澡啊？”

楚杭顿了顿，想了半天，才憋出了一个回答：“有些事淋着雨说更有感觉。”

徐聿自然不为所动，飞快地把裤子拉链拉下来，准备继续脱：“你要坚持觉得那样有感觉，那可以你淋雨，我撑伞陪着你就行，我还是想洗澡……”

“不，你不想。”

楚杭却像是偏执上了，逼迫徐聿拉上了自己的裤链，然后不管三七二十一，冷着脸就把他拖出了浴室。

一刻钟后，徐聿穿着还湿气腾腾的衣服，苦着张脸陪着楚杭在雨中漫步。

幸而雷雨终于小了一点，只是此刻淅淅沥沥地淋在身上，到底不舒服。

徐聿就想不通了，楚杭好好的怎么就想到和自己上演这么一段雨中情啊？生活到底给了这倒霉孩子怎样重大的打击啊？难道他爸不仅是出轨了，连私生子都生好了？看把楚杭给刺激的！

虽然险象环生，但好在楚杭显然眉头紧锁脸色难看，心里大概有一腔心事要向徐聿在雨中倾诉，最后竟然就这么生生把徐聿给拖出了浴室。谭音松了口气，但也不敢再洗，赶紧趁着雷雨隐着身溜回了房间。

过了片刻，雷雨终于停了，水管也终于抢修好了，房内的热水恢复了，谭音终于洗上了澡。

然而这场雷雨太过持久，谭音也没了再出去吃喝玩乐的心情，索性拿出自己的相机和电脑，开始整理这次采风拍摄下的建筑物以及五星级酒店内部诸如电梯间、栏杆、前台等设计细节的照片。

因为雨停了，不少人再次集结到楼下草坪上开始烧烤和娱乐，此刻谭音的耳畔是此起彼伏的笑声和别人呼朋引伴的声音，蒋一璐恐怕也正在享受采风最后一天的愉悦。只是谭音一旦认真起来，这些聒噪的声音于她而言都不见了，她认认真真分析了自己收集的素材，在脑海里慢慢构思起下次设计课大作业的雏形图纸来。

只可惜纸上得来终觉浅，谭音想着想着，便遇到了瓶颈。这次采风眼见着就要结束，明天一早一行人便要启程回学校，谭音还是抓住了最后的机会，再实地走了走附近的几家酒店，研究下其中的设计精髓。

谭音这个人有股子认死理的韧劲，既然决定了做一件事，那无论如何，都百分之百投入去做。她想要证明给楚杭看，自己并非根本做不出好设计的草包。

因为心里憋着股劲，谭音反倒沉下心来，硬是逼着自己，啃起原本薄弱的课程来。

这么大半天下来，她倒也觉得充实。

第二天一早，大家都恋恋不舍地收拾了行李，然后唉声叹气地回了学校。

这么几天采风的放飞自我，让蒋一璐一时有些忘本，回了学校都还没完全进入状态，几乎还有些懒懒散散，就这么每天和长在床上一样躺着。谭音却是一回来就忙上了，有一大堆落下的功课要补习，而一回来没多久，也正赶上得之味的周末外卖促销活动。既然此前答应了帮忙，谭音也不会临阵脱逃。

谭音料想因为打折活动，外卖单会比较多，只是没想到会这么多。

她从上午开始，几乎连喝口水的时间也没有，送完了餐厅附近的单，她便准备处理稍远的片区订单了——那几乎都是清江花苑的。

这次谭音小心地确认了，地址既不是楚杭家，也不是段影菲家，而是另外一栋别墅的。只是仅仅这么一栋别墅，就一共点了12单！

难道有钱人也会为这么一点小折扣而心动？一见外卖打折就拼命买？

幸而因为嘴甜，谭音几次送单下来，和清江花苑的保安混了个脸熟，见谭音一下子手提着12份外卖，对方也破例让谭音骑着小电驴进小区了，只是叮嘱送完必须马上出来。

当谭音载着12份外卖走到这栋别墅前，才有些了然。这栋别墅原来正是楚杭家对面那户，之前自己来时还空置，如今已经开始装修，点餐的是里面的装修工人，此刻见外卖到了，热热闹闹地聚过来取走了餐。

谭音刚准备离开，结果身后便传来了重重关上门的声音，她回头便见到楚杭手里提着袋垃圾，一脸便秘般看向自己。

不用开口，谭音已经能从他的眼神里读出那句“怎么又是你”。怎么又是你！

谭音倒是一点没尴尬，欢快地笑着朝楚杭打招呼道：“嘿……”

“楚杭”两个字还没说出口，她打招呼的对象便扭开了头，然后径自转身就去倒垃圾了。

瞧他这冷淡样，显然是不想理睬自己。

谭音也懒得热脸贴冷屁股，她也正忙着呢！她当即抹了抹汗，骑上小电驴就准备离开。只是没想到，因为别墅装修，大概是装运建材的车没注意，有石块滚落到了路上，小电驴马力十足速度不慢，在转弯的路口，被石块直接影响了平衡，谭音措手不及，就从小电驴上摔了下来，摔出去老远。

等她爬起来一看，才发现手肘和膝盖都摔破了，还挺严重，伤口此时正十分不给面子地流着血，看起来触目惊心的一片红。唯一庆幸的是，外卖都没撒，还都好好的。

因为没忍住痛叫，这一跤摔得动静又很大，刚丢完垃圾正准备走回家的楚杭终于忍不住，皱着眉朝谭音看来。

楚杭原本是想忽略谭音的，她出现在自己面前的频率实在太高了。这一连串意外的巧合，让他越发狐疑，会不会是谭音调查清楚自己的动向后蓄意造成的偶遇？而自己越发严重的幻听幻视，八成也是因为谭音的无孔不入而造成了心理阴影。

如果楚杭本来只是狐疑，那在看到谭音突然摔倒后，他终于有了确切的答案。

楚杭内心冷笑道，一切果然都是套路。

先故意在自己眼前摔伤，然后自然而然地可以向自己求救，要么是要赖着进自己家里声称处理伤口，要么是要黏着自己送她去医院。

简直是新型碰瓷骗局。

楚杭看向此刻一边低低叫着一边还坐在地上的谭音，她的一张脸上，五官都痛得扭了起来，看起来带了种楚楚可怜的娇弱感，倒确实让人有点不舍。

看来她在自己去把她抱起来之前，是不打算站起来了。

谭音这个女的简直就是个黏人精缠人鬼，为了让自己抱她，真是连假摔都做得如此炉火纯青了。楚杭既怨恨又懊恼，他应该掉头就走，任凭谭音叫破喉咙也不要理睬的，只是最终等他反应过来，自己已经走到了谭音面前。

楚杭冷着脸，内心却产生了点自暴自弃的情绪。他几乎可以断定，自己就算不理谭音，以这女人为达目的不择手段的习性，看这架势是赖定自己了，自己跑也跑不了，所以垂死挣扎视而不见也没用……

楚杭抿着唇，刚想俯下身抱人，结果他还没行动，地上的谭音却爬了起来。也是这时，楚杭才看清她摔得确实很严重，手肘和膝盖上的衣物都破了，露出大片挫伤的皮肤，都往外渗着血，伤口上还沾了泥沙，看起来相当惨烈。

楚杭噎了噎，别开了头："我家里有医药箱，你要不要……"

然而没想到，完全可以顺水推舟的谭音竟然摆了摆手："不用。"她一边说一边疼得咬住了嘴唇，却丝毫没改口，"我还有几单外卖没送。"

光是楚杭看着也觉得这伤应该很疼，然而谭音竟然除了脸上疼得有些忍不住龇牙咧嘴外，根本没有哭的打算，此刻甚至连刚才下意识的哼哼也没了。

出乎意料，谭音和她的长相完全相反，不仅没娇滴滴，竟然还挺坚强，坚强到都有些逞强。

谭音不知道楚杭所想，对于这一跤，她只能用飞来横祸来形容。她总觉得自己最近百分之八十的倒霉时刻，有楚杭的见证，饶是谭音心理素质再好，表情装得再风平浪静，内心却尴尬得恨不得挖个地洞钻进去。她此刻只想离楚杭越远越好，一瘸一拐地就要去扶自己的小电驴。

可惜祸不单行，这小电驴经过这么一摔，不知道哪儿出了问题，竟然发动不起来了。

倒是之前对她视而不见的楚杭此刻还大咧咧站着，他冷着张脸，语气也像是冰碴子一样毫无波澜："还送什么外卖，先去把伤口处理了。"

楚杭就是这样的人，虽然有点冷傲，对人爱理不理，然而家庭教育的涵养摆在那里，对自己就算再讨厌，眼见着受伤，毕竟又是同学，还是女的，就算是出于礼节，也会问上一问。

只是她真要把这种礼貌性的问上一问当真，那就属于不知趣了。

谭音自诩是个识趣的人，再次摆了摆手："楚杭，你不用管我，我虽然外表是个女的，但我内心是个铁汉，我最喜欢的文学作品是《钢铁是怎样炼成的》，身残志坚，我可以的！”

楚杭站着没动，淡淡地看了一眼谭音手里的小电驴：“你这破车还能骑？”

谭音被他看得实在窘迫，只好逞能道：“能骑，你快回去吧，我马上就要送下面几单外卖了。你别站在这里妨碍我赚钱发财走上人生巅峰。”

谭音的话音刚落，楚杭果然没再说话，扫了谭音一眼，便转身回家了。

看吧，谭音想，这就是有钱人的礼节，这就和别人问你“吃饭了吗”一样，并不是准备请你吃饭，就是没话找话问一问。

她蹲下身又开始捣鼓起小电驴，直到有一辆黑色的保时捷跑车驶过她的身边。

谭音虽然对车没什么兴趣，但也忍不住多看了几眼，不得不承认，这车确实挺帅的。

只是她没想到，挺帅的车在她身边停了下来，而后车窗摇下来，露出了楚杭表情冷漠的脸，他皱着眉看向谭音。

人生真是不公平，楚杭年纪轻轻就开保时捷，自己却只有辆小电驴……

面对楚杭的瞪视，谭音后知后觉地反应过来，以为是自己的小破电驴挡了楚杭的路，赶紧一瘸一拐地推着车想让路：“你等我一下啊，我移一下……”

“你下一单外卖要送哪里？”

“滨江路那儿的御景园，怎么了？”

“上车。”

“嗯？”

楚杭显然没什么耐心，皱了皱好看的眉：“我约了人，正好顺路。”

他瞥了一眼小电驴，“你那破车再修不好你接单的外卖就要超时了。”

谭音有些天人交战。

楚杭抿了抿唇：“今天我日行一善的指标还没完成，你再愣着我就开走，直接去接济天桥上要饭的人了。”

“别别别！”谭音想了想，小电驴看起来是挂了，她决定识时务者为俊杰，“那你开开后备厢！”

“什么？”

“开一下后备厢，我把我的小电驴塞进去啊。”

要不是涵养所致，谭音觉得楚杭是想翻个白眼的。他瞪了谭音一眼：“我这车看起来像收破烂的吗？”

“那……”

“你那车都凉透了，放后备厢能有什么用？”

“那我总要带走去修啊。”

“放着。”楚杭冷冷地道，“我们小区物业有会修的，下次修好了你自己来取。”

谭音想了想，觉得这样也行，她剩下的几单配送范围都很集中，只要楚杭顺路把自己丢在滨江路，自己再稍微跑跑，也能送完。

于是她赶紧打开车门上了车。

到底是贵的车坐起来比较舒服，谭音刚想开口恭维几句，结果就被楚杭照着脸丢了一袋东西。她打开一看，袋子里装着双氧水、纱布、紫药水、棉棒还有创可贴。

“处理下你的伤口。”楚杭看也没看谭音，不近人情道，“别一直流血弄脏了我的车。”

行吧，拿人手短，你说什么就是什么。

楚杭一边开，还一边不忘监督谭音：“系上安全带。”

“都坐在后座，系什么呀？”谭音不以为意，“我又没坐你的副驾驶位。”

处理好伤口，谭音放松下来，这才注意到了车速，小心翼翼地看了眼楚杭：“楚杭，你开得是不是有点慢啊？”

楚杭抿着嘴唇，没有理睬谭音，车速倒是提了提，从三十迈变成了四十迈……

谭音望着此刻很空旷的马路以及限速八十的标牌，觉得楚杭这安全驾驶也太安全了吧，她想了想，才试探道：“你驾龄多久了？”

“两年。”

谭音刚松了口气，就听楚杭淡然地补充了一句：“上路这是第六次。”

谭音二话没说，立刻系上了安全带：“我觉得你说得对！坐后座确实也应该系安全带，很多事故，其实对于后座乘客同样危险，如果系了安全带，其实能挽救很多生命和不幸！”

谭音说完，小心翼翼地斟酌用词道：“不过楚杭，你为什么要选这辆车呢？”

车技这么烂，他为什么要开这么好的车，万一碰擦撞到，不心疼吗？

楚杭瞥了一眼谭音，冷冷地道：“这是我家最差的一辆车。”

哦，告辞了……

不过虽然车速不快，但因为路况好，楚杭又走了近路，竟然赶在了规定的时间内到了御景园。

楚杭直接把车开进了小区楼下：“你叫人家下来取吧。”

“你顺路放下我就行了，你不是约了人还要去见吗？”

“哦，刚才对方和我说，路上堵，他要晚半小时到。”楚杭自然地道，“反正没地方去，这个小区我看设计挺有特色，我正好研究一下。”

学霸果然是学霸，随时随地想着学习。只是谭音佩服的同时，看了一眼御景园这小区里平淡无奇的设计，不知道哪里入了楚杭的眼。

看来自己还是要加紧努力啊，楚杭能在这普通到烂大街的设计里读出细节里的匠心进行研究，而自己显然还差点儿火候，竟然什么优点也看不出来。

不一会儿，订餐人下了楼，找谭音取了餐，看了好几眼谭音身后的保时捷，才嘟囔着走了。

谭音送完御景园的外卖，就准备前往隔壁的兰若亭小区。她回到楚杭的保时捷前，拍了拍车窗："楚杭，你把我剩下的外卖给我吧，你可以留下研究这个小区的设计了。"

"不用再研究了。"楚杭的声音淡淡的，"这小区仔细看看。也没什么设计感，设计师不行。"他瞟了谭音一眼，"你下一个小区是哪里？我去看看那个小区。"他说完，瞪了谭音一眼，"你还愣着干吗？还想不想蹭车了？"

"蹭……蹭！"

谭音哪敢迟疑，立刻从善如流地爬上了车。

很快，和上一次一样，保时捷停到了兰若亭，取餐人下来取了餐。

兰若亭是相当有品质的楼盘，这里全是独栋别墅，外立面都是用大理石铺就而成，庄严肃穆里又很有典雅的风韵，尤其是小区里的每一个细节、每一帧风景都经过设计师的细细拿捏，独到又灵动。

就是谭音这样的学渣，随便几眼看来，也都能品出那么点门道来，就更别说楚杭了。谭音估摸着楚杭大概是要在这里细细研究，这车是蹭不到了。

结果她回到保时捷边，就听到楚杭波澜不惊地喊了句"走了"。

"你不研究这里的设计了？我看这里能研究的东西还挺多啊。"

楚杭抿了抿唇："太有设计感了，建筑设计师太优秀了，让我看了有点压力，不开心，所以不想看了。"

设计太烂瞧不上，设计太好又嫉妒？

呵，男人。

被谭音腹诽的对象看了眼手表，冷漠无情地道：“哦，离约好的时间还有段距离，你还有哪个外卖要送？”他瞥了谭音一眼，冷哼了一声，“今天便宜你了。我正好想练车。”

“仁恒湾！”

既然这样，那她就不客气了！

就这样，谭音几乎是美滋滋地蹭了全程，等去送最后一份外卖的路上，她才松了一口气。虽然出了个小插曲，但她最后总算是没超时都送完了。

谭音扒拉着手机，笑得有些合不拢嘴：“送完最后一单，这样今天一共就能净赚四百！”

楚杭抿着嘴唇没说话，过了片刻，谭音才听到了他的声音：“对不起。”

楚杭的声音有些不自然：“我不知道你是这样的情况。”他顿了顿，似乎在努力斟酌用词，“你当时画那漫画，除了对我有些误会外，是不是也出于这种原因？”

谭音蒙了：“什么？哪种原因？”

楚杭似乎不知道该如何开口，声音有些不自然：“就是，你当初是为了什么才画了关于我的那种漫画？”他咳了咳，“你只要老实说出你画图的初衷，我可以原谅你。”

“那你能把我的漫画原稿也还我吗？”

“嗯。”

谭音没想到竟然会有这么峰回路转的一出，眼睛都亮了起来：“行行，我交代，我都老实交代！”

谭音这么积极表态，楚杭反而有些尴尬了，想了想道：“我知道让你说可能有点难堪，我听说画那种漫画，只要人气高了，会有些出版社或者网络平台找上门来，然后给作者一笔钱买断版权费，你是不是……”

楚杭那句“家里比较困难”还没来得及说出口，就听到谭音激动地打断了他的话：“不是！我怎么会是为了钱呢？我是为了爱啊！楚杭，你不觉得男人和男人在一起，也可以很美好？这是一种超越了性别和繁殖欲望的感情！你知道《荷马史诗》吗？我建议你去看一看，理解一下这种伟大的爱……”

谭音的话还没说完，就被楚杭打断了，他的声音有些咬牙切齿：“你画这个不是因为缺钱被逼无奈走投无路？”

谭音连连摆手：“不是！绝对不是！把我的作品和钱扯上关系那是对艺术的亵渎！我的创作初衷特别纯粹，单纯是我想画、想要表达、想要分享而已……”为了证明自己的初心，谭音解释道，“你别看我现在这么穷，但我画这个的时候真的不缺钱，我纯粹是因为画了这个导致学习上分了心，成绩考得稀巴烂，还隐瞒我爸，才被我爸停了卡断了经济来源的。我现在这么穷，其实完全算是为艺术而献身造成的，但是，为了艺术！我愿意！我甘心！”

谭音说到自己喜爱的漫画，越说越慷慨激昂，没注意到号称要原谅自己的楚杭却是越听脸色越黑……

“所以你家里根本不穷？家境也不困难？”

“是啊，不过比起你家来也可以算是赤贫了，所以上次你的慈善捐款我觉得也很合理哈哈哈……”

长久的沉默后，楚杭的声音才再次咬牙切齿地响起：“谭音，你从我车上下去吧。”

“啊？怎么了？你的车坏了吗？”谭音看了看楚杭，这才发现对方的脸黑得可以赛锅底，她小心翼翼地试探道，“楚杭，你是不是还在为漫画的事生气啊？可你刚才不是说，只要我老实交代了，你就原谅我，和我冰释前嫌翻过这一页了吗？我都毫无保留和隐瞒地交代了，你不能出尔反尔啊，何况我脚上手上还受伤了呢……”

楚杭的声音毫无诚意：“嗯，我不生气。”他笑了笑，“我就是突然想起来，你不是铁汉吗？铁汉的话，这点痛，风雨中算什么？你下车吧，你不是喜欢《钢铁是怎样炼成的》吗？那你自己下车实践一下炼个钢吧。”

楚杭说完，回头看了谭音一眼，那眼神仿佛在说：看你还有什么理由继续坐我的车。

由俭入奢易由奢入俭难，她都坐上车了，哪还愿意轻易就下来呢？

谭音狗腿地笑了笑：“铁汉确实是铁汉，但是楚杭，还有一个词不知道你听过没？铁汉柔情啊，我这样的铁汉，其实也是有脆弱和柔情的一面的……”

谭音自然是没有下车的，楚杭虽然黑着脸一脸气炸裂的表情，但到底没把她赶下车。不仅没赶下车，还一路开车把谭音带回了学校。楚杭在离校门口一条街的地方，才把谭音丢下了车。谭音本以为他是顺路回学校才把自己一起捎回来，结果她刚下车，楚杭就掉转车头一脚油门头也不回地走了……

很显然，男人对车天然爱意深沉，楚杭这怕是练车上瘾了。

只是下了车，谭音一看，才发现虽然这路口离学校的正门还有些距离，但稍微抄个近路，只要走十分钟，就能走到学校东门不远处的校医院去。

虽然在楚杭的车上已经简单处理了伤口，但既然医院这么近，谭音还是顺路去看了看，让医生再清理了下伤口，还配了条淡化疤痕的膏药，这才一瘸一拐地回了宿舍。

等过了一天，楚杭就通知她回去认领“可回收垃圾”。

小电驴毕竟是向周铭借的，谭音坐了公交，转了几次车，风风火火就赶到了楚杭家的别墅门口。

谭音几乎是一眼就见到了自己宛若新生的小电驴，之前散落的零件全部装上了，座垫似乎也变新了，而本来已经泛旧的漆都好像颜色又变得鲜艳起来了？？？

谭音在道谢之余不禁发出了感慨："谢谢……不过这车你确定是我的？怎么感觉像新车似的？"

楚杭双手环胸站在门口，表情一如既往地冷淡，瞥了眼谭音："给你修好了、变新了，你还有什么不满意的？"

"不是……就是感觉这好像不是我的车哎……"谭音疑惑地看向楚杭，"楚杭，你这该不会是和我玩金斧头、银斧头的套路吧？"

楚杭皱了皱眉："什么金斧头、银斧头？"

"就是有个小孩去山里砍柴，铁斧头不小心掉进了河里，河神老头出现，给他捞出了一把金斧头，又给他捞出了一把银斧头，最后才捞出了铁斧头，问小孩哪把是他的，结果小孩不要金斧头、银斧头，坚持要回了那把破烂铁斧头，然后河神老头哈哈一笑，对小孩说，小兔崽子，你真是捡回了一条命啊，要是你敢要金斧头和银斧头，我就一斧头砍死你了。"

楚杭一脸难以言喻的表情："你这个故事，版本不太对吧？什么一斧头砍死你？谁和你讲的？"

"我爸啊，他说这个故事告诉我们，人要诚实，不要贪图小便宜，否则会被乱斧砍死啊……"

楚杭一张脸上，简直写满了生动的一言难尽。他憋了半天，才憋出一句："你爸还挺别致的……"

说完他淡淡地扫了谭音一眼，然后不自然地移开了视线："不过你放心，我没这么无聊和你玩这种真话假话测诚实度的游戏，这就是你的车，只不过物业修好后，还给你擦了擦而已，所以看着很新。"

谭音想想也是，楚杭哪里会这么无聊，点了点头："那这个修好花了多少钱？我转你。"

"不用钱。"楚杭绷着脸道，"正好赶上物业的免费维修日活动。"他说完，看了谭音一眼，像是有些不耐烦般催促道，"你赶紧把这小破车带走。"

谭音心里喜不自禁，赶紧千恩万谢地带着小电驴走了。

到底是高档小区，连物业都多才多艺，还能修电动车！还真别说，这车经过物业一修理，不仅外表焕然一新，就连骑起来的感觉也完全像新车！

谭音几乎是心情愉快地就回了学校，最近她不打算再去送外卖了，生活费够用了，而她也想把更多时间用到学习上，琢磨着什么时候把这焕然一新的小电驴还给周铭完事。

谭音神清气爽着，而楚杭就爽不起来了。他觉得自己大概率脑子出问题了，否则为什么平白无故给谭音重新买了一辆同款的小电动车？那破车修不好了直接丢回给她不就行了吗？

一定是那些幻听幻视的错！自己真是被谭音折磨惨了！

楚杭觉得克服和治疗这幻觉的症状真是刻不容缓了，再这样下去，自己难保不会患上斯德哥尔摩综合征了。

他又去了几次心理咨询室，甚至连医院的神经内科也去过了，然而一点用也没有。

任何治疗方案都没有用。

幻觉该怎么出现就怎么出现，谭音在自己的幻听幻视里仍旧活蹦乱跳的。

只是对自己病症的观察记录下，楚杭也发现了一个规律，所有的幻听幻视，都是在雷雨天。自己只有雷雨天才会发病。

楚杭几乎是用对待建筑的专业态度来对待自己这莫名其妙的病症了。他列出了表格，总结了每次出现幻觉的场所、时间、幻觉的情景，力争从这纷繁的细节里整理出共通点。

这种幻听幻视，除了雷雨天外，是不是还有别的触发条件？

这之后的一周里，又断断续续下了两次雷雨，其中有一次楚杭看到了谭音。

那是在建筑手绘课上，这本来是谭音从来不翘成绩也还不错的课，结果这个雷雨天她竟然没来，蒋一璐替她请了假，说是吃坏了肚子去医院了。

而别人都看不到的谭音，自然又大咧咧地出现在了自己面前。

楚杭抿紧嘴唇，知道自己这是又犯病了。

但这次犯病，他决定主动出击，不能再试图用忽视掩盖自己的不正常了，这幻觉并不是自己不承认就不存在的。因此这一次，楚杭几乎是认真地观察着这幻觉里谭音的一举一动。

楚杭被幻觉折磨得睡不好吃不香，谭音倒好，即便知道这只是幻觉，并非现实，但看着唇红齿白、皮肤吹弹可破、穿了条白色长裙就这么坐在蒋一璐身边的谭音，楚杭还是气不打一处来。

她此刻正认真地听着课，但像是没忍住般，连续打了两个哈欠，然后一双眼睛里便氤氲上些许泪意和雾气，模样倒是有些乖巧动人。

楚杭觉得自己的不正常是有点严重了，幻觉里竟然都开始美化谭音了。

不过很快，谭音就本性毕露了。

大家开始给手绘上色的时候，她终于坐不住了，站起来开始在教室里逡巡，一会儿凑过去看看这个同学的，一会儿又看看那个，间或还点评两句，然后她绕了一圈，终于转到了楚杭身边："我就说嘛，果然还是楚杭画得最好。"

谭音的气息真实到犹如近在咫尺，饶是楚杭早就知晓了这幻觉的厉害，还是忍不住没控制好，失手弄翻了几支蘸满了水彩颜料的画笔，这画笔轻轻一滚，正好准确地触到了谭音白色裙摆的边沿，晕染出了一片色块。

幻觉里的谭音却浑然不觉，她此刻正专心盯着楚杭的手绘研究，而楚杭只觉得，她凑得太近了……

好在很快，谭音就起身跑回蒋一璐身边了……

屋外的雷雨渐渐变小，这幻觉应雷雨而来，在这雷雨逐渐消散之前，也应雷雨而走般走出了教室，然后转身不见了。

雷雨彻底停了，一切果然又恢复正常，楚杭终于松了口气。他收拾了课本和画材，往食堂走去。

谭音对今天的雷雨非常不满，竟然赶在自己最喜欢的手绘课上下。她自己没法画，只能在教室里转了一圈又一圈，把所有同学的作品都看了一遍。

好不容易憋到下课，雷雨也快停了，她急匆匆地跑出了教室，在厕所的隔间里恢复正常后，才推开门走了出来。

谭音和蒋一璐约好了在食堂会合，结果她刚在食堂窗口打了三个大荤菜，就迎面撞上了楚杭。

楚杭见了她，看了眼餐盘上的三个大荤菜，果然皱了皱眉："你不是吃坏肚子了？"

谭音急中生智道："是吃坏了，刚看完医生，说我肚子里油水太少，多吃肉就可以康复了。"

好在楚杭对她一直爱搭不理，随口问了这么一句后，也懒得理睬她，他又冷淡地瞥了她一眼，显然是准备抬脚离开，只是这么一瞥后，不知道为什么，楚杭突然愣住了，他一脸见了鬼般的表情死死盯着谭音的裙子看起来。

这眼神看得谭音都有点毛骨悚然："怎……怎么了？"

楚杭深深地看了谭音一眼，然后才敛了眼神，抿了抿嘴唇，声音极度不自然道："你这裙子太丑了。"

简直莫名其妙啊？

我这裙子就算丑，花你的钱了？

不过很快，谭音就没在意这个插曲了。她看到了蒋一璐朝着她挥手，于是端着自己的三个大荤菜就坐了过去。

伴随着蒋一璐的校园八卦信息，一顿饭吃得十分香，只是当两个人起身准备把餐盘放进清洗处时，蒋一璐却看着谭音的裙子叫起来："谭音，你的裙子上沾上水彩了！"

谭音低头一看，这才在白色裙摆的边沿看到了一块水彩颜料，她忍不住气急败坏地跳了起来："我这裙子才穿过几次呢！"

"肯定你刚才隐身时候不小心在手绘课上沾到了。"

谭音十分哀怨："我都不知道什么时候沾上去的，也不知道洗不洗得掉。"

好在等谭音冲回宿舍，把裙子泡了泡，又手洗了两三次，这色块倒是淡化了，谭音又搓了几把，终于把这颜料给洗干净了。

洗干净了裙子，她心情大好地躺在床上看起专业书来，根本不知道另一边，楚杭在遭受怎样的心理冲击。

第十一章

狐狸的狡猾

楚杭其实老远就在食堂的人群里看到了谭音，她竟然穿着和自己幻觉里如出一辙的白裙子，这裙子没有繁复的设计，也没有别的点缀，就素色的纯白，样式其实有些寡淡，然而穿在谭音身上，被她艳丽的长相一衬，反倒有种相得益彰的意味。

他本来并不想见她，然而等楚杭反应过来，自己已经走到了谭音面前。楚杭觉得自己可能太想吃海南鸡饭了，所以才不由自主地走到了谭音面前这个窗口。

只是楚杭在与谭音擦肩而过的刹那愣住了。

她的裙摆上，为什么和幻觉里有着一模一样的水彩污渍?

这到底是怎么回事?

谭音走了，楚杭却仍旧完全处在震惊里，久久无法平静。他努力镇定地吃完了饭，脑海里却飞速转动起来。

如此说来……回想所有幻觉里谭音出现的细枝末节……

楚杭脑海里突然闪过了一个大胆的猜测：会不会自己所见的场景，根本就不是幻觉?

然而一旦按照这个方向去推断，楚杭发现一切似乎都好解释了。

虽然这一切完全不合乎科学原理，但面对铁一般的证据，楚杭觉得这可能是唯一合理的解读了。

只是即便幻觉里的谭音是真实存在的，那似乎除了自己，别人也看不到她。

楚杭皱着眉想了想，觉得这似乎可以用 QQ 的隐身功能来解释。谭音是真实在线的，然而一上线她就贼溜溜地选择了隐身，只是无意间不知道怎么的对自己点了“隐身对其可见”。

这个设想太过荒诞，虽然裙摆上的颜料已经是不争的事实，然而以楚杭谨慎周全的处事风格，觉得总该再验证一下才好。

他望着窗外仍旧暗沉的天空，有了打算。

而几乎是同时，窝在床上的谭音也抬头看了看灰蒙蒙的天，伸了个懒腰：“怎么感觉这雨没下干净，今天还会有一场雷阵雨啊……”

虽然是阴雨天，然而宿舍里其他几个跑去市里准备看晚上张学友的演唱会了，如今屋里只剩下蒋一璐和谭音红尘做伴活得潇潇洒洒，一个刷美剧，一个刷专业题。

谭音做着做着，就遇到了个难题，结果问蒋一璐，这家伙也是一问三不知。

“你要不找隔壁的姜雨蒙问问？”

谭音点了点头，结果刚想起床去隔壁，手机就响了。谭音掏出来一看，来电显示竟然是楚杭。

谭音几乎是战战兢兢地接了电话。

楚杭的声音经过音频传导，似乎更冷淡了点，他言简意赅道：“来一趟知行楼外的咖啡厅，包厢 108。”

“啊？”谭音看了眼外面的天，感觉又要下雷阵雨了，直觉不想去，“今天天气不太好，要不我们等出太阳了再约？”

“你现在来，我就把漫画手稿还给你。”

谭音有些动心了……

只是楚杭主动找她，她总觉得没好事啊……

结果几乎是同时，楚杭的话就彻底打消了谭音的疑惑，他的声音冷冷的：“我有个小侄女，想要个卡通头像，你不是能画画？过来给我画一个。”

谭音这下不犹豫了：“行！等我十分钟！我马上到！”

她想了想，去找一趟楚杭也行，自己给楚杭的侄女画个头像，楚杭把漫画手稿还给自己，顺带自己刚才这道解不出的也拿去问问，还有上次那辆小电驴，她还想问楚杭呢。谭音前几天刚把车还给了周铭，周铭对焕然一新的车自然也表示了惊叹，只是没过两天，他就联系自己，说这车绝对不是他的，因为设备序列号对不上……

谭音怀揣着一肚子的疑问就上路了，结果等她赶到包厢，楚杭竟然还没到，然而楚杭没到，刚才将下不下的雷阵雨倒是到了。

雷鸣电闪中，谭音非常不合时宜地隐身了。而几乎是同一瞬间，楚杭推门进来了，跟着他一起进来的，还有徐聿。

徐聿语气里带了点抱怨：“楚杭，这么个破天你出来干什么？你看一下子温度都降得不行了，幸好我穿得多……”他一进来便径自坐了下来，“不过谭音人呢？你刚才叫我去点单之前我记得好像看到她推门往里面走了啊，怎么现在屋里没人？”徐聿抓了抓头，“你刚才不是一直都在拐角处打电话吗？视线不正对着门口？她没走进来吗？”

谭音心里一惊，自己刚才进来时太急了，也没料到下一秒就下雷雨，压根儿没在意四周是不是有人……

幸好楚杭只轻轻抬了抬眼皮，声音淡淡地道：“我刚才低头回了个信息，没在意，不过她应该还没到，你可能看错了。”

“哦……”徐聿不疑有他，继续喝起饮料来。

谭音拍了拍胸口，也松了一口气：“可吓死本宫了。”

不过一旦放松下来，谭音就觉得有些冷了。她出来得急，根本没套外套，此刻在室内，竟然有些瑟瑟发抖起来。

幸好楚杭大概也觉得冷，把包厢里的空调调高了几摄氏度。

只是这行为很快引来了徐聿的抗议：“喂，楚杭，很暖和啊，你还调高干什么？这么一热我都要出汗了！”

楚杭冷冷地瞥了徐聿一眼：“热你可以脱。”

“你穿得不也挺多的？！穿这么多你还能冷？”

“嗯。”

谭音一看，还别说，楚杭是穿得挺多的……

虽然这么一调高温度，谭音是暖和了，但她看着还穿着厚外套的楚杭，十分同情：“楚杭啊，你年纪轻轻穿这么多还冷，这恐怕是肾虚啊……”

不过谭音凑近楚杭看了看：“哎？不过你真的不热？我看你怎么脸上都泛红了？真的不是热的？怎么鼻尖都好像有汗了？”

徐聿同样眼尖地看到了楚杭的脸，结果还没等他开口询问，楚杭就镇定地道：“我不热。”

徐聿疑惑地道：“那你的脸怎么这么红？”

“哦，有点过敏。”

徐聿满脸狐疑：“你什么时候过敏了？你不是吃什么都不过敏吗？也没有花粉过敏啊。”

徐聿显然还想说，只是他的话音被自己连续的几个喷嚏给打断了，他皱了皱眉：“什么味啊？”

谭音嗅了嗅，这才发现这包厢里确实弥漫着一股什么熏香味，有点像柑橘又有点像草莓，还挺独特的。她循着香味找了下，才在包厢的角落里找到了一瓶熏香香水。

徐聿也找到了香味来源，苦着张脸控诉："这不是你刚才带来的那个小盒子？里面装的竟然是香水？楚杭，你怎么了？随身带着这种味道的香水干什么？而且你只是出来见个人而已，至于在包厢里都放个熏香吗？"徐聿的表情非常崩溃，"你空调温度开这么高，密闭空间里这味道真的太折磨人了……"

面对徐聿的质问，楚杭却仍旧十分淡然，他波澜不惊地瞟了对方一眼："徐聿，做男人也要时刻精致。"

别说徐聿，就是谭音也惊呆了，她第一次见到这么骚的操作，出门竟然自带熏香，可真是高贵冷艳的典范了。楚杭可真是个精致男孩，失敬、失敬！

不过很快，谭音就失敬不出来了，她饿了……

学习太消耗能量了，三个大荤菜根本不经用啊！

"啊，好想吃奶酪包、巧克力千层还有抹茶曲奇啊……"谭音一边按着肚子，一边忍不住开始过嘴瘾。这三样东西都是这家小咖啡厅的特色，每次谭音一来这儿就必点这经典三样。

谭音哀怨地看了一眼窗外的雨，只能自言自语自我安慰起来："往好的方面想这次至少不至于饿着肚子看别人吃香的、喝辣的……"

结果她的话还没说完，楚杭就按铃叫来了服务员："麻烦给我来一份奶酪包、巧克力千层和抹茶曲奇。"

等服务员送来了这三样令谭音此刻垂涎不已的甜品后，楚杭竟然真的优雅地吃了起来，一口又一口，简直像是咬在了谭音的心上……

这世上有什么比看得着吃不到更痛苦的事吗？

没有了！

谭音的心态完全崩了……

而楚杭对面的徐聿，心态似乎也不太好，他见鬼似的看了楚杭一眼："你不是最讨厌这种腻歪的甜食吗？怎么点了这么一堆？"

楚杭贵气的脸上没什么表情，他轻轻咬了一口嘴里的抹茶曲奇，声音平静而欠打："反正我吃不胖，突然好奇。"

行吧……谭音觉得，今天的楚杭纯粹是来拉仇恨的。

然而谭音一点也没法发作，只能在楚杭身边蹦来蹦去，眼睁睁饿着肚子看着楚杭把自己喜欢的甜食吃了个遍，简直是人间惨剧。

"我不眼馋我不眼馋，奶酪包、巧克力千层和抹茶饼干一点都不好吃，蜂蜜芝士蛋挞、杧果慕斯才是人间美味！"

结果几乎是同时，楚杭又一次按了服务铃："麻烦再给我来一份蜂蜜芝士蛋挞和杧果慕斯。"

楚杭这么丧心病狂真的合理?

而老天仿佛还嫌不够似的，在出门之前喝了一瓶果汁的谭音，此刻竟然有了些尿意。

只是包厢门紧闭着……

好在就在这时，徐聿看了眼手表，似乎没了耐心："你不是和谭音约好了吗？这都过去一刻钟了，她怎么还没到？"徐聿显然不想再忍受这包厢里的熏香味，规劝道，"现在外面雷雨这么大，我看她是打算放你鸽子了。楚杭，要不我们先走吧。"

楚杭喝了口咖啡，波澜不惊地抬了抬眼皮："没事，你先走吧。"

谭音几乎高兴得跳了起来，忍不住对徐聿竖起了大拇指："徐聿，就冲你这一点，你们比大小的比赛里，我也决定赌你赢！"

谭音一边说一边就往门口走："行了行了，徐聿你可赶紧走吧，我等着呢，一开门我就要去尿尿，可憋死我了！"

结果谭音刚候在门口，眼见着徐聿就要打开包厢门，楚杭突然起身按住了徐聿的手，把刚拉开一条缝的门重新关了。

不知道怎么的，楚杭刚才还云淡风轻的脸，此刻突然就风云转色般变得很黑。他顿了顿，像是压抑下某种怒气一般，转头看向了徐聿：

“我想了想，你还是留下陪我吧。”

“啊？”

楚杭揉了揉眉心，努力保持微笑，然而他那咬牙切齿般的声音显然出卖了他的情绪。

谭音只听他一字一顿道：“我怕没有第三人在，谭音就要对我下手了。”

谭音惊呆了，欲加之罪何患无辞！这简直是人在家中坐锅从天上来啊！

楚杭却显然还嫌不够似的，又补充了一句：“毕竟你知道的，她连为我跳楼这种事都做过，我怕她还想着和我生米煮成熟饭。”他朝徐聿歉意地笑了笑，“所以我一开始叫你一起出来也是基于这个原因。”

谭音简直气炸了！要不是现在隐身，她可真想脱下鞋子拿鞋底板抽死楚杭！

“楚杭，你这话什么意思？！什么叫我要对你下手了？怎么说得我和色中饿鬼一样，关起门就准备强奸你似的？仗着自己长得有几分姿色你就嘚瑟上了？”

谭音简直气不打一处来：“你一个大男人，我就算有心，也无力对你下手啊。而且你不会抵死反抗啊？再不行守贞而死啊！你要寻死了我立刻给你立贞节牌坊！”

不管怎么说，楚杭这理由怎么听怎么怪，简直像是故意不让徐聿开门似的。谭音憋着尿，气得不行，只是气愤也不能解决问题，楚杭却还像和自己作对似的，拿起桌上的茶壶给自己倒水。他一倒起来还没完没了了，那水流的声音简直让谭音的尿意更甚了。

当一个人不得不憋尿憋屎的时候，通常的操作是转移自己的注意力，尽量不要去想上厕所这件事，一旦专注于另一件事，便能再成功憋上一会儿。

谭音绕着餐桌走了两圈，最后实在没办法，只能怨念地走到了楚杭身边，清了清嗓子："富强、民主、文明、和谐、自由、平等、公正、法治、爱国、敬业、诚信、友善……"

只可惜她背完了社会主义核心价值观，楚杭仍旧不为所动，他大概是喝茶喝多了，倒茶都有些手抖。

谭音叹了口气，社会主义核心价值观是救不了自己了，这痛苦的憋尿时刻，看来还是背诗吧。谭音的选修课里有一门是古诗词鉴赏，平时的课外作业就是背诗，她深吸了一口气，就开始温故知新地背起来。

只是背来背去，这些艰涩的古诗词实在是有些强人所难，很快谭音就没兴趣了，一边努力憋尿，一边开始瞎扯了。

"天若有情天亦老，人若有情死得早。

"春宵一刻值千金，绝知此事要躬行。"

…………

正儿八经的古诗词谭音没会几首，但一背起这种"泥石流"词句，倒是出口成章滔滔不绝犹如长江之水，只可惜她好不容易忘记了憋尿的痛苦，正背到兴头上，徐聿的声音一下子打断了他的思绪。

"楚杭，当心！怎么突然把茶水都倒在自己的手上了啊？没烫伤吧？"

谭音一看，才发现楚杭白皙的手上已经明显烫出了一片红痕。他的脸色有些莫测，像是在憋着什么情绪似的，如果是动漫人物，谭音毫不怀疑，此刻的楚杭太阳穴边早就挂满黑线了。

"没事。"然而大概还是被烫疼了，谭音总觉得楚杭低沉的声音里带着一丝即将龟裂的不稳。

不过谭音也无心去在意这些，一停下背诗，她的尿意就又来了，于是她不得不继续集中精神。

"说好一起到白头，你却偷偷焗了油。

"何事长向别时圆，我会天马流星拳。"

“咯咯咯！”

谭音正诗兴大发呢，也不知道怎么的，楚杭竟然平白无故喝茶给喝呛了，硬生生再次把她的才思给打断了。

谭音憋得难受，等楚杭咳嗽停了，就又念上了：“垂死病中惊坐起，意外怀孕怎么办……”

“噗——”

伴随着楚杭呛到的声音响起的是徐聿焦急的喊声：“楚杭，你怎么了？怎么咳得茶都喷出来了？”

平时喝个茶都像是贵族礼仪教学模板的楚杭，今天竟然一而再再而三地犯起了这种用餐礼仪里的低级错误，这确实属于发挥失常啊！

不过大概是觉察到自己的失态，楚杭这一次终于不再坚持继续关门坐着了，他抿了抿唇，开了口：“等了这么久谭音还不来，我看她大概是有事不会来了。既然这样，我也不想等下去了，我们先走吧。”楚杭垂下了视线，“我给她设个限，如果她今天雨停后联系我，约我见面诚恳道歉，我就把漫画手稿还给她，过期不候，这种不堪入目的手稿我就直接扔碎纸机里了。”

“我的手稿，你等等我，今天雨停了我立刻去带你回家！”谭音眼带不舍地又看了几眼摆在一边的手稿，“你放心吧，我绝对不会让你丧身在楚杭的铁蹄之下的！我会为你战斗到最后一刻！”

此刻，徐聿开了门，已经站在门口催了：“对了，赶紧去水龙头上用冷水冲一下你烫伤的地方吧，否则真说不准要起泡的……”

谭音见门开了，也顾不上其他，立刻夺路狂奔跑出了包间，去响应自然的呼唤，直冲厕所了。

徐聿觉得楚杭最近的不正常似乎更严重了，不说他刚才在包厢里倒茶突然烫了手，喝茶突然被呛，此刻刚走出咖啡厅，明明外面还下着雷阵雨，他也刚被谭音放了鸽子，手里还拽着那本不堪入目的漫画，然而他平时从来表情寡淡的脸上，竟然缓缓地露出了一个微笑。

最令徐聿害怕的是，这个笑容里的笑意还十分真实甚至很有感染力，只是这笑意的余韵里，徐聿却分明解读出了阴险。

那种真真切切的阴险！

一时之间，徐聿心里非常不合时宜地冒出一个诡异的念头：楚杭黑化了！

而当徐聿心里百转千回之际，楚杭却回头朝徐聿又笑了笑，周遭天空乌云密布，而他的眉眼间尽是灿烂笑意，连眼神都像是泛着算计的精光。他看了眼徐聿，然后转开了眼光，看着屋外的雷雨，轻笑道："现在开始，风水轮流转，敌人在明我在暗了。"

楚杭笑起来明明非常好看，语气也非常轻柔，只是这种轻柔之下，他越是举重若轻，徐聿就越是替他口中那位"敌人"捏一把冷汗。也不知道楚杭嘴里这个敌人是谁，但不论是谁，怕都是要被送上绝路了。

而另一边，谭音完全不知道自己即将被送上绝路的命运，刚进厕所没多久，雷雨就停了。等确保自己恢复正常后，谭音便大摇大摆地从厕所走了出来，只可惜此刻再回包厢，已是人去楼空，楚杭和徐聿已经离开了。

谭音心里念叨着自己的漫画手稿，想也没想就立刻给楚杭打了个电话。她还记得楚杭离开包厢前那番话呢，因此想赶紧把楚杭约出来，趁着今天他没变主意，赶紧把自己的手稿拿到手。

她本来预备好了迎接楚杭被放鸽子的怒火，然而出乎谭音的意料，楚杭似乎根本没有生气，也对自己的再次出现一点没有意外。

他的声音一贯地冷淡："好，那十分钟后逸夫楼见。"

楚杭说完，就冷酷地挂断了电话，而谭音也没敢闲着，逸夫楼离这里正好不多不少十分钟的距离，并且和女生宿舍的方向完全背道而驰。谭音本想回宿舍换件衣服，可楚杭似乎是算好了时间和地点一般，让她没办法赶回去一趟，也不知道他在逸夫楼干什么。毕竟建筑系常年使用的教学楼也就只有知行楼，逸夫楼那里可是师范专业的地盘啊，何况男生宿舍楼也在和逸夫楼完全相反的方向。

不过此刻也没空想这么多了，谭音一路小跑，才终于准点赶到了逸夫楼。

她到了会儿，楚杭才姗姗来迟。

“楚杭，我的手稿呢？”

楚杭镇定自若地举了举手里的本子：“一手交钱一手交货，你帮我把我侄女的头像画了，我给你手稿。”

这话听起来很合理，谭音便立刻找了间空教室，摊开画笔画纸就随手涂鸦起来。手绘头像不需要花费多久时间，很快，谭音便照着楚杭提供的照片，把小姑娘的头像画完了。

“你看看怎么样？”

“这个眼睛有点画太大了。”

“行，我来改改。”

“这个刘海，有点画太厚了。”

“好……”

…………

结果这么一个简单的小头像，楚杭这个挑剔的甲方竟然还找了一堆碴出来，谭音改了几遍，楚杭似乎还是觉得不满意。

谭音实在是力竭了，来来回回改了几次，实在是有些无奈了：“楚杭，我的水平就这样了，你行要不你上吧。”

“嗯。”

谭音这句话只是抱怨，然而没想到楚杭真的上了。他俯下身，从谭音手里抽走了笔。

“这里这样画比较好。”

毫无防备地，楚杭低沉冷感的声音就在谭音的耳畔炸了开来，像是一朵冲天的烟火，又像是最好听的低音炮，一时间谭音只觉得有点恍惚。

也是此刻她才意识到，不知不觉中，楚杭为了点评这个头像，已经站在了自己身后，而他就就着这个姿势低头弯腰抽走了自己手里的笔，一时之间无意中形成了一个把自己禁锢在怀里般的暧昧姿势。

“这个表情是不是更好看一点？嗯？”

距离是这样近，谭音只觉得自己都能捕捉到楚杭的呼吸。她只要微微抬头，就能碰上楚杭挺翘的鼻尖，而自己根本都不用动，楚杭的气息已经如影随形地伴随着自己。谭音只觉得手心沁出细汗，她闻到了楚杭身上那种淡淡的熏香味，带了玫瑰和柑橘的味道，完全不适合楚杭这样冷冽的气质，然而真的融合在他的身上，竟然并没有觉得不契合，反而让人觉得有一些反差地动人，仿佛让楚杭这周身的冷然带上了一种暧昧的甜美气息。

不知道为什么，谭音总觉得楚杭今天是故意的，然而她找不到证据。

始作俑者却似乎并没有意识到这姿势的暧昧，楚杭仍旧绷着表情，一本正经地一笔一画地动手改着图。他那镇定冷静的模样，让谭音觉得自己真是想太多了……

楚杭怎么可能是故意的？故意凑近自己在自己耳边说话？这根本不合理啊！他一定是改图改得忘我了……

只是楚杭改忘我了，谭音却忘我不了，她就这么被圈在楚杭怀里，一动不敢动，楚杭却还嫌不够似的，不仅自己动手，还一边画一边和谭音讨论。

“你们女生喜欢这种眼睛的画法吗？

“头发换成这种颜色感觉更自然吧。”

…………

谭音是第一次意识到，原来一个人凑在另一个人耳畔说话，是这样的体会——这实在是太难熬了！尤其当楚杭那唇舌间的吐息轻轻拂在自己的脸上，谭音只觉得自己的脸颊完全红了，她的心跳得快到像是要蹦出胸膛，全身体温升高。再这样下去，她只觉得自己不是要被送进医院急救室就是要送去消防队灭火降温了……

幸好自己之前隐身后凑在楚杭耳边说话楚杭听不到也看不见，否则这滋味可真是太难熬了！

谭音设身处地地想，以后自己隐身后，也绝对不凑到人跟前去了，己所不欲勿施于人哪！

好在就在谭音快要起身逃跑之际，楚杭终于松开了桎梏。

他淡然道："哦，画好了。"

谭音哪里还顾得上看头像，几乎立刻兔子似的蹦离了座位，然后和楚杭拉开了距离。

不知道为什么，谭音总觉得自己再待下去十分危险。

"既然画好了，那我先走了！"

几乎是丢下话，谭音就转身风也似的跑了。等她一口气跑回了宿舍，才想起来自己连此行的目的都没有完成，她根本忘记了问楚杭要回手稿！白给他画头像了！

谭音的心情十分懊丧，一边的蒋一璐却很情绪高昂，她拉了拉谭音："什么事啊？这么愁眉苦脸的，来，医学院今晚要办单身联谊会，和我一起去参加，没有什么事是认识一个帅气的男人不能解决的。"蒋一璐挤了挤眼睛，"如果一个不能解决，那就认识两个……"

只不过话还没讲完，蒋一璐就朝着谭音的头发和衣服嗅了嗅："谭音，你什么时候喷香水了？这味道淡淡的感觉还不错啊，哪个牌子的？"

谭音这才抬手闻了闻，果不其然有股淡淡的熏香味，她愣了愣，才反应过来，自己虽然隐身了，也没逃过被这味道沾上。平时隐身来无影去无踪无所顾忌，这次谭音倒是有些警醒，这味道就是自己去过那间包厢的证据，幸而楚杭似乎没有发现？

谭音好好回想了下，楚杭今天见自己，即便隔得这么近，也并没有露出任何意外或是困惑的表情，没有询问过自己身上的味道，可见是嗅觉不太灵敏反应比较迟钝。

万幸万幸。

蒋一璐很快就从谭音身上的香味上转移了注意力："对了，这活动报名超级火热的，必须确定是单身才能参加，而且为了保证活动效果，男女生比例要一比一。因为医学院本身女生就多，空出的女生名额就有限，我好不容易抢到个邀请函，不过你别担心，有了一张邀请函就好办了，到时候把你带进去问题应该也不大……"

结果蒋一璐正讲得头头是道，她的手机突然响了。

"喂？对对，我是蒋一璐，哎？不不不，你听我解释，不是这样，我是单身啊！你不能这样就取消我的资格！哎哎哎，你别挂电话！别挂！"

可惜不论蒋一璐怎么咆哮，对面的人还是挂断了电话。

谭音挺关切："怎么了？"

蒋一璐简直要气炸了，双眼冒火道："徐聿这个狗贼，我和他不共戴天！"

世界上没有不透风的墙，原来上次被徐聿拒绝的女生，悲恸之余大肆宣扬了自己暗恋徐聿多年却被蒋一璐横刀夺爱的悲情故事，这下导致蒋一璐在连毫不搭边的医学院都久负盛名了，她在联谊会的报名因此直接被负责审核的女生以"不是单身人士"而取消了资格。

谭音好劝歹劝，才终于了解了事情的来龙去脉，只是蒋一璐显然咽不下这口气："谭音，你知道吗？电话里那个女的对我大开嘲讽，影射我是脚踏几条船的白莲花，一边傍着徐聿，一边还想染指医学院的男生，还叫我自尊自爱！我蒋一璐什么时候受过这种气！”

“我今天就要血刃徐聿！都是这个始作俑者，害得我现在莫名其妙就变成了个有对象的人，问题这对象还是个假的！”蒋一璐愤怒道，“你说，我除了一个月前遇到了个变态尾随者外，我就没有遇上过正经的桃花，好不容易想参加个医学院的联谊会，结果徐聿这个扫把星就来了，他可真是我脱单道路上的路障！谭音，你别拦着我，我现在就要去找徐聿，让他给我好好澄清了，别妨碍我谈恋爱！”

经过谭音的好言相劝，蒋一璐总算消了点气，她决定不在宿舍窝着，去食堂吃点东西，补充点糖分，提高一下幸福感。

结果她刚走到食堂，就在窗口前排队的队伍里看到了徐聿。对方穿着白衬衫、牛仔裤，一脸笑意地和身后的女生聊着天，那女生脸生，蒋一璐以前从没见过，约莫是哪个学院的新生，长得倒是挺漂亮，最重要的是徐聿看向她的眼神，显然充满了柔情，两个人凑着头说话，姿态亲昵。

仇人相见，分外眼红。

蒋一璐心里憋着气，自己都被这家伙挡道搞得桃花运全无了，他倒好，还自得其乐地找到了接盘侠？！这能忍吗？当然不能！

就在蒋一璐准备冲上前拽着徐聿一通理论之时，她的肩膀突然被人拍了拍。

蒋一璐回头，看到了一张熟悉却令人完全高兴不起来的脸，正是一个月前开始尾随她的那个男生。这人长得不算丑，就是普普通通的正常人，有些胖，从头到脚恨不得每个毛孔都用名牌包裹起来，然而蒋一璐怎么看怎么讨厌。

她是有一次在图书馆自习室自习过后，不知道怎么的就被这家伙盯上的，对方也不找蒋一璐搭讪，每次就不紧不慢地跟在蒋一璐的身后。一开始还知道避人耳目，不敢太得寸进尺，只敢遥遥地跟着，结果一段时间后，发现蒋一璐并没有男友后，他就变本加厉起来。有一次蒋一璐吓到跑去了女厕所躲着，结果躲了半小时，后来发现对方还在厕所门口候着……

最后蒋一璐把整个宿舍的女生都叫来了，对方大概害怕暴露才走了，自此倒是消停了一阵。可就在蒋一璐以为这事已经翻篇了的时候，对方再次出现在蒋一璐的身后，并且拍了她的肩膀。

蒋一璐浑身戒备："你干什么？"

对方笑了下，撩了下额前显然三天以上没洗的头发，从身后掏出了一束花："恭喜你，蒋一璐，你通过了我们老王家的考验，成功获得了成为我女朋友的资格。"

那男生傲慢地笑了笑，不顾周遭的眼神和议论，自信地咳了咳："自从在图书馆自习室看到你以后，我觉得你长得不错，学习也还上进，有望能得到我妈的喜欢，所以对你进行了为期一个月的考察。

"我每天观察你的日程，去了哪里，干了什么，吃了什么，和什么人交流，还为你写了一本《蒋一璐观察日记》。经过我的仔细分析和数据收集，我发现你总体很不错。首先，在男女关系上，比较单纯，没有什么乱七八糟脚踏几条船的事，感情经历很简单；第二，你的学习成绩位于你们学院的中游，这很符合我们老王家喜欢的中庸之道；第三，我把你的照片给我妈看过了，我妈说不错，这样以后你和我谈恋爱未来结婚，能获得我妈的认可，不存在婆媳问题。"

别说围观群众，就是蒋一璐自己也完全蒙了。这小胖子原来不是变态尾随狂魔，而是来调研考察自己？

这小胖子清了清嗓子："但是，你也还有很多地方可以再接再厉，比如，第一，你的饮食可能还不够健康，有很大可能你便秘并且有痔疮，因为有一次你去女厕所待了半小时也没出来……”

“噗。”

虽然大部分围观群众很敬业地没有笑，但是总有那么一两个另类。蒋一璐抬头，便见队伍里的徐聿一脸幸灾乐祸地笑出了声，蒋一璐瞪过去，他竟然还嬉皮笑脸地劝说道：“有痔疮不可怕，没听过一句话嘛，有‘痔’者，事竟成，平时注意点啊，马应龙痔疮膏，你值得拥有。”

你说这人嘴怎么能这么贱？蒋一璐恨不得冲上去手撕了徐聿。

可小胖子显然不懂风云气色，径自道：“第二，最近我听说了你和一个不三不四的男人的绯闻，经过我的调研走访，我知道这不是真的，但我希望你能澄清……”

“这就是真的！”蒋一璐气到极致，反而镇定了，笑了笑，走到徐聿面前，一把揽住了对方的腰，然后拍了拍他的屁股，转头对小胖子警告道，“以后不许你说我家亲爱的是不三不四的男人！”

徐聿蒙了，甚至忘记了拍开蒋一璐的手，就这么瞪着蒋一璐。而他对面那个女生表情则更为震惊，显然像是听到了什么三观炸裂的事一般，忍不住用手捂住了张得老大的嘴。

哼！

要的就是这个效果！

蒋一璐恨恨地想，我不好过，徐聿你也别想舒坦，你坏我的桃花，我也破你的姻缘，咱俩走着瞧！我要单身一天，你就别想双宿双飞！

而除了徐聿，小胖子显然也被这一事态发展惊呆了，结结巴巴地道：“你……他……你们……”他顿了顿，才找回了思路，“蒋一璐，你知道你失去的是什么吗？你真的要拒绝我、拒绝改变人生的机会吗？”

蒋一璐翻了个白眼：“改变人生？你家里是有矿吗？我和你在一起还能改变人生？”

“你……你怎么知道？我以为自己已经足够低调了！”

不管对方家里有没有矿，蒋一璐可以确定的是，这小胖子脑子里肯定有包是没错了。然而大概是家里的矿给了小胖子自信，被蒋一璐拒绝后，他还相当穷追不舍：“只要你愿意离开他，你想要什么我都可以给你买！”

蒋一璐展颜一笑，风情万种地撩了撩头发：“我和我男朋友在一起的时候发过誓，天地合才敢与君绝，除非我男朋友徐聿死了，否则我不会和你在一起的。”说到这里，蒋一璐佯装娇羞地看了徐聿一眼，然后才转头，柔声道，“要么你把我男朋友打死，我再考虑和你在一起？”

小胖子仇恨地看向徐聿，那表情似乎真的在分析应该怎么把徐聿打死。

徐聿终于忍不住清了清嗓子：“我警告你啊，杀人犯法啊。”

小胖子的脸色正了正。

蒋一璐立刻补充道：“是啊，现代社会都讲法治的啊，我男朋友还是学法律的呢，杀人要是有证据，那可都是要判刑的，除非没证据，做得神不知鬼不觉……”

小胖子的脸上又露出了干他一票的挣扎。

最终，蒋一璐靠自己的铜墙铁壁让小胖子知道家里有矿也无济于事。等她终于打发了这个可怕的爱慕者，才发现徐聿此刻正一脸冷笑地看着自己。

“以劝说、利诱、授意、怂恿、收买、威胁等方法，将自己的犯罪意图灌输给本来没有犯罪意图的人，致使其按教唆人的犯罪意图实施犯罪的，也构成犯罪，是教唆犯。蒋一璐，我觉得你可真是在违法犯罪的边缘疯狂试探啊。”

蒋一璐摊了摊手：“我什么也没做啊，我怎么会有犯罪意图呢？”她故意道，“你不是我最亲爱的男朋友吗？”

蒋一璐一边说，一边观察着徐聿身边的女孩子，对方此刻正盯着自己，仿佛在等待一个答案。

大概想在这女生面前正名，徐聿果然都有些气急败坏了："你这是诽谤你知道吗？谁和你是男女朋友？"

"上次你在海滩边民宿里的蘑菇伞下，可不是这么说的啊。"蒋一璐慢条斯理地道，"你不是号称我就是你的心上人、你的小宝贝、你的甜心小心肝？"

"我什么时候说过你是小宝贝、甜心小心肝？这么恶心的话我说得出口？"徐聿简直气炸了，看了一眼身边的女生，斩钉截铁道，"你别听她胡说，我当初确实为了让一个女生死心用她当了挡箭牌，但和她真的什么事也没发生过，你千万别乱想，也别回去和家里说！"

徐聿对那女生说完，扭头又看向了蒋一璐："我上次考虑不周，用你做挡箭牌我道歉，但我上次只对着那个女生这样谎称了，你这次当着食堂里这么多人这么讲，以后还怎么澄清？"

一说起这事，蒋一璐就气不打一处来："徐聿啊徐聿，人家是人工智能，你是人工智障吧？你以为当着一个女生公布自己的恋情和当着一食堂的人公布有区别？没有的。我告诉你，你要是有一个秘密，只要告诉除了自己之外的第二个人，那这个人就会让全世界帮你一起保密！"

徐聿还想说点什么，却被窗口打菜大妈的一声大吼给叫了过去："排队的人乱看什么？！赶紧打菜！不要浪费时间！"

徐聿虽然不甘心，也只能瞪了蒋一璐一眼，转头先去点菜。

照理说，这个时候蒋一璐也该见好就收转身离开，毕竟徐聿用她当了次挡箭牌，她也用徐聿当了一次，两个人算是扯平了。只是蒋一璐一想起自己明明是条单身狗却被莫名其妙扣上了"名花有主生人勿扰"的标签，就有些咬牙切齿。她瞪了一眼徐聿身边的女生，决定破坏徐聿的姻缘到底。

那女生本来就正在偷偷摸摸观察蒋一璐，蒋一璐索性大方地走到了对方面前，凑近对方压低声音劝解道：“学妹啊，虽然不知道你是哪个学院的，但我本着同是女同胞的人道主义精神，我们女人何苦为难女人你说是吧？虽然徐聿和我确实并不是男女朋友，但有一点我希望你知道哦，之前徐聿一起报名参加了我们建筑系的采风活动，结果一个月黑风高的晚上，道貌岸然的他竟然撬开了我的门，偷偷爬上了我的床……”蒋一璐用知音体叙述道，“虽然最后呢，因为我的神武英勇，什么事也没发生，但我有合理理由怀疑，徐聿这个人作风不正派，我建议你把这段插曲告诉你家里人！让他们给你把把关！”

那女生却似乎完全没有震惊之色，她只是饶有兴趣地看了蒋一璐两眼，然后莞尔一笑，低头发了条信息，这才抬头：“好了姐姐，我已经告诉我家里人了。”

“嗯！”蒋一璐颇为满意，确信自己成功搅黄了徐聿的桃花，毕竟哪个女孩的家里人希望自己孩子找这种男生当对象的？蒋一璐内心得意，这才趁着徐聿还在点菜，赶紧跑了。

徐聿黑着脸点完菜，环顾一周，果然已经不见了蒋一璐的身影。他心里冷哼道，算她识相，还知道要跑。

于是徐聿端着餐盘，朝自己的妹妹徐涵抬了抬下巴：“走吧，吃饭去。”

徐涵却笑嘻嘻地凑了过去：“哥，这个蒋一璐还挺有意思的，我想认识一下，而且她是建筑系的？我不是就想到你们学校建筑系交换吗？以后说不准她还是我学姐呢，你介绍我们认识下吧。”

“你还是别认识她了，跟着她能学什么好？”

“可咱妈也想认识她啊！”徐涵微微一笑，“你看一下家里的微信群。”

五分钟后，徐聿抬起头来，同时爆发出了怒吼：“徐涵，我看你是皮痒了是不是？你在群里造什么谣？！什么叫见到了和我一起睡过一晚却并没有成为女友的女生？结果老妈现在给我私聊发什么你知道吗？！《那些不懂尊重女生的男生最后都不孕不育了》《渣人者，人恒渣之》《男人不得不背诵的二十条男德》……”

徐涵还满脸欠打的无辜表情：“我没胡说啊，刚才蒋一璐学姐说了，你在建筑采风时爬进人家房里和人家睡了一晚啊。”

“那是误会！误会！我和她根本什么都没做！我只是走错了房间！”

“我也没撒谎啊，我就说你们在一张床上睡了一晚上啊，我也没有说你们发生了什么啊。”徐涵眨了眨眼，“谁叫咱爸妈思想不够健康，满脑子黄色啊。”她说到这里，叹了口气，故作深沉道，“当然，这可能也不能怪爸妈，应该怪你自己，肯定你平时给爸妈留下的印象就是这样的，大家一听到这种情节，才根本不加分析就断定你对人家女生干了点什么禽兽不如的事……”

徐涵说完，也知道大事不妙，一边朝徐聿做了个鬼脸，一边就朝食堂外面跑了去。

这饭是吃不下去了，徐聿丢下餐盘就朝徐涵追了过去：“徐涵你这个计划生育的漏网之鱼，今天我就人道主义毁灭你！”

谭音正在硬啃建筑力学，就见刚出门不久的蒋一璐黑着张脸推开门走了回来。

“你已经吃完了？我才做了一道题！”

蒋一璐气道：“以我的食量，如果正常情况，你最起码做完二十道题以后才会再见到我。我这么快是因为我根本没吃！被气饱了！徐聿这个扫把星怎么无孔不入？我去食堂吃个饭还能碰到他，可真晦气！”

谭音放下了课本：“你听过一个说法没？前世的五百次回眸才换来今生的擦肩而过，按照你们这个相遇的频率，你们前世肯定不是五百次回眸这么简单，最起码也是五千次，回头回得把脖子给扭了那种。”

蒋一璐不甘示弱：“那你和楚杭算什么？”

谭音咬了咬笔尖：“我和楚杭那应该是彼此互相瞪了五百天五百夜，最后不分胜负同归于尽。但不管上辈子怎么样，这辈子一定是我赢，因为我有超能力，他没有。”

蒋一璐噎了噎，倒是想起个事，蹭到了谭音身边：“对了，姐妹，提起超能力，你能不能帮我个忙？就是等你下次隐身的时候，方便的话能不能给我到徐聿身边挖点他的黑料？”

谭音一口拒绝：“不行，我是个有原则的人，我要把有限的生命投入到无限的学习中去，谁也别想打扰我学习！”

“你下个月的早饭我都包了。”

“虽然我有原则，但是转念一想，姐妹的情谊更重要，在姐妹危难时伸出援手，解救姐妹于水火之中，这样才能问心无愧。只是毕竟这要违背原则，我这样道德标准极高的人，内心还是有一丝挣扎……”

蒋一璐了然道：“两个月！”

“为了姐妹两肋插刀赴汤蹈火！成交！”

谭音没想到很快就有了自己上场的机会，第二天竟然还是个雷雨天，而蒋一璐利用自己校论坛八卦版版主得天独厚的身份和资源，很快给谭音搞来了徐聿的情报。

“我有线人提供的可靠消息称，在学校的琴房里见到了徐聿和楚杭！”蒋一璐在自己的线人群里一通询问，又对信息进行了补充，“在204那间琴房！”

蒋一璐说完，就对着一团空气打气道：“加油！谭音！你可以的！你会谱写出一篇《谭音不辱使命》，成为百年后小学生的古文语文阅读课本！”

谭音隐着身站在蒋一璐身后，看着蒋一璐对着真实的一团空气耳提面命，只能无奈地摇了摇头。

“咱们的作战战略记住了吗？喝最烈的酒，挖最黑的料！

“朋友的敌人就是敌人，姐妹的仇敌就是仇敌！千万不能同情徐聿！”

…………

结果直到谭音走出宿舍，向琴房迈进，蒋一璐犹不自知地对着一团空气在说教，恨不得手把手教谭音如何操作挖黑料。

行吧，这样转移一下蒋一璐的注意力让她发泄一下情绪吧……

谭音不断变换着躲在了几个女生的伞下，就这么辗转借了好几个人的伞，一路到了琴房。

“204……204……”

蒋一璐是学过钢琴的，偶尔会来练琴，因此对琴房的布置相对熟悉。但谭音完全没有任何乐器特长，也从没来过琴房，找了老半天，终于在二楼的走廊尽头找到了204。

谭音走到门口，发现真是天助她也，练琴房的门没关。反正隐着身，她当即大摇大摆地走了进去。

而一进琴房，谭音的眼神就被钢琴前坐着的人给吸引走了。

坐在那里的男生背对着自己，明明还是介于少年和男人的年龄，然而背脊挺拔，白色的衬衫下能隐约看到对方弧度优美的蝴蝶骨，衬衫领口露出的脖颈白皙，白得都带了点冷光，而脖颈里那颗黑色的小痣冲淡了这种冷意，增添了一份俏皮和性感，窗口的风微微吹动着他的发丝。

这不是徐聿，这是楚杭。

他的膝盖上正趴着一只橘猫，那橘猫谭音在学校里见过几次，是只流浪猫，此刻大概是刚从外面的雷雨里跑来，身上的毛还是湿漉漉的，溅了不少泥斑。那橘猫大概是觉得舒服，在楚杭的怀里蹭了蹭，成功让那泥斑不仅糊在了楚杭的裤子上，还糊到了楚杭的白衬衫上。

然而平时洁癖严重的楚杭一点没在意，甚至伸出手，有一下没一下地摸着胖猫的背，给它顺毛。明明是个平日里冷淡到都有些冷酷的人，抚摸猫的动作也有些笨拙，然而此刻的楚杭竟然十分温柔，这种奇妙的温柔和他平日的冷淡反差如此明显，却反而让楚杭显得更动人了。

这看起来简直像是一幅画，让谭音都忍不住想要屏息凝视，以免打扰了这场景。

而明明该在的徐聿不知道上哪儿去了，这房里此刻只有楚杭一个人，谭音不知道为什么，下意识地就有些紧张，忍不住后退了两步，一不小心就碰到了墙边的垃圾桶。

楚杭循着声音回了头，五官仍旧英俊而精致，仍旧一脸难以取悦的表情，不知道是不是谭音的错觉，她觉得楚杭朝着自己的方向看了一眼，仓皇中两个人的眼神甚至对上了。这虽然只是一个刹那，但很快楚杭就仓促地移开了视线。

他看不见自己，他看不见自己。

虽然谭音在心里默念了无数遍，然而不知道为何，自己的心跳竟然又加快了起来。在刚才那个刹那，她突然理解了什么叫一眼万年，和过分好看的人对视，竟然只简单那样一眼，就可以如此惊心动魄。

唯一庆幸的是，幸好楚杭看不见自己，在他看来不过是望了一眼空气。

谭音摸了摸自己的脸颊，又开始上火发烫了。她拍了拍自己的胸口，微微抬头，才发现楚杭的脸颊看起来也有些红，表情也有些不自然。

看来自己这脸红八成和天气也有关，今天真是太热了！

“楚杭，冰可乐要不要？”

谭音正胡思乱想着，徐聿的声音从门外由远及近地传了过来。他大步走进琴房，顺带一脚带上了门。

楚杭抿了抿唇：“不要。”说罢，他抬眼看了徐聿一眼，“叫我来琴房干什么？”

“陪我练琴！”徐聿笑道，“下个月我们学院有个文艺晚会，要我上台弹一曲，但你知道的，我多年没练琴了，现在临时抱佛脚，找你给我指点一下。”

谭音愣了愣，楚杭竟然还会弹钢琴？

楚杭没说话，抱着猫把座位让给了徐聿。徐聿坐上去，清了清嗓子，架势十足地在黑白琴键上摆好了双手，然后开始了演奏。

他弹的是《梦中的婚礼》，虽然他自称许久没练手生了，但在谭音听来，徐聿弹得分明很好。她忍不住走到了钢琴前，在钢琴上支着下巴陶醉地听起来。

今天蒋一璐给自己的任务是监视徐聿，谭音本着收了两个月早餐要给人办实事的理念，非常敬业地从徐聿一进琴房开始，就一双眼睛全盯着徐聿，生怕自己遗漏了什么能挖出点黑料的细节。

一曲罢了，虽然基于蒋一璐的关系，自己和徐聿也算是阶级敌人，但艺术面前无仇恨，谭音还是忍不住啪啪啪拍起手来。

“徐聿！弹得太棒了！没想到你竟然是个人才！虽然音乐和绘画是完全不同的领域，但咱们同是艺术领域，虽然蒋一璐讨厌你，但我决定欣赏你一秒！弹得堪称完美！”

几乎是同时，楚杭也开了口，语气淡然，然而一开口就毫不留情：“右手八度连奏和左手的节奏完全没有对上，手腕动作摆那么大你到底是在弹钢琴还是在炒菜？动作力度也不对，要不是你下面是钢琴，我还以为你是在盲人按摩，那段十六分音符的地方更是不忍心听。”

这不是徐聿第一次找楚杭指点弹琴，平日里楚杭对自己的琴技虽然也多有意见，但从没有点评得如此不给情面如此犀利啊？又是有什么事触了他的逆鳞让这大爷心情不好吗？

谭音对此也很不平："徐聿弹得挺好的啊……"她刚想吐槽一句"你行你上啊"，楚杭就真的上了。

"你让让。"

徐聿起身把位置让给了楚杭，楚杭坐下，还不忘把胖猫继续摆在腿上，然后双手放在了黑白键上……

接着，这所有的黑白键像是被赋予完全不同的灵魂，谭音几乎完全被这琴声带跑了。

弹钢琴的楚杭优雅贵气到完全无懈可击，琴声悠扬，如同流淌的水，温柔缱绻。他漂亮纤长的手指在黑白琴键上跳跃着，十指修长，骨节分明，完全让人移不开眼。

谭音老早就知道楚杭的手好看，但这手弹起钢琴来，简直是让人……让人移不开目光啊！

他就那么微微低着头，额前的一小缕刘海轻轻垂着，眼神专注而投入，侧脸的线条凌厉而俊美。一开始表情还有些端着，弹到高潮处，楚杭显然完全融入到了音乐中去，一双眼睛流光溢彩，嘴角也带了些许笑意，意气风发，绚烂夺目。

弹奏时的楚杭丢掉了一贯的低调内敛，那种对音乐强烈的把控感甚至让他显得有些嚣张，像极了一把出鞘了的剑，锋利却惊心动魄。

有些人的光芒天生是无法掩盖的。

没有对比就没有伤害，刚才还觉得徐聿弹的是天籁，此刻和楚杭弹的一对比，刚才的简直不堪入耳了！

明明是来监视徐聿的，可谭音还是忍不住，在这一刻把视线完全投向了楚杭，直到楚杭弹完，她才后知后觉地发现徐聿已经站在了自己身边。

徐聿自然也被这琴声征服了，只是赞叹完，他忍不住有些疑惑："楚杭，我怎么觉得你今天弹得这么用力？像是炫技似的？以前每次指导我求爷爷告奶奶让你给我弹一遍你从来不肯，今天这么轻易就弹了？要不是这琴房里只有我和你，我还以为你是想在什么女生面前露一手，以弹琴之名行泡妞之实呢！”

楚杭抬了抬眼皮：“我今天心情好。”

“心情好？心情好刚才把我喷成那样？”

楚杭的语气仍然很淡定：“我是爱之切恨之深，突然对你恨铁不成钢。”

徐聿想了想道：“不过既然你今天心情好，要不再给我弹一曲李斯特的《夜莺》，这曲子我老把握不好。”

楚杭摸了摸胖猫，毫无诚意道：“哦，我突然又心情不好了。”

这之后徐聿根据楚杭的意见又练了练，而谭音也集中精力再次把目光放到了徐聿身上。

徐聿中途去厕所，谭音立刻起身跟去等在了厕所门口；徐聿去楼下小超市买饮料，谭音又二话没说跟了过去；徐聿练琴练得差不多了和楚杭告辞先行离开，谭音马上也跟着走了……

只是虽然谭音今天重点关注的不是楚杭，但不知怎么的，每次自己跟着徐聿离开再回到琴房，楚杭的脸就臭上几分，自己最后跟着徐聿离开时，楚杭的脸更是拉得老长老长，活脱脱像是中年丧偶独守空闺的怨妇……

难道长得好看的男人都特别作吗？谭音只觉得楚杭真是深不可测，难以取悦！

只可惜谭音又跟了徐聿没多久，雷雨就有了停的趋势，她不得不跑去了厕所等雨停恢复正常，最终她也只能无功而返。

虽然没挖到徐聿的黑料，这场雷雨停得倒是十分及时，谭音一看时间，正好来得及赶去上系主任朱抗美的建筑力学课。

一路小跑，赶到班级的时候，竟然离上课还有十分钟，谭音和蒋一璐接了个头，汇报了下情况。

“要掘地三尺挖个黑料肯定没那么容易，别急姐妹，能挖到就挖，挖不到也别强求。我现在想通了，人要淡定一点，别人生气我不气，气出病来无人替！”

果不其然，蒋一璐说完，就掏出了手机：“对了，姐妹，我刚才刷网店看到了个新包，你觉得怎么样？”

“包”治百病，这话一点不假。作为一个购物狂，每一次不论多生气，蒋一璐都能立刻被网上购物给治愈。她分享完自己看中的新包，又开始分享自己新发现的女装店铺。

包谭音不想要，新裙子倒是挺应景。最近天气开始热了，谭音手里又有了点闲钱，是时候给自己买条新裙子了。

她点开了蒋一璐推送给自己的店铺，也入迷地看了起来：“这条新裙子不错啊，买家秀和卖家秀差距也不大，我看买家返图都还不错……”

结果谭音的话还没说完，就被一个冷冷的男声给打断了：“你可真是在哪方面都很喜新厌旧。”

谭音抬头，发现不知道从什么时候起，楚杭已经在自己前面的座位上坐了下来。他板着脸说完话，也不理睬谭音，就冷酷地转回了头，留给谭音一个后脑勺。

谭音简直莫名其妙，自己这是怎么得罪楚杭了？买件新衣服还被他上纲上线攻击了？何况喜新厌旧怎么了？这不是人类的天性吗？女生要都不买新衣服、新裙子，怎么拉动内需推动社会主义经济高速发展呢？还哪方面都很喜新厌旧，自己还在哪儿喜新厌旧了啊？简直不可理喻！

第十二章
眉梢的笑意

很快，朱抗美走进了教室，谭音也不再乱想其他，赶紧放下了手机，正襟危坐地听起课来。建筑力学是谭音的薄弱科目，她课后花了大量时间做习题，从一开始的懵懵懂懂到如今上课也能跟着朱抗美的思路还游刃有余了。

讲完一个知识点后，朱抗美清了清嗓子，拿出了上次随堂测验的卷子："报到名字的上来领卷子，你们真是我教过的最差的一届学生，看看卷子都做成什么鬼样子？"

"张永伟，54 分，你是闭着眼睛做的吗？恭喜你喜提全年级最后一名呢，辛苦了啊。

"韩海波，55 分，你们哥俩在全班最后一名的争夺中挥汗如雨可真是不容易了啊，下次加把油，最后一名就是你的了。"

…………

朱抗美这个人十分有毒，每次随堂测验成绩一出来，他都唱戏似的来一出走台，从最后一名开始念起，一路念到第一名，念到名字就当着所有同学的面上去领卷子。对那些成绩不好的学生，他更是每每还要嘴毒点评两句，让人羞愧难当才好，并且美名其曰这样才能“知耻而后勇”。

“赵昌文，89 分，表现稳定，还不错，第三名。

“谭音，90 分，第二名。

“楚杭，98 分，当之无愧的第一名。”

在念成绩好的学生的卷子时，朱抗美的神情一般都非常放松，念的时候也不怎么绞尽脑汁想句子喷人，只是刚念完楚杭的卷子，他这只可达鸭突然眉头一皱，发现事情并不简单。

他抽出了谭音的卷子：“谭音？第二名？”

别说朱抗美，就连跟在谭音后面走上台领卷子的楚杭都看了她一眼。

朱抗美显然不信，把楚杭的卷子给掉后，捏着谭音的卷子，皱着眉就这么仔仔细细检查了一遍，生怕是自己一时糊涂批错了，然而很可惜他找了半天也没找到瑕疵。

就在谭音以为朱抗美要把卷子给自己并大加表扬对自己刮目相看之时，只听朱抗美道：“谭音，你作弊了吧？”

作弊你的大头鬼啊！

而因为朱抗美的这层引导，外加此前谭音确实这门课成绩一般，不少同学脸上露出了意味深长的复杂眼神。

这简直把谭音给气死了：“朱老师，给人定罪都讲证据，你无凭无据就说我是作弊，这未免对我偏见太大了吧？难道不允许我们差生奋起直追逆袭吗？”

朱抗美推了推眼镜，声音却理直气壮极了：“我这么说也是基于你一贯的表现，毕竟这么短时间内提高成绩，有些可疑。”

“这不之前组了个学习扶贫小组吗？我是楚杭的帮扶对象，名师出高徒呗。”

朱抗美皱了皱眉，看向楚杭：“楚杭，是这样吗？”

楚杭抿了抿唇："我确实辅导过她一阵，但并不久，她的成绩的提高应该是自己努力的结果。"

谭音当即没忍住给了楚杭一个气血上涌的大白眼，以为她会感激他不抢功劳的高风亮节吗？这哪里是抢功劳的时候，这是力证清白的时刻好吗！

好在朱抗美因为楚杭牵涉其中，态度立刻有了一百八十度大转弯："那也行，待会儿下课谭音你和楚杭一起来我办公室。楚杭，我相信你，所以由你监督出几道题给谭音做，谭音只要能做出来，我就认可她随堂测验的成绩。"

谭音虽然心里不爽，但人在屋檐下不得不低头，只能憋着气坐回了座位。后面的课，因为火气大，她听得都有些心不在焉，而大概真是屋漏偏逢连夜雨，好好的窗外竟然又乌云密布，眼见着又酝酿起一场雷雨来。

幸而这场雷雨直到朱抗美结束讲课都还没来，这个点正是午饭时间，一下课，其他同学立刻做鸟兽状散了，没多久，教室里已经稀稀拉拉只剩下了四五个人。

朱抗美一边整理教案，一边头也不抬地道："行了，谭音、楚杭，你们跟我来办公室吧。"

谭音自然恨不得立刻自证清白，只是她刚准备开口，窗外便是一道闪电划过，继而便是雷声滚滚……

谭音咻地就隐身了……

蒋一璐本来正站在谭音身边，此刻也知道谭音凭空不见肯定是隐身了，当即磕磕巴巴地解释道："那个……朱老师，谭音，谭音刚才肚子不舒服去厕所了！"

朱抗美刚才没抬头，自然不知道谭音是不是此前就在教室，其他几个学生也都光顾着低头玩手机，没有注意，唯独楚杭……楚杭刚才站的角度，应该是能看到自己的！

谭音心里忐忑地祈祷着别被当成灵异现象，却见楚杭脸上丝毫没有露出意外的表情，他看起来完全没注意到谭音，脸上十分平静，对蒋一璐的话根本没有任何质疑的意图。

谭音拍了拍胸口，然后忍不住给蒋一璐点了个赞。就冲蒋一璐这份机灵和见机行事的能力，谭音觉得自己应该再接再厉给她挖一挖徐聿的黑料。她这么一想，既然现在隐身了，在这儿也没什么能干的了，不如直接去找徐聿算了。

只是徐聿在哪儿?

这个问题倒是把谭音给难住了，只是没想到人生就是这么巧妙，踏破铁鞋无觅处得来全不费工夫，谭音正苦恼着，徐聿竟然主动送上门了。

“楚杭，待会儿吃好饭去打球吗？”

此刻怀里抱着个篮球，在教室门口站着的不是徐聿是谁?

楚杭抿了抿唇：“你先去，系主任找我有点事。”

“行啊，外面下雨，我在体育馆的室内球场，待会儿球场见！今天和工大有场比赛，你可记着啊。”

徐聿不仅无视了蒋一璐的白眼，临走前还不忘挑衅地朝她笑了笑：“雷雨天空气闷啊，我看你都喘不上气翻白眼了。蒋一璐，听我一句劝，去医院吸点氧吧。”

蒋一璐自然气得五官都快扭曲了，然而只能望着徐聿离开的背影干生气。

谭音十分同仇敌忾，眯着眼用手做了个手枪的姿势瞄准了徐聿：“徐聿，从今往后，我谭音盯上你了，哪里有你，哪里就有我谭音……”

她说完，刚想跨步跟上徐聿，却听到楚杭轻轻咳了咳，他抬头对朱抗美道：“朱老师，我看谭音可能是做不出题目，怕被当众揭穿所以临阵脱逃了，她都去这么久厕所了，我看是不会回来了，正好朋友约我打球，她既然不来，我能走吗？”

楚杭这家伙，平时不都沉默是金吗？今天一口气讲这么多话是怎么回事？还临阵脱逃，就你是个小机灵鬼？还是他上次电梯“咸猪手事件”以后，生怕和朱抗美两人单独相处要被上下其手？

蒋一璐果然为谭音维护上了：“谭音才不是这种人，她一定会来的，她……她和我约好了待会儿一起去吃午饭的……”她看了眼朱抗美狐疑的神色，又望了望窗外看起来不会下太久的雷雨，硬着头皮道，“这样，我和你先一起去朱老师的办公室里等谭音，她肯定会来的！你不要诬蔑她是作弊，她平时在宿舍真的认真在学习的！”

蒋一璐都这样了，谭音觉得自己蹲守徐聿的计划得变一变，她愤愤地看了眼楚杭：“楚杭，你等着，我现在不去找徐聿了，就跟着你。等雨一停，立刻出现，看我不把你的脸给打得啪啪的！让你和朱抗美都跪下叫爸爸。”

“行啊。”楚杭瞥了一眼蒋一璐，竟然真的答应了她，而也不知道是不是错觉，谭音总觉得他转身跟着朱抗美一起离开时，嘴角带了丝笑意。

直到谭音跟着朱抗美、蒋一璐还有楚杭一起进了电梯，她还有些愤愤不平。朱抗美不是好东西，楚杭也不是，一个两个都诬蔑自己作弊，是可忍孰不可忍！

而随着电梯往上升，谭音瞄了眼电梯里几个人的位置分布，心里又蠢蠢欲动。

这一次，楚杭大概学乖了，直接站到了电梯后方，贴着电梯壁站着，再没机会有人能摸上他的屁股了。而蒋一璐则站在楚杭的边上，也靠着电梯壁，窝在电梯一角，朱抗美则站在了两人的前面，又一次低头看着手机。

楚杭的屁股这次是摸不到了，那就换点新鲜的吧，谭音小心翼翼地绕到了朱抗美的身后。今天这个站位，朱抗美是没法摸楚杭了，那人要学会变通灵活，楚杭还能摸朱抗美啊！

事不宜迟说干就干，谭音伸出手，准备快速地摸一把朱抗美的屁股。她摸的角度很刁钻，虽然同样站在朱抗美身后，但蒋一璐手短，以她现在的位置肯定摸不到，头号嫌疑人绝对只有楚杭。

就在谭音迫不及待地等着楚杭的修罗场的时候——

一直双耳塞着耳机一脸不问世事面色淡漠的楚杭，竟然就在谭音摸向朱抗美的屁股前那一刹那，一个风骚走位，谭音还来不及观察，他竟然已经从朱抗美的身后，一下子绕到了朱抗美的身前……

而谭音目瞪口呆之际，手却来不及及时收起，朝着朱抗美的屁股绝尘而去……

可现在即将要陷害的对象楚杭已经站到了朱抗美的身前，那不论蒋一璐的手够不够长，站的位置能不能摸到朱抗美的屁股，都不重要了，因为站在朱抗美身后的只有她……

谭音几乎是绝望地看着这出人间惨剧的发生。

她的手刚碰上朱抗美的屁股，朱抗美果然就被电到了似的绷紧了身体，然后极其缓慢又难以言喻地转身，死死盯住了站在自己身后的蒋一璐。

蒋一璐对危险犹不自知，此时正低头玩着手机。

“蒋一璐！”

直到朱抗美气到发抖的声音响起，蒋一璐才不明所以地抬了头。

“你刚刚做了什么你竟然还能这么镇定？”

蒋一璐蒙了：“我没做什么啊。”

“你还没做什么？”朱抗美执教这么多年来，显然从没遇到敢在太岁头上动土伸手摸自己屁股的女学生，一时之间除了生气竟然也有些语塞，憋了半天，终于涨红脸憋出了一句话——

“虽然我也知道自己在学术上、做人上以及外表上都非常有竞争力，让人崇拜也很正常，但蒋一璐，我希望你明白，我已经结婚了。”

朱抗美叹了口气，似乎是缓和了些许情绪，努力镇定道：“这样吧，这次的事相信你也是一时冲动鬼迷心窍，不是有意的，老师也不追究了。你肯定还单身吧？老师给你介绍几个有为青年，你的眼光其实要放长远些，不一定要在建筑系里找，可以找个文科的搭配搭配啊。我听法学院的张老师说过他们院的徐聿非常不错，也还是单身……”朱抗美说到这里，看了一眼楚杭，有些抱歉道，“楚杭，我和蒋一璐有些事情要谈，正好现在谭音也不知道上哪儿去了，这样吧，你先去吃饭然后忙你自己的事吧，谭音的事我们另找时间约。”

楚杭面对朱抗美突然的决定，竟然一句话没问，像个懂事的学生般当即甚至称得上是乖巧地点了点头：“好的，那朱老师，我走了。”

此刻电梯正好到达，楚杭径自走出电梯，转身离开，只留下蒋一璐一脸茫然地跟着朱抗美进了办公室。

谭音的心简直在滴血，这可真是偷鸡不成蚀把米，没修理上楚杭，反而把蒋一璐赔进去了！

她看着蒋一璐的背影，内心悲壮，姐妹，对不住了！你可要挺住啊！

谭音都不用想，就知道蒋一璐怕是要面对如何一场狂风暴雨。这画面她都不忍直视，咬了咬牙，只能赶紧也跟着楚杭走向了电梯。

化悲愤为力量，蒋一璐，我不会让你白牺牲的！谭音想，我这就去给你挖徐聿的黑料！姐妹，你就“含笑九泉”吧！

可蒋一璐的脸很苦，楚杭的脸却很明媚，即便他努力想要板着脸，然而他那眼角眉梢都是努力克制的愉悦。

也不知道是什么事高兴成了这样？或者用高兴也不太恰当，谭音总觉得，楚杭这份愉悦看起来竟然有几分奸诈？

谭音一边狐疑地想着，一边跟着楚杭进了电梯。只是时运不济，本来只有她和楚杭两个人的电梯间里，下行到三楼的时候突然拥进了一大拨中文系的男男女女。

其中有个男生忙着和一个女生边讲边比画着什么，也没看路，反正电梯里他只能见着楚杭一个，也没在意就一路往电梯里走。

可他不在意，谭音却很在意，因为他如今朝着的是自己的方向。电梯里此刻人又多，谭音退无可退，眼见着对方都快要贴到自己身上来了！

难道今天她要在电梯里穿帮？

大概天无绝人之路，就在这千钧一发之际，从刚才开始就爱上了风骚走位的楚杭再次一个绝美移位，向谭音展现了什么叫作真正的技术。他轻轻一个闪身，正好站到了谭音的面前，文学院那男生便直直撞到了楚杭的肩上。

对方比楚杭矮了一个头，抬头看了眼楚杭，小心翼翼道："同学，今天挺挤的，我看你里面还有空，要不你再往里面走走？"

完了！楚杭这人虽然有点冷，但并不是不讲理，面对这种合理的要求是不会拒绝的！

然而就在谭音惶惶不安觉得自己即将无所遁形然后被送去解剖室的时候，她听到了楚杭冷冷的声音："我累了，不想动。"

他竟然就这么理直气壮地拒绝了……

那文学院男生显然也惊呆了，"哦"了一声，竟然就这么麻木地接受了这种设定，乖乖地转回了身。

谭音目瞪口呆地看了一眼楚杭，叹为观止道："这回答是如此直白地无赖，毫不做作地简洁，竟然让人完全找不到反驳的理由……楚杭，没想到你的脸皮竟然也挺厚的啊！"

谭音说完，仗着没人瞧见自己，表情贱贱地伸出手，给楚杭翘起大拇指点了个赞。

楚杭自然不可能听到自己说的话，他仍旧绷着脸，一双眼睛盯着前方，只是不知道是不是电梯间太拥挤，楚杭看起来有些不自然，谭音站在他的右后方，他则动作略微僵硬地把脖子转向了另一侧。

谭音挺关切的：“你这不是年纪轻轻就有颈椎病吧？”

近来雷雨天多，谭音频频隐身，总算是再次深切地理解了什么叫作“一个人就是一座孤岛”。她一旦隐身，既无法插足朋友之间有趣的聊天，也无法和别人一起上课玩耍，甚至连表达自我都没人听见，然而人这种生物真是非常奇怪，越是这样，谭音想要表达的欲望反而更强烈了。

她又看了两眼楚杭，仗着对方看不见自己也听不到自己的声音，谭音的胆子也肥了。

她踮脚看了看楚杭的侧脸：“你这皮肤还有点吹弹可破的味道呢，没想到本人内心竟然是厚黑学的践行者？不过今天的我，必须感激你这次的所作所为，让我幸免于难。”

谭音说完，表情贱贱地伸出了两根手指，当即比了个心：“楚杭，爱你哟！”

比完心后，谭音也没当回事，电梯到一楼了，她随着其他人一起走出了电梯。只是这时她再抬头看了一眼楚杭，吓了一跳。

不知道怎么的，楚杭的一张脸竟然全红了，别说脸颊，连耳朵都红了。

此时两人一前一后刚走到知行楼门口，屋外的冷风裹挟着雨珠吹了进来，然而被这样的风一吹，楚杭的脸竟然还是红的。

谭音忍不住紧了紧衣服，看了眼楚杭，啧啧道：“这位大兄弟，你内心有点燥啊，怎么燥热成这样，这么冷的天脸还这么红？”

谭音绕回宿舍趁着四下无人吃了点东西，然后便二话没说跑去了体育馆。蒋一璐都“光荣牺牲”了，自己一定要不辱使命好好挖掘徐聿的黑料。

结果等她到了室内球场一看，这简直和搞演唱会似的人山人海，看台上几乎坐满了人。

“啊啊啊，快看，楚杭来了！”

“简直是行走的荷尔蒙，他真的长得超级帅，而且本人超级冷，简直神仙下凡！哎哎哎！别走啊！！楚杭怎么出现了一下就走了？”

“你可悠着点啊，待会儿加油别喊错了，别忘了我们是工大的后援团啊！”

“那谁叫我们工大篮球队的人不是长得不行就是虽然长得可以，但头脑简单四肢发达，一点没有人格魅力啊？你看看人家A大的，光是楚杭就吊打我们工大男生了，结果还有那个徐聿，法学院的，也痞帅痞帅的！而且他比楚杭好接近，据说人很幽默风趣，待会儿篮球赛结束了我可要去问他加个微信。”

…………

谭音在人群里晃荡了一圈，差不多算是了解了情况。

今天是A大校篮球队和隔壁工大校篮球队的一场练习赛，虽然是练习赛，两边的球队也好后援会也好，却都是严阵以待，这实在是因为A大和工大的龃龉由来已久。

因为A大和工大的篮球队在全国都算是赫赫有名的强队，而一山不容二虎，两队每次相遇都是杀个你死我活。且抛开这些不论，不知道为什么，几乎每年两个球队的球员之间都会出现点三角恋剧情，两男争抢一女之流，导致这两队之间的敌对，带了点国仇家恨的复杂感觉，每次打练习赛，也像打正式比赛一样恨不得致对方于死地。只是因为两队都很强，每次不论是哪队赢，比分差距都不大，赢得都十分艰难，得拼尽全力，而大概也是因为这胜利来之不易，两队对彼此之间的比赛都十分看重。

今天这场上的，除了 A 大的学生，就是工大的学生，都各自来为自己学校摇旗呐喊了。

谭音在观众席上走了一会儿就觉得胸闷气短，今天雷雨天，这室内又闷又热，体育馆吊顶上的大照明灯又加剧了这种气氛，如今这场内观众又多，来来往往，谭音得十分小心翼翼才能避免不被人撞到……

她想了想，一不做二不休，反正自己隐身，索性直接跑到了室内篮球场上。自己只要好好站在线外，就不用随时担心被来往的观众撞到，何况不近距离看着徐聿，怎么试图找黑点？自己可要睁大眼睛好好看看徐聿这个人打球脏不脏，是不是趁着大家不注意给对方来个损招阴招之类。

谭音自己对体育运动没啥兴趣，但她听身为资深球迷的周铭说过，球迷们最痛恨的便是打球脏的人，趁着裁判不注意或者观众看不清，就偷偷给对方球队队员下黑手，把人家撞伤让人家不得不下场，这是最为人不齿的，属于人品稀烂的行为。如果她能近距离挖到这类黑料，那不就是完成蒋一璐的任务了吗！

谭音本来正志得意满地盯着徐聿，看着徐聿热身、试手感投篮，随着他的举动，场外的观众席上不时爆发出一阵阵骚动。谭音全神贯注地盯着徐聿，他停止了练球，正调整着护腕和身边人说着话，而此时观众席上的骚动突然完全升级了，尖叫、口哨声此起彼伏……

谭音后知后觉地转头，才看到了再次回到场上的楚杭。

他的脸在灯光下显得白到透明，如此炽热的氛围里，他的周身却带着那种不易接近的冷感。大部分人冷起来会显得孤僻和过分骄傲，然而在楚杭身上完全不会，他的冷感带了一种高级，像是上等的朝鲜白瓷，让人觉得，他理应是这么冷的，应该无法触碰。

此刻的楚杭根本无视那些场上的尖叫声和女生们热烈的目光，他还是穿着白衬衫。他抬了抬目光，抿着唇看向了徐聿的身后，然后又飞快地移开了视线。

徐聿见了楚杭便迎上去，看了一眼楚杭的穿着："今天不上场？"

"嗯。"

徐聿有些惋惜："行吧，那你坐场边近距离观察我的英姿吧。你们建筑系就这样，成天熬夜做设计，我都挖了你那么多次想拉你进校队了，结果你每次都和我说没空练习没空比赛。"

"我不打了，我刚吃完午饭。"

"那下半场来打吗？"

"不了，你们校队今天几个主力都在，我又不是校队的。"

徐聿爽快地拍了拍楚杭的肩："行吧，今天也用不着你救场，我们队就直接能把比分拉开。"

楚杭有些心不在焉地"嗯"了一声，然后便朝着场边的休息区坐了过去。而他不上场，刚才还火爆骚动的期待也跟着渐渐冷却了下来。

裁判的口哨声起，球赛开始。两支强队果然势均力敌，你投篮成功，我马上也追一个三分。就连谭音这种对球赛不太感兴趣的人，都能体会出现场的厮杀气氛和精彩程度。徐聿几乎是全场的焦点，他的投篮每次都花哨又风骚，每次进球都能引起掌声一片，可惜即便他如此夺目，又是自己的"重点观察对象"，谭音也不知道自己怎么了，眼神不由自主就瞟向坐在一边观战的楚杭身上……

楚杭拿起矿泉水喝水了。

楚杭的眉头皱起来了。

…………

楚杭的嘴角因为漂亮的进球而微微翘起了。

他露出了一个恣意而阳光的笑，像是天光乍破，像是大雪初霁。

几乎就在这个刹那，谭音突然理解了曾看过的诗："世间有两种罪恶，你笑是一种，不笑是另一种。"

原来楚杭做起这些动作表情来，是这样的。谭音想，自己的漫画画得还远远不够好，有些神韵，单靠画作是完全没有办法呈现的。

上半场球赛如火如荼，大概因为主场优势，A 大篮球队势如破竹，原本追得很紧的比分，竟然在徐聿的力挽狂澜下逐渐拉开。只是谭音仍对整场比赛带了丝心不在焉，她不停地瞟着自己身边的楚杭。

一定是为了在画画上精益求精，对自己曾经的创作对象才会如此观察入微，谭音自我安慰道，我这是难以自控的职业病啊！所以我不红！天理难容！

只是她刚有些思绪翻飞，场上却遭遇了突变的事故。徐聿打球倒是不脏，出手脏的反而是工大篮球队的人，比赛开始没多久，对方就借机下阴手把 A 大篮球队里的控球后卫给弄成了受伤下场。

这行为连不是球迷的谭音都十分不齿，只是没想到对方没过多久就开始故技重施。虽然观众席上的人坐得远看不清，谭音却是看得清清楚楚，徐聿好好地在带球跑，结果对方工大的一个球员仗着自己身板宽，在视线盲点里，佯装堵截徐聿，暗地里却狠狠给了徐聿一肘子，还故意伸脚给了徐聿一下。徐聿本来就在快速运球跑动中，这一下平衡彻底被破坏，重重摔在了地上，球也因此被对方抢走了。

可惜这么脏的手段，裁判没能注意到，徐聿吃了暗亏，咬牙切齿地想从地上爬起来，才发现刚才一摔之下，他的脚踝扭伤了。其他 A 大的球员喊了暂停比赛，可再义愤填膺也没用，暂停过后，比赛还是得继续的。

“徐聿，让李龙送你去校医院看看，接下来的比赛你放心，我们一定给你守住比分！”

徐聿咬着牙道：“没事，我还能坚持。”

谭音站在楚杭身边看球，此刻一颗心也跟着揪了起来，即便不是球迷，可她此刻作为 A 大人的集体荣誉感完全在这场球赛里被激发了出来，心里十分愤慨。不是说是势均力敌的敌手吗？结果对方就这么下黑手，他们所谓的强队就是靠这么来的吧？

整个球队里，控球后卫已经下场了，来替补的队员还是今年的新生，不论技术还是团队磨合上都还稚嫩，他上场后，压力就几乎已经都压在了作为小前锋的徐聿身上，如今徐聿都下场的话……这球赛A大就输定了！

“楚杭，要不你上场吧！”即便知道楚杭听不到，谭音还是没忍住，一边看着球赛心急火燎，一边围着楚杭打转。

可惜谭音也不是不知道楚杭的性格，他是个决定了什么事都很难改变的人，往好了说是坚持原则，往坏了说就是有些严谨到死板，认真到固执。尤其作为一个养尊处优的少爷，楚杭是绝对不会在饭后半小时左右就开始剧烈运动的……

此时徐聿的队友正在劝说徐聿离场，谭音既惋惜又有些低落。这场球赛，看来A大校队败局已定。

“唉，好可惜啊，要输了！”

结果场上如此风云变色，楚杭却仍旧脸色镇定，仿佛泰山崩于眼前也会无动于衷。他甚至直接站起了身，徐聿还没走呢，楚杭竟然就这么走了。

谭音看着楚杭离去的背影，简直目瞪口呆。他这也太冷酷了吧，简直是一个没感情的杀手。

然而令谭音没有想到的是，明明A大球队已经遭受如此重创士气低落，没过几分钟，观众席上竟然突然爆发出了一阵尖叫和掌声。

在这雷鸣般的声音里，谭音后知后觉地回头，竟然看到了楚杭。

他回来了。

楚杭换上了球衣，刚才那件让他显得既禁欲又充满疏离感的白衬衫则虚虚地披在肩头。他在万千的欢呼声中，越过谭音，走向了徐聿。

谭音想，这竟然有点言情，自己此刻简直像一个围观楚杭和徐聿伟大爱情的第三者。

如果是在自己的漫画里，下一秒，就应该是楚杭一拳打翻刚才给徐聿下狠手的对方球员，然后打横抱起徐聿，宣示主权后，霸道总裁般带徐聿离开……

此刻楚杭已经走到了受伤的徐聿面前，谭音不想错过两人之间的互动，赶紧跟了上去。她走到楚杭身边时，正赶上楚杭开口。

他看向徐聿，言简意赅直截了当："行了，你可以安心上路了。"

徐聿脸上了然，伸出手，拍了拍楚杭的背："替兄弟我干死他们。"

"嗯。"

这两个人显然默契十足，这么几句话后，刚才还坚持不想下场的徐聿就这么转身走了。

谭音目瞪口呆，徐聿还真就这么毫无留恋地安心上路离开了？

换楚杭上场，可楚杭打篮球真的行吗？

而等谭音意识过来，球赛已经再次开始了，她才发现，本该去跟着徐聿试图找对方黑点的自己已经不知不觉又看起了比赛，而徐聿也早已经不见了踪影……

算了，那她就索性好好看球赛吧。

只是……只是楚杭是开了挂吗？

谭音不知道原来楚杭打起球来是这样的，激烈、凶悍，咄咄逼人到不退让一分一毫，替补的控球后卫技术有些稚嫩，还常常被对方球员夹击，几乎没能有什么助益，然而即便在这样的情境里，楚杭仍旧一上场就投进了两个三分球，大有一人敌十的气魄。

楚杭没和其他队员练过球，论团队配合上，确实常有破绽，然而他本人的球技实在是太风骚了，即便有配合度上的弱势，配上他那种遇神杀神遇魔杀魔的狠劲，几乎有横扫球场的风范。

只是树大招风，他这么一顿骚操作，对方球员自然咬牙切齿，很快对方便再次下三烂，开始盯着楚杭准备下狠手了。可惜有了前车之鉴，楚杭早有防备，对方的几次阴招都被楚杭灵活躲过，而对方见奈何不了楚杭，连掩人耳目都不在意了，对方几个球员之间以眼神互相示意后，大概是宁可牺牲一个队员被罚下场，也要换来楚杭受伤后退场，对方球队里长得最壮的球员竟然就这么径自冲向了楚杭，而此刻楚杭正背对着对方，根本不会知道对方的诡计。

“楚杭！当心！往左躲啊！”

虽然明知楚杭听不见，谭音还是忍不住叫出了声。

在这千钧一发之际，就在工大队员以为绝对会得手之际，原本背对着他们完全看不清他们背后的小动作的楚杭，竟然像是背后有眼睛一样径自往左边侧过了身体，堪堪躲过了攻击。

近距离看着这结局，谭音心下激动万分：“楚杭！你好棒！太帅了！今天也是为你流泪的一天！爱上了！”

也不知道是不是楚杭刚才的风骚走位用尽了运气，谭音话音刚落，就看到楚杭突然脚下差点一滑……

幸好他最终还是撑住了，坚强地重新走稳了。

谭音也终于松了一口气。

之后的比赛有惊无险，每次对方想背着楚杭下阴招，谭音都忍不住叫出声，而楚杭不仅球技上开了挂，连闪躲对方的黑手也像是开了天眼一般，竟然就这么一路带着 A 大校队上篮得分，把工大的比分压得死死的。

球场上每个人都挥汗如雨，楚杭白皙的脸也因为高强度的运动而开始泛红，额上滚着汗珠。只是即便如此，楚杭也总有一种魔力让他区别于场上的任何一个别的男生，明明气氛炽热而激烈，他却还是有种游离于场外的冷淡疏离感，明明置身其中，却仿佛又置身事外。其他所有队员的脸上都闪现着激动、热烈，或是愤怒、狂喜，抑或是懊恼、不甘，只有楚杭的脸上，表情仍旧平静，只是抿着唇，微微皱着眉，这场攻防艰难的球赛，仿佛和一道有些难度的建筑力学题没有任何区别，不值得楚杭浪费自己宝贵的表情。

只是他的冷感丝毫无法熄灭人心里的火焰，连谭音也不得不承认，就那么随便看了几眼，就觉得自己心里有些东西越烧越旺了。

楚杭像是一块上等的翡翠冷玉，光华必现，摆在最昂贵的橱窗里，你只能隔着玻璃看着他周身那种莹莹冷光，只是越是冷、越是贵的东西，就越是想拥有，想要焐热他，想要为我所有，并且只为我所有。

楚杭仍旧在球场上奔跑着，然而在此刻谭音眼里，这简直不外乎像是招摇过市了。

他真的太耀眼了，整个球场上，仿佛只有楚杭是彩色的，而他周围所有人皆是那单调的黑白两色背景板。

一场比赛，A 大校队越发气势昂扬，工大则越发沉不住气，此刻比分已经拉开了近 10 分，因为连续几次想对楚杭下手却未果，对方显然有些狗急跳墙了，连遮羞布也不要了，都不再试图背后攻击了。楚杭正带球跑着准备三步上篮，对方竟然直直面朝楚杭撞了过去。

以这样的角度，如此直截了当地攻击，楚杭自然是能躲开的，他甚至脚步已经开始挪了，只要稍稍侧开身，就能避开。然而当对方蛮力往他身上撞来的那一刹那，楚杭似乎突然改变了主意，向自己身后看了一眼，眼光像是漫不经心，又像是意有所指，要不是谭音正隐身，她都怀疑楚杭那斜斜晃来的眼神是在看自己。

只是这一眼之后，楚杭垂下了睫毛，然后他没有再动，竟然就这样硬生生扛下了对方的撞击。对方输局已定，并且比分差距大，反正输得不好看，似乎也不在意再难看点，这撞击带了报复的意味，拿出了十成的蛮力。只是对方显然也没料到楚杭竟然没躲，撞上时，连对方的脸上都充满了讶异。

这撞击力度之大，谭音光是看着就觉得生疼，只是楚杭真的很刚，这样大的力道他竟然没被撞倒，只是稍稍往后退了几步，但撞击的当下他那声闷哼，谭音却是听得很清楚。

真的很疼。

虽然稳住了身形，但这样的撞击下，楚杭手里的球被撞飞了出去，谭音后知后觉地抬头，才发现这球正朝着自己飞速地砸来。

谭音此刻站在球场中，好死不死正好是个墙角，而左前方和右前方都有球员在跑动，她下意识地便后退想躲避这飞来横祸，只是没料到，工大的球员一见楚杭的球脱手，竟然如狼似虎般朝着球扑了过来，谭音的背后是墙，此刻犹如遭遇了四面埋伏，眼见着已经无路可退……

完了完了。

谭音此刻想的都不是隐身穿帮，而是小命不保。工大那个球员看起来得有一米九，身形壮得和熊似的，被球砸是小事，被来抢球的他砸，那才是要死人的大事。而几乎也是这时，谭音才反应过来，要是刚才楚杭没有突然走位失败身形迟钝导致被对方撞了那么一下，以刚才那壮汉冲撞过去的力度，恐怕很难刹住车，怕是也要直接朝自己这里撞过来……

刚才自己运气好了那么一回，可这次恐怕就没第二次好运了。

谭音此刻已经退到了墙角，缩成了一团，闭上眼睛准备迎接撞击的疼痛。

然而竟然没有，两分钟过去了，该来的撞击没有来，预期里的疼痛也没出现。

谭音哆哆嗦嗦地睁开眼，才发现楚杭整个人都挡在了自己面前，他几乎是用自己的背当了墙，又一次这么硬生生接住了对方的撞击，并且在对方抢到球之前，把球抱进了怀里。

而此刻，楚杭面对着自己，他离谭音所在的墙角就只有短短的距离，他微微屈着膝，一只手抱着球，一只手则撑在了谭音脸颊边靠着的墙壁上。虽然楚杭看不见自己，然而实际上他的动作像是把谭音堵在了墙角里，像是壁咚，也像是一种保护。

这么近的距离，谭音都能闻到楚杭身上的味道，那种激烈运动过后身上的味道，有种强硬的性感气息。

谭音知道不应该，但她忍不住，几乎是下意识地看向了楚杭的眼睛。

刚才对方球员再次撞击到楚杭身上时他只轻微打了个趔趄，鼻腔里发出了努力抑制的闷哼，只是非常轻的声音，隐忍不发的声音，谭音却觉得那声音仿佛在她的耳边炸开，把她的心也炸开。

楚杭的眼睛真的太漂亮了，明知道自己是隐身的，对方绝对看不见自己，在他眼里的不过是自己身后的墙角，然而他的目光给谭音一种错觉，仿佛他也正盯着自己的眼睛。

这几乎是谭音单方面达成的和楚杭的对视。

明明只是电光石火的几秒钟，谭音却觉得像是文艺电影的慢镜头一样漫长，她的心跳过速到觉得几乎不能呼吸，分不清是刚才惊魂未定的余韵还是一些别的情愫在发酵。

谭音瞪着楚杭，只觉得内心一片混乱，楚杭这妖里妖气的男狐狸精，真祸国殃民……

“楚杭，没事吧？”

“你怎么硬生生扛着呢？躲开就行了，这球丢了就丢了，我看刚才他那架势也抢不着这球，多半是球砸到墙角而已，你这也太拼了。”

A 大校队其他队员已经朝墙角这边走来，而楚杭这才移开视线，然后站了起来。他没有再回头，径自抱起球扔回了场上，然后再次投入这场已经白热化的球赛战局。

刚才对视的刹那，谭音不是没有怀疑过、害怕过，楚杭真的看不到自己吗？这真的只是自己单方面的对视吗？

只是楚杭转身离开时的模样镇定自若，如果他真的能看见自己，面对突然出现在墙角的自己，怎么可能还能这么冷静？何况谭音抬了抬头，透过体育馆观众席位边的天窗玻璃，还能清晰地看到窗外的闪电呢，雷雨根本没停，自己不可能暴露。只是一时间，谭音不知道心里该庆幸还是失落，总觉得有些复杂难言。

楚杭连续遭遇了对方的两次黑手，不论是裁判还是场上的观众都坐不住了，甚至工大的不少学生也倒戈了，骂起自己学校的球队来。工大球员面对这种压力，不得不把刚才犯规的那几个球员都换了下去，并且队长出面对楚杭道歉。

只可惜楚杭根本不吃这一套假模假样的道歉，他直接不给面子地侧开了身体，避开了对方队长的拍肩，不发一言、紧抿嘴唇，然后让对方体验了一场完全不给情面的单方面凌虐和打脸，彻底印证了“走自己的路，让别人无路可走”。

一场比赛，最后在楚杭碾压性的得分里宣告结束。

“楚杭，你真的太牛了！”

“兄弟，真的不考虑来校队？有了你我们大学生篮球联赛可以走得更远啊！”

“你这个技术和体力，不来打球真的浪费了！”

“徐聿这家伙呢？什么速度？这种关键时刻怎么都没回来，也不好好看看我们是怎么打爆工大狗头的。”

“就是啊，校医院才多远啊，就算腿扭了，爬都爬回来了。”

…………

楚杭作为吊打工大球队的功臣，自然比赛一结束就受到了 A 大校队球员的拥簇和赞扬，然而楚杭一张脸上却仍是淡淡的表情，他倒是又瞥了眼刚才的墙角，那视线轻轻的，然后很快移开了。

谭音自刚才起，一颗心就在狂跳，她甚至有些腿软，不知是差点被砸后的惊魂未定，还是和楚杭对视下的惊魂未定。她一只手撑着墙角，遥遥地看向人群中被众星捧月的楚杭。

一场球赛结束，众人都兴致高昂，谭音却有些失魂落魄。她一个人在空荡荡的体育馆球场里待了会儿，等到雷雨停了，才往宿舍走。

谭音的心情有些复杂，而推开门，她就看到了同样满脸复杂纠结的蒋一璐。

见了蒋一璐，谭音这才想起自己又没完成任务，十分抱歉地道："对不起啊蒋一璐，我其实刚才跟着徐聿去球场了，但还没挖到黑料，他就中途离场了。等过几天再下雷雨的时候我再接再厉，一定给你搞票大的！"

就在谭音以为蒋一璐会给自己加油打气之际，却见她神色复杂眼神躲闪道："那个……谭音，这事就算了，你以后就别跟踪徐聿挖黑料了。"蒋一璐咳了咳，"你隐身这个能力又不是你能控制的，完全得随着雷雨的来去决定，万一你老跟着他，哪次雷雨突然停了，你突然来了个现身，我怕对你不利，没准儿要被抓去实验室研究了……只是为了我一己私利，想要挖个黑料就去以身试险，不值得啊姐妹！"

虽然蒋一璐这态度转变实在很大，但谭音一时之间也没多想，她感动地拍了拍蒋一璐的肩膀，觉得到底是朋友，你看这多为自己着想啊！

"对了，建筑结构课马上有一次考试，我听陈自强说，楚杭之前整理过建筑结构课的考试重点，陈自强吹得神乎其神，号称楚杭整理的考试重点简直像是照着老师的心意整的，只要能吃透了楚杭画出来的重点范围，别说及格，就是考个优秀都有可能！"蒋一璐转了转眼珠，"你这次要是建筑结构能得个优秀，你爸应该不仅会终止经济制裁，还会给你一笔‘奖学金’吧？”

蒋一璐这么一说，谭音果然心动了：“要不要我……”

话还没说完，蒋一璐就赶紧道：“要！我给你查过了，之后有一周的雷雨天气，作案的机会非常多！你随便哪一个雷雨天，跑去把楚杭的重点范围给看了记下来，回来咱们赶紧对照着复习不就完了？神不知鬼不觉啊！”

谭音就这样在蒋一璐的打气下，走上了铤而走险的道路。

第二天果不其然是个雷雨天。

蒋一璐的消息来源称，楚杭最近常常带着自己那本整理考试重点的笔记本在图书馆里自习。

“来了来了，我的线人发来信息了，楚杭现在在图书馆二楼东面的自习室里。”蒋一璐显然对复习重点也垂涎欲滴，举着伞愣是把已经隐身了的谭音送到了图书馆门口，对着一团空气耳提面命了一阵，又给谭音加了一波油，这才恋恋不舍地走了。

谭音的建筑力学好不容易补上去了，建筑结构却是她的瓶颈，如今一想到楚杭的重点总结，她也十分动心，要是有了重点范围，复习起来不就更有针对性吗？

她噌噌噌地跑到了二楼的东自习室，果不其然，就在一处安静偏僻的角落里找到了楚杭。他靠着窗坐着，正低头安静地看书，白衣胜雪，眉目如画，静谧安宁，一瞬间谭音竟鬼使神差地想到了四个字：岁月静好。

但再岁月静好，还是得干正事，谭音蹑手蹑脚地走到楚杭身边，楚杭正在看一本英文建筑期刊，而谭音惊喜地发现，就在他面前桌子的左上角，放着他那本传说中的考点总结。

谭音看着那本总结，眼睛几乎放出光来，而也正是此时，从开着的窗外传来习习裹挟着雨丝的凉风，堪堪吹开了那本考点总结，贴心地为谭音一页一页地翻起来。

简直天助我也！

谭音差点没笑出声，赶紧凑过去看向那本考点，一页一页记起重点考试范围来。为了方便记忆，她一边看，一边低声念着那些楚杭总结的高频考点。

结果谭音正看得热火朝天，好好看着英文建筑期刊的楚杭突然站起身，然后啪的一声把窗户给关上了。

这图书馆里多闷多热啊！现在又还没到开冷空调的时间，本来开着窗就着窗外的风又清爽又惬意，风还能吹开他的考点总结让谭音好好看个够，这么一举两得的事，楚杭为什么就把窗户关了呢？

难道是楚杭冷吗？这么年轻这么虚？年轻人真的要多锻炼啊！身体不够强壮还做什么建筑师！

可要说楚杭冷，谭音觉得也不像，自从窗户关上后，他的脸以肉眼可见的速度微微泛红，鼻尖上也沁出了点细薄的汗，然而他非常坚持就是不开窗，坚决不开窗。

谭音沮丧了：“楚杭，你行行好，开个窗，让我再多看两眼你的考点总结不行吗？”

楚杭看不见自己也听不到自己的声音，自然仍旧面无表情地看他的英文期刊，然而明明这么热，还看着这么枯燥的学术内容，谭音却发现楚杭嘴角露出了一个微不可察的微笑，那笑容淡淡的，但不知道为什么，谭音却看出了一点狡诈。这狡诈一闪而逝，等谭音再看，又发现楚杭恢复了一贯的一本正经，正认认真真看着期刊。

一定是自己热得头昏眼花了吧……

如今楚杭正襟危坐，窗户关了又没有风，自己总不能趁着隐身大大咧咧就去翻他的复习重点。

眼见着今天偷看考点无望，谭音叹了口气，就起身有点想离开了。

只是几乎是她刚转身，楚杭就咳了咳，然后径自拿起了手边那本复习重点，明明期刊还没看完，他竟然半路移情别恋准备看复习重点了？可是以他的成绩，还需要看复习重点？

当然，对此谭音只觉得求之不得。她收回想走的步伐，赶紧重新回到了楚杭身边。

楚杭翻开了复习重点，谭音立刻偷瞄起来。

平时楚杭看书都很快，但今天翻得尤其慢，这速度恰到好处到让谭音每次都能把一页上哪些是复习重点记下。而遇到自己不太懂的知识点，大概楚杭对这些点也有些薄弱，只要谭音一皱眉，楚杭便会在这一页上停留更长时间，而一旦谭音想通了眉头舒展开来，楚杭也一般恰好理解了这个考点，接着翻下一页。

对此，谭音有些飘飘欲仙，看嘛，楚杭也没有陈自强他们吹嘘的那么神乎其神啊，他不是照样要看考点复习，照样有不懂的知识点，而消化不懂的知识点用的时间也和自己几乎一样啊。谭音顿时自信心爆棚，只觉得自己如果再加把劲，这次建筑结构的考试没准儿能够直接超过楚杭勇夺第一呢！

只是学习这回事，看来是没有一帆风顺的坦途，谭音看着看着，在一页上被一个有些复杂的考点给彻底难住了。大概是思维局限，她怎么也想不通这个点，盯着这页面皱着的眉头就没舒展过。

幸好楚杭似乎也被这个考点给难住了，这一页他一直没翻，只是谭音抓耳挠腮想了半天，还是想不通。

“到底怎么理解呢？”谭音有些愁苦，“这里实在看不懂了……”

谭音盯着这考点大眼瞪小眼，楚杭显然不准备坐以待毙了，他突然拿起笔，抿着唇，在这一页上写了一句话作为备注：“有点难，之后可以找一下《建筑结构设计实用指南》参考。”

谭音看着他龙飞凤舞刚劲有力的一行字，茅塞顿开。对啊！她这才后知后觉地想起，讲到这个考点时，建筑结构的老师确实推荐过这本书，说看完这本书，就能对这个知识点融会贯通，能更深刻地理解这个点。

“不过这本书图书馆里有吗？”

正当谭音疑惑时，楚杭合上了考点复习总结起身，显然是准备去借阅这本书了。

简直不能更棒！

谭音几乎是立刻亦步亦趋地跟了上去，就这么轻轻地跟在楚杭身后，看着对方身姿挺拔从容地走过一排排书架。

楚杭显然对图书馆里建筑专业书籍的摆放位置十分熟悉，几乎没有停顿地就走到了一个书架前，然后几乎只扫了一两眼，便从一堆书里挑出了那本《建筑结构设计实用指南》，而拿完这一本，楚杭却没走开，又看了几眼书架，找了其他几本书。

谭音认真盯着，准备一旦楚杭拿了什么书，自己赶紧记下书名，回头能借就借，不然就买。这可不就是自己梦寐以求的事吗？偷看到楚杭的学习书单，然后偷偷学习，早日逆袭吊打他！

只是谭音正努力记着书单，却听到背后书架的另一端传来了两个女生低语的声音。

建筑系专业书籍的这排书架位置相当偏僻，背后书架是文学编年史和历史正史类学术书籍，平时鲜少有人来，而背后这两个女生果不其然是文学院的，两人并不晓得书架后有人，正旁若无人地轻声抱怨着。

“唉，这次的论文题目也太难了，我报文学院的时候以为平时的作业就是看看文学名著写读后感就行了，怎么还要研究文学史啊？”

“算了算了，赶紧找好参考书回去捣鼓一篇，然后就可以写小说了。”

“加油啊，等着你更新呢，上一章的情节，男主角在图书馆里壁咚女主角，明明就是很日常的情节，结果我看得脸红心跳，感觉超级少女心。要不是认识你知道你是单身狗，我还以为这完全是根据你的恋爱心得写的呢，也太真实了吧！”

另外那女生提起自己的小说有些得意，压低声音偷偷道：“我悄悄告诉你啊，我写的时候把自己代入了女主角，然后男主角就代入了楚杭，你知道吧？建筑系那个，超帅的，一想到他，我都觉得写那个情节就要无法呼吸了……”

“嘘，你小声点，后面就是建筑系的书架。”

“怕什么啊，那边又没人去……”

这个文学院写手新星于是又给自己的朋友科普了不少楚杭的信息，主旨离不开他多帅、多聪明、打球多厉害，总之就是狂吹了一堆“彩虹屁”。

虽然声音小，但在安静的图书馆里，离得这么近，谭音听得一清二楚，她看了眼楚杭，想必他也都听到了。

即便知道楚杭听不到，谭音还是没忍住揶揄道：“你可真是粉丝遍天下啊，不过你看看，也不是只有我用你为原型进行艺术创作啊，只不过我的载体是漫画，人家的载体是文字啊。”

谭音说完，有些好奇，真想看看对方到底写了什么，楚杭在里面的形象伟岸不伟岸，只是她如今的位置正靠着书架尽头的墙，而前面正站着身高腿长的楚杭，一时之间没法越过楚杭离开。

楚杭对此倒是面不改色继续在书架上找着建筑专业书籍，仿佛对面的一切都不存在，这冷漠的样子，把谭音给惊呆了。

面对这么热辣的表白，都如此无动于衷，可真是十分冷酷了。

而书架背后两个女生又讨论起了之后该写什么剧情，一会儿这个情节脸红心跳，一会儿那个情节小鹿乱撞，然而谭音听来听去，倒是觉得完全心如止水。

她听着对面刻意压低声音的交谈声，看了眼眼前的楚杭，有些不能理解：“被楚杭在图书馆壁咚就会心跳加速到无法呼吸？至于吗？楚杭魅力有这么大？”谭音摇了摇头，“太假了，这写法太夸张了……”

只是她光顾着吐槽，完全没注意到楚杭微妙的表情变化。他轻轻垂下了视线，然后嘴角微微带过一抹稍纵即逝的笑，带了点邪气和恶劣。

然后谭音一句话都说不出口了，因为楚杭突然朝前走了一大步。他身高腿长，这样一下子就彻底把隐身中的谭音堵在了书架和墙壁之间，谭音退无可退，只紧张地抵着墙壁。

只是楚杭还嫌不够似的，又朝前走了一步，堪堪停在了谭音面前，再往前那么一寸，两个人就能接触上。谭音一下子觉得心跳如擂鼓，就在她惊疑不定地开始怀疑楚杭是不是发现了什么之时，楚杭却伸出一只手撑在了墙壁上，微微踮脚，另一只手从书架上取下了一本书，表情镇定自若，这么近距离看，也毫无任何细微的表情变化。

他拿了书，也不走开，仍旧一只手撑着墙，一只手随意地打开了书，只是他能心无旁骛，却是害惨了谭音。楚杭如今的姿势，事实上形成了一个壁咚谭音的姿势，他的脸近在咫尺，他的眼神，仿佛在继续找寻什么专业书一般，时时从手里的书中抬起，望向书架，只是这目光的路径，总是会经过谭音的脸，瞟进谭音的眼睛。每每这样勾人的一瞥后，楚杭自然毫无所觉般移开了目光，然而对谭音来说，这就不一样了。

她就这么被楚杭逼到了墙角，被禁锢在他的身体内侧……

楚杭新拿的那本专业书籍封面就在谭音眼前，然而谭音完全看不清楚到底是哪本书了，只觉得气血上涌耳晕目眩……

被楚杭壁咚，心跳加速无法呼吸，还是真的……

就在谭音的脸红到快要燃烧，整个人都快绷不住，恨不得暴露自己的隐身技能要从楚杭怀里蹦跶出来之时，楚杭终于放开了自己，大概是终于找到了想要找的书，他轻轻又瞥了眼墙角边的书架，露出了个心满意足又邪门十足的笑，然后轻哼了一声，转身走了。

他走得自若又坦然，丝毫没有顾忌书架另一面刚才谈论到他的两个女生，就这么径自一路走过了她们所在的那排书架，目不斜视。大概到底是被人夸了，看得出楚杭心情不错，眼角含笑，嘴唇轻扬，活像个……

活像个表情餍足的男狐狸精……

只是楚杭走了，谭音却久久不能平静，她的心仍旧跳得很快，那两个女生议论楚杭却被正主撞见，也正六神无主："完了完了，没脸见人了，刚才竟然是楚杭……"

"问题是他好像没有不高兴耶，你看他嘴角带笑，感觉好温柔啊，他笑起来真的好好看，别说你，我看了一眼都觉得好紧张……"

谭音刚才还在吐槽这两个女生夸张。被楚杭壁咚至于这样吗？结果现在绝望地发现，自己比人家还不如，谭音抚着自己此刻一颗剧烈跳动的心，只觉得还有股惊魂未定的心跳感。

楚杭可真是个货真价实的男狐狸精无误了。

Best Time

白 马 时 光

你引起了我的注意

You Got My Attention

下

叶斐然 著

百花洲文艺出版社
BAIHUAZHOU LITERATURE AND ART PRESS

目录

Contents

目录

Contents

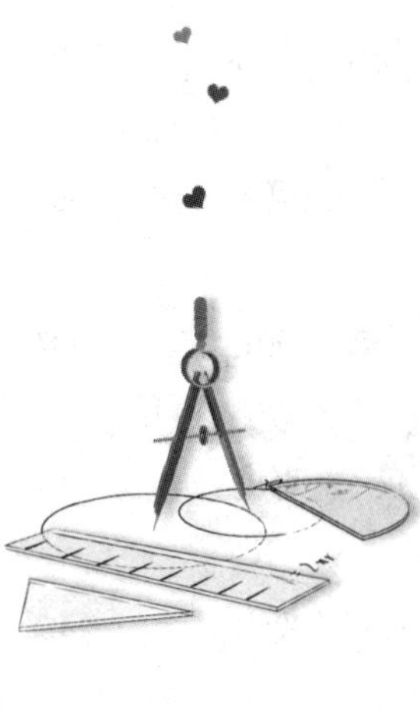

第十三章

偷偷望向你

谭音独自倚靠着墙壁平复了很久，才终于让自己镇定下来。她这才重新回了楚杭所在的自习桌，只是这次却怎么都没法再集中精神心无旁骛地记考试复习重点了，幸好之前谭音也算把这复习重点的大头记下了。

谭音想了想，觉得今天应该见好就收，是时候撤了。她当即起身准备离开，只是没想到，刚才还坐着认真翻专业书的楚杭，也当即收拾了资料，站起了身。

谭音便恰巧和楚杭一前一后地出了自习室走到图书馆的门口，外面还在下着雨，谭音隐着身，又一次在图书馆门口准备打伞的人里面巡睃，准备找一把又大又合适的伞躲着一起走。

说来也有点可怜巴巴，虽然隐身后也带来了诸如能偷看楚杭考试重点总结之类的便利，但不少时候谭音也很无奈，比如这样的雷雨天，她只能看准情况往合适的伞下钻，但并不能确保这把伞的主人要走的路线和自己正好一致，也更没法保证当对方和自己路线出现分歧，自己不得不离开这伞的时候，还能找到下一个撑伞的人。因此不可避免地，每次下雷雨隐身，只要谭音在外边走动，百分之八九十的情况会被淋成落汤鸡。

“啊，这顶不错！”

就在谭音准备跟着一个撑开伞的男生走的时候，这男生突然被身后的人撞了一下，不得不让开了点路。谭音也下意识地回头，却看到了面无表情正拿出伞的楚杭。

结果这一看，谭音就移不开眼了，楚杭这把伞简直太妙了！

谭音就没见过伞面这么大的伞，楚杭这把伞一撑开，他身边几个站着的学生都不自觉地让开了点距离，也都目瞪口呆地盯着楚杭的伞……

这么风骚的伞，谭音压根儿没在任何店里见到过，这伞面大到下面足足可以站上三个人。当机立断，谭音抛弃了之前选定的那个男生，赶紧跟上了楚杭。

开玩笑，以刚才那男生的伞面，自己站着还得当心不要触碰到对方，大概率自己的肩膀还是会被雨打湿，但如果跟着楚杭，这伞这么大，自己可以安安稳稳地走上一路，只是……

只是谭音刚准备跟着撑开伞的楚杭走进雨里，就听到身后响起了一个娇滴滴的声音：“楚杭哥哥！”

不是段影菲是谁？

段影菲见了楚杭，显然既意外又惊喜，高兴道：“太好了，我今天来自习，没带伞，哪儿知道正好下雷雨了，正愁不知道和谁拼个伞回去呢。”说到这里，段影菲含羞带怯地扫了楚杭一眼，“但我这个人比较害羞，和陌生人一起撑着伞走一路也觉得挺尴尬的，不过幸好，正好见到你，楚杭哥哥，那我们一起回去吧。”

段影菲又加了一句：“我就去女生宿舍，你稍微多走一小段路就行了，不是去别的地方。”

楚杭皱着眉，抿了抿唇理直气壮道：“你自己走吧。”

别说段影菲，连谭音都以为自己听错了。

楚杭还嫌不够似的，又加了一句：“不顺路。”

这是什么神奇发展？

大哥，就算不顺路，下雨天送女生回去宿舍楼而已，又不是让你翻山越岭去长征！楚杭你一贯的绅士风度呢？被狗吃了吗？

段影菲也直接惊呆了，愣愣道：“对不起楚杭哥哥，你刚才说什么？我好像听错了……”

可惜楚杭真是一个没有感情的杀手，冷淡地道：“你没听错，我要一个人走。”

段影菲都要委屈哭了：“为什么啊？你的伞下面又没别人，你的伞还这么大，外面雨这么大，不能和我一起撑吗？”

这番质问有理有据，连谭音也无法反驳。

楚杭的声音也有些不自然，态度却很坚定：“下雨天，我想一个人静静。”他说完，拉住了旁边刚才谭音妄图跟着的男生，然后指了指段影菲，“你好，她没带伞，你送她回去一下可以吗？”

那男生不明所以，但很快点了点头：“没问题。”

楚杭做完这一切，看了眼段影菲：“行了，你跟着他走吧。”

他说完，不顾段影菲惨淡和震惊的表情，径自撑开那把拉风的大伞，然后走进了雨里。

还别说，这波操作实在太骚了，连谭音一时之间都呆呆地愣在原地，楚杭是今天心情不好？可不应该啊，刚才在图书馆他明明还笑了好几次？

不知道楚杭是不是此刻终于意识到自己行为的不妥，刚走进雨中，就顿了顿，然后非常刻意般放缓了脚步。

老哥，你要这个时候回头道歉，还是能挽回你的好妹妹段影菲的！

楚杭也确实回头了，他的动作有些不自然，嘴唇紧紧抿着，像是在谴责什么一样，只是他并没有看段影菲，而是轻轻地扫了图书馆门口一眼，然后垂下了目光。

段影菲因为羞愤一张脸涨得通红，一双眼都气红了，到底是娇生惯养的富家少女，被楚杭这样冷淡对待，段影菲也赌气上了，跺了跺脚，直接拽过那个无辜的男生就躲进对方伞里走了。

谭音忍不住感慨，有些人单身，真的不是没有理由的！

不过现在也不是感叹的时候，图书馆门口刚才的那些学生都陆陆续续走了，此刻没什么人了，谭音这才赶紧顶着雨冲到了楚杭的伞下。

楚杭今天不待见段影菲没让她一起同行，这可不正好便宜了自己吗？谭音喜滋滋地想，也幸好楚杭有所犹豫走得慢，还没走离图书馆门口多远，自己几乎没淋到多少雨，就躲进了他的伞下。

“楚杭，你要去哪里啊？”谭音一边走一边就没忍住嘀咕，“希望你要去的地方离女生宿舍楼不太远。”

不过刚说完，谭音就反应过来了，楚杭的目的地恐怕和女生宿舍楼相去甚远，刚才段影菲也想回宿舍，楚杭不还说过不顺路吗？

然而也不晓得是不是情况有变，楚杭一路上竟然都是往女生宿舍楼的方向走的。他就这么抿着唇，镇定从容地走着，身形挺拔，面容英俊，然而在同一把伞下，谭音却发现，楚杭握着伞柄的手，骨节有些用力后的微微泛白，他看起来似乎……似乎有点紧张和不自然？

是在为了拒绝段影菲这件事纠结？

男人心海底针，早知如此何必当初呢？

谭音这一路也有些心不在焉，以前不是没钻过楚杭的伞下，只是这次不知道为什么，谭音觉得有些忐忑，图书馆里那种心悸感又来了。她不知不觉就偏离了楚杭的伞，只是楚杭今天看起来也不在状态，握伞的手竟然也稍稍往自己这侧偏移，等谭音回过神来，发现自己并没有被雨淋，倒是楚杭，因为伞偏移太厉害，一侧的肩膀上被雨水微微溅湿了。

两个人就这么一路安静地走到了女生宿舍门口，只是好死不死，段影菲也正好被那男生护送到了宿舍门口……

这两人视线相撞，段影菲咬了咬嘴唇，瞪着楚杭却不开口，显然在等着楚杭先低头道歉。

结果楚杭连看都没有看她，只抿了抿唇，径自转身走了。

不管楚杭如何反常，总之谭音不辱使命，成功把考试重点像春风一样带给了蒋一璐，乐得蒋一璐一晚上嘴巴笑得都没合上。

大概是为了映衬谭音和蒋一璐的心情，第二天雷雨出现了短暂的停歇，虽然没有太阳，但至少是个谭音能出来活动的阴天。

之后就是梅雨季了，谭音害怕此后情况有变，赶紧趁着今天阴天把楚杭给找了出来。

“上次你是不是也觉得我作弊？那今天你和我一起去朱抗美那里，朱抗美给我出题，你看着我，我当场做给你们看！让你们两个人心服口服！”

这种时候，楚杭回复她的，大概率会是一个冷笑。

然而今天的谭音猜错了，楚杭抿了抿唇，低下了头：“我没觉得你作弊。”

谭音来之前已经针对预判中楚杭会给出的回答准备好了所有应对措施，只是自己的预测里，楚杭没有这句台词啊……

谭音瞪着楚杭，一时之间不知道要说什么好。

“谭音，我说了，我没觉得你作弊，我相信你。”

“那你那天……”

楚杭微微挑了挑眉：“我那天怎么了？”

谭音有气发不出，自己那天后来隐身了，照例讲在楚杭眼里并不在现场，也并不应该听见楚杭的那番“逃跑论”……

不过她脑筋一转：“蒋一璐告诉我，你说我是怕当场对质所以逃跑了！”

而楚杭的回答又一次不在谭音的预测内，面对这样的指控，他直接承认了，然后便是诚恳地道歉：“对不起，事后我就发现了自己的偏颇和对你的误解，所以我后来向朱老师进行了说明，也说服了他对你改变了错误的判断。他也答应我了，下节建筑力学课，他会当着全班同学的面就这件事向你道歉，并对你认真学习、成绩大幅度提高进行表彰……”

谭音简直蒙了，她此前为了给自己加油打气，完全把自己代入了励志逆袭小说的悲惨主角身份，并不断安慰自己，作为一个最终要成就一番伟业的人，自己此时在学校里受到的挫折都是为了涅槃重生，因此她早就严密地计划好了如何在“敌人”面前证明自己的实力，准备狠狠打脸朱抗美，只是……

只是现在本以为很困难的事，竟然就这么轻而易举地化解了？那自己的逆袭剧本是演不上了？

“那……那当面再做一套新考卷来验证我自己呢？不用做了？”

楚杭看了谭音一眼：“不用做了。”

谭音下意识地就觉得不可信：“不可能，朱抗美这个人性别歧视那么严重，怎么可能轻而易举就为你一番话相信我？楚杭，你是不是骗我？”

“因为我说了，用我的成绩和名誉担保你。”楚杭轻笑了一声，“只要你被发现是作弊，我承担所有连带责任，这门课成绩作废，下学期重修，所以朱老师相信了。”

楚杭看着谭音补充了一句：“我写了承诺书，白纸黑字，你要看吗？”

在楚杭的目光里，谭音下意识地后退了几步，那种心跳加速的感觉又来了，谁能告诉她，怎么被人信任都是这么让人紧张的？楚杭也没说什么别的话啊？然而他说相信自己的时候，黑色的眼瞳里只有自己，那认真的模样，竟然十分招人……

“作为之前误会你的道歉，你以后如果在建筑专业的任何课程上有任何问题，都可以找我。”

谭音佯装镇定地点了点头：“好，有问题我一定给你写邮件！”

“不用邮件。”

“啊？”

楚杭轻声咳了咳，声音有些不自然地道：“哦，我最近挺空的，你可以直接找我出来给你当面讲，毕竟误会你是我的错。”

这么好！谭音这下有些激动了：“你说的啊！”

“嗯。”楚杭说完，顿了顿，才又侧开头补充了一句，“另外，除了建筑专业的问题，如果有别的问题，你也可以问我。”

除了专业问题，自己还能有什么别的问题啊？

大概是看谭音有些茫然，楚杭咳了咳，做了点提点：“哦，比如说，你有什么法律问题，其实没有必要想着去问徐聿或者别人，我虽然不是法律专业，但是因为我爸对我未来管理公司的要求，都有请人帮我辅修法律，你如果有这些方面的困惑，找我也不是不可以，毕竟我们是一个专业的，没必要舍近求远去找徐聿……”

谭音似懂非懂地点了点头，她想，自己能有啥法律问题啊，而且有法律问题也不会找徐聿，自己这不还有周铭吗？不过既然楚杭这么热情地发出了愿意帮忙的信号，自己还是不要打击他的好……

而一如楚杭所言，朱抗美果然在今天下午的建筑力学课上当众向谭音道歉了，虽然他还是没忍住又要继续唱衰一下女生学建筑没有前途，但能得到他的打脸道歉，谭音已经十分开心了。

另一边，楚杭道歉又同意当面辅导后，谭音确实没客气，当天她就找了几个积累起来的难点问题，找楚杭讲了一个下午，最终不仅一举攻克了原本的薄弱知识点，甚至还从楚杭那里举一反三学到了点新东西，这一天下来，心情简直美得没边。

只可惜谭音的好心情最终没能持续上多久，又到了 A 市一年一度的梅雨季，从自己运气爆棚洗刷冤情打脸朱抗美那天之后，蒋一璐说的天气预报里延续一个礼拜的雷雨，还真的断断续续下了一个礼拜，而谭音也被迫这么断续着隐身了一个礼拜。

这一个礼拜，谭音觉得自己的身心健康都要遭受严重危害了。

即便对于普通人，平时生活里被人忽视也并不是一件愉快的事，而被人孤立就更不是了。谭音一隐身，旁人看不见自己又听不见自己的声音，她活得简直像是个被孤立和忽略的人。平时偶尔一天两天也就算了，这次持续这样一个礼拜，硬生生快把谭音一个外向活泼热爱交流的人给逼疯了……

这次谭音喜欢的建筑手绘课，因为雷雨，也不得不又一次“缺席”了。

如同上一次一样，谭音其实仍旧到席了，只不过大家看不见她而已。她在教室里走了一圈，虽然自己十分手痒，但碍于隐身，只能看不能动，因此也很快觉得无聊起来。

蒋一璐这次座位边都已经被人坐了，于是谭音转了圈，在蒋一璐不远处的陈自强身边坐下了。她看了几眼陈自强的手绘作品，很快就觉得枯燥，于是索性趴在桌子上睡了起来。

结果还没睡上多久，一个纸团就砸中了她的后脑勺。

谭音迷迷糊糊地叫了一声，纸团来自她的右后方，谭音转身循着纸团的来源路线看过去，只看到了正襟危坐一派镇定在画图的楚杭。

手绘课上把画废的版本扔掉是常有的事，垃圾桶又确实在谭音的左前方，楚杭画坏了往这个方向扔废稿实属正常。

只不过楚杭这个准头有点差吧？自己这位置离垃圾桶还有一段距离呢！

谭音抓了抓头，也没在意，转身继续趴到桌上睡了。

结果这一次，自己趴下去还没多久，纸团又砸了上来。

谭音回头，楚杭仍旧一脸自然，看起来平常得很。

想想也是，他又看不见自己，怎么可能故意用纸团砸自己呢，大概是又一次没把握好抛物线，砸错了吧。

只是今天楚杭这准头也太差了吧！谭音没趴下多久，又被砸了第三次、第四次。

平时楚杭投篮的时候明明那么远，三分球都还是那么漂亮，怎么这么近距离的一个垃圾桶，投了四次就没一个中的？！而且他平时画起图来不都行云流水吗？今天画得怎么就这么不顺利？

陈自强看着接连不断掉到自己身边的纸团，也十分疑惑，捡起来扔进了垃圾桶，回头看向楚杭挤眉弄眼地调侃道："楚杭你昨晚到底干什么了？用手过度啊，今天这手怎么这么绵软无力？"

楚杭懒洋洋地瞥了他一眼，一点诚意也没有地回答道："哦，失误。"他随即抬眼笑了笑，"至于我的手有没有力，你要和我掰手腕体验下吗？"

"不约不约，上次和你掰手腕，我的手差点断了！"

陈自强立刻拨浪鼓似的摇了摇头，然后赶紧转回了身，生怕楚杭真拉着他掰手腕似的。

虽然这只是个小插曲，但谭音作为被砸了四次还没处申冤的冤大头，觉得陈自强身边这风水不好，老被楚杭的纸团砸到。她想了想，赶紧起身换了个位置，坐到了张晨的身边。张晨的位置完全不在垃圾桶和楚杭的两点一线上，谭音觉得十分安全，于是又趴在张晨身边睡下了。

只是……

只是楚杭的纸团是跟踪导弹吗？

谭音刚坐到张晨身边没多久，楚杭的纸团就又一次砸了过来。谭音气哄哄地转身，对上的却还是楚杭无辜自然又镇定冷静的侧脸。谭音顺着纸团原本的路线看了一眼，行，教室里有两个垃圾桶，楚杭大概是看之前那一侧那个死活扔不中，因此换成往另一个那里丢了……

张晨身边这位置看来也不能坐了，只是那还能坐哪里呢？谭音站起来走了一圈，发现因为教室前面有一左一右两个垃圾桶，而楚杭坐在最后排，所以自己只要坐他的前面，不论坐在哪里，理论上都有被砸的风险……

一不做二不休，谭音机智地想，最危险的地方就是最安全的地方！

她就坐楚杭身边不就完事了？他扔废稿的纸团，总不可能往自己身边扔！

谭音当机立断，赶紧坐到了楚杭身边。她好奇地看了眼他的手绘本，结果发现他早就画得差不多了，画得还相当好，也不知道刚才的那些废稿都是怎么回事，这状态不是挺好吗？

不过很快，楚杭就证明了自己今天确实状态不太好，谭音凑过去刚盯着看了一眼他的手绘，他就突然手一抖，画错了一根线条。

谭音比楚杭还懊悔："这张图这么完美，怎么就画错了这根线呢？"

楚杭大概也觉得十分可惜，一张脸上表情有些不自然，连耳垂都微微泛红，然后他抿了抿唇，镇定地添了几笔，硬生生把一张差点画废的图给挽救了回来。

只是他都有这种救图能力了，也不知道为什么刚才还扔掉了那么多废稿纸团。

谭音想了想，百思不得其解，也就不去想了，索性趴在楚杭身边打起瞌睡来。窗外是阵阵雷鸣和暴雨，谭音睡着睡着就觉得教室里开着的窗户吹进来的风实在有些冷，只是还没等自己想出办法做点什么，楚杭大概也觉得冷，站起身走过去把窗户关了。

谭音美美地睡了一个温暖的觉，建筑手绘课一结束，她刚想跟上蒋一璐，结果发现这家伙已经跑没影了。蒋一璐最近神神秘秘，也不知道干什么去了。

谭音没办法，兜兜转转绕了一圈，最终还是钻进了楚杭那把大得出奇的伞下。倒是楚杭今天的步子走得非常缓，谭音完全不用小跑就能轻松跟上。

只是看着伞外不知道什么时候才会停的雷雨，谭音有些多愁善感地无奈上了："什么时候我才能恢复正常啊？"她哀怨道，"好想喝奶茶，这种天气就应该摄取糖分，好想去学校外面那家甜品店，点一杯乌龙奶茶，加椰果和布丁啊。"

谭音虽然抱怨，但也知道雷雨天气过去之前，自己还是安分点待着为妙，只是好像偏生要让自己眼红似的，楚杭竟然这一路就往校外的那家甜品店去了。

因为是雷雨天，这家甜品店里意外地人并不多，楚杭点了单，然后找了个非常不引人注意的角落坐下。

没过多久，服务员就给楚杭端来了他点的热饮——好死不死，正是一杯加了椰奶和布丁的乌龙奶茶！

谭音都快羡慕哭了，只能猛吸了两口奶茶的香气，然后哀怨地坐在楚杭旁边，虎视眈眈地看向这杯奶茶。

只是楚杭点归点，却不喝，他很快叫来了服务员，咳了咳道："突然不想喝奶茶了，太腻了，帮我再来一杯伯爵红茶吧。"

服务员笑着点了点头，没多会儿，就给楚杭又上了杯伯爵红茶。

男人的心，可真是说变就变，谭音简直看得目瞪口呆，这刚点完奶茶才没多久呢，就突然不爱了，移情别恋伯爵红茶了……

只是楚杭不想喝那杯乌龙奶茶，那干放着也是浪费，如今他选的这座位又靠着角落，前后左右都没有人，而就在谭音内心蠢蠢欲动试图犯罪之时，楚杭竟然站起身去了厕所……

天时地利人和，这种情况，谭音觉得不喝不是中国人！

她当机立断，咬上奶茶的吸管喝了一口。

这奶茶是用不透明的纸杯装的，自己就算喝了，一点也看不出来。

一口下去，谭音只想感慨，奶茶真的太好喝了！

她正小口小口喝着，楚杭却回来了，他果然是看不见自己的，一如既往地面无表情和冷淡，坐下后，果真对那杯奶茶不闻不问，只顾喝着自己的伯爵红茶。

于是谭音偷偷喝着奶茶，楚杭喝着红茶，两个人就这么静静坐着，气氛竟然十分静谧安宁，只是……

只是很快这种安宁就被徐聿给打破了，这家伙风风火火地推门走进了甜品店。

“不是本来说好了咖啡厅见吗？”徐聿拍了拍肩上溅到的雨珠，环顾了下装饰十分少女的甜品店，脸上充满了一言难尽之色，“怎么选到这儿来了？你又不喜欢吃甜品？”徐聿一边说，一边坐了下来，还不忘一边抱怨，“而且这甜品店里也没几个人，你至于找个这么七拐八扭才能找到的角落坐吗？”

楚杭的语气却很镇定：“老是去咖啡厅，我厌倦了，这里有新鲜感。”

“行吧。”徐聿摇了摇头，“要不是刚才在这甜品店门口的伞桶里见到你那把高级定制伞，我还以为我听错了碰头地点。”说起那把伞，徐聿似乎又十分疑惑起来，“不过我能问问你为什么要特意去找人定制那么大伞面的一把伞吗？不知道的人还以为你是许仙转世，要撑着这么大一把伞上断桥找白素贞呢。”

这个问题，不仅徐聿想问，其实谭音也十分想问，如今她便和徐聿一样正襟危坐洗耳恭听。

结果没想到，楚杭压根儿就没有回答，瞪了徐聿一眼，干巴巴地道：“徐聿，你管得太宽了。”

徐聿只笑，而谭音刚想吐槽，却不料鼻子发痒，打了个惊世骇俗的喷嚏。

谭音揉了揉鼻子，虽然有些尴尬，但想着没人听得见自己，也就安心下来，只是没过多久，她又打了第二个喷嚏，接着是第三个、第四个……

感冒自然是不可能的，谭音努力嗅了嗅，才终于发现了罪魁祸首——徐聿的外套上还带了点淡淡的香水百合味。

谭音忍不住发出了一声哀号：“徐聿你真是和我有仇吗？我对香水百合花粉过敏啊！你刚从哪个脂粉堆里出来啊，衣服上蹭了这么多香水百合的花粉！”

她说完，一边打喷嚏，一边就准备起身离开，只是她还没走，就听到楚杭先她一步开了口：“你这外套太丑了，脱了吧。”

“不是吧？”徐聿完全不相信，“段影菲说我穿了特别帅！”

“她的话你也能信？她说之前肯定让你给她画考试重点了吧？”

徐聿一时无法反驳，一言不发地脱了外套。

结果楚杭还不忘补刀，皱了皱眉：“把衣服拿开点，我一把你和这件衣服联系起来，顿时觉得你的形象都降级了。”

一想到自己的颜值在朋友心里都会因为这件衣服而下降，徐聿二话没说，从善如流地就把这件沾了百合花粉的衣服拿远了一点。

谭音松了口气，果然停止了打喷嚏，又重新坐回了楚杭身边，偷偷摸摸喝了两口奶茶。

不过脱了衣服，又坐了片刻，徐聿就觉得有点口渴了：“我点的咖啡怎么还不来？”他看了眼楚杭身边那杯奶茶，“你自己点了红茶，所以这杯奶茶是给我点的？”

虽然觉得楚杭给自己点了杯奶茶有点奇怪，但徐聿口渴得要命，压根儿没多想，就径自拿起了那杯奶茶准备喝。

谭音忍不住开口劝阻："你别喝啊！那是我喝过的！徐聿，你好好等你的咖啡就行了！"

可惜就算谭音急得要命，徐聿也压根儿听不到，他伸手拿起了奶茶，就径自准备喝，结果就在吸管快要入口的瞬间，他手中的奶茶被楚杭给强行拿走了。

"不是给你喝的。"

徐聿一脸不信："那你自己都点红茶了，这杯放在这里也不碰，不是给我的是什么啊？"

楚杭虎着脸："我自己喝。"

徐聿不说话，一脸"我知道你是爱我为我点的你就别不承认了"的表情看向楚杭，胸有成竹道："那你倒是喝啊。"徐聿说完，还贱贱地补充了一句，"你要不喝，那我就喝了。"他一边说，一边就作势要去重新抢回楚杭手里那杯奶茶。

楚杭显然并不想喝奶茶，然而他像是和徐聿杠上了，死活不让徐聿喝一般，楚杭竟然硬着头皮径自拿起那杯奶茶，泄愤般大吸了一口。

喝完，楚杭才再次看向徐聿："行了，我喝了。你等你自己的咖啡去。"

徐聿有些失笑："楚杭，我怎么觉得你最近怪怪的？有些说不出来的感觉。"

楚杭侧开头抿了抿唇："你多心了。"他垂下视线，转移了话题，"你不是让我帮你看一个建筑合同吗？拿来，里面有什么术语你不懂的？"

徐聿一拍脑袋，想起了正事，赶紧从包里掏出份合同："就这个，是我帮我朋友家友情看的合同，我自己改过一遍了，但有些专业的东西只有你们专业人士才知道有些条款里的隐形陷阱，你再给我把把关。"

楚杭冷静镇定地看起了合同，谭音却有些冷静不了了。她盯着那杯奶茶，虽然自己只悄悄喝了一点所以楚杭没发觉什么异样，但他喝过了，自己就不能再偷喝了……

一想起这，谭音心里就有些哀怨，看了一眼楚杭：“你知道吗楚杭，你这样喝了我喝过的奶茶，四舍五入我们就算是间接接吻了，而且这还是你主动的，按道理来讲……”谭音咳了咳，振聋发聩声情并茂道，“你得对我负责啊！”

楚杭原本正一边看着合同一边拿起红茶抿了一口。几乎是毫无征兆地，徐聿就看着自己这位一向礼仪家教完美到近乎苛刻的好友，突然被茶给呛到了……

“楚杭，你没事吧？”

楚杭迎着徐聿的目光，克制而艰难地道：“没事，就看到一条特别夸张的条款。”

“哦，那你快给我改改。”

谭音因为这连续不断的雷雨天，都已经隐身好几天了，无聊之下想着反正没人听见自己说话，索性大放厥词，她往楚杭身边一坐：“楚杭，我这个人不贪心，叫你对我负责，既不要你的人也不要你的心，你给我买套房就行了，我看西郊那个恒欣花苑大平层不错，要不行的话，给我买辆卡宴也行……”

徐聿有点紧张，因为他发现，楚杭越是看合同，这眉头皱得就越紧，他不安道：“楚杭，这合同我没看出的隐藏问题还有很多？”

结果出乎徐聿的所料，合同里虽然确实有几个建筑专业人士才能看出来的坑人条款，但大部分自己改得没问题，也不知道楚杭刚才表情为什么黑成了那样，这合同条款说句实话，整体还算挺公平的呢。

徐聿不知道是不是自己的错觉，总觉得最近一阵楚杭挺怪的，或者应该说，其实也不是最近，楚杭其实持续了也有一段时间了。之前每每雷雨天，楚杭都紧锁着眉一脸难以取悦，而最近，每每雷雨天，徐聿发现，楚杭除了偶尔黑脸外，表情就生动多了，他有时候会挑眉，有时候会脸红，有时候会嘴角微微上扬，有时候会心不在焉……

两个人讲完合同，推开甜品店的门离开，正巧一辆摩托车飞驰而过，楚杭早就眼尖地看到了摩托，然而他刚挪了下步子，竟然就又重新入定在原地般没有动，最终摩托车驶过两人面前的水坑，硬生生溅了楚杭一裤腿的泥水。

虽然徐聿对楚杭的反应异常有些震惊，谭音却糊里糊涂压根儿没意识到什么。在她看来，楚杭因为反应迟钝被驶过的摩托车溅了一身水，虽然楚杭很倒霉，但是救了自己一条狗命，因为如果楚杭当时移开了，那么被溅到的就是站在他身后不远处正看着雷雨发呆的自己了。

谭音看着楚杭还在往下淌水的裤子，顿时也有些于心不忍："楚杭，谢谢你为我当盾牌了，我感觉自己还要问你要恒欣花苑大平层实在太不地道了，房子不要了，车子……算了算了，车子也不要了……"

徐聿本来就有些诧异楚杭的异常，结果洁癖如楚杭，被溅了这样一身泥水，脸上不仅没有露出嫌恶的表情，竟然……竟然微不可察地笑了？！

徐聿简直呆了。只是很快，徐聿冷静了下来，回想了一下楚杭近期的表现，利用一个法学生专业强大的逻辑分析能力，终于得出了一个结论："楚杭，你是不是谈恋爱了？"

楚杭愣了愣，随即下意识地就抿着唇否认："没有。"

徐聿一百万个不相信："可你最近这就是谈恋爱以后的征兆啊，突然无缘无故地笑，无缘无故地皱眉，无缘无故就表情很丰富，好像突然被人打通了任督二脉，懂七情六欲了。你是不是有什么事瞒着我？"

楚杭顿了顿，但很快，他就恢复了冷静，镇定地反问道："这话应该我来问你，你平时根本不喜欢花，今天衣服上怎么会沾了那么多百合花的味道？你是不是有什么事瞒着我？你给谁送花了？"

徐聿演技娴熟非常自然地看了眼雷雨，顾左右而言他道："还是先不说这些有的没的，正好这时候雨有点变小了，赶紧抓紧时间先回学校吧。”

楚杭没有反驳，撑开伞就准备走进雨里，徐聿赶紧也闪身准备躲进他的雨伞里，结果被楚杭毫不留情地给赶了出去，他瞥了徐聿手里的伞一眼：“你自己没带伞？”

徐聿笑嘻嘻地道：“反正你这伞大，你人又比我还高那么一点点，你撑着我蹭个伞不行吗？”

“不行。”楚杭冷酷无情地道，“你身上有百合味，我不喜欢，你自己走。”

谭音站在楚杭身边，颇为同情地看了一眼徐聿，而恰逢此时，楚杭和徐聿的面前驶过一辆三轮车，车上正用扩音机播放着一首老掉牙的口水歌：“你身上有她的香水味，是我鼻子犯的罪……”

徐聿一脸哀怨，楚杭面无表情，谭音则毫无形象地捧腹大笑起来。

好在不管怎样，最终，徐聿和楚杭还是一别两宽各自欢喜般分别打着伞回了学校，而谭音也能照样躲在楚杭的伞下回了学校。

而万幸地，谭音回学校没多久，这场雷雨的雨势就小了起来，谭音赶忙和楚杭分道扬镳，想找个空教室躲起来，然而也不知道怎么回事，自己刚要转身，楚杭也正好侧身，谭音躲避不及，差点堪堪和他触碰着鼻尖撞到一起，自己也因为脚下步伐凌乱，眼见着身体有些失去平衡，就要摔倒……

幸而楚杭的长柄雨伞轻轻一带，轻轻在谭音的腰上一抵，谭音借了下力才终于站定，只是她如今的姿势，活像是被楚杭用雨伞揽在怀里似的，只要再近一步，只要楚杭稍稍再动一下，他就能碰到自己了……

混杂着紧张、忐忑与不可名状的心悸，谭音维持着这个姿势，安静地感受着自己胸膛跳得快到不行的心跳。她整张脸都在发热，而楚杭不知道是不是有所感应，一本正经地回头问徐聿：“你有闻到柠檬味吗？”

糟糕！

谭音心中警铃大作，她这才想起来，自己今天穿的这件衣服，之前放在衣柜里时和蒋一璐送自己的一个柠檬气味的小香囊叠在一起了……

徐聿自然一脸不解："没闻到啊？"

楚杭却轻轻地凑得离谭音更近了一点，他的身体离自己如此近，近到呼吸都在咫尺间，谭音都能清晰地感受到楚杭温热的气息，那种属于男生的、强烈到让人无法忽视的存在感，以及独属于楚杭的感觉、年轻旺盛的荷尔蒙的感觉。

谭音简直一颗心都快要跳出胸膛，这辈子，就是她被她爸发现原来第 53 名是倒数第一名的时候，都没这么紧张过。她觉得自己像颗小星球，完全在楚杭的手里转动，自己的小宇宙这一瞬间像是经历了一场星系撞击，完全不听话起来，什么秩序、理智、轨道全都轰然倒塌，一瞬间，只剩下紊乱、复杂和交缠，而更要命的是，谭音竟然沉溺在这种纷繁复杂到毫无头绪的情绪里，觉得这感觉并不差劲。

自己恐怕是隐身太久，造成什么器质性损伤了。

好在当谭音认为自己发热到快要送消防大队救火降温时，楚杭终于放弃了再深究这柠檬味的来源。

"哦，可能我闻错了。"他的声音平淡而自若，然后他移开了伞柄，身体也侧开了，只是在离开前，他的嘴角弯了弯，像是自言自语般轻声道，"我喜欢柠檬味。"

轰的一声，谭音觉得好不容易刚为自己那颗狂跳的心建造的隔离墙不堪一击般骤然倒塌，她的心跳快得已经完全不像是正常人类的频率，楚杭的声音很轻，然而咬字却很缓慢，一字一顿，像是故意留下让人回味的余韵。这样一句简单的话，却让谭音完全控制不住自己般连连后退了好几步，要不是今天拜楚杭那把超级大的伞所赐，她甚至都要怀疑是不是自己在雷雨中淋雨发烧了。一时间，谭音只觉得头重脚轻，像是一只脚踩在棉花里，然而细细一品，又觉得不是棉花，是甜甜的棉花糖，带了香软可口的气息。

楚杭已经回身和徐聿继续说着什么，然而谭音已经什么都听不清了，她几乎是落荒而逃。

不一会儿，刚才已经越发变小的雷雨终于停了，谭音在一间空教室里恢复了正常。以往每次雷雨一停，被憋坏的谭音都会迫不及待就冲出去，吃顿好的安抚下自己，然而今天的却反常极了，一个人靠在空教室的墙上，努力地放平呼吸，直到走廊传来人声，有其他学生结伴走入教室，谭音才起身，然后走出了教室。

她只觉得自己此刻心里一团乱麻，完全无法思考，还是去补充点糖分再冷静冷静吧。

食物真是最好的注意力转移器，谭音一边吃，一边刻意去回避刚才自己的异常，酒足饭饱后，她一路回了宿舍。而让她意外的是，蒋一璐不在看美剧也不在刷网店，而是正聚精会神地捧着手机看着，看着看着就发出轻轻的笑声，完全投入其中，甚至没意识到谭音回来了……

谭音好奇不已："你在看什么？"

蒋一璐听见声音，下意识就收起了手机，有些不自然地拢了拢头发："没啊，就随便看看网上的那些搞笑段子。"

谭音没在意，随手剥了颗糖，突然想起了什么："对了我刚才隐身见到徐聿了，虽然你怕我被发现，叫我不要跟着他挖黑料了，但反正顺带见到，我刚才就留意了一下。今天的他有点可疑啊，身上充满了百合花的味道，还神神秘秘的，不过说起百合花，其实我过……阿嚏！"

谭音那句"我过敏"还没说完，就结结实实地打了个喷嚏，继而又连着打了好几个。她站起身，东嗅嗅西闻闻，这才隐约闻到从宿舍阳台上正传来一股香水百合的香味……

谭音推开阳台移门，果不其然，在阳台那些小多肉盆栽的边上，发现了一个插满盛放的香水百合的花瓶……

谭音认真地看了身后的蒋一璐一眼，然后盯着那瓶香水百合，先是拉上门隔离开了那味道，才摆出了个审问的姿态：“坦白从宽抗拒从严，来吧，说真话。”

谭音盯着蒋一璐：“你也知道我能隐身，你不说，我早晚也能知道。”

在谭音的死亡视线下，蒋一璐终于败下阵来：“这……这个香水百合是徐聿今天送我的。”

谭音简直满头问号：“等等，你们不是见面就水火不容吗？什么时候好到他送你香水百合了？是我脑子坏了还是错过了什么重要发展？你俩难道好上了？”

蒋一璐脸上有些泛红，她不自然地移开了视线，磕磕巴巴地解释道：“没，我们就是冰释前嫌了，现在只是和朋友差不多了而已。”

蒋一璐咳了咳：“就我之前有一次不是被朱抗美留下了吗？这家伙简直莫名其妙，对我一通思想教育，让我不要老是盯着他看，眼光要放长远，老少配是没有前途的，还是要找年轻男孩谈恋爱，还不停地夸奖徐聿，我就很奇怪。他又说得拐弯抹角的，说到后面，我才听出来他竟然以为我对他有非分之想。”蒋一璐讲到这里，忍不住抬高了声音，“我除了对他的随堂测试卷答案有非分之想外，对他可绝对是敬谢不敏好吗？！结果我说了不是，他还不信，拉着我唠唠叨叨又讲了一个小时，才把我放了。

“结果我刚出知行楼，就看到了徐聿。他不是那天应该在打篮球吗？我看他走得那么慢慢吞吞、姿势奇怪，就想是不是有什么难言之隐或者秘密，没多想跟上去了。”

谭音解释道：“那次他打球被人下黑手扭伤了脚，所以是去医务室吧。”

蒋一璐眨了眨眼："对，但我当时不知道啊，就跟了上去，结果没跟几步，我自己晕了，竟然都控制不住我自己。等我反应过来，我已经倒地上去了，当时下雨呢，地上又湿又脏的，我想爬起来结果竟然两眼发黑，一点力气也没有。"

谭音一听，倒是很担心："你怎么了？怎么说晕就晕了？没事吧？"

"后来去了医务室，才知道是低血糖。"蒋一璐愤愤道，"都怪朱抗美，把我留下谈了那么久，我都没吃午饭！早饿过头了！"

虽然蒋一璐避重就轻，但谭音很快抓到了她叙述里的细枝末节："四舍五入，这等于说你晕倒在了徐聿身边？所以最后是徐聿把你送去了医务室？"

一提及此事，蒋一璐果然有些尴尬："嗯……我以为他会视而不见的，结果没想到他过来二话没说就蹲下来，让我趴在他身上，把我一路这么背去了医务室。等我看了医生，喝了糖水恢复了，他才去看他的脚踝，我那时候才知道原来他打球扭伤得那么厉害，可能是背了我，弄得更严重了……"

"所以你们现在算是冰释前嫌、永结秦晋之好了？"

"什么秦晋之好？谭音，你语文是体育老师教的吗？秦晋之好那是指的联姻！"蒋一璐说到这里，突然话锋一转，脸上有些泛红，声音含羞带怯道，"不过你别说，我现在突然觉得徐聿不错。"

朋友，你可真是个善变的女人啊，没多久前还在号叫着要弄死徐聿，现在这就还不错了？

蒋一璐羞怯一笑："至于那个百合，前几天我不是买了瓶香水吗？结果买到了假货，那个百合的香味闻着完全一股子香精味，劣质得要命。我在朋友圈抱怨了几句，然后今天徐聿说正好看到有小孩在外面卖百合，看着挺可怜的，这么大的雨，说不卖完爸妈不让她回家，徐聿就买了，顺手就送我了，说给我个纯天然的百合香味闻闻。"蒋一璐说完，又解释了一句，“不过我们现在的关系只是友好相处的朋友，还不是什么男女朋友，他身边的莺莺燕燕我看也挺多的……”

前面一句语气还挺正常，后一句那么酸是什么鬼？而且既然不是男女朋友，人家单身身边有莺莺燕燕你酸个什么劲啊蒋一璐？你可醒醒啊！

在目瞪口呆之余，谭音没忍住：“你不是讨厌男生学文科？觉得不够男子气概？”

蒋一璐笑了笑：“做人不能太绝对，更不应该对文科生有歧视，切忌地图炮。对不同个体也要不同地来分析，你想，徐聿身材不错，是校篮球队的，所以虽然是文科生，但不是那种死读书浑身酸味的掉书袋，体育不错，有男子气概，长得也挺帅的，是阳光健气型男生。”

谭音满头问号道：“我怎么记得没多久前你还骂他性格轻浮？”

“怎么能说轻浮呢？”蒋一璐瞥了一眼谭音，更正道，“细细想来，徐聿的性格，活泼开朗，幽默风趣，因为是学法律的，口才很好。你看，他很容易就能结交朋友，和人聊天也几乎不会冷场，一开始这很容易被误会是轻浮，但是和他相处久了，才发现他的谈吐都是有底蕴的……”

行吧……这或许就是传说中的情人眼里出西施吧……

“你喜欢上徐聿了吧？”

蒋一璐闷声不说话，算是默认了。

只是谭音想不明白：“这位当事人，我能采访一下你的心路历程吗？请问你是如何不久前还在怒骂徐聿，结果下一秒就这么爱上的？”

“可能打是亲骂是爱吧，在我还没意识到的时候，我就已经被他吸引了？”

“那你是怎么确定，自己确实喜欢徐聿了呢？万一这只是你单方面的错觉呢？”

蒋一璐一脸过来人的模样：“这不可能错，你没谈过恋爱，我可谈过，就那种突然一瞬间的心动啊。当时我趴在徐聿的背上，他声音低沉地对我说‘再坚持会儿’，就那个瞬间，我突然就心狂跳起来，感觉自己肾上腺素上升，脸上和耳朵都烧起来……”

蒋一璐看了眼满脸痴呆的谭音，有些怜悯：“算了，和你说你也不懂，你追楚杭那也是追着玩的，我看你是没真的对谁动心过。”

蒋一璐显然沉浸在自己的精神世界里，有些害羞道：“后来在医务室，我看徐聿一脸认真地站在边上看着我喝糖水，就觉得这男人真的挺好的，越看越觉得他顺眼，面对他突然就开始紧张起来，甚至觉得有点自卑。自己刚才晕倒在地上，衣服上全是雨水泥水，觉得好狼狈，根本不想这个时候见他。我也有很多很光彩的时刻啊，为什么不是这种时候出现在他面前……”

只是蒋一璐后面这些话，谭音一句也没再听进去，心跳加速、脸红、见了对方紧张、想让对方看到自己闪光的一面……

即便努力抑制，可谭音的眼前还是一闪而过了楚杭的眼睛，那是极美又极冷的一双眼睛，而谭音所有心跳加速、脸红、紧张、窘迫的瞬间，都和这双眼睛的主人有关。

如果说之前谭音还能自我麻痹自己早八百年对楚杭翻篇了，那篮球场上自己那个单方面的对视、图书馆里的壁咚、刚才近距离的轻嗅后，谭音却不得不承认，即便滚下楼挨雷劈过后，自己对楚杭“涛声依旧”！

自己兜兜转转逃避了那么久，最后还是逃不过。

谭音其实撒了谎。

她当初追楚杭，并不是如自己一贯标榜的那样只是随便追追，抑或是三分钟热度。谭音当初追他，纯粹是因为……是因为真的很喜欢楚杭。

蒋一璐一直以为谭音是进了大学开始军训才第一次见到楚杭的，其实不是。谭音家不在 A 市，但考 A 大建筑系之前的那个高三寒假，谭音她爸给了谭音一笔钱，让她提前到 A 大游学一趟，既让谭音感受下 A 大的气氛受到鼓舞从而破釜沉舟认真学习，又让她能稍稍放松一下。

破釜沉舟自然是不可能的，谭音揣上钱，当即来了一场说走就走的旅行。她在 A 市市中心的希尔顿酒店里住了好几天，好吃好喝地给自己伺候上了，又把 A 市所有旅游景点打了卡，唯独没有去 A 大感受下激励的感觉。

最后她阴错阳差去了 A 大，还是托了周铭的福。当初周铭因为成绩好，早就定下了保送进 A 大法学院了，因此高三的寒假，周铭已经不用再学习了。他是个忧国忧民的年轻人，于是把时间花在了做公益上。

得知谭音竟然也在 A 市，周铭当即高兴地邀请谭音帮忙。他正和自己参加的 NGO 组织做一个公益视频，希望能依托这个视频，唤起人们对残疾人的关爱。

“就你戴个墨镜，扮成盲人，我们会给你配备好所有的装备，穿的衣服啊头发造型啊化妆啊还有拐杖啊，剧本我们也会写好，你只要装成是真的盲人那样，在我们安排的指定地点按着剧本去表演就行，我们的摄影师会暗中拍下你的所有遭遇。”周铭一脸认真，“根据我们做的调研，百分之八十的盲人在生活里遭遇困难时，即便周围有很多人，但很少有人主动选择向盲人伸出援手，我们想通过这样一组视频，拍摄下盲人在这个社会里的遭遇，希望我们更多的人看到残疾人的时候，能主动上前提供帮助。这次的视频剪辑后会用来做我们 NGO 一个慈善项目捐款的宣传用。”

谭音拿了剧本看了眼，这简直没什么难度，就是自己装成盲人，表现出遭遇困扰，然后静静等待就行了，周铭他们的团队会拍摄半小时，观察半小时里旁人的反应。

“之所以不找真正的盲人，是害怕这样的拍摄和场景会更刺激到他们本身就敏感的心，何况盲人真的看不见，这个剧本里为了营造困难，又不允许盲人带导盲犬，所以即便我们有工作人员在边上保护，也怕半小时的拍摄里对方会出现什么意外。”周铭诚恳道，“谭音，你就帮帮忙吧，不会花太多时间的！一个上午就行了，我们找几个点，每个点你待个半小时就行，结束了我请你吃A市最好吃的自助餐，你看行吗？”

谭音来A市已经一段时间了，反正也有些无聊，就索性答应了，只是没想到周铭他们定下的拍摄地点选在了A大附近。

对此，周铭腼腆地解释道：“因为大学生已经算是社会上素质比较不错的一群人了，我们就选了校园附近，想看看在校园附近，盲人是不是得到的帮助和关爱也有限，从而引导大家知道，在整个社会层面，残疾人仍旧被我们边缘化，也更需要人文关怀。”他看了眼谭音，又有些难以掩藏的跃跃欲试，“而且我也想去看看A大法学院……”

行吧，谭音想，反正还没去看过A大呢，就随便去转转吧，到时候正好让周铭给自己拍两张“到此一游”的照片，回家也好给自己的老爹交差。

周铭他们一共选择了四个地点，分别是A大附近的超市、小巷、停车场以及马路红绿灯口。

谭音戴着墨镜拿着盲杖，按照剧本兢兢业业地扮演着盲人，结果在超市、小巷和停车场这三个地点，她徘徊了许久，也没个人主动上前。这三个地方虽然离A大近学生不少，但不少学生不是情侣就是三两成群的朋友，光顾着叽叽喳喳讲话，鲜少有注意到谭音的人，其他路过的中年人则都是行色匆匆，光顾着焦虑自己的生活，哪里顾得上别人。

直到最后一个地点，人来人往的十字路口。

谭音一个人孤单地徘徊着，看路上的人行色匆匆，心里有些好奇和寂寞。原来盲人的人生是这样的，像是被隔离在了正常人的生活之外，谭音第一次以这样的视角观察周遭的一切，新奇之余也有些落寞和同情。自己这还是假盲人，眼睛还能看到来往的人群，要是真的盲人，没有导盲犬，在这车水马龙的闹市街口，内心该是怎样慌乱和无助啊？

而就在谭音百无聊赖地等着这次无人问津的半小时过去时，她的身后突然传来了一个低沉冷感的声音：“需要帮忙吗？”

这是今天以来，唯一一个主动询问的人。

谭音装作眼盲的模样，茫然地转身循着声音看过去。

然后她看到了楚杭。

英俊的、淡漠的、高挑的这样一个男生。

他的表情看起来完全不像个热心人，眉心微微皱着，总觉得难以取悦和接近，甚至他的声音也冷冷淡淡，一点没有让人受到关怀的暖意，一双眼睛漂亮到过分，他却朝谭音伸出了手。

谭音一瞬间觉得自己真的变成盲人了，不过是选择性失明的那种，除了眼前这个男生，周遭别的一切她都看不到了。

谭音对楚杭，几乎是这样不可救药地一见钟情。

见谭音愣着，他又问了一遍：“是要过马路吗？”

这一次，谭音彻底忘记了周铭的剧本，紧张到差点弄混自己今天到底是扮演盲人还是聋哑人，磕磕巴巴了好一会儿，才结结巴巴地开了口：“嗯，我、我过马路。”

“你跟着我。”这男生说完，便径自拉住了谭音的衣袖口，他的模样有些漫不经心，然而明明身高腿长，却刻意放慢了脚步，缓慢而坚定地把谭音带到了对面的路口。

一段马路，对方完全没有攀谈的兴致，只一言不发地带着谭音往前走，根本不温柔也不平易近人，谭音却心跳加速，只觉得紧张到快要升天。可惜不管多慢，这一段路还是走完了，就在谭音惋惜要和这男生就此分别的时候，她又听到了对方的声音。

“过了马路，你要去哪里？”

谭音大脑死机了一秒，才仿佛找回了自己的思路，她对 A 大附近这块也不熟，磕磕绊绊地随口说道：“我……我要去咖啡馆。”

“士英路上的咖啡馆？”

谭音压根儿不知道士英路在哪里，只是下意识地胡乱点了点头。

“你跟着我。”

对方言简意赅到似乎不愿意多说一个字，态度仍旧不热络，看起来简直不像是个帮忙的，倒像是个债主，然而没来由地，谭音却觉得，跟着他让人安心又信任。

她就这样被对方拉着袖口然后慢慢地跟着走了十五分钟……

而这样十五分钟后，竟然还没到。

“士英路上的咖啡馆离这里的距离比较尴尬，没有公交车可以直达，这里打车比较难，只能走路了，快到了。”

谭音自以为自己停顿的动作已经十分轻微了，只是仿佛毫不关心自己的对方，却早已经敏锐地捕捉到了这些小细节，他的声音淡淡的，没什么波澜，谭音却觉得挺温柔。

大概这样长相的男生，再怎么凶，因为那张脸，都让人觉得如和风细雨吧。

谭音又紧张又庆，然而眼见着都走了十五分钟，恐怕没多久就要到了，谭音在内心给自己打了打气，鼓起勇气道：“请问……请问你是 A 大的学生吗？”

“不是。”

“那……”

“我是明年 A 大的新生。”

谭音来了精神：“你是保送的？”

“嗯。”

谭音还想继续问对方是什么学院的，结果咖啡店正好到了。对方停了下来：“到了。”他放开了谭音的衣袖，声音仍旧淡淡的，“下次不要一个人过马路，危险。”

“要不……”

谭音那句“留个联系方式”还没说完，对方的手机就响了，那男生看了看屏幕，皱了皱眉，接了起来，手机里对方的大嗓门便响了起来。

“楚杭？你上哪儿去了？不是约好一起去 A 大逛一圈吗？我在 A 大门口都等你快半小时了，你人呢？”

原来他叫楚杭。

“行了，知道了，你自己先逛。”眼前的男生微微皱了皱眉，然后看了谭音一眼，“你一个人在这里可以吗？”

谭音刚想回一句“不太行”，结果和拆台似的，周铭气喘吁吁的声音传了过来：“可算找着你了，你刚才怎么就不按……”

幸好周铭还不算太笨，看到楚杭，顿时反应过来，便把后面的话咽了进去。

楚杭看了周铭一眼：“你是她朋友？”

周铭点了点头：“谢谢啊。”

楚杭也朝周铭点了点头：“那我走了，下次别让她一个人出门。”说完，便转身出了咖啡厅，也没再看谭音一眼。

真冷酷。但该死地迷人。

周铭望着楚杭离去的方向，很是感慨：“想不到最后一个场景里，竟然会有人主动上前给你提供帮助，这个人真好啊。”

楚杭走后没多久，尾随其后的摄影师和导演团队也跟了进来，他们也相当意外道：“刚才那男生看着挺不好接近，但没想到人真不错，人间自有真情在啊。这个社会虽然还不是最完美的，但一定会越变越好的，因为总有一些温暖会冲散冷漠……”

倒是导演看了谭音一眼：“不过你刚才怎么没按剧本走啊？正常不是应该在人家主动询问后就摘下眼镜然后告诉对方这是一场拍摄，谢谢对方对盲人付出的关爱吗？你怎么跟着他走了那么一长段路，我们既要跟着你俩，又要拍摄，还要兼顾着不被发现，差点没被弄死……”

谭音此刻哪里听得进去他们的话，她早就一把把墨镜给摘了，此刻还沉浸在对楚杭挺拔背影的回味里，她拍了拍周铭的肩：“周铭，我燃起考 A 大的激情了。”

周铭显然没跟上谭音话题的跳跃度：“什么？”

“走，我们去 A 大转一圈，我要看看我未来的学校长什么样，我的人生从此又有目标了。我爸说得对，不能考进 A 大，人活着还有什么意思？”

周铭虽然不明所以，但还是陪着谭音去 A 大转了转，他自然不知道谭音醉翁之意不在酒，她一双眼睛在 A 大的人群里到处睃巡着，正试图找出楚杭。

只可惜谭音没能如愿。

然而她确实因为这个插曲，燃起了学习激情，愣是每晚拼到凌晨两点，还真的考上了 A 大。

她再见楚杭，便是在 A 大建筑系的军训上。虽然大家都穿着清一色的迷彩服，楚杭却显得鹤立鸡群，他像个衣服架子，不仅撑得起奢侈品牌的白衬衫，也能 hold 住劣质的迷彩服。日头毒辣，别人都晒得像个黑乌龟似的，楚杭却仍是白皙挺拔。只可惜大概时间过去太久，外加自己当初又戴着墨镜装着盲人，楚杭显然压根儿认不出自己了。

谭音几次试图搭讪，结果对方对自己异常冷淡，叫谭音怀疑，是不是自己得自插双目真的瞎了，才能得到楚杭零星的温和。

只是自古高冷得人心，楚杭越是对女生不起劲，女生们反而越是来劲，军训还没结束，追求楚杭的女生就已经前赴后继了。

谭音在千军万马里，也当仁不让，她开始给楚杭写情书。一封又一封，谭音发誓，自己这辈子连高考都没这么认真过，每封情书都势必言之有物，字迹工整，词语优美，往楚杭的专教课桌里塞之前，谭音都要来回检查上三遍有没有错别字和病句……

她这样坚持了半年，然而楚杭一封也没有看过。虽然他对追求者有一种一视同仁的疏离，礼物退回，表白信不看，只是不知道是不是谭音的错觉，她总觉得，楚杭对自己的态度尤其冷淡，比对任何人都冷淡。

再之后，就有了咖啡厅里的那番误解，谭音既气愤又难堪，心里那点小火苗算是彻底被扑灭了，一时之间大彻大悟，彻底心灰意懒了，创作情书的热情是没了，取而代之的是由爱生恨那创作漫画的激愤。

然而……然而后来，她又得知了真相，此时再回忆当初咖啡厅里的一切，谭音才发现自己的冲动和不理智，只是当初的自己面对楚杭根本就理智不起来、冷静不起来，一如现在的自己。

即便努力装作对楚杭不在意，不停地给自己下着“早就翻篇了”的心理暗示，甚至一度不去深想，从而都骗过了自己，在楚杭面前也能言笑自如插科打诨。然而这一刻，谭音也知道，自己是没法伪装了，有些事，不是不承认就不存在了，喜欢这种感觉，越是压制，喷薄而出的那天就越是汹涌。她对楚杭，从没能真正翻篇过。

谭音挺绝望，楚杭这个该死的男狐狸精，还怪叫人念念不忘的。

第十四章

眼中全是你

作为一个别扭的行动派，谭音花了半小时正视了自己的内心，又花了十五分钟进行了激烈的内心斗争，然后花了五分钟得出了结论：如今经过自己的不懈努力，连学习成绩都搞上来了，那楚杭这个男人，也是应该继续搞一搞的。毕竟经过这么久，自己竟然还对他念念不忘，可见是真爱了。

谭音是那种虽然固执，但一旦想通，会迅速根据新决定做出新改变的人，她当即就用脚踢了踢蒋一璐的椅子："我有一个计划。"

蒋一璐还沉浸在对徐聿的赞美中，有些恍惚道："什么？"

"我觉得我们应该进行深度战略合作。"

"啊？"

谭音脸色深沉道："我们姐妹同心，其利断金，应该携手并进，一起瓜分徐聿和楚杭这对好兄弟。"

蒋一璐愣了好几秒，才终于反应过来，看着谭音："你对楚杭不是号称已经死心了？"

谭音叹了口气："没死透，最近有人随意乱扔烟头，搞得死灰复燃了。”

“你看，你喜欢徐聿，那就应该大胆地追啊！他现在还是单身，但他桃花也够旺的，没准儿你再这么迟疑几下，他就被人搞走了。那不如趁现在，蒋一璐，赶紧上！”谭音道貌岸然地分析道，“那徐聿现在呢，除了平时上课，其他闲暇时间几乎都和楚杭一起晃荡，那楚杭就变成了你和徐聿两人双宿双飞的绊脚石，是个超级大电灯泡，一定得有个人支走他，否则怎么给你和徐聿制造两人世界，发展出一段可歌可泣的爱情？”

虽然没说，但谭音相信，自己的表情已经清楚地传递了自己的中心思想：我——谭音，就是这个支走楚杭的人！

蒋一璐差点鼓起掌来：“谭音啊谭音，你倒是挺道貌岸然的，你自己对楚杭的非分之想，竟然还能美化包装成勉强自己牺牲自己去成全朋友爱情的伟大举动？你学建筑真是学错了，你应该去学文科。”

谭音给蒋一璐抛了个媚眼：“你懂就行了，总之，肥水不流外人田，到时候事成了，你弄走徐聿，我弄走楚杭，岂不是两全其美？你有意见吗？”

蒋一璐摸了摸下巴：“意见是没有，但我怎么觉得你说得我俩像是欧美列强，徐聿和楚杭像是要被瓜分的殖民地一样？”

这么一说，倒是还真的挺像。

“不过谭音，我和徐聿之间虽然也有点误会，但这次他背我去了校医院以后，我已经立刻给他道歉说开了，我们不存在什么血海深仇，徐聿也不小家子气，我们就算是冰释前嫌了，但你和楚杭……”蒋一璐斟酌用词道，“你想追他，有点困难吧？你和他之间的隔阂，好像有点深啊，何况你之前都追过一次失败了，真的能行吗……”

“怎么不能行？只要功夫深，铁杵磨成针！”谭音豪情万丈道，“我这不是能隐身吗？我先利用自己的先天优势，仔细观察清楚楚杭的喜好，然后投其所好不就行了？第一次失败不要紧，很多大佬创业成功之前，还失败过好多次呢，我这不是积累了宝贵的经验吗？”

“行吧……”

谭音说干就干：“这样，我觉得这个事情我们要从长计议，可能是一场持久战，我先来写个方案，我们商量一下……”

可惜谭音刚掏出一张白纸，还在找笔，蒋一璐就打破了她的美梦：“哎哎哎！你先等等！”蒋一璐拿着手机，“我的线人发来消息了，说在学校的小花园里看到了楚杭和一个超级漂亮的气质美女在一起！就他们两个人！这美女从来没见过，感觉不是我们学校的。谭音，我看楚杭可能已经不是单身了啊……”

蒋一璐话还没说完，就看到谭音飞速穿上外套，在自己的眼前如风一般消失了。

谭音一路几乎是用百米冲刺的速度冲到了学校的小花园里，这可是知名的情侣约会圣地，楚杭怎么就突然出现在这里了呢？难道他真的脱单了？

而她几乎是一走到小花园里，便发现了楚杭。他总是如此显眼，此刻穿了件白衬衫，站在蔷薇花丛前，翩翩少年，简直是一道靓丽的风景线，而他对面那个女生，谭音饶是同性，也不得不承认，确实是好看！倒并非那种精致的漂亮，这女孩五官非常大气，皮肤并不算白，带了微微健康的麦色，然而眼睛明亮自信，气质落落大方，穿着简洁却有品位，既洋气又上台面。

劲敌！

楚杭此刻正看着对方，脸上露出毫不掩饰的笑意，两个人似乎聊到了什么共鸣处，频频颔首，还连比带画的。

明明没多久前还下了雷雨，结果现在竟然已经放晴了，谭音看了看天，只觉得真是生不逢时，颇有种空有一腔热血却无法报效社会的不得志感，自己这隐身能力，确实有些鸡肋啊！正需要它的时候，它都上哪儿去了？

不过虽然没法隐身，但谭音很快灵机一动，想到了别的办法。楚杭和那女生站在蔷薇花丛边，这蔷薇花枝叶繁茂，在后面小竹林那几根稀稀拉拉的竹子上爬得密密麻麻，堪堪形成了一堵绿色的墙。

谭音便悄无声息地绕到了楚杭的身后，正好能躲在那蔷薇花墙的后面。果不其然，她很快就听到了楚杭的声音，而当她正志得意满决定好好听听对方在讲什么时，却发现——

"Chinese traditional architecture extend crosswise in space, required axial symmetry, and have the effect of depth. The city distribution is always rectangular. The whole style is introversive, close, strict and these reflect the implication and privacy."

自己竟然一句都听不懂！

虽然楚杭说起英文来是标准的美式英语，流畅纯正还低沉性感，声音还好听到不行。只是！只是虽然知道楚杭大概是在介绍建筑的知识，但除了能捕捉到个别单词外，连成一句话是啥意思谭音完全是一头雾水。她也想不通好好的楚杭不讲中文讲什么英文呢，难道是为了在这女生面前秀一手？

当然，很快，谭音就知道了原因，因为那女生听完楚杭的话，就用更流利、更纯正的英文叽里咕噜说了一堆。

这竟然还是一位外国友人？

谭音透过蔷薇花丛的空隙偷偷打量，这才越看对方越觉得与众不同，比如对方的眼妆并不是国内流行的画法，国内女大学生大多喜欢画可爱系的眼妆，而对方的眼妆非常张扬；对方的口红色泽也非常热烈，不像国内大部分女生，并不会挑战那样艳丽正统的红色，而会选择低调带了裸妆感的唇色；再就是对方的肢体动作，举手投足间的气质显然不太像是地道的中国人。

谭音心里在意得要死，然而总觉得越是在意就越是要装成不在意才行。她站在蔷薇花丛后，正思索着用什么样的理由假装自然而然地经过比较合适，结果想着想着，她微微抬头，就被眼前一只正挂在她头顶蔷薇花叶上的毛毛虫给吓得差点叫出声。只是虽然控制住了自己的尖叫，但是脚下下意识地朝后退时一个不慎，谭音直接摔进了竹林，继而摔进了蔷薇花丛，然后从蔷薇花丛里摔了出去，摔在了楚杭和那女生的脚边……

那女生大概是惊呆了，一时没忍住抬高声音叫了声，而楚杭虽然也有些震惊，但大概见识谭音的神奇操作太多了，短暂的惊讶过后，便恢复了镇定，然后就那么居高临下地看着谭音。

这场景确实尴尬，谭音一时之间也有些语塞，结果当她等着楚杭开口说句什么给自己解围之时，楚杭却紧抿嘴唇显然一个字也不准备说。他就那么看着谭音，大有一种“我就静静地看你装”的既视感。

谭音没办法，只好拍拍屁股站了起来，然后硬着头皮顶着这两人的目光开了口：“这么巧啊楚杭！”

楚杭面无表情地看了谭音一眼：“是挺巧，就是巧得不太正常。你躲在我背后的花丛里想干什么？”

“我……我就过来找你，想请教你一道题，你不是说我有问题可以找你吗……”谭音绞尽脑汁道，“结果我看到你和……和你女朋友在热情地聊天，我怕打扰你们，就没出声，想在你们背后等等，等你们聊完了，我再出现……”

谭音这番话一来是给自己找了个冠冕堂皇的借口，二来则是想试探楚杭，按照正常发展，如果不是女朋友，那楚杭绝对是要澄清的……

只是……

这一次楚杭却只是冷静镇定地看着她，既不承认，也不否认。

谭音被他这目光看得心里七上八下，又紧张又焦虑，就像每次期末建筑力学公开成绩时的心情，生怕得到自己不想要的噩耗。

最后倒是他身边的国际友人看不下去了，对方用不太熟练的中文澄清道："你好，我不是楚杭的女朋友。"

也直到这时，楚杭才似笑非笑地看了谭音两眼，冷哼道："我当然没有女朋友，你漫画里不都给我画了吗？我只有一沓男朋友。"

谭音厚着脸皮看向楚杭身边那位劲敌："这位是？"

"安娜。"那女生倒是落落大方，没等楚杭介绍自己，就朝着谭音伸出了手，"我是楚杭在美国交流期间的同学。"

谭音立刻也做了自我介绍，便和安娜热火朝天地套起话来。

安娜为人活泼大方，并不遮掩，很快谭音就知道了她此次的目的。原来因为手上一篇论文，她来中国想调研一些古建筑物，找一些资料，虽然是华裔，但是因为从小在美国出生和长大，对中国不了解，中文说得磕磕巴巴，正好这次想要研究的建筑物都在 A 市，就想到了请楚杭帮忙。

即便是寥寥数语，也能看得出话语中安娜一点也不掩饰对楚杭的欣赏，一看向楚杭，眼睛里都带着光。

虽然她来找楚杭的理由听起来相当官方，楚杭对她的那种目光也并没有回应，然而谭音心中还是警铃大作。

楚杭才交流了一个学期，如今结束交流也有一段时间了，竟然还能找上门，不就说明了这两个人在美国期间关系不错，回国后也还藕断丝连有着联系吗？

谭音眉头一皱，觉得事情并不简单！

只是再不简单，谭音也没有理由继续在安娜和楚杭面前逗留下去了，因为面对楚杭的询问，自己完全头脑一片空白。

“谭音，你想问我的问题是什么？”

即便楚杭重复着问了第二遍，谭音还是想不出自己应该问点什么，近来她学习认真又很拼，说起来最近的学业里都没什么知识盲点可问了……

谭音心里懊丧地想，学习太拼误我前程，成绩太好毁我青春！

“我……我突然想不起来要问你什么了……”

楚杭看了谭音一眼，似笑非笑地下了逐客令：“那等你想起来再来问我，如果没有别的事，那你现在可以走了。

“或者你还有什么要说的？”

“没有了……”

楚杭似乎本来预计着谭音还会用什么借口厚着脸皮留下，听见谭音此刻的回答，竟然愣了愣，之后他才咳了咳，不太自然地移开了视线。

谭音其实本来确实是想死皮赖脸当个电灯泡的，但她觉得，成功的追求，就要让对方摸不清你的行为模式，尤其自己那么坚持又主动地写了半年情书，楚杭连个眼神也没分给自己，如今这第二次就要改变策略了。

一直主动出击会让男生觉得无论何时，这女生都唾手可得从而未必珍惜，所以这一次，谭音决定若即若离，让楚杭捉摸不透，这才能引发化学反应！

于是谭音又看了楚杭两眼，这才心不甘情不愿地拖着步子走了，只是她没迈开几步，就听到了身后楚杭的声音：“明天正好周六，你要看的几座建筑物里，我排了路线，先从A市博物馆开始，明早八点，博物馆门口见。”

谭音摇了摇头，楚杭这个人不太行啊，人家姑娘不是明明都说了自己中文不佳吗？刚才还好好地和人家用英文对答如流呢，怎么这时候突然切换回了中文模式？

而更让谭音无法理解的是，楚杭平日里讲话一贯非常讲究，声音从来拿捏得恰到好处，不会太轻到显得软弱无力，也不会太重到显得缺乏教养，只是如今也不知道是不是楚杭见了远道而来的安娜内心实在太过激动的缘故，他这些话的声音竟然响到像是要让全世界知道似的。

一边一脸嫌弃赶自己走生怕自己偷听似的，一边又像是昭告天下一样中气十足地约时间，也不知道楚杭这是怎么了。

安娜虽然对楚杭突然切换成中文模式有些意外，但也用中文应了声“好”。

平时言简意赅的楚杭也不知道怎么了，竟然又抬高声音重复了一遍关键信息：“明早八点，博物馆门口。”

谭音一边走心里一边犯嘀咕，难道楚杭真是喜欢上了这个安娜？所以面对人家心里这么紧张？手足无措到都行为失常了？既然不断重复怕人家没听懂碰头的地点，那他干啥不直接用英文呢？更退一步讲，他真要追安娜，不应该直接约在博物馆见面，去人家下榻的酒店接人家然后一起再去博物馆吗？那多给自己加分啊！

谭音忍不住感慨，难怪楚杭万年单身！这情商确实不怎么样！

不过他一激动之下声音那么大，倒是让自己得了利。谭音喜滋滋地想，明天八点博物馆门口的偶遇，安排了。

楚杭和安娜想两人世界？哼！想得美！自己绝对不会让他俩得逞！

谭音在宿舍休整了一整晚，敷了一晚上的 SK-II 面膜，在蒋一璐的指导下化了个超级精致的妆，在她的再三建议下穿上了据说有斩男杀效果的红裙。周六一大早，谭音就踩着细带性感小高跟，跑去 A 市博物馆门口准备来一场说来就来的偶遇了。

为了不错过楚杭和安娜，保险起见，谭音七点半就在博物馆门口晃悠了，只是她没想到，楚杭竟然比她到得还早。谭音走到博物馆时，他已经长身玉立地站在了门口。

大概自己这身红裙太显眼，还没等自己打招呼，楚杭就看到了她。

他微微皱了皱眉，刚想开口，谭音就先下手为强地打断了他，佯装讶异道："啊？这么巧啊楚杭？你这是来逛博物馆？"

虽然面上维持着镇定，谭音的一颗心却扑通扑通地剧烈跳着。蒋一璐说这样的打扮会吸引楚杭，此刻谭音却紧张怯懦起来，楚杭确实在看她，只是他在初见时看了自己一眼后，就飞快地移开了目光，此刻也只轻轻扫了眼自己的细高跟。

这是打扮过度隆重了吧？

谭音忐忑地想着，下意识地便想给自己打圆场，磕磕巴巴地解释道："我……我是约了人一起来看博物馆，没想到这么巧和你遇到啊。"

谭音说完，就有些后悔，这下完了，怎么用这种借口？自己平时不是挺机灵的吗？怎么刚才就傻了？待会儿楚杭一定会以让自己和自己约的人一起逛为由把自己给甩开！

大约是楚杭等待安娜的心情也有些紧张忐忑，他竟然没有就此不理睬谭音，只是继续皱着眉，表情不太好看道："你约了谁？"

"就……就一个法学院的朋友。"

"男的？"

"啊，是是，男的，周铭。"

也不知道为什么，谭音回答完，楚杭的表情就更难看了。他又看了谭音两眼，像是有些生气。

大概是大周末好不容易和安娜两人世界还要偶遇自己实在不快，楚杭索性侧过了头，不想再看谭音。

谭音绞尽脑汁，在微信上紧急呼叫了盟友蒋一璐，让她赶紧给自己来个电话，然后谭音装作意外般接了起来。

"喂，周铭，啊？你说你来不了了？好的好的，你怎么发烧了呀？

总之身体要紧，你休息吧，我正好遇见了同学呢，我就和我同学一起逛博物馆吧！”

谭音装模作样地接完电话，然后可怜巴巴地看向了楚杭：“楚杭，我朋友来不了了，既然大家这么巧都要去逛博物馆，那不如结个伴？我就跟着你和安娜行吗？”

楚杭没回答，只是表情上却好看了许多，谭音正想再狗腿地说点什么，就听到不远处传来了安娜的声音。

哦，难怪脸色好看了，原来是安娜来了。

“久等啦，楚杭。”

安娜今天穿着性感俏皮的小短裙，长腿一览无余，热辣四射。她跑上前和楚杭打了个招呼，然后看到了谭音，刚露出疑惑的表情，楚杭就开了口：“走吧，博物馆开门了。”

安娜不疑有他，朝谭音挥了挥手：“拜拜，我和楚杭先走啦。”

这两个人这么有默契的吗？一点没有同学爱吗？这是都不想带着自己？

谭音一时之间有些尴尬，觉得自己简直像个给自己加戏的野鸡。就在她思考着是不是厚着脸皮跟上去还是算了做个人的时候，楚杭回了头，他冷冷地看了谭音一眼：“你不是要跟我们一起吗？还不跟上？难道要我等你？”

他甩下这句话，就冷着张脸转身继续朝前走了。

谭音喜不自禁，赶紧顺杆爬，麻利地跟了上去。

野鸡就野鸡吧，做自己的野鸡，为自己加戏！

A 市博物馆是非常有名的地标建筑，非常好地融合了传统与现代两种元素，博物馆的选址非常独到，在 A 市老城区的世界文化遗产保护区内，并且博物馆主体连接着 A 市的著名历史名园御园。

谭音不是没来过 A 市博物馆，但以前来，不过是抱着游客的心态来参观这里的展品，根本没从建筑设计的专业眼光去研究这个博物馆的独特之处。

而她原本以为楚杭和安娜不过是以看博物馆设计为借口来行约会之实，结果……

“可以看到，整个综合功能的中央大厅设计上进行了拆分，化整为零，但参观流线设计很棒，并且博物馆主体与御园仍旧连为一体，在参观完所有展厅展品后，按照流线，非常自然就能参观到御园，既紧扣了博物馆的古典气息，又最大限度地还原了历史，诠释了 A 市的文化底蕴。”

安娜拿着相机，一边拍，一边想着合适的中文措辞，一边提问道：“我在网上看过资料，这座博物馆百分之五十为地下结构，又和你说的御园这个文化遗产相接，建设过程里肯定会遇到深基坑支护上的问题吧？”

“对，这个问题我后面一点说。”楚杭说着，从包里拿出了两份纸质材料，一份递给了安娜，“我们上一节设计课大作业做的是博物馆设计，我当时做了功课，这是 A 市博物馆各个功能区的面积和占比，还有一层、二层的平面图，你可以对照着看。”

他说完，看了探头探脑看向安娜手里的材料的谭音一眼，抿了抿唇，冷冷地道：“你别去打扰安娜，你和我看一份。”

“哦……”

谭音凑过头看了一眼楚杭手里的材料，就知道楚杭这种人考全系第一名不是没有原因的，他显然做每个设计作业之前，都做了大量的调研和资料搜集，纸质材料上罗列的数据、设计理念以及平面图，都翔实而仔细。

相比之下，谭音就看出了自己和他的差距，她在做上个博物馆设计之前，都没以专业的眼光再研究学习下 A 市的博物馆。虽然最近自己立志“赶英超美”，疯狂学习之下成绩提高了不少，但设计大作业上的不足之处还是让谭音觉得羞愧。

她和楚杭相比，差得太远了。

楚杭一边带着两人走，一边讲解：“这里设计的一段长廊，设计师的意图可能是为了让人们的视线收缩，从刚才宽阔的展品室，把目光收回来，完成一个空间上收放的转折，同时，这段狭窄的长廊也能给人心理上的期待感，然后走到这里，以水幕屏风和楼梯作为转折，自然而然地把人流带到地下展厅区域。”

楚杭一进入建筑设计的讲解，整个人仿佛完全沉浸了进去。他看着博物馆里的每个设计细节，专注而认真，而每每遇到那些让他共鸣的地方，他的嘴角都会不自觉地带上淡淡的笑意。

谭音一边听着讲解，一边被他这种笑容弄得心猿意马，幸好楚杭平时笑得不多，他这样笑，简直教唆人犯罪。

“整座博物馆在外部空间布局上，非常忠实地还原了芦原义信在《外部空间设计》里的观点，‘当外部空间布局带有方向性时，希望在尽端配置具有某种吸引力的内容’。”

虽然安娜偶尔听不懂时，楚杭会再用英文讲一遍，但幸而可能他还是更习惯用中文，英文版本之外，总会用中文再复述一遍。谭音虽然英文不怎样，但也能知道，楚杭的中文版本讲得总是更详尽一点。

安娜作为一名学霸，时不时问的那些问题，都非常专业深入，谭音其实也有不少问题，只是和安娜问的一比，简直是小儿科，谭音都不好意思问了。

只是运气非常好的是，她每次定定地盯着自己不明白的设计细节看了只要没多久，楚杭总会恰好讲起这个细节这么设计的理念和目的，每次讲完，口干舌燥喝水之余，也不知道为什么，他都会充满谴责地瞪谭音一眼。

走完整个博物馆，安娜显然受教颇多，美国人大概比较直接，她兴奋地夸赞起楚杭来，什么“incredible”“outstanding”“talented”“amazing”“awesome”……简直信手拈来，用英文夸完，还不忘再用中文赞美一番。

只可惜在夸赞人的中文俚语上，她就用得不太地道了：“楚杭，你真的好俊！”

安娜却并不知道这些用法的尴尬，继续赞美道：“你真的好甜！”

接下来的画风就更怪了……

安娜一脸热情真诚地道：“你威武雄壮！

“你玉树临风！

“你才高八斗！

“你刀枪不入！

“你虎背熊腰！”

…………

不得不说，这位美国朋友夸起人用起成语来真的有点丧心病狂了……

谭音有点想笑，但她刚嘴角微微翘起，就看到楚杭正恶狠狠地看着她，虽然没说话，但他脸上就差挂着一句“不许笑”了。

楚杭的表情有些虎虎的，脸颊露出些许窘迫的红，明明不是谭音的错，但楚杭还是瞪了她一眼。

真是的！你瞪我干吗啊？你怎么不去瞪安娜啊？谭音觉得自己真是无辜极了。

安娜一通夸完，就跑去了厕所，留下谭音和楚杭面对面大眼瞪小眼。

楚杭扫了谭音一眼，咳了咳，声音有些不自然道：“你没什么想说的吗？”

谭音一本正经地摆手道：“没有，没有！真的没有！”

都被楚杭瞪成那样了，她哪里还敢发表什么意见啊。

结果没想到，自己这句话说完，楚杭的表情反而沉了下去。他安静了片刻，然后又一次一边不自然地看向了远处的展馆，一边冷静地发问道："你要真有想说的，说就是了。今天我心情好，给你一次机会，想说什么都可以。"

呵，男人。

谭音心里冷笑道，这不就是惯常套路吗？夫妻双方在结婚纪念日里，妻子温柔地对丈夫道：亲爱的，我们这一路你辛苦了，今天这特殊的日子里，你要是对我有什么意见，尽管说就是了，我不会生气，还会虚心接受好好改正的……然后呢，然后丈夫要是真的傻乎乎地全说了，最后的结果呢？结果就是结结实实被自己的老婆吊打一顿。

楚杭一脸大度地表示说什么都可以，能真可以？自己要真说了什么意见，信不信楚杭回去就收拾自己？

哼，谭音想，我才不上你的当！

她当即义正词严道："没有！我真的没有什么想说的。"

结果楚杭的脸并没有因此放晴，相反，他将脸拉得老长，紧抿着嘴唇，然后神色复杂地看了谭音一眼，像个君心难测的帝王。

虽然不知道理由，但是谭音能觉察出，楚杭其实是有点不爽的，而他不爽的结果，就是不搭理自己，看向不远处。

谭音在这沉默里有些难熬，努力地回想着刚才发生的事，试图理清楚杭这善变的男人为什么突然变脸，刚才……刚才也没发生什么啊，不就是安娜疯狂地词不达意地夸赞了他一番而自己没有说话吗？

等等……这么一回想，谭音突然有点反应过来了，楚杭是不是……是不是因为自己没有给他吹一波"彩虹屁"，所以生气了？

"楚杭，你刚才问我还有什么说的，是不是想让我表扬你啊？"

"没有。"

话虽然是说没有，但你这个脸拉得这么长到底是怎么回事?

谭音决定不管是不是症结所在，该放的“彩虹屁”还是要放。她咳了咳，正准备大肆赞美楚杭，结果就被人打断了……

“我回来啦。”就在此时，安娜笑着走了回来，看了看手表，“博物馆里边看完了，我们去看一下外部结构和轮廓，再拍些照片做个速写吧。”

谭音看了看楚杭，看来这是命，这波“彩虹屁”到底还是吹不出去了，不过她想，楚杭应该不介意吧，毕竟安娜都回来了，他的心情总应该灿烂了，毕竟安娜的笑脸没准儿是自己几吨“彩虹屁”都比不上的!

一行三人便走到了博物馆外，安娜每到一处都要念叨几句赞叹的英文，然后狂按镜头，恨不得每一个细节都不放过。楚杭今天也不知道怎么了，大概是被安娜传染，竟然也拍了不少照。

只是每一次:“谭音，站墙边去。”

这是建筑系的惯常操作，每每拍建筑物时，一般都会找个人做个参照物，这样更方便直观地在照片上大致感受到建筑物的比例和大小。自然，一般这类照片，主角是建筑物，站在那的人不过是个比背景墙强一些的参照物。因此，只要把建筑物拍美就行了，至于这个参照物，拍多丑都无所谓。

作为一个建筑系学生，谭音深谙这一点，到底是个爱美的女生，她平时十分拒绝成为这类参照物，毕竟这类照片，对于作为参照物的人来说简直是灾难。

新鲜出炉的例子就是陈自强，和自己女朋友去旅游，结果女朋友在名胜古建筑那里留影的时候，陈自强职业病发作，最后给女朋友拍的照片，建筑物华美高大，女朋友则不是拍糊了，就是正好找了最丑的瞬间拍了进去，在翻白眼的、咧开嘴毫无形象大笑的、头发被风吹得糊满脸的、完全逆光成黑脸的……如今拿到照片女朋友就和陈自强闹分手了……

做参照物这种事，自己和安娜之间，楚杭果然是选择了让自己去。只是虽然心里不是滋味，但谭音还是好脾气地站了过去，拍就拍吧，她对准楚杭的镜头露出了灿烂的笑，认真摆着姿势。就算楚杭拍摄的主角不是自己，但自己作为个配角，也要拿出主角的气场来，就算是给自己加戏的野鸡，也要做最野、最烈、最狂的那一只！

结果也不知道怎么的，明明A市博物馆楚杭此前做大设计时早就拍了不少，今天大概是为了在安娜面前表现还是怎么的，突然拍照兴趣大涨，谭音刚从墙角边回来，楚杭就一个示意，又让她站回去了。

A市博物馆但凡能看的几个外立面，楚杭竟然一个不落地让她都去做了参照物拍了个通透。

只可惜这家伙十分卸磨杀驴，等拍完了，谭音提出想看看，楚杭竟然冷冷地把相机一收，毫不留情地拒绝了。

大概他内心对自己的不上道也有些许尴尬，藏相机的动作急促到近乎有些粗鲁，声音也带了些不自然："摄影作品也是原创版权，也拥有知识产权，你要看自己拍去。"

行吧，你这个男狐狸精欲拒还迎成功地引起了我的注意！

楚杭越是这样，谭音心里的斗志反而越发昂扬，她想，她一定得把楚杭搞到手，等到手了，君子报仇十年不晚，到时候再一笔笔地秋后算账！

之后的时间，三个人找了博物馆外的一处花坛，静静地坐下来开始写生。谭音和安娜坐得比较近，楚杭却选了个离她们有一段距离的位置，在谭音的斜后方开始画起来。

虽然初衷是来破坏楚杭和安娜的两人约会，但最终，谭音也沉浸在这场学习之旅里了。她听完楚杭的一番专业讲解，再联想自己之前的博物馆设计作业，一下便有些醍醐灌顶，意识到自己的设计里存在哪些问题，在哪里可以做到更好。

一时之间，谭音倒是也沉静下来，认认真真地看着眼前极具古典设计感又矗立在现代化的闹市区仍和谐完美的博物馆，一边画着速写一边思考着博物馆设计师的思路。

谭音一旦投入某件事，就是全情投入，等她反应过来，才知道自己竟然保持着相同的姿势画了半个小时。她转了转脖颈，揉了揉颈椎，只是这样一侧身，她才觉得有些不对。

有人在看她。

谭音循着那视线下意识地回头，结果不期然地和楚杭的目光撞到了一起。

画博物馆建筑，他看自己干吗?

而接触到她的视线的楚杭几乎是立刻就转开了头，然后盯着博物馆，专注地看了几眼，又低头画起来。

哦，大概是不小心看到自己了吧。

谭音没多想，重新低头专注起自己的速写来。

安娜画完速写，意犹未尽，看了看时间："要不我们就去下一个点，去看看 A 市美术馆吧？"

她的提议非常合理也很自然，A 市美术馆离博物馆不远，一般建筑系学生出门刷建筑，都是一天安排这两个点的，半天博物馆，半天美术馆，紧凑又不浪费时间。

只是谭音却有点进退两难，她当然是想跟着去的，不想当大电灯泡了，就单纯想跟着楚杭能多学点东西，多看点建筑物，只是今天自己信了蒋一璐的邪，穿了这双细高跟，一上午走了一整个博物馆脚跟已经磨破皮了。虽然自己一路不动声色努力维持穿着高跟鞋如履平地的优雅，但谭音觉得自己已经快到极限了。她总算是理解了小美人鱼变换出腿以后每一步像走在刀尖上的感觉……要是再去刷美术馆，自己这两条腿和脚后跟，恐怕是要废了。

只是在她纠结之际，楚杭倒是替她做了决定。

他轻轻地扫了谭音一眼，然后抿了抿唇："不好意思，我下午临时有点事，今天的行程就先到这里吧。明早八点，我们直接美术馆门口见。"

安娜虽然有些失望，但也点了点头："行，那下午半天我准备在附近逛逛，这里似乎有不少景点。"她看向谭音，"谭音你要和我一起逛吗？"

"不了不了。"谭音求之不得能赶紧回学校把鞋子换了，当即连连摆手，"我得回学校了，还有个建筑力学的作业没做呢。"

楚杭给安娜讲了些景点的路线和注意事项，又给她叫了出租车，目送着她上了车，才转身准备离开。

这一下，谭音觉得自己又酸了。

什么嘛，怎么他对安娜就这么体贴？给人家还叫车这么绅士，怎么不给自己也叫辆车回学校啊？轮到自己的时候，楚杭这家伙竟然就这么径自转身走了！

而就在谭音腹诽之际，楚杭像是有所感应般转回了头，皱眉看向谭音："你还愣着干吗？"

"啊？"

"不是要回学校？"

"是啊。"

楚杭用看白痴的眼神看了谭音一眼，扔下一句："我也回学校。"然后转身走了。

既然你也回学校，那为啥咱俩不拼车一起走呢？

谭音满肚子疑问，一步三回头看向刚才的出租车打车点，然后跟上了楚杭的步伐，跟着楚杭走到了一个……一个大型购物中心？

“楚杭，你是要买什么吗？”

楚杭却显然懒得理她，径自走向了一家女鞋品牌店。

谭音生怕他不知道，赶紧解释道：“你要买鞋吗？但这个牌子只做女鞋，没有男鞋。”

楚杭却置若罔闻，冷着一张好看的脸，还是走进了这家鞋店。

谭音揣摩圣旨般揣测着楚杭的想法，试探道：“还是说你就要买女鞋？买给别人送礼？不过这家店的女鞋都是休闲风的，听说穿着是真的超级舒服，唯一的短板就是不太好看，你要是送女生鞋子的话最好还是买那种一看就很时尚的！”

这一次，楚杭终于勉为其难地抬了抬视线，一脸不解地看了谭音一眼：“真不能理解你们女生，好看但穿着不舒服有什么意思？”

“那你找女朋友，有两个选择，一个很美但很作，还有一个很丑但是很温柔，你要哪个？”

楚杭噎了噎，大概是被反驳到无言以对。楚杭飞快地扫了谭音一眼，神色不太自然，耳朵微红，然后他在店里扫了一圈，指着一双鞋对店员道：“这双。”

说完，他转头看了眼谭音：“你穿几码？”

“36，怎么了？”

楚杭没理她：“拿一双 36 的。”

谭音一头雾水，但还是在楚杭的注视下试穿了鞋子，不得不说，虽然卖相不算多好，但舒服是真舒服，一脱掉那双细高跟穿进这双鞋，谭音只觉得自己的脚都被解放了。

“行了，你穿着走吧。”楚杭离开了一会儿，再回来时却直接丢下了这句话，抿着唇看了一眼谭音，然后别开了头，“你那双高跟鞋太丑了，污染我的视线，我实在忍不了一路看这么丑的鞋子了，这双买下给你了。”

结果谭音还没说什么，楚杭就又瞪了她一眼：“日行一善，扶贫。”他瞟了谭音一眼，然后又加了一句，“审美贫乏是一种新型贫困。”

男人的审美难道和女人的差距这么大吗？谭音目瞪口呆，自己那双细高跟，虽然穿是难受，可多好看啊！反倒是脚上这双休闲鞋，舒服是舒服，但卖相真的并不怎么样啊……

不过不管怎么说，这双鞋子对谭音来说简直是久旱逢甘霖，太及时了！

她赶紧谢了谢这位日行一善的金主，喜滋滋地换上鞋然后跟上了楚杭。

楚杭见她换了鞋子，这才打了车，两人回了学校。

回程的路上，楚杭显然懒得理睬谭音，一个人低头看着手机，谭音索性也一边安安静静坐着，一边在脑海里回想着今天看的博物馆里值得思考的设计细节。明天楚杭和安娜要看的是美术馆，谭音也十分有兴趣，下车的时候，她看了眼楚杭，最终没忍住开了口：“楚杭，明天我能跟着你们一起刷美术馆吗？我……”

可惜说到一半，谭音微微侧身，才发现楚杭耳朵里此刻正塞着耳机，自己刚才那一番话，他恐怕没有听到。而见自己盯着他，楚杭才有些冷淡地抬起了头看向她。

也不知道为什么，一瞬间，谭音有点丧气：“算了，你估计不想我跟着你和安娜。”

就在谭音以为楚杭绝对不会回复的时候，楚杭却开了口：“脚长在你自己身上。”

谭音愣了愣，继而才反应过来，惊喜地道：“所以我可以跟着你们？”

楚杭冷哼了一声：“我管得住你吗？”

谭音几乎是立即就表态道："我保证我会很安静，安静到让你们意识不到我的存在！"

"你想说话就说话，免得你一安静，我还以为你要憋什么大招对付我。"

行吧，谭音想，自己在楚杭心中的形象可能是无法洗刷干净了……

"明早别迟到。"

楚杭丢下这句话，又看了谭音一眼，然后转身走了。

谭音朝着楚杭的身影大声道："楚杭，我用我的人格担保，我绝对不迟到，绝对不会给你和安娜拖后腿！绝对不浪费大家宝贵的时间！"

第二天，安娜起了个大早，虽然今天天气突变雷雨大作，但她心情很好，还比约定的时间提前了十分钟到达了美术馆。而出乎她的意料，楚杭竟然比她到得更早，一脸状若自然地等着人。

安娜几乎是笑着就朝楚杭跑了过去，虽然从文化底蕴来说，自己和楚杭大有不同。即便是华裔，但安娜作为生在美国长在美国的第二代移民，骨子里对自己的认定是美国人。亚裔之间彼此总是更有认同感，而他们这些二代移民，实则并不怎么会去和中国来的留学生玩，然而楚杭是个特例。

安娜还记得自己第一次见到楚杭的时刻，他站在建筑学院的楼下，询问国际交换生的培训会在哪里举行。

他的美音流畅自然，地道而没有口音，侧脸线条冷峻，虽然皮肤白皙，然而身材有料，根本和瘦弱搭不上边，身高即便站在一群欧美白人里，仍旧出类拔萃，肩膀宽阔，是适合打美式橄榄球的身材。而他身上那种拒人于千里之外、独属于东方男人的内敛和冷冽，让他在一群成天嘻嘻哈哈、阳光外向到没心没肺的欧美人种中脱颖而出。

那个刹那，安娜终于知道，即便从没有去过中国，但自己身上确实流着东方的血液，根植在骨子里和基因里的东西不会变，自己仍旧禁不住为这种东方的韵味而折服。

而楚杭除了让她惊艳的外在之外，进入到专业领域，则让安娜更为仰慕了。他的设计总是另辟蹊径，既大胆又前卫，简直让人眼前一亮。

虽然楚杭交流的时间只有短短一个学期，但这并不妨碍安娜和他成为朋友，两个人对建筑设计的理念虽然不尽相同，然而每次讨论起来，都是火花四射，总能碰撞出新的观点。

可以说，楚杭在的这个学期，是安娜设计思路最为突破的一个学期，而直到这位内敛冷冽的交流生离开，安娜才知道，自己对楚杭不仅是欣赏，还有一些别的东西。

这一次来中国，一方面是调研建筑物为自己的论文课题做储备，另一方面，安娜的心里也有些雀跃，或许她和楚杭，除了朋友之外，还能再进一步，毕竟两人在建筑方面是如此合拍……

“走吧，楚杭，外面雨好大，我们进美术馆吧。”

然而在安娜的催促下，楚杭却没有动。他又状若不经意地环顾了一圈四周，然后淡淡地道：“你先进去，我去买点东西。”

安娜不疑有他，点了点头，径自进了美术馆大厅，然而她站在门口看向楚杭，却发现他并没有转身去不远处的便利店，而是仍旧撑着那把伞面大到过分的伞，伫立在雨中，静静地看向站台。明明自己已经到了，但楚杭那模样看起来分明是在等着什么人，而随着雨越来越大，时间也越来越久，楚杭的表情就越发不好看起来。这不好看并不是生气，而是混杂了点努力克制的焦虑和担忧，安娜从没在楚杭脸上见过这样生动的神情。

楚杭在外面又等了整整半个小时，这才收了伞，抿着唇进了美术馆，之后便是例行对安娜介绍美术馆的建筑设计理念和细节。这本来是楚杭最喜欢的部分，然而不同于昨天在博物馆里的投入，今天他有些心不在焉和走神，好几次安娜提问后，他都顿了顿才意识到要回答。

楚杭知道这样不应该，然而思维像是自己有主见般根本不受控制地去想着让他分心的事。

今天雷雨，按道理来说谭音会隐身跟着的，她却一直没有来。如今楚杭已经在美术馆里为安娜讲了大半个小时了，可谭音还是没赶来。

理论上来说这不是什么大事，不管谭音隐身不隐身，她都有充分的爽约理由，比如突然遇到急事了、睡过头了，或者突然改变主意不想来了，楚杭却隐隐觉得不安，他总觉得如果不是遇到了困难，谭音是会来的，不知道为什么，冥冥之中他对谭音有这种认知和信任。她不是说话不算数的人，楚杭还能清晰记得她昨天得知自己同意她跟随时的那种雀跃，小巧的鼻尖、真实带笑的眼睛、像玫瑰花瓣一样的嘴唇。

“A 市这座美术馆外立面是刻意做成白色的，和周围其他色彩亮丽的建筑物形成了鲜明的对比。虽然白色总给人单调的感觉，然而这种反差下，纯白的色调反而让这座美术馆变得醒目，拱门和墙面上的窗型镂空设计，都营造了视觉上的错落，让参观者的视线能随着变换和移动……”

距离约定好的八点已经过去整整一个半小时，然而谭音还是没有出现。

“楚杭，你觉得美术馆设计里，怎么才能处理好建筑和自然环境、城市环境，怎么才能把室内外环境融合到极致？这座美术馆的设计里是不是还有能更完善的地方？”安娜一边不停地在速写本上画着，一边抬头看向楚杭，“楚杭？”

楚杭又走神了。他看向安娜，轻轻皱了下眉：“抱歉。”

楚杭几乎是在这一瞬间做了一个决定，不打算再走神了。他不顾安娜的疑虑眼神，坚定而执着道：“今天我不能再陪你看美术馆了，我突然有些急事，需要先回一趟学校。”楚杭抿了抿唇，“我会联系我建筑系的同学来陪你一起看美术馆，他叫张晨，对美术馆设计研究挺深刻的，我想你们两个交流起来一定有很多共同话题。”

安娜还一句话都来不及说，楚杭就朝她淡淡地笑了一下：“他正好就在这附近，你等他一刻钟，联系方式我稍后发给你，不好意思，我先走了。”

他看起来非常急切，大约真是发生了什么不得不中途离开的重大变故，和安娜简短交代完，竟然径自转身走了。

楚杭一开始还是快步走，然而很快他就跑起来。安娜就这样看着楚杭脸色严峻而冷然地跑出了美术馆，消失在人群的尽头……

不知道为什么，明明什么也没有和楚杭讲过，但安娜冥冥之中有一种感觉，这个男人不仅仅是跑出美术馆，而是彻底跑出自己的生活了。

楚杭几乎是板着脸打了车，用最快的速度回了学校。他知道自己应该冷静，然而一事关谭音，他似乎从来冷静不下来。一开始是被这个小扫把星气得半死，后来得知她能隐身后又静静地看着她表演其乐无穷，如今这个黏人的牛皮糖不在了，他竟然担心她是不是出事了。

因为隐身，别人都看不见她，她如果遇到了困难，在这样的雷雨天里，根本没人能帮忙。

她只有自己。

楚杭几乎是一路情绪紧绷地冲回了学校，根本没法保持一贯的冷静自持，满脸是毫不掩饰的神色匆匆和淡淡焦虑，他先是给蒋一璐打了电话。

“谭音？谭音今天下雨前就出门了，说是要去美术馆啊。”

蒋一璐的话证实了楚杭的猜测，谭音果然是出了门并且打算去赴约的，然而自己至今没见到她……

她是被困在去美术馆的路上了吗，还是在哪里？

楚杭心情凝重，刚才乘计程车回学校的一路上，他都聚精会神地盯着窗外，努力想去辨认谭音是不是被困在路上，然而未果。如今楚杭也只能期待谭音还在学校里，自己至少能一个一个地方找。

他去了知行楼，把每个教室都打开看了一遍，然后就是咖啡馆，之后是食堂、校医院、图书馆、小超市、小花园、体育馆……

楚杭冒着雷雨，几乎把整个学校走了个遍，然而还是没有找到谭音。这个平时成天在自己耳边说个不停的小话痨，如今却不见了，楚杭竟然觉得不习惯。

他绕着学校走了两圈，都没找到谭音，而直到他都快无计可施之际，从体育馆走出来的那片林荫道上，他听到了谭音微微颤抖的声音："楚杭，楚杭……"

如今雷雨虽然早就渐渐变小，但还没有彻底停歇，楚杭控制着自己不循着声音直接看去，走远了一点，这才状若自然抬头般回头。

这声音来自头顶，而直到楚杭不经意般昂首，才终于看清了谭音在哪里。

她正姿势奇怪地趴在自己头顶的一棵树上，这些树和 A 大的历史一样年长，因此枝叶繁茂根枝扎实粗壮，也不知道谭音是怎么爬上去的。她穿了条裙子，此刻模样狼狈地踩在树干上，自然被雷雨淋得像个落汤鸡。而很快，楚杭就知道了她为什么会在树上，她的另一只手里还小心翼翼地抱着一只同样淋湿的可怜巴巴的小流浪猫，那猫的前肢不正常地耷拉着，显然是受了伤。

而就在楚杭想着该怎么办的时候，这场恼人的雷雨终于渐渐停了。

谭音一见雨停，几乎立刻扯着嗓子喊起来："楚杭！楚杭！帮帮我！我在上面！你头顶！"

谢天谢地，谭音如今所处的林荫道平时往来的人就不多，这种雨天经过的人就更少了，幸而楚杭今天不知道是在找什么东西般，从体育馆出来后就缓慢地边走边四处看着，因此如今雨停了，他也还没走远。

只是对于自己在树上，或许楚杭对自己的狼狈遭遇早就见怪不怪，他看起来像是早有心理准备一般，并没有显出震惊，只是抿着唇皱着眉走到了树下。

虽然谭音如今明明是居高临下俯视楚杭的姿势，她却反而尴尬得快要爆炸，楚杭的表情越是镇定，谭音就越是狼狈，她掩饰性地咳了咳：“啊，楚杭，这么巧啊？既然你路过，那不如你帮帮忙把我弄下去？”

即便在树上，谭音也努力保持云淡风轻的笑容，努力把头上湿答答的头发拨到一边，佯装自若道：“事情是这样的，我今天本来想跟着你去美术馆的，但是路过这棵树的时候，看到这树上有个猫被困住了，这树的树干这儿蛀了一个小洞，这猫一只前爪卡在里面了，好像还受伤了……”

楚杭有些没好气：“你看猫受伤了你就自己爬上树救？你不能找别人？”

“我看下大雷雨，这猫这么淋着怪可怜的，我要走了，也不知道下一个发现它的人还要多久才能来。”谭音期期艾艾地想，何况我雷雨天隐身，能找谁呢？

楚杭不知道想到了什么，突然不再说话，抿着唇抬头瞪了一眼谭音，然而那眼神并不凶狠，反而带了点无可奈何。

“那我现在怎么办？”谭音可怜巴巴地道，“我爬上来的时候没想什么，但现在这么高，我有点不敢下去了……”而仿佛为了证实她说的话一般，她脚下一滑，差点从树上摔下来，害得谭音没控制住，忍不住开始叫救命。

“你跳下来。”

谭音鬼哭狼嚎道：“要不你还是去体育馆器械那边借一下梯子吧。”

“来不及。树干上有雨水，太滑了，我梯子还没借回来，你可能就摔下来了。而且据我所知，器械室里没有梯子。”楚杭皱着眉，语气却很坚持，“你跳。”

谭音却犹豫了：“万一我跳了，你没接住我，那我岂不是要摔断腿？”

楚杭揉了揉眉心：“你不是为我跳楼已经摔断过腿了，你还怕什么？”

这位朋友，你不说还好，这么一说，我就更不敢跳了……

只是在树下的楚杭，原本还维持着一直抬头向上看的姿势，可此刻他抬头看了两眼，突然动作突兀地移开了视线。

谭音急了，以为楚杭是故意的：“你不是说我跳了接着我吗？你现在连看都不看我，怎么接我啊？”

楚杭不得已，又抬了次头，然而视线刚撞上谭音，就像是看见了什么不该看的东西一样赶忙移开了。虽然隔着距离，然而楚杭实在太白了，谭音都能很清晰地看到他的耳朵火速烧了起来，连带着他的脸颊也没能幸免，谭音摸了摸自己的胸口，这裙子前面结实得很，又是深色的，即便下雨被淋湿了，也不存在什么走光危险，楚杭这个表情是怎么回事？！

都到这时候了，楚杭在别扭个什么劲啊，谭音急了：“你又怎么了楚杭？我往下跳你也得往上看啊！否则你怎么接我？”

“你的裙子……”

只是简单的四个字，楚杭却说得尤为艰难，只是光这么几个字，谭音电光石火间却突然明白了。

她今天穿了裙子，而她现在在树上，那么楚杭从树底下往上看，完全能看到她裙底下……

谭音的脸一下子红炸了：“楚杭，你变态！你偷看我的内裤！”

这下楚杭也炸了：“谁偷看你的内裤？谭音，你能不能区分一下主次，要不是你在树上，我来救你，我会需要抬头看吗？你以为我想看吗？我还担心今晚回宿舍就长针眼！你再不下来我才要不得不继续抬头看！”

“那……那你别过头，别看我！”

楚杭的声音既无奈又有些咬牙切齿：“一会儿叫我看，一会儿叫我别看。你到底是要我看还是不看？”他仿佛下了决心，也不再顾忌了，“算了，你别管我看不看了。”楚杭的声音也有些慌乱，有些口不择言了，“反正你放心，我不会对穿机器猫的儿童有什么非分之想的。你赶紧跳。”

虽然很快，在说完后，楚杭好像意识到了什么，于是立即又抿紧了嘴唇，一个字也不想再说了。

谭音一张脸却轰地红透了。机器猫怎么了？穿机器猫内裤难道就是儿童？

只是谭音也知道，楚杭说得一点没错，这事情纯粹是自己乱找碴儿了，楚杭完全是好心帮忙，以他的品行，根本是不屑于和自己沾上什么关系的，他恐怕还生怕自己讹诈他要他负责呢。她也知道自己如今最应该做的，就是跳下去，但是……

但她还是害怕。

楚杭说开了，反而也不再避讳了，虽然脸色仍有些泛红，但他已然抬头望向谭音的眼睛，语气笃定：“你跳，我接住你。

“怕的话闭上眼睛，你只管跳，我接得住。”

楚杭确实有一种力量，让人信赖让人有安全感。

谭音咬了咬牙，终于下了决心，抱好了猫，然后真的听从楚杭的话，闭着眼睛朝下面一跳。

树其实并不高，然而那种坠落的感觉仍旧让人心惊肉跳，只是谭音的惊恐还没来得及发酵，她的下坠就被一双强有力的手臂给硬生生截住了。

她被楚杭抱住了。

他没有骗她，真的接住了她。

第十五章

有一点孤单

谭音睁开眼，看到的就是楚杭微微皱着的眉和姣好的五官，这是她熟悉的一张脸，然而如此近距离地四目相对，谭音才发觉，楚杭比她平时认知里的模样更为英俊，他有一双太过好看的眼睛，而此时这双眼睛全情地盯着谭音，像沉静的海洋，谭音猝不及防撞进楚杭这样的目光里，一时之间只觉得沉溺。

楚杭却先一步放开了谭音，然后他飞快地移开了视线，几乎是立刻退离了谭音，恨不得拉开足够大的距离。

过了片刻，楚杭才咳了咳，恢复了镇定，看向谭音："猫没事吧？"

行吧，你就关心猫……

然而谭音刚开始腹诽，楚杭的声音又一次响了起来："你也没事吧？"

被困在树上老半天，被雷雨淋得透心凉，然而楚杭这么简单一句话，谭音却觉得心情整个都好了。

她笑了笑："猫没事我就没事。"然后她突然想起了什么，"你和安娜今天参观美术馆结束这么早？"

楚杭看了谭音一眼，然后移开了目光，目不斜视地看向前方："哦，我有点事，先回来了。”

“那你下次还去美术馆吗？”

“嗯。”

谭音顾不上此刻浑身湿漉漉的难受，小心翼翼地道：“那你下次去，我能跟去吗？”

楚杭瞪了她一眼：“难道我能把你绑起来不许你去吗？”

这就是默许自己跟着了，谭音心里雀跃，结果被冷风一吹，接连打了两个喷嚏。

“你还不赶紧回宿舍？”楚杭瞟了眼谭音，淡淡地道，“别传染我感冒。”

谭音揉了揉鼻子，看了眼怀里一只前爪还受着伤的猫。

“把猫给我，我带它去处理伤口。”楚杭语气强硬，不容分说就从谭音怀里抱走了猫，“你走吧，你这样，说不定还要把感冒传染给猫。”

行吧……谭音又打了个喷嚏，虽然楚杭关心的是猫，但我若不坚强谁替我勇敢？谭音想，自己还是对自己好点，她和楚杭分道扬镳，然后快步跑回宿舍赶紧洗了热水澡换了衣服，然后捧上了一杯热茶。

只是回到宿舍平静下来，谭音再回想今天楚杭突然巧合地出现在树下，然后再联想到最近常常出现的一些可以说是莫名其妙的巧合，她突然皱起了眉，总觉得心里毛毛的，好像最近每次自己隐身后遇到楚杭，有些事巧合得也太恰到好处了？她越想越觉得可疑，甚至开始疑心自己的隐身超能力是不是已经没了？

谭音越是往深里想，头上冷汗就越多，自己最近趁着隐身都干了些什么事啊？而此刻蒋一璐推开门走进宿舍，谭音一点没犹豫，当即把这位死党拽了过来：“前几天一直下雷雨的时候，你能看见我吗？”蒋一璐有点茫然。

谭音清了清嗓子，补充道：“就是有一天其实我没出门，就躺在宿舍睡觉，我想想，对，你那天对着镜子化了一个小时的妆，换了三四套衣服才出去……”

“谭音！”蒋一璐脸上泛红，气急败坏地就要来追打她，“你那天既然隐身在，怎么不来帮我画一下眼线？还好意思隐着身看着我自己手抖化了那么久的妆！说好的友情呢？”

虽然被蒋一璐劈头盖脸批判了一顿，但谭音总算松了口气。她拍了拍胸口，安心地想，看来自己隐身的超能力还在，蒋一璐看不到自己，徐聿看不到自己，楚杭也看不到自己，所有人在雷雨时都看不到自己。

不过虽然这样很好，自己在雷雨天有了绝对的自由，然而时间久了，谭音也觉得，还真是有一点孤单呢。

连续好几天断断续续的雷雨后，天气总算放晴，谭音也终于得以重见天日。她本来都安排好了，上完课以后就去图书馆把上次楚杭说的那几本建筑类专业书籍都给借来好好看一看，然而计划赶不上变化，她刚走到图书馆门口，竟然被段影菲给叫住了。

段影菲仍旧穿着名贵的衣服，容貌娇俏，只是此刻满脸写满了不甘心和气急败坏，一双眼睛通红，显然刚刚才哭过。

“谭音，你站住！”

谭音愣了愣，怎么看段影菲都是一副寻仇的模样，自己最近又怎么得罪这位姑奶奶了？

段影菲显然也看到了谭音脸上的疑惑，跺了跺脚，一把把谭音拽了过来：“先找个地方，我有很重要、很紧急的事要和你说。”

几乎是刚说完，段影菲就不容分说地把谭音给拽到了图书馆后面的小花园里，她拉着谭音在曲径通幽的小花园里七拐八拐，最终才在一个绝对安静的角落处的座椅边松开了谭音的手。

谭音一肚子疑问：“你到底有什么事要说？”

段影菲咬了咬唇，瞪着谭音：“你不知道吗？关于楚杭哥哥的事。”

谭音正了正色：“如果你要找楚杭，那除了刚才专业课我和他一起上了以外，我不知道他上哪儿去了，一下课他就走了，我也不知道他上哪里了，你来找我没用。”说罢，她扬了扬手里的借书卡，“如果没别的事的话，你就不要打扰我学习了。”

“这种时候你还有心思学习？”

段影菲也顾不上仪态了，眼圈又有些红了，声音也带了点咬牙切齿的味道：“你不是喜欢楚杭哥哥吗？喜欢到为了他都不惜跳楼，平时也成天没事在他身边晃荡，结果现在出了这种事你竟然还有心学习？！”

被段影菲这种情绪所感染，谭音也忍不住紧张了起来。楚杭出了什么事吗？可刚刚上课他还好好的，才下课没多久，他能出什么事？

段影菲见了谭音这表情，心下了然：“你还不知道？”

“我应该知道什么？”

段影菲振聋发聩道：“楚杭哥哥和别的女生在一起了！”

谭音愣住了。

段影菲似乎对谭音这次的反应才稍微满意了一点：“看来你根本不知道！”她恨铁不成钢道，“你说你这个人怎么追人的，你不还和楚杭哥哥是一个班的吗？你都不盯着他点儿？就让他在你眼皮底下被坏女孩勾搭走了？你不觉得羞愧和失职吗？”

谭音很想说，当初不就是你警告我不许盯着楚杭的嘛……

段影菲本来心情就差，好不容易找到个发泄口，愣是把谭音从头到脚数落了一通，数落完才觉得有点不好意思，咳了咳：“不过这事确实连我都措手不及，也不能怪你，这女的不是我们学校的，甚至不是我们中国人！是个美国人。”段影菲一说起这位情敌，就非常义愤填膺，“你说说，怎么有这么不要脸的人，还叫什么安娜，一听这名字就很白莲花，小说里叫安娜的女的别看表面不错，其实都不是好东西……”

段影菲越讲越生气，一番话，竟然从夺爱之仇上升到了民族气节国仇家恨……

虽然段影菲说得如此激情澎湃，谭音却没有什么实感，她想了想，没忍住打断了对方：“你怎么知道楚杭和安娜在一起了？你确定吗？”

讲起这个，段影菲倒是有些支支吾吾了。

谭音虽然内心也有些乱，但还是觉得段影菲说的话并不可信，毕竟没多久前自己还和楚杭、安娜在一起刷博物馆呢，也没见两人就眉来眼去了啊。段影菲又顾左右而言他了片刻，见谭音始终不相信，才终于破釜沉舟般说了真话：“谭音，是真的！我没骗你！”她尴尬道，“但我告诉你，你千万别说出去！”

“嗯。”

“我……我就前几天找楚杭哥哥表白了。”段影菲努力佯装镇定地解释道，“但是他拒绝了我，我追问理由，他告诉我，自己算是有喜欢的人了。”

谭音虽然表面也一派震惊，但内心一时竟也五味杂陈惊涛骇浪起来。

楚杭竟然真的有喜欢的人了，他还承认了……

“虽然我被拒绝以后，死缠烂打追问，楚杭哥哥也不告诉我是谁，但是我自己偷偷跟着他观察了他好几天，除了平时正常上课之外，他根本就没和别的女生有什么密切的接触，除了那个不知道怎么冒出来的安娜，他平时空闲时间几乎都和她在一起。你知道楚杭哥哥刚才下课去哪里了吗？去见那个安娜了！两个人碰头后就有说有笑的，然后！高潮来了！”段影菲的声音充满怨恨和控诉，抑扬顿挫道，“你知道我看到了什么吗？平时对女生都不多看一眼的楚杭哥哥竟然拿出了一封上面画着一个老大的红色爱心的信封，然后就那么递给了安娜！”

段影菲说到这里，眼圈又红了：“我的告白信楚杭哥哥连看都没看，直接就退回来了，拒绝我的态度也是一点余地也不留，结果他却那么笑着给这个安娜送了自己的表白信，眼神里全是温柔！”

谭音本来还想安慰自己段影菲说的事不过是推测，然而在爱心告白信的铁证面前，她也没法再自欺欺人了。

楚杭真的有了喜欢的人。

谭音一颗心里糅杂着巨大的慌乱不安和失落难过。她想起来，自己曾经写了半年的每天一封的情书，楚杭也从来没有看过哪怕一封，而这样的他，如今却给安娜送出了自己的告白信。

“那个什么安娜有什么好？皮肤也不白，眼妆化得那么夸张，妆容那么有攻击性，一点也不温柔可爱，平时还烈焰红唇，看起来就不像个良家妇女，而且中文讲得也不怎样，以后交流估计都有问题，做女朋友找这种人，楚杭哥哥还不如找你！”

大概是大敌当前，段影菲一下子和谭音都亲近了，她痛恨地攻击着安娜，有些自来熟地拍了拍精神恍惚的谭音：“你别说，真的，就算你把楚杭哥哥骗到手，我都不会这么心理不平衡，你毕竟为楚杭哥哥跳过楼！我还是服气的！”

见谭音仍旧默不作声，段影菲有些急了：“谭音，你怎么回事？你怎么一点也不同仇敌忾啊？你就这么轻易放弃了吗？！你是唯一一个靠着自己的不断翻车行径成功引起楚杭哥哥注意的女人，你至少应该有姓名！至少可以和安娜一战，你就这么蔫了？！你的斗志呢？！”

这怎么变得和誓师大会似的了……

谭音抬头看了段影菲两眼，她自己尚且处在难过低沉的心情里，根本没情绪回应段影菲什么，只能干巴巴地随口应道：“那我还能怎么样？楚杭又不喜欢我，我能干什么？”

这话说得没错，段影菲一时也无法反驳，然而她到底不是容易放弃的人，没过多久，她就又拍了拍谭音的肩，语重心长道：“这样吧，你和我联手吧。”

段影菲顿了顿："大敌当前，我们应该放下过去的仇恨，先团结友爱一致对外，联手把安娜给弄出局。只要楚杭哥哥恢复了单身，那之后我们到底谁能赢得他的喜欢就各凭本事了。"

谭音在心里叹了口气，段影菲虽然有时候骄纵过度自私至极，但说到底还是个天真的人。

喜欢哪里有道理，感情哪里可能因为干涉就消失？有些东西，像是火种，越是阻挠，越是企图用风吹灭，就越是燃烧得更旺盛。

楚杭不是那种容易陷入爱情的人，他对任何人都充满了距离感，很难想象他愿意主动接纳别人进入他的生活，这样的人……一旦喜欢什么人，是不可能凭借外界因素就扭转他的决心的。

谭音此刻完全没有学习的心情了，她只想回去蒙头睡一觉好逃避楚杭已经喜欢别人的事实……

虽然之前也并没有真的奢望过楚杭能喜欢自己，然而只要他还单身，只要他没有喜欢别人，谭音就觉得自己还有希望，她心中那些属于暗恋的小情愫就还有安放之地。然而现在……现在他是别人的了。

谭音只觉得自己此刻又回到了高考的那个夏天，那个被自己爸爸逼着放弃热爱的美术，填报建筑系的夏天。其实生活没有什么大的变化，并不是什么缺胳膊少腿般的大起大落，日子照样能过，梦想破灭了，除了长久的沉闷外，照样吃得下喝得下，仿佛并没有多么难过，只是再也高兴不起来了。

而如今，如今在楚杭的影响下，自己终于渐渐开始真正喜欢上建筑了，心里又有了新的梦想，做好了一切和楚杭未来并肩一同站在建筑领域的人生理想，然而成为一名优秀建筑师的梦想还在，只是楚杭却没有了。这简直像是一个巨大的玩笑。

明明今天阳光灿烂，是谭音期盼已久的天气，凉风习习万里无云，谭音却没来由地觉得胸闷，喘不过气来。她心里既难过又有些委屈和不甘，楚杭就像是地里的白菜，自己这头猪从这棵白菜生根发芽到茁壮成长都眼巴巴地在篱笆外望着，就等着什么时候成熟了上去拱一拱了，结果还没轮到自己上场，这白菜就被摘走了。

段影菲显然无法体会谭音内心的兜兜转转，只一个劲地在谭音背后喊着："哎，谭音，你别走啊！我还没说完呢！你好好考虑一下我的提议，我觉得我们可以组成一个复仇者联盟，向安娜开火！"

谭音哪里还有这种心思，她想，别说复仇者联盟，就是银河护卫队自己也不干了，没心情。

仿佛上天还嫌这玩笑开得不够似的，谭音强忍着内心的情绪到了图书馆，心情低落地往建筑专业书那排书架走去，结果还没走到，抬头间却已经见到了一对熟悉的身影。是楚杭和安娜。

此时两人站在专业书架前，安娜似乎有本书够不到，楚杭正抬手帮她拿。从这个角度，谭音看不清楚杭脸上的表情，安娜那仰面看向楚杭的表情却是一览无余的。她的脸上混杂着欣赏、崇拜，还有谭音一目了然的爱慕，那是竭力想要掩饰的感情，然而仍旧透过安娜那看向楚杭时带着光的目光清晰而透彻地流露了出来。而谭音眼尖，一眼看到安娜手里抱着的那堆资料里，确确实实夹着一个粉色的爱心信封……

眼前这幅场景，男生挺拔英俊冷然，女生阳光开朗活泼，又都是学霸，简直是天造地设的一对。

自己喜欢楚杭，楚杭不喜欢自己，而他现在找到了幸福，并且是明显更门当户对的幸福，从理智上来说，谭音知道自己应该替楚杭高兴，然而她觉得自己到底是小家子气，此刻不仅一点高兴不起来，心里还堵得慌，然而还没法发作。如果楚杭喜欢了段影菲，自己还能安慰自己楚杭不值得自己的感情，因为他瞎，可安娜大方得体又热情外向，上次博物馆一行，明显能感觉出这姑娘的体贴温柔和善解人意，让谭音连嫉妒都嫉妒不起来。

楚杭和安娜还在书架上找着什么专业书，然而谭音一点也不想再待下去了，她匆忙转身，落荒而逃。

此刻的谭音，谁也不想见，只想一个人待着。

而就像是为了应景配合谭音的心情一样，刚才还艳阳高照的天空，此刻已经被西边飘来的乌云完全遮盖起来，天色晦暗，显然在酝酿着一场雷雨。

谭音刚经过操场，果然雷声大作，大颗大颗的雨滴就这么砸了下来。唯一值得庆幸的是，谭音眼见天气转阴，早就找了个隐蔽的树荫下走着，此刻这条路上也几乎没有行人，因此谭音随着雷声凭空消失也没有引起任何人的注意。

可成也没有人，败也没有人，没人能瞧见谭音隐身，自然没人撑伞供谭音躲藏。

谭音索性不跑了，找了棵树底下坐下，头顶树叶和枝丫里落下来的雨滴让她发冷，她不自觉地就蜷缩起来，然后抱紧了腿，把脸埋进了膝盖。下雨天哭的话，就不知道到底脸上流过的是雨水还是泪水了。

这句话虽然很俗，然而谭音一直觉得是真的，直到此刻实践了，才知道并不真实，因为雨水是冷的，而泪水是滚烫的。

仗着反正没人看见自己，谭音一个人就这么坐在雨中的树下，哭得稀里哗啦的。

其实再跑个几分钟前面林荫道拐角处就有个小花园，那里就有个可以避雨的小石亭，谭音却觉得一分钟都坚持不下去了。刚才在段影菲面前绷着的情绪，在雷雨开始的这一刻全面瓦解，她一点也伪装不下去了，只觉得心里堵着一块石头，而这悲苦的气氛加剧了谭音的联想，一想到楚杭以后只会对安娜微笑，只在意她，只看向她，和安娜牵手、接吻，谭音就越发控制不住自己的情绪。

心魔横生，不愿放手，偏偏束手无策，无可奈何，求而不得……

理智告诉谭音哭也没有用，甚至没什么好哭的，楚杭就算不和安娜在一起，没准儿未来也会和贝蒂在一起，没有贝蒂，也会有凯西，总之轮不到自己，然而谭音还是忍不住难过。她第一次喜欢一个人，尝试过努力压抑，然而最终还是逃不开喜欢两个字，大概有时候感情是一种宿命，逃不开争不过，谭音甚至可悲地发现，自己对楚杭反而越陷越深了。

只是在暗恋这场戏里，谭音刚刚重振旗鼓准备隆重登场，楚杭却已离席。

有些难过和心碎，根本没有办法倾诉，除了哭，她好像真的没有别的办法。

雷雨越下越大，一点也没有停的趋势，谭音索性放声大哭，直到哭到眼睛红肿，整个人都有些一抽一抽地呜咽，谭音才觉得情绪倾泻得差不多，抹了把脸上的雨水，晃晃荡荡地站起来。

失恋就失恋吧，幸好自己没再向楚杭又认认真真地表白，否则除了被拒绝之外，恐怕还要遭受他的嫌恶。他心里都有别人了，更害怕自己这样的死缠烂打型选手纠缠了。

谭音决定做一个拿得起放得下的人，眼泪留在雷雨天，从明天开始又是一条好汉！

只是她刚坚强地站起来走了没多久，眼前就闪过熟悉的人影。

周铭此刻撑着一把伞，手里还拿着另一把伞，行色匆匆地走在雨中。谭音想也没想就赶紧快步追上，好不容易遇上个撑伞的路人，还是自己的朋友，岂不赶紧抓住机会蹭个伞？也算是这种坏天气里还失恋的唯一安慰了。

只是周铭走得实在太快，他像是赶着去见什么人似的，几乎撑着伞在雨中小跑着，一只拿着伞柄的手还抽空拨了手机，脸色有些焦急地等待着对方接听。

谭音废了九牛二虎之力，才终于堪堪跟上了周铭的步伐，他此刻已经走到了拐角处的小花园，而从不远处绿树掩映的石亭里，传出了几个女生叽叽喳喳的声音。周铭听到声音，像是松了一口气，皱紧的眉头渐平，他有些无奈又宠溺地放下了手机，然后抖了抖手里的另一把伞，面带微笑地快步朝石亭走去。

他确实是赶着去见什么人，谭音此刻心下也终于了然，周铭怕是要给石亭里的谁送伞。而这个谁，也毋庸置疑，恐怕就是周铭一直害羞着不肯带出来的女朋友了。

谭音这下终于收起了自己的悲伤心碎，决定跟着周铭去会会他这位小女友，她此刻终于跟上了周铭，钻进了他的伞下。

看得出来，周铭对自己这位小女友真的十分上心，越发靠近石亭，他脸上的甜蜜和期待越发浓得都可以化成实体。

只是……

只是临到石亭，当他正准备跨步上前，却听到石亭里传来了女生们揶揄打趣的声音："你知道那个周铭吗？他现在可是以你男友的名义自居呢。上次我去学院开会，老师问你到了没，说有个资料要给你，就是这周铭自告奋勇说'她是我女朋友，老师您把资料给我我来转交就行了'，我的天哪，他不尴尬我都替他尴尬……"

"怎么不是啊，现在法学院已经有不少人知道了，以为他真是你男朋友呢。"

…………

周铭被这突如其来的对话打乱了步调，顿在了原处，脸色有些苍白，紧抿着嘴唇听着。

在其他女生叽叽喳喳地攻讦之后，终于响起了审判的声音："他自己傻啊，我什么时候答应做他女朋友了？我不过平时找找他联系一下他而已，我们根本就没怎么单独见过面，也不知道他哪里来的错觉。"女生的声音娇俏却也傲慢，还带了点没好气，“我对他态度不错，就是因为看在他成绩好、能帮我写论文做作业签到的分儿上，但我根本没想过做他女朋友。你看他平时约我，我答应过吗？我都用借口推托了，说自己参加社团活动多，没空，接连好几次了，难道他还没识趣地接收到我的信号吗？可真是自作多情！”

周铭浑身像是被冻住了一般，而谭音也彻底愣住了。

这声音化成灰谭音也记得，可不正是不久前才来游说自己组成复仇者联盟的段影菲吗？！

石亭里的几个女生却不知道这样的雷雨天，石亭外竟然还有别人，仍旧口无遮拦地聊着。

段影菲显然在被楚杭拒绝的打击下心情烦闷，说起话来也更刻薄自私了：“何况他是什么人，我是什么人，我们是一个世界的人吗？怎么也不照照镜子，我可能和他在一起吗？”

其他几个女生显然都是捧着段影菲的一丘之貉，当即恭维道：“可不是嘛，他这样的，怕是找女朋友都悬，更别说找你这样的女朋友了！”

“就是啊，周铭平时人一多发起言来都紧张，话还少，虽然学习认真，但是感觉一点也不合群，总是独来独往的，为人又内向。你们还别说啊，现在犯下大案的那些凶手很多是这样的，别看平时默不作声没什么存在感，文质彬彬的，结果搞不好是心理变态！”

段影菲怪叫一声：“你说得我鸡皮疙瘩都起来了，都怪我自己不好，当初为了蹭个免费写论文的代笔，给了他不切实际的幻想，可主要还是他自己情商低啊。他几次说了想做我男朋友的话，我也都没接嘴保持了沉默，或者扯开了话题，结果他不仅没懂我的意思，还觉得我是默许了和他成为男女朋友！这种事我怎么会默认啊！”

“对啊，影菲，你还是小心点，这种平时越是沉默内向的人，偏执起来越是可怕，爆发起来也越是恐怖。我看你还是找个机会明明白白地拒绝他吧！”

“嗯！”段影菲沉吟了下，“刚才他还给我打电话呢，我没接，看来下次是时候给他说清楚了，反正这学期接下来也没什么课程需要写论文了，我也用不着再和他接触了，这次就措辞激烈点拒绝，让他彻底死心，别再纠缠我了。”

…………

后面的话，谭音已经气愤到完全听不进去了，那些女生轻巧地在背后议论完、戳完别人的脊梁，就一点不在意地转移话题聊到美妆和最近新出的电视剧了，连一点背后议论人的愧疚都没有。

而连隐身意外旁观这一切的谭音都如此感同身受地气愤，就更别说作为当事人的周铭了。他显然压根儿没料到自己心目中腼腆的学妹竟然是这样的人，此刻不仅脸色苍白，连嘴唇都显得有些发白。

石亭外，雷雨仍旧肆虐，寒风裹挟着湿气和雨珠，谭音忍不住都冷得瑟瑟发抖，而周铭，显然不仅生理上感知到寒冷，恐怕这一刻，更是透心凉了。

谭音从没料到，周铭的那个“女朋友”会是段影菲。她不知道段影菲不仅在楚杭面前装，在周铭面前也是可着劲地拗造型硬生生营销出了“好学腼腆新人学妹”的人设，把从没谈过恋爱、思想单纯的周铭骗得团团转。

周铭拿着手机的手垂了下来，他敛了眼神，一脸茫然又受伤地看向地面，脸上刚才那种期待和甜蜜的表情瞬间如退潮的潮水般消失不见了，取而代之的是难堪和狼狈。

他这样好脾气的人，即便面对这样背地里的侮辱攻击，也都没有失态，只是轻轻咬着嘴唇，然后丢下了那把本来想给段影菲送去的伞，径自回头走了。

看着自己的朋友被这样欺负，谭音简直怒不可遏：“周铭！你就应该冲进去，好好地训斥那几个嚼舌根的女生！然后好好把段影菲骂一顿，揭穿她的真面目！”

只是她如今隐着身，周铭是断然听不到自己说话的，他真的是非常温柔又好说话的人，总是替别人着想，自己吃亏也总是老好人般笑笑。

只是谭音却咽不下这口气，楚杭突然脱单本来就让她心生烦闷，如今段影菲还欺负到了周铭头上，谭音实在觉得不能就这么算了。

只是按照周铭的性格，这个插曲要不是自己隐身正好撞见，恐怕周铭也不会告诉自己，一来他不擅长背后说人是非，二来这样尴尬又难堪的事，他肯定也并不想让谭音知道，是决计不会对谭音开口的……

那本应该不知道这件事的自己，又怎么才能主动介入帮周铭讨个公道呢？

只是谭音没想到，自己这个顾虑，很快就没有了。

她实在是低估了校园里八卦的传播速度，等雷雨停了，谭音刚湿漉漉地跑回宿舍洗了个热水澡出了淋浴间，就见蒋一璐望着自己欲言又止。

“怎么了？”

“谭音，你这眼睛怎么这么红肿……是因为什么哭了？”

谭音睁眼说瞎话胡扯道：“就刚才下雨我正好跑进学校外面那个电影院看了部悲情电影，一下子为别人的爱情流尽了眼泪。”

虽然这话假，但谭音觉得也不算全假，自己可不是为了楚杭和安娜的爱情泪流满面了吗？

好在蒋一璐并没有深究，很快接受了谭音的说辞，然后开启了新的话题：“对了，法学院那个周铭，是你朋友对吧？”

谭音点了点头：“是啊，没错。”

蒋一璐把手机往谭音手里一放：“你自己看吧。”

谭音接过手机一看，整张脸就沉了下来。这是蒋一璐担任版主的校园八卦板块，里面常年有最新鲜的校园八卦，而此刻，一篇飘红帖正挂在首页，帖子的名字十分夺人眼球——《扒一扒法学院一个自我感觉良好男》。谭音抿着唇点开，果不其然，里面赫然正在讨论着周铭和段影菲，而楼主显然是那天石亭里的某个女生之一，各种添油加醋下，愣是把周铭营造成了那种莫名其妙就病态认定段影菲是自己女友，并强行要谈恋爱的偏执狂，周铭的内向和腼腆则被塑造成了阴沉和有心机……

谭音根本没心情看完，就把手机丢给了蒋一璐："是最近学校里实在没发生什么值得茶余饭后讨论的事吗？全校师生就这么无聊，不停关注这么丁点小事？"她气愤道，"而且这根本就不是实情，周铭根本不是这样的人，他完全是被段影菲给骗了！"

蒋一璐点了点头："我知道，我相信你的人品和交友眼光，这帖子我可以删，但等我发现的时候，浏览量已经几十万了，对周铭会造成不良影响简直是铁板钉钉的事了……"她说完，补充了一句，"这个帖会这么火，主要也很巧，因为今天刚新闻通报了一起案件，就是一个男生追求一个女生，女生拒绝了好几次，但男生完全沉浸在自己的世界里，一心一意觉得两人就是在处对象，对女生各种骚扰，最后女生忍无可忍言辞怒骂，结果这男生就把女生给捅死了……这新闻本身热度很高，而这个帖子里，你看，周铭的形象完全和这新闻事件里男生的形象差不多，能不引起轩然大波吗？"

谭音心下了然，帖子能删，人心里的偏见却删不了。周铭单纯善良，平白无故被段影菲利用，被她私底下这么羞辱，如今还要蒙受这种不白之冤。

而既然现在这个帖子都出来了，谭音也没什么好顾忌的了，跑到了咖啡馆，径自把周铭给约了出来。

学校就是个小社会，舆论的发酵比什么都快，周铭显然也得知了校园论坛的帖子的事，他脸色苍白难看地在谭音对面坐下，露出无奈而狼狈的笑："你也看到了？"

谭音和周铭是一起长大的交情，她看了周铭一眼："你准备怎么办？"

周铭低下头："还能怎么办？是我自己会错了意，是我自己情商低人太笨，找不到女朋友也是正常的。"

看着好友如此自暴自弃，谭音心里也不是滋味："我要早知道你那小女友是段影菲，早就棒打鸳鸯了，她根本配不上你。"

周铭有些无奈也有些伤感："是我自己眼瞎识人不清。"他难堪道，"现在论坛里都说我这样的人一辈子找不到女朋友，我想想人家说得也没错，我竟然会喜欢段影菲这种人，还被她骗得团团转，确实是品位有问题。"

"你这么好，怎么可能找不到女朋友！"

周铭什么话也没说，只是低下了头。

"你得澄清！"

"还能怎么澄清？"周铭挺难过，"三人成虎，我也没什么证据可以自证清白的。"

"你马上就有了！"电光石火之间，谭音倒是有了个主意，"从今天起，我就是你的女朋友了！"

谭音不顾周铭一脸愕然的表情，径自道："只要你有女朋友了，这不就是光速打脸段影菲和那个发帖子的造谣者吗？那帖子里口口声声称你爱段影菲不能自拔，还大言不惭断定说你此后还要纠缠段影菲，那我们反其道而行之，给他们来顿耳光盛宴不就行了？"

周铭显然跟不上谭音的思维节奏："啊？什么？"

"光删帖是没用的，人家只会觉得你欲盖弥彰，只有你火速宣布和我在一起了，并澄清自始至终喜欢的就只有我，喜欢段影菲这种事根本就不存在，纠缠这种事更是她们自我感觉良好之下的过分意淫。"

谭音笃定道："你只有彻底表示压根儿就不喜欢她，喜欢的是我，把这个扣到你头上的黑锅重新扔回去，才是最有力的回击和澄清！从源头上否认这个造谣，还可以引导一波舆论，让大家觉得这完全是段影菲自我感觉良好觉得你喜欢她，是她自作多情还有受害妄想症，觉得你追求不成还要对她纠缠，其实你清清白白地和我恩恩爱爱，她才是不知道哪儿来给自己加戏的野鸡！”

周铭听得一愣一愣的，然而他还是快速地找到了关键：“我这样确实是洗刷干净了，可你呢？你这样莫名其妙就变成和我谈了场恋爱……”

“那有什么？之后号称咱俩还是做朋友比较好，和平分手退回到朋友的位置不就好了？”

周铭还是觉得不妥：“可这么风风火火的，以后等你毕业了，估计只要我们学校的人，都知道你有我这么个前男友。虽然现代社会，有几个前任也很正常，但是男生有前任和女生有前任，很多人总还是有偏见，观感上还是不同。你这恋爱都没谈过的人，莫名其妙就让我把你初恋的位置给抢占了，我觉得对你影响不好。”

“你就是太为别人着想了。”谭音一脸不在意，“我现在又没对象，你管那么多干吗？朋友有难，两肋插刀！”

“你之前不是追过楚杭吗？”周铭却仍不同意，劝说道，“你这样突然和我在一起了，楚杭知道了，你的追求不就功亏一篑了？你要是真喜欢他，绝对不能拿这种事开玩笑，我自己的问题自己负责就好，不能拖累你。”

“楚杭都脱单了！不是和我！”谭音一说到这，心里又有些酸涩，佯装不在意道，“反正我这个人当初追他也就随便追追，没有多喜欢，他脱单就脱单吧，何况没准儿我宣布和你谈恋爱，楚杭要知道了，还暗地里松口气呢，觉得我也找到男朋友了，不至于再纠缠他了！”

虽然不管怎样周铭都不同意，但谭音这个人一旦决定做什么，就势如破竹，谁也阻止不了。她也不试图说服周铭了，反正周铭性子软，谭音索性强行让生米煮成熟饭了。

她不容分说地拽过周铭，强迫他和自己拍了一张合影，然后三下五除二上传了微信朋友圈：

> 十年挚友，终成爱情。陪我第一次看流星的是你，陪我第一次吃冰激凌的是你，陪我第一次放风筝的是你，陪我第一次逛漫展的是你，陪我第一次恋爱的也是你。我的青春从你开始，原来最好的爱情，一直陪伴在身边。

编辑完这么一段煽情的话，谭音立刻配上了刚才两人的合照，上传完毕，点击发送。

她发完，又想了想，然后赶紧截了图，发给了蒋一璐。

蒋一璐显然震惊了，很快发来了一连串问号："你打赌输了玩大冒险？"

"不是大冒险，总之帮我在你的线人八卦群里扩散一下。"

蒋一璐显然一头疑问，等谭音一回宿舍，她就凑上来询问道："你不是没多久前才和我说对楚杭余情未了？现在这个操作是怎么回事？"

谭音简要地把事情的来龙去脉给蒋一璐讲完，蒋一璐才终于有些理解："行是行，就是你可想好了？"

谭音摆了摆手："想好了，我不过多个前男友而已，周铭却可以洗脱那些污名，有什么不好？"

"那楚杭看到了怎么办啊？"

"楚杭又不喜欢我，他看到了能有什么想法啊？"

蒋一璐想了想，觉得也对，谭音这逻辑确实没毛病。她见谭音似乎表情自然，也放了心，索性拍了拍谭音的肩膀："其实你放弃楚杭也没错，他这样的人，看着怪冷的，谈恋爱找这样的不好，爱搭不理的，比养个电子宠物还不如。看他这样，估计建筑图纸比女朋友重要，找他当男朋友，约会估计都要冷场，连个话题也没有，什么被人宠爱的感觉，你一概体会不到！而且我最近悟到，找对象就不应该找建筑系的男的，每次设计课交作业前就要失踪，还不如找个学文科的……”

蒋一璐说着说着，话题就偏移了，从安慰谭音变成了徐聿夸奖大会现场发言：“比如法学院的，虽然是文科，但也不会像学中文的男生那么酸，至少接地气，因为专业，对社会问题重大案件热点都关注，不会脱离社会。换我说，你就应该找个和徐聿那样的暖男，活泼点，平时聊天你说什么梗他都能接……”

“行了行了。”谭音简直被蒋一璐身上扑面而来的崇拜气息给腻歪死了，“你和你的暖男徐聿进展如何？”

蒋一璐白了谭音一眼：“循序渐进，一切良好推进中。你等着吧，等我搞定徐聿，我让徐聿给你介绍个同款，以后我们就出去四人约会……”

这未免想得也太远了……

谭音赶紧打断了蒋一璐，生怕她再联想下去，就该计划结婚后两家的孩子互相定娃娃亲了……

谭音自己在朋友圈发了照片，又让蒋一璐做了“推广”，这才终于坐下安心地翻起了专业书，静静等待舆论的发酵。

看了大约一小时，谭音见时间差不多，便一个电话把周铭给约了出来。

舆论发酵过后，就得真刀真枪地上一些“铁证”了。

此时正好饭点，谭音一不做二不休就把周铭约在了食堂，人多眼杂，人流多，流动性还大，简直太适合八卦发酵和传播了。

周铭显然不明所以，只是他的不在状态很快就被谭音给赶鸭子上架了。谭音二话没说点了两份饭，然后找了个最显眼的座位坐下，接着就开始自己的表演了。

她今天特意化了妆，此刻脸上充满了甜蜜的笑意，然后动作小心地用叉子叉起了一块咕咾肉，温柔地举到了周铭面前，声音甜腻："来，亲爱的，我喂给你吃。"

周铭被吓了一跳，刚想询问谭音这是哪出戏，就被谭音在餐桌下警示性地踢了一脚，又被她瞪了一眼疯狂暗示了一波，终于没敢轻举妄动，只能干巴巴地坐着。

谭音压低声音提点道："配合啊！张嘴！"

周铭又尴尬又不好意思，然而他是个温顺的人，在谭音的压迫下，不得已终于张开了嘴。于是谭音又恢复了小女友般贴心的巧笑嫣然，温柔地把那块咕咾肉喂给了周铭。

"再来一块土豆，亲爱的，我记得你最喜欢土豆了。"

周铭敢怒不敢言，只好轻声吐槽："我什么时候喜欢土豆……"

只是面对谭音的死亡微笑，他不得不张开了嘴，不甘不愿地吃下了那块咖喱土豆。

吃完土豆，谭音再接再厉地叉起了青椒、鸡肉、丝瓜、海带……

谭音这夸张的情侣喂饭方式果然立刻引来了周边人的注视。周铭被迫顶着热辣辣的视线吃了一堆东西，结果还得到了谭音的疯狂眼神暗示，她一会儿看看周铭，一会儿看看周铭眼前的饭菜……

周铭叹了口气，知道自己这关是逃不过了，认命地拿起自己的叉子，学着谭音的样子，努力露出笑容，叉了一块鸡递到了谭音面前："谭音，你……你吃……"

谭音面不改色地朝周铭抛了个媚眼，淡然地吃下了那块鸡肉。

此时是用饭高峰期，食堂里人来人往，谭音又故意找了显眼的地方坐，如此公然"晒恩爱"，一时之间，周边来往的人不停地用余光偷偷打量着这对"新晋情侣"。而令谭音十分满意的是，有些人已经抑制不住开始窃窃私语了。

虽然叉子举得累，但这活广告，做得不亏啊！

只是这窃窃私语，在另外一些人听来却不免有些刺耳。

楚杭刚把安娜交接给张晨，准备来食堂吃个饭，没料到就撞上了这幅画面：谭音大大咧咧地坐着，举起叉子一口一口喂着对面的周铭，脸上是甜蜜又陶醉的笑，她的眼神温柔专注，只盯着周铭的眼睛，一张脸庞看起来熠熠生辉，唇红齿白眼含春水。只是这汪春水，楚杭怎么看怎么不顺眼。

他打好饭抿着唇找了张谭音斜对面的桌子坐下，就听到周边几桌人的讨论声了。

“哎哎，那个就是法学院的周铭哎！就是纠缠段影菲的那个……”

“没有吧，我听说他喜欢的是谭音啊，就他的青梅竹马。你看，这不人家对面就坐着谭音呢，刚才还老恩爱地在互相喂饭呢，简直亮瞎眼，想不到我一个单身狗都不配来食堂吃饭了。”

“谭音？这名字怎么这么熟悉？”

“就是建筑系拉横幅的那个啊，为楚杭跳楼的那个！听说周铭之前就一直陪着她守在她身边，如今算是守得云开见月明了，谭音追楚杭追了好久，好像之前都没放弃，但现在可能发现楚杭太冷淡了，无论怎么都追不到，接受现实了，然后也终于理智下来。那诗词怎么说的？‘还需怜取眼前人’嘛，所以就火速和周铭好上了。”

“不过不是说周铭追求骚扰段影菲吗？”

“不可能吧，这肯定是谣传了，你看周铭和谭音多恩爱啊，而且我听说他俩是从小一起长大的青梅竹马，十多年感情呢，从朋友变恋人，倒是也挺好的啊。”

…………

“看来谭音对楚杭不是真爱，真命天子是周铭……”

“嘘，你轻点，楚杭……”

几个女生叽叽喳喳地八卦着，其中一个似乎终于看到了坐在不远处的楚杭，赶紧示意另外一个噤声，这几个人的声音才终于小了下来。

只是她们安静了，楚杭的内心却安静不下来。

这一段话里信息量很大，楚杭却只接收到了一个事实：谭音和周铭在一起了。

如果没有谭音和周铭此刻就在食堂在线秀恩爱，楚杭对这种话绝对一笑而过，认为不过是谣传，然而……

然而此刻的谭音和周铭确实完全不顾忌他人地在撒着大波大波的“狗粮”。

“你不是说等我一起吃吗？怎么自己埋头闷声就吃起来了？”

楚杭正想着，身后就传来了徐聿的声音，他拍了拍楚杭的肩，也端着饭盆坐下来。

他笑嘻嘻道：“我是不是应该恭喜你？”

楚杭有些心不在焉：“什么？”

徐聿看向了谭音和周铭的方向，朝楚杭努了努嘴：“就你的那个狂热追求者谭音啊，现在看来脱单了，以后你不用担心再被她骚扰，也不用担心再被泄愤画进那种漫画里了。”

徐聿是发自内心地恭喜楚杭的，然而他发现，楚杭并没有显出什么快乐的神情，大约他确实并不在意这件事。徐聿也没多想，很快切换了话题，讲起最近自己看的几场球赛来。

“那场球也踢得太臭了，C 罗全场梦游吗？还有……”

徐聿正讲到兴头上，结果不料楚杭突然开了口：“周铭是你们法学院的？”

徐聿愣了愣，才终于跟上了楚杭这话题的跳跃度：“是啊，怎么了？”

楚杭状若不经意地小口吃了口饭，佯装完全不知情般问道：“哦，听说他在追段影菲，就想问问他是什么样的人。”

徐聿恍然大悟，解释道：“之前是有谣言说他追段影菲，还有板有眼编派人家说他死缠烂打各种纠缠，根本不是啊。喏，你看，他不就正在谭音对面坐着吗？”说罢，徐聿指了指不远处的周铭，“那个就是周铭，和我一届的，性格是有点内向，不过人不错，挺实在的，为人也靠谱，学习成绩挺好的。我还在纳闷呢，也不知道怎么的就传出了那种奇怪的谣言，不过现在他和谭音在一起了，也算是实力辟谣了吧……”

“为人靠谱？”楚杭轻哂道，“在食堂这种公共场所这么肆无忌惮旁若无人地喂来喂去，我是看不出哪里靠谱。”楚杭说完，冷冷地瞥了一眼周铭和谭音，然后又加了一句，“肉麻倒是真的。”

徐聿默默地看了一眼谭音和周铭，下意识地帮他俩解释道：“情侣嘛，不都这样？何况人家刚在一起，还是热恋期，你侬我侬不是很正常吗？”说完，他像想起什么似的，“听说你不是也恋爱了吗？”

这句话说出，楚杭果然有一丝慌乱，他下意识地否认道：“你胡说什么？”

徐聿疑惑道：“不是我说啊，段影菲都骚扰我一上午了，哭哭啼啼地说你有异性没人性，不顾青梅竹马的她，和一个美国妞好上了啊。说叫什么安娜？人呢？段影菲还说你主动给人家送情书表白，我倒是挺好奇，是什么样的人有这么大的魅力，让你都忍不住主动出击的，什么时候带来我见见啊？”

楚杭刚才表情还有些紧绷，如今听完徐聿的话，反而放松了下来，又恢复了一贯的云淡风轻，他头也没抬：“安娜是我美国交流期间的华裔同学，这次为了做一个中国建筑的课题来的，我尽了点地主之谊。至于你说的情书，那可不是我写的。”

徐聿果然好奇起来：“那是谁写的？”

“就我那个室友张晨。”楚杭淡然道，“我有一天有事，让他过来陪着安娜参观美术馆建筑，结果他对人家一见钟情，又胆子小，死活要我帮忙递情书。现在他鼓起勇气约了安娜，正在校外餐厅吃饭吧，也不知道能不能在一起。”

徐聿这下恍然大悟，难怪楚杭见了谭音和周铭晒恩爱这么嘴毒，原来是被刺激的，身边的人都脱单了，自己却还是孤家寡人一个，心理当然失衡了。徐聿想了想，咽下了自己想和楚杭说的事。

一顿饭，楚杭吃得心不在焉，徐聿也魂不守舍，不时地看看手机，没一会儿就找了个借口先撤了。

于是便只剩下楚杭一个人一边看着谭音和周铭，一边一口一口慢条斯理地吃饭。明明仍是非常优雅无懈可击的用餐礼仪，然而楚杭的眼神有点凶，硬要说，看起来他简直像是准备就着周铭当个下酒菜似的。

谭音却对楚杭的目光一无所知，她如今高调炫爱，在食堂里就像个大的吸光板一样，吸引的目光和探视够多了，根本无暇顾及这目光都来自谁谁谁。

“晒个恩爱可真累。”她无奈地抬了抬小臂，只觉得肌肉已经开始有酸痛的趋势，用只有周铭听到的声音小声道，“你说这些情侣互相喂饭都是怎么做到的啊？不觉得手酸吗？要想吃饱，这手都废了吧。”

周铭一脸无奈：“所以你就不应该搞这一出啊，你看那么多人看我们，多不好意思。”

“你懂啥？要的就是这效果，你信不信我们再合体多晒两次恩爱，关于你的那些谣言就会不攻自破？”

周铭虽然不赞同，但也只能摇了摇头。

“对了，再给我打块大排来，我可能手做功太多了，能量消耗有点大，好饿啊！”谭音朝周铭挤了挤眼睛，“你去帮我打，这又侧面验证了我们恩爱。”

周铭看了眼大快朵颐的谭音，认命地起身去窗口排队买大排。

只是谭音没料到，周铭刚走没多久，楚杭却不知道什么时候也来了食堂，走到自己对面坐了下来。

谭音愣了愣，然后佯装镇定地打了个招呼：“这么巧啊楚杭。”

“不巧，我在找你。”

“啊？”

楚杭顿了顿，移开了视线：“是这样，学院之前的一帮一结对子学习小组，要上交阶段性成果小结了……”

果然，楚杭主动找自己，大多是为了迫不得已的公事。

谭音了然道：“这小结我已经写好交给辅导员了，你放心吧，都搞定了，给你打的也是最高分。”

不知道是不是出乎意料，楚杭看起来像是噎了噎，顿了顿才继续道：“那最近建筑力学课上你有什么问题不会的吗？你可以问我。”

看来他是觉得最近没辅导自己有些心理负担了……

谭音赶紧连连摆手：“我最近已经完全跟上课程进度了，没什么不会的，也没什么问题，你忙你的就行，我也忙我自己的……”

对话到这个地步，也是时候结束了，谭音低下头，周铭的大排还没来，她只能往自己嘴里猛塞米饭以缓解自己内心里的尴尬和想要抬头的情绪。然而像是要和自己作对一样，平时对自己看起来避之不及的楚杭却还是稳稳当当地坐在对面。

他咳了咳，声音里有种故意找寻话题般的不自然：“你胃口这么好？”

大概是本来找自己就是为了帮扶小结的事，如今虽然已经得知了谭音在小结里给他打了个优秀，但就像问别人正事之后，总要再意思一下套套近乎，显得没那么目的性一般，楚杭选择再坐着问自己几句不痛不痒的话。

谭音低着头，连看也不去看楚杭，心里酸溜溜的。他都和别人好上了，自己多看两眼万一又燃起了爱慕之心，那就不好了。

这么想着，谭音的回复就信口雌黄起来：“人逢喜事精神爽嘛，我这不是刚脱单了嘛，人一开心，胃口就好，吃得也多。”

谭音都想好了，自己这话下去，楚杭就可以顺水推舟地祝贺自己脱单，顺带祝福自己幸福，如此圆满地完成一场社交礼仪交接，然后快快乐乐地完成任务离开，你好我好大家好。

然而她没想到，楚杭这人从不按常理出牌。他沉默了片刻，不仅没有祝福自己，话题反而一百八十度转弯：“你以前……为我做挺多的，现在翻篇了？”

谭音懂了，原来是来确认自己是不是还贼心不死的。她当即抬了头，诚恳道：“楚杭，我当时追你，确实给你造成了不少困扰。那时候我年少不懂事，不知道原来最好的爱情，往往就在总被自己忽略的身边，心里总是好高骛远，想去追求根本不属于自己的东西，但现在我已经悟了，人生就是要学会放手，才能抓住身边的幸福。”

谭音也懒得解释跳楼的误会了，索性顺着楚杭一贯的理解，生怕他不相信般再次强调道：“你看，当初我为了你跳楼，这正说明这是一段不成熟又冲动的感情，而且完全是我一头热，咱俩这地位压根儿不平等，但现在我对周铭呢，就是恰到好处水到渠成，我们彼此相爱，不会有谁为谁跳楼，只有彼此妥帖温暖的感觉。”

结果不知道是不是自己的解释还不够到位，楚杭一张脸上不仅没有露出如释重负的放松表情，反而越发低气压了。

他状若不经意地看向了另一张餐桌，淡然道：“哦，你们女生的感情都这么大起大落吗？”

谭音有些不明就里：“嗯？”

楚杭咳了咳，这次他终于把视线从餐桌移到了她身上，只是飞快的一眼过后，楚杭又快速地移开了视线："就是，没多久前还在为一个人要死要活，结果睡一觉，就突然喜欢另一个人了。"

楚杭竟然都会关心这种问题了？谭音震惊之余，想来想去，只能将其归结于楚杭还处于刚恋爱的患得患失期，尤其他和安娜还是一段异国恋，刚确立关系，对方就要回美国，担心对方在漫长的分离期间突然爱上别人，也不是不能理解。

"你放心吧，只要女生不受刺激，一般是不会这样的，大部分人呢，还是情比金坚的。"

楚杭这次直直地看向了谭音："那你受了什么刺激？"

谭音愣了愣，一时之间被楚杭这目光看得竟然有些紧张："我啊，我……我就是顿悟了。你知道的，跳过一次楼还被雷劈过，这都等同于是死过几次了，人在生死边缘徘徊过，就比较容易想透彻……"谭音拢了拢头发，垂下了目光，"何况你不是也烦我吗？"

"没有。"

"啊？"

楚杭紧抿着嘴唇："没有烦你。"

楚杭这家教和涵养就是不一般，看看这客气话说得谭音都快要当真了。

"你……"

只是楚杭还准备说话，周铭的声音就传来打断了他："谭音，我看你没吃饱的样子，索性给你买了两块大排。这是窗口最后两块大排了，我后面打饭的那个人瞪我瞪得眼珠都要掉出来了……"

周铭说到一半，才发现了座位对面的楚杭，面对陌生人的腼腆占了上风，他抿着嘴朝楚杭笑了笑，不再说话。

"快快快，把大排给我，饿死了好吗！"A 大食堂的大排一直是能排上美食榜的一绝，谭音一闻到香味，就有些把持不住两眼放光起来。她毫不矜持地接过大排大快朵颐起来，周铭只能抱歉地对楚杭笑笑，有些尴尬地没话找话道："她就喜欢吃肉。"

谭音和周铭平时的相处模式就是这个画风，两个人从小一起长大，几乎见证了对方的所有快乐和痛苦，一起经历了青春期的成长，虽然没有血缘关系，但都觉得彼此就像自己的亲人一般。只是这场景看到楚杭眼里，却不是什么亲情，而是另外一回事了。

卿卿我我，成何体统！

就算两人是青梅竹马，之前当了那么多年的朋友，一下子身份转换成情侣了，进入状态倒是挺快？当初追自己时号称对自己一见钟情再见倾心三见误终身，结果自己还没什么表示，她就分分钟跑去和别人好了！

楚杭咬牙切齿地想，段影菲有一点说得倒是没错，为爱跳楼这种人，并不是真的爱到极致，就是表演型人格，自己感动自己，绝情起来比谁都翻脸快。她们的爱就像龙卷风，来得快去得也快。

楚杭觉得自己就不应该把谭音送给自己的那些情书留下，更不应该还吃饱了没事干一封一封按照时间顺序整理好，唯一庆幸的是自己还靠着理智的约束坚持没拆开看。

这女人，一句真话也没有。口口声声说爱自己不能自拔，结果转身就和周铭十年挚友终成爱情了？

呵。

自古朋友和恋人就泾渭分明，这种从朋友转正当恋人的，能有什么好结果？最后还不是以分手收场，连朋友也没的做？

楚杭想，我就看你们什么时候分手！

第十六章
不配合演出

只可惜楚杭的情绪实在太过内敛，虽然心里都经历了一次原子弹引爆，但表面上看着仍旧云淡风轻镇定自若，因此谭音压根儿没注意到楚杭的情绪变动。

她继续拽着周铭，强行要求他和自己继续配合晒恩爱，继食堂之后，谭音又各种骚操作傍身，果不其然，经过她的努力，她和周铭这对情侣一跃成为校园瞩目人士，走到学校哪儿都近乎是广告灯牌的效果。而拜这一讨论度所赐，周铭求而不得妄图骚扰段影菲的谣言也开始不攻自破，反倒是那造谣帖的楼主，因为发布虚假消息，被大家骂了个半死，不得不专门发帖道歉澄清，最后注销 ID。这一事件才总算平息。

“既然我的名声都澄清干净了，那咱们是不是别再装了？每次那么多人看我，怪不好意思的。”

还别说，每次晒恩爱其实都挺累的，谭音也想早点结束，只是奈何现实变得有些骑虎难下，她之前为了帮周铭澄清，用力过猛，一下子有些刹不住车了……

“之前我们给人的感觉就是热恋期，这时候莫名其妙分手就太可疑了，我怕会引起反效果，又被人编排诟病。”

谭音叹了口气：“我们要让爱情渐渐冷却，自然而然随着时间随风而逝，看起来分手分得自然又合理。这样吧，我回去把剧本改一改，再合理安排几场在公共场合吵架的戏，一边晒恩爱的同时，也要一边让别人知道，咱俩之前虽然是好朋友，但谈恋爱后，发现还是有不少性格不合的地方，这样吵架次数多了，以后也好为未来分手做铺垫。”

周铭这个好脾气的人自然没反驳，他平时内向又低调，如今没想到靠着自己的感情状态，竟然一下子活得像个校园明星一样。此刻的他只想尽快回归到原先那种安静的生活中去，谭音说什么，他就配合什么。

谭音安排的第一个剧本是在知行楼里，她此前从图书馆借了一堆建筑专业书籍都堆在专教里，此刻正好拿出来当道具。

按照剧情发展，周铭会在谭音上完设计课后来专教门口接她，正值中午，太阳毒辣到不行，周铭想先带谭音吃饭，谭音却不依不饶一定要周铭在这个大中午顶着日头空着肚子，先把自己借的书给还了。

谭音设计得很好，这样的剧情，既不影响周铭的形象，对自己也没什么大碍，毕竟恋爱中的女生作一点也勉强可以理解。

“总之，按照发展，我又作又闹，一点也不理解你，最后愣是把好脾气的你也给搞毛了，鉴于你没法表演出当众吵架，所以剧情贴合你的性格一点，你就闷不作声，最后和我冷战，转身走了，留下我一个人在原地又跳又叫。”

“行是行，但你这样……”

谭音不甚在意：“反正我之前疯狂倒追楚杭名声在外，还有我爸搞出来的横幅事件，我这种校园风云人物，生来就要承受这个年纪不该承受的压力和关注。你放心吧，作为一个红人，坚强是必备的素质，只要别影响你就好。”

周铭非常过意不去，然而如今在谭音的压迫下，已然是骑虎难下，他也只有配合的份。

于是设计课一下课，周铭就调整了下情绪，等在了专教的门口。

按照说好的，谭音等班级里的人出来得七七八八走道里最热闹的时候，才慢悠悠地抱着一堆专业书走了出来，脸上已经摆出了找碴儿的表情。

“谭音，先去吃午饭吧。”

谭音看了一眼周铭，按照剧本开始表演了：“我不要，你先帮我去还书。”

“你这书不急着还吧，吃好饭去还可以吗？”

谭音不管不顾无理取闹起来：“不行，我就要现在还，我还不饿，你先帮我还书。”

周铭面色尴尬道：“可这大中午的天太热了，我又饿……”

谭音气沉丹田，大嗓门地号了一句：“周铭，你是不是男人？这堆书在我手里这么重，你不知道主动先帮我拿着？”

她酝酿了下情绪，正准备开启今天的重头戏，和周铭来一场说来就来的吵架，结果还没开口，手上一轻，再一看，自己手里作为重要道具的一摞书就没了……

取而代之的是楚杭的声音响起，他正从谭音身后走过，手里拿着谭音的那一摞书：“我帮你去还。”

老哥，你知不知道这部戏里，你并没有姓名啊？

楚杭却显然根本没理解谭音这目瞪口呆的表情是什么含义，只冷冷地瞥了周铭一眼：“不过是先还个书再吃饭而已，有这么难吗？”

说完，他也不顾周铭的反应，又轻轻扫了眼谭音，这才移开视线，轻而易举般拿着那一摞书，镇定自若地走了，只留给谭音一个挺拔冷傲的背影。

谭音被这措手不及的发展打得彻底蒙了。

手里作为吵架的重要道具都没了，这架还怎么吵？周铭这个老实孩子显然也手足无措起来，只小心翼翼求助般看向谭音，像是想要寻求接下来的解决办法。

即使谭音空有一腔抱负，也挡不住楚杭这个路人突然出现给自己这么平白无故加戏啊。她只能茫然地和周铭对视了几眼，矛盾点已经被楚杭解决，而谭音一遇到楚杭就大脑自动短路，如今也是一点办法也想不出来。

而就这么一个当口，刚才过道里还攒动的人头几乎都消失了，大家都饿虎扑食般跑去食堂了……

谭音就算再想出什么法子继续找碴儿吵架，也因为没有观众而变得没意义了……

吵架失败！计划流产！

第一局，宣告惨败！

谭音有些垂头丧气，和周铭一前一后走到了知行楼门口，望着外头毒辣的日光。

周铭提议道："既然行动都失败了，那那个书，还是别让你那个同学去还了，这天气也怪热的，他还要拿着那么一堆书一路走到图书馆，太辛苦了。"

谭音想了想，觉得在理，周铭的小电驴正好停在门口，那不如直接追上楚杭把书要回来算了。

她当机立断就让周铭开车，自己坐在了小电驴的后座上，立刻就发动起来朝着图书馆开去。虽然楚杭身高腿长，但到底敌不过小电驴的速度，很快谭音和周铭就追上了楚杭。

"楚杭！"谭音顶着太阳眯着眼，"我的书，你还给我吧！"

楚杭听到谭音的声音，显然有些意外，微微回头，终于看清了逆光里的谭音。她正姿态亲昵地坐在她那个男朋友的小电驴后面，朝自己挥着手。

楚杭偷偷打量了周铭两眼，内心的鄙夷就要冲破天际。这周铭身材纤瘦，也太不阳刚了，何况都有小电驴代步，却也不肯去一趟给谭音还书，也不知道谭音留着这种男朋友有什么用……

楚杭瞟着瞟着，就觉得有点不对劲，周铭身下骑着的小电驴，怎么看怎么觉得熟悉……

谭音见楚杭没反应，索性直接跳下车，从他手里拿过了那一摞书："你拿着怪沉的，我自己来还就行了。"

结果楚杭不仅没有回答自己，还死死盯着小电驴。片刻后，楚杭才抬起头，恶狠狠地瞪向谭音："这是你之前送外卖时骑的那辆小电驴？"

谭音连连点头："是啊。对了，说起这辆小电驴，我还一直想问你呢，你那个帮忙维修的保安师傅会不会搞错了啊？周铭说这小电驴的什么序列号对应不上？是不是你们小区正好有别的小电驴也在送修，弄错了啊？"

然而楚杭似乎完全没听到谭音的话，只是继续死死盯着这小电驴，声音里恍惚让谭音觉得带了种难以置信的控诉："你给他骑？"

她几乎是下意识就解释道："不不，这小电驴本来就是周铭的，我之前送外卖是问他借的。"

楚杭这次的声音完全变得有些咬牙切齿了，他看向谭音："好，很好。真是太好了。"

谭音有些意外，楚杭或许自己都没意识到，他竟然一连串说了三个好。谭音循着他的目光又看了看，终于有些了然："这小电驴的牌子是很好，你也想买吗？周铭，你快给楚杭介绍下这……"

结果自己话还没说完，楚杭就黑着脸，不发一言，眼神颇为复杂又怨恨地看了谭音一眼，然后赌气般径自走了。

真是莫名其妙。

不过谭音并没有精力去分析这么个小插曲，她回了宿舍，疯狂看了一个晚上的言情小说，把小说里的经典吵架和分手场景都做了总结。她并不是那么容易放弃的人，一计不成，她便再生一计。

周铭他们法学院最近组织了周末爬山徒步，相比建筑系，法学院算是个大系，光是周铭这一届就有百十来个人，因此组织起活动来，即便不是全员参加，最后统计数字，竟然也有四十多个。而和所有休闲活动一样的，法学院这次的爬山徒步也可以带亲友家属，最后竟然凑出了一个六十多人的团。除了法学院的人，几乎集齐了全校百分之八十的其他专业。

这简直是信息传播和扩散最适合的温床环境了！

谭音几乎是当机立断，就决定跟着周铭去爬山：“我看了下这次要爬的山，这山在半山腰就有一片度假村，让只想爬山意思一下的人可以歇歇脚，还能吃饭喝茶，所以餐饮娱乐也集中在这里。在半山腰休整过后，还想继续爬的人可以继续向上，不想爬的下山就行。”

谭音拿着法学院的行程表：“到中午的时候，全体会在半山腰上的农家乐吃个午饭，午饭后是自由活动，想爬山的继续爬，想在半山腰看风景的自行看，想下山也OK。所以呢，我们的第二场戏，就安排在吃过饭的休息时间，这时候人员是最齐全的，我们要是吵架，散布度肯定是最大的。”

谭音像是制订作战计划一样把场景给周铭解说了一遍：“吃过饭以后，我们就要为到底下午怎么活动发生争执，你说想要继续往上爬，我呢，就假装扭伤脚了爬不动，并且坚持不肯在原地等你，不管怎样，一定要你马上背我下山去医院，然后就吵架了。”

周铭点了点头，给自己打气道：“希望这次能成功。”他实在是受不了大家对自己“恋情”的关注度了，希望这次吵架后慢慢就自然而然“分手”。

虽然周铭一脸担忧，但谭音自信得很：“你放心吧，这次行动，我有十足的把握。”

然而事实证明，什么事都不要说太满，当在山脚下集合时看到楚杭和徐聿时，谭音的左眼皮下意识地就开始跳了，而楚杭身边，还站着安娜、段影菲和……张晨？

徐聿热爱户外运动，会参加这种活动不意外，楚杭作为好朋友跟着来也正常，安娜是楚杭的女友，出现也合理。段影菲既是法学院的人又显然想破坏楚杭和安娜的两人世界，来参加也不奇怪，而张晨是怎么回事？

蒋一璐也奇怪上了：“据我所知，作为护肤达人的他，拥护的是美白，而不是美黑，根本不会考虑在这种阳光灿烂的日子来户外爬山啊？难道张晨决定改变自己，开始走型男路线了？”

作为想攻略徐聿的女子，蒋一璐一听法学院有这个活动，就决定跟着谭音一起来，还美名其曰是为了谭音，可以帮谭音和周铭的吵架煽风点火达到最高潮。

谭音随意瞟了眼其他人，只是瞟着瞟着，眼神不自觉又落到了楚杭身上。他今天穿了运动套装，显得朝气蓬勃又阳光健朗，英俊到让人无法直视，然而一张脸上的表情，却谈不上多阳光灿烂。而就在谭音看向他的时候，楚杭似有所感般抬起头，也朝着谭音看来，谭音几乎是慌乱地移开了视线。不知道为什么楚杭的眼神仿佛带了点咬牙切齿的恶狠狠意味，瞥了谭音一眼后，比谭音更快地移开了目光。

谭音简直莫名其妙，难道是怕自己会破坏他和安娜的两人世界？何况楚杭与其来瞪自己，不如好好盯紧自己的新晋女朋友。张晨站得比他离安娜还近，两人正有说有笑姿态亲昵地聊着什么，看起来话题满满，倒是他，一脸冷意，表情难测地站在一边，离安娜还有一段距离。

不过很快，等开始爬山，谭音就没空注意楚杭了，她平时不怎么锻炼，体格也不算多好，等爬到半山腰，还真是累得气喘吁吁。周铭也是文秀型的，但是作为男生，状态还是比谭音好上不少，但也有些疲惫的姿态，反观徐聿和楚杭，都是脸不红气不喘如履平地般轻松自在。

人和人之间的差距，怎么就这么大这么不公平呢?

按照行程计划，所有人一起用了餐，休息了片刻，大家出了农家乐饭店，就在半山腰上的纪念品摊子前闲逛。

谭音见时机差不多，便对周铭和蒋一璐使了个眼色，然后开始发难作妖了："哎呀。"谭音夸张地大叫了一声，继而便是佯装呼痛，一下子就吸引了不少人的目光。

周铭按照剧本，也赶紧关心道："你怎么了？"

谭音委屈巴巴地道："都怪你只顾着看纪念品，我刚才不小心踩空扭伤脚了。"

…………

两人按照剧本又来来回回了几句，终于进入了正题，谭音突然高声质问道："什么？你待会儿还要继续往上爬？那我怎么办？"

"你要不就待在半山腰休息吧，等我爬完下来带你一起回去。"

"不行！"谭音激烈反驳道，开始作天作地，"我扭伤了脚，必须马上下山看医生。周铭，这种时候了，你还有心继续爬山？我命令你现在马上背我下山！"

周铭其实不擅长面对争吵对立的场面，但碍于剧本要求，只能硬着头皮微微抬高了声音："谭音，你不要蛮不讲理。我看过了，你刚才不过是不小心踩到个小石子差点摔倒而已，根本没有严重扭伤，不至于严重到需要立刻看医生的地步，不过就是没站稳而已。我觉得你可能就是爬山累了，好好在这里休息下状态就恢复了。”

可以，很可以，谭音给了周铭一个肯定的眼神，然后看向了蒋一璐。蒋一璐自然得令，按照剧情，她是时候开始出来大肆煽风点火，然后一举把这场小口角推上高潮了……

只是蒋一璐还没来得及开口，就听楚杭冷冷淡淡的声音插了进来，他瞥了谭音一眼：“你脚扭伤了？”

谭音愣了愣，生怕楚杭又一次破坏这完美计划，立刻点头道：“是的。”

“需要看医生？”

虽然有些心虚，谭音还是点了点头。

“没法走路了？”

“对！”

都回答完了！楚杭你就快走吧！不要打扰我演戏！

一如谭音所希望的那样，楚杭确实走了，只是走之前，把她也一起带走了。

在谭音还没反应过来之前，她只觉得自己身体一轻，继而便是双脚离地的感觉，等她愣愣地过了几分钟，近距离看到楚杭位于自己视线上方那张好看又冷峻的脸，才意识到楚杭的手臂正抱着自己，用一种公主抱的方式，有力又沉稳。虽然谭音完全跟不上事态发展的节奏，楚杭却表情镇定到足以让谭音觉得这种发展才是再正常不过。

他随意般扫了谭音一眼，然后直直地看向了周铭：“我送她下山看医生，你可以继续上山。”

谭音眼睛一亮，随机应变的话，这样也好！连楚杭都愿意送自己去医院，作为男朋友的周铭却不愿，这可不就是一个矛盾升级的大好争执点吗？

但是……等等，楚杭怎么抱着自己已经开始下山了？而事发突然，周铭和蒋一璐都蒙了，此刻还呆呆地站着，一点没阻止的意思，就看着楚杭抱着谭音下山……

谭音急了，这怎么能行？楚杭这么一送，自己被他抱下山，和周铭一分开，这架又吵不起来了！都酝酿了这么久，绝对不可以！楚杭，你在剧本里根本就没有姓名！在这里又一次给自己加戏是怎么回事？！

然而楚杭的步子一点没停滞，他稳稳当当地走着，一言不发紧抿嘴唇。

谭音急了："楚杭啊，你快把我放下吧，你说你送我下山干吗啊？"

楚杭看了谭音一眼，淡定道："哦，我是这次活动负责安全的小组长，小组长必须对组员的健康状况负责，你出了问题，我自然要全程跟进。"

谭音简直欲哭无泪，心想，楚杭什么时候收收他这过于严苛的责任心啊？他就这么中途甩下安娜，以安娜的性格势必会理解，但此刻人家身边有个虎视眈眈的张晨啊！楚杭这心也太大了！

如果是旁人，谭音或许会出言提醒，然而面对楚杭，她却自私地一句话也不想说。抱着自己的这个男人，虽然不可能属于自己，但如果能不属于任何人就好了。谭音一直以为自己是个善良的人，然而直到这一刻才发现不是，她善良，是因为大部分时候对很多事并不执着并不是真的真的很想要，然而楚杭对她而言是不同的，她即便拼命压抑，表面云淡风轻，甚至告诉自己，真正的爱是能看着对方向更好的幸福走去，但内心的墙角里竟然还是会爬出一些阴暗的藤蔓。

他们异国恋本来就很难坚持吧？楚杭大概平时有点高高在上惯了，对安娜似乎也还是端着，自己只要不出声提醒，他是不是会在未来的某一天和安娜分手？

一方面谭音觉得人不为己天诛地灭，一方面又为自己竟然会有这样的小心思而觉得羞愧……

直到楚杭的声音打断了她的胡思乱想："你……为什么和周铭在一起？"

楚杭的声音听起来有些停顿，似乎对是否要问这个问题有些迟疑，然而一旦问出了口，他的声音就变得坚定起来：“我没看出他哪里好。”

“周铭哪里都好啊。”谭音几乎像是维护亲人一般下意识地反驳起来，“他脾气很好，我说什么他都不会发火，人又很热心，能帮忙的事他都不会拒绝，平时也挺细心的……”

“脾气好？热心？细心？”楚杭不顾礼仪直接打断了谭音的话，他的声音里带了淡淡的努力克制的嘲讽，“他对你哪里脾气好和细心？你想去还书，他不愿意帮你；你想让他背你下山，他竟然还要继续往山上爬。”

这都是剧本啊剧本！

然而谭音不能这么解释，万一不小心传出去了，给周铭洗白的努力就前功尽弃。她只能咳了咳，干巴巴地道：“其实不怪周铭，再好脾气的人，也会有个底线嘛，是我这个人太作了，是我的错……”

“女生谈恋爱作一点无可厚非。”

谭音有些愣神，只是很快，她对楚杭自嘲地笑了笑：“你这是旁观者的说法，等你自己亲身经历了，你就知道，就算是女朋友，这么作你也忍不了。”

“要看漂亮程度。”

“什么？”

楚杭飞快地看了谭音一眼，然后更快速地移开了目光：“你这样的，作成那样也还勉强能接受。”

谭音愣了愣，才终于反应过来楚杭说的是什么意思，她的耳朵噌地就红了。

幸好此刻正是大中午，阳光本来就热烈，她的耳朵就算红了，应该也不至于引起楚杭的注意，毕竟楚杭也被热红了耳朵。

只是……楚杭这个意思，是觉得自己漂亮？

可惜谭音想象的翅膀还没插上，就被楚杭的下一句话给打断了："徐聿说的。"

楚杭的声音有些不自然，大概转述别人的话到底有些不好意思，他很快把视线看向远处，抿紧嘴唇不再说话。

这回答其实在意料之中，楚杭这样为人疏离冷淡的人，决计不可能这样夸自己，只是虽然知道这些，谭音不免还是有些失落和惆怅，一颗怦怦怦狂跳的心，也终于平静下来，继而便是一些酸涩不明的情绪。

"楚杭，你放我下来吧。"谭音缓了缓，才态度坚决道，"我的腿也没什么大事，现在觉得已经好了，不劳烦你带我下山了。"

楚杭大概巴不得这样，没说话，真的停步，把谭音放了下来。

只是谭音刚想说让楚杭回半山腰，他就在自己面前微微蹲了下来："上来。"

谭音愣了愣。

楚杭却像是有些不耐烦般不自然地催促道："蹲着累，你快点上来，像刚才那样抱着下山不安全，背着比较好。"

离下山还有一段路，谭音虽然不胖，但楚杭背着自己这么一路下山也够累的，谭音下意识地便是拒绝，为了显示自己的腿走下山没问题，她径自便迈步向前，用行动拒绝楚杭的好意，坚决不让他背下山了。

只是谭音还没走两步，便有一双手上前，再次把她稳稳当当地抱了起来，谭音下意识地便想从楚杭怀里扭下来。

"别乱动。"楚杭的声音低沉而带了微微的警示，"你这样扭容易重心不稳，下山会危险。"

谭音简直欲哭无泪："那你把我放下吧！这么抱我也担心摔啊！"

楚杭的回答理直气壮到让谭音无语："是你自己不肯让我背的，才只好这样抱着，所以安分点，不乱动就没事。"

他咳了咳，过了片刻，又补充道："徐聿说法学院之前组织的一次活动里，就有人私自脱离团队一人下山拍照，结果不慎踩空摔下山丧生了，所以作为安全负责人，我必须对你管到底。”

楚杭用这种语气这么说，谭音知道自己挣扎无望，这次认清了现实，最后让楚杭放下自己，然后安分地爬上了楚杭的背，索性换了更安全也更省力的背的姿势。

自从得知楚杭脱单后，谭音就睡得不太好，昨晚更是睡得断断续续。如今趴在楚杭背上，随着他稳健的步伐和微微的颠簸，谭音没忍住就开始打瞌睡，楚杭今天身上是淡淡的柠檬香，好闻极了。

“你和周铭……”

楚杭知道自己应该控制，但他最后还是没忍住开了口，只是话还没说完，自己背上的谭音就嘟囔着几句呓语然后换了一个趴的姿势。

她睡着了。

背人下山并不轻松，最实际的做法是赶紧到山脚下然后把人放下，楚杭却还是不自觉地放慢了脚步，挑着树荫下的路走，尽量避免太阳直射，然而背上被谭音的脸贴着的那块皮肤，还是急速升着温，让楚杭的脸都隐隐有了热意。

就算下山的路走得再慢，也终究有尽头，楚杭就这么背着谭音，一步步到了山脚下，然而背上的谭音一点醒的趋势都没有，甚至发出了微微加重进入深睡眠状态的呼吸声……

这种时候，就应该直接把她放下来叫醒她，自己又不是她的什么人，不过是个前迷恋对象，甚至还被她盖章认证为错误和不切实际的迷恋了，又不是她的男朋友，她能不能睡畅快和自己有什么关系？

道理楚杭都懂，然而他最终还是没有动，毕竟……毕竟白天小睡如果中途被叫醒，是很容易引起眩晕和不适的，万一谭音体质差，被自己叫醒后弄出什么问题，自己岂不是还要负连带责任？

麻烦，还是让她睡吧，反正自己也没什么事。

最终，楚杭找了一家小店门口的大遮阳伞，抿了抿唇，然后就这么背着谭音一路站着。他其实有点渴，但两只手要护着谭音不从自己背上滑下来，实在腾不出手来买饮料了，也许是此刻吹来的阵阵微风，令楚杭的心情并不差。

谭音迷迷糊糊地醒来，抬起头才发现景色变化，此刻竟然已经到了山脚下，她下意识地挣脱着跳下了楚杭的背，相当不好意思："我刚才睡着了……"她抬起手腕扫了下手表，这一扫就震惊了，"过了一个半小时了？"

按照上山的路程，从山脚到半山腰只要半个小时，那么也就是自己睡了一小时！

"楚杭，你就这么背着我背了一个小时？"谭音心里震惊到无以复加，可能刚睡醒，头脑还没彻底运转，只觉得有些眩晕和心跳加速。

楚杭是为了防止中途叫醒自己，就这么一直背着她吗？

"你想多了。"楚杭的回答却打破了谭音的幻想，他脸色镇定自若道，"徐聿说这座山有条近路，下山的时候我想抄近路，就走了那条，结果七拐八绕，最后反而绕了路，所以才刚到山脚下。"

"噢。"谭音心里有点失落，但还是感谢道，"总之谢谢你。"

虽然谭音根本不想去医院，但碍于楚杭的威视，还是去骨科转了一圈，得到确实没事的回答后，楚杭才终于允许她出了医院。

再次表达了感谢之后，谭音看了眼楚杭："现在我也安全到山脚下了，你看腿也确认了没事，你要不回山上去吧？"

结果楚杭瞪着谭音，声音微微抬高："你现在要我走？"他的语气近乎有些咬牙切齿，"你倒是不客气，过河就拆桥。"

那怎么办？谭音想，你不应该急着回去和安娜爬山吗？

见谭音还愣着没反应，这一次楚杭的声音近乎震惊到控诉了："你就连口水也不请我喝？"

谭音这才有些恍然大悟，楚杭背了自己一路，应该没少出汗，又没法喝水，此刻平时水润的嘴唇都有些泛白了。

"我的错我的错！"

谭音从善如流，赶紧到店里买了矿泉水，递给楚杭后，他的表情终于好看了一点。

谭音此刻也有些口渴，伸手想拧开瓶盖，然而这矿泉水不知道怎么了，谭音刚才那点力气竟然没拧开来，而当她想继续用力的时候，手上的矿泉水瓶子却被楚杭直接拿了过去。

他嫌弃一瓶矿泉水不够所以把自己的也拿去了？

只是谭音的猜测刚开了头，就被验证是错的。楚杭动作近乎有些粗鲁地拧开了瓶盖，然后虎着脸把矿泉水重新递回给了谭音。

"我看你在农家乐吃午饭吃了两大碗饭，又不是没吃饭，怎么连个瓶盖都拧不开？"

楚杭这人是魔鬼吧！谭音接过水，脸上泛红地想，自己确实食量大，但是作为女生，吃那么多饭到底不好意思，她添饭都是偷偷添的，不晓得怎么还会被楚杭看到……这还怪尴尬的……

楚杭咳了咳，扫了一眼谭音，然后看向不远处："没什么不好意思的，能吃的女生一般身体好心态好，没什么不好。"

谈了恋爱的楚杭竟然都会顾及别人的情绪了，谭音一时之间不知道是该高兴还是该难过，她下意识地别开头喝起水来，然而余光还是不自觉地瞥到了楚杭，他正仰着头喝着水，轮廓在阳光下显出一种锋利而招人的俊朗。他拥有线条非常美的肉体，连喉结微凸的弧度都那么性感……

不能再看了！这是别人的男人！

谭音在内心告诫自己，然而一颗心还是忍不住跳动着，好在楚杭终于开口打破了平静，把谭音的思绪拉回了正常的轨道。

“你和周铭……”楚杭的声音有点不自然，这个话题也有些突兀，然而他好像很在意，“周铭真的有那么好吗？你……你们女生喜欢他这样的？”

赞美起周铭来，谭音每次都是真心实意的：“也不是，人各有志，每个人都有属于自己的那款，适合自己的才是最好的，在我看来周铭挺好就行了。”

楚杭沉默了片刻，他看起来很渴似的，举起矿泉水又灌了一通，这才放下瓶子。他并没有看谭音，只是看向了不远处走动的其他游客，话却是对谭音说的：“我看你和周铭，不太合适。”

我和周铭不合适，难道和你合适吗？

谭音在朋友滤镜下，十分不服：“我和周铭哪里不合适了？我冲动，他理智；我话多，他安静；我学理，他学文；我主动型人格，他被动型，我们简直就是完全互补啊！”

“你冲动，他理智，吵架的时候就会遇到你气得半死、他还气定神闲这种事。

“你话多，他安静，短时间还好，时间久了，你就觉得他根本没法接住你的话题，多半时候是你在说，他一点回应和反馈也给不了，你会心理不平衡。

“你学理，他学文，你建筑力学建筑结构遇到题目不会做，他比你还看不懂，根本没法辅导你学习。成绩都提高不了，谈恋爱就是浪费时间。

“你主动型人格，他被动型，那以后你们在一起，什么事都要你主导都要你扛着，时间长了会很累。”

楚杭说完，抿了抿嘴唇，扫了谭音一眼：“所以我觉得他和你不太合适。”

有理有据，令人叹服！

谭音听完，竟然觉得楚杭分析得十分有道理，她确实不适合和周铭在一起，不过她有一个问题，楚杭最近怎么变成感情导师了？难道就因为他自己也恋爱了，心思变得如此细腻了？而且自己和周铭合适不合适、在不在一起，和他有什么关系啊？

“楚杭，你这么在意我和周铭在一起？”谭音不解道，“你……你是不是有点太在意我了？难道……”

言情倒追小说里有一种套路，往往是一开始女生热烈追求，男生爱搭不理，而等女生心力交瘁心灰意懒彻底转身，这男生就会顿悟，然后开始反过来追求女生。难道楚杭也是这种斯德哥尔摩综合征患者？

谭音大胆的猜测还没说完，就被楚杭直接打断了，他咳了咳，声音不自然道：“我就是想到你前后喜欢的人差别突然变得那么大，怕是不是我过去对你态度不好，让你心理上有了什么创伤选择了自暴自弃。”

哦……谭音想，自己果然是想多了，刚才一瞬间竟然还瞎激动了一下……

不过本来就是，楚杭怎么会喜欢自己？他都有安娜了。

“没有，我对你没有什么想法了，你放心吧。”谭音低下头，再抬头就是微笑，她佯装自然道，“没有自暴自弃，你听过一句话没，‘去爱吧，就像没有受过伤一样’。只要有这种心态，每段感情都是初恋啊！”

谭音觉得，自己话说到这里，楚杭就差不多可以结束话题了，毕竟自己澄清没有因为他而自暴自弃，应该能让楚杭心里没有愧疚感了吧？

然而出乎谭音的意料，楚杭看了她一眼，阴阳怪气道：“每段感情都是初恋，你可真挺厉害的。”

楚杭这表情和语气都怪怪的，让谭音一时有些摸不准楚杭这是讽刺还是赞美。

好在她很快就不需要再思考这些事了，因为大部队爬完山也从山顶上下来了，不一会儿，蒋一璐的大嗓门就把谭音给招呼了过去。

“山顶风景真美，你没去看真是太可惜了！”她掏出手机，就给谭音分享起照片来。

周铭也靠了过来，压低声音有些闷闷地道：“怎么办谭音？这次又吵不成了……”

周铭和蒋一璐过来后，就把楚杭挤到了一边，徐聿、段影菲、安娜、张晨一行倒是立刻把他给围上了，几个人正聊着什么，楚杭有些心不在焉，徐聿则依旧妙语连珠，安娜很安静，张晨看着安娜也很安静，段影菲则死死瞪着安娜，几个人，形成了一个风起云涌的复杂人际关系……

谭音又看了一眼楚杭，纳闷极了，自己和楚杭是有孽缘吗？他最近到底怎么回事？怎么什么事都能遇到他？他平时不是对自己爱搭不理吗？怎么现在一谈恋爱，连话也变多了？

但不对啊，谭音想，他和正牌女友安娜在一起时，话一如既往地少，像是多说一句话就要他的命似的，难道是为了人设不崩，或者近乡情怯？太过在意反而不知道如何开口？于是憋得慌，都开始搭理起自己来了？

算了，不去想他了，谭音想，自己还有正事要筹划呢，这次又一次吵架未遂，看样子是要再想个万无一失的办法了！

爬完山，一行人结束了这次短途户外郊游，再次回到了学校。只是一回来，因为临近期末考试，课业渐渐紧张起来，谭音一时之间也没空去想怎么和周铭自然而然地“分手”，而是先投入到了学习里。

设计课快要交图了，然而专教好死不死因为线路老化，整个停电了，于是建筑系的画图狗们一窝蜂地拥进了图书馆和学校为了方便考研复习而开放的24小时自习室。

只是到底僧多粥少，如今临近期末，其他学校的学生也都泡起图书馆和自习室来。24 小时教室常年被考研党们占据，图书馆则要早上五点起床排队抢位，谭音既抢不过考研的人，又早起不了，只能舍近求远，跑到学校相隔的老校区那一片空教室去，这儿设备比现在的新小区教室差远了，课桌座位都很破，蚊虫还多，灯光也不太亮，但至少是有个安静能画图看书的地方了。

就是晚上太安静，安静得都有点阴森，这片老校区如今几乎给了研究生使用，但大部分研究生平时没课其实不在学校，实习的实习，回家的回家，因此人烟稀少，在路上走半个小时都未必能遇到个人，怪瘆人的。

谭音有点害怕，因此在建筑力学课下课后，就拉着蒋一璐试图说服她一起去："那地方其实很安静，绝对没人打扰，晚上你要不要和我一起去？就在老校区，我找了个看起来最新的教室，就 302，边上还有开水间，方便得很。"

结果蒋一璐一口拒绝，倒是楚杭，大概对谭音的学习热情颇感意外，回头淡淡地瞟了她一眼。

蒋一璐有些为难，支支吾吾道："今晚不了，我还有点事，下次陪你去行吗？"

虽然她不说，但谭音从她的表情就能知道，她今晚的有事，多半和徐聿有关。

谭音也不点破，只是又邀请了几个和自己关系不错的女生，然而对方一听教室在老校区，就都兴趣缺缺。

"那里的学习环境实在太差了，算了吧，估计专教明后天线路就能修好了，我也不差这一两天，反正都是最后熬夜临时抱佛脚出图。"

"我也是，今晚我还是去睡个好觉吧。"

"是啊，谭音，你最近也太热爱学习了吧？今晚和我一起去逛街呗，休息一天又没事，你的成绩最近已经是前二十了，那么拼干什么啊？”

…………

她问了一圈下来，竟然没人作陪，当代大学生的学习热情呢？谭音悲愤地想，那就自己一个人去吧！子不语怪力乱神，就算那地方够慌够阴森，自己一身浩然正气，还是会超能力的天选之子，怕个什么！

然而等晚上真的在这教室里坐定，窗外的树叶被风吹得沙沙作响，摇曳中斑驳的树影像是妖魔狂舞，这老教室的灯光又带了昏黄，或许是电压不稳也或许是灯管老化，还间或闪两下，说不瘆人真是假的……

谭音的注意力好不容易投入到了建筑课本里去，结果门外走廊滚过的一个空易拉罐，让她吓得一惊，不知道在哪儿叫春的猫，那声音简直就像是小孩子在恐怖地啼哭。

还别说，这真的挺让人毛骨悚然的，大概是心理作用，刚才还带了点凉爽的风，此刻吹在身上，就让人觉得是阵阵阴风了……

就在谭音都快吓得有些瑟瑟发抖之时，有人推门走进了教室——

谭音愕然地抬头，才发现来人并不是自己此前邀请的任何一个女生，竟然是楚杭。

“楚杭？你怎么来了？”

楚杭放下包，瞥了谭音一眼：“难道这教室你包场了？”他清了清嗓子，加了一句，“专教停电了，徐聿告诉我老校区有很多空教室可以画图。”

好吧，原来如此。

不过对于楚杭能来，谭音还是很高兴的，至少楚杭的出现给自己壮了胆：“那我们一起学习吧！”

楚杭自然没有搭腔，径自摊开图纸画起来。

谭音也没再说话，伏案工作起来，而一旦专注投入到画图里，时间就过得特别快，等谭音再意识过来，才发现已经快接近十点了。

老校区的教室虽然很空，但并不是学校开放的24小时通宵教室，因此九点必须关灯离开，只是谭音觉得自己状态大好，这里也没强制断电的规定，索性趴在桌上继续画起来。

楚杭一旦进入状态也完全没精力顾及四周，也一直安静地在另一张桌子上画着，直到刚才起身拿着水杯去开水间打水。

谭音这次是真的画入神了，知识真的是能融会贯通的，她好好补上了此前落下的功课，看了不少国内外知名设计师的著作，平时也多听多看多观察生活里的各类设计，不断学习积累，如今画起图来，竟然真的只觉灵感源源不断。

真正投入做一件事是会让人忘却四周一切的，谭音就这么画着图，完全没在意教室外此刻已狂风大作，几道闪电已然劈开了夜空……

等她终于反应过来时，已是雷声阵阵，教室外已下起滂沱大雨。

谭音正画到兴奋处，不免有些懊丧，只能泄愤似的放下了笔。唯一值得庆幸的是此刻楚杭正好不在教室，自己这次隐身总算是没有引起注意。

没多久，打完水的楚杭就进了教室，谭音看向他，虽然知道对方听不见自己的声音看不到自己，但还是忍不住想要求助一下。自己现在隐身了，可怎么把自己的图纸带回去啊？

只是谭音还没来得及开口，就被一声中气十足的声音给打断了：“这里不是通宵教室，不许在里面自习了！快回去睡觉！”

负责巡查教室的保安竟然最后还是找到了这间没关灯的教室，赶起人来。

“最近学校也要做节能环保评选，不是通宵教室九点后必须熄灯，你快走吧，我要关灯锁教室门了。”保安大叔一边催促，一边摇摇头，“没想到这老校区里的教室还真的有人来自习，小同学你也别太认真了，这个点了，回去睡觉吧。”

因为雷雨大作，保安大叔自然是看不到谭音的，而一听他的话，谭音就急了。她现在隐身了，总不能还提着自己的图纸、画笔之类的招摇过市吧，但是就这样把凝聚了自己不少心血的图纸扔在空教室里，谭音说什么也不愿意。夜长梦多，图纸不在自己眼皮子底下，万一出了点问题呢？自己之前一周的工作岂不是都白费了？

楚杭已经开始整理自己的图纸和工具了，眼见着他的桌面上就要理干净可以走人了。

保安大叔在催促，谭音却在苦苦哀求：“楚杭……楚杭你坚持住，快抗争一下啊！别走啊！你走了我怎么办？我的图纸还在呢！”

然而楚杭只是继续慢条斯理地收拾东西，他收拾完，一点没有抗争的意思，就径自走到了门口。

谭音简直快急哭了，即便知道楚杭听不见自己说话，她还是忍不住下意识地“彩虹屁”吹了一波又一波，什么“楚杭你最帅了”“楚杭你是男人中的男人所以快抗争啊”“楚杭你是我的偶像，楚杭救命啊”……简直层出不穷……

自然，楚杭应该是听不见自己说话的。谭音这一切不过是垂死挣扎，只是说着说着，谭音突然发现，楚杭本来冷静镇定自持的脸上，似乎露出了一丝愉悦的笑意。这笑意太淡了，又实在是稍纵即逝，以至于谭音以为自己看走眼了。

不过这笑意过后，楚杭竟然在门口转了身，走到谭音的课桌前，帮她收好了图纸。

面对保安大叔的不解目光，楚杭十分坦然：“哦，这是我同学的东西，人可能走开了，我先帮她收起来。”

保安大叔打了个哈欠：“行，你快收好，我要锁门了，都这个点了，锁好这间教室我就回去睡觉了。”

“感恩楚杭！楚杭你是最棒的！”

谭音简直美滋滋的，觉得楚杭能想到自己就已经很不错了，然而她很快就又一次笑不出来了。

保安大叔大概因为马上要锁门，人就站在教室门口候着楚杭，堵上了大半个门口，因为胖，根本懒得动，直到楚杭到门口他才勉为其难地让了一让。楚杭刚走出教室门，他就重新归位，如铁塔般堵在了教室门口，一手摔上门，掏出教职工的钥匙就要开始锁门。

这下完了，图纸是出去了，谭音自己却没出去……

然而谭音一点办法也没有，只能欲哭无泪地眼睁睁看着在自己面前已经关上的那扇门，“鸡汤”总说上帝给人关上了一扇门就会给人打开一扇窗，可如今的情况，谭音面前不仅门关上了，窗也没开啊！

谭音都快急哭了，此刻教室里已经关了灯，到处黑乎乎的，而如今门都关了，难道自己要在这禁闭的黑暗里待上一整夜吗？

谭音被这绝境逼得快要发疯了，不知道此刻是自己憋着被锁比较惨一点还是自己直接用手拍门搞出一个灵异鬼拍门事件比较惨。何况隐身的自己此刻就算拍门，恐怕门外的人吓得也根本不敢开吧……

而就在谭音万念俱灰之际，门外传来了楚杭的声音：“麻烦再开一下门，我的手机好像忘在教室里了。”

保安大叔嘟嘟囔囔抱怨了一句，但还是掏出钥匙给开了门，只是虽然开了门，他那庞大的身躯还是堵在门口，谭音目测了下他的身体和门口之间的空隙，觉得自己恐怕还是未必能通过……

楚杭一进门，立刻开了灯，然而他刚才的桌上干干净净，什么也没有，而他也没有立刻就开始找手机，只是回头对保安大叔笑笑：“抱歉了，手机可能还要找一找，需要点时间，要不您先去走廊那边抽根烟？”

抽烟这两个字倒像是点中了保安大叔的穴位，他笑了笑，从裤子口袋里抽出包烟，再拿着打火机，就真的到教室外的走廊里去点火了。

虽然谭音在保安大叔出现时也闻到了若隐若现的烟味，然而她比楚杭粗心多了，压根儿没想什么，更不可能在这种情况下还能如此高情商地让别人一边抽烟一边心甘情愿地等着。

但不管怎样，拜楚杭所赐，如今教室门大开着，谭音不敢迟疑，立刻一个闪身就跑出了教室，而说着丢了手机的楚杭，却在她出教室后没多久，也走出了教室。

“师傅，我的手机已经找到了，谢谢你，那我先走了。”

保安大叔一边吞云吐雾一边顺口问道：“在哪儿找到的啊？”

楚杭笑笑：“在课桌里。”

谭音重获自由，这才拍着胸口缓了口气，快步钻进了楚杭那把大得出奇的黑伞下。正常抄近路的话，从这老校区走，应该先到男生宿舍，然而楚杭大概是不太熟悉路线，愣是走了条绕的路，先到了女生宿舍。不过这样也好，谭音喜滋滋地想，这样自己就不用淋雨了，一到女生宿舍门口，她立刻蹦出了楚杭的伞下，然后飞快地跑回了宿舍。

不得不说，今天自己的这一波运气，归根到底，应该感恩楚杭的手机……

等等……

刚才情况危急，谭音压根儿没来得及多想，然而此刻冷静下来，她突然觉得有些不对。

楚杭的手机，自己刚才余光里明明是瞥见他和画图工具一起收进书包的啊……怎么会又一次出现在课桌里？

谭音在混沌中似乎抓住了一些庞大头绪的一角……而人这种动物，一旦对一件事开始怀疑，就会发现一切都很可疑，就像妻子一旦开始怀疑老公出轨，那看老公的任何行踪，都觉得像是谎言……

突然雨天随身携带伞面巨大的伞，明明还没开始找手机，就直接先把保安从教室门口支走；图书馆里把自己禁锢在墙角动弹不得的窘迫；自己差点摔倒时楚杭那支过来的伞柄；自己想去厕所却刻意像拖延般不让徐聿开门，还有电梯里摸朱抗美屁股时的风骚走位……

这么一想，谭音就觉得越想越忐忑越想越紧张，越想整个人越不好了……

她的脑海里闪过一个大胆又可怕的猜测，会不会……会不会楚杭能看到隐身了的自己？

但她很快又否定了这个想法，也不对啊，自己之前在电梯里摸了下楚杭，楚杭不还真的把朱抗美当色狼防着吗？这明显就是看不到自己的表现啊……

还是……还是楚杭一开始确实看不见自己，但不知道从什么时候开始，就突然能看到自己了？

这种想法虽然有些荒诞，但是自己被雷劈后拥有隐身的超能力这种更荒诞的事都出现了，试问这个社会还有什么事是不可能的？

而一旦按照这个思路推测……

谭音一边想一边觉得毛骨悚然，脸一阵红一阵白。如果这是真的，那岂不是……岂不是从能看到自己以后，楚杭就一直在不动声色静静地看自己装？而自己隐身后在楚杭面前都做过些什么呢……

谭音一回忆，简直想要抱头鼠窜。她拼命晃了晃脑袋，觉得自己不能再往这个方向想下去了，事情未必有自己想的那么糟糕，没准儿一切都是巧合，今晚的楚杭也可能是画图画忘我了，因此连手机已经被自己收进包里都忘了，而回答保安时也不好意思这么解释，才随便找了个借口。

只是有些事，一旦开了头，就没办法当作没发生过了，谭音心里一旦种下了这个疑问，不查个水落石出，她简直坐立不安起来。

此刻雷雨已经停了，谭音恢复了正常，从宿舍走廊推门走进了宿舍，算了，先睡觉，这事情还是得明天从长计议。

这边谭音睡得挺踏实，另一边的楚杭却是辗转反侧。不像女生大多爱睡美容觉，此刻他的宿舍里除了护肤达人张晨已经睡了之外，陈自强在奋战打游戏，何明看起来像在外面喝了酒，此刻正喝醉了闷声定定地坐在书桌前。

楚杭平时睡眠规律作息健康，只是今天却无论如何睡不着。一想到最近的事，他的心情就有些郁结。

此前为自己写过半年情书，为自己跳过楼，雷雨天又不知道从哪儿搞来个隐身超能力，结果天天蹭在自己身边，像是自带弹幕似的那个小跟屁虫谭音，终于找到对象，对自己彻底翻篇了。

这本来应该是天大的喜事，自己以后再也不用受谭音的魔音穿耳了，该是值得拉横幅庆祝的事。而曾经梦寐以求的事成了真，楚杭却发现自己一点也不高兴，只觉得茫然，甚至有点不正常。尤其是之前，一向做事谨慎完美的自己，明明收拾的时候手机和画笔、画纸一起收拾了，竟然最后头昏脑涨下随口用了“忘记带手机”这么拙劣的借口，要不是谭音没注意，就能看穿自己了。

楚杭想，好在她傻。

只是……

谭音真的就这么放弃追自己了？

谭音真的以后隐身也不跟着自己了？

谭音真的觉得自己和那个什么周铭很合适？

…………

楚杭觉得有点在意。当然，只是有点。

徐聿最近总是断言他恋爱了，楚杭简直嗤之以鼻，怎么可能？

自己恋爱，恋谁？难道他喜欢谭音？这简直是天方夜谭，可能吗？

这种事发生的概率大概和火星撞地球的概率一样大。

只是当楚杭准备说服自己睡觉时，刚才还闷声一言不发的何明开了口，声音里带了不甘心的哽咽：“老子今天失恋了。”

还有什么比这种深夜八卦更让人提神醒脑的？陈自强当即丢开了键盘：“小明，你什么时候恋过了？你不是没有喜欢的人吗？”

“原来是没有，结果现在等人家和别人好上了，我才发现有。”

虽然因为醉酒，何明的叙述有些断断续续，但总算是让人听明白了。

“我之前有个高中同学，女的，就在隔壁师范大学，从高中开始就追我了，一路追到了大学。人嘛，长得就挺普通的一个女生，我觉得她不是太漂亮，人又不是那种特别活泼会来事儿的，就没答应她。”

“但她也不在意，为了追我特别耐心体贴，去年期末设计课交图做模型期间我在专教熬夜，她就充当人肉外卖，每天去亲戚家里特意给我做了饭送过来。虽然有时候我挺感激的，但有时候也会觉得她有点烦，反正这么几年，她始终如一，我也就习惯了……结果从上个礼拜开始，她就不出现了，三天了，都没主动联系我，我就问了下，才知道原来她找到男朋友了……”

陈自强摇了摇头，一脸感情导师的模样：“小明啊，这就是你不懂了，你这不是爱情，是一种短暂的心理落差而已，就像原先一样东西，你也不怎么中意，但毕竟是你的，现在这东西没了，变成别人的了，你心里产生了一点失落感而已。哥和你说，过阵子就好了。”

楚杭没忍住，躺在被窝里竖起了耳朵。

何明苦闷地叹了口气：“我也希望是这样就好了，但是我发现，一旦想到她会对现在那个男朋友也这么好，会给人家做饭送饭，会天冷给他发短信让他添衣，会和他拉手，会和他做一切热恋情侣会做的事，我整个人都觉得闷得快要窒息……”

…………

何明像每一个失恋的男生一样醉酒后话特别多，正在失意地诉说着自己的悔不当初，只是楚杭都听不进去了，他的思路都被何明刚才的一席话给带跑了。

谭音未来也会和周铭牵手，会和周铭一起去逛街，会和周铭搂搂抱抱，会和周铭骑着自己买的小电驴去打卡 A 市的各种情侣必去景点，会和周铭接吻，甚至……

楚杭觉得自己睡不下去了，噌地就从床上翻身坐起。

陈自强被楚杭的动静吓了一跳：“楚杭你怎么了？脸色这么阴沉？怎么像是要杀个人祭天似的……”

楚杭抿了抿嘴唇：“没事。”

何明还在哭诉：“我知道是我不对，是我自己在人家还喜欢我的时候不好好珍惜，失去了才知道可贵，但我之前也没谈过恋爱，以为那不是喜欢啊！结果现在……现在再反应过来，一切都晚了！她已经和别人好了！”

陈自强一边安慰，一边也有些看不下去：“你在这里怨天尤人有什么用？”

何明被说蒙了，下意识地就反问道：“那我还能干什么？”

“喜欢就去追啊。”

“可她现在已经有男朋友了……”

陈自强喝了口水：“是啊，你也知道人家有男朋友，但人家不是有老公啊，不过是男朋友，不像结婚了一般没什么大原因不会离婚，谈恋爱，是可以分手的啊！”陈自强一脸恨铁不成钢，“一来，她可能是追你追累了才会放弃，没准儿是心灰意懒之下随便找了个人脱单。二来，她之前追了你那么多年，明显对你有很深的感情，只要你主动追求，成功把人追回来的可能性还是很大的。”

只是何明还是很迟疑，结果他刚想开口，楚杭就替他把他心中的话问出了口："可这样不是成了男'小三'？"

陈自强看着自己的这两个室友，简直是无语凝噎："都这时候了，还讲先来后到三美五好啊？感情里本来就没有道德可言。真的爱一个人，不管是有什么障碍阻止两人在一起，都是会披荆斩棘去破除的，不过就是刚交了个男朋友罢了，拆散不就行了？撬墙脚啊！"

何明显然还很挣扎："可如果做了这种撬墙脚的事，以后就算在一起了，可能也会被人背后指点……"

陈自强清了清嗓子，直接下了一剂猛药："那你是觉得和她在一起背后被人指点比较惨，还是只能眼巴巴看着她和别人谈情说爱比较惨？"

何明一听这话，表情更挣扎了。

陈自强摇了摇头："人不为己天诛地灭，爱情本来就是自私的，何况男人啊，爱拼才会赢！"

之后何明嘟嘟囔囔又和陈自强聊了什么，楚杭已经没有心情去听了。

此刻他的内心和刚才的何明一样挣扎，镇定自若的表象之下，是他内心的惊涛骇浪。

何明的话像是刀子一样一刀刀插在了楚杭的心上，他的心情十分复杂，也是这时，他才不得不面对现实：自己或许不是只有一点点在意谭音，而已经是十分十分在意她了，在意到都对无辜的周铭产生了强烈的敌意。

火星撞地球的概率很低，低到几乎可以忽略不计，但一旦相撞就真是……

毁灭性的。

第十七章

仅一人可见

楚杭的心里冷热交加，他此刻想起谭音，脑海里只有“完了”两个大字。

只是就算自己承认确实在意谭音，那又怎么样？难道还真的像陈自强说的那样去做男“小三”吗？

简直太没品了。

虽然陈自强的话说得确实也有一丝道理，但楚杭觉得，撬墙脚这种事，完全背离他一贯受到的教育，有辱斯文，何况一旦做了男“小三”，这种名声恐怕要跟着自己一辈子，自己怎么能做这种事？

谭音这个人确实还行，但无论如何，做人的原则和底线也还是要坚守的。何况周铭这人看起来确实和谭音不搭，两个人连续几次都被自己撞见有了矛盾龃龉，而每每这时候，自己也都挺身而出亲自向谭音展示了人和人之间的区别，相信谭音早晚会看清形势回头是岸，知道周铭这人做朋友可以，做恋人简直是不合格。不过是大中午先不吃饭去送个书而已，结果周铭都不愿意；而女朋友都扭伤脚了，不管是作还是真的，竟然想着把人留在原地而自己继续爬到山顶去游览，这种人不分难道留着过节？

楚杭觉得，谭音和周铭应该很快就会分手的。

然而很可惜，楚杭顺风顺水的人生在谭音这件事上遭遇了滑铁卢。距离自己那晚自信满满地推断他们会分手都已经过去整整三天了，然而谭音还是一点和周铭分手的迹象都没有。

虽然临近交图前夕，谭音大半时间泡在重新通电了的专教里，但画完图，她就收拾好东西，和周铭一起去食堂吃饭了。两个人看起来好得很，聊天都不带没话题的，谭音心情显然很好，饭都能吃将近一碗半，大排一口气能吃两块，反倒是楚杭连续几天来都有些食欲不振，好好的饭菜也觉得食不下咽。

只是自己都这样了，甚至这三天里都瘦了一斤，平时成天不论正常还是隐身都在自己身边晃荡的谭音，却对自己的变化完全视而不见。

楚杭虽然坐在徐聿对面吃着饭，却是心不在焉地不停状若不经意地抬头看向不远处的谭音和周铭，甚至都没注意听对面徐聿在说什么……

“对了楚杭，我妹有个同学，上次见到她手机里我和你的合照，然后就对你一见钟情了，死缠着我妹要牵线搭桥。我看你反正也单身，要不下次一起约出来吃个饭认识认识？”

“嗯。”

“段影菲快过生日了，她找到我说，能不能说服你在她的生日宴会上弹一曲钢琴曲，你 OK 吗？ OK 的话我去答应她啊。”

“嗯。”

“不过你俩最近怎么还没和解啊？为什么她还是不直接来和你说，支支吾吾地要我传达？”

“嗯。”

徐聿皱了皱眉：“嗯什么嗯？你在听我说话吗？”

楚杭这才有些如梦初醒：“什么？”

徐聿无奈地叹了口气："你最近怎么了楚杭？怎么精神恍惚似的，我看着怎么有点像我那个失恋的室友啊？"

听到"失恋"两个字，楚杭几乎是立刻瞪了一眼徐聿就矢口否认："胡说八道。"

徐聿虽然觉得楚杭这激烈的态度有点奇怪，然而也确实找不到他失恋的证据，便没有追究，只是他唤回楚杭的神志后，再和楚杭确定了一下刚才问的几个问题，结果得到的答案都从"嗯"变成了"不行"或者"没空"……

谭音最近被设计课作业折磨得半条命都没了，以往没端正态度时，她总是临时抱佛脚胡乱画张图就交差，如今真的认真做起来，才发现到处都是注意点，怎么画怎么不满意，只觉得自己还能做得更好，想要精益求精。

这一次，倒并非她自己抱着想和楚杭一争高下，或是给楚杭一记响亮耳光的初衷。她偷偷记下了上次楚杭在图书馆建筑书柜里自己书单里的书籍，不仅包括专业性的理工知识，也有不少建筑名人的传记，比如赖特的《我的自传》，还有关于林徽因和梁思成的传记等。

谭音之前只觉得建筑除了写生手绘外，充斥着枯燥的理工科、计算、测绘、结构和受力分析内容，一点意思也没有，就算为了打脸楚杭奋起直追，也不过是靠着一股外力，只是看着那些自传，再找来这些建筑名家的建筑作品去研究，她才发现建筑远远不仅仅是一门枯燥的学科。

比如赖特的代表作流水别墅，作为美国建筑师学会评选出的 20 世纪美国建筑代表作，流水别墅简直实至名归，谭音几乎只是看了流水别墅的照片就完全被迷住了。这不仅是枯燥的测绘和结构设计，这还是艺术。

如果原来谭音觉得漫画是一种表达自我的艺术，那看了流水别墅这样的作品，她只觉得，建筑设计才是真正的艺术，而娱乐性的漫画虽然也是创造性的工作，却完全不能和建筑设计比。好的建筑设计作品是人文和自然的完美结合，建筑设计不仅需要理工科思维，更要有艺术生的眼光，绘画、画图、表达的能力、想象力、概念思维、灵感之类的创造力，几乎缺一不可，比单纯画漫画难多了。

流水别墅的设计理念非常别致，将人工的建筑有机地和天然的树木、山石、溪水融合在一起，张弛有度，错落有致。赖特设计了两层高低不一的平台，既有层次感，又使得溪水能从下方平台潺潺流出，所有这一切，简直浑然天成，犹如置身世外桃源的仙境，浪漫又不乏质朴和典雅。

这原是赖特为匹兹堡百货公司大亨考夫曼设计的私家度假别墅，然而赖特去世几年后，流水别墅的拥有者考夫曼就毅然决定捐出别墅，供人参观，因为他认为：“这是一件人类为自身所作的作品，不是一个人为另一个人所作的。正是由于这样一种强烈的含义，它是一笔公众的财富，而不仅是私人拥有的珍品。”

这不仅仅是建筑，更是至高无上的艺术，是人类智慧的结晶。

谭音看着这些伟大建筑师的生平和作品，心中涌动的是难以言喻的激动和热血。她也想成为这样的人，成为能用作品证明自己、表达自己的人，想成为一个能为这个社会留下这种公共财富的人。

虽然沉下心来补习专业的初衷只是为了争一口气，然而在剥开了建筑的皮毛，接触到建筑的艺术和内核后，谭音真正被这门学科给征服了。

如今的谭音，一心扑在自己的专业上，已然完全不记得内心和楚杭的赌约了。超不超过楚杭没关系，只要超越了自己就可以，谭音几乎是发自内心地不断学习着，除了楚杭在看的那些书外，她还在专业论坛里找来了名家推荐的书单，一部部啃了过来。学校建筑专业书柜那里只要言之有物的书，几乎都被谭音翻了个遍。一旦决定做什么事，她还真是个非常有韧劲拼劲的人。

大概是老天也看她最近每天埋头学习将近十一个小时实在是太累了，大手一挥给她批了个假期。

这天谭音正在学习势头上呢，结果下雷雨了。

于是只能被动休假了，谭音坐起来伸了几个懒腰，放松了片刻，这才想到自己其实还有事要做。

自从上次开始怀疑楚杭能看见自己后，其实已经过了一周，这一周里都没下过雨，谭音忙于学习，也就没去管这事。倒是楚杭这一周似乎情绪都很不好，每次见了自己都是恶狠狠地看一眼，然后转头就走，大概是恨屋及乌，不仅对自己爱搭不理，对周铭的态度也是毫不遮掩的敌意。

虽然莫名其妙，但谭音觉得自己勉强也能理解，毕竟安娜调研过 A 市的建筑物，又逗留旅游了一段时间后，此刻已经回了美国，和楚杭变成了一对隔海的异国时差情侣。楚杭刚热恋就不得不和女友远距离分开，想来情绪不好也是正常的。

不知道负能量是不是真的容易传染，最近不仅楚杭看起来郁郁寡欢，张晨也有些魂不守舍。谭音在知行楼的开水间碰见了张晨几次，他都精神恍惚到灌的水快溢出来了还没反应过来，谭音多次出声提醒，他才如梦初醒幸免于被开水烫伤。

不过这都不是重点，重点是谭音必须先去验证一件事，到底楚杭能不能看见自己。

找到楚杭并不难，自己最近每天泡图书馆几乎都能遇到他，想来这时候他多半也在图书馆待着。

谭音一点儿没拖延，当即就靠着不断蹭伞往图书馆进军，而果不其然，她在自己平时自习的桌子对面一桌上找到了楚杭，他正在低头看着建筑期刊。

如果他能听见自己说话和看见自己……

谭音稳了稳心绪，走到了楚杭的对面，围着对方绕了几圈，朝着楚杭做了几个鬼脸，其间楚杭微微抬了抬头，然而他目不斜视，一脸镇定自若，很快又低下头继续看书。

这样子，看起来应该是看不到自己啊?

不过为了保险起见，谭音决定再试试别的法子，她开始讲笑话："从小，小明就被别人说他脸太方了，长得像风筝。在学校里，其他的同学都说，哈哈'小明你长得真像风筝'。上课时，老师说，'小明你长得真像风筝'。回到家，家人们也说，'小明你长得真像风筝'！小明伤心绝望，便从楼顶跳了下去，结果……他飞起来了……"

然而谭音讲完，楚杭仍旧面无表情地看着书。

"可能这个笑话太冷了，我换一个。"

于是谭音又搜肠刮肚讲了一个又一个笑话，可惜楚杭一点不为所动，不管是冷笑话还是搞笑到谭音讲到一半自己都笑场的笑话，楚杭只是雷打不动地坐着安静地看期刊。

谭音讲得都有些口渴了，索性在楚杭对面坐了下来准备中场休息一下，只是一旦安静下来，自己这么静静地坐着看着楚杭，谭音就有些忍不住胡思乱想起来。

楚杭什么时候分手就好了，等他分手了，正值最痛苦的时候，自己乘虚而入，来一顿全方位的温柔关怀，再追求一下，没准儿……

只是谭音不知道的是，此刻泰山崩于面前都不改色的楚杭，心里想的和她是一样的。

这几天来，对楚杭而言也颇为煎熬，一开始他还十分笃定谭音和周铭不过是过家家这样的小打小闹，没过多久就会分手，然而别说三天，现在都七天了，这两个人竟然也没有分手的趋势。据楚杭观察，谭音这一周沉迷学习，成天不是在专教画图做模型，就是泡在图书馆里，和周铭不过是中午或晚上一起吃个饭的见面频率而已，但楚杭仍然有些烦躁和不满。既然她要埋头学习，那就应该彻底禁男色！存天理灭人欲！至于中饭晚饭还要特意和那个周铭一起吃吗？简直无聊。

不过等他们分手就好了，楚杭安慰自己，等他们分手了，自己给谭音示个好，关心一下，她看起来也没那么傻，应该不日就会弃暗投明了……

只是在这之前，看起来还得解决另一个问题。

作为一周以来久违的雨天，虽然谭音再次隐身出现让楚杭心情愉悦了那么一点点，但接下来她的操作，就让楚杭笑不出来了。

谭音怀疑了。

楚杭有些懊恼，自己此前在老校区教室里的那番行为，恐怕引起了谭音的注意。

只是道高一尺魔高一丈，就算谭音怀疑，只要自己撑住，不论她做什么都视而不见，多试探两次未果，谭音恐怕就打消怀疑了。比如此刻，她讲了一堆笑话段子后，已经半是放弃地坐在自己对面喊累。

只是楚杭这一次高估了自己，低估了谭音，谭音趴在桌上休息了会儿，再次重振旗鼓起来。

她不仅锲而不舍地在自己面前搞怪，更是……

虽然谭音又是做鬼脸又是在楚杭耳边讲笑话，楚杭仍旧没什么异常反应，但不知道为什么，谭音总觉得心里毛毛的。除了没有能隐身的超能力，楚杭毕竟十项全能，样样比自己强，难保这么久没发现点什么。

只是都做了这么多试探了，楚杭也没有任何异常的表现，正常来说，自己隐身的能力确实应该没有暴露，谭音试图说服自己，这一切恐怕还是自己想多了。

她又观察了楚杭一会儿，发现楚杭把期刊摊开在桌上，对着期刊上一道建筑力学研究题在草稿纸上比画起来时，谭音就开始不断地在楚杭耳边念叨着试图扰乱他的思路。

谭音的算盘打得挺好，就算楚杭对冷笑话和鬼脸无动于衷，面对这么难的专业分析题，如果在自己不断说话的嘈杂环境里，肯定是连一点思路都想不出的……

只是谭音这办法还没实施完，楚杭显然听不到她的声音完全不受影响般云淡风轻地做出了这道题的分析……

至此，谭音一颗心总算是稍稍落定，放松了下来，只是为了最后的保险，谭音决定还是把自己的大杀招使用一下。

她站起身，先是当着楚杭的面撩开了裙摆："楚杭，你真的看不到对吧？我今天又穿了你最讨厌的高开衩！"

按照常理，这是楚杭认定非常不适合自己的裙子，并且似乎非常反感，因此谭音故意最后这么试探一下，看看自己穿着这种他讨厌的裙子在他身边转来转去，他脸上会不会露出丁点细微的表情。

然而没有，楚杭看起来正常得很，只是脸有点红，脸上却丝毫厌烦和不耐的情绪都没有。

谭音松了口气，看来自己应该是安全的了。

谭音观察过，楚杭这个人喜恶非常明显，只要是他讨厌的东西，他就算努力忍，眉心还是会微微皱起一个细小的弧度。然而这一次自己穿了高开衩裙子这么碍眼地走来走去，他眉心那个小弧度却一点出现的迹象都没有。

只是谭音自己压根儿没意识到，原本不走动还并不明显，而现在她故意走动之间为了露出高开衩，其实把自己的一双腿也全然露了出来。

楚杭皮肤白皙，因此脸一旦红起来，就算只是淡淡的红，也非常明显，谭音却没把他脸上的这一变化当回事，毕竟他的表情看起来镇定到丝毫未变，脸色泛红也可以理解，别说楚杭，就是谭音也觉得有点热。

虽然是雷雨天，然而由于图书馆此刻窗户紧闭，所以闷热得很，谭音也觉得难受得很。她原本想离开，然而此刻这个分馆的门口有几个女生正堵在一起说着什么，谭音不得不等她们走了再行动。

真的热，她一边用手给自己扇风，一边忍不住放飞自我了。

反正多轮测试下来，楚杭是真的看不见，谭音的胆子也大了。她解开了上衣短袖衬衫的几颗扣子，虽然这样一下把正经的短袖衬衫变成了若隐若现的低胸装，但谭音想，反正没人看见，甚至嫌弃还是热，她直接把纽扣又解开几颗，把自己的半个肩膀也直接露了出来。接着她又把高开衩的裙摆也往腿上撩了撩，用皮筋扎成了一个超级小短裙，把两条光光的大腿也露了出来……

这样果然舒服多了，谭音叹了口气，觉得凉快多了，然而楚杭看起来反而更热了，别说脸，他的脖颈、耳朵都热红了。

不过这也不怪楚杭，因为很快，谭音又觉得即便现在这样也还是热，她想了想，眼看堵在这个分馆门口的几个女生短期内没有要离开的趋势，索性决定一不做二不休："算了，要不我把上衣脱了算了，反正里面还有个抹胸，又没人看见，这雨一时半会儿又不会停……"

说干就干，她的手又解起扣子来，只是这扣子刚解到胸口的那一颗，对面一直静若处子认真看书的楚杭突然忍无可忍般开了口："谭音，你给我把扣子扣上！"

这凭空一声咬牙切齿的怒斥，简直把谭音给惊得僵在了原地。

什么？

楚杭这是……这是在和自己说话？

他……他能看到？

谭音此刻的心情简直像又一次被天降的一道大雷给劈了，整个人完全吓呆了。

别说谭音，楚杭这声喊得连刚才堵在门口的几个女生都好奇地朝这里看过来……

谭音定在当场完全不知道手脚该往哪儿放，头脑里犹如在经历一场电磁风暴。她甚至觉得眩晕到脚底下的地面似乎都在晃荡，不只地面，连自己身后的那排书架，以及上面的每一本书都在摇晃。

当然，很快她就知道这并不是她的臆想了，因为分馆门口那几个女孩子也尖叫起来："地在摇！"

"桌子和椅子也在晃！"

"是不是地震了？"

"快……躲起来！"

"救命啊！救命啊！"

一时之间，别说是谭音和楚杭所在的这个分馆，整栋图书馆的其他地方，也传来了骚动的声音。

真的地震了！

谭音还呆呆愣愣地站在原地，就见刚才忍无可忍说话却并没有看向自己的楚杭这一次几乎是飞速起身，良好的礼仪完全不讲究了，连身后椅子被带倒都丝毫没再顾及。谭音还没反应过来，就见楚杭几乎是百米冲刺一般冲到了自己面前，然后他伸出手，一只手准确无误地一把拽过谭音揽进自己怀里，另一只手往谭音的身后一撑，堪堪撑住了差点在地震的摇晃中要往下倾倒的书架。

只是书架是撑住了，书架上因为角度倾泻而不断扑簌簌往下掉落的书却制止不住了。

谭音被楚杭护在怀里，听着自己头顶上书籍不断往下砸的声音。这一柜放的都是硬皮书，这样接二连三地砸在地上动静不小，那既厚又锋利的书角在地板上砸出沉闷的落地声，纷纷掉落在谭音和楚杭的脚边，而还有很多无法避免地砸在了楚杭的背上。谭音在这阵令人眩晕的天旋地转里低着头、闭着眼，只听见那书脊砸在楚杭身上的声音，以及楚杭那努力抑制的闷哼。

周围是尖叫、恐惧、吵闹以及仍旧止不住的晃荡，然而楚杭以身体为盾，仿佛给谭音筑造了一堵坚固的城墙。明明是第一次遭遇这种情况，然而谭音被楚杭揽在怀里，却不觉得害怕。

她的心正在狂跳，然而并非因为恐惧，而是因为紧张以及慌乱。

谭音的脑海里一片混沌，她只觉得好像一团乱麻，理不出一点思路来，如今这一切，就算再麻痹自己，也没有用了。

楚杭看得见自己！他根本就看得见！刚才那都是装的！

谭音羞耻得连指尖都开始发抖了，她完全愣愣地被楚杭抱着，直到楚杭的声音再次在她耳边响起。

他的声音有些咬牙切齿："你还愣着干吗？是不是觉得我一只手撑着书架很轻松？"

"躲到那边靠墙的那张桌子底下去。"

谭音虽然心情复杂，然而这时也反应过来了，赶紧钻出了楚杭的身体肉盾："楚……楚杭，我一起来帮你抵住书架吧，你一个人吃不消会被砸到的。

楚杭虽然因为用力脸色涨得有些红，然而语气竟然还是冷冷的，他这下不装作看不到谭音了，只瞥了她一眼："别废话，快点走。"

谭音想想自己继续待着确实也碍事，就赶紧从善如流地钻进了靠墙角的桌子下，而她进去后没多久，就传来了书架轰然倒塌的声音。

谭音心下一惊，紧张又害怕楚杭出事，刚想钻出桌底看个究竟，就被楚杭一只手塞了回去，他显然动作灵活地摆脱了倒塌的书架。

楚杭瞪了谭音一眼，有些没好气地道："不是叫你好好待着吗？"

谭音小声道："我怕你出事。"

楚杭抿了抿唇，没再说话，然后也钻了进来。

他看了一眼谭音，脸色仍旧有些红，声音却是故作的冷然："我没事，你管好你自己就可以。”

相比自己，长手长脚的楚杭蜷缩在桌底下十分受桎梏，两个人在这半密闭的空间里免不了紧紧挨着。外面仍旧有书砸落下来和书架倒塌的声音，和楚杭共处一张桌底的谭音心里也像是有什么在轰然倒塌。

楚杭低头看了谭音一眼，然后飞快地移开了视线：“把你的扣子扣上，裙子放下来。”

谭音简直想找个地洞钻进去。她几乎是抖抖索索着赶紧低着头把衣服扣子扣上了，然后放下裙子完全遮住了腿。

图书馆里仍旧闷热，如今裹得这么严实，又和楚杭面对面一起躲在桌底，两个人之间的距离近到都能听到对方的呼吸声，简直像是为了躲避双方原配追查的一对渣男渣女，紧张害怕又尴尬悸动。

自从发现楚杭看得见自己以后，谭音这体温上升就没停过，她一边回想一边觉得自己真是死了算了……

虽然按常理来说，这事错不在楚杭，但站在自己的角度，谭音总觉得楚杭这人蔫坏蔫坏的，既然早就能看见自己了，为什么不提示，或者直截了当地找自己谈也行啊？就这么暗暗地看自己出洋相！

谭音一想到自己过去在楚杭面前做的种种，也不知道楚杭从什么时候开始就在看自己出洋相了，简直羞愤欲死：“楚杭，你这个骗子！”

楚杭抿了抿唇，竟然理直气壮微微抬高了声音道：“我骗子？我怎么骗你了？”

“你不是早就能看见我了吗？”

“那你也早能隐身了，每天跟着我，你和我老实交代了？”

谭音气得腮帮子都鼓起来了，同样是理科生，楚杭的口才怎么就这么优秀？但是想来想去，自己似乎也找不到反驳的话语。

她一边羞愧一边生气，只能自己往桌底下的墙角再缩了缩：“反正你不是好人，我要离你远一点，你还偷看我脱衣服……”

可惜谭音这些控诉还没说完，地面突然一阵剧烈抖动，桌上的东西又噼里啪啦滑下来摔了一地，又一波震动来袭。谭音这下什么也顾不上了，几乎是下意识地朝楚杭靠了过去，害怕地一把抱住了楚杭的手臂。

好在这次余震是雷声大雨点小，很快晃动就停止了，楚杭看了一眼还瑟瑟发抖抱着自己的谭音："你不是要离我远一点？"

谭音脸色潮红，正想放手，头顶几个书架上又陆陆续续砸下几本书在书桌上，吓得她不仅没放开楚杭，还把楚杭的手又抓紧了，但是一想到自己刚才的话，她的手又松开了。

只是她松开之后，楚杭却朝她伸出了手。

"嗯？"

"给你拉。"楚杭瞪了谭音一眼，看起来有些没好气，"给你展示一下什么叫'以德报怨'。"

楚杭都给自己台阶下了，所以谭音这次毫不犹豫就上前抓住了他的手。她没经历过地震，也没经历过什么危险，此刻即便抓住了楚杭，仍旧止不住有些瑟瑟发抖。

而最令人害怕的是，这毫无预报毫无征兆的地震，此刻仍旧没有任何官方消息疏散人群，周遭混乱一片，而时不时还有余震。谭音的脑海里回放着自己曾看过的各种地质灾难片，只觉得更是心惊肉跳，而最惨的是，在地震波及下，图书馆的电力受到了损害，照明的灯光全部在一瞬间熄灭了。

图书馆一时之间充斥着尖叫和求救声，而在一片黑暗中，谭音靠着楚杭，一起缩在一张桌子底下。

本来有灯光还好，如今什么也看不清了，谭音被桎梏在小小的桌底，觉得对这种幽闭一般的情景产生了深切的恐惧……

就在她吓到六神无主时，楚杭镇定又冷静的声音在她耳畔响了起来："手你可以抓着，但是有一点我必须更正，我没偷看你脱衣服，我是制止你乱脱衣服。”楚杭冷冷地道，“你一个女生，就算下雷雨时候隐身，雷雨什么时候结束又不是你说了算，你这么脱了，要是突然雨停了，被别的男生看到了怎么办？万一别的男生里，也有像我这样能看见你的呢？”

楚杭的语气仍旧泰然自若，这一番理直气壮的控诉成功地转移了谭音的注意力，她下意识地嘀咕道：“这学校里别人有你这么老奸巨猾？能看到我还不早表现出来了？”

“你倒是恶人先告状了？”周围还是黑乎乎的一片，楚杭的声音却很轻巧，他倒是像要趁着这机会和谭音好好清算一番，“要不是我心智强大，我早被你的各种骚操作给逼疯了。”

这一点谭音无法否认，想想要是两个人身份对调，自己常年能看到别人都看不到的东西，恐怕也觉得自己是脑袋出问题犯精神病了。楚杭如今还能镇定自若、逻辑严密地控诉自己，确实是心理素质十分过硬了。

“我不知道你能看见，我以为所有人都看不见我。”谭音尴尬道，“所以你……你从什么时候开始能看到我的？一开始应该看不到吧？还有那你既然能看到，不觉得我很奇怪，没报警吗……”

“一次一个问题。”

“哦……”谭音想了想，还是决定先问最关键的那个，“什么时候开始能看到我的？”

“呵，”楚杭冷笑了一声，“很早。”

这回答果然让谭音心虚紧张起来。楚杭说很早，看来真是很早了，至于早到什么地步……想到自己都在他面前干了什么混账事……谭音下意识地咬紧了嘴唇，内心忐忑又紧张起来。

黑暗中，楚杭又一次开了口：“你从什么时候开始能隐身的？”

“就是被雷劈过以后啊……被雷劈以后也没什么异常，一开始没在意，结果等下一个雷雨天一到，就发现不对劲了。那天本来约好和蒋一璐一起看电影，我都到电影院门口等着了，结果她愣是看不见我，也听不见我喊她，后来就发现原来自己被劈出隐身的超能力了……”谭音解释道，“但就像你也发现的那样，雷雨一停我的超能力就消失了，至于其他方面，和正常人完全没区别。”

只是不说这个还好，一提起来，楚杭倒是像想起了什么，冷冷地道：“谭音，你摸过我的屁股吧？”

此刻，谭音只想背诵徐志摩的诗歌：沉默，沉默是今晚的康桥……

可惜楚杭不依不饶：“我这个问题很难回答？”

拜这突如其来的地震所赐，谭音如今完全被楚杭堵在桌子底下，根本逃跑无门，她只好咬了咬牙，硬着头皮道：“摸了。”

“呵，所以，我的屁股好摸吗？”

“还……还行吧……”

楚杭冷哼道：“只有还行？那你摸了第一把我怎么记得还上手捏了下？

“你还在电梯里摸了朱老师的屁股想嫁祸我是吧？”

难怪你有那么风骚的走位！如今按照楚杭早就能看到隐身的自己这种设定回想起来，一切事情也都有了解释……

谭音还是恨不得立刻结束这个话题，然而楚杭像是抓住老鼠不急于弄死准备肆意玩弄的邪恶大猫一样咄咄逼人道：“除此之外，你还摸过谁的屁股？摸过徐聿的吗？”

谭音简直欲哭无泪：“没……真没了。朱老师的屁股那天虽然说是摸，其实也不过就是轻轻拍了下。”

“好，也就是说你的主要犯罪对象是我。”

楚杭！能不能别再纠结屁股了？

很快，谭音就知道，楚杭确实不再纠结屁股了，但他关注的东西，比屁股还危险……

“我给你一个机会。”黑暗中楚杭的声音冷静镇定，“谭音，你都对我做过什么事我心里很清楚，你的罪证我也清清楚楚列齐了，但让我一件一件事地审问你，这样效率太差也太浪费我的时间了，所以我把主动权让给你，你自己交代都做了些什么，也给你机会解释，你这么做的初衷和心路历程，是不是有酌情可以让我原谅的地方。这一次，我给你机会认罪，交代趁着隐身自己都对我做过什么事，你只要说出一件事，我就认定你对这件事已经进行了反思，这件事我就不追究。但如果你不配合，那你别怪我……”

“我招！我招！”谭音几乎没等楚杭说完，心理防线就崩溃了，“我自首还不行嘛！”

从前谭音并不是没想过向更多的人坦露自己这不受控制的超能力，然而每每想要付诸行动，最终还是退缩了。谭音总觉得，除了蒋一璐这种粗线条的人，恐怕其他人都会觉得自己是脑子坏了，没有人会相信自己。她从没有想过自己有朝一日竟然能有机会和人心平气和地坐在一起，围绕着这隐身的超能力进行理智又如此镇定的对谈，更没想到这个人会是楚杭。

即便如今被楚杭逮着清算，谭音心里也有种石头落地了的放松感。终于不用再提心吊胆隐瞒什么了，终于不用为了遮盖而找什么拙劣借口了，简直像是一个犯下命案逍遥法外的犯罪分子终于落网。那一刻倒不是害怕，而是心里终于踏实了终于不用良心不安可以就地伏法了……

此时学校里的电力系统像是恢复了，图书馆里的灯光重新亮了起来，窗外的雷雨早不知道什么时候停了，只是地震的余波虽然微弱，但仍有些断断续续，谭音便只好继续安分地待着。其实她就是想不安分也是没办法的，因为楚杭堵住了她唯一爬出桌子的那条路，他像一个老到的刑警一般盯着谭音，脸上冷冷的，没什么特殊的表情，然而谭音几乎可以感受到他周身那种威压，总觉得如果自己不老实交代，下一秒楚杭就要刑讯逼供了……

谭音作为一个幡然醒悟的“犯罪分子”，当即为了表示自己态度的端正，就开始自首了：“就我画了那漫画后，你和徐聿把我当场抓获那次，因为下雨我隐身了，然后就躲在你伞下面和你一起走，你的伞怎么都打不直，不是因为风大，是因为我一只手在另一边给你拽着，那伞后来坏了，我愿意承担赔偿责任……”

楚杭面色沉静：“这件事我知道，你接着说。”

谭音面上保持着理智，心下却是一惊，楚杭竟然对这件事都知情？！那岂不是他几乎一回国就识破自己的隐身能力了？谭音想要哀号，那按照这个时间节点来说，自己恐怕什么都得交代一遍了。

唉，坦白从宽抗拒从严，谭音决定还是好好改过自新。

“因为你威胁我要把那部漫画作为我的罪证公开，我趁着雷雨去过你的宿舍，想把我的罪证偷出来。”谭音一边讲一边不忘自我批评，“当然这种行为是非常不对的，是道德的沦丧，是人性的扭曲，是在违法的边缘疯狂试探，但是当时的我已经被猪油蒙了心……因为不小心被关在了男生宿舍里，我就用你的电脑查了点东西……然后那个页面正好被张晨看到了……”

虽然谭音用了春秋笔法，该省略的地方都省略了，但是楚杭对她的坦白态度还是不满意：“你要把自己的犯罪细节全部描述清楚。”

不得已，谭音只能硬着头皮把当时的事情事无巨细又回忆了一遍。整个过程中，虽然听到张晨那一段楚杭的脸色有些难看，但他仍旧保持平静，只是用深沉但过分镇静的眼神示意谭音继续交代。

“去兰若村那次我不是想不开去森林里散心，就是雷雨隐身了。”谭音小心翼翼地看了一眼楚杭，“然后我看到你为了找我去了森林，所以我也跟着去了，虽然你不承认，但……”

谭音对这件事的自首正渐入佳境，结果就被楚杭径自打断了，他有些不自然地道："行了，这件事我知道了，不要浪费时间，快自首下一个。"

哦……

谭音想了想："然后送外卖那次，其实是我趁着雷雨隐身后，想从你家里把我的那本漫画手稿给偷出来销毁，我不是为了去纠缠你才进你家里的，躲床底下也是因为雷雨突然结束实在没办法，只能就近……"

楚杭冷笑一声："继续。"

谭音咽了咽口水："然后你家的狗粮是我吃的。"

楚杭太过冷静镇定，谭音实在摸不准哪些他知道、哪些他不知道，为了争取最大限度的从宽处理，她只有硬着头皮事无巨细都交代了："不是你那狗吃的，是我那天送了一上午外卖，没吃饭，饿得真的不行了，看到那狗粮，忍不住就吃了大半袋。"

"呵，可可倒是沉冤得雪了。"

谭音讨好道："我下次给它买十袋狗粮赔罪……"

楚杭面无表情地看向谭音："行了，别打岔，继续。"

"那次你和段影菲在日料店吃饭，我在边上搞鬼……"

谭音一边交代一边心里也挺委屈，楚杭这个人也挺阴险的，这不是一早就能看见自己了嘛，竟然都能如此冷静地按下不表，就这么一次又一次静静地看自己装，真是面白心黑的完美典范，可真是干大事的人。

谭音越交代越是觉得羞愧难当，不得不把自己干的每件事都汇报了，以争取宽大处理。此刻图书馆大楼还间或有轻微的摇晃，然而谭音害怕的不是这地震的余波，而是眼前虎视眈眈的楚杭。

不管怎样，因为楚杭的"审讯"，谭音只顾得上全神贯注地应答，压根儿没心思再关注周遭微微的摇晃了，心中那种害怕和恐惧，倒是因此彻底散了。

楚杭看了谭音一眼："你都交代完了？"

谭音连连点头："都交代了、都交代了！"

"再好好想想，还有没有什么遗漏？"

"没了，真的没了！"

"好。"楚杭说完，笑了笑，露出雪白森冷的牙齿，"谢谢你的配合，让我知道了这么多你仗着我看不见对我做的事。"

等等，楚杭不是说他从一开始回国就能看穿自己的隐身了？

在谭音震惊的目光里，楚杭镇定自若地抿了抿唇，毫无诚意道："哦，其实我没那么早能看到你。"

你奶奶的楚杭……谭音这下终于反应过来了，楚杭这完全是诈她！他根本就没有掌握自己犯罪的证据，或者根本就没掌握那么多！这完全是诱导式审讯！自己被骗了！"毒鸡汤"诚不骗我！什么坦白从宽抗拒从严，分明是坦白从宽牢底坐穿，抗拒从严回家过年！

谭音出离愤怒了："楚杭！你骗我！你果然是老奸巨猾！"

楚杭对谭音的坦白效果显然很满意，微微笑了笑："兵不厌诈，你自己要交代，我还能阻止你吗？"

谭音差点泪流满面："行，我蠢我认了，那你现在是不是能告诉我，你到底什么时候开始能看见我的？"

楚杭抿了抿唇："哦，你送我生发头盔以后。但一开始只是能听到，看不到。"

谭音简直一头雾水，这都什么和什么，难道拿到了生发头盔就给楚杭的耳朵开了光？

"怎么会……"谭音不解道，"那你什么时候开始既能听见我说话又能看见我的？"

"后来有一次在图书馆插插座不小心被电了下以后。"

楚杭不说还好，他一说，谭音也依稀记起来了："就是那次你在图书馆里看《美的历程》？"

“嗯。”

那次事件谭音印象深刻：“不过那次是挺危险的，你怎么会插个插座都差点触电啊？”

“如果不是你在我耳朵边上叽叽喳喳说个不停，还诬蔑我‘学术资料’的文件夹里的文件以及在我弯腰插插座时不断对我的臀部进行全方位点评的话，我怎么会触电？”楚杭面无表情地看了谭音一眼，“你刚才的自首里，这一段没交代吧，还号称自己已经全部坦白了？”

谭音干巴巴地笑了笑：“这只是一些不重要的细节，时间宝贵，我给你筛选了一下重点主次……”

楚杭没说话，只是继续看着谭音，看到她又有些头皮发麻腿发软下意识地就想要继续交代。

谭音觉得自己不能再被动挨打，也要主动出击，立刻转换了话题：“我也都交代这么多了，那该我问你了，你说我送你生发头盔后你就能听见我说话了，这是怎么回事？按照逻辑来说，我有隐身的超能力是因为被雷劈，你看得见我是因为插插座被电，这似乎都和电有点关系，那生发头盔又是怎么一回事？生发头盔和电有什么关系……”

谭音说着说着，突然脑海里电光石火像是短路的线路突然畅通了，她恍然大悟道：“那生发头盔我是代购的，但是代购卖的假货，那头盔漏电，我后来才知道，所以才打电话给你叫你别用了。你当时声称没用过，死也不会用的，但现在看来……”谭音几乎是笃定了，看向楚杭，“楚杭，其实你用了吧。”

这下轮到楚杭沉默了。

谭音终于扬眉吐气，忍不住乘胜追击地感慨道：“没想到你果然还是很在意会不会秃……”

楚杭黑着脸，声音里充满了咬牙切齿的警告：“谭……音！”

“我知道我知道，你放心吧，我看你发际线很浓密，不用担心，而且现代植发技术已经非常成熟了！”

楚杭深吸了一口气：“谭音，我建议你如果想气死我的话，继续。”

谭音已经成功转移了话题，于是见好就收，没敢再开口。

楚杭清了清嗓子，却继续开了口：“你隐身后除了跟着我，还跟过别人吗？”

“没有没有，我这个人很专一，我就一开始为了漫画跟过你，后面阴错阳差，也都是跟在你身边……”

“你专一？”楚杭像是听见了什么笑话一般冷笑出声，垂下了目光，“单是隐身时，除了我，你就跟过徐聿。不隐身的时候，你就更称不上专一了。”

楚杭的语气虽然很平淡，然而不知是不是谭音的错觉，她总觉得每一个字里，似乎都充斥着咬牙切齿的控诉。

“我不隐身的时候怎么不专一了？”谭音觉得奇怪，自己虽然隐身时为了蒋一璐确实跟过徐聿一阵，但平时没隐身的时候，可谓是执着专一的典范了，决定了做什么事，不论多艰难，从来没有半路放弃的。楚杭这话阴阳怪气、意有所指的，到底什么意思？

只是正待谭音再次询问时，图书馆的广播终于响起了疏散的通告，地震的余波不知不觉间已经停了下来，广播里为每层楼不同分馆内没有受伤的学生指明了疏散道路，同时会有消防救援人员进入图书馆，对可能被困住或是受伤的学生进行救援。

此时雷雨早停了，谭音也不用再担心隐身不方便，在楚杭的带领下，一路跨过东倒西歪的书架往外走。因为疏散广播，谭音心里松了一口气，下意识地便也放松了警惕，在走过一个微微倾斜的书架时，可能是自己无意中不小心碰到了什么，没料到书架上方本来就呈倾斜之势的一摞书像是被打翻的多米诺骨牌一样砸了下来。

在这千钧一发之际，谭音的手上传来了另一只手的体温，然后这只有力又骨节分明、修长的手用力把谭音拽离了那个危险的位置，只是谭音在这股力量面前没保持好平衡，径自摔向了手的主人的胸口。

其实这一切不过发生在几秒内，谭音却觉得有一个世纪那么长，这几秒仿佛也被分割成了更小的时间计量单位，在谭音眼里勾勒出了一个慢镜头。

真要命，她摔进了楚杭的怀里。

楚杭的一只手还握着谭音的手，另一只手几乎是下意识地顺势把人搂了过去。

谭音心里不住地告诫自己，换谁在这种场景下，楚杭都会这么做，然而自己一颗心全然控制不住地狂跳。她自己佯装着镇定，避嫌似的在危险过后就离开了楚杭的怀抱放开了楚杭的手，然后道谢过后径自朝前走去。只是没想到，谭音才走了没两步，楚杭就跟了上来，随之而来的，是他温热又有力的手。

他走到谭音身边，不容分说地牵住了谭音的手。

“牵着吧，你这么迟钝，待会儿又被书砸了怎么办？我还得花时间救你。麻烦。”

楚杭的声音一如既往地高冷，握住谭音的手却比最初的温热更热得滚烫。

谭音在震惊之下几乎忘记了一切反应，就这么任由楚杭牵着。

其实刚才谭音和楚杭已经经过了所有的书架，此刻离分馆门口非常近，两边非常空旷，头顶也没有灯等可能造成坠物的东西，可以说根本没有任何造成危险的事物。然而楚杭大概还沉浸在地震的应激情绪里，竟然就这么牢牢地握着谭音的手，牵着她一路出了分馆大门，然后一路走下了楼梯，直到最终和其他正在疏散的学生一起出了图书馆的大门，把谭音带到了图书馆外那片完全没有建筑物的空地上，楚杭才像松了口气般松开了谭音。

谭音一路完全没心思担忧会不会在疏散过程中再发生震动，她只紧张而忐忑地感受着自己手上的温度，既担心楚杭一直就这么握着忘了放开，又担心他很快就想起这回事马上放开……

只是自己毕竟不是楚杭的女友，作为同学，帮助同样被困的自己从图书馆转移到空旷安全的平地上，已经是仁至义尽，她不能再奢求什么了，何况图书馆里仍有很多人被困着。

楚杭看了谭音一眼，低声道："好好在这儿待着，我马上回来。"

他说完又看了谭音一眼，这才抿着唇转身朝图书馆跑去。谭音知道自己应该控制，然而一双眼睛像是长在了楚杭的背后，就这么盯着他跑向了仍旧一片混乱的图书馆，然后焦急地不断看着那门口，直到楚杭架着一个腿部受伤的男生出来。

越来越多被疏散的人集中了过来，广场上人越来越多，谭音生怕楚杭找不到自己，几乎是看到楚杭的身影的一瞬间就忍不住赶紧朝他挥舞起手来："楚杭！这边这边！"

谭音的声音很大，足够楚杭听见了，只是楚杭根本没有理睬谭音，放下那男生就又转身进了图书馆……

谭音既失落心酸又高兴欣慰，开心的是楚杭真的是个很好很好的人，好不容易等到余震结束逃出了图书馆到了安全的平地，还能不断涉险进去救人。难过的是自己和他所有救的其他人没有任何区别，甚至楚杭会为了救别人，对自己视而不见……

危急时刻，这完全可以理解，只是再次如此强烈地意识到楚杭一点也不喜欢自己，谭音还是有些伤心。

不过好在很快，谭音就顾不上伤心了，周铭给她打来了电话："谭音？我记得你说你去图书馆了？刚才地震了，你安全了吗？出图书馆没有？"

谭音赶紧和周铭报了平安，她这才知道，刚才那阵可怕的晃动，原来是因为隔壁省会发生了一场毫无预警的地震，而 A 市也不幸被波及，震感相当强烈，不过好在并非震中，而且学校里最高的楼也不过就是七层的图书馆，图书馆抗震显然做得还不错，没有任何建筑物倒塌的事故发生，除了因为书架桌椅倒塌造成了个别学生受伤，整体并没有什么大的伤亡事故。

“我刚才在自习室自习，因为就是一楼的自习室，所以很快就出来了。现在你在哪儿？在图书馆前面的空地上？行，我马上过去找你。”

“别别别，”谭音出声阻止道，“现在图书馆这里全是人，你来了估计也找不到我，我们索性出去吃顿好的压压惊吧，直接约在餐厅见吧。我想吃西餐了。”

“好，那就去最贵的瑞丽牛排吧，我们直接那里见。”

瑞丽牛排离图书馆并不远，谭音挂了电话没多久，就准备离开，只是她刚刚转身，就被人从身后抓住了手臂。

楚杭正黑着脸看向她：“不是叫你好好待着等我？你要去哪儿？这么迫不及待就去找周铭？”

这都什么跟什么啊？怎么说得自己和抛弃老公去找奸夫的坏女人似的……

“我看你忙着救人，就不打扰你了，正好周铭找我吃饭。”

“把你从图书馆里带出来的人又不是他，你找他吃什么饭？”

出乎谭音的意料，楚杭不仅没有放手，抓着自己袖口的力气还加大了一点，生怕自己跑了似的，语气也是阴阳怪气的，提及周铭两个字那语气里的嘲讽简直快要冲破天际，虽然没开口，但他眼神里那种谴责和鄙夷仿佛已经化为了实质。

谭音想了想，赶紧道谢：“谢谢你把我带出来！楚杭，你真是个好人！”

楚杭顿了顿，继而才咬牙切齿道：“你就和我说一声谢谢？然后转身就去和周铭吃饭？”

“那要不你一起来？”

结果自己这样的邀请，又触了楚杭的逆鳞：“哦，你们一对小情侣吃饭，我插在里面当电灯泡？你们还老是喂饭吃来吃去这么肉麻的，让我看着？”

“要不下次单独请你吃？”

可惜楚杭还是不乐意：“你觉得我很空？随时有时间填你的空？”

谭音没辙了，看来今天的楚杭心情不好：“那算了，我先走了，下次你有空叫我，我随时请你吃，这行了吗？”

谭音说完，就准备朝校门口走去，刚才的心动让她完全措手不及，生怕再和楚杭待下去，自己又要在危险的边缘大鹏展翅对他死灰复燃。

也正是这时，谭音一抬头，恰好就见到了校门口正往图书馆平地走的周铭。虽然叫他别来找自己，但周铭显然不放心，还是找来了，谭音几乎是立刻就举起手朝周铭挥了挥，只可惜他没看见。谭音也顾不上此刻难以取悦的楚杭了，和他说了声再见，就挣脱了楚杭的手，落荒而逃般准备朝周铭跑去。

这一次楚杭没有阻拦，谭音回头看了他一眼，才发现他只是表情莫测地静静站在原地看向自己，不管了，谭音想，等之后再好好感谢楚杭算了，如今他是有女朋友的人，又不喜欢自己，自己还是应该尽可能跟他保持距离，免得又栽了。

只是谭音没跑多久，突然胳膊又一次被人拉住了，她回过头才发现又是楚杭，脸色完全黑掉的楚杭。他的表情难看到都有些可怕了。

这一次楚杭不再优雅也毫无绅士做派，只是一言不发地把谭音拉了过来，然后朝着完全和周铭所在方向相反的方向走去。

“楚杭，你……”

谭音的话还没说完，楚杭冷冷的声音就传了过来：“不许去见周铭。”

这霸道的态度以及理所当然的语气，让谭音也有些生气了："凭什么？"

楚杭一路把谭音带离了图书馆前的平地，拉着她就到了不远处没什么人的林荫小道，停下脚步，看向谭音："我觉得周铭不喜欢你。"

谭音对楚杭的自说自话也有些生气了："他不喜欢我，那和你也没关系啊，我愿意就行了。"

楚杭抿了抿唇，低下了头："他不喜欢你，你和他在一起会受伤的。我就是提醒你这一点。"

面前的楚杭仍旧英俊挺拔气质不凡，然而谭音看着心里没来由地一肚子气。她的心里糅杂着酸涩和不安，这种情绪自楚杭和安娜在一起后就不断膨胀，如今终于在楚杭的这番话里争先恐后地找到了爆炸的出口。

"不劳你提醒，我知道你是个好人，楚杭，但感情会受伤这种事，我比谁都清楚。就像当初我喜欢你，你不喜欢我一样，我知道会受伤，但是喜欢这种事控制不住，就是很难理解！

"我知道你这样讲是为我好，但以后麻烦你不要再管我了，我过得怎么样和你都没关系，收起你那种随时随地的好心和绅士吧，既然不喜欢我，就不要对我那么好！你都有女朋友了，我理解你因为谈恋爱了可能变得敏感和温和了一点，所以才会对我的感情生活这么关心，也或者是出于对我的可怜，但求求你不喜欢我就离我远一点！安娜要是知道你在国内变身这种'中央空调'，没准儿要和你分手的！你再在我面前晃荡，我难保不继续纠缠你！离我远点！"

一连串的话，谭音几乎是暴躁地喊完就后悔了，她不应该这样失态，应该控制好自己，佯装云淡风轻，装作若无其事，一切都岁月静好，楚杭走楚杭的阳光道，自己过自己的独木桥。

然而她做不到。

自己喜欢了楚杭那么久，默默地关注了他那么久，她鼓起了勇气准备第二次尝试，楚杭却喜欢上别人了，而他明明已经属于别人，却还是强势又让人难以忽视地继续在自己的生活里刷着存在感，让自己每每刚决定彻底戒断楚杭，却又被他带偏……

太过分了，他怎么能这么过分？

大概是压抑久了，谭音这一爆发起来，就觉得自己的情绪完全没法控制了。她心里难过得要死，委屈得要死，等自己意识过来，眼泪已经流了出来。

只是预想里会为自己这副模样变得十分避之不及的楚杭，却完全不像谭音所想的那样，他几乎是有些紧张到手足无措，在口袋里掏了半天也没找到纸巾，然后径自用手去为谭音抹掉眼泪。

“别哭了，谭音，别哭了。”

楚杭的声音充满了慌乱，他的动作称得上笨拙和不得其法，然而姿态确实小心翼翼得近乎温柔，只是他越是这样，谭音就越是想哭。这种时候他没风度地走开不就好了吗？没品点，自己才好翻篇啊！

然而楚杭显然一点走开的意思都没有，手忙脚乱地想要为谭音止住眼泪，连声音也变得低沉而予取予求：“谭音，你别哭了，你想要什么我都答应你。”

谭音一边抽泣一边还倔强地回嘴：“算了吧，你别骗人了，凭什么我要什么都答应啊？”

“因为我喜欢你。”

谭音心里本来还有一肚子怨气，然后楚杭低沉的一句话，就把她的思路彻底打乱了。

她几乎怀疑自己听错了：“什么？”

楚杭这一次却抬起头，表情坦荡而认真起来，他看向谭音含泪的眼睛，显然想要装作完全自然云淡风轻，只是声音里的紧张和无可奈何还是出卖了他：“谭音，你想要什么我都答应你，因为我喜欢你。

“所以你别哭了。

“我没和安娜在一起，我只喜欢你。”

谭音呆呆的，像是被彗星砸中了一样，在这完全犹如做梦一般的事情进展面前，面对楚杭的告白，此刻她的心里除了震惊和不可思议，就是如在云端的不切实际感。

她总觉得是假的，总觉得自己是在刚才的地震余波里被什么东西砸坏脑子了，总觉得自己是在做梦。

她几乎是瞪一般用力地盯向楚杭，似乎只要自己足够用力认真地看，就能看出眼前这个楚杭到底是真人还是自己臆想出来的幻象。

“你和安娜分手了吗？”

只是自己都这么用力地瞪了，眼前的楚杭并没有消失。他看了谭音一眼，有些无奈：“没有。”

没有？谭音胸中当即燃起了一股怒火。楚杭这是什么意思，和安娜都没分手就来对自己表白？难道仗着自己以前喜欢过他，就想着坐享齐人之福，国外一个正牌白月光，国内再搞一个自己这样嘘寒问暖的备胎吗？这绝对不行！谭音死死盯着楚杭，发誓无论楚杭接下来说什么，自己都不会原谅他！

“我从来没和安娜在一起过，怎么分手？”

嗯？

“我没有喜欢过安娜，我们只是同学和朋友的关系，不知道你为什么觉得我会和她在一起？”楚杭的语气也有些不解，然后他抬头看向谭音，“我和她才见了几次面？就恋爱了？那再见几次，你是不是觉得我们应该结婚了？然后再几次，就直接该生孩子了？”

谭音飞快道：“我看到你给她送情书了，段影菲也看到了，你别想骗我……”

“那是张晨给她的情书。约去美术馆那次，你没去，我担心你出事，没有陪安娜去美术馆，我回去找你了，让张晨帮忙带着安娜在市里转了一圈，结果张晨对她一见钟情，但是又不敢自己送情书，一定要我转交。”楚杭看了谭音一眼，补充道，“安娜回国后，张晨一直和她保持联系，在追安娜，现在安娜答应和张晨试试，张晨这个暑假就要飞美国去见自己的准女友了。”

“谭音，我不喜欢安娜，我只喜欢你。”楚杭蹲下身，让自己的视线和谭音齐平，就这么盯着谭音一字一顿道，“我喜欢你，你不要和周铭在一起。

“我会比周铭好，不论天气多么差，我都愿意帮你先去图书馆还书；不论你的脚是真的扭伤还是你无理取闹，我都会把你放在第一位背你下山；不论你在哪里遇到危险，我都会第一时间出现在你身边。

“我不会舍得让你这么辛苦地去送外卖，也不会和你吵架，更不会舍得让你像现在这样哭。”楚杭一边说，一边又用手抹了抹谭音脸上的眼泪，“他会法律，我也辅修了；他带你去吃西餐，我也可以；但我可以做的很多事，他做不到。”

楚杭几乎像是推销自己一般努力盘点着自己的优势和长处：“我能辅导你建筑力学、建筑结构，他不能；我能帮你熬夜一起做设计、做模型，他不能；我能带你去刷各种建筑还附带讲解，他不能；我有渠道能弄到很多建筑大师设计作品展览的门票，他不能……”

他看着谭音，语气几乎是劝诱的：“所以和他分手。”

第十八章

你喂给我吃

谭音想要开口，楚杭却生怕自己的砝码还不够大一样制止了谭音，他的模样第一次失去了一贯的冷静，有些不自然和紧张道：“你在回答我之前可以好好想想。”

谭音在巨大的震惊过后，便是如坠梦中的不真实感，她试探地问道：“如果我不想和周铭分手呢？”

楚杭抿了抿唇，脸色不太好看，但语气还是很平静，他的回答像是演练了一百遍般流畅：“你再想想，我相信我哪里都能做得比他好。”事到如今，他竟然还能一本正经地推销自己，“谈恋爱，我建议你选我，性价比比周铭高很多，你和他分手以后和我在一起，就知道自己分手分得不吃亏。”

只是谭音下意识地仍旧不敢相信这个发展，楚杭刚才说“喜欢你”的那个瞬间，她心跳加快几乎不能呼吸，如今也脸上着火一般滚烫，心跳得快要蹦出胸腔，然而还是觉得不是真的，她下意识地逃避道：“那我先去找周铭商量一下。”

“不行。”楚杭直接拉住了谭音，“你别见他。”他抿了抿唇，“我看到你见他就生气。”楚杭说完，大有继续开口掘地三尺把周铭身上每个毛孔里的缺点都挖出来的架势。

“不是……”谭音哭笑不得，“周铭人真的挺好的。”

“我喜欢你，所以你不能和他在一起。”楚杭沉着脸，语气都有些强词夺理了，他看向谭音，“你画了关于我的那种漫画，我的名声都被你毁了，你得对我负责。”

“你刚才交代的时候，还有没交代的吧。你怎么没说，在海边采风的时候，你故意进了我的房间锁上了门，让徐聿没办法才走错到了隔壁和蒋一璐睡了一晚这事？”

这件事谭音其实并不是交代的时候没想起来，恰恰相反，她几乎是知道楚杭既能在隐身时候看见自己又能听见自己说话的刹那，第一时间想起来的就是这件事。

因为实在太过羞耻了，所以如今她回想起来都觉得羞耻得仿佛是犯了罪。因此刚才那一通“坦白从宽”里，谭音想着自己反正都招供了那么多细节，神不知鬼不觉地漏掉这么一个，楚杭未必能想起来，也未必会追究。而当时的情况也确实如谭音所预料的一般，即便谭音隐瞒不表，楚杭也根本就没提及这档事。

她怎么没想到呢，楚杭这种老奸巨猾记忆力又贼好的人，怎么可能如此轻易就放过自己？他根本不是没想起来，也不是既往不咎，而是在暗处悄无声息地给谭音先埋下个坑，等着关键时候时机成熟，一不做二不休，就把谭音往这坑里给推呢！简直像是狡诈多端的猎人，在森林里布下天罗地网，就等着猎物栽进陷进里！

而如今，显然就是楚杭收获的时节了……

楚杭完全不给谭音任何反应时间，又朝她走近了些：“你那天晚上就和我睡在一张床上，晚上的时候还把我当抱枕抱了一晚上吧？第二天一早你还看着我脱了上衣，甚至还期待着我脱裤子，你已经看了我的身体。”

看了身体？楚杭，男人的上半身并不值钱啊！你看游泳池里那些男的，还有男浴室里那些男的，互相看来看去那这是得就地结婚？

但不管内心如何吐槽，这件事确实是谭音有错在先，她只能欲哭无泪地解释：“我真不是故意走到你房里的，你听我解释，这都怪蒋一璐订了外卖，那外卖小哥送错……”

可惜谭音的话还没说完就被楚杭制止了，他看了谭音一眼，像是总结陈词一般理直气壮道：“总之，我的纯洁已经被你毁掉了。”

楚杭的发言完全振聋发聩，一瞬间让谭音觉得自己甚至产生了耳鸣：“你强行和我躺在一张床上，半夜我睡着的时候也不知道你对我做了多少这样那样的事。”

我……我没有！我没有啊！大人！冤枉哪！谭音简直想要大喊！

什么叫自己毁了楚杭的纯洁？这话听起来像是自己拿走了楚杭的贞操似的！都什么跟什么啊！

“我真什么都没做。”谭音着急解释道，“我真的，当时就是以为你看不见、听不到才胡扯的，我这个人就是打打嘴仗，你真要我做什么我可㞞了，真没有对你怎么样。而且这种事又没有第三个人知道，你就算再介意，我们都保密，假装这件事没发生过不就没事了？”

“我没法假装这件事没发生过。”楚杭却意味复杂地看了谭音一眼，然后理直气壮道，“我是个对女朋友绝对忠诚、绝对坦白的人，诚实是我的人生原则和底线。未来要是交了女朋友，人家问我有没有和别人睡过，基于我的原则，我只能回答睡过。和谁睡过？谭音。”

他说到这里，斜斜地瞥了谭音一眼，微微放低了声音，只是这声音虽然轻，这内容却重若千斤，对谭音而言简直犹如泰山压顶。

“这不就是你毁掉了我的纯洁？”

楚杭抿了抿唇，大言不惭地继续道："何况你隐身的时候对我做了那么多事，造成了我很大的心理阴影，一度精神恍惚，差点走上歧路，你不应该赎罪吗？

"你用变态的手段引起了我的注意，让我喜欢你，现在不是你能一走了之的时候，你得留下，和我谈恋爱。"

还变态的手段……

楚杭越是控诉，谭音越是恍惚，她知道楚杭并不是真的要责备自己，而是为了说服自己……

谭音突然想起来："可是，就算表白信不是你给安娜的，但之前段影菲找你表白，你当时可是回答她有喜欢的人了，在这之后你背我下山的时候，我也问过你，是不是对我有那个什么想法，你当时不直接就说我这是想多了自作多情吗？"谭音一边说，一边内心也忍不住有些酸涩，"前后的时间差一算，段影菲找你表白时候你心里喜欢的人，根本就不是我吧。"

虽然面对楚杭的表白，谭音内心不理智的那部分几乎是疯狂叫嚣着答应他、答应他，然而大概真是太喜欢了，以至于遇到这种梦幻般的场景，第一反应反而是慎重，是绝对的认真和毫不含糊的绝不随便。

谭音望向楚杭的眼睛，近乎狐假虎威道："楚杭，我以前是追过你，但现在你看，我……我也有周铭，你别因为之前心里喜欢的人没追上，就觉得受伤了可以来找曾经的追求者疗伤，也别觉得我以前喜欢过你，就铁定现在还对你旧情难忘，你一表白就同意做你的备胎……"

谭音的话还没说完，楚杭就紧紧拉住了她的手，制止了谭音继续说下去。他望向谭音的眼睛："你不是备胎，你是一直以来的正牌。

"我心里喜欢的人就是你。"

"那之后我问你，你不是否认对我有……"

"我撒谎了。"楚杭的神情十分不自然，声音也有些干巴巴的，只是如此羞耻的事，他最终还是硬着头皮咬着牙说出了口，“在背着你下山的时候，我撒谎了。”

“为什么？”

“因为你有周铭，你都和周铭在一起了，还一路不停地对我说你翻篇了，我觉得我还喜欢着你，这实在……太可悲了，我没有这么卑微过，也不想这么卑微。”

这么说起来，谭音又不解了，小心翼翼地看了一眼楚杭：“那你现在在干什么？现在我们之间的情况，好像和当时下山的时候没有什么不同啊？”

“我后悔了。”楚杭深吸了一口气，“我当时觉得，只要不承认，自己就不喜欢你了，骨气硬一点，翻篇这种事，你能做到，我也可以。”

谭音心跳剧烈而充满悸动：“后来呢？”

楚杭看向谭音：“后来才发现，这简直太幼稚了。

“我喜欢你。

“喜欢到怎么卑微怎么可悲，都还是想喜欢。

“喜欢到你不喜欢我，喜欢别人，也还是喜欢。

“喜欢到完全违背自己平时的行为准则，都喜欢。

“喜欢到自己好像变得都不是自己了，每天看到你和周铭在一起都烦躁得不得了，好像成天被负能量围绕着，一看到你，就觉得没好事，却还是喜欢。

“喜欢到觉得只要能和你在一起，别的一切都没关系，我都不在乎。

“我自己也不想这样，但没有办法，我就是这么喜欢你。”

楚杭的眼神近乎有些绝望和无可奈何，他看向谭音，努力维持着平静，神情却近乎像是献祭，仿佛他正用刀把自己一颗跳动滚烫的心剜出来捧给谭音，毫无保留，不留余地。

而楚杭的每一句话、每一个字犹如一个鼓槌，一下一下、完完全全地击打到了谭音的心上，如果说面对楚杭之前的表白，她还有些茫然，那么面对如今楚杭的这番剖析，谭音就更觉得难以置信了，他是什么时候对自己有这样深重的感情的？这样沉重的感情，谭音甚至觉得自己那些藏在心里的暗恋，在楚杭如今的情绪面前都显得单薄了，显得无以为报。

只是……为什么？为什么楚杭喜欢自己？为什么他似乎这样喜欢自己？他为什么喜欢自己？谭音有些愣神，看向楚杭，终于忍不住把自己心中的疑惑问了出来："你为什么喜欢我？"

以前千万次憧憬过这个时刻，然而事到临头，谭音反而迟疑了，总觉得这么好的事不会发生在自己身上，仍旧充满了不切实际感。尤其面对楚杭那样的表白，更让谭音开始怀疑，这是真的吗，还是自己刚才其实死在地震里了？这是自己临死前的什么幻境，还是自己已经升天了？

谭音努力压制着心跳，竭力保持着平静，斟酌用词道："我记得你……你从一开始就很讨厌我，我大一开始给你写情书的时候，你好像就特别不喜欢我，别的追你的女生你虽然对她们态度冷淡，但好像没有对我那么冷淡……"她茫然道，"你的情绪都这么大起大落的吗？从极度讨厌我，变成现在极度喜欢我？"

谭音看向楚杭，声音近乎有些喃喃："我自己想想，自己好像也真的没什么突出的优点值得让你喜欢……"

对于这突如其来的表白，谭音的第一反应就是不相信，她再三确认般问道："楚杭，你喜欢我什么呢？我这个人胸无大志，废话又有点多，成绩也不算多好，也没多聪明，还有点事故体质，走在路上都能被雷劈，捡一张'毛爷爷'能摔下楼摔断腿，好像还是个倒霉蛋……"

从那么讨厌自己，变成喜欢自己，谭音光是想想就觉得不可思议，就像突然中了彩票，狂喜之余冷静下来便是自我质疑，自己真的没对错号码吗？这彩票的中奖金额真的是自己应得的吗？领彩票奖金的时候不会遭遇什么不测吧？

楚杭恶狠狠地看了谭音一眼："个人口味不同，我就喜欢胸无大志、废话多、不聪明还事故体质的人，行吗？"品位这么卓绝？

"不过，你说你摔下楼是因为去捡钱？"即便此刻，楚杭在纷繁复杂的线索里仍然狠、准、稳地抓住了重点，微微抬高了声音，"所以你不是为我跳楼，是为了钱才摔下楼的？"

"是啊……"谭音揪了揪衣角，"我不是早解释过了嘛，我真的没为你跳过楼，但你们都不相信，所以后来我索性自暴自弃也就认了……"

楚杭的表情看起来有点气，但他忍了忍，没发作，只抿了抿唇："那你写的那些情书，总不是假的吧？"

谭音低下头，轻声道："那不是假的。"

楚杭倒是不依不饶上了："那除了我，你给别人写过吗？给周铭写过吗？"

谭音很不想回答这个问题，下意识地反驳道："我为什么要告诉你啊？和你又没关系，这是我的秘密！"

"等价交换，你如果告诉我，我也告诉你一个秘密。"

楚杭抿着唇，大有一副打破砂锅问到底、谭音不说是绝对不会让她走的架势。

虽然谭音总觉得楚杭说的秘密大概是哄骗自己的，但在楚杭的逼视下，她最终还是泄了气："没给别人写过。"

谭音说完，其实也没指望楚杭说什么有建树性的东西，大概又是什么不痛不痒的所谓"秘密"，她完全没想到楚杭给了自己一个犹如新星爆炸般的秘密："谭音，我对你是一见钟情。"

楚杭的声音听起来有一种不自然和微微的赧然，然而这每一个字，都咬字清晰，就这样伴随着楚杭低沉性感的声音，抑扬顿挫地传进了谭音的耳朵。

仿佛说出这个秘密后彻底轻松了一般，楚杭接下来的话，语气终于没有刚才那样干巴巴的紧张了，他很快镇定下来，冷静地阐述着这个令谭音震惊无比的秘密：“我在没进学校之前，就见过你了。”

只是简单的一句话，然而谭音的一颗心跳动得完全不受控制起来。

“你可能已经不记得了，高三的寒假，我已经保送了 A 大建筑系，提前过来参观，然后遇到了你。”

明明此刻空气通畅还带着微风，谭音却觉得自己所有的氧气都一点一点被剥夺掉了，她眼睛一眨不眨地看向楚杭，看向他微微开合的嘴唇。

“你装成了一个盲人……”楚杭顿了顿，“我带着你走过了几条街，走到了一家咖啡馆。”

怎么会不记得，谭音想，正是那一次孽缘，自己才对楚杭埋下了爱意的种子，也才会一开学就写情书追求。然而她从没想过，楚杭竟然也记得她。

“可开学你对我明明装作不认识，还特别冷淡……”

“因为我觉得被你骗了。”

“因为你开学后发现我不是盲人吗？”

楚杭抿了抿唇：“不是，我当时就发现了。”他顿了顿，才自暴自弃般径自道，“我把你送到咖啡馆和你朋友会合后先走了，但是后来我又走了回来。”

“你走回来干什么？”

“想要你的联系方式。”

嗯……谭音想，这样听起来还勉强有些上道嘛……

“但是看到你拿掉了墨镜，和身边的男生不停地看着摄像机在笑着说什么，你根本就不是盲人，那样都是装的，就是为了拍视频而已。我想你大概是什么网红直播平台的，为了点击量和关注度，不惜伪装盲人拍视频引起注意，滥用别人的好心，我觉得你这样很过分，所以也没再找你要联系方式。开学认出你以后，我也装作不认识，对你态度也很冷淡，你给我写情书，我也没理你。”

“不是不是，我才不是为了消耗大家的善意去拍那种博人眼球的视频，我是为了一个 NGO 的公益宣传片！”谭音不得不给楚杭解释了一遍，只是她十分不解，“你为什么会觉得我是网红直播平台的呢？我哪里像个网红。”

楚杭沉默了片刻，大概没想到真相原来是如此，片刻后才状若镇定道：“因为你漂亮。”虽然语气很正经，可红晕又一次在不知不觉间爬上了楚杭的耳朵和脖颈。

“像网红那种？”

“网红不如你漂亮。你比她们都有辨识度。”

虽然被楚杭误解导致一路被冷淡对待，至今回想起来还是有点心酸，但是能听到楚杭这样一句夸赞，谭音觉得好像也没什么不能原谅的。

“所以对你确实是一见钟情。”都说到这个地步，楚杭如今别说耳朵和脖颈，连脸颊都红了，但索性也豁出去了，“这是我第一次也是唯一一次有那么喜欢的感觉，但是发现被你骗了。”

被楚杭这么一说，听起来还真的像是一段清纯少年初恋惨遭渣女欺骗，流泪伤心不会再爱了的故事，好像还真是谭音的错了……

“所以开学后你认出我了就那么讨厌我？”

楚杭抿了抿唇，艰难道：“其实没有很讨厌你，看到你，其实是有点讨厌我自己。”

“为什么？”

“因为虽然知道你是个骗子，但还是有点在意你。”楚杭看了谭音一眼，“一边很生气，一边又觉得很开心。”

生气好理解，误以为自己被骗了，自然是要生气的，但开心是怎么回事？

这一次，谭音还没问，楚杭就开了口，他看了谭音一眼，语气有些不自然："开心是因为，虽然被你骗了，但发现你不是盲人，眼睛很好，还和我一样是A大建筑系的学生，其实替你高兴，有一种松了一口气的感觉。"

"虽然你是个骗子，但是希望你过得幸福。"楚杭一边说，一边紧紧盯着谭音的眼睛，"就觉得像你这样漂亮的眼睛，能看得见真是太好了。"

从刚才开始，谭音心里疯狂跳动的心脏就仿佛彻底脱了轨，再也停不下来了。

"虽然努力告诉自己不在意，也装得不在意，但是你总是能用各种方法引起我的注意。我都出国交流冷静一个学期了，结果一回来，你就给我折腾出了那么个漫画，害得我不得不又要和你有交集。"楚杭说起这件事，显然还有些咬牙切齿，"谭音，你有时候真是太讨厌了。"

虽然楚杭说自己讨厌，但谭音此刻听起来，他这语气除了虚张声势之外，一点别的威慑作用也没有。

当时楚杭出国交流，坊间的传言都说他是为了躲避自己的追求，如今听来，谭音才知道这还是真的，楚杭确实是为了躲自己出国的，不过不是自己想的那种躲，是完全相反的一种……

而把这些细节回过头来重新整理一遍，她竟然觉得当初那些玻璃碴子，原来放在嘴里时间久了，细细品起来，才发现只是些外表包装成玻璃碴子的糖。很甜很甜，甜到都会发腻的那种。

谭音嘟了嘟嘴，低声道："我这么讨厌，那你现在拉我拉得这么紧干什么啊？"

"我现在想通了，讨厌你实在是很麻烦，所以还是喜欢你算了。"楚杭状若云淡风轻道，"而且现在误会也解除了，当初你不是蓄意骗我，所以我现在一点也不讨厌你了。”

事情兜兜转转绕了这么一大圈，谭音才哭笑不得地发现，当初原来因为那场误会，自己错过了什么。

她挺委屈：“你当初为什么不和我直接确认？当面对质也行啊。就这么憋着不说，不然当初我们不就能谈恋爱了吗？也不用错过。”

“现在也可以谈。”楚杭移开了目光，声音不自然地道，“反正现在你诡计得逞，我更喜欢你了。”

说起这个，谭音又有些委屈了：“我怎么不觉得，你虽然说得挺好听，说喜欢我，可刚才地震了从图书馆出来，你把我丢在广场上以后，再也没看我一眼。你每次救人出来我喊你，明明那么大声，站得比你离我远的人都在看我了，可你就当没听见，对我置若罔闻的，这真的是喜欢吗？”

“我听到了。”

听到了为什么还假装没听到根本不理睬？谭音觉得有点生气，难道是因为觉得自己还和周铭在一起，所以楚杭赌气懒得理自己？这也太小气了！

楚杭却在谭音胡思乱想之际终于开了口，声音有点干涩，简简单单几个字，却像是花了巨大的力气和勇气：“我不敢看你。”

楚杭深吸了一口气，终于像是舍弃了羞耻感，看向谭音，声音微微压低，声音低沉，一贯带了凉意的质感里掺杂了一丝微不可察的不自然：“不敢看你，因为怕自己一看你，就不想去救别人了。”

谭音被这个答案给弄得有些不知所云：“为什么？”

“因为喜欢你，喜欢到想到你，就会变得更加惜命。”楚杭顿了顿，“觉得自己还没有和你在一起，如果救人的时候就出了意外，是不是太不值得了。”

“我以前从没有怕过死，但是喜欢你以后，发现自己就怕死了，有人说，喜欢一个人，就像有了软肋，现在我才知道，这句话是真的。”楚杭说到这里，看了一眼谭音，努力抑制着情绪，“我怕我要是死了，你就真的和周铭双宿双飞了，或者就算不是和周铭，和别的人，总之一想到这里，我就接受不了，觉得自己不能死。”

“我怕再多看你两眼，我连救人都不想去了。”这一次楚杭移开了视线，看向地面，“大禹治水三过家门而不入，现在想来，可能大禹并不是全然心中只装着大情大义，心如钢铁一般坚硬，为了节省每一分钟时间才这样，而是因为他大概也和我一样，怕进了家门，就出不去了。妻子、孩子，温暖的家，他怕一回去，就沉溺其中因私废公，再也不愿意出门吧。”

楚杭的声音有些干涩，然而谭音听在心里，却觉得悸动而温柔。原来是这样，原来竟然是这样……

楚杭深吸了口气：“所以我不敢看你，也不敢回应你，因为我知道你是安全的，而还有很多人被困在图书馆里。”

谭音一颗心完全不受控制地狂跳起来。蒋一璐总是劝说她找一个文科专业的男生谈恋爱，说只有这样才能体会到中文情话的美妙，然而谭音此刻觉得，楚杭这样直白质朴的言辞才最为动人，天然而毫无雕琢，就像是楚杭这个人一样，不加修饰，没有虚假，全然把自己心中所想展现给谭音，而这样就够了，这样就是最好的。

只是在谭音不知如何接话之际，楚杭抬起了头，然后强硬地拽住谭音，逼着她直视自己：“我说了这么多，就问你一句话，你现在还喜欢不喜欢我？”

他这个模样，英俊又认真，严肃到让人觉得是在做什么世界性的建筑设计项目，黑亮的瞳孔里完全只映着自己的影子，声音轻柔又充满了诱导性，一双眼睛传递着的，仿佛都是：“说喜欢！说你喜欢！”

楚杭这男狐狸精，还真的挺邪门的，谭音只觉得自己一瞬间完全被蛊惑，等她反应过来，自己已经说了“喜欢”。

楚杭终于笑起来，俯下身，帮谭音彻底擦掉了脸上还遗留的泪痕，直视着谭音的眼睛，摸了摸她的头：“真乖。”

谭音想，自己又不能呼吸了……

这一次，楚杭的语气终于轻松起来，他的声音里带着劝诱：“既然我喜欢你，你也喜欢我，那就没周铭什么事了，现在，你跟我一起，当着我的面去和他分手。”

“不行啊！”

楚杭果然又黑了脸：“谭音，那你是什么意思？既放不下他，不和他分手，他继续做他的正牌男友，我呢，你又说喜欢我，要吊着我当地下情人？当一个见不得光的‘小三’？”

谭音不怕死地道：“恕我直言，你现在的行为，不就是个‘小三’吗？”

楚杭强词夺理道：“你和他没感情，我看他对你哪点也不像男朋友所为，我怀疑你们是形式情侣，虽然我没有证据，但反正我不叫‘小三’。”

“何况我也没有纠缠你，我只是喜欢你，想让你知道，想对我自己的这段感情有个交代，要是你不答应……”

“要是我不答应，反正你也努力过了就死心了，可以翻篇了？”

“要是你今天不答应，那我明天再来试试。

“明天不行，后天再试试，后天不行，大后天也能试试，要一直不行，我就一直等，我就这么静静地等你们分手。就像静坐示威一样，我不主动闹事，这就不是‘小三’。但等你们分手了，你就是我的了。”

楚杭这个模样，明明气鼓鼓的，却还要努力装作云淡风轻镇定自若，努力抑制着自己的情绪，面上仍旧一派冷静，谭音心跳加速之余，也难得地生出了点敌我主动权对调后的坏心眼。

“但是我不能和周铭分手哎。”

楚杭果然脸色更难看了，他顿了片刻，才深吸了一口气，沉声道：

“我可以等，我会一直等，等你们分手的那一天，只要你们分手了，你可以第一时间联系我。”

以前对自己爱搭不理，现在连没名没分的可怜备胎都愿意当了。这可真是……

谭音哭笑不得，过去拉了拉楚杭的手，一点都不忍心再骗他：“我和周铭不用分手，因为我们像你和安娜一样，本来就没在一起过。”

楚杭皱了皱眉，显然有一堆问题要问。

谭音只能从头到尾，把事情的前因后果简略地给楚杭解释了一遍。

楚杭听完，神色有所缓和，只是很快脸色又有些难看了：“所以也就是说，如果上次我没帮你去还书，没背你下山，其实你和周铭早就在名义上也分手了？”

谭音点了点头：“确实是这样没错，要不是你突然戏精附体强行给自己加戏，我和他早就……嗯……”

楚杭紧紧抿着嘴唇没说话，然而脸上的表情，看起来却像是一只人形河豚，有点惨，但也有点好笑可爱。

他现在大概心里悔得肠子都青了吧。因为无论如何他也没想到，让自己恋爱之路如此艰辛的，其实不是周铭，而是他自己。

只是很快，楚杭又有些阴阳怪气地吃味起来：“便宜周铭了，还做了个你名义上的男朋友。”

都澄清周铭只是朋友了，楚杭怎么对周铭的敌意还是这么大呢?

“莫名其妙我就变成你的第二任男友了，你还多了这么一个前男友，而且从名义上来说，他就是你的初恋了。”

楚杭这语气里含恨带怨，想来此刻他心里是十分不平衡。

“那要不这样，你要实在不平衡，也去找个前女友？”

“不要。”

楚杭说完，还恶狠狠地瞪了谭音一眼：“别说废话了，现在去找周铭说清楚，告诉他不伪装情侣了，你们的合作到此为止，以后你是有男朋友的人，不能和他炒绯闻了。”

“和周铭当然好说，但现在学校里大家都知道我和他高调地在一起呢，我感觉还是得找个在大众舆论面前也交代得过去的分手理由，然后我得低调个一段时间，再宣布新的恋情，这样比较合适。”

只可惜楚杭丝毫不理解谭音这计划里的一片苦心，皱了皱眉，不满道：“为什么要间隔一段时间？”

“这是为了我们的名声好啊，你想，要是我刚宣布和周铭分手，就火速无缝连接地和你在一起，大家当然觉得要不然是我劈腿，要不就是你‘小三’上位，说出去多难听啊！”谭音想到这里，也有些苦恼，“就是和周铭找个什么理由分手比较好呢？之前晒恩爱晒得用力过度，现在想找个合适的理由都难……”

“就说我是男‘小三’，单方面纠缠你，虽然你没理我，但导致周铭误解，和你吵架，最终吵架次数多了，把感情吵没了，于是分手，而我趁你失恋伤心乘虚而入，成功上位。”楚杭说完这番话，连眼皮都不带眨一下，面不改色道，“我已经帮你想好理由了，就这个了。你们今天马上宣布分手，让我‘小三’上位。”

谭音试探地问道：“这样对我是没影响，但是你的名声不要了？”

“嗯，不要了。”

“那我去找周铭。”说到这，谭音就忍不住想吐槽，“刚才在广场上我就已经看到周铭了，人都已经到图书馆这儿来找我了，结果你一把把我拉到这边没人的林荫道下，愣是这么说了一通，周铭指不定还在图书馆门口找我呢。”

谭音摸出手机一看，果不其然，上面全是周铭的未接来电。

“别找了，就电话给他说清楚吧，正好今天的饭也不用吃了，你们既然都‘分手’了，再被别人看到一起吃饭容易误会。今天你想吃什么，我带你去吃。”

不得已，在楚杭的坚持下，谭音只能拿起电话给周铭打了过去，结果自己刚喊了一句“周铭”，楚杭就把手机抢了过去：“你好，我是楚杭，谭音的男朋友，现在谭音和我在一起很安全，待会儿我们两个要一起去吃饭，不方便和你一起了，以后我们三个人再约。谢谢你以前对谭音的照顾，以后我会照顾好她。”

一番话说得头头是道、滴水不漏，谭音听得简直目瞪口呆。

楚杭把手机丢回给谭音：“愣着干吗？去吃饭。”

“小三上位”成功以后，楚杭一张脸上就颇有心机得逞般的志得意满，像是刚开完屏的骄傲孔雀。他牵着谭音，一点也不顾忌周遭人的目光，就这么冷静又镇定地在众目睽睽之下朝校门口走去。

楚杭是学校里的风云人物，谭音也是，而谭音倒追楚杭不成为爱跳楼这段“佳话”就流传更广了……

如今因为地震，在图书馆门口的这片平地广场上，几乎聚集了大半个学校的人，那么多双眼睛里，早有人认出了谭音和楚杭，而两人此刻十指相扣的手，更是成了众人的焦点。

谭音没走几步，已经感觉到了如芒在背的注视，那目光若是汇聚成实体，恐怕都是这些女生恨不得纷纷给自己的刀……

果不其然，没多久，她就收到了蒋一璐的微信。

“我的线人说，看到你和楚杭在图书馆门口十指相扣，这都什么谣言啊？虽然我对平时提供的线报一般都睁一只眼闭一只眼，只要不是百分之一百的假料，我都容忍了。但这种空口造谣的，就有点过分了！”蒋一璐显然很气愤，一连发了几个怒火冲天的表情包，“我气不过，把人给拉黑踢出群了，以儆效尤！”

谭音一时之间不知道该回什么好，因为不知从何开始解释，她索性放下了手机，暂时没有回复蒋一璐。

然而对于这件事的发展，她也仍旧抱着想再确认一遍的心思，看了眼在自己身边的楚杭："那个，楚杭，我就再确认下，你现在没生病吧？也没发烧吧？意识很清醒吧？会不会我之前纠缠你纠缠得太紧，隐身还盯着你，导致你现在……其实判断能力有点弱？甚至会不会产生了幻觉？总之之前的事我有做得不对的地方我都向你道歉。"

"谭音，我清醒得很。"楚杭看向谭音，简直是有些咬牙切齿的无可奈何，"你能不能相信我一点？你是有错，错在半途而废，追求就要有个追求的样子，死磕到底，还能追追就算了的？"楚杭不屑道，"就这样，竟然还好意思标榜自己是个执着和专一的人？"

谭音噎了噎，但随即想起了什么："我还没问你，你还有多少事情骗了我？"

"什么？我什么时候骗过你？"楚杭大言不惭地否认道，"我从不骗女朋友。"

"你早就能看到我隐身了却不说，这是骗我；还没进大学就对我有非分之想了也不说，这也是骗我。除此外，你还有什么事情瞒着我的？

"现在轮到你坦白交代了，你要是骗我被我发现了，我可能就要找周铭哭诉了。"

"你不许找周铭。"果然，只要一提及周铭，明明都澄清了是真的纯朋友，楚杭还是完全忍不了，不自然道，"你别找他。我坦白交代就是了。"

风水轮流转啊，谭音想，刚才在桌子底下还是自己被逼供呢，如今事态变化，轮到自己坐庄了。

"那你说吧，好好交代，要事无巨细地交代！"

"你送外卖摔了开车送你，不是为了练车，单纯想送你。

"去了一个又一个小区，不是想看小区设计，那几个小区没什么设计能看的，只是不想你送餐迟到被人刁难扣钱。

“在教室里砸你纸团，我是故意的，因为不想让你坐在别人身边。

“给你点奶茶也是故意的，想给你喝。

“让徐聿脱掉有百合花粉味的衣服也是故意的，不想让你过敏。

“在咖啡馆那次开空调，是因为不想让你着凉。

“有一次洗澡你也在浴室里，不让徐聿脱裤子，因为不想让你看他。

“钢琴，也是弹给你听的。”

…………

谭音想，看不出来楚杭竟然骗了自己这么一箩筐的事，不过从送外卖时就这么言不由衷了，自己是不是能够以此推断，楚杭那时候对自己也是情难自禁？毕竟当初还误会自己伪装盲人，这层“旧恨”又加上了画漫画的“新仇”，理应对自己避之不及心怀怨恨才是……

这一刻，谭音忍不住有些飘飘然，她的脑海里只有一句歌词：“如果这都不算爱……”

而这样一推断，过去在自己眼里并没有什么特殊之处的一件件事，如今仿佛是撒上了厚厚一层糖霜的甜甜圈，又香又软，还新鲜出炉，回忆里都是那种甜蜜的、让人难以抗拒的气息。谭音瞪大眼睛看向楚杭，越听越觉得难以置信，楚杭却似乎压根儿没有停下来的意思，他要交代的，实在是太多了：“我从来没喜欢过安娜，八点博物馆的地点、时间，就是大声说给你听的。

“鞋子不是扶贫才给你买，你穿细高跟很好看，但是那鞋子磨脚，我看到你走路姿势都有些不自然了，买鞋让你换是希望你能舒服点。

“和安娜看美术馆不是结束得早，是因为你没来，根本没怎么和她看，就中途回来找你了，怕你雷雨天遇到麻烦没人看得见你也没人帮你。

“机器猫内裤挺可爱的，但我关注这一点确实是不对的，非礼勿视没做到，对不起。”

…………

“其实担心的是你会不会感冒，没担心猫。

“带走猫把你赶回宿舍不是怕你传染感冒给我们，是怕你不及时换衣服洗澡生病。”

…………

“你从周铭那里借的小电驴，其实坏彻底了，修不好了，你领去的那辆是我给你新买的。”最后这一句交代，楚杭的语气却像是因为回忆起了什么场景一般，竟然带了点不甘和咬牙切齿，“我要知道你要拿来和周铭一起同乘，我死也不会给你买。”

这位朋友，注意分寸啊！这可是你在交代！不是给你机会翻旧账啊！

“徐聿没告诉我老校区有老教室可以画图，是我自己跟你去的，怕你一个人害怕。

“外出爬山那一次，说我是团队安全的负责人也是骗你的，我根本不是。

“下山有近道，我想抄近道反而绕了路也是骗你的，因为想让你多睡一会儿。

“有多漂亮就可以有多作，你的漂亮程度怎么作都可以，这不是徐聿说的，是我说的。”

只是明明应该是楚杭交代，他越是坦诚越是真的老实交代了，谭音反而越发不好意思越发脸红了。

他不就是交代吗？怎么能交代得和表白似的？

楚杭越是往下说，谭音越是忍不住低下头，她的脸红得像是烧了起来，这才开始真切地感受到楚杭确实是喜欢自己的。因为在那些自己根本没意识到的时刻，他一直默默地在用他的方式关注着自己，保护着自己。

谭音一时之间觉得内心既酸涩又甜蜜，你爱着的那个人也恰好爱着你，这是多么美妙的巧合。

以前被雷劈了以后虽然有了隐身的超能力，但这超能力无法自主控制，常常给谭音带来麻烦，一旦隐身又像是被社会隔离。虽然谭音每次都嘻嘻哈哈，但其实也不是没有害怕和担忧过，自己这样不正常，以后真的会有人能接纳这样的自己吗？虽然嘴上说着自己是天选之子，但谭音也觉得自己有点倒霉。

然而直到这一刻，手上还能传来楚杭温热的体温，自己竟然真的握着这只手，谭音才真心实意地觉得，自己确实是天选之子，别说学习搞上去了，竟然连高岭之花楚杭都搞上手了！

自己这个运气，还是可以的。

只是面对这位新晋男友，谭音还是有些害羞和无措。两个人选的是西餐，结果整顿饭里，谭音不是不小心碰掉了甜品勺，就是看楚杭看到走神差点切牛排切到手，弄得最后楚杭看不过，也不顾别人的眼光，径自把谭音的餐盘一股脑端到自己面前，优雅又镇定地帮谭音把一块块牛肉都切好，然后才把餐盘物归原主放到了谭音面前。

谭音小口小口地用叉子吃着牛肉，明明很美味的五分熟牛排，她也都食不知味了，因为眼前的楚杭好像更秀色可餐一点，她吃两口，就看两下楚杭。

看到最后，连楚杭都有些不自然起来：“你看我干吗？”

谭音咬了咬叉子，一脸认真：“总觉得眼前的你可能是个幻境，我一不看牢，再抬头，你就消失跑掉了。”

“白痴。”

只是楚杭虽然这么说，低下头时嘴角却是在笑。

而没过一会儿，正优雅用餐的他突然想起什么似的，放下刀叉，看向了谭音：“你的牛排配的是松茸菌菇酱吧？”

谭音不疑有他，点了点头。

“哦，我的是黑胡椒酱，我想吃一下你的口味。”

谭音二话没说，就把自己的餐盘端起来要给楚杭递过去，楚杭却没接，低下头，脸色有些红，声音也有些不自然：“不用这么麻烦，我就吃一口，你喂我就行了。”

喂！能不能不要用这么正经的语气说这种话啊！谭音好不容易恢复正常的脸犹如被燎原的火烧过一样，又不经逗地红了起来。

这西餐厅环境高档，虽然似乎并没有别桌在关注自己和楚杭，然而谭音还是下意识地不好意思，捂了捂脸：“别了吧，喂来喂去好像有点秀过头了吧，我也是会害羞的呀。”

楚杭看了谭音一眼，继续拿起刀叉切起自己的牛排来，声音很平静镇定，说的内容却不太对劲了：“是吗？可我看你当初和周铭在食堂里那么多双眼睛的注视下，还是大大方方互相喂了半个小时，一看心理素质就挺好的，不像会害羞的人。”

楚杭说完，放下了自己的刀叉，然后看向谭音：“喂吧。”

谭音以前只知道女生爱吃醋，没想到楚杭一个男的，醋劲也这么大！只是按照他此刻酸味扑鼻的醋意，自己不喂他一下，怕是过不去这个坎了……

于是谭音只能红着脸紧张又忐忑地叉了一小块牛肉，送到楚杭的嘴边。说来也奇怪，之前在食堂里众目睽睽之下，自己给周铭喂了那么久，也一点没觉得紧张和不安，然而面对楚杭，只是这么一小口，谭音就觉得羞耻度爆表。

不过幸好就一口，她一边在内心安慰着自己，一边努力平复心情，只是没想到对面的楚杭显然并不同意。

他姿态优雅地吃完口中的肉，然后看向谭音。

这副模样，虽然什么也没说，但楚杭明显摆出了一脸矜持的等待投喂样……

谭音只能红着脸，又喂了一口给楚杭。

只是楚杭永不餍足一般，吃了一口又眼巴巴地盯着谭音要第二口，吃了第二口又等第三口……

就这样，谭音愣是把自己的半盘牛肉都喂给了楚杭，而以为终于填饱楚杭的胃以后，楚杭却拿起叉子，叉了一小块牛肉，送到谭音的嘴边。

“礼尚往来。”

虽然这西餐厅里的其他顾客并不像学校食堂里的学生一样八卦而直白，然而谭音刚才喂楚杭的那些举动，也多少有服务员和其他顾客偷偷朝这里看。楚杭身材堪比职业男模，脸蛋长得好又很能打，又这么肆无忌惮地秀恩爱，不招人关注才有鬼!

平日里楚杭并不喜欢被人关注，行事都很低调，很努力地在降低自己的存在感，只是这一次，在这西餐厅里，他一点也不顾及旁人的目光，认真地看着谭音，然后一口一口喂她吃。

一顿饭，吃得真是面红耳赤心跳如擂鼓，就在谭音觉得再吃下去自己心悸到快要去装支架的时候，牛肉终于就这么喂完了。

可惜楚杭还有些意犹未尽：“我喂的好吃还是周铭喂的好吃？”

“你！你喂的好吃！”谭音生怕楚杭被激起战斗欲望又给自己点一份牛排一块块喂，赶紧指天发誓道，“楚杭，我的心里只有你，我不认识什么周什么铭的！”

这一番话显然极大地取悦了楚杭，他终于像个狡诈的狐狸精一样抿嘴笑了笑。

自己和周铭曾经伪装情侣互相喂食这件事，总算是翻了篇。

吃完了餐后甜品，楚杭便继续牵着谭音一路往学校走。此时天气仍旧阴沉，虽然邻省的地震也已经停止，并且没有大的人员伤亡，而作为被波及城市的 A 市受影响的情况就更微小了，然而大概是经历过了刚才的惊魂时刻，谭音总觉得没准儿地面随时又要开始摇晃然后裂开一条大口子，岩浆就要冒出来。她紧紧攥着楚杭的手，一边害怕地震再次来袭，一边又为牵着楚杭而紧张不已。

好在这家西餐厅离学校并不远，没多久，两人就到了学校门口。

谭音平时考了建筑系最后一名还挂庆祝横幅的时候都没觉得不好意思，如今倒是近乡情怯般害羞上了："要不还是先别牵手了吧，太高调了吧。"

可惜楚杭制止了她想要抽走的手，牢牢地握在手心。他根本无视附近走过的学生看向两人牵着的手时惊疑不定的目光，只镇定自若地朝前走："好不容易'小三上位'踢走原配，不高调宣传一下怪对不起自己的付出的。"

"我从小受的教育告诉我，不论做什么事，都要做到极致，做到业内顶尖。"楚杭冷冷地道，"就算是'小三上位'也是一样。"

喂！"小三"有什么好骄傲的啊！谭音真是开了眼了，第一次遇到楚杭这么有职业荣誉感的"小三"，当"小三"，还要当全宇宙最优秀最炫目的？

只是楚杭这么一讲，谭音也知道说服不了他，只能跟楚杭一起一路顶着众人的瞩目走到了女生宿舍楼门口。

因为刚才的地震波及，今天的课全部取消了，图书馆和不少教室也还在清理中，因此也待不了了，大部分人没处可待，就都选择了回宿舍。如今女生宿舍门口，来往的人比平时多了几倍。

楚杭牵着谭音这么出现，简直无外乎是明星出街般的注目度。

"那我回宿舍了，你也快点回去吧。"谭音在这些目光里有些赧然，低下头看向地面，努力让自己平静下来，内心却想赶紧跑回宿舍躲进被窝里，她几乎是一说完，就准备转身往楼上蹿。

只是她还没走两步，手臂就被楚杭从背后轻轻拉住了。

"还有一个问题想要问你。"

谭音疑惑地抬头，就在她准备询问是什么问题的时候，楚杭俯下身来，一只手搂住她的腰，一只手轻轻托举起她的后脑勺，然后就这么当着所有人的面，在女生宿舍楼门口，近乎嚣张地给了谭音一个吻。

这是一个丝毫不浅尝辄止的吻，楚杭的唇舌带了毫不退缩的侵略感，他给了谭音一个深吻。

就在谭音脸红心跳到快要爆炸的时候，楚杭终于放开了她。谭音这才发现，楚杭的脸色也有些红，然而他的神情还是泰山崩于面前而色不改的镇定自若。

谭音脑内一片空白，她咬了咬嘴唇，几乎是微微瞪着楚杭："你为什么什么都不说就亲我？"

结果楚杭却耸了耸肩："亲女朋友好像不需要打申请。"

谭音涨红了脸："这是我的初吻！"

太意外了！自己根本就没做好心理建设啊！谭音一边觉得燥热紧张，一边内心又混乱糅杂着甜蜜和患得患失。刚说完，她就有点后悔了，承认初吻这种事，听起来像是自摊底牌，总觉得说完以后气势上都弱了一截……

只是谭音没想到，楚杭也完全不在意地向她摊开了自己的底牌，他声音低沉性感地轻笑道："哦，挺巧的，也是我的初吻。"

行……行吧……你这个该死的男狐狸精，勉为其难原谅你了……

只是心里这么想，面子上谭音还是有些气鼓鼓的："你还骗我说有问题要问我，结果就是直接偷袭我！楚杭你这个大骗子，我以后再也不相信你了！"

"没骗你，是有问题问你。"楚杭却轻声笑道，"一直很好奇，狗粮那么好吃吗？你吃了大半袋。"

虽然这个问题实在非常跳跃，但是谭音还真的认真地想了想："确实还挺好吃的，进口狗粮名不虚传。"

“白痴。”楚杭俯身轻轻凑近谭音，然后不容分说地又给了她一个吻。

“以后别吃可可的狗粮了，我喂你吃我们自己的‘狗粮’。”

一个吻配上自己耳边近在咫尺的撩人声音以及暧昧地呼在自己耳垂上的气息，谭音一瞬间只觉得自己差点当场升天。她现在完全相信自己绝对健康得很，因为要是有心脏病，早在这种刺激里心梗了……

结果楚杭却还嫌不够似的凑近谭音耳边，又亲了亲她本就在发烫的脸颊：“所以，是谁的狗粮更好吃一点？是可可的吗，还是我喂你吃的？”

楚杭这架势，自己不回答是决计不让自己走了，谭音觉得自己浑身每个毛孔都热到快要蒸发升华了，她根本不敢直视楚杭的眼睛，只丢下一句“你喂的好吃”，就赶紧像个兔子似的逃出楚杭的爪牙，飞也似的跑了。

谭音跑回宿舍，第一件事就是把自己埋进了被窝冷静冷静。刚才楚杭在女生宿舍楼下那一番毫无顾忌的操作，结果被无数双眼睛看在了眼里，谭音一路跑上楼，还能不断感受到身后各种意味的复杂目光。

以楚杭的校园知名度和高岭之花的难以采摘度，他这种当众强行喂别人吃狗粮的行为，真是成功替自己拉了众多仇恨……

不过谭音窝在被窝里，却还是忍不住想傻笑。有一点楚杭没有骗人，吃可可的“狗粮”确实没意思，还是和楚杭一起制造“狗粮”比较刺激。

谭音缩在被窝里，本来正在头脑混乱地回忆着刚才的吻，结果被子一把就被蒋一璐给掀开了，随即而来的，是蒋一璐的大嗓门：“谭音，快别蒙头睡觉了！你摊上大事了！学校论坛八卦版被你屠版了！”

谭音被蒋一璐不容分说地揪了起来。

蒋一璐一脸严肃：“你都得罪谁了？八卦版现在都在讨论你和楚杭

的事，说你踹了周铭，劈腿楚杭，把人家给搞到手。这绝对是有组织、有纪律在黑你，别说这传闻说得有板有眼，竟然连你们牵手、接吻的合照都 PS 出来了。我把照片下载了给我计算机系的朋友分析，人家都说，这绝对是高手，竟然毫无 PS 痕迹！”

蒋一璐一脸担忧：“虽然我是版主可以删帖，但是这些帖太多了，删也删不掉，而且我现在还没能从技术上证明这照片是 PS 的，也不能贸然删帖，不过现在网上大家一边倒，都在同情周铭，周铭不仅彻底洗刷了之前被黑的形象，还赢得了一大批同情分，只是你……”

“不是 PS 的……”谭音咽了咽口水，刚想开口解释，楚杭的电话就来了。

结果自己还没来得及接，蒋一璐一眼瞥见手机屏幕上楚杭的名字，就赶紧抢先接了起来，对谭音挤眉弄眼道：“估计来兴师问罪的，肯定要骂你，以为是你在搞事，我帮你接，说你不在，等咱们弄清楚这个事的前因后果，再和楚杭这个另一位当事人沟通……”

蒋一璐飞速地说完，就按下了接听键：“喂？楚杭吗？哎呀，不好意思啊，谭音在洗澡呢，暂时没法接电话，但我和你保证，她绝对没干什么乱七八糟的事，今天一天我都看着她躺在宿舍床上睡觉呢！”

蒋一璐刚想继续帮谭音背书，就听电话那端楚杭顿了顿道：“谭音是我十三分钟前亲手送到你们女生宿舍门口的，在此之前她都和我在一起。”

蒋一璐愣了愣，仿佛还在细细品味楚杭这几句话到底是什么意思，结果还没想出个所以然来，就听电话那端楚杭镇定地继续道：“行了，把电话还给我女朋友。”

蒋一璐在这惊涛骇浪般巨大的变故面前仿佛整个人都傻了，呆呆地移开了手机，对谭音愣愣地道：“楚杭打错电话了吧，他说他找自己的女朋友……”

谭音没空解释，先接过了电话。

“帖子我看到了，你不用管，我会处理好。”

几乎是听见楚杭的声音的一刹那，谭音就觉得整个人安心下来，好像有他这样一句话，就知道没什么再需要担心的。

谭音点了点头：“嗯！”

楚杭顿了顿，然后声音有些喑哑地道：“你没有别的要和我说了吗？”

不问倒好，这一问，谭音还真的想起了点事：“有有有！”

“你想提什么要求，我都会认真考虑下，虽然快期末了，时间是有点紧，但今晚我正好有空，如果你想去看电影逛街也不是不可以……”

只是楚杭的话还没说完，谭音就激动地打断了他：“楚杭！我想学习！”

楚杭噎了噎，难以置信道：“你确定？”

“嗯！”

怎么能不确定，建筑力学马上就要考试了，谭音觉得自己还有好几个知识点没吃透呢，既然今晚楚杭正好有空，当然要抓住机会好好让他辅导一下了！既然楚杭成了自己男朋友，怎么能不好好地物尽其用？

楚杭沉默了片刻，但最终还是点头答应了谭音：“待会儿我到你的宿舍楼下接你，一起吃个晚饭然后找个地方辅导你。”

几乎是谭音一挂电话，蒋一璐就两眼放光般扑了上来，不断晃动着谭音的肩膀：“谭音，你老实交代！这是怎么回事？”

谭音故作淡定道：“就你看到的那样，照片不是PS的，我确实和楚杭在一起了。”

“你上哪儿买的回心转意符，我听说那个好像管用？”

谭音简直无语凝噎：“你能不能不要封建迷信了？”她撩了撩头发，造作地解释道，“楚杭只是自然而然没有抵挡住我的魅力，突然意识到了我的可爱而已。”

“楚杭不是和那个安娜在一起了？怎么又突然爱上你了？”蒋一璐显然仍旧很难消化这个事实，一边想一边嘀咕，“但既然你和楚杭在一起是事实，他刚才还送你到女生宿舍楼门口，那这么多人晒的你俩接吻的照片就是真的……那我岂不是把别人的 IP 都给封错了？人家确实没造谣啊！我作为版主岂不是还要真身道歉？会不会被人掐死？”

不过很快，蒋一璐就发现，自己的担心完全是多余的，因为八卦版根本没空追究她这个版主的失职，大家都在为热帖里正主的现身而沸腾。

这帖子以爆炸性的热度从挂在八卦版版首，名字也十分具有煽动性：

劲爆内幕，谭音高调劈腿，周铭惨遭抛弃，试问高岭之花到底受了何等刺激，是被死缠烂打后的自暴自弃，还是以死相逼的被迫？

…………

蒋一璐点进去，移到后面几页，连续爬了好几百楼，才终于看到了当事人那条回复。

434L：谭音没劈腿，没死缠烂打，没为我跳过楼，和周铭是和平分手，分手后是我追的她。

这一层，署名：楚杭。

这条回复下，一开始果然仍然是遭到了众多质疑：

435L：这装的楚杭吧，反正匿名论坛，注册叫什么名字也无所谓。

437L：层主你怎么证明你就是本人呢？

直到：

566L：散了吧，大家伙儿，楚杭微博上公开恋情了，今天真是遭到了成吨的打击，我的男神脱单了，对象不是我。

578L：抱着不信的心去看了一眼，嘤嘤嘤，真的是楚杭，我酸了、我后悔了，当初如果我也勇敢地为爱跳楼，是不是今天楚杭就在公布和我的恋情了？

579L：楼上醒醒，楚杭不都说了，谭音没为他跳过楼！

590L：我有一个大胆的猜想，其实我们都想错了，没准儿是楚杭“小三”上位绿了周铭？

592L：楚杭都说了是周铭分手后两个人才在一起的，590L眼瞎啊？凭什么诬蔑我们楚杭！

…………

这帖子里拉拉杂杂为这点事分成了几派，吵吵闹闹不休，直到后来周铭也实名现身，否认了“劈腿插足小三”说，亲自为楚杭和谭音站了台。

700L：天哪，周铭小天使真的好可怜也好可爱，为什么会有这么大度又有风度的前任啊，分手了还顾及着对方的名声帮着澄清，相比我的前男友简直是一条狗！

705L：心疼抱走周铭，其实周铭长得也很不错呀，清秀文雅型。周铭同学，既然你单身了，要不考虑一下我？

706L：想做周铭的女友 +1。

707L：真实心疼周铭，不过周铭人这么好，想起之前竟然有帖子故意抹黑他说他心理阴暗还暗恋段影菲到不择手段，太扯淡了！唠！

…………

之后的帖子，谭音已经没心情再看了。她快速地打开了微博，然后震惊了。

她的微博显示有两千多条提及她的，谭音深吸了一口气，抖着手点开，才发现楚杭常年不更新的微博发了一条动态：

楚杭：女朋友@谭工世界一级棒

楚杭的微博名就是他的全名，虽然动态不多，但粉丝奇多，一来有学校里的迷妹，二来他在几个建筑专业论坛里都发过非常专业的论文和分析，因此也有不少业内人士关注他，只是自己的微博……自己的微博楚杭是怎么知道的?

谭音感觉自己简直要心跳加速到没法自控了，她当即打通了楚杭的手机：“你怎么知道我的微博号的？”

谭音简直想仰天大哭，如果她没记错，她的微博前几天还仗着没什么人关注自己，疯狂刷屏发了几条希望安娜和楚杭早日分手的微博……

手机那端的楚杭笑了下，温柔低沉的声音努力掩盖着语气里的不自然：“哦，我刚才把你以前给我写的那半年情书都看了，其中有一封里写道：‘楚杭同学，我的微博是@谭工世界一级棒，我们可以互关吗？’”

“我当年的情书你没丢？”

“没有。”

谭音愣了愣：“那别的女生的情书你都这么留着啊？虽然不丢，但也不拆？那你宿舍得专门有个柜子装这些玩意儿吧？”

“就你的留着。”楚杭压低了声音，“其他女生的，我全部退回去了。只有你的没退回给你，就这样保持原样地收着。”

哼，竟然早就对自己特殊对待有非分之想了！谭音心里甜滋滋的也美滋滋的，只是她很快想到了新的问题。

“那你为什么只收着不拆呢？”

“怕拆了看了以后自己更管不住自己的注意力。”楚杭的声音虽然平静，但是微不可察的那个语句的尾音里带了点害羞的赧然和努力遮掩的紧张，“那时候对你有误解，觉得你人品不端，应该远离。”

哦……结果可真是越来越远呢……

不过……谭音想到自己微博上那些乱七八糟的刷屏，顿时警觉起来：“你刚关注的我的微博吧？没乱翻什么吧？”

“没有。”

可惜谭音这口气还没彻底松下，就听到楚杭噙着笑继续道：“我没乱翻，只在你的首页看了一眼，就看到了一堆变着花样祝我早日恋爱失败的‘美好祈愿’，是怎么写的？本人愿意一生吃素换来 CH 失恋，如果美国和中国之间的时差是一年就好了，今天 CH 分手了吗？没有。一想到 CH 在谈甜甜的恋爱，和女朋友卿卿我我，就想打爆他的狗头……”楚杭笑道，“醋劲还挺大啊。”

“别念了别念了！我投降！是我心术不正！是我品行不端。”谭音泣血道，“我看你还是继续远离我吧！”

“那怎么行？我得留你在身边让你慢慢赎罪。”楚杭只是笑，“以后由我负责监督你的品行。”

第十九章

十二味的甜

两个人又说了几句，谭音面对蒋一璐的死亡质问视线，终于和楚杭先说了拜拜。

蒋一璐手臂环胸，盯着谭音："你俩到底怎么回事？"

"这个……是一个长长的故事……"

谭音不得不一一回答了蒋一璐的质问，蒋一璐听完，一脸歆羡和憧憬道："这不就是双向暗恋吗？这诗一般美好的爱情，徐聿怎么就不能学学？"

谭音来了兴趣："所以你们俩是什么进展？"

蒋一璐十分郁闷："说好的一起瓜分'殖民地'，结果我现在竟然卡壳了！徐聿这个'殖民地'抵抗十分顽强啊，竟然不肯归顺，我明明觉得以我们俩最近的发展速度，他应该表白了啊！结果我等了一周，他愣是没有后续动作，气死我了！"

谭音安慰了蒋一璐几句，楚杭的电话就来了，他已经等在女生宿舍楼下了，谭音临走前又给蒋一璐叫了一份甜品外卖，才放心地离开。

短短几步下宿舍楼的路，谭音却觉得异常忐忑而漫长，明明是按照正常的速度在走，但一切都像是慢镜头，当她走出宿舍大门，看到站在不远处的楚杭时，仍旧觉得这一切美好虚幻得像一个仲夏夜的梦。

只是很快，她就知道了，这并不是自己的幻境，因为那个被万众瞩目犹如油画里走出来的男生，一张原本表情寡淡的脸上，在见到自己的一刹那，犹如昙花绽放一般，微微皱着的眉舒展开来，嘴边漾起了一个抹浅极淡的笑，然后他眼神坚定而温柔地朝着自己走来。

以前谭音的爸爸成天教育她，年轻人在大学里不好好学习是虚度光阴。

这话不假，只是此刻谭音才意识到，这句话后面，理应还有一句话的。

年轻人在大学里不好好谈恋爱，也是虚度光阴。

一路挽着楚杭的手自然非常享受，只是周遭那些目光就让谭音有些不习惯了。以往她因为横幅的事也没少受人侧目，只是这次不一样，横幅她根本不在乎，然而楚杭她在乎。面对有些明显不怀好意或太过探究的目光，她仍旧不自在。

反倒是楚杭比谭音淡定得多，在食堂里，他一只手牵着谭音，一只手帮她撩了撩被风吹散的头发，动作自然又亲昵，根本不在乎任何目光，直白而坦然。排队的时候，趁着谭音不注意，他还俯下身亲了亲她的脸颊。

一顿饭，明明菜色简单，然而在楚杭的注视下，谭音竟然吃出了活色生香的味道来。

饭后两个人找了一间位于一楼的空教室，谭音也不浪费时间，摊开书，真的认认真真地求教起楚杭来。

不得不说，楚杭这人讲起来，就是深入浅出，超静定结构力学材料力学、多跨连续梁结构力学混凝土设计、桁架理论力学结构力学……谭音越听越沉迷，顿时有一种对建筑前所未有的把握感，仿佛只要力在风里，她就能感知到。一时之间，学习激情澎湃到恨不得冲到教室外面大喊一声：今天，力属于我！

只可惜谭音的内心里正想在力的世界里称王，楚杭倒是不乐意了。

他停下了讲解，抿了抿唇，看向谭音：“你都能学进去？”

谭音正在力的河流里徜徉，当即不疑有他，笃定地回复道：“学得进去！”

只是自己这么说完，楚杭的脸色却不算多好看，而配合着这脸色，他合上了课本。

“学了一个小时了，差不多了，今天到此为止吧。”楚杭顿了顿，声音不自然地解释道，“因为人在一段时间内集中注意力的高效率时间其实是有限度的，再学下去，恐怕事倍功半，不如劳逸结合。”

谭音有些急：“楚杭，我学得进去啊！都学了一个小时了吗？我一点儿没感觉到，我觉得我现在状态还很好，还能继续学，不会效率差！”

只是无论谭音如何保证，楚杭也不为所动，一点也没有继续教的动作。

“明天也可以继续。”

谭音急道：“学习怎么可以等！”

“那难道要我等吗？”

“啊？”

楚杭抿了抿唇，有些忍无可忍又无可奈何地道：“我知道不是你学不进，是我教不进。”

谭音愣了愣。

楚杭望向谭音的眼睛，他的声音有些努力抑制的赧然：“不是你的问题，是我的。”

在谭音还没彻底反应过来之前，他那低沉而带了微凉质感的声音再次响了起来："对着你讲一个小时力学已经是我的极限了。"

"我看着你，没有办法集中精力，教不进了。"楚杭抿了抿唇，自暴自弃般道，"你要实在想学，要不我叫陈自强或者张晨过来。"他说完，又看了眼谭音，然后竟然毫无心理负担地反悔了，"算了，还是别了，我感觉不太安全。"

谭音一开始还没意识到什么不安全，等反应过来，才有些哭笑不得："陈自强都有交往好几年的女朋友了，张晨不是也正在追安娜吗？这还有什么不安全的？"

"总之，是男的就不安全。"楚杭显然不想多说，耳垂微微泛红，一本正经地拒绝道，"还是不行。"

谭音有些失笑："你要知道，最开始学院的一对一帮扶计划，我的结对子对象可是陈自强，要不是他当时摔断了腿不方便，我现在还在和他精准扶贫呢！"

"反正现在我才是你的金主，你是我的小贫困户。"楚杭冷静道，"我认为我们这种一对一的帮扶关系是排他的、独家的，你既然接受了我的援助，就不能中途去找别人辅导了。"他说完，又忍不住补充了一句，"何况陈自强、张晨成绩又没我好。"

"哦……"

"不过谭音，你是不是……"楚杭顿了顿，然后干巴巴地道，"比起我来，更喜欢学习？"

"啊？"这话题跳跃度怎么这么大，谭音一时之间有些摸不着头脑，楚杭这句话里的潜台词……

她小心翼翼地问道："你难道连学习的醋也要吃？我热爱学习不是好事吗？不然考的成绩差不是丢你的脸？"

"你考成什么样我都不觉得丢脸。"楚杭抿了抿唇，突然像是想起了什么似的，"所以如果我和你的建筑模型一起掉进了河里，你救哪个？”

楚杭看了眼谭音，状若随性道：“哦，我就是随便问问，你只管按照自己心里想的答就行了。”

只是他说完，又此地无银三百两地补充了一句：“你要认真想想再回答。”

谭音看着楚杭明明心里在意得要死但面子上还装作一派云淡风轻无所谓的模样，简直是一个爆笑，她以前怎么没发现，楚杭原来是这么可爱的?

谭音装出了很纠结的样子：“这个问题倒是有点为难呢……你知道模型对于我们建筑系学生的意义的，模型在人在啊……和男朋友一起掉在水里，所以当然是选……”她故意顿了顿，看向对面的楚杭。

虽然努力抑制，然而楚杭脸上仍旧流露出一丝失落和惆怅，而他此刻严肃倔强地忍着，看起来竟然带了点楚楚可怜的意味，浑身上下飘散着一股让人怜惜的懂事，谭音看了不由得有些心酸。

谭音舍不得逗楚杭了，看向楚杭的眼睛，一口气道：“当然是选男朋友。”

几乎在她话音刚落的瞬间，楚杭的眼神就因为这意外的答案而重新带了点得逞般的雀跃，虽然努力抑制，但他身上的愉快已经控制不住都满溢了出来。

谭音的心突然像是掉进了一个蜂蜜罐子里，她想，原来恋爱是这种感觉，原来真的喜欢一个人，会在意他的感受，会观察他任何一个细微的表情，会因为他的快乐而快乐，而喜欢这种感觉，原来真的是会改变人的。

这种美好而单纯的情愫，原来可以把冷淡疏离到仿佛不食人间烟火的楚杭变成眼前这个别扭又有点幼稚的大男孩。

谭音双手托着下巴，望着楚杭的眼睛又认真地重复了一遍：“我选你。

“因为我也有一个秘密要告诉你。”

楚杭抬起头。

谭音笑了笑：“我对你也是一见钟情。”

楚杭完全愣住了，脸上的表情在震惊之余便是一种糅杂着甜蜜和惊喜的模样。

“我其实在假扮盲人的时候，就喜欢上你了。”谭音认真地看着楚杭，“我一共试验了好几次，而你是唯一一个主动提供帮助的人。”

“那如果当时主动提供帮助的是别人……”

楚杭的话还没有问完，谭音就打断了他：“如果是别人，那就没有一见钟情了。”

“嗯？”

“因为我就只喜欢你呀。”谭音想了想，语气却很笃定，“你可能不相信，但我觉得冥冥之中注定的吧，因为是你恰好在那个时间出现，才会成就一场一见钟情，如果我们没有在那个时候相遇，那么下一次遇见的时候，我相信还是会一见钟情。”

“不过……”谭音突然想到了什么，“既然你当初认为我假扮盲人是为了红和流量，并且也没和我求证过，就这么一直误解着，后来是怎么……怎么对我改观还喜欢我的？毕竟你等到了和我坦白的时候，我们才解除这个误会啊。那岂不是在此之前，我在你眼里，都是这样一个为了红甚至连原则和底线都没有的人？这样的我也值得你的注意和喜欢吗？”谭音顿了顿，低声道，“总觉得之前我在你心里的形象确实不太好，既是疑似博眼球不惜伪装盲人消耗善意的网红，又是追求不成就画漫画泄愤的纠缠者，还是考了最后一名恬不知耻挂横幅的同学……”

“印象是不太好。”楚杭别开头，坦白道，“我其实觉得你浑身都是缺点。”

楚杭，你这么老实真的会失去你的女朋友的……

“对你的第一印象和后面的反差实在太大，真的有点接受不了。”

谭音好奇了：“所以第一印象是怎么样的？”

“那时候你站在十字路口一脸茫然不知所措，明明看不到没法过马路，但只咬着嘴唇不向别人求助，就觉得还挺让人舍不得的。”

看来自己让楚杭一见钟情的竟然是自己当时的小可怜人设？

“结果后来我发现你是装的，就非常生气，生气得都没去求证过。”

谭音嘟囔道：“那听起来我这么差劲，你怎么还会喜欢我啊？楚杭，你真的喜欢我吗？”

楚杭抿了抿唇：“在当时看来，你的缺点真的和星星一样多，你的优点和太阳一样少。”

谭音有些生气了，结果楚杭却径自笑了，看向谭音，一字一顿道：“但是太阳一出来的时候，星星都不见了。

“我发现就算你有九十九个缺点，只有一个优点，你这唯一一个优点也正好长在我的死穴上，就像是专门戳着我喜欢的点长的一样，所以就算对你有误解，也还是会忍不住去关注你。”

谭音有些说不出话了，有些害羞，也有些雀跃，更多的是感动：“楚杭，虽然之前有些误会，但我这个人确实还有很多缺点，以后你可能还会发现更多缺点，但我会努力改正的！”

“不用。”

“嗯？”

“不用改。”楚杭笑笑，“这样就很好。如果谈恋爱和喜欢，就要求另一方为自己改变，那这种恋爱不谈也罢，你就是你，你很可爱，你的缺点也很可爱。”

谭音这下是真的有些悸动，她从来不是完美的人，有时候冲动又毛躁，然而楚杭根本不想要改变她，她是什么样子，就是什么样子。

有人愿意拥抱真实的自己，这真的是件幸福又足够幸运的事，尤其这个人还是楚杭。

谭音心里感动得要死，嘴上却还是忍不住揶揄楚杭：“你现在这样要是被学校里的其他女生看到了，她们肯定要说你崩人设的，蒋一璐还说和你谈恋爱谈个几年也听不到一句情话，你这个变化怎么有点大？”

楚杭没让谭音再问下去，用吻堵住了谭音的话。

这是一个缠绵又温柔的吻，只是吻到后面，楚杭明显有些气息不稳，那温柔里也带了点掠夺般的强势，而在一切快要控制不住之前，楚杭悬崖勒马般停止了这个深吻，有些懊恼地看了眼谭音。

“对不起。”

在这毫无诚意的道歉过后，他又俯下身来，给了谭音第二个吻，之后是第三个、第四个。

谭音被他缠绵又细致地亲着，描摹着口腔里的每一寸每一丝，整个人都有些招架不住，背脊上更是蹿过那种让人悸动不安的小电流。她被楚杭抱着，一点反抗的余地也没有，只能由着他予取予求，只剩下脑海里晕乎乎地想着，楚杭怕并不只是男狐狸精转世，可能还是个接吻鱼成精。

等楚杭最终再放开谭音，两人都是脸红心跳到有些战栗。

“只给你看。”

谭音还完全沉浸在刚才那活色生香的吻里，连声音听起来都软软的、绵绵的：“什么？”

“这个样子，只给你看。

“人设只崩给你看。”

谭音想，真是会心一击，楚杭说自己的优点都是戳着他的喜好长的，难道楚杭说的情话不是戳着自己的软肋长的吗？

这种话，试问谁抵挡得了？

一瞬间，谭音只觉得幸好这才是刚刚在一起，要是以后时间长了，楚杭人设更崩得彻底，那自己还能有还手之力？恐怕真是死了。

“对了，既然不再学了，我带你去买个东西。”楚杭又亲了下谭音的侧脸，低声在她耳畔道，“有个礼物一定要赶紧送你。”

谭音只觉得自己被亲的那侧耳朵滚烫，一路晕晕乎乎地被楚杭牵了手，然后走出自习室，沿着学校的小花园一路慢悠悠地走到了……

走到了学校附近的高档购物中心？

谭音怕楚杭破费，赶紧道：“离我的生日还有一段时间呢，最近也没有什么节日啊，我不需要什么礼物……”

“送女朋友礼物好像并不需要什么节日吧。”楚杭勾了勾谭音的小拇指，“就是很想给你买。”他顿了顿，还嫌不够似的又补了一句，“和你在一起，天天都是节日。”

谭音刚想感动，就听到楚杭清了清嗓子，这醋劲又上了，声音里带了努力抑制的吃味：“毕竟这是好不容易‘小三上位’才得到的女朋友，从别人手里抢来的女朋友，不多给买买礼物怎么对得起自己那么努力挖墙脚？”

谭音想，长辈们诚不我欺，生活果然是柴米油盐酱醋醋醋茶……

行吧，买礼物就买礼物吧，还能怎么样呢，谭音想，自己当然只能“勉为其难”地收下啦。

只是等楚杭拽着她到了一家名牌女鞋店时，谭音有些茫然了：“要给我买鞋？上次不是已经买过了？而且我听过一个说法哦，男生不能给女朋友买鞋，寓意不好，送别人鞋，感觉是要人家穿着这鞋从此和自己分道扬镳似的……”

楚杭愣了愣，却更坚定地牵着谭音走进了鞋店，然后抿着唇认真地给谭音挑选了鞋。

其实送女友鞋就会容易分手这种非常迷信的寓意，谭音自己也不相信，她不过随口一说而已，楚杭这种一身正气甚至可以直接参演走近科学的人，不在乎自然是再正常不过的。

而不得不说，一分价钱一分货，名牌女鞋在兼顾外观美丽的同时，穿着的舒适度也非常棒，谭音几乎是没有任何心理负担地接受了这个礼物。她内心一边高兴一边盘算着自己什么时候也送楚杭一个适合的礼物，最近因为成绩搞上去了，她爸对她已经没有经济制裁了，手头一下子就十分宽裕了。

直到买完鞋，两人走出鞋店，刚才一直安静沉默的楚杭才突然开了口：“如果上次送你的那双鞋会让你走掉，那这次再买一双，让你走回来。”

谭音顿了顿，继而便是动容。她的内心柔软得不行，她发现自从和楚杭在一起，自己的心情仿佛是一只柔软多汁的水蜜桃，楚杭任何轻轻的触碰，自己都会变得又软又甜。

她突然就想要亲一下他。

而这么想着，谭音也没含糊，喊住了楚杭：“楚杭，你站住。”

楚杭有些愕然，然而还是下意识地站定了回头看谭音。

谭音鼓起勇气，冲上去抓着他就大张旗鼓地亲了一口他的脸颊，然后她踮起脚，就着这个姿势用双手努力地抱着楚杭，凑近他的耳边低声道：“不会分道扬镳，永远不和你分道扬镳，我要用你送我的鞋子，余生都和你一起走。”

几乎是自己话音刚落的瞬间，楚杭的脸整个就红了，然后他抓过了想要见好就收的谭音，不容分说地给了她一个吻。

虽然这购物中心因为过分高档，往来的人并不多，然而这样旁若无人地在灯光敞亮的公众场合亲吻，谭音也觉得像是无所遁形般害羞。

等楚杭放开自己，她才小声拽了拽他的手嘟囔起来：“我觉得我们这样一直亲来亲去，是不是不太好，毕竟谈恋爱也不能光亲嘛……”

她那句“还要考虑下社会影响”还没说出口，就听到楚杭俯下身撩起她耳边的发，嘴唇轻轻碰了碰她的脸颊，语气低沉又性感撩人，还带了几分邪性：“谈恋爱当然不能光亲，还有很多别的事情可以做，你想做吗？”

这下轮到谭音脸红了，她飞快地看了楚杭一眼，然后立刻移开了视线楚杭如果是狐狸精，最起码是那种千年道行的，简直是妖孽级别了……

“你真是变了楚杭！”

只是面对自己气急败坏的控诉，楚杭仍旧十分镇定自若，他只瞥了一眼谭音，便冷静地道：“跟你学的，被你带坏的。”

楚杭还嫌不够似的：“要我帮你回忆一下你的那些漫画里都画了些什么吗？”

不用了，真的不用了！

“你没事去看那种漫画干什么？”谭音几乎要哭了，“快把我的漫画手稿还给我！”

“放我这里吧，以后没准儿有用。”

能有什么用？！谭音心里喊道，难道让你时不时拿出来重温以后和我翻旧账吗？

不过不管怎么说，谭音是不想继续这个话题了，也太羞耻了。她为了遮掩自己的紧张，几乎是立刻转移了话题：“你给我买了礼物，那我也送你一个，你想要什么？”

谭音以为楚杭会考虑片刻，然而没想到楚杭几乎是想都不想就开了口：“我想要电动车。”

谭音吓了一跳，迟疑道：“你想要我给你买特斯拉吗？可以是可以，就是可能要等我几年，让我工作以后好好攒钱……”

“不是特斯拉，就是小电驴。”楚杭抿了抿唇，“就周铭那种。”

这下谭音更惊讶了：“你要那个干什么？你都有保时捷了！虽然现在经济下行，大家都消费降级了，但你这也降级得太厉害了吧？”谭音小心翼翼地看了楚杭一眼，“楚杭，我听说你爸是做生意的，现在生意挺难做的，尤其你们这种大企业，一个决策失误，可能就资金链断掉然后破产了，你们家……你们家最近是不是有什么困难啊？”她斟酌用词道，“我已经是你女朋友了，你没必要对我强颜欢笑，我也不是那种需要很贵的礼物的人，就是和你一起吃路边摊我也很开心的。鞋子什么的，反正刚刚新买的，都还没穿，我也不缺鞋子，我们现在就去把鞋子退了吧……”

楚杭轻轻拍了拍谭音的脑袋，有些无奈：“你一天到晚都在想些什么？”

“那你干什么突然要买小电驴啊？”

“周铭有。”楚杭移开了视线，看向不远处状若不经意道，“我也要有。

“周铭和你一起骑过小电驴，我也要骑。”

虽然楚杭的声音十分镇定语句内容也十分平和，然而他整张脸上已经毫不掩饰明晃晃地写满了“我不服”这三个大字。

谭音简直哭笑不得，楚杭这么幼稚的吗？

只是很快，楚杭就向谭音展示了什么叫作没有最幼稚，只有更幼稚，吃醋这条路，学海无涯，路漫漫其修远，吾将上下而求索……

“十年挚友，终成爱情。陪我第一次看流星的是你，陪我第一次吃冰激凌的是你，陪我第一次放风筝的是你，陪我第一次逛漫展的是你，陪我第一次恋爱的，也是你。我的青春从你开始，原来最好的爱情，一直陪伴在身边。”

楚杭的声音很平静，可越是平静，谭音就越是觉得大事不妙……

他几乎一字不漏地把她当初在朋友圈里发的那一条公开和周铭“恋

爱”的煽情声明背了出来……

这得是看了多少遍啊，谭音都有点难以想象楚杭是用什么样的心情盯着这一条看了一遍又一遍的……

“你……你都是什么时候看的啊？都背出来了……”

楚杭看了谭音一眼，冷哼道：“在你是别人的女朋友的时候。”

小伙子，你这浑身上下的酸味，有点重了啊……

楚杭却显然豁出去了，索性丝毫不在意地直白起来：“第一次陪你吃冰激凌的是周铭？”

“是……”谭音老实交代道，“我们从穿尿布时就认识了，第一次吃冰激凌是我拔牙的时候。”

“那第一次放风筝也是他陪你？”

“是，学校春游啊，我们一个班的。”

“第一次一起逛漫展，也是他陪你？”

“没错，我的生活费用完了，没钱了，只能靠他了，漫展很多周边可贵了，害得周铭最后陪我一起吃了一个月泡面。”

“那第一次流星雨？”

谭音干巴巴地道：“这也是真的，是初二的暑假快结束时，我暑假作业没做完，拉着周铭熬夜给我一起补的时候，正好遇上了流星雨……”

眼见着楚杭的表情越发醋海浮沉，谭音赶紧抢先倒打一耙道：“你别光顾着想我，你自己呢？你第一次吃冰激凌、第一次看电影、第一次逛街、第一次放风筝，这么多第一次，难道你还留着？！”

“没留着，这么多第一次，都是和徐聿一起。”

要不是这是自己男朋友，谭音差点就忍不住跳起来问了，小老弟，你怎么回事？怎么第一次吃冰激凌、看电影、逛街放风筝都是和徐聿一起？你和他真的没点儿小猫腻？

楚杭看了谭音一眼：“没有和其他女生做过这些事，所有第一次，都给你留着。”

虽然语气很平静、表情很镇定，但这语句的内容，每一个字仿佛都充满了控诉。

谭音只能赶紧给楚杭顺毛：“但我的第一次恋爱，是留给你的呀。你听过一句话没有？‘你的过去我无法参与，你的未来我奉陪到底’？我们还有很多很多的第一次，可以一起去制造呀。”

自己这话说出来，楚杭的脸色终于有了放晴的迹象，只是他显然还有些不甘心：“不止以后的第一次，放风筝、逛漫展、吃冰激凌，你也要和我一起，周铭和你吃过几次冰激凌、逛过几次漫展、放过几次风筝，那我就都陪你做十倍。”

“虽然第一次很重要，但如果我陪你做一件事很多次，十次、一百次，总有一天，你就记不得和周铭的第一次了。”楚杭亲了亲谭音的脸颊，压低声音凑近她，“我要你想起所有事，都只能想到我，而不是他。”

谭音的心在这个瞬间又不由自主地快速跳动起来，虽然是吃醋，但不得不说，楚杭这个醋，吃得还是挺别致的，谭音忍不住拉紧了楚杭的手。

“就算有些事第一次不是和你，但最后一次，一定是和你。”

蒋一璐作为八卦版主，每天关注校园流行风向，也早早和谭音求证了她和楚杭的恋情，然而最近伏案写法律论文的徐聿就不一样了。

当楚杭牵着谭音的手，带进约好的咖啡厅与徐聿见面时，徐聿整个人的表情都是震惊的。

楚杭却冷静得很，只用陈述句的语气通知徐聿道：“这是我女朋友谭音，你反正也认识，不用介绍了。”

徐聿根本来不及掩饰自己的情绪，指着谭音道：“楚杭，你真的不是开玩笑？当初你不是说，和她在一起是想拉低自己的平均智商还是嫌生活不够刺激想找死？”

谭音兴师问罪般看向了楚杭，挑起了眉头。

楚杭脸不红心不跳地摸了摸谭音的头：“别生气，也别听他胡说，这种话我根本没说过。他就是自己单身，看到我有女朋友了心理一下子失衡了，竟然编造出了这种话。”

楚杭说完，看向徐聿，平静地道：“徐聿，我希望你好好想一想，我真的说过这种话吗？”

虽然楚杭的语气温和，用词镇定，徐聿却没来由地从他的视线里感受到了死亡威胁，只能硬着头皮干巴巴地改了口：“不好意思，是我记错了，嫉妒使我面目全非……”

楚杭对谭音笑了笑：“你看，我真的没说过。”

谭音虽然有些蒙，但还是点了点头。

只是谭音没发现，在她没注意的时候，楚杭已经给了徐聿几个眼神。

徐聿自然了然，只是他对谭音和楚杭是怎么在一起的仍然充满了不切实感和震惊，最终还是忍不住斟酌用词小心翼翼地问了起来。

“我想问问，是什么让你们走到了一起？这事情总要有个契机吧？毕竟你们之前……确实好像不太对付呢。”

谭音想了想，虽然自己和楚杭确实很早就双向暗恋彼此，但因为层层误会，要是按照正常发展，恐怕就是遥遥无期最终错过，说来说去这个契机……

“是电。”

徐聿皱了皱眉头，对楚杭这个回答有些摸不着头脑，片刻后，他才恍然大悟道：“你的意思是，你发现你们之间特别来电？”

谭音忍不住笑起来：“一开始单纯因为电，但现在，好像这么理解也没什么不对。”

徐聿显然还是十分不能接受，顿了顿，再接再厉地问道："可之前，你不是还给楚杭画过那种漫画？当初我可记得楚杭快气死了。这种事你们是怎么翻篇的？"

楚杭想起这事，也有些失笑："漫画倒是没什么。"他意有所指地看了眼谭音，低声道，"倒是无处不在地在我身边发弹幕快把我逼疯了。"

徐聿自然一脸茫然听不懂楚杭在讲什么，谭音坐不住了，她咳了咳，对楚杭一本正经地道："你没听过一句话？ what doesn't kill you makes you stronger."

楚杭忍不住也笑了。

岂止是变强了，脸皮也变厚了。

明明是三个人的聚会，徐聿却觉得自己在楚杭和谭音面前根本就不配有姓名，仿佛楚杭和谭音才是两个人，自己只是一条狗……

虽然这种设想来得莫名其妙又异想天开，然而一瞬间，徐聿真切地这么觉得了，自己就像是这对新晋情侣晒恩爱的背景板。

"对了，以后看电影、吃饭、买东西这些事，你就不用找我了。"楚杭却还嫌不够似的，还要给徐聿会心一击，淡定又无情地道，"我以后应该没空了，你以后自己找点可以一个人进行的娱乐活动吧。"

徐聿简直欲哭无泪，段影菲说得没错啊，楚杭可真是一个有异性没人性的家伙！以前没有谭音的时候，叫自己"小甜甜"，现在呢，现在自己就是"牛夫人"！以前的自己是朱砂痣，现在的自己就是蚊子血！

徐聿简直是满腔怨愤，枉费自己还老是想着楚杭，想着他孤家寡人怪可怜的，不仅自己的感情无望，还根本感受不到家庭的温暖，爸爸还偷偷背着他和他妈在外面想着别的女人，甚至很可能都搞出了私生子，导致楚杭一度看起来情绪多变十分异常……

要不是这样，徐聿悲愤地想，要不是自己顾及友情，生怕自己作为楚杭的最后一根救命稻草，一旦脱单会对楚杭造成致命性的打击，导致楚杭不是精神崩溃就是自寻短见，自己也早就和蒋一璐告白然后双宿双飞了好吗？！还不是怕刺激到楚杭，自己苦苦煎熬着忍耐着不和蒋一璐在一起，想先给楚杭做个心理疏导让他有个心理准备，自己再慢慢把蒋一璐介绍给他认识……

结果轮到楚杭自己，这家伙一点兄弟情也不顾，根本不想想自己还在这单身着，毫不在意自己就这么脱单了！

徐聿简直是心酸又惆怅。

原来人和人之间的友情，是如此脆弱！

徐聿几乎当机立断，等和楚杭、谭音一分开，自己就要立刻去建筑系的女生宿舍楼下，然后向蒋一璐告白，告诉她，自己喜欢她，想要和她在一起，若为爱情故，兄弟皆可抛。

只是虽然恋爱顺遂学业也在“金主”的精准扶贫下突飞猛进，然而谭音还是有点苦恼。

最近的雷雨太多了！

以往没和楚杭在一起时还不觉得，可现在有了楚杭，这雷雨就成了两人约会的制约，毕竟总不能每次下雨都找个没人待的地方吧？

结果雷雨天，楚杭虽然带着谭音一起看电影，然而鉴于他那张招蜂引蝶的脸，就算身边座位空着一个让隐身的谭音坐，每次都总有女生想要搭讪号称楚杭边上的位置观影比较好，既然空着就想要换过来；而雷雨时候去热门餐厅吃饭就更惨了，谭音不能吃只能看着，餐厅总是爆满，楚杭对面坐着自己但在别人眼里是空着的位置，于是又每每被人垂涎；而即便是安安静静地出去逛个街，因为在外人看来楚杭只有一个人，还有特别主动勇敢的小女生上前来要楚杭的联系方式……

今天，一如既往，一场突如其来的雷雨，导致好好的约会只能中途打道回府，雷雨天难打车，楚杭不得不带着隐身中的谭音在车站等车。

而就在这时，边上一个女孩子又有些害羞地朝楚杭慢慢地靠了过来……

这雷雨才来了半小时，自己也才隐身了半小时，但这个都是今天遇到妄图搭讪的第三个女孩了！楚杭真的是个“红颜祸水”！

“这个还算比较内敛害羞的，不像之前那几个女生都是直接毫无铺垫就冲过来问你要号码和微信，这个女生，你看每次只移一小步，如果不是我火眼金睛仔细观察，说不定也觉得她是自然而然就靠你很近……”

谭音语气酸溜溜的：“长得还不错，皮肤挺白，眼睛也大，身材也不错，不过我觉得外形条件上还是比我差一点，但是看着脾气比我好不少的样子……”

车站虽然人不多，但稀稀拉拉也有几个，楚杭无奈不能出声制止谭音，只能警示性地瞪了她一眼。

而另一边，那女生果然已经走到了楚杭身边，她又迟疑了片刻，仿佛是在鼓气，又纠结了几分钟，才终于朝着楚杭开了口：“同学，你是不是A大的学生？我也是A大的，新闻系的，我没带现金，你……你有零钱能借我一下吗？不然待会儿公交车来了我没法投币了。”

谭音没忍住：“不错，这个接近的方式就算换成我也不会反感，相当自然，就凭这点，刚才那两个太直白的都淘汰出局了，这位选手，给你加一分！”

楚杭微微皱了皱眉，脸上写满了无奈。如每次一样，他冷淡又不失礼貌地回应了女生，告知对方自己也没有零钱，完全不给人家丝毫机会。

那女生有些尴尬，但最终等车来的时候，她还是状若惊喜般从口袋里掏出了零钱：“啊，突然发现口袋里有零钱，真是太幸运了！”

只是到了车上，因为车厢拥挤，这女生这次是真的不得不紧紧靠着楚杭了。来来回回几趟急刹车，那女生都因为惯性差点摔倒，可惜楚杭一点绅士风度都没有，根本没在意对方，只一门心思圈着怀里的谭音，为她隔离出一片不会被人推搡到的安全空间，抿着唇，一点也不在意旁人的异样眼光。

那女生接连几次妄图向楚杭求助，却都惨遭无视，眼神里已经有了点委屈和难堪，连谭音都有些看不下去了。

“楚杭，待会儿要是又急刹车，你要不一只手护着我，一只手稍微拉一把她吧，我看她连续几次差点摔倒……”

楚杭自然不能和隐身中的谭音对答，然而他抿紧嘴唇，表情有些不悦。

而下一次急刹车的时候，楚杭真的伸手去扶了那个女生。

刚才还云淡风轻号召楚杭献爱心的谭音这下彻底淡定不起来了，心里直冒酸水，还是那种剧毒腐蚀性的酸水。

只是叫楚杭去扶别人是自己说的，谭音只能憋着，不能发作，然而她脸上的不乐意明晃晃的。

楚杭也没理睬她，两个人沉默地下了车，走了片刻，谭音终于忍不住了：“还没过年呢，就左手一只鸡右手一只鸭了，左边牵着我，右边还要再牵一个呢……”

明知道是自己理亏，但因为是面对楚杭，就会忍不住任性。恋爱里的作，大体如此，因为知道你爱我，在你面前作也是安全的，所以会把自己那些不堪的负面的小情绪也表露出来，会蛮不讲理，会吃醋会生气。

楚杭看了谭音一眼：“不是你叫我做好事？”

谭音气得想咬人。楚杭不说她也知道，他就是故意教训自己的，然而比起训斥自己，这一招确实更管用，因为如今的谭音心服口服，心里酸得像是个剧毒溶液罐，发誓这辈子再也不会劝楚杭去帮别的女生忙了。

“以后不许了！不许不许不许！不许扶别人！不许牵别人！有别的女生摔跤、哭、失恋、迷路，你都不许去献爱心！你要记住，你的扶贫对象是我！你只能对我日行一善！精准扶贫！我还没被扶起来呢，不许扶别人！”

谭音这么说完，楚杭的表情才终于好看起来，他嘴角带了点弧度，揶揄地看向谭音："醋劲这么大，刚才还假装什么大度坦然呢？"

楚杭不说还好，这一说，谭音的委屈就源源不断地冒了出来，每次自己雷雨天不得不被动隐身，在外人眼里，楚杭就是一个人，而谭音并不希望楚杭在外人眼里看起来怪异或者不近人情，所以才会劝说他帮忙。

"雷雨天我没法光明正大地在你身边宣示主权，不得不看着你被人搭讪，每次你拒绝以后还要被人吐槽太过高傲和冷淡，我一点也不想你受到这种误解。就像刚才车厢里那个女生向你求助你却无动于衷的时候，因为没人看得见我，车上那些老阿姨都觉得你一点绅士风度都没有……"

谭音越说越委屈，自己这个隐身的能力，说到底还是鸡肋，如今对自己的正常恋爱学习生活也逐渐有了影响。一旦频繁下雨，别说约会约不成，就是出勤率也没法保证，很多事也她做不了。

楚杭听完谭音的话，脸色终于放晴，他有些失笑道："我在乎过别人怎么看我吗？

"而且别人看不见你，我看得见你，这不就行了？"

虽然楚杭对自己这点怪异的"超能力"并不介意，谭音心里却别扭死了。

"可是下雨天好多事情不能做啊，比如我不能亲你。"谭音不快道，"否则在别人看起来还以为你是哪里来的神经病呢，对着空气在接吻。"

谭音下定决心道："我要去医院看看！到底是什么问题造成的，还能不能治好恢复正常。我又不是真的要加入复仇者联盟，更和雷神没什么关系，总不能老这样！"

虽然此前楚杭对谭音下雷雨隐身这一点从没有介意过什么，但谭音这句话说完，楚杭就陷入了沉默，片刻后，他终于彻底倒戈了。

抱着郑重其事的态度，楚杭陪着谭音准备去市医院挂专家号，只是对于挂什么科室，两个人就迟疑了。按道理来说，谭音出现隐身的后遗症，是在被雷击中后，而雷击后大部分应该挂的是烧伤科，然而谭音身上并没有烧伤，如今过了这么久了，更是除了隐身没有别的后遗症……而隐身这个……能挂什么科室……两人你望望我，我望望你，都有些茫然。

最后还是楚杭当机立断，先挂了个急诊。

只可惜……

"医生，我就是被雷劈以后，每次雷雨天就可以隐身……"谭音口干舌燥地把自己"超能力"的来龙去脉都细细讲了一遍。

对面的医生正襟危坐一路不断地在病历本上记载着，模样严肃认真，谭音刚内心欣慰，想要夸赞一下市医院医生真是见过大世面，这素质就是杠杠的，一点都临危不乱没有质疑打断自己，结果那医生彻底听完谭音的话，侧身看向楚杭："她是你的女朋友？"

楚杭愣了愣，继而点了点头。

"出现这种症状多久了？"

哎？自己的病问楚杭干什么啊？谭音当即抢着回答道："十个月！"

可惜医生没有理睬她，径自看向楚杭："多久了？"

楚杭抿了抿唇："十个月，是大约十个月前被雷劈的。"

医生了然地点了点头，同情地看了眼谭音，然后叹了口气："现在来看我这个急诊其实也没什么用，如果当时刚被雷劈后发现异常就来看就好了，现在我也帮不上你们什么，但我们医院的精神科一向是有口皆碑的，平时挂号都挂不上。这样吧，精神科主任和我关系不错，我给你们打个招呼，让他给你们加个号，你带你女朋友现在马上去看。"

楚杭的脸色沉了下来，难怪这位听了这么匪夷所思的话还这么冷静，原来是全程把谭音当成精神病人看待了。

楚杭黑着脸，当即就把谭音拽出了市一院。

市一院的医生没见过世面，那就去省总院吧！

谭音又把自己的情况讲了一遍，而为了验证谭音的话，楚杭也认真严肃地为她做了背书。

结果——

“小伙子、小姑娘，你们两个还年轻，好好治疗定期吃药会控制好病情康复的，你们爸妈的联系方式是什么？”

…………

这次不仅谭音有问题，楚杭也没逃过，成了别人眼里的不正常人士了……

楚杭显然不信邪，谭音能随着雷雨隐身这种事，确实是相当匪夷所思的，听起来太科幻了，让这些一把年纪从小接受医学教育的专家一下子撤厘自己一贯的理念，去理解这特异功能，似乎确实有点强人所难。

那既然口述无法让他们信服，不如让他们眼见为实。

楚杭带着谭音等了好几天，终于给等上了一个雷雨天，两人一起重新去了医院。

“张医生，你看，其实谭音人在这里，只是因为下雷雨，你根本看不到对不对？但是谭音可以拿起你桌上的听诊器，在你眼里就像是隔空取物对吗？”楚杭酝酿了一堆说辞，确信这一次有隐身后谭音的配合，自己一定能说服眼前的医生，可惜……

张医生大笑起来：“你这个魔术变得不错啊小楚，不瞒你说我以前也一心想成为魔术师的，刚才那个怎么做到的？你袖子里藏了透明的细线吗？”

…………

别说谭音，就是楚杭此刻脸上也露出了“累了倦了绝望了就这样吧”的表情。

其实为了求医，楚杭已经调研了不少医院，也奔波了不少地方，最终结果却不甚理想。

回去的路上，谭音沉默着没说话，倒是楚杭默默用力地勾了勾谭音的手指，然后揉了揉她的脑袋："别担心，就算别人都无视你，我还能看见你。"

谭音说不出地沮丧："但你是唯一能看见我的人。"

"我能看见你还不够吗？"楚杭拉紧了谭音的手，"难道你还想着周铭也要能这么看见你？"

虽然不想承认，但被楚杭这句调侃揶揄一带过，谭音的心情还真是好了起来。

做女超人就女超人吧！蜘蛛侠也说了，能力越大，责任越大，没准儿自己这隐身的技能还得留着等下一次邪恶的势力占领地球的时候，拯救一下宇宙什么的呢！

陈自强发现楚杭最近怪怪的，或者说，楚杭近段时间来一直非常怪，怪得出人意料。比如前阶段他高调插足谭音和青梅竹马的恋情，一下子成了校园知名"小三"。

这事其实十分蹊跷，毕竟谭音之前追求楚杭，这是他们建筑系的人都知道的事，当初楚杭可高傲了，就没正眼瞧过谭音，结果如今……如今竟然楚杭不惜做"小三"也要把谭音抢到手……

陈自强只觉得，人活的时间长，还是很有必要的，不然怎么见证这些让人瞠目结舌的怪事？

当然，包括周铭在内的当事人都在各种场合甚至在校园论坛八卦版里辟谣"插足说"，力挺楚杭，并且祝福楚杭和谭音未来幸福，力破"小三"谣言。但陈自强清楚得很，楚杭和谭音根本不是在谭音和周铭和平分手后才在一起的，自谭音有了周铭后，楚杭就开始暗中搞事了，这小动作一套一套的，当初的陈自强不懂，如今仔细一回想，就什么都明白了。

楚杭啊，呵，这么多追求他的女生不要，竟然做了“小三”！

当然，更让人想不通的是周铭，都戴了这么大一个绿帽子了，竟然还乐呵呵地祝福“小三”和前女友幸福?

真是看不懂当代年轻人了。

陈自强一边感慨一边完全忘记了自己正是当代年轻人中的一员。

不过他此刻也无心去想楚杭和谭音怎么会在一起这一出了，毕竟这两人让人大跌眼镜地都恩恩爱爱热恋好一阵了，引起陈自强注意的是楚杭最近的不对劲。

楚杭最近几乎每天都在搜索一些都市怪谈，甚至不仅仅搜索国内的新闻，还不断搜索国际新闻。好几次，陈自强都看到楚杭认真而严肃地在看着全英文的网站，要不是知道他到底在看什么，不知情的外人还以为他是在学习建筑专业知识呢。

只是陈自强知道，楚杭看的才不是什么专业的东西，他看的都是什么“一男子被雷劈后拥有了超能力”“一女子被电后突然掌握了三门外语”“被闪电击中后人体会发生什么变化”“隐身超能力的获得”……

陈自强只觉得楚杭最近真是越来越玄乎了……这看的都是什么东西啊?

不过学霸到底是学霸，楚杭就算对这种莫名其妙的东西产生兴趣，也比一般人有钻研精神多了，他竟然买了个知网的账号开始检索关于被雷劈后人体变化的专业医学、神经学论文……

而如果陈自强只是诧异好奇的话，那张晨就是妥妥地不爽了。

当然，张晨对楚杭在搜索什么新闻和论文都不感兴趣，他不爽的点是楚杭最近开始频频联系安娜，光是他就瞥见了几次楚杭给安娜写邮件、发微信，甚至有几次还打了好几个小时的跨国长途。

张晨好不容易靠着自己的努力终于和安娜已经往男女朋友的方向发

展，就差暑期见面临门一脚了，结果不知道怎么的楚杭这个程咬金却突然冲出来横插一脚。

难道楚杭是“小三”当出感觉来了？以撬墙脚为乐？在做谭音和周铭的“小三”过程里发现做“小三”的滋味该死地美妙，以至于一个不小心变成了职业“小三”？如今看见自己和安娜渐入佳境，就想要破坏？

张晨愤怒地想，楚杭这都是什么毛病？他都有谭音了，还吃着碗里瞧着锅里的！这简直不能忍！

几乎是没怎么迟疑，张晨就把这一“军情”告诉了谭音。

“你最近注意注意楚杭，你看他那桃花眼，一看就不是安分守己的男人，一有机会就蠢蠢欲动呢！”张晨抑扬顿挫地控诉道，“谭音，我和你说，女人不狠地位不稳，你对楚杭这种男人，就应该每天早、中、晚各查一次岗，然后趁他不注意不定期偷看他的手机，切记，一定要不定期偷偷看！否则楚杭这个智商，肯定会早早做防备删聊天记录。另外，要掌握财政大权，最好把楚杭的生活费全部收缴了，平时他想要用，你就让他打申请，写明理由，用完了还要给你提供发票，你一一核对是不是真的有这笔消费，不给他任何机会去给别的女人花钱……”

张晨讲得头头是道，谭音听得一愣一愣的，她想，张晨这个水平，就算穿越了演宅斗剧也真是不在话下，妥妥的“本宫不死尔等终究是妃”的气场……

“总之，你留意点楚杭，最近他怎么老是去撩我们家安娜，太不要脸了吧！你好好收收他的骨头！如果需要我帮忙，你随时叫我，我们要结成坚实的联盟，知道吗？人生在世，就讲个互相帮助，这就是朋友的意义！”

“……”

虽然被张晨教育了一通，但谭音其实别的都没听进去，只知道楚杭背着她在偷偷频繁而主动地联系安娜，这件事确实让她十分介意。但楚杭根本没有透露过任何细节，只号称最近有事要忙，确实好几次自己约他去看电影，都被楚杭推托了……

原来他是在联系安娜。

谭音知道自己应该理智，然而一涉及楚杭，似乎自己的字典里就没有理智两个字，谭音一瞬间只觉得自己一会儿犹如置身火焰，一会儿又如置身冰窟。她有些害怕，又有些惶恐和不安。

谭音想来想去也不知道怎么办，索性找了蒋一璐过来一起帮忙分析。

自从自己和楚杭高调公开后，几乎没多久，徐聿就在女生宿舍楼下策划了一场同样高调的表白，在地上摆了巨大心形的蜡烛甚至还引来了宿管大妈拿着灭火器追杀，总之，还算有诚意、有态度。蒋一璐大为感动，大大方方地接受了徐聿的示爱，成了另一对风风光光的校园情侣。

如今谭音觉得自己遭遇感情危机，于是立刻把狗头军师蒋一璐找了过来，而蒋一璐则带来了徐聿。

徐聿几乎是一见面就开始表态：“你放心，谭音，我是站在你这边的，楚杭劈腿这种行为简直给我们男人丢脸，我和他划清界限了！”

这位朋友，你这笃定的语气是怎么回事？我们楚杭也并没有确定就是出轨了啊……没准儿是个误会呢！

结果谭音把自己这想法一说，就遭到了蒋一璐和徐聿的联合扑杀：“你看你，爱情犹如战场，你怎么能抱有这么天真的想法？”

最终，谭音在这两个人的撺掇下决定鼓起勇气正面直接和楚杭摊牌当面对质。

虽然谭音看起来挺镇定，其实握着手机的手都是抖的：“楚杭，你有空吗？我有事想和你说……”

结果手机那端楚杭的声音非常干脆：“正好我也有事和你说。”

听到楚杭这句话，谭音的心没来由地咯噔了一下。难道他真的劈腿要和自己摊牌分手了吗……

谭音魂不守舍地先到了两人约定的咖啡馆里，喝着热可可。几分钟后，楚杭姗姗来迟，果不其然，楚杭的表情看起来有些郑重其事。

来了来了，谭音想，自己绝对不能被动挨打，都到这时候了，蒋一璐说了，一定要主动出击!

她几乎是憋着鼓劲，低着头不敢看楚杭的眼睛，生怕自己心软，就这么一股脑径自道："你要是劈腿安娜了，我马上就和你分手！绝对不原谅！"

而几乎是同时，楚杭的声音也响了起来："谭音，你不是一个人，你这种雷雨后出现超能力的情况，在欧洲已经累计出现过 13 例，美国也出现了 7 例。"

谭音本来还沉浸在楚杭是不是劈腿了的悲春伤秋里，一听楚杭的话，立刻来了精神："什么？！我不是一个人吗？"

楚杭点了点头，脸上终于露出点如释重负的表情："我最近一直在查阅国内外的新闻文献，看到了很多有意思的东西，比如这个，1994 年的时候，一个叫托尼·西科里拉的人被闪电击中了，虽然他身上被烧伤了，但是他在被闪电击中的几周里，突然从一个对音乐一窍不通的门外汉，变成了一个钢琴大师。"

楚杭一边说，一边拿出了打印出来的资料："还有这里，2015 年，41 岁的高尔夫球场管理员马田·卡马乔，在工作中不幸被雷劈到，虽然经过抢救苏醒，但是醒来后发现自己的雄性激素停止分泌，而身上也开始发生女性化的变化，比如声音变细、胸部隆起，最终因为一场雷击，他从一个男人变成了女人。

"还有个小孩被雷劈的，这孩子叫伊万·斯托吉科维奇，被劈后自己的身体可以吸附硬币、勺子等金属，最多能吸附 25 公斤的重物，被人调侃成万磁王。"

楚杭一边翻一边讲："除了这几个真实存在的新闻外，还有其他因为被雷劈而变得听力卓群，或者视力完全超过超人的案例，可以说，被雷劈后出现所谓的‘超能力’或者‘异变’，你不是一个人。

“国内对这块领域的研究还处于起步阶段，我查阅了大量资料，发现美国几所顶尖大学对此有专门的研究实验室，所以我联系上了这几所学校里负责这些项目的物理系教授以及相关领域专家，和他们不断邮件沟通了你的情况，你猜怎么样？”

谭音的心剧烈地跳动着，她有些忐忑又有些期待：“怎么说？”

“加州理工的 Weistling 教授回复我，他身边也有两例和你一模一样被雷劈后能隐身的案例。而他已经对这两个研究对象累计跟踪记录研究了两年，他把相关的数据论文和结论都和我分享了。”

说到这里，即便是一贯从容镇定的楚杭，声音也难掩激动：“‘一道闪电的电力能最高能达到 10 亿伏特，能瞬间将空气加热到太阳表面温度的 5 倍’，人体摄入如此大的电流，完全足以改变人体的神经系统、内分泌以及电磁场。”

“所以我的情况是属于什么？”

“Weistling 教授认为你的情况大概率是由于电磁场的改变造成的，因为巨大的电流，人体原本的电磁场平衡被打破，而电磁场对光场和光波以及光线传播，都会产生影响，光是电场对光线就有克尔效应和泡克耳斯效应，而磁场对光线则有法拉第效应和塞曼效应，而每次雷雨闪电天气，因为外界环境中电磁场的变化，导致电荷和电流之间的相互作用也发生变化，对光场也产生了影响，导致你在雷雨天，在普通人的视觉里产生了‘隐形’的效果。所以理论上来说，其实并不是你拥有了隐身的超能力，而只是我们在肉眼的视觉里，在光场和电磁场的波动变化里，暂时没有办法观察到你而已。”

楚杭想了想，努力想解释得更清楚一点：“Weistling 教授说，大自然有很多神秘的力量，比如雷电、地震、暴风、海啸，我们人类虽然努力在研究自然在顺应这些力量而生存，但是我们对这些力量到底有多强大仍然充满了很多未知之处。雷电充满了巨大的能量，一瞬间到底能对人体造成什么影响，这根本没有办法做统计。而相比雷电这样的自然力量，我们人体本身、生命本身，也是另一股神秘力量，‘一个人被闪电击中的概率大概是三十万分之一，但是被这样大的电流击中后存活下来的人高达百分之九十’，生命到底有多少奇迹，人体在遭遇极限情况时到底有多少潜能，这也是不可预测的。比如有母亲在看到自己的孩子被车撞击碾压后，为了挽救自己的孩子，能瞬间抬起一两吨重的汽车；有小孩因为车祸被切除了三分之一的脑部组织，却还能正常存活并且长大一样，生命和人体也充满了奥秘和奇迹。你被雷击中后，有了‘隐身’的能力，是由于电磁场和光场的作用，这样的推测完全是合理的。”

“那别人除了看不见我，也听不见我的声音呀。”

“因为 Weistling 教授认为，电磁场的改变，不仅会改变光场，对声波的传导也是有影响的，或许造成介质产生变化，最终造成你的声音在雷雨天的变化。目前对这项研究还没有定论，所以除此之外，或许也有别的可能，比如 Weistling 教授提出，也有别的学者对此提出过另一种推断，或许每次雷雨时，因为电磁场生物波等的改变，对你声波的频率造成了影响，就像人类听不到次声波一样，导致你说话正常人却听不到。”

虽然楚杭努力化繁为简地讲述，谭音也很努力地听，然而听来听去，她还是根本没懂是什么科学原理，但出于好奇，她还是问出了自己曾经一直困惑的问题：“那怎么解释为什么每次我‘隐身’，我的衣服也会跟着我一起‘隐身’，但是我如果触碰别的东西，比如翻你的书，书却不能跟着我一起‘隐身’？”

“这个问题我也请教了 Weistling 教授，他跟踪的两个案例和你的情况一样，虽然没法百分之百确认，但他经过检索数据和实验分析，认为最大的可能是，物品能否跟着你一起受到电磁场和光场影响而产生‘隐形’效果，最重要的在于接触面积，衣物和你本人接触面积非常大，并且多数衣物导电，还容易产生静电，在雷雨天与本来就电磁场异于常人的你的身体产生摩擦，因此也受到了你身体的电磁场和光场的影响，产生了普通人肉眼看不到的隐形效果。”

这次谭音懂了，仰头看向楚杭：“那么你能看见我，也是因为被电击后造成身体电磁场异常，阴错阳差里和我进入到了‘同频’？”

“对，Weistling 教授也是这样认为的，只是我不小心被电击的两次，通过我身体的电流都很有限，所以我并没有获得你那样的‘隐形’能力。”

不过谭音对于科学原理和神秘自然、人体潜能都没有什么兴趣，她其实也不在乎自己的超能力到底是怎么来的，她关心的只有一件事：“既然 Weistling 教授对我的这种情况有这么深的研究，那我就想问问，我这种，还能恢复正常吗？”说到这里，谭音相当忐忑，“就是，有治疗的办法吗？总这么随着雷雨隐身下去不是个办法啊……”

“不用治疗。”楚杭却终于露出了笑容，“谭音，你没必要治疗。”

谭音愣了愣，期待又忐忑地看向楚杭。

楚杭终于不卖关子了，揉了揉谭音的头，脸上露出了发自真心的笑意：“Weistling 教授跟踪的案例对象之一，一开始也为这种‘隐身’的能力而苦恼，结果在一年后这能力就自然而然地消失了；第二例对象则消失得更快，九个月后就没有了所谓的‘超能力’，完全变得和正常人一样了。”

谭音睁大了眼睛，眼里写满了惊喜：“真的？不用治疗，自然而然就恢复正常了？”

“嗯。”楚杭点了点头，“按照 Weistling 教授的推断分析，因为被雷电击中而导致每次在雷雨天身体电磁场异常，但雷电巨大的电流能量在体内蕴藏的时间也是有限度的，你可以理解成你的身体每次雷雨天都在不断地放电，你身上异常的电磁场在慢慢耗尽，随着时间推移，等彻底耗尽的那一天，你就没有任何‘超能力’了。”

离谭音拥有这项“超能力”已经十个月了，如果以 Weistling 教授的两个案例来推断，那她或许没多久就能恢复正常了！

虽然未来或许能恢复这种话听起来相当没有确定性，然而对于此前为此沮丧的谭音而言，无外乎是强心剂、定心丸，至少心里有了期待，谭音只觉得连心情也不由得好了起来。

看着楚杭手里那一堆堆的外文资料和文献，谭音没来由地眼角有些泛红。能掌握这么多的资料，能详尽说出这么多的专业术语，楚杭想必花费了大量的时间，而这些天他号称有事在忙原来就是在忙这些事……他没有骗自己，他一直在为自己奔走，即便如此匪夷所思的事，他都没有放弃，一直坚持着……谭音只觉得内心相当愧疚和悔恨，自己竟然真的以为楚杭这些天是在故意回避冷落自己……真是……

她内心有些庆幸地想，幸而刚才自己脱口而出的那句话楚杭并没有在意，以后自己一定要对楚杭更好一点……

只是她刚这么想着，楚杭突然就清了清嗓子，看向谭音，兴师问罪道：“好了，我要和你说的事说完了，那你要和我说的事，是不是应该更仔细地给我阐述一下？”

现在耍赖不知道还行不行……

可惜楚杭显然没给谭音耍赖这个选项，他挑了挑眉：“我出轨了？劈腿了？要分手？谭音，你这思路倒是挺宽，我给你讲了这么多，你不如也给我解释一下？要分手是什么意思？”

第二十章

只对你独钟

谭音见躲不过了，只能硬着头皮磕磕巴巴地道歉："谁叫你最近不告诉我你在查这些资料，就把我晾在一边啊。而且张晨也说了，你频繁在联系安娜，这么多细节，我能不多想吗？"

"联系安娜是因为请安娜利用在美国的便利，帮忙联系 Weistling 教授。我最终能成功和 Weistling 教授接上头，也是她从中帮了不少忙。我和她来来回回几次邮件沟通，除了正事之外，别的什么都没提。"

楚杭顿了顿，又道："一开始没告诉你，因为怕这事沟通不出什么结果来，怕给了你期望又让你失望，我不想让你难过，只想等自己先着手解决，如果真的能和 Weistling 教授商谈出个结果，再给你个惊喜。"

行吧，谭音想，自己还真错怪楚杭了，只是感动之余，内心还是忍不住有些吃味。别的女生都行，但是安娜的话，谭音总是有些介意，虽说她知道如今安娜和张晨在相处，只是此前安娜是喜欢过楚杭的，或者对楚杭至少是有过超越友谊的好感的，谭音至今还记得她看向楚杭的眼神。

这大概就是喜欢一个人的感觉吧，会变得小气，明明知道没什么，但还是介意，心里还是像被人硬生生塞了一个酸橘子。

谭音不想显得自己小肚鸡肠，于是只好借着张晨的由头来发挥：“你、你下次还是少联系下安娜吧，毕竟张晨可能要介意的……”

楚杭看了她一眼，似乎并没有在意：“清者自清，等暑假张晨飞去美国见了安娜就知道了，没关系。”

“反正，联系上 Weistling 教授这件事还是多谢安娜，既然是我的事，就让我来直接跟她道谢吧。”

楚杭却细细地看了谭音一眼，然后露出了一个笑容：“没关系，你的事就是我的事，我直接帮你道谢就行了。”

谭音简直有点无语凝噎了，自己就是不希望楚杭和安娜多接触呢，结果楚杭倒是一点不在意，可真是气死自己了！谭音想，楚杭可真是个双标党！自己和周铭是清清白白的朋友，结果他吃醋吃得要死，平时自己带着他一起和周铭吃个饭，结果楚杭每次盯着周铭的视线都充满了警惕，搞得周铭向自己吐槽了几次，表示在楚杭的“死亡威胁”视线之下，心理压力十分巨大。结果轮到自己，楚杭这家伙怎么一点不知道自己的暗示？一开始她找安娜帮忙没告诉自己是怕自己得不到结果失望，那现在道谢还不想到避嫌是什么鬼？

“我觉得还是我来替你道谢吧，因为我在想，安娜可能也喜欢过你，你现在这样就算是为了我的事联系她，会不会让她也有什么想法呀？”

楚杭这次终于有些讶异了：“安娜怎么可能喜欢我？”他都有些失笑了，忍不住伸手揉乱了谭音的头发，“你的脑袋里都在想什么？”

不知道最好。最好你一辈子都不知道别的女生对你的心思。谭音心里又酸又甜又胀，她平时是个热爱分享的人，但唯独楚杭，她充满了近乎执拗的独占欲，只有楚杭，不给别人，一点也不给，只能是自己的，全是自己的。

被楚杭这句话堵了回来，自己好像都没法再说什么，然而一想到楚杭还要继续联系安娜，谭音脸上忍不住也有些气鼓鼓的。

是时候给楚杭去报个“男德班”了，让他知道如何做一个守“妇道”的男人！

谭音沉默地走了片刻，却感觉到手上传来了楚杭手指的力度，他将谭音握得更紧。

他停下来，看向谭音：“谭音，你到底想说什么？”

谭音咬了咬嘴唇，索性豁出去了：“你别联系安娜了！”

自己都急成这样了，结果楚杭竟然十分镇定冷静：“为什么？”

“因为……因为我不喜欢！因为我会吃醋！”

谭音抬高了声音，几乎是半喊着发泄般说完了这句话，然而她预料中的楚杭的反应都没有出现。

他没有不耐，没有不解，也没有觉得谭音小题大做，反而是……反而是笑了。

谭音还没反应过来，就被拥进了一个温暖又宽厚的怀抱里，楚杭就着这姿势，低头细细亲吻着谭音的脸颊，然后一路流连，连谭音小巧的耳垂也没有放过，温柔强势又不容置喙地一寸寸往下，亲了个遍。

“你这样，我很高兴。”

楚杭的唇舌就在谭音的耳边，那温热濡湿的气息以及他淡淡的鼻音，都仿佛一瞬间被无限放大，连楚杭尾音里最细微的绮丽，她都能分辨得一清二楚。

他就这样犯规地凑在谭音耳边，声音带了点性感低沉的轻笑：“你每次吃醋，我都很开心。”

谭音被楚杭一连串的吻弄得完全无力招架，只觉得以前看过的武侠小说里，那种一招点穴让人瘫软无力反抗的招数，恐怕还真的有，她被楚杭紧紧抱着，毫无还手之力。

楚杭的声音却带了餍足和愉悦：“以后不要逞强，不要撒谎，吃醋就要说出来，别每次都要我出手逼到你诚实为止。想让我打上你的标签，只打你的标签，都可以，只要你说，什么都可以。谭音，不要什么都憋在心里，你可以大胆地告诉我：你不开心，你介意我联系安娜。”

“可这样显得我好小气狭隘啊……”

“可是这才是恋爱啊。”楚杭笑着抱了抱谭音的腰，“我就喜欢你小气的样子。”

行……行吧……谭音脸红心跳地想，你都这样了，我能不满足你的口味吗？

“那你以后可别嫌我管你管得严……”

“不嫌弃。”楚杭又亲了亲谭音的额头，眼神热烈又坦诚，“我喜欢被你管。”

楚杭这家伙，怎么这么会撩！谭音觉得自己和楚杭的电磁场可能确实有点问题，自己和他之间，好像确实比较来电……

只是自己刚嘟囔着和楚杭说了这一句，楚杭就又凑到了谭音耳边：“所以是上天让我们在一起，至于你说的安娜喜欢我，我确实没有精力去感知了，可能被电击以后，我的出厂设置代码遭到改写，对别人的好感全部绝缘了。”

楚杭看了眼谭音，然后笑着加了一句：“不过只要和你导电就行了。”

岂止是能导电啊，谭音想，自己和楚杭之间的电量，恐怕可以建一座发电厂啊！

自从楚杭告知了自己 Weistling 教授的研究成果和推断，谭音就像是吃了定心丸，对自己雷雨天隐身这件事也终于不那么担心和抵触了。

这几个月来，像是上天垂怜般，不仅没有雷雨天，竟然连阴天都没有，整日整日阳光灿烂，像极了谭音和楚杭在一起的心情。

以前谭音听自己一个姐姐说过，一定要珍惜谈恋爱刚在一起的前一个月，因为新鲜感和热情也就只有一个月的保质期，这一个月里，情侣们会恨不得分分钟黏在一起，每天说什么样矫情的情话都不害臊，你侬我侬，只觉得对方全然完美，看哪儿哪儿好。而一个月一过，性格上的不合适、日常上的摩擦、三观上的不契合，就会渐渐显露，看对方，觉得看哪儿哪儿有问题，腻歪的浓度降低了，争吵便也开始了，这便是进入了磨合期。两人要能磨合过了，感情就稳了；磨合没过，那就逃不过一个月恋爱分手的命运了……

然而谭音发现，这个定律在自己身上完全不顶用，她和楚杭在一起，只觉得分分钟都是新的，分分钟都很甜蜜。两个人一起打卡了 A 市几乎所有的网红情侣景点，一起看电影，一起看书，一起吃饭，一起画图，一起做模型，一起牵手，一起接吻……楚杭甚至还“强抢”了周铭的小电驴，硬是带着谭音昭告天下般在学校里有事没事绕了好几圈……

直到这天出现久违的雷雨，谭音掰着手指数了数，才发现距离两个人在一起，早就超过一个月了，只是这恋爱的浓度完全不见降低，她只觉得好像每一分钟每一秒，都更喜欢楚杭一点了。

楚杭这只男狐狸精还怪有魅力的。

平日里大部分时候楚杭都和谭音在一起，只是今天这雷雨天很巧，因为马上就要开始霍普杯国际大学生建筑设计竞赛的比赛报名了，因此朱抗美把楚杭叫去了办公室，力邀楚杭参加，给他讲注意事项，于是谭音一个人落了单。她没什么事干，索性到图书馆后的小花园石亭里随便涂涂画画。

自从被楚杭抓包以及和楚杭解开误会后，谭音当时就停止更新了她的小漫画，之后发了公告道歉，然后又醉心学习，每天提起笔画的除了建筑物就是建筑物，已经很久没画漫画了。今天得了空，她突然有了点新的创作灵感，拿起速写本就忍不住在小石亭里画起来。

雷雨开始下的时候她便在奋笔疾书画人物。好在小石亭周围并没有人，雷雨一来，谭音还能慢条斯理地收拾好自己的纸笔放进包里，然后把包藏进石亭附近的小灌木丛，之后给楚杭发了条短信，让他从朱抗美那里结束后来接自己。

“十分钟。”

几乎是自己的短信刚发出去，楚杭就秒回了。

谭音看见回复就忍不住笑起来。明明只是言简意赅的三个字，谭音却觉得比一切情话都甜。

朱抗美的办公室离小石亭需要走七八分钟的样子，十分钟，那么剩下的两分钟，就是楚杭用来快速结束和朱抗美的对话的时间。谭音光是想象，就能知道此刻朱抗美大概还拉着楚杭在滔滔不绝，只是他大概想不到他的得意门生已经在心里想着怎么快速打发他了。

光是想到这里，谭音就忍不住有些发笑。她收起手机，看了一眼石亭外的雨，开始安安静静地等。

只是这安静没能持续多久，没过片刻，就有一个女生顶着包冒着雨跑进了石亭，显然是没带伞过来避雨的。

这女生长着一张可爱的圆圆脸，小巧精致，不算多漂亮，但看着没来由地就让人觉得舒服。她的眼睛也是圆圆的，像一只温驯的小鹿，让谭音觉得十分面善。

这女孩拍了拍头上、衣服上的水珠，便也站在石亭里看向外面的雨，只是她看起来像是有什么心事，不一会儿便来回在石亭里踱起步来，那张讨人喜欢的脸上也露出了苦恼和挣扎的表情。她像是憋着什么心事，忍了忍，最终没忍住，掏出手机，开始打起电话来。

而直到对方开口，谭音才终于想起来为什么觉得这女生面善了。

谭音见过她，她曾经和自己是一个学生会社团的。大一进入A大时，谭音加入了漫画爱好者协会，这个社团里除了美院的专业选手外，就是全校范围里对画漫画有兴趣的人，而这个女生也曾经是其中一个。协会里气氛其实很好，定期会组织写生，也会组织作品交流，还能拿到不少漫展的内部票，可惜谭音作为一条建筑狗，很快就被出图和做模型折磨到不得不退出社团了，她根本没时间参加这类活动。

虽然只短暂又断断续续地参加了一学期社团活动，这个女生却给了谭音很深的印象。谭音依稀记得对方叫鹿菱，人如其名，大家都叫她小鹿。她是个非常温柔又友善的女孩子，是美院插画与漫画系的学生，但对非美院的漫画爱好者，她每次都能不厌其烦又充满耐心地给对方讲解知识点，甚至不惜花时间给对方改画。社团里有人想到了好的漫画设想，小鹿也很愿意和对方讨论，帮着完善构思，是个非常热心的女生，只要有人找她帮忙，她几乎不会拒绝，是那种真正意义上的好人，不是虚情假意装腔作势那种。她的骨子里有一种非常和煦的气质，让人忍不住想亲近、想信赖。

谭音当初因为课业忙不得不退出社团，小鹿却还每次有什么漫画的活动，有好的门票，都会通知谭音给她留一份，是个非常贴心又认真的人。

只是如今她到底在为什么愁苦?

当然谭音很快就知道了。虽然她无意偷听，但雷雨天，她的隐身能力显然还没有消失，小鹿看不见她，以为这石亭里就自己一个人，因此打起电话来也没有顾忌，说起话来也毫无遮掩。

“婷婷，你觉得我……我要不要去主动表白?

“他快要毕业了，现在已经在忙找工作的事，几乎不在学校里，本来碰到的机会就不多了，我怕要是我现在还不抓紧机会，以后和他就真的没任何交集了。

“我知道他很受女生欢迎，但他不是一直没公开过自己有女朋友吗？看起来也是单身啊，我、我就想，要不我鼓起勇气，去向他表白？”

只是寥寥数语，谭音几乎很快就知道了小鹿苦恼的事，她大概是喜欢上了某个大四即将毕业的男生，此刻正在纠结是不是要主动出击表白。因为心里拿不定注意，于是她在这个雨天趁着在石亭躲雨的空当，给自己的闺密打了电话。

可惜她的闺密显然不太认同表白这个决定……

小鹿安静地听完电话另一端闺密的话，脸上不禁露出失望和挣扎之色："真的不要表白吗？女生主动一定是死路一条吗？主动倒追的女生就算男生和你在一起了也不会被珍惜吗？"

电话那端的闺密大约是给出了肯定的回答，因为小鹿的眼睛垂了下来，显然她被打击得相当沮丧："好吧，我知道了，我不会表白的。男生要是喜欢一个女生，一定会主动的，他和我在同一个漫画社团，又是同一个学院的学长，没有对我有特别的表示，现在又大四了，就算已经是情侣的两个人也会毕业就分手，更别说我和他这种八字没一撇的情况了……行，我听你的，我不表白，好好调整自己，赶紧翻篇，把这个暗恋就地埋葬……"

小鹿后面又说了点别的，大约都是听从附和闺密的同时不断自我说服自己的话，只是谭音没心思听了。

如今大四，美院学长，又同样参加漫画社的，那不就是漫画社的社长陈征？小鹿暗恋陈征？小鹿竟然喜欢陈征？

谭音想，小鹿平时可真是藏得太深了！那可真是一点看不出来！要不是自己如今阴错阳差隐身听到小鹿的这一番苦恼的话，都觉得小鹿可能不仅不喜欢陈征，甚至还对他有点讨厌。毕竟平时对所有人都随和友善的小鹿，唯独对陈征不太热情，不仅不爱和陈征搭话，甚至陈征有事找她，她也都表现得有些木讷，平时那活泼开朗劲都没了，就安安静静的……

别说自己，甚至就是陈征，恐怕也觉得小鹿对他印象不佳吧……

而谭音正在震惊的当口，那边小鹿已经挂了电话。

小鹿咬了咬嘴唇，显然还是十分纠结迟疑，脸上交错着不同的表情，谭音看得出来，她大概是真的很喜欢陈征，即便闺密劝说她不要去主动表白，她内心还是相当踌躇。

谭音看着她拿出手机拨到了陈征的号码页面，然后又移了开来，她就这么呆呆地站着，然后抬头看向石亭外的雨丝……

“小鹿！去告白吧！”

只可惜小鹿听不到谭音的声音，她又皱紧眉头想了想，然后掏出了包里的钱包……

最终小鹿显然并没有彻底听信闺密的话就此死心，谭音看着她从钱包里拿出了一枚硬币，然后握在手心里，闭着眼睛对着这枚硬币许了个愿。

“我自己也决断不了，那就交给上天安排吧！”

小鹿轻声说完，便拿着硬币走到了石亭的小石桌前，坐在小石凳上，拿出硬币，准备抛掷。

“如果是反面的话，我就直接死心，当成没这回事；正面的话，我就去表白，被拒绝的话……被拒绝也就死心了。”

而也是这时，谭音似有所感般转头，看到了不远处的楚杭，他撑着那把为自己特意定制的大黑伞，正朝着小石亭走来。

好不容易小鹿鼓起了勇气，可不能让楚杭打扰了！

谭音当机立断，抛下石亭里的小鹿，赶紧跑出了石亭，跑到了楚杭面前。

“楚杭，你先站在这里等我一会儿！”

谭音说完，不顾楚杭愕然的神色，赶紧风风火火地又朝小石亭跑了回去。

好在小鹿大概对掷硬币也相当迟疑纠结，等谭音跑回石亭，正赶上她抛掷硬币。

大概因为紧张，她的动作和力道没掌握好，一枚一元硬币飞向了空中，没能向下落在小石桌上，而是偏斜着往地上滚去……

天助我也！

谭音内心激动，立刻跑到了已经落地的硬币面前，然后趁着小鹿还在找硬币位置的当口，赶紧看了一眼。

是反面。

虽然“鸡汤文”里都讲上天安排的是最好的命运，但从小到大，谭音信奉的都是人定胜天！

她几乎没多想，千钧一发之际，赶紧趁着自己隐身把硬币从反面翻到了正面。

而几乎是她的动作刚结束，小鹿就发现了硬币的位置，她脸色有些紧张地走到了硬币边，然后俯下身。

是正面！

硬币是正面！

小鹿把硬币抓在手里，忍不住激动得战栗。

是老天也要自己去表白吗？

是老天要让自己勇敢一次吗？

她攥紧了手心里的硬币，这才发现，一双手里都是涔涔汗意。

谭音就站在一边，看着这样的小鹿，心里有一种过来人的理解和坦然。

喜欢上一个人，总是容易忐忑不安，小鹿可真是个傻姑娘啊！

“所以你给硬币翻了个面？”

“嗯！”

谭音暗中偷偷改了硬币的正反面，见小鹿下了决心般冒雨离开了小石亭，这才和楚杭会合了。

楚杭一如既往地帮她拿上了包，撑着伞和谭音一起走在雨中。

“但你这样改，虽然让人家鼓起勇气去表白，未来也不要留遗憾，但也不一定就是对的。”楚杭听了小鹿的事，却有些迟疑，“或许她闺密说得对，他们一个大四，一个才大二，未来发展路线可能也完全不同，那男生之前又没什么表示，估计这下鼓起勇气去表白，八成是被拒绝，可能也……”

“不会被拒绝。”

楚杭愣了愣，看向谭音：“嗯？”

谭音胸有成竹地笑道：“绝对不会被拒绝。”她狡黠地眨了眨眼，“陈征也喜欢小鹿。”

楚杭果然睁大了眼睛，脸上写满了不解。

谭音咳了咳，卖了个关子：“你想知道吗？想知道就来求我呀！”

自己这番调戏，谭音料想楚杭是懒得理睬的，结果没想到楚杭抿了抿唇，竟然真的非常上道。

他看了谭音一眼，从善如流道：“求你。”

虽然那声音神态里一点没有求人的意思，但不管怎么说，谭音还是从楚杭那双含笑无奈的眼睛里觉得得到了极大的满足，清了清嗓子。

“我隐身的时候，有一次遇到过陈征。”谭音回忆道，“就陈征在操场上打篮球，当时打球的都是大四不同学院的几个男生，彼此也都不认识，正好也快要毕业了，大家凑个局瞎玩玩。一开始还打，但后来走了几个人，都凑不出一局的人，他们索性就玩起投篮比赛来。不知道谁提议的，就是投球之前，喊自己最近期待好结果的一件事，如果能投中，也算是个好彩头。

“有人投球之前喊的是能考研成功，有人喊的是预祝找工作顺利，你猜猜陈征喊的什么？”

谭音笑了笑："他喊的是小鹿的名字。"

楚杭对这个故事发展也有些意外："可你不是说，平时在社团活动里陈征对小鹿也没怎么主动过？"

"陈征其实性格比较腼腆，而且我后来从其他社团成员那里得知，他家境其实不太好，上学都是靠助学贷款，父母还生了病，家里还有欠债。他曾经有次社团活动喝多以后，也自嘲调侃过自己这样的情况恐怕是没法找女朋友了，怕自己只会拖累喜欢的人。"谭音摸了摸下巴，"所以我想他可能是因为这个，没敢主动过。另外一个原因嘛，当然就是小鹿对他态度特别不热情，陈征因为家境问题，内心又有点自卑，就更觉得小鹿大概是看不上自己了。"

"所以你说的小鹿对陈征特别冷淡，其实是言不由衷？"

谭音点了点头："小鹿可能就是那种在喜欢的人面前反而喜欢故作高冷的类型，其实不过就是内心手足无措不知道在喜欢的人面前怎么表现自己，于是索性把自己包裹起来，显得无懈可击的样子。但是私底下你看，原来她超喜欢陈征的。"

谭音说到这里，抬头看了眼帮自己拎着包的楚杭，然后加了一句："就像我喜欢你一样。"

楚杭猝不及防，果真脸色微红，只能佯装镇定却毫无气势地斥了谭音一句："别胡闹。"

谭音却一点不见好就收。她此前一步步探着楚杭的底线，探来探去才发现，对方对自己可真是毫无底线，一下子胆子就又大了起来："而且你对我之前不就是这样言不由衷？成天对我冷着个脸，搞得我还以为你讨厌我讨厌得要死要活，结果……"

结果谭音还要说，却被楚杭一把轻轻捂住了嘴，他的整张脸和耳朵都红了，脸上是完全拿谭音没办法的无可奈何："行了，我认输，别说了。"

幸而两人特意选了一条无人走的小林荫道，此刻周围一个人也没有，否则楚杭这在外人眼里对着空气又说又动的，恐怕又要引起一波注意了。

不过谭音这次终于放过了楚杭，回到了正题上："当局者迷旁观者清，我虽然参加漫画社的时间不多，但看得出，当时陈征对小鹿就很有好感的，很多次小鹿在帮别人讨论漫画人设情节的时候，陈征就一直偷偷看她……"

"先不说陈征和小鹿的事，你之前隐着身为什么去看别的男生打篮球？你解释一下。"

喂，楚杭，你这关注的重点不太对吧？！

雷雨仍旧没停，两个人就这么打打闹闹一路走，只是巧合得很，在这条没有人的林荫路拐角处，谭音和楚杭竟然遇见了刚才冲出小石亭的小鹿，而在她面前站着的，赫然是陈征。

此刻小鹿正低着头，向陈征说着什么。

因为距离远，谭音和楚杭自然都听不到小鹿说话的内容，然而从她赧然的表情，以及陈征惊愕又惊喜激动的神情里，不难猜测，小鹿恐怕是顺着上天的旨意，想找陈征表白，而更妙的是，她几乎出了小石亭没多久，就在这附近遇到了陈征。

谭音拉了拉楚杭的衣角："要不要打赌？"

"赌什么？"

"赌陈征会不会答应？"

只是很快，谭音就知道没必要赌了，因为不远处的陈征连伞也扔掉了，不顾一切地抱住了小鹿。就这样紧紧地搂着，小鹿则带着表白的红晕，一脸愕然地被抱着，还有些跟不上这发展的节奏。

但很快，她终于反应过来，手微微动了动，然后也抱住了陈征。

两个人都忘记了打伞，任凭雨丝打在身上，就这样紧紧相拥着。

这个时刻，已经不再需要任何言语，这两个人，彼此的心意已经通过这个拥抱完全传递给了对方。

她喜欢他，他也爱着她。

谭音和楚杭静静地站在远处，两个人也没有再说话，只是不知不觉间，不晓得是谁先握住了另一个的手，两个人的手十指紧扣。

爱情呀，多么美好，这世界上还有比两个人相爱更妙不可言的事吗？

谭音看着终于彼此心意相通的陈征和小鹿，内心也感慨非凡。她今天阴错阳差发现小鹿竟然喜欢陈征的时候，内心便有些感同身受，她和陈征，某种程度上不就像之前的自己和楚杭吗？明明对彼此喜欢，却因为各种各样的问题在表面上装作若无其事，差点就对彼此失之交臂。

而如今因为这恼人的“超能力”，竟然意外改变陈征和小鹿错过的命运，让两个人顺利互通心意在一起，谭音突然觉得，自己确实是天选之子了，这被雷劈后“隐身”的“超能力”，好像也没那么讨厌了。

看到陈征和小鹿有了个好结局后，谭音跟着楚杭离开了林荫小道，给这对不容易的新晋情侣留足你侬我侬的空间。

拐进主路后没多久，谭音总觉得自己忘了什么事，想来想去，终于记起来自己昨天在健身房跑步时把水壶落下了，那是自己去年生日时蒋一璐送给自己的漫画限量周边水壶，谭音宝贝得很，当即拉着楚杭就要回去拿。

结果没想到他们在健身房竟然还撞见了熟人。

段影菲刚刚从跑步机上下来，脸色潮红，还带着汗珠，正走到饮水机边准备喝水，一抬头便撞见了楚杭。

此刻室外还在下雷雨，谭音想着自己还能隐身，段影菲又看不见自己，因此自然没和段影菲打招呼。

段影菲看到楚杭愣了愣，随即便有些眼圈发红：“楚杭哥哥……”

因为周铭的事，段影菲也得到了很多人的关注，最后扒一扒谭音和楚杭在一起的那个帖子，一路歪楼，从谭音和楚杭身上歪到了周铭身上，然后又歪到了段影菲身上。这下不得了，匿名论坛本来发帖自由度就大，不少女生趁着这一波跳起来吐槽段影菲。

谭音没看这帖子后续，但架不住蒋一璐成天在自己耳边开小广播："段影菲啊，感觉就是金玉其外败絮其中，第一印象特别好，结果后来发现相处起来真难。她是 A 市本地人吧，几次说话都很看不起我们外地的学生……

"外在美够格了，内在美不及格。

"她和她那个姐妹团真是特别无语，平时都用 LV，对外说是 LV 女团，我看才不是，明显是绿茶女团才是……

"你还别说，现在细细回想起来，当初周铭莫名其妙就被扣上帽子说对段影菲爱到扭曲，这种传闻到底从哪儿传出来的，你们不觉得可疑？"

…………

后面蒋一璐拉拉杂杂还给谭音念了不少，总之几乎没有为段影菲说好话的，和周铭的口碑相反，段影菲的口碑完全是一边倒地差，也算是因果循环了。

据说段影菲见到这个帖子后，先是气急败坏，继而大哭了一场，而因为她受坏名声和口碑影响，法学院之前举办模拟法庭组队报名，竟然和她一起组队的人都没有……

大概是这一次的教训终于让段影菲清醒，她在沉寂了一段时间后，终于向周铭道了歉。

而如今也是这次风波过后，谭音第一次再见到段影菲。

段影菲看向楚杭，又扫了眼谭音的方向，让谭音没来由地有些心虚，心里不断默念着"她看不见我她看不见我"，好在很快，段影菲就移开了眼神，看向了楚杭。

她的表情有些苦楚和委屈："楚杭哥哥……"

谭音没忍住吐槽："这开场白，我又想唱歌了。你究竟有几个好妹妹，为何每个妹妹都……"

只可惜谭音没能唱完，因为一边的楚杭已经警示性地瞪了她一眼。

"行吧行吧，我不唱了。"仗着段影菲看不见，谭音也色厉内荏地瞪了楚杭一眼，狗腿地讨好道，"楚杭哥哥，我都听你的，不唱就是了。"

"不过歌可以不唱，但是段影菲每次都管你叫楚杭哥哥，那我作为你女朋友，她是不是应该叫我一声谭音嫂嫂啊？"

谭音说完再抬头，一看对面的段影菲，竟然是盯着楚杭，一张脸都气紫了："楚杭哥哥，你就这么和谭音……"

楚杭和自己在一起怎么了？段影菲有什么好不能理解的？何况自己和楚杭在一起可不是一天两天了，她就这么没法接受，直到今天看到楚杭，即便看不见自己，还这么如被揭伤疤地受刺激吗？

谭音几乎是竖起了耳朵，准备听听段影菲要说什么。只是楚杭到底和自己怎样，段影菲最终没说下去，因为她的私教打断了她："影菲啊，过来称一下体重，我给你记录一下，看瘦了没。"

于是段影菲心不甘情不愿地又看了楚杭几眼，然后才转身走向了体重秤。

只是离开之前，段影菲终于没忍住道："楚杭哥哥，我记得有一次吃日料，你说我胖了，其实我的体重没变，可能是塑形不好，所以自你说了以后，我就办了健身房的卡跟着私教在练，我一直以为你喜欢特别苗条的女生，但我看谭音……她也没多瘦啊！"

楚杭抿了抿唇，几乎是不假思索地脱口而出："她不需要瘦，她正好。"

段影菲跺了跺脚，又朝着谭音的方向瞪了一眼，要不是如今还在下雷雨，谭音还以为她能看见自己呢!

不过既然隐着身，谭音倒是冒出了个坏主意，看着跑向体重秤的段影菲，就有些恶作剧的心理。

你不是攻击我不够瘦吗？哼!

段影菲刚上秤，谭音就把自己的一只脚也踩了上去。

电子体重秤忠实地报出了体重：“65.7 公斤。”

谭音本来指望着段影菲脸上挂不住，搞出这个乌龙让她尴尬尴尬，结果段影菲倒是很平静，目不斜视地镇定地走下了体重秤，谭音自然也赶紧把脚缩了回来。

段影菲这次深吸了口气，再次站了上去，谭音自然又一次伸了脚，只是这一次，段影菲就不再目视前方了，她精准地看向了谭音，面无表情地道：“谭音，你这样很好玩？玩够了吗？”

谭音一时觉得惊悚，连伸在体重秤上的脚都没收回来，外面……外面明明还在下雷雨啊！自己不应该在段影菲眼里还是隐形的吗？难道……

谭音看向段影菲，惊疑不定地道：“你最近也被雷劈了？”

段影菲这下表情终于龟裂了，她怒道：“你才被雷劈了！谭音，我告诉你，你别以为成了楚杭哥哥的女朋友，就可以耀武扬威了！我现在忍你，也都是看在楚杭哥哥的分儿上！我刚才都这么忍你了！可是你见到我，就当没见到一样，连招呼也不和我打，那也就算了，我可以也这么对你，就算你在，我也假装视而不见，咱俩扯平了，可你还一而再再而三地挑衅我！刚才在楚杭哥哥耳边唱什么乱七八糟的歌，竟然还好意思让我管你叫谭音嫂嫂？”

段影菲一脸忍无可忍、无须再忍的表情：“我都已经知道你和楚杭哥哥在一起了，你还一定要这么刺激我？你就这么耀武扬威？”她一边说，一边控诉般看向了楚杭，“楚杭哥哥，你……你为什么这么纵容谭音？！她才欺负人！她刚才那样，我全都忍了，就当她是空气，结果她还主动招惹我，我称体重还一定要插一脚恶搞我！”

谭音根本顾不上解释段影菲的指责了，她只震惊地道：“你……你刚才开始就能看见我了？那你没被雷劈的话，最近有没有触过电？”

段影菲忍无可忍地道：“你才触电！”说着她转身看向楚杭，“楚杭哥哥，你看看她，不是盼着我被雷劈，就是盼着我触电，就不能盼我点好的？我之前是做错了，被人骂我也认了，但也不至于要被雷劈和触电吧？”

“不不不！”谭音连连摆手解释，“我没盼你遭遇意外，只是我太震惊了。”她捏了捏自己的脸，直到脸上的痛觉让谭音确认一切不是幻觉，她才激动地一把拉住了段影菲的双手，“虽然不知道你能看到我是什么原因，但太好了！又多了一个能看到我的人！以后雷雨天我可以来找你玩吗？”

相比谭音的热情，段影菲却是一脸便秘般甩脱了谭音的手，她的眼神里充满了狐疑和难以置信：“谭音，你怎么了？怎么说的话牛头不对马嘴似的，什么叫我也能看见你了？说得好像别人看不见你似的！”

“这你就不懂了！除了楚杭和你，别人在这个天气是看不见我的啊！”

可惜段影菲压根儿不买谭音的账，转身看向自己的私教，指了指谭音：“你告诉她，能看见她吗？”

谭音一脸成竹在胸地准备摇头：“他看不……”

结果最后一个“见”字还没说完，她就看到那私教也看傻子般看向了自己，声音洪亮吐字清晰：“当然看得到啊。”

配合着他的话音，他的脸上“这怕不是个弱智吧”的表情越发明显……

谭音愣了愣，随即便看向了楚杭，两人在空中交换了一个只有彼此懂的眼神，谭音不仅睫毛开始颤动，连身体都开始战栗了。

段影菲看得见自己！私教也看得见自己！他们都看得见自己，那么是不是……

她一分钟也没耽搁，几乎是立刻丢下了一脸茫然狐疑的段影菲，然后在健身房里随便逮着个人便问起来。

她问在跑步的肌肉男，问在练器械的男生，问瑜伽室里的女生……

“你看得见我吗？

“你们看得见我吗？”

虽然无一例外谭音的问题获得了一众奇异不解的目光，不少人看向她的目光都充满了一言难尽之意，不知道谭音是在装疯还是卖傻，然而谭音根本顾不上这些了。

因为即便很多人对自己这没头没尾的问题根本没有回答，但从他们的表情里，谭音也能清楚地意识到，他们看得到自己！他们每一个人，都看得到自己！

现在还是雷雨天，但是健身房里的每一个人，都看得见自己！

谭音几乎喜极而泣，冲到了楚杭面前，情不自禁地拉住了他的手，声音几乎激动到颤抖：“楚杭！他们能看见我了！他们能看见我！我恢复正常了！”

虽然这些话听在段影菲以及别人耳里要多怪异有多怪异，楚杭却一点也没觉得不好意思，他也仿佛被谭音的快乐感染到一般，任由她拉着，然后忍不住笑起来。

“我说过会好的。”

谭音心里糅杂着狂喜和疑惑，这“超能力”这么智能伟大的吗？在退出历史舞台之前，还恰到好处地展现了自己的功效，帮助小鹿和陈征这一对有情人终成眷属？

而直到走出了健身房老远，谭音还觉得一切都像是在梦中，充满了不切实际感。

她每走两步，就要忍不住问楚杭一句：“我真的恢复正常了？”

一连问了楚杭十来遍，问得楚杭回答起来都有些无奈了：“你在我眼里本来就很正常。”

谭音想了想，觉得楚杭这话不论从什么角度理解都没错，自己能“隐身”的时候，就隐身对其可见了，那正不正常，还是要看别人的评价。

于是这一路，谭音没忍住自己内心的雀跃，一路走一路朝着四周来往的人不停地挥手致意打招呼，要不是楚杭拦着，她恐怕放飞自我起来都要开心到朝人群飞吻了。

“行了，别闹了，他们都能看见你了。”楚杭拉住了谭音的手，“乖一点，再朝别人抛媚眼我就要不开心了。”

“楚杭哥哥，都听你的呀。”谭音心情愉悦，扑向楚杭，像个树袋熊一样挂在他的脖颈上，亲了亲他的脸颊，“那以后只给你抛媚眼总行了吧？”像是为了印证自己的话似的，谭音说完，就朝楚杭抛了个媚眼。

“没个正经样。”

虽然话是警告性的，楚杭的语气却是隐隐带笑的。

谭音朝他眨了眨眼睛：“原来你喜欢我正经一点？”她装作老成般清了清嗓子，“那我端着一点？”一边说，谭音一边就蹦离了楚杭，“走路也要保持一臂的距离。”

结果自己还没真的离楚杭一臂之遥，左手就被一只有力的手不容分说地拉了回去。

楚杭倒确实是一本正经，脸上都不带其他特殊表情的，镇定得仿佛刚才把她拉回身边的人不是他一样，只是那双拉着她的手，五指却温柔而强势地和她紧紧扣住，把她拉得离他又近了点。

楚杭的声音低沉：“走吧。”

谭音愣了愣：“去哪儿？”

楚杭看了她一眼："去约会。"

"嗯？"

"去让你在雷雨天宣告所有权。"

寥寥数语，谭音却忍不住笑得花枝招展。是了，如今还在下雷雨，自己却已经恢复正常，那要干什么？当然是第一时间在这种雷雨天好好约会一场，把以往雷雨天自己缺失的存在感一次性刷个够啊！

谭音靠向了楚杭，扒拉着他的手臂："去去去！赶紧约会！希望这场雷雨不要停！"

大概是上天真的为了补偿谭音在雷雨天缺失的存在感，自那天谭音恢复正常以后，竟然断断续续下了一周的雷雨。

谭音的计划里，这天赐的一周雷雨天，她都要好好利用起来，把以前雷雨天和楚杭没法做的事都做个遍，去看电影、吃大餐、逛街、打卡网红景点……

只是谭音没想到，最后计划赶不上变化，这些想做的事通通没做成，取而代之的是，雷雨天，她和楚杭一起坐在图书馆里……学习……

楚杭最终决定参加霍普杯国际大学生建筑设计竞赛，而他邀请了谭音作为搭档一起组队参加。

"这期的竞赛主题是乡村与现代建筑，我想和你一起做。"

"你认真的？我要真参加了，朱抗美能手撕了我，觉得我这颗老鼠屎要坏了你这锅粥……"谭音想了想，有些迟疑，"何况朱抗美本来就对女性有歧视，我要是参加了，做得还不够好，拖了你的后腿，不是又给我们女生群体抹黑了吗？"

"正因为这样，你才要更加认真好好做啊。"楚杭对谭音的担忧却不以为意，"给朱老师看看，女生学建筑也可以学很好。"

"何况这次的比赛本来就是组队参加的，不仅可以和校内的同学组队，还可以学校之间组成联盟一起组队。”楚杭看向谭音，“你想看我和别的……女生一起组队吗？”

不！不想！

于是，就这样，等谭音反应过来的时候，自己已经被楚杭骗上了贼船，如今这雷雨天也没法出去约会，而是好好坐在图书馆里查资料。

乡村建筑，如果是建住宅，那未免太单调；建超市，建购物中心，又觉得过分城市化、现代化的设计理念容易与乡村的人文环境格格不入。建筑讲究的是城市与设计的融合，而非突兀地独树一帜……两人思来想去，最终确定下设计一座乡村图书馆以及学校的主题。

只是谭音和楚杭的乡村图书馆以及学校主题，和一般的还有点不一样，他们想要设计的，是一座除了容纳正常孩子，还能敞开怀抱接纳那些需要特殊教育孩子的，比如盲人、聋哑人……

这个念头最初也是谭音的突发奇想：“楚杭，你说乡村除了需要图书馆需要学校需要教育之外，是不是还有很多特殊的孩子，也需要我们的关爱啊？我总觉得，建筑设计，是应该有普世价值的，虽然很多城市地标性建筑华美又独特到让人过目不忘，但是很多朴实、真真切切考虑到使用者、充满人文关怀的建筑，也还大量缺失着，比如我们参观过的博物馆，你有没有发现，虽然设计已经很棒了，但是设计师在设计时，其实没有在每个细节里都注意到残疾人的参观体验？虽然在楼梯台阶和厕所上有了注意，但这些注意点，也不过是每个人都能想到的，在展品参观上，却完全没见到体现对残疾人的人文关怀。”

楚杭若有所思地皱起眉：“你继续。”

谭音清了清嗓子：“这都是我的一家之言啊，我的观点不一定对。我就觉得吧，自己虽然是个健全的人，但之前那次伪装成盲人，感同身受还不敢说，但至少也体会了一下盲人平时的感受。虽然我们的城市建设已经越来越好了，但很多路段仍然没有设置盲道，或者是盲道被占。而除了盲道外，不论是商店还是超市，很多地方并没有针对盲人的专门设计。

“我就觉得，我和你既然是因为装盲人这件事有了交集的，那是不是冥冥之中暗示我们，可以为这些特殊人群做点什么？比如我们这次的设计里，乡村确实需要学校和图书馆，但除了普通的乡村孩子，还有大量需要特殊教育的孩子，我们是不是能把他们也考虑进去？我知道好的建筑物考虑的是能满足大多数人的使用需求，但少部分人，也总要有人替他们着想啊！本来因为他们身体的残疾，能参与的社会事务就受限，比如盲人就几乎不可能成为建筑设计师，也难以在这个领域拥有自己的声音，那我们这些健全的人，是不是更应该替他们发声？”

谭音在提出自己的意见看法时也不过是随性所说，她的建筑设计功底比楚杭差远了，只是没想到楚杭真的认真考虑了她的建议，并且真的决定将其融入到两人的设计作品里：“残疾的孩子需要的设施和正常孩子完全不同，所以把特殊的孩子和正常孩子放在一个学校是不合适的，想要兼顾好这两类孩子的结果可能是哪一类都不能真正满足他们的需求，搞得不伦不类。所以我们不如建两座学校，一座面向乡村普通的小孩，一座则接纳需要特殊教育的孩子。至于图书馆，倒是可以融合在一起，在设计里体现便于残疾孩子出行的观念，并且为盲人孩子单独开辟一个盲文馆。”

两个人坐在图书馆的公共区域里，就这么你一言我一语，竟然也把设计主题确定了个七七八八。

既然要做乡村建筑设计，那势必得去乡村实地走访调研，去那些口碑不错的乡村学校和图书馆参观学习。

没过多久，学校放暑假了，谭音和楚杭一点时间也没浪费，当即确定好了几个走访调研点以后，就热火朝天地开工了。

真正投入到工作里，谭音才发现，和楚杭在一起，即便不是去约会也非常有意思。两人选中的几所乡村学校和图书馆都非常偏远，交通也并不通畅，这大热天的，往往在路上辗转颠簸就要个把小时，好几次谭音都差点晕车中暑。乡村条件不如城市，常常一场调研下来，头发全被汗打湿了，整个人都灰头土脸的，但即便这样，谭音也没觉得不耐烦，连一分钟都没想过退缩。

身边的楚杭并不比她好到哪里去，他的白衬衫完全湿透了，汗也不断顺着他线条分明的下巴滴落下来，然而他还是谦卑而恭敬地跟着今天调研的这所学校的校长，一一问着站在校长的角度，作为实际使用人，对学校建筑设计中功能的反馈意见，并且认真记录着，试图厘清学校建筑设计中需要注意的细节。

两个人这次参观的是一所拥有“最美乡村学校”称号的学校，因为实在偏远，便决定在这里住上几天。一来缓一缓疲劳，二来如此舟车劳顿地赶来，这儿又正好有好几所可圈可点的乡村学校及图书馆，更要仔仔细细好好地研究学习出个本才行。

虽然条件艰苦，但能跟着楚杭出来，从专业的角度踏实认真地做点事，好好学上些东西，谭音觉得完全不虚此行。这乡村条件很差，因为没有修马路，两个人只能在附近村民的民居里借住。这么热的天，没有空调，而因为临时借住，也没有蚊帐，几乎可以说是与蚊共舞。

只是这些都没让谭音觉得有什么，既然想好好学建筑，未来想成为一名优秀的建筑设计师，别说实地参观调研建筑物了，以后可能还要下工地甚至和施工单位、甲方吵架呢，唯一让谭音有些心情低落的是楚杭因为完全埋头这个项目设计，似乎完全把今天是什么日子给忘记了。

今天是谭音的生日。

虽然谭音也信奉生日不过是365天里没什么特别的一天，没必要多夸张，但……这毕竟是和楚杭在一起后的第一个生日呀，她总还是不能免俗地期待着楚杭能至少祝自己一句生日快乐。

可惜这一周来，除了辗转探访乡村学校建筑，楚杭就都扑在这次比赛的设计项目上了。谭音和他睡在一个房间的两张折叠床上，中间用布窗帘简单隔着，她几乎是好几次凌晨一两点惺忪地醒来，发现对面的楚杭仍旧没回来睡觉，他几乎都孜孜不倦地在民居的大堂里忙活着什么。

一开始，谭音以为楚杭是在熬夜画方案，然而每每第二天想去看看他画了什么，楚杭却都表示还没怎么画，大概像他这样有完美主义强迫症的学霸，对自己的要求实在严格，一旦自己觉得不是最优秀、最满意的方案和图纸，就并不想让人看吧。

只是……

明明他从今天自己生日的零点开始就没睡，仍旧一如既往地埋头在大堂里做着什么，却连一句生日快乐都忘记了。

谭音承认认真投入又专注的楚杭充满了魅力，让人完全移不开眼，但忙到把女朋友的生日都彻底忘记了，谭音还是忍不住有点生闷气。

她也清楚楚杭为了这个设计比赛很拼命，因为此前他还只是熬夜，如今这两天，却是整夜整夜不睡地熬通宵了，大概真是太累太忙了，所以才完全忘记了。

看着白天努力抑制自己瞌睡还认真调研乡村学校设计细节的楚杭，谭音陷入了迟疑，究竟自己要不要提醒楚杭今天是自己的生日呢……谭音一边期待着楚杭能自己发现，又怕他发现后自责……

这一迟疑，她就迟疑了一整天，晚上吃了饭，楚杭竟然又一声不吭地去了大堂，一个人又不知道在捣鼓些什么，看样子不仅没想起来谭音的生日，甚至连自己拥有女朋友这件事都像是忘了。

于是自己生日的这一晚，谭音委委屈屈一个人独自躺在民居里的折叠床上，心里愤愤地想，以后绝对不能和楚杭结婚，现在还是个学生呢，为了建筑就能这么死心塌地到连女朋友的生日都忘了，那以后真工作起来，还不是那种有事业没生活的工作狂人？

只是这么想着想着，她又觉得自己的思路完全错了，人家楚杭还没说过要和自己结婚呢！人家说不定要娶的是事业！

谭音就这么委屈带恨地瞎想八想，终于迷迷糊糊地睡着了，她睡得也不踏实，梦里一会儿是楚杭抱着自己的建筑模型说要和建筑模型结婚，一会儿是楚杭说看破红尘要去剃度出家，再一会儿甚至楚杭都和徐聿好上了，说以前是自己没开窍，现在终于发现对的人原来早就在身边了……

“谭音。”

梦里的故事没有逻辑，谭音甚至还觉得自己真切地听到了楚杭的声音，他就在自己耳边轻声地喊着自己：“谭音。”

而直到自己肩上传来楚杭轻轻的推动，谭音才迷迷糊糊地意识到，这并不是来自梦里的声音，楚杭确实在叫自己。

谭音睁开惺忪的睡眼，果不其然，便见到楚杭正抿着唇一脸认真地坐在她床边：“谭音，你醒了吗？”

谭音揉了揉眼睛，点了点头：“几点了？怎么了？”

“十一点四十，还是今天。”乡村民居的照明并不好，只是在如此昏黄的灯光下，楚杭的眼睛却灼灼的，他看向谭音，认真地一字一顿道，“谭音，生日快乐。”

本来不觉得什么，然而楚杭这么一句话说出来，谭音心里却还是忍不住有些委屈和酸涩。她努力佯装打了个哈欠，才让自己眼里差点滚落出来的泪珠看起来并不像是哭。

晚上十一点四十，楚杭才终于想起来今天是她的生日，还有二十分钟，她的生日就要过了，她就真的只得到了这样一句匆匆的临时口头关怀……

“谭音，最近因为搜集素材，一直在外面跑，从一个村到另一个村连轴转，很抱歉，我根本没有时间去准备生日礼物，每天做方案也占用了我的大量时间……”

是了是了，谭音内心也知道，楚杭说的是实话，他确实不是有意忘记自己的生日的，自己应该理解才是，只是心里还是止不住地有些难过。

然而她一点也不想为难楚杭，于是努力把自己的眼泪憋回去，尽量平静地道：“没关系，我知道你最近很忙，为了设计画图每天睡眠时间都超少，没有礼物我不在乎的，没关系的楚杭。”

只是她都这么善解人意了，楚杭反而愣住了。他看了眼谭音，才满脸手足无措地为她擦起眼泪来，谭音这才发现，不知不觉间，自己的眼泪还是忍不住滚落了下来。

“别哭了，谭音，别哭了，我没有忘记你的生日。”楚杭的声音温柔又充满了自责，“我永远不会忘记你的生日。”

“这是我给你的生日礼物。”他一边帮谭音抹泪，一边从身后拿出了……

拿出了一个模型？

谭音这下不哭了，不解又狐疑地看向了楚杭手里的模型。这模型做功非常粗糙，没有上色，完全是用木板简单搭建出来的，看起来像是匆匆做出来的。谭音仔细一看，发现这大约是个别墅的模型，而虽然粗糙，设计理念倒是挺新潮，仅仅是草草几眼，就能看出这模型的设计上，楚杭是下了功夫的。

只是他给自己这样一个模型是为什么？这是生日礼物？

楚杭拿着手里的模型，却是第一次对自己的作品紧张忐忑不安起来：“虽然最近一直在村里时间也很紧张，但我一直在给你准备生日礼物，本来也想买点什么，但是村里的小超市真的没什么可选的，也没有蛋糕，我只买到了这个……”楚杭一边说，一边从身后拿出了一袋好丽友蛋黄派……

“蛋糕先欠着，就想着先拿这个将就将就，等我回去给你补。”

“因为超市里买不到什么像样的礼物，所以我决定自己动手给你做一个。”楚杭放完蛋黄派，又看向了自己手里的模型，“我这几晚熬夜，不是在画乡村学校的方案，是在做这个。”

“这个是？”

“是个别墅设计，方案和图其实我早就画好了，也深入修改了好几次，只是没来得及做出模型。本来没想到会参加这个比赛，所以也没想到会出来调研，以为在你生日前还有充足的时间，可以试一下 3D 打印，结果计划赶不上变化。因为匆匆忙忙就赶来看乡村学校设计，我都没来得及带上做模型的材料工具，只能在之前几个村里偷偷收集，但找来找去，只能找到这些废弃木板了，因为没有切割工具，所以这模型做得很粗糙……”

楚杭看起来有些紧张和不自然，然而谭音总算是听懂了，他这几天通宵的成果，原来就是手里的别墅模型，只是……

“为什么要给我做别墅模型？”

“你说过要我对你负责，要我帮你买西郊那个恒欣花苑大平层的。”

楚杭用的是陈述的语气，声音镇定而平静，谭音的心里却像是滚油里被滴进了水滴，一瞬间噼里啪啦地炸了开来。她没想到自己当初随口一句调侃的话，楚杭竟然记得。这一刻，谭音觉得楚杭接下来要说的话，恐怕会更让自己……

“你说的话，我都记得。”楚杭有些不自在地看向了地面，“谭音，我想对你负责。

“虽然你只想要大平层，但我想给你最好的，我想让你住别墅。”

“但是我现在还没有钱。”楚杭顿了顿，耳垂上已经爬上了淡淡的红，“我现在还买不起别墅给你住，谭音，你等我几年，我以后会按照这个模型，给你建一栋别墅。

“我想给你一个家。”

这一次，楚杭终于抛开了刚才的赧然，抬头直视着谭音的眼睛，就这样望着谭音，一字一顿道：“生日快乐。”

这一瞬间，谭音只觉得自己心里像是被投放了一颗原子弹，轰的一声，炸得什么也没了，只剩下自己疯狂的心跳和快要冲破喉咙的尖叫。

楚杭这个人……

楚杭这个人，真的是……

楚杭却一点没感觉到谭音的情绪，他还在一本正经地解释：“你还说想要卡宴，我现在也买不起，以后我一定会给你买的。车子和房子，我都会给你的。”

然后他努力平静地从身后又拿出了一本速写本，还有一本相册：“幸好这个提前准备好了，也是送给你的生日礼物。”

谭音下意识地接过来翻开了速写本，前面好几页，都是楚杭的建筑物速写，可圈可点，画得工整又漂亮……

“你往后翻。”

谭音下意识地往后翻，然后……

然后她看到了自己。

正在画着前面博物馆的自己。

这是……这是那次和安娜、楚杭一起三个人逛博物馆然后在室外速写的时候画的吗？

谭音愕然地抬头看向楚杭。

楚杭只抿了抿唇，就移开了目光：“嗯，就是博物馆那次，我没画博物馆，画的是你。”

谭音突然不知道如何形容自己此刻的心情，大约是温柔和悸动吧。很小的时候，谭音读过一首诗，“你站在桥上看风景，看风景的人在楼上看你，明月装饰了你的窗子，你装饰了别人的梦”。她一直一直觉得这首诗太美了，美到不切实际，美到只存在于诗歌的幻境里，而现实中绝对不可能存在的，而此刻，她才发现自己错了。

原来在不知不觉的时候，自己已经被楚杭记在了心里，画在了纸上。

他当时是怎么想的呢？假装盯着博物馆的外立面，却心猿意马偷偷看着自己，然后专注又认真地在纸上描摹着自己的轮廓，每次自己回头不小心和他的目光撞在一起，他还要一脸高冷地装作完全不经意？

楚杭的演技，没想到有些时候竟然也挺好的。

谭音盯着速写本上的自己，又想笑又想哭，楚杭这个人……

除了速写本，还有相册，那相册又是什么？

谭音带着拆礼物一般的心情翻开了相册，然后她又一次看到了自己，满满的全是自己，站在博物馆水幕墙边的自己，站在展览柜前的自己，站在长廊尽头的自己……

这些分明是当时楚杭一脸不耐叫自己过去当参照物时拍下的照片啊，然而这一张张照片上，本应该作为重点的建筑设计和细节，不是没拍全，就是拍糊了，反而是自己，总是位于照片的正中央，比例完美，对焦清晰，表情也每张都恰到好处地被抓拍下了笑容最灿烂的瞬间。

“没拍建筑物，都拍你了。”

原来自己从来不是那些建筑物的参照物，那些建筑物才是自己的背景墙……

“之前没坦白这一点，现在全部告诉你，谭音，我在你这里，已经没有秘密了。”

楚杭不只耳垂连脖颈上也爬上了浅色的红：“这是我陪你过的第一个生日，以后我还会陪你过每一个生日。

“虽然礼物准备得有些仓促，但总算是赶在十二点之前把模型赶工出来了。

“我不是忘记了你的生日，而是之前模型没做好，拿不出像样的礼物，觉得没有资格祝你生日快乐……”

楚杭还在解释着，然而谭音已经不在意了。

她盯着楚杭的眼睛：“楚杭，我等你，等你给我一个家。”

楚杭的眼睛亮了亮，随即他低头吻向了谭音的额头，郑重到近乎是庄严地“嗯”了一声。像是一个承诺，由他发起，经由谭音的首肯，再次回到了他的身上，形成了一个契约。

而这一刻，楚杭的眼睛灿若星辰，他的笑真是……真是……

谭音突然不想费心思去想什么形容词了，此刻她一句话也不想说，只想抱住眼前这个人，然后亲吻他。

她也是这样做的。

以前，谭音一直觉得楚杭所有的话都是对的，但直到今天，她才突然意识到，楚杭有一点或许是错的。他说自然的力量是这个世界上最大的奇迹，雷电、海啸、暴雨，确实充满了令人畏惧又无法预测的力量，然而谭音觉得，人世间真正的奇迹不是自然的力量，而是爱。

爱是这个宇宙里最美好的东西。

不论世间多么艰难，只要两个人相爱，就能够冲破囹圄，温暖彼此。

或许我们每个人都是有超能力的，只要在心中种下一颗带了爱意的种子，那就一定会萌发出这个世间最摧枯拉朽的奇迹。

我想和你一起成为最好的建筑师，我想和你一起实现所有的梦想，我想和你有一个理想中的家，我想和你有未来……

我爱你，你是我遇见的最好的奇迹。

番外一

猫狗双全

自放了暑假以后，大家都离校回了家，因此也一下子不存在什么校内八卦了，要放在往年，学校论坛的浏览量和在线人数一下子锐降，几乎没几个活人。

然而今年完全不同，校内论坛几乎炸了——知名漫画家“狂野泰迪”带着她的漫画新坑回来了！

这位“狂野泰迪”曾经以《万人之下：校草的诱惑》一战成名，结果就在连载渐入佳境故事渐渐展开之际，她竟然把这个漫画楼申请锁帖和屏蔽了，并且还贴出了一篇严肃的道歉文，真情实意地检讨了自己以现实人物为原型的错误，并对漫画男主角原型郑重道歉，对他的形象进行了澄清，也说明了自己将承担一切惩罚和后果。而几乎是做完这一切，“狂野泰迪”就从校园论坛上消失了。

狂野泰迪虽然已经不在江湖中，但江湖上还到处流传着她的传说，比如对于她的消失，坊间传言就有好几个版本。

对此，蒋一璐作为版主的八卦版讨论是最热情高涨的，一个帖子热度居高不下：

《请问谁知道狂野泰迪去哪里了？》

而这个帖子里的回答则是五花八门，让谭音简直怀疑自己是在看玄幻故事，完全被当代大学生的想象力所折服了。

34L：听说她被楚杭找出来以后打断了一条腿，然后再也不敢了。

36L：不是，楚杭没打过她，她是因为画功太好，被国内知名的漫画工作社挖走了，直接退学创业去了，现在已经成了版税百万的漫画家。我认识漫画圈的朋友，告诉了我这个内幕，说她有钱了以后还向楚杭提出了 20 万陪吃一次饭的要求，结果楚杭说要 30 万，最后价位没谈拢……

56L：楼上都是胡扯，我听说狂野泰迪就是个男人，根本不是“她”，是他！

67L：我和 56L 得到的消息一样，PS：告诉你们一个秘密，狂野泰迪，姓徐，坐标：法学院。

88L：男的，姓徐，法学院的？我感觉我懂了。

…………

这帖子是蒋一璐在和徐聿约会的百忙之中发给自己的，谭音一边看，一边觉得这情节连自己这个画漫画的都不敢这么画，大家竟然还都说得有板有眼，讨论得激情澎湃。

谭音一边看，一边看向自己身边的楚杭，揶揄道：“他们说和你吃一次饭要 30 万。”

楚杭一边画图一边抬起头扫了谭音一眼：“那要看是什么人和我吃饭。”

“有什么区别吗？”

这一次楚杭没再抬头了，像是认真地在画着建筑，只是笔下几乎没有动：“如果是别人找我吃饭，30 万也不行；如果是你的话，那就 30 万行了吧。”

谭音忍不住叫了一声：“我还要 30 万？”

“越南盾。”楚杭看了谭音一眼，又补充了一句，“折合人民币大概 88 块钱。”

“这个 30 万我可以！”谭音当即忍不住笑出来，“那这位同学，一顿饭 30 万的话，包你一晚多少钱啊？”

果不其然，自己这话说出来，楚杭的表情虽然仍旧一本正经，但手都有些握不住笔了。

过了片刻，谭音又开始念八卦帖里荒诞的猜测内容时，楚杭突然开了口：“不要钱。”

谭音第一反应就是愣神，她盯向楚杭看了看，才意识到他是在回答自己的上一个问题。

“你的话，免费。”

谭音轰地就彻底红了脸，她看向楚杭，手足无措到慌乱。

调戏不成反被撩，大概就是这样了，谭音想，自己可真是搬起石头砸自己的脚。楚杭是什么人？楚杭的学习能力和好胜心真是在谈恋爱上也一览无余。明明一开始自己调戏他只有他脸红不自然的，结果如今在自己的高强度“培训实战”下，竟然每一次都能如此冷静镇定地化解自己的调戏，然后还功力更深厚地给自己挖个坑……

真是个可怕的男人！

谭音这下服软了，不敢再调戏楚杭，安安分分地坐好了。

两个人的乡村学校和图书馆设计方案已经完工，最近闲下来，然后谭音就看到了关于狂野泰迪的这个帖子。

“总觉得应该澄清一下？”谭音一边说，一边突然冒出了个灵感，“楚杭，你说我把我们的恋爱故事画成漫画上传学校论坛可以吗？”

她一下子蹦到了楚杭身边：“这次我先向你这个当事人申请授权，我可以画吗？可以吗可以吗可以吗可以吗？”

“我有什么事对你说过不可以？”

谭音噎了噎，随即就想到了什么：“那我可以和周铭一起去看电影吗？”

楚杭几乎是咬牙切齿字正腔圆地道：“不可以！”

不管怎样，说干就干，谭音效率奇高，很快就画出了第一话，并且上传了学校论坛。

狂野泰迪销声匿迹近半年后再次重出江湖，这果然引发了火爆的讨论，而大家点进她这次带来的新作品连载地址后，这讨论的热度就更高了：

55L：狂野泰迪这是和楚杭杠上了？之前不是对楚杭道歉了吗？怎么又以他为男主角画起来了？

56L：不对吧，你们没发现这第一话女主角就以“狂野泰迪”为笔名在网上画男主角楚杭的漫画？这个剧情不就是现实吗？而且你们看作者的话了吗？作者直言这是一个言情，是一个男女主角谈恋爱的故事啊！

74L：狂野泰迪也真的太野了吧，YY 楚杭到自己产粮画自己和楚杭的同人了……操作也太骚了……

76L：设定给力！给狂野泰迪大大打 call！

…………

只是很快，等第二话连载也出来，即便是之前狂野泰迪的死忠粉也叫不出好来了，觉得有点异样了……

因为这一话里，作为女主角的漫画家狂野泰迪，突然在三次元也拥有了身份，并且还是一个大家耳熟能详的名字：

123L：谭音？这不就是建筑系的那个谭音？就是现在楚杭正宗的女朋友？

124L：所以狂野泰迪大大这次又是根据现实生活取材，把谭音融合了自己的人设做成了女主角吗？

145L：酸了，在学校里常常被迫吃到谭音和楚杭的“狗粮”，结果没想到上个网都还要被人硬塞他们的“狗粮”，冷冷的雨在我脸上胡乱地拍.jpg。

146L：楼上，讲真，我之前以为楚杭和谭音谈恋爱只是一时头脑发热，总会分手的，结果等了这么久，两个人不仅没有分，连我爱的狂野泰迪大大竟然也变成了这两个人的CP粉？开始画这种充满恋爱酸臭味的言情漫画了！啊！

156L：楼上，你冷静冷静，我觉得事情不太对啊……我总觉得，狂野泰迪应该不是什么CP粉，我有一个大胆的想法……

因为156L的发言，一下子引发了几方不同观点的混战：

345L：太扯淡了，狂野泰迪怎么可能和谭音是一个人？搞笑！

456L：脑洞开太大了啊朋友们！

…………

只是很快，随着一话一话连载漫画的继续更新，那些开始还怎么都不相信狂野泰迪和谭音是一个人的人，也渐渐动摇了。

而对于这些争论，狂野泰迪也从没有回应过，一切交给读者自由心证，只是随着越来越多的细节，读者们也都开始心照不宣起来：

568L：柠檬树上柠檬果，柠檬树下你和我，这“狗粮”有点过分了吧？

589L：漫画里画到男主角给女主角当人体模特了，嘤嘤嘤，那是不是现实里……我第一次发现原来画手交男朋友的动机如此不纯，男朋友在画手手里还能这样妙用。PS：我虽然没有大大画得好，但也是一个小透明画手了，以后我交了男朋友，也要让男朋友给我脱衣服当人体模特！

590L：楼上醒醒，你未来的男朋友那也得有楚杭的身材，真的脱了衣服当人体模特才能让你有灵感好不！

600L：那个，我就插队问问，你们脱完衣服画完以后，真的没干点别的事吗？

601L：楼上别说了，我的脑子里现在被你说得充满了画面……

…………

谭音一边看，一边红着脸关掉了网页。

讲起这次人体模特，其实并没有大家说的那么夸张，楚杭并不是全裸，他下半身穿了裤子，只是上半身裸着，下半身因为搭了一条薄毯，视觉效果上还以为薄毯下也是真空。

总之他就那样摆好了姿势，安安静静地坐了一个小时，任由谭音一笔笔地画，整个人气质沉静淡然，唯独耳边那微微的一抹红让人能窥见他做人体模特时的心情。

虽然当初号称追求楚杭是为了找他做人体模特方便不过是个搪塞蒋一璐的借口，然而真的等楚杭做了自己的男朋友，谭音一不做二不休也没浪费资源，还真的把楚杭说服了给自己做模特。

这种身材，不做一下人体模特，都太暴殄天物了吧！而他做模特时候那种害羞的模样，谭音觉得，自己不留个纪念，实在说不过去！于是在乡村调研的最后一天，两人难得有了点空，谭音就死活忽悠楚杭给自己做了次人体模特。

当然，在漫画里，谭音也只略过一笔描述了楚杭做模特之前的别扭样子，他真正做模特时的场景，一笔也没有画，只留给读者充足的想象空间了。

此刻，谭音画完今天份的更新，伸了个懒腰，然后就抱起了手边睡觉的猫。此时临近暑假的尾巴，谭音跟着楚杭调研走访了大半个暑假，从乡村回来后，为了方便后期一起画图和调整方案、做模型，两个人决定找一个地方一起待着。

楚杭的爸妈正好去欧洲旅游，于是谭音便借住在了楚杭家的别墅客房里。

一开始谭音完全没想到，除了她、楚杭还有那条锱铢必较的狗——可可，楚杭竟然还养了猫。

刚进楚杭家的时候，谭音确实是被迎面跳来的猫吓了一跳的，这猫长得不算好看，一看就不是什么品种猫，就是只黑白相间的田园土猫，然而谭音愣是从那猫的态度神情里，读出了一丝富贵的倨傲？

再看几眼，谭音又觉得，这猫似乎有点眼熟，虽然长得一般，但这猫显然是成天在楚杭家养尊处优作威作福，毛色顺滑，脖子上还挂着一个系着红丝带的铃铛，见了谭音，竟然很冷傲，一点示好的姿态也没有。

“你什么时候养的猫？”虽然猫咪对自己不热情，但谭音向来喜欢猫，忍不住就蹲下身，朝这猫咪打了个招呼。

“你认不出它了吗？”

谭音愣了愣，又看了几眼眼前的猫咪，电光石火间，她的脑海里终于灵光一现：“是之前我在树上救的那只猫咪？！”

楚杭点了点头：“嗯。”

当初楚杭为了让她赶紧回宿舍换下湿掉的衣服，不惜号称担心她会感冒传染猫，强硬地带走了谭音怀里的猫，把谭音赶回了宿舍，只是谭音无论如何没想到，楚杭竟然会把猫带回家。

在谭音的灼灼目光下，楚杭又一次不自然地移开了眼睛：“想着它本来就是只流浪猫，就直接收养了吧，凑日行一善的指标。”

谭音却笑道：“那外面小区里这么多流浪猫，怎么没见你都日行一善一下呢？”

楚杭虚张声势地瞪了谭音一下：“你都知道了还问什么？”

谭音耍赖上瘾了，耸了耸肩：“我不知道啊。”

楚杭没好气道：“还不是因为这猫是你捡的。”

他说完，又补充了一句：“以后别爬那么高去救猫了，太危险了。”

“可猫总要有人去救啊，因为这点小事就去麻烦消防员的话，也太小题大做了……”

“我去救。”楚杭看了谭音一眼，“人家有了男朋友恨不得连瓶盖都交给男朋友开，谭音，你也可以把有些事情交给你的男朋友了。”

“好的！知道了！楚杭哥哥！”

谭音说完，做了个鬼脸，然后就忍不住抱起了眼前的猫咪：“给我看看，你真是进了楚杭家好吃好喝地供着，和以前气质都不一样了，我一眼都没认出来。”她逗弄了下猫咪，“你还记得我吗？我可是对你有救命之恩……”

只可惜她话还没说完，这猫咪就十分不给面子地挣脱出了谭音的手，然后十分警惕地蹿到了楚杭身后，像是寻求保护似的，只堪堪探出一个头，看向谭音。

谭音颇有种贫穷养母惨遭自己被富家收养的女儿嫌弃的悲凉感：“喂，明明是我在雷雨天不顾自己的安危爬上树救的你，怎么你现在不仅不认我，还认贼作父了？”

楚杭咳了咳：“谭音，注意你的措辞。什么叫认贼作父？”

谭音悲愤道：“可不就是认贼作父？你这不就是窃取了我的胜利果实吗？怎么不是贼？我觉得我像是美人鱼故事里那个救了王子、功劳却被人顶替的悲惨小美人鱼！”

“那你就是贼的老婆了。”

楚杭说得云淡风轻不紧不慢，谭音却又是唰地脸都红了：“谁是你老婆？”

“你之前求我给你当人体模特的时候可不是这么说的。”楚杭笑了笑，“要我给你回忆一下？”

不不不！别了别了！谭音不管猫了，直接跳上去捂住了楚杭的嘴：“你可别说了！”

自己当初为了能让楚杭给自己做人体模特，确实什么尊严都不要了，不仅答应给楚杭做牛做马，更是什么话都说了，连老公都喊了……

楚杭眉眼微弯：“行吧，我不说了，毕竟两个孩子都在看着呢。”

谭音看了一眼在一边站着的蠢狗和呆猫，自己这就有两个孩子了？

不过顺着楚杭的思路想，既然是两个孩子，那……

“可可有名字了，那猫呢？猫叫什么？要不要我来起名？”

“有名字了。”

“嗯？叫什么？”

楚杭却没回答，像是不想再提这话题一样，转移了话题：“你上次给可可买的狗粮它很喜欢……”

只可惜虽然他不想提，这猫咪却不是只省心的猫，只听噌的一声，它就蹿上了摆满摆件的桌面，眼看着就要朝面前的一个瓷器走去……

“音音！下来！”

楚杭几乎是下意识地喊完就后悔了，然而一切都太迟了，谭音已经笑得合不拢嘴。

“我说怎么不愿意告诉我呢，原来叫‘音音’。楚杭，你是有多喜欢我啊？身边养只猫还要叫和我一样的名字？”

谭音笑着抱住了楚杭：“但没办法，我也一样喜欢你，如果我养一只猫，大概也会叫杭杭。”

谭音就这样从背后抱着楚杭，狗靠在谭音的脚边，猫则傲娇地跳进了楚杭怀里。

日光温暖，还有什么比两个人相爱还猫狗双全更为人生赢家的事呢？

谭音觉得关于自己和楚杭的故事，自己能一直画下去，这是一个注定未完待续的故事，自己也会一直一直陪着楚杭，去到遥远或者不遥远的未来。

爱着别人，也被别人所爱，这大概就是人世间最大的幸福了吧。

番外二

封封情书

谭音在楚杭家里又待了两天，做完了比赛设计的收尾工作，眼见距离开学还有十来天，便决定回家。

这个暑假因为都在外面调研，谭音的爸妈还没见到谭音呢，平时对她一向实施“棍棒教育”的谭爸爸，也难得在微信里多次勉为其难地表现出了对她的想念。当然，谭爸爸的想念表达方式都非常别致，比如：“平时你暑假在家我还能骂骂你，现在你不在，每天尽只剩下你妈骂我，我都变成食物链底端了，唉，真想在食物链上上升一个阶层啊。”

又比如——

“今天你妈烧了红烧肉，你不在，我就都吃了，都吃撑了。”

再比如——

“你不在，没有人制造垃圾，你妈没有卫生需要打扫，精力无处发泄，成天逮着我寻衅滋事。生活好苦。”

…………

一开始这“思念之情”还很含蓄，而到了后面几天，显然谭爸爸被谭妈妈寻衅滋事怕了，说话也不委婉了，直接开始给谭音发红包了……

谭音每次几乎是一边看一边领红包一边就忍不住笑出来。

因为设计项目使然，她最终在做完了所有工作后的今天，才终于在楚杭的护送下踏上了回家的火车。

谭音家在 A 市的邻市，不远，火车只需要一小时就行，她平时开学和假期也都是这么一个人往返的。然而这一次，楚杭却像个第一次送未成年孩子去上暑期夏令营的老父亲一般焦虑。

“在车上吃点零食睡一会儿，别理别人的搭讪，也别乱助人为乐，车里有乘务员，车站也有警察，正常人不会找你这样一个年轻女生帮忙，下火车了别坐黑车，上了出租车记得给我发短信告诉我车牌号，到家了……”

谭音堵上了楚杭的嘴，拥着他的脖子给了他一个吻，然后放开楚杭，盯着他的眼睛：“知道啦！你再这样，我就不叫你楚杭哥哥，叫你楚杭爸爸了！”

楚杭有些赧然，面色微红色厉内荏：“总之有事一定要第一时间联系我。”

“嗯！”

谭音又抱了抱楚杭，才进了检票口。

谭音回家，谭爸爸和谭妈妈果然表达了十二万分的热情，好饭好菜好汤招呼着，正如每次寒暑假回家一样，谭音的爸妈每次在她刚回家时，大概因为一个学期不见甚是想念，在她回家之前已经对她的形象进行了艺术处理和美化，都对自己有一个“热恋蜜月期”。这个时期大约维持一周，这一周里，谭音不管是睡懒觉、熬夜还是成天无所事事看漫画，谭爸爸和谭妈妈都不觉得有什么，还能充满爱意地给谭音准备饭菜。

但是这个待遇直到一周后，便会随着感情慢慢回冷而逐渐懈怠，等过了两个星期，大概率就进入“相看两相厌”阶段了，谭音爸妈就要看谭音啥都不顺眼了……

不过幸而这次回家，谭音只待十来天，爸妈对她应该还都在“蜜月期”里，谭音几乎是每天吃香的喝辣的收一收楚杭的信，日子简直不要太潇洒……

说起楚杭的信，谭音是在回家后的第二天收到的，只是一封信而已，楚杭竟然还兴师动众地用顺丰快递给送了过来。

第一次收到信的时候，谭音很惊讶，还没拆开看内容，就先给楚杭打了个电话询问：“你怎么给我快递寄了一封信？”

楚杭的语气倒是挺冷静：“你已经收到了？”

“嗯，为什么给我写信？不是有微信和电话吗？”

“你先拆开看。”

谭音不疑有他，径自拆开了信封，这封信和楚杭本人一样冷感，信封都是淡色系的，信纸也没什么绮丽的颜色，透着浅蓝，干净清爽。谭音几乎是刚展开信，就又一次被楚杭刚劲有力又笔锋漂亮的字体给吸引住了。楚杭可算是印证了“字如其人”这四个字了。

只是当谭音开始看信件的内容时，她却有点茫然了。

我喜欢黑色，不喜欢吃胡萝卜和豌豆，最喜欢吃的蔬菜是丝瓜，最喜欢的肉类是羊肉，最喜欢的水果是猕猴桃和西瓜。

我周末一般会在家里看书，然后去打网球或者壁球。骑马？我不喜欢骑马，说我家里养有血统的马这是谣传，没有养马，也不去马场。

我最喜欢的运动是游泳，因为在水里可以放空一切，但是因为酒店游泳池离我家不近，周末懒得出门，不常去。

最喜欢的花是白色茶花，没有味道，但很干净漂亮。

最喜欢的旅游地点是人文景观，自然景观也可以，其实不太喜欢海边，觉得海边没意思，尤其去海边不如去爬山。如果是原来的我，蜜月绝对不会去海边，但如果你想去，我会陪你去。

…………

最喜欢的东西？最喜欢的是人行吗？最喜欢的就是你了。

楚杭的这封信其实不长，看起来都在盘点罗列自己的喜好，像是在回答什么问题似的，只是谭音看得却有点没头没尾不知所云，她忍不住对着手机那端的楚杭问道："这是？你这是在回答什么？"

"回答你的问题。"

谭音愣了愣，过了片刻才有些恍然大悟，细细想来，她终于知道这些问题为什么看起来似曾相识了，这不就是自己当初给楚杭写的信里问的问题嘛……

谭音记得，这应该是自己给楚杭写的第一封信，当时自己提笔，完全不知道写什么，谭音当时完全没有写情书的经验，整个人也晕晕乎乎有点犯傻，结果写出的信甚至连个合格的情书都称不上，第一封信，最后竟然写成了一个交友问答，通篇是谭音语无伦次地在问楚杭的爱好、平时周末的娱乐……总之要是能时光倒流，谭音绝对会想穿越回过去把这封信给替换了，想想真是太傻了……

然而她没想到，楚杭竟然不仅此前认真看了一遍，如今竟然还如此郑重其事地给自己回了信？

"我想，如果是我自己给人写了半年的信，怀着忐忑的心情送出去，不断期待着对方能回信，但是坚持了很久，都得不到任何回应，心里一定是很难过的。"楚杭的声音低沉，他顿了顿又道，"对不起，谭音，当时误会了你。虽然过去不能重来了，但我还是想弥补你，我想给你每一封信都认真地回信，我想让你知道我在意你，我在看，虽然回信的措辞也没多优美，写得也就那样，但每一封信，我都会认真地回。”

楚杭这个人真是……

谭音一时没忍住，虽然心情是喜悦的，眼泪却忍不住在眼眶里打转了。当时写了半年信毫无回音，心里自然是很难过的，如今这些情绪泛上来，和此刻的甜糅杂在一起，变得酸酸甜甜，也十分美好，组成了自己和楚杭的回忆，然而……然而楚杭能够郑重地给自己回信，真是让人觉得十分温柔。

而楚杭也确实说到做到，此后的每一天，谭音几乎都能在上午收到一封顺丰快递来的信。

虽然离自己给楚杭写情书已经过去一年了，但是如今隔着这段时光，再来读这些姗姗来迟仿佛从时空裂缝里遗漏的信，却是一件十分奇妙的事，明明都在同一个时空，但好像一下子自己和楚杭之间隔着时差了。

甜蜜又好玩。

楚杭一开始还老老实实完全按照自己当初的信件内容来回复，到后面，他就开始添加自己的元素了，比如——

今天出去吃了海鲜，海蟹和海胆都很新鲜，突然想，你要是也在这里就好了，你最喜欢的海胆，你想吃多少都可以。

或者是——

今天和徐聿约打篮球，结果他说要和蒋一璐约会，让我以后开发点自己能一个人玩的娱乐活动，不要找他了……他可真是以其人之道还治其人之身，太记仇了，我之前对他说的这句话，他一字不差还给我了……不过看着他出双入对，想想自己孤家寡人，确实心里有一点不平衡，勉强也能理解他当时听到我这么说的心情了，我决定原谅他了。

…………

总之，每天读信成了谭音最新的乐趣。

随着时间的推移，很快，在和谭爸爸、谭妈妈的“蜜月期”快结束之际，谭音趁着暑假将尽，赶紧见好就收地准备回学校。因为谭爸爸、谭妈妈还保留着“蜜月期”的余韵，这次对谭音的生活费出手十分大方，谭音几乎是喜形于色地踏上了回校之路。

虽然这次和楚杭分别才隔了十来天，但两人见面，都颇有种一日不见如隔三秋的感觉。虽然分开的那些天里，每天除了信件外两人还要通电话，然而再见面，谭音总觉得，还是和楚杭有说不完的话。

“对了，下午你有时间和我一起去美术馆吗？”楚杭拿出了两张展览票，“最近美术馆有巡回画展，很多是欧美知名画家的，我看了宣传，有不少可圈可点的作品，在美学和艺术融合创新上都很有味道，觉得值得一看。”

建筑系的学生平时除了刷建筑物看建筑写生外，也非常需要注重美学素材的积累，因为想要做出好的设计，也需要设计师本人具有优秀的审美趣味，而美学是能融会贯通的，因此平日里，除了专业相关的展览需要去看，画展艺术展甚至是音乐鉴赏，只要有时间，都应该多看多逛多听多积累。

谭音接过楚杭手里的展览票一看，这次画展里的几个名字连她都耳熟能详，确实有不少名家，十分值得看。

而谭音也是这时才想起来：“这画展蒋一璐之前还没放暑假就在我耳边念叨好几遍了，说一票难求，为了展览效果好，每天参观都是控制人流量的，几乎是刚一开售，票就被一抢而空了，甚至就算加十几倍的价格，都买不到黄牛票。”

她刚抬头看向楚杭，楚杭就无奈地对她摇了摇头：“没了，谭音，我也是千辛万苦才弄到这两张票，而且带上蒋一璐，那就不是多一张票的事情，那是多两张，我还要带上徐聿……”楚杭一边说，一边凑近谭音的耳朵，“当然，不仅是票太难买到，最主要的是我也不想有这两个大电灯泡。”

可怜的蒋一璐，可怜的徐聿，那……那当然只能再见了！这种时候，当然是两人世界比较重要了！

谭音其实很早就想和楚杭去一次美术馆了，之前那次因为突如其来的雷雨和救助猫咪而导致她被困树上，最终未能成行，不仅自己没去成美术馆，楚杭为了赶回来找自己，也没能好好仔细调研美术馆的建筑设计细节，而两人本可以成行的美术馆同游，也因此泡了汤。

如今终于和楚杭走在美术馆里，谭音只觉得心里已经没有任何遗憾了。

时光真是个神奇的东西，只要自己手里还握有时间，只要人生还在继续，不论生活曾有多少缺憾，时光都能为你一一弥补。

画展非常美，完全值回票价超出预期，谭音几乎是一进展厅，就完全被扑面而来的花海给淹没了。这次画展的主题是自然和花，所有的画作都是明艳的、灿烂的、绽放的，让人只想静静地驻足在这片美里，甚至呼吸里都仿佛能感受到花香。

而其中最棒的展品莫过于一幅巨大的郁金香花海了，日出的阳光层叠地照着，荷兰标志性的风车仿佛在画面里都能随着风开始转动。

楚杭也静静地伫立在画前，然而看的不是画，是谭音。他的眼神沉静而温柔，谭音则依偎在他的怀里，头靠在他的肩上。

他们大概都没有想到，在他们身后，不断有人经过，并拿起相机拍照。不仅为了这幅美得离奇的画作，更为了这对依偎在画作前的沉静小情侣，画作、谭音和楚杭，构成了比画作本身更震撼的效果。

谭音和楚杭大概不会知道，郁金香的画作很美，但沉静温柔的爱和心照不宣的默契，在旁观者的眼里，比任何画作都更有煽情的美感。

谭音无意间在抖音热播视频里刷到自己和楚杭在画前相依的画面，那已经是一个星期后的事了。

她过去从不知道自己这么依赖楚杭，也从不知道楚杭看着自己的时候目光是那么专注和纯粹，谭音原来并没有想过一辈子那么长那么遥远的事情，可是如今看到视频里楚杭的眼神，她忽然就想了。

番外三

意外之喜

"老朱，快来看！霍普杯国际大学生建筑设计竞赛一等奖，就是你们学校建筑系的学生，这肯定是你教出来的吧？"

"是啊是啊！肯定是老朱的学生，真是严师出高徒！"

"老朱，你们学校建筑系就是好苗子多，不知道什么时候我那些不成器的学生也能让我长长面子。"

…………

朱抗美执教多年，自己的老同学和圈内朋友大多也是大学教授，都是一个专业的，也就这么点人，一来二去也都熟了，定期的学术聚会、沙龙交流也总是碰头。一年前就有热心人牵头建了个微信群，把这些建筑学术圈子的教研人员、专家全都集中起来了。

群里平时其实不热闹，除了偶尔讨论下专业的东西，大家互相吹捧下彼此发布在学术期刊上的论文，约一下线下的建筑采风活动，就只剩下每天的天气预报，还有健康养生文章传阅了。半个月前，也不知道是谁起的头，如今这好端端的学术群，竟然沦落成某些老教授给自己儿子、女儿、侄子、侄女相亲的阵地了，还美名其曰大家都是一个圈子的，知根知底，亲上加亲，是学术圈的强强联合。

“老朱牛啊！”

“这设计方案我看了，真的做得不错！”

…………

朱抗美看着如今好不容易拉回主题的群聊，面上露出了骄傲的微笑。看看，专业群就该有专业群的样子，怎么能成天讨论什么相亲啊中老年养生的，学建筑的，得有追求！

朱抗美就在群友们一片溢美之词的赞扬声里点开了那条竞赛获奖信息链接。

果不其然，他一眼就看到了楚杭的名字。

他几乎不用想，除了楚杭还能是谁？还可以是谁？

一想起楚杭，朱抗美脸上就没忍住笑，这孩子真是个专业过硬审美情趣又足够高的好苗子，假以时日，绝对能成长成家喻户晓的知名建筑师。自己当初看到霍普杯的比赛信息就力邀了楚杭，把这些信息都给了他，希望他自己组队参赛。当时楚杭没回绝，也没明确答应，如今一看，这孩子还是十分明事理的，知道自己这一片苦心，还是好好参加了比赛呢，甚至都没和自己说一声，就拿了个一等奖！

不过和他一起参赛的组员是谁？陈自强，还是张晨？

朱抗美带着疑惑继续把这篇获奖信息的公告细细往下读，然后看到了一个他死也不愿相信的名字：谭音。

谭音？

朱抗美震惊了。

楚杭的组队队员栏里，不是陈自强，也不是张晨，不是任何一个自己班上叫得出名字的男生，而是……

而是谭音！

“老朱啊，你们学校组队的就两个人啊，楚杭和谭音？”

“这俩孩子都是男的女的啊？肥水不流外人田啊……”

“老朱就是厉害啊，带的学生两个人抵得上别人四五个！”

群里还在商业吹捧，朱抗美却一点也听不下去了。楚杭怎么会带上谭音？这好好的怎么就带了这么一个小老鼠屎？！谭音的水平，她的水平能对这个课题设计有什么帮助吗？！完全不行啊！这看起来是两个人组队，实际不就是楚杭一个人吭哧吭哧地干活儿，谭音坐收渔翁之利躺赢吗？

而更让朱抗美想不通的是，楚杭好好的怎么就和谭音扯上关系了？这一定是谭音又耍什么小聪明，找到什么小把柄威胁楚杭了！

不能这样，绝对不能看着自己的得意门生惨遭谭音的毒手。

朱抗美平时对楚杭十分爱护，如今光是想到楚杭可能正被谭音威逼利诱不得已处处忍让，就心疼得不得了。他对自己心爱的学生一向如孩子一般爱护，如今带入老父亲的角色，更是觉得不能忍，必须找楚杭好好问问，把谭音这个小老鼠屎给解决了。

只是自己这么想着的间歇，群里不知道怎么话题又歪了。

“谭音是男生还是女生我不知道，但楚杭是男生我确定。我上次去老朱的办公室找他讨论课题时正好见过这孩子，特别帅的一个小伙子！个高长得又好，没想到学术能力也这么强！”

“这么好的孩子，老朱啊，有对象没？你快给我去问问，我侄女就想找学建筑的，正好和你这个学生年纪一样大，要是没对象，能给我牵个线搭个桥吗？以后要是成了，你可是大媒人，请你吃喜糖和蹄髈！”

“刘老师啊，你别先想着你侄女啊，我这女儿还没对象正愁呢，学校里那些男生她都看不上。既然这个楚杭这么帅，你就先让给我女儿见见吧？”

“那怎么行！公平竞争，咱们都提供好各自孩子的照片资料，发给老朱，要是那男生单身，也有处对象的意思，就让对方自己挑，中意哪个联系哪个！”

…………

朱抗美一看，这话题又被几个女教师不知道带偏到什么地方去了。

“别了，你们都先别起这个心思了，我这个学生要专心学术的，谈恋爱分心，影响他的学习，你们都散了吧。”

可惜朱抗美的一番话压根儿没起到什么作用，反倒是大家都激烈反驳起来：“得了吧老朱，你现在给我们介绍，那兜兜转转还是自家资源，何况我女儿也是个学霸，以后真成了，伉俪情深一起钻研学术，岂不是佳话？而且你说不介绍我们的孩子，你这个学生就能不谈恋爱了？”

“就是啊，这孩子老陈刚不是说了嘛，长得很俊，难道你们学校里没别的女孩子追求他？据我所知现在的女孩子也都很积极主动大胆的，你不介绍我们的孩子认识他，没准儿他也没按照你设想的就一心只读圣贤书呢，没准儿就被别的女生捷足先登了。”

“怎么不是？没准儿被个女学渣给先下手为强了呢！最后和老朱你的初衷完全背道而驰！”

…………

群里你一言我一语聊得热闹，朱抗美虽然脸上表情冷冷淡淡，一颗心却有些挣扎起来。

群里这几位女老师说得也不错，楚杭一直以来在学校受女生欢迎，追求者众多，这要是一不小心，被什么旁门左道的搞了去……

而一想到旁门左道，朱抗美脑海里就不自觉地浮现出了谭音的脸。

这个小老鼠屎成绩不太稳定，开始挺差，后期慢慢变好了，但完全不听话，自己批评批评别的女同学，还要强出头和自己顶个嘴，虽然其他地方挺多缺点，但长得还算可以。朱抗美不得不承认，就算以自己苛刻的眼光来看，谭音长得也颇为可圈可点。只是这根本不是个优点！一个女生，不用长得多好看！只要乖巧听话孝顺就可以了！

也正因为谭音长成这样，朱抗美心里才越发不安。看看如今这连正经比赛都黏上楚杭了，万一一来二去的，谭音这小老鼠屎真把楚杭给坑蒙拐骗到手了，这绝对是本世纪最大的悲剧！

与其最终让楚杭这朵鲜花面临被插到牛粪上的危险，朱抗美觉得，确实还不如自己主动出击，替楚杭物色好对象，让自己这位得意门生能在自己的把关下好好择偶。

一旦做出了决定，朱抗美心里就放松了些。他都想好了，暑假一结束，学生一返校，他就把楚杭找来问清楚对方有对象没，要是没对象，自己就赶紧给楚杭介绍几个与他实力相当的学霸！

只可惜他还没开始行动，就出师未捷身先死了……

倒不是朱抗美直接问了楚杭后发现对方有对象，而是他压根儿还没逮着人询问，就遭遇了重创般的打击。

因为他亲眼见证了鲜花插牛粪的现场直播。

就在教学楼后面的林荫道上，朱抗美下楼后似乎隐约见到了楚杭的身影，想着心里的事赶紧跟上，然后就在树底下看到了楚杭。

还有谭音。

并且这两个人抱在一起，嘴对着嘴啃。

这对小年轻，就这么公然在自己眼皮底下吻来吻去，亲得忘乎所以！

朱抗美都不知道是该震惊光天化日之下当众亲吻成何体统，还是该震惊楚杭怎么就和谭音搞到一起去了！

这画面和事实太过冲击，导致他一时之间都有些大脑短路，连句话也说不出来，只如遭雷劈般呆呆地站在原地，瞪着眼睛看着眼前两个难分彼此的小年轻。

结果最后反倒是小老鼠屎谭音发现了他，她吓了一跳，红了脸，然后推开了楚杭。平时上课和自己顶嘴都脸不红心不跳的人，这时候整个人眼睛都不敢看自己了，表情竟然十分害羞，简直刷新朱抗美的认知。

反倒是自己那个得意门生楚杭，被自己撞见了这种事，竟然十分镇定自若，被谭音推开后，愣了愣，然后回头看到自己，接着十分冷静地喊了一声“朱老师”。

谭音低了头，红着脸也叫了一声“朱老师”。

这场景，活脱脱像是抓奸现场，朱抗美只觉得自己真的需要一颗速效救心丸来挽救自己即将发生的心梗了。

“朱老师，正好给你汇报一下，之前你邀请我参加的霍普杯国际大学生建筑设计竞赛，我和谭音一起组队参加了，我们拿了一等奖。”

朱抗美瞪了这两个人片刻，刚感觉自己缓过来了点，结果就听楚杭又开了口。

“另外，正好介绍一下，这是我女朋友。”楚杭笑笑，落落大方，似乎一点没意识到自己刚才抱着谭音在接吻，他从容淡然地道，“我们内部解决了，学建筑的和学建筑的谈恋爱，还挺好的。”

恋爱当然也不是不能谈，也不是不可以内部解决，但建筑系这个内部的范畴也挺大的，而且上至学姐下至学妹，楚杭你何必一定要找谭音啊……

朱抗美虽然没开口，然而他丰富而外露的表情早已泄露了他的想法……

楚杭看向了他，然后拉过了谭音，和她十指相扣，认真地看向了朱抗美：“朱老师，谭音特别好，这次我们获奖的作品设计，很多灵感是来自谭音。我们走访调研了很多的乡村图书馆、学校，条件非常艰苦，谭音都坚持了下来，也给了我很多支持和帮助，可以说，没有她，就没有这次得奖。她之前在建筑力学上一直有些薄弱，但现在通过自己的努力，成绩也已经提高了很多，之后她也会继续努力的，也希望朱老师多关照她。”

真是娃大不由人啊。朱抗美心酸地想，楚杭这孩子原来这么护短。

这一番话，一开始说得像感动中国颁奖典礼似的感谢这个感谢那个，其实到头来感谢的都是谭音。朱抗美心里不是滋味，怎么就不见楚杭这孩子感谢一下自己？而后半段，又说得像是宣示所有权要求自己爱屋及乌，仿佛自己以后不对谭音格外关照点，楚杭就要和自己恩断义绝了……

朱抗美一想到这里，忍不住就瞪了一眼谭音。

这小老鼠屎也不知道哪里来的魅力，自己还没来得及帮这位得意门生物色一下未来的发展对象，竟然就被她给先染指了。

朱抗美心里不是个滋味，越看站在楚杭身边的谭音越是难受。好好一个楚杭，怎么就喜欢上了谭音！

然而自己这情绪竟然还不能表现出来，因为此刻楚杭正眼神炯炯地看着自己，明明是自己的学生，此刻显露出来的气势和威压竟然让朱抗美有些扛不住。

大概也是有了楚杭撑腰，谭音反应过来以后，之前那害羞和脸红果然稍纵即逝般没了，取而代之的是她就在自己眼皮子底下放肆地朝楚杭挪了挪，都快贴到他身上了，手也拉住了楚杭的手……

朱抗美没忍住咳了咳："我理解你们小年轻谈恋爱时候比较热情，但以后注意一下影响，学校毕竟是学习的圣地，还是应该以学业为重，何况大学里的恋爱，很可能未来进入职场以后再回头看，会觉得很幼稚……"

只可惜自己还没说完，谭音这小老鼠屎就打断了自己，她看起来是全然回过劲来了，狡黠而得意："朱老师，我和楚杭准备从校服到婚纱呢！到时候喝喜酒一定叫你啊！"

真……真是岂有此理！

朱抗美简直要气死了！

谭音一个女孩子，怎么能这么厚颜无耻！女生要矜持！竟然主动说什么结婚？！呵，也不看看楚杭会跟你结婚吗？别以为蛊惑得了楚杭一时，就能蛊惑他一世，楚杭也不可能长期被你蒙骗！

而就在这时，一直没吭声的楚杭终于发声了，他看了谭音一眼，面带责备。

朱抗美内心终于有一种得逞般的快感，楚杭看来虽然被迷惑了一时，但总有一天，会在这些蛛丝马迹里看穿谭音的真面目。

可惜他还没来得及高兴，就听到楚杭一字一顿吐字清晰地道——

“朱老师胃不好你可能不知道，所以不能喝酒，直接给朱老师发喜糖、喜饼就好了。”

楚杭脸色镇定，声音平静，完全像是在描述建筑物外立面般冷静自若，反倒让朱抗美一时之间震惊到有些疑惑了。自己是不是听错了，楚杭刚才说的根本就不是那么回事?

然而事实胜于雄辩，楚杭那只如今还拉着谭音的手，已经说明了一切。

朱抗美只觉得心里堵得慌，这么好一个苗子，怎么就……唉！天道不公!

楚杭和自己问了好，介绍完自己的新晋女友，便大大方方地拉着谭音的手离开了，原本内敛低调的人，结果竟然完全不避嫌地还帮谭音拢了拢被风吹乱的头发，那眼神里的情愫不言而喻，完全不加掩藏，或者楚杭根本也不想掩藏。

谭音在自己心里可能就是颗小老鼠屎，然而此刻看来，在楚杭眼里她却像是星辰一样璀璨明亮，像是他最珍视的宝藏，他一点不觉得她不好，一点也容不得别人苛责她一句。他发自内心地觉得她很棒，为自己能拥有这样一个女朋友而骄傲，因此不仅不想隐瞒，甚至想向所有人公开自己的恋情。

朱抗美虽然不想承认，但事实仿佛就是这样。楚杭和谭音之间，看起来并不像是自己所以为的那样，并不是谭音单方面纠缠楚杭，这看起来是一段非常健康的、属于年轻人的双向恋爱。

只是，谭音哪里值得楚杭这样去爱？

这个插曲之后，这个问题一直萦绕在朱抗美的脑海内，导致课堂上他不自觉地开始多注意起谭音来。

这不观察还好，一观察，朱抗美就觉得相当意外。

谭音一扫之前那种做一天和尚撞一天钟的混日子模样，每天都非常认真听讲，光是自己就几次撞见她在图书馆看专业书籍。还有好几次朱抗美撞见她和楚杭两个人亲昵地凑在一起坐在小花园的石亭里，就在朱抗美理所当然地觉得是谭音这颗小老鼠屎又带坏楚杭拉着他卿卿我我之际，他轻声走过两人身旁，听到的不是你侬我侬的爱语，反而是——

“杆是压弯组合变形吧。”

“固定端截面是危险截面，最大压应力出现在右侧各点上。”

…………

这两人凑在一起，不是在谈恋爱，竟然是在学习？

朱抗美震惊了！这完全出乎他的意料！女生谈了恋爱以后，不都是脑子里只有恋爱，别的什么学习也好、父母也好、未来也好、职业也好，通通没有的吗？毕竟女性就是头发长见识短，没有定性没有恒心！

朱抗美没忍住，除了课堂上，开始在平时也注意观察起谭音来。结果这一深入观察，他倒是真的对谭音的看法大有改观。她学习挺上进，虽然基本功还欠缺扎实，但很多设计思路和点子很新颖，相当有建树。朱抗美之前死活不信楚杭得奖的设计作品谭音能有什么贡献，然而这么几个月观察下来，他还真的不得不承认，楚杭说的大概是真的，谭音确实在建筑设计尤其是外观设计上有很大的天赋。

而令他意外的事也一件接一件，不仅谭音如此，朱抗美观察下来，班上其他几个女生也都相当优秀认真，而此前毕业的几个往届女学生，竟然不仅在建筑行业里坚持下来了，甚至都有了可以称之为代表作的设计作品，有一个甚至得了个国内小有名气的奖项，俨然成了新晋的青年设计师。

朱抗美一向觉得建筑这个行业不适合女的做，女的就应该在家里相夫教子多学点琴棋书画就够了，如今他才第一次意识到，或许自己一直以来就是错的。建筑行业确实辛苦，但也不是没有女性能站稳脚跟，甚至很多优秀的女性建筑设计师，因为她们性别特有的细腻温柔或者果敢独立，使得她们的建筑设计作品也独具韵味，有一些男性设计师所没有的东西在里面。

朱抗美说什么也没想到，因为对谭音的改观，竟然连带着把自己根深蒂固了几十年的观念都给改变了。而一旦慢慢放下对女生的偏见，朱抗美才发现，其实班级里除了楚杭、陈自强这些男生资质很好，谢琳琳、于梦、谭音这些女生，只要自己上课给予她们鼓励和表现的机会，她们展现出来的能力也完全不输给男生。

这么一来，朱抗美又高兴上了，楚杭这个得意门生配谭音，也没算被糟蹋，内部解决也好，这不两个人都是自己的学生吗?

何况除了楚杭外，自己班里原来还有这么多好苗子，朱抗美觉得，自己又可以大显身手好好培养了!

只要对建筑足够用心，只要真的热爱这个行业，真的能够全情投入，男孩和女孩，不同性别，又有什么关系呢?

只是朱抗美不再惦记楚杭了，微信群里的其他女教师倒是没就此罢休。

“老朱啊，上次让你打听的那个学生，到底怎么样了啊?”

“就是，我们等了这么久，到底能不能给介绍一下啊?如果觉得这种相亲一样的方式太老土了，那我们可以假意一起吃个饭，然后顺水推舟我带上我女儿，让他们小年轻互相加个微信自己了解去。”

朱抗美这次没含糊：“你们别想了，我那学生有对象了!”

可惜就是这样，那几个女教师还是不罢休：“没事，反正在老朱你的眼皮子底下，不就谈恋爱吗？大学恋情都经不住考验，毕业就分手，甚至没准儿都不用等到毕业，你那学生要是分手恢复单身了，老朱啊，你可要第一时间给我们通风报信啊！”

“老朱，你平时可要多关心关心这孩子，时刻了解人家的感情状态！一旦单身，我们这都排着队呢！”

朱抗美抿了抿唇，然后拿起手机飞速按起来：“别了，你们死心吧，我这学生谈的对象是我的另一个学生，两个人都优秀着呢。就之前和楚杭一起得奖的那个谭音，就是他对象，两人如胶似漆，别说长相般配登对，就是学术上还是一个行业的，有共同语言，一起奋斗，我满意得很，你们别瞎想了啊！”

“有那时间，多培养两个好苗子，女孩嫁人也不是唯一出路，自己优秀努力了，有句话叫什么来着？我若盛开，清风徐来！只要够优秀，就会主动吸引同样好的男生的。你看看我的这个学生谭音，以前可是个学渣，现在逆袭成学霸了，接着就和我那得意门生谈起恋爱了。”

群里熟悉朱抗美的众人大概死活也想不到，有朝一日竟然能看到性别歧视严重的朱抗美讲这些女性自立自强也可以充满魅力的大道理……

既然这个叫谭音的女生能得到朱抗美的称赞和维护，想必是真的很优秀了，众人想了想，她们垂涎的优质男青年楚杭大概是不会再恢复单身了，只能酸溜溜地散了。只是虽然没说出口，但各位女教师心里的想法还是一样的，继续默默地等，万一呢？万一那个叫楚杭的男生跟谭音分手了呢？

只可惜最终她们等来的不是楚杭跟谭音分手的消息。

楚杭毕业的那年，朱抗美突然在群里连续发了十个大红包。

“庆祝我的得意门生楚杭和谭音喜结连理！毕业证和结婚证一起领了！”

行吧，老朱这个仇恨，拉得有点过了。

只可惜始作俑者朱抗美显然根本没意识到自己这操作有点过分刺激人，因为十天后，他又在群里连发了十个大红包：“庆祝我的得意门生楚杭和谭音一同入职知名建筑设计事务所 APX！”

一年后，他又开始了：“庆祝我的得意门生楚杭和谭音喜得贵子！”

这次他还附上了这美满的一家三口的照片。

再半年后，朱抗美又来了：“庆祝我的得意门生楚杭和谭音摘得建筑设计大赛桂冠！并荣获 A 市十佳青年设计师荣誉！”

又过了一年，就在大家觉得楚杭和谭音这事儿应该没有后续，朱抗美总该消停了以后，他又来了：“庆祝我的得意门生楚杭和谭音喜得二胎！儿女双全！”

朱抗美，真的好过分！这事还有完没完了？你的得意门生楚杭和谭音过得很幸福我们都知道了！下一题！下一题！